A ARMA ESCARLATE

RENATA VENTURA

A ARMA ESCARLATE

NS

São Paulo, 2012

A arma escarlate

Reimpressão – nov. 2020

EDITOR: Luiz Vasconcelos
DIAGRAMAÇÃO: Carlos Eduardo Gomes
REVISÃO: Flávia Santos
CAPA: Adriano Souza

Texto de acordo com as normas do Novo Acordo Ortográfico da Língua Portuguesa (1990), em vigor desde 1º de janeiro de 2009.

Dados Internacionais de Catalogação na Publicação (CIP)
(Câmara Brasileira do Livro, SP, Brasil)

Ventura, Renata
A arma escarlate
Renata Ventura.
Osasco, SP: Novo Século Editora, 2012.

1. Ficção brasileira I. Título. II. Série.

ISBN: 978-85-7679-544-5.

11-09636 CDD 869.93

Índice para catálogo sistemático:
1. Ficção : Literatura brasileira 869.93

ns
uma marca do
grupo novo século

Alameda Araguaia, 2190 – Bloco A – 11º andar – Conjunto 1111
CEP 06455-000 – Alphaville Industrial, Barueri – SP – Brasil
Tel.: (11) 3699-7107 | Fax: (11) 3699-7323
www.gruponovoseculo.com.br | atendimento@gruponovoseculo.com.br

a J.K. Rowling,
bruxinha boa que nos deu um mundo novo.

AGRADECIMENTOS

Agradeço a Gert Bolten Maizonave, por ter sido o primeiro a ler meu livro, enquanto eu ainda o escrevia; por ter me acompanhado durante todo o processo de planejamento e escrita, mesmo morando do outro lado do mundo; por ter me ouvido com muito interesse todas as vezes que eu vinha com uma nova ideia, e por sempre ter defendido minhas personagens, às vezes até contra mim mesma. Por ter sido o primeiríssimo fã de Hugo, e por ter me obrigado a escrever só em Esperanto durante todas as nossas conversas eletrônicas.

Agradeço a Rafael Clark, por ter me acompanhado em quase todas as sessões de cinema que eu fui na vida (e que muito me inspiraram). Agradeço também a ele e a seu irmão, Felipe Clark, por terem lido os originais do livro em uma única viagem de avião e terem, com isso, provado que meu livro não é tão grande assim.

Meus agradecimentos também à professora Raquel Bahiense, cujo entusiasmo durante a leitura de meu livro foi essencial para que eu me sentisse mais segura para seguir em frente, e a Allyson Russell, leitor querido que me ajudou enviando uma linda sugestão de design para a nova capa.

Agradeço muito a Gabriel Marinho, a Bruno Longo, a Felipe Vianna e a tantos outros que me emprestaram seus ouvidos incansáveis enquanto eu tagarelava sobre meus livros e personagens.

A Cleber Vasconcelos, que recomendou meu livro para publicação, a Luiz Vasconcelos, que acreditou em mim, e a Letícia Teófilo, que me ajudou de todas as formas possíveis para que meu livro fosse publicado na hora certa.

E, por fim, agradeço a meus pais, Homero e Neusa, que sempre me incentivaram, que me apoiaram quando eu larguei o emprego para escrever *A Arma Escarlate*, que passaram horas a fio e noites sem dormir revisando meu livro mais de um zilhão de vezes, lendo, relendo, trocando palavras, inserindo vírgulas, discutindo a história… Em suma, MEUS HERÓIS.

E ao meu irmão Felipe, que revisou a página de agradecimentos.

"Investigue a sua consciência aquele que se sinta possuído do desejo sério de melhorar-se, a fim de extirpar de si os maus pendores, como do seu jardim arranca as ervas daninhas."

Santo Agostinho (*Livro dos Espíritos*)

NOTA DA AUTORA:

Em uma entrevista com J.K. Rowling, autora da série Harry Potter, um fã norte-americano lhe perguntou se ela algum dia escreveria um livro sobre uma escola de bruxaria nos Estados Unidos. Ela respondeu que não, "... mas fique à vontade para escrever o seu."

Sentindo-me autorizada pela própria Sra. Rowling, resolvi aceitar o desafio: como seria uma escola de bruxaria no Brasil? Especificamente para este primeiro livro, como seria uma escola de bruxaria no Rio de Janeiro? Certamente não tão completa, nem tão perfeita, quanto uma escola britânica. Talvez ocorressem algumas falcatruas aqui, outras maracutaias ali... certamente trabalhariam nela alguns professores geniais, porém mal pagos. Com certeza não seria em um castelo. Faltaria verba para tanto. Mas, quem sabe, dentro de uma montanha. Há centenas no Rio de Janeiro. Algumas bem famosas.

Como um bom brasileiro, Hugo, meu personagem principal, também não seria tão certinho quanto Harry. Nem tão ingênuo a respeito das realidades duras da vida. Órfão? Não. Filho de mãe solteira e pai sumido; como tantos que moram nas comunidades pobres da Cidade Maravilhosa. Esperto, arisco, inseguro, amedrontado até, mas se fingindo de forte para sobreviver.

Essa era a ideia básica, mas que depois cresceu e tomou uma proporção muito maior do que eu jamais imaginara. Os personagens foram ganhando vida própria, personalidade... até saírem completamente de meu controle. Às vezes, ao longo da escrita, eu chegava a me surpreender com algumas de suas reações; completamente alheias ao que eu havia planejado, mas que combinavam perfeitamente com quem eles eram.

Até que chegou um dia em que eu, morrendo de rir do absurdo que eu mesma acabara de escrever, parei tudo e liguei para um de meus melhores amigos, perguntando: "E agora, o que eu faço? Como tiro Hugo dessa enrascada em que ele acabou de se meter por causa da língua afiada dele?

Meu amigo, confuso, perguntou: "Você não pode simplesmente mudar o que ele disse?"

"Não! Não posso! Ele não responderia de nenhuma outra forma."

"Ué, por que não?"

Porque ele é o Hugo! E o Hugo é indomável.

As opiniões do narrador não representam, de modo algum, as opiniões da autora. O narrador é solidário ao que Hugo pensa e sente.

PARTE 1

CAPÍTULO 1

A NOITE DO CAMALEÃO

Arcos da Lapa, nº 11.

Arcos da Lapa, nº 11... Idá repetia para si mesmo, ainda ofegante.

Que tipo de endereço era aquele? Os Arcos da Lapa eram um monumento, não uma rua.

Caminhando um pouco trôpego, tentava ignorar a ardência nas pernas. Os cortes haviam voltado a sangrar e sua mochila pesava mais do que nunca nas costas, apesar de não comportar mais do que alguns cadernos. Já passava das quatro da madrugada, mas os bares permaneciam abertos nas ruas imundas do centro da cidade. Pessoas cantavam e dançavam nas calçadas, esbaldando-se em fritura e cachaça, soltando gargalhadas como se nada no mundo as preocupasse.

Em um dia normal, Idá até poderia ter se juntado à bagunça.

Mas aquele não era um dia normal e Idá não estava no clima para festejos. Como poderia estar?

Seguindo pelo meio da avenida, tentava transferir sua tensão para a moeda de prata que revirava entre os dedos. Era uma moeda grande, com um sujeito gordo e esquisitão estampado em ambas as faces. O rosto lhe era familiar, mas não se lembrava onde o vira antes.

Também, pouco importava. A moeda era só uma desculpa para que ele pensasse em outra coisa que não seus problemas.

O que diabos ele estava fazendo ali? Aquela carta tinha tudo para ser uma armadilha. Uma armadilha meticulosamente planejada para arrastá-lo a um lugar escuro e deserto onde pudessem acabar com ele sem muitas testemunhas.

... Arcos da Lapa, nº 11...

Parece criança, Idá! Treze anos na cara e ainda acreditando em contos de fada!

Idá Aláàfin, um bruxo. Sei... conta outra.

O que tinha dado nele?! Ele não era de agir sem pensar!

Agora já era. Ele não poderia nunca mais voltar para casa. Se voltasse, a morte era certa. Uma morte lenta e dolorosa.

Com aquela gente não se brincava... e Idá tinha mais do que passado da conta. Agora lá estava ele, no meio da Lapa – de madrugada – foragido, com uma ameaça de morte no pescoço, tentando se convencer de que era, de fato, um bruxo, e de que aquela maluquice toda era verdadeira.

Uma multidão trouxe sua mente de volta ao centro da cidade. Saltitavam alegres pelo outro lado da avenida, cantando marchinhas antigas de carnaval.

Idá apertou o passo e virou a esquina. Armadilha ou não, quanto mais rápido ele chegasse ao seu destino, mais cedo saberia.

A praça estava um verdadeiro lixão. Eram restos de fantasia espalhados por todo lado; máscaras, espadas de borracha, aventais de empregada, chapéus de caubói... Tudo cheirando a cerveja e urina. Uma verdadeira imundície.

O carnaval não ia acabar nunca?

Idá parou no meio da rua, procurando se acalmar.

Então, o que fazer?

O primeiro passo era parecer confiante. Um menino de 13 anos, sozinho, na Lapa, numa hora daquelas, assustado e mancando, não era boa coisa. Isso ele aprendera desde cedo: parecer um alvo fácil era o primeiro passo para se tornar um alvo fácil.

Ele precisava se recompor. Esquecer a sentença de morte que pairava sobre sua cabeça. Aquela carta tinha que ser verdadeira. Ele era bruxo. Tinha que ser bruxo.

Respirando fundo, Idá esticou a coluna, fixou o olhar à sua frente e decidiu andar com passos firmes. Nada de olhar para o chão. Talvez um passo mais malandro, mais despreocupado fosse melhor. Muita rigidez chamaria atenção num bairro boêmio como a Lapa.

Idá amoleceu o corpo, adicionando um certo gingado aos passos. Seus amigos não o chamavam de camaleão à toa.

Já a bermuda imunda e as pernas sangrando não eram tão fáceis de disfarçar. Talvez a escuridão ajudasse.

Estava se aproximando dos Arcos. Mais alguns passos e Idá avistaria o antigo aqueduto transformado em ponto turístico; a tal entrada mencionada na carta.

Aquilo não fazia sentido. Os Arcos da Lapa podiam ser tudo, menos uma entrada para qualquer lugar. Era uma ponte, sustentada por Arcos gigantes, que levava do nada ao lugar nenhum. E de bonde ainda por cima, para cobrar passagem.

Mas Idá estava se distraindo. Precisava manter o foco; um homem duvidoso se aproximava. Semblante ameaçador; as mãos enterradas nos bolsos da calça. Podia estar armado. Podia ser um dos comparsas do Caiçara.

Seu coração acelerou, mas ao invés de desviar o olhar, Idá fixou seus olhos nos do homem. Isso demonstraria que não tinha medo; que sabia das coisas.

Talvez tamanha confiança desencorajasse o ataque. Tudo dentro de si implorava que saísse correndo, mas Idá prosseguiu decidido na direção do homem que, para sua surpresa, arregalou os olhos ao notar sua aproximação e saiu correndo rua afora como se o garoto fosse a Peste Negra.

"Eu tenho cara de bandido, é?!" Idá gritou atrás dele, puto da vida, chutando uma cadeira de plástico na direção do covarde, que já desaparecia em disparada por uma das ruelas laterais. *"MANÉ!!!"*

Revoltado, Idá virou a esquina.

Lá estavam os Arcos, majestosos, como uma ponte imensa erguendo-se por cima de um rio de ruas e calçadas.

O endereço na carta era bem claro, mas não existia:

Arcos da Lapa, número 11. Centro.
Rio de Janeiro, RJ, Brasil.

Idá parou a alguns metros do velho aqueduto. Deviam ser uns trinta ou quarenta Arcos enfileirados no primeiro nível daquele colosso arquitetônico, e mais uns trinta no segundo. E, lá no alto, os trilhos do bonde.

Número 11...

Arco número 11, talvez? Se Idá os contasse da esquerda para a direita...

O primeiro Arco descia por uma ladeira obscura. Os outros iam intercalando ruas e calçadas até o fim do aqueduto, lá do outro lado. O Arco de número 11 se abria numa calçada larga, bem entre uma rua e outra.

Em sua parede interna não havia qualquer porta ou entrada, nem marcas que pudessem...

Idá apalpou a parede à procura de um botão, uma alavanca, o que fosse, mas só encontrou pichações e manchas de urina.

A única instrução na carta era curta demais para seu gosto:

Por obséquio, entrar de costas.

Idá estava era entrando em desespero. Entrar de costas onde??? Se aquilo tudo fosse mentira, ele estava ferrado.

Mas não podia ser mentira. Não depois de tudo o que ele tinha visto.

Certo. Idá se afastou e respirou fundo.

Próximo passo: procurar gente estranha. Se bruxos realmente existiam, seriam, no mínimo, estranhos. Disso ele tinha certeza.

Idá olhou ao seu redor. Mendigos, bêbados, palhaços, loucos... sambistas... Estranho era ser normal na Lapa. Mas ele procurava outro tipo de estranho; um tipo mais escondido, daqueles que não desejam chamar atenção.

Isso já eliminava boa parte da lista anterior.

A lógica que estava usando era simples: se ele nunca vira bruxos antes, deviam viver escondidos. Escondidos, mas nem tanto. Como aqueles detalhes do dia a dia que nunca são notados, mas que estão lá para qualquer um ver quando quiser. Talvez morassem nos mais de cinco mil imóveis abandonados do centro da cidade. Eram centenas de casarões e sobrados antigos; a maioria caindo aos pedaços...

Sua cabeça latejava.

Esgotado, Idá apoiou a testa na parede fria do Arco.

E foi então que viu, de canto de olho, um – não, dois sujeitos estranhíssimos saindo de um... o que era aquilo? Um bar? Parecia mais uma casa em estado de iminente desabamento, espremida entre outros casarões igualmente em ruínas.

Sentindo uma corrente de entusiasmo subir a espinha, Idá se desgrudou do Arco e pôs-se a segui-los. Ambos vestiam mantos compridos e grossos. Grossos demais para o verão carioca. O mais jovem devia ter uns vinte e poucos anos. Tinha os cabelos negros revoltosos e um brinco de prata na orelha. Já o mais velho, um pouco careca e decididamente menos simpático, vestia um manto roxo cintilante.

Tem gosto pra tudo nesse mundo.

De uma coisa Idá tinha certeza: aqueles trajes eram de muito boa qualidade para serem meras fantasias de carnaval.

Os dois andavam num passo despreocupado, como se não temessem a aproximação de qualquer ladrão ou pivete – o que era uma insanidade, visto que o mais velho parecia um verdadeiro cabide de tantos colares e joias que levava no pescoço. No entanto, a postura esbelta deles e seus passos suaves e silenciosos não condiziam nem com loucos, nem com bêbados. O mais jovem até brincava com o que parecia ser uma varinha, girando-a por entre os dedos de uma das mãos.

Mantendo-se nas sombras, Idá foi se aproximando. Largou o gingado assim que atravessou a rua e endireitou a coluna, adotando a pompa dos dois.

"O Lazai não faz ideia!" o mais jovem dizia com entusiasmo.

"Aquele ali é mais perdido que a Biblioteca Real."

"Se Justus fosse político, não deixava aquilo acontecer."

"Se Justus fosse político, NADA aconteceria. A política implora por corrupção..."

Seguindo-os bem de perto, Idá tentava não perder uma única palavra do que diziam. Para um par de bruxos – se é que eram bruxos –, estavam falando alto demais, sem a mínima cautela, como se fossem os únicos providos de aparelho auditivo no Centro da cidade. E sobre assuntos do mundo deles, ainda por cima, porque Idá nunca ouvira falar em uma tal de Zoroasta Maria Leopoldina Isabel Xavier Gonzaga da Silva, cujo nome o mais velho mencionara com certo desprezo, poucos segundos depois, nem muito menos tivera notícias de que a Grã-Bretanha estava na iminência de ser destruída por um psicopata assassino e sua gangue.

"Você devia se misturar mais com os Azêmolas, Paranhos. Pega mal passear vestido assim. O Ustra chamaria de estupidez."

"Ustra não sabe de nada."

"E o padrinho, não sabe? Ele aprova o modo como me visto. Diz que chamo menos atenção."

"Teu padrinho aprova coisa demais", o mais velho resmungou, e Idá voltou os olhos para si mesmo. Bruxos ou não bruxos, Idá não podia aparecer para aqueles ilustres desconhecidos vestido daquela maneira.

Passando os olhos pelas fantasias abandonadas no asfalto, encontrou uma cartola de feltro jogada perto de um bueiro, logo atrás de uma máscara do Freddy Krueger. Era um pouco mais larga do que sua cabeça, mas não chegava a tapar sua visão. Teria de servir.

Deixando-os ganhar distância, atravessou a rua e vestiu um traje de mágico que avistara numa mesa de bar. Batendo os confetes dos ombros, dobrou as mangas para que pudesse ao menos ver suas mãos, e fechou os botões até o pescoço, conseguindo cobrir a camiseta, mas não a bermuda.

Vendo que os sujeitos já se adiantavam por uma outra rua, Idá voltou a segui-los. Seus passos agora suaves como os deles, já sem qualquer traço de malandragem.

No entanto, ainda não se julgava apto a apresentar-se. Observava seus trejeitos, seu linguajar, seu modo de andar... até seus tiques nervosos. O mais jovem, por exemplo, de meio em meio minuto tirava um relógio de bolso do colete.

Pareciam europeus antiquados, e um tanto esotéricos ao mesmo tempo. Idá tinha a estranha sensação de já ter visto tipos assim rondando a favela.

"... Ouvi dizer que ele criou a inquisição para acabar com a concorrência."

A observação do mais jovem provocou um riso incrédulo no companheiro.

"Não, não! É sério! Acabou com todos os bruxos que quis, sem sujar as mãos! Brilhante."

"As pessoas dizem cada coisa... Mas devo confessar que não teria sido má ideia."

"Dizem até que ele às vezes usava o serviço de Azêmolas", o jovem adicionou, baixando a voz como se dizer aquilo fosse um grande pecado.

"Isso já é se rebaixar demais..."

"Eu acho genial."

"Azêmola nenhum tem chance contra o mais tapado dos bruxos."

O coração de Idá deu um salto.

Bruxo? Ele definitivamente ouvira "bruxo"!

Um sorriso de alívio se abriu por detrás da sombra de sua cartola. Era a confirmação de que precisava. Estava a salvo.

Idá apressou o passo com ânimo redobrado. Os bruxos pareciam ter encontrado seu lugar de destino: um sobrado tão ou mais arruinado que o anterior.

Sua teoria sobre casarões abandonados começava a se confirmar. Quase desabando, a porta da frente era guardada por um homem mal-encarado vestido de preto. Segurava firme uma varinha de ferro do tamanho de seu antebraço.

Se a pergunta indesejada surgisse, Idá não daria seu nome. De jeito nenhum. Idá Aláàfin... Aquilo não era nome de gente. Precisava de um nome mais... poderoso, sei lá... Além do que, seu nome verdadeiro atrairia o Caiçara, e Idá queria se ver longe daquele lá.

"Dê um crédito aos Azêmolas, Paranhos", o mais jovem insistia ao se aproximar da porta. "Eles têm seus momentos."

Idá precisava abordá-los antes que entrassem.

O mais velho negou veementemente com a cabeça, "O que um asno sem poder faria contra um Ava-Îuká?".

"Bom..." o mais jovem titubeou, vendo-se sem argumento, mas Idá já não prestava mais atenção na conversa.

Não conseguia acreditar no que estava vendo: as paredes do sobrado, antes cinzentas, agora eram de um amarelo delicado, sem qualquer defeito na pintura; as enormes rachaduras haviam desaparecido da fachada e o mais alvo granito envolvia portas e janelas – cada canto adornado com pequenas estátuas de seres que ele não reconhecia, mas que eram simpáticos, apesar de sua esquisitice...

Idá não tinha mais tempo para perder com aquilo.

"Com sua licença, meus senhores", ele os interrompeu, impostando a voz e tentando não parecer tão embasbacado com o que acabara de ver, "Poderiam me ajudar com um probleminha que tenho?"

Os bruxos se viraram com certo receio, mas relaxaram ao verem que se tratava apenas de um menino.

Antes que pudessem dizer qualquer coisa, Idá continuou: "Não conheço muito bem esta parte da cidade e não queria ter de perguntar para qualquer Azêmola por aí. Duvido que saberiam."

Azêmola. Aquela, de todas as outras palavras, tinha chamado sua atenção. Sabia que *Azêmola,* no dicionário, significava idiota, asno, trouxa, porque o azêmola do seu professor de português do ano passado não sabia chamar seus alunos de outra coisa. Mas nunca ouvira aquele termo sendo usado da maneira como os dois o haviam usado.

Pelo contexto, Idá achava que tinha uma certa ideia do que significava; e pela cara de alívio que os dois fizeram ao ouvir a palavra, havia acertado em cheio: azêmola eram todos aqueles que não eram o que eles três eram. Bruxos.

O mais velho olhou-o de cima a baixo, detendo-se nos chinelos de dedo.

"Última moda na Europa", Idá se apressou em dizer, e os dois ficaram instantaneamente interessados.

"Verdade??" o mais jovem se adiantou, fitando os chinelos como se fossem feitos de ouro. "Onde se compra um desses?"

"Bom... Não são muito fáceis de encontrar por aqui", Idá mentiu, tirando segurança não sabia de onde para dizer tamanho absurdo. O Brasil praticamente vomitava chinelos de dedo.

O mais jovem estava prestes a formular outra pergunta sobre aquela misteriosa obra de arte europeia que Idá usava nos pés quando o mais velho o interrompeu: "Não encha o menino de perguntas, Bismarck" e estendeu sua mão, "Sou Graciliano Barto Paranhos Correia. Em que posso ajudá-lo, meu jovem?"

Idá apertou-a com firmeza e tirou do bolso da bermuda uma carta amassada. "Gostaria de saber como devo entrar nos Arcos. Aqui não explica direito."

Graciliano desdobrou o papel com mais delicadeza do que Idá usara para enfiá-lo no bolso. "Ah, sim! 'Por obséquio, entrar de costas'" ele riu, entregando-a de volta. "Não sei por que o Conselho insiste em não dar instruções mais detalhadas. Você não é o primeiro a me perguntar isso, rapaz. Acredite."

Idá sorriu aliviado.

"É uma ocorrência bastante comum, na verdade, até para quem tem pedigree."

"Ah, então eu não sou o único com pedigree a fazer confusão, que bom" Idá disse, sem pestanejar.

Pelo modo como Graciliano, de imediato, se tornou ainda mais simpático, ser filho de bruxos contava muitos pontos. "Sempre desconfiei que essa imprecisão nas cartas de matrícula fosse um plano do Conselho para se livrar de vira-latas. Mas nunca me pareceu funcionar", ele prosseguiu com certo desprezo. "Eles sempre acabam achando o caminho. Desconfio que recebam ajuda de gente menos... digna."

Menos digna... Era *definitivamente* melhor que ele fingisse ser filho de bruxo. Mas Graciliano agora parecia um pouco cabreiro, e isso não era nada bom.

"Estranho..."

"O quê?", Idá perguntou, deixando escapar um rasgo de tensão.

"...que você só tenha recebido sua matrícula agora." E olhou para Idá com certo interesse. "Demoraste a fazer sua primeira magia?"

"Não, por quê?"

Sim, por quê?

"Já devia ter recebido essa carta há algumas semanas."

"Mas tudo atrasa no Brasil", Idá cortou, "Não é novidade."

Os dois pareceram aceitar sua explicação.

"Então", ele insistiu, tentando mudar de assunto, "Como se faz para entrar?"

"Paranhos! Bismarck!" um homem de olhos azuis bastante acentuados chamou da porta do bar. "Ficam aí se fresqueando! Estão atrasados!" e entrou novamente, murmurando irritado, *"E ainda com essa pilcha roxa ridícula... parece que quer chamar todos os Azêmolas para cá..."*

Idá olhou para o alto e viu uma silhueta na janela do andar superior, observando-o. Não gostava de ser observado.

O mais velho checou o relógio de bolso, "Por Mésmer! Não é que ele tem razão?"

"Ei!" Idá chamou quando já se viravam para entrar.

"Ah, sim sim!", Graciliano se voltou, solícito. "Irás virar duas ruas à esquerda, mais uma à direita e contar os Arcos a partir da ladeira. Depois é só entrar de costas. Não tem erro." E bateu a porta atrás de si antes que Idá pudesse fazer qualquer protesto.

Entrar de costas... Grande ajuda! Genial!

Agora Idá estava realmente puto da vida. Aquela conversa toda não servira para nada! NADA! Entrar de costas... Isso ele já sabia!

E lá estava ele novamente, de cara para o Arco de número 11. Aquilo chegava a ser embaraçoso. Por que alguém da tal escola de bruxaria não vinha receber cada um dos alunos novos? Seria tão mais fácil!

Idá releu a única instrução da carta.

Ok. Entrar de costas.

Saindo inteiramente do Arco, virou-se de costas e atravessou para o outro lado de marcha à ré, estilo Michael Jackson.

Nada de extraordinário aconteceu.

Dando meia-volta, fez o mesmo trajeto, só que para o outro lado.

Será que ele não estava no Arco certo?

Tomando certa distância, contou-os novamente. Não... aquele era mesmo o décimo primeiro.

Mais uma vez fez a passagem. Nada.

Tentou atravessar de costas, de lado, de frente, só faltou atravessar de ponta-cabeça.

Se sentia um louco varrido, brincando de atravessar o Arco. Deviam estar todos rindo de sua cara, escondidos nas janelas dos sobrados autorrevitalizantes da Lapa.

O mendigo barbudo e cabeludo do outro lado da rua com certeza estava. Rindo, não. Gargalhando, com aquela boca desdentada dele. Mendigo Bob – era assim que era conhecido. Bob Marley. Perambulava pela cidade toda, aquele lá.

"Você sabe como entrar?" Idá gritou como última tentativa desesperada, mas o Mendigo Bob nem deu bola, voltando a beber de sua garrafa vazia e saindo de lá em seu passo lento de sempre, com a bunda aparecendo pelos rasgos das calças.

"Nem todos os esquisitos da Lapa são bruxos", uma voz suave murmurou em seu ouvido e Idá se virou de sobressalto, deparando-se com um homem alto, de mãos para trás e sorriso no rosto. Seus olhos espertos fitavam Idá como se soubesse de tudo; da boa farsa que Idá era... como se achasse aquela situação toda um tanto divertida, sem querer tirar sarro. Sua pele conseguia ser ainda mais branca que a roupa que vestia. Parecia um anjo. Ou, talvez, um demônio disfarçado.

Sem saber bem o que dizer diante daquela figura um tanto... peculiar, Idá lembrou-se do comentário de Graciliano e se adiantou: "Então é você que vem ajudando os vira-latas a entrar."

O homem se desfez em uma gargalhada, "Vira-latas..." ele repetiu em tom de ironia, conduzindo Idá pelos ombros de volta ao interior do Arco. "Ainda agora passastes por aqui de bermuda e camiseta, e já vem com pinta de nobre nojento?? Não entra nessa não, garoto! Sangue é sangue. Renegar teus pais assim é muito feio. Se eles são Azêmolas, eles são Azêmolas! Não há problema algum nisso."

Idá fechou a cara, afrontado, "E quem é você pra me dar conselho?"

"Calma, calma, garotão!" o homem ergueu as mãos de brincadeira. "Estou apenas querendo ajudar. Agindo assim, só irás ganhar o respeito de gente que não presta. Ouça o que estou dizendo."

"Tá certo, então" Idá cruzou os braços. "Como se faz pra entrar nessa joça?"

"Ora, de costas!" o homem repetiu, de gozação. Virando-se de costas para a parede interna do Arco, reclinou-se para trás num ângulo completamente fora do normal e metade de seu corpo desapareceu parede adentro.

"Simples assim", ele disse, com o rosto ainda mergulhado na parede, e então retornou, todo cheio de si.

"Eu vou ter que me inclinar assim também??" Idá perguntou, espantado. "Noventa graus??"

O homem deu risada, "Não! Não! Por Deus, não! HaHa... Eu não faria isso com você. Quebraria sua coluna. Não, não. É só dar um passo para trás."

"Mas como você fez aquilo?"

Ele sorriu, abrindo caminho para Idá, "Cada um tem as habilidades que lhe cabe."

"... Ok então..." Idá disse, meio inseguro, posicionando-se de costas para a parede interna do Arco. "Você vem também?"

"Infelizmente não posso", ele respondeu, resignado. "Estou proibido de entrar."

Como que lembrando os bons modos, o homem estendeu-lhe a mão, "Lázaro Vira-Lobos, mas pode me chamar de Mosquito." E então, fez a pergunta que Idá menos queria ouvir: "A quem devo a honra de ter ajudado?"

Sem pestanejar, Idá apertou a mão gelada do homem e disse o primeiro nome que lhe veio à cabeça,

"Hugo Escarlate. A seu dispor."

CAPÍTULO 2

O REI DO MORRO

Controle.

Era tudo em que o homem conseguia pensar. Um homem de passo pesado, decidido; sereno, em suas menos-que-nobres intenções.

Caminhava por um corredor largo, luxuoso... um luxo rústico, de outros tempos. Móveis de madeira nobre, vasos e estátuas de marfim, enfeites tribais.

E espelhos. Muitos espelhos, enormes, com bordas trabalhadas em palha. Neles se via tudo, menos o reflexo do homem, que passava arrancando olhares furtivos dos serventes africanos. Gostava de ver o respeito no olhar dos súditos de seu pupilo, que há muitos anos passara a considerar como seus.

Respeito ou medo?

Pouco importava. Desde que fizessem o que ele mandasse.

Ah... o domínio sobre os homens, sobre as almas. A busca pelo controle total.

Já estava mais do que na hora de acabar com aquele joguinho. Seu aprendiz ganhara confiança demais, concentrara poderes demais, começava a querer pensar por conta própria... aquilo era perigoso. Não podia ser tolerado.

Sereno, passou pelos guardas, que o cumprimentaram batendo suas lanças contra o piso de mármore, e entrou no salão. Um salão vasto e vazio, a não ser pelo trono de marfim e o rei que nele sentava, consultando-se, aflito, com seus chefes militares. Nem que rogassem a todos os òrìsà conseguiriam impedir a invasão do Reino. Não dessa vez. Não sem sua ajuda. O grande exército de Oyó, temido por todas as terras d'África, não mais conseguiria inutilizar miraculosamente as armas do inimigo.

Os chefes davam notícia do ataque surpresa. Descreviam como os cavalos, sempre tão corajosos, agora pareciam querer fugir dos invasores. O rei ouvia a tudo atentamente, apoiando o queixo sobre seu poderoso cajado de madeira maciça, tentando disfarçar o desespero.

Aquela era a hora. O homem aproximou-se a passos firmes. Ao vê-lo chegar, o rosto do rei se iluminou, como uma criança vendo doce. Seu mestre de tantos anos... Ele certamente saberia o que fazer.

Pobre coitado... ainda acreditava nas boas intenções do mentor. Todos já sabiam. Todos já temiam aquele homem. Menos o rei, que, inocentemente, punha toda sua confiança nele. Naquele que havia lhe ensinado tudo que ele hoje sabia.

Por que o fizera? Por que ensinara? Nem o mentor sabia ao certo. Para matar o tempo, talvez. Como diversão. Para ter o que fazer.

Mas o fato é que a brincadeira tinha ido longe demais.

Dispensando seus súditos, o rei ergueu-se do trono e caminhou com ânimo renovado em direção ao mestre, abrindo os braços para abraçar a única pessoa capaz de eliminar seus problemas.

O mestre, no entanto, não se moveu para abraçá-lo como sempre fizera. Em vez disso, apontou sua varinha negra na direção do rei, que parou espantado.

Percebendo que afastara-se imprudentemente do trono sem seu cajado, só lhe restou olhar perplexo para o mentor, incapaz de compreender o motivo da traição.

Sem sentir qualquer remorso, o mestre observou por mais alguns segundos seu pupilo indefeso, como quem examina pela última vez uma foto que pretende queimar, e então, sem mais delongas, pronunciou o feitiço que mudaria para sempre o destino dos dois.

O forte jato roxo fez Hugo acordar de sobressalto.

Hugo não, Idá ainda. Faltava um dia para que recebesse a carta que mudaria sua vida.

Com a cabeça latejando, levantou-se do chão de terra onde fora jogado na noite anterior. Não se lembrava como havia terminado a surra, mas podia sentir ainda o gosto metálico de sangue nos lábios. Presente de aniversário do Caiçara.

Com o corpo dolorido, olhou à sua volta e sentiu um calafrio. Haviam-no largado no pico do morro, no terreno baldio onde os traficantes costumavam executar seus inimigos.

Aviso mais claro não era necessário. Idá tinha plena consciência de que só estava vivo por ter a preferência do dono do morro, mas não se deixaria intimidar por aquela ameaça. Não mesmo.

Mancando da perna esquerda e com um nó de raiva na garganta, ele começou a descida íngreme e tortuosa que levava à sua casa. Ao longo do percurso, crianças descalças brincavam nos chuveirinhos que jorravam dos canos, como se nada no mundo as preocupasse.

Chuveirinhos eram um sinal de que houvera tiroteio na noite anterior. O encanamento da comunidade onde Idá morava era exclusividade local. Vinha pelo alto, aproveitando a inclinação bizarra do morro Dona Marta, o mais íngreme da cidade, para fazer a água descer com mais pressão. Os chuveirinhos surgiam quando as balas faziam o favor de atingir esse encanamento.

Parando embaixo de um deles, Idá lavou o sangue do rosto. Não podia aparecer em casa daquele jeito, muito menos desfilar pela favela demonstrando o quão fraco ele era contra o Caiçara.

Idá ainda não fazia ideia do poder que tinha; poder capaz de obrigar todos eles a ficarem de joelhos na sua frente; poder de estrangular o Caiçara até a morte sem nem ao menos tocar seu pescoço, e sumir com o corpo como se nunca tivesse existido.

Por enquanto, não sabia de nada disso. Sabia apenas que era mais um miserável vivendo em condições sub-humanas numa das mais de 200 favelas do Rio de Janeiro, sendo constantemente ameaçado por uma gangue de bandidinhos metidos a traficante, que pareciam não ter mais nada para fazer da vida além de atazanar a sua.

"Olha só quem resolveu descer!"

A voz era inconfundível e Idá nem se dignou a olhar, continuando sua descida. Podia ver Caiçara de canto de olho, magrelo, branquelo e nojento, encostado na parede de um dos barracos, cercado dos caras que haviam surrado Idá na noite anterior.

Ainda não era hora de revidar. Estavam armados até as gengivas, e Idá não era burro.

"Onde tu pensa que vai, Formiga?" Caiçara insistiu, sem sair de seu posto, e Idá precisou fazer um esforço grande para se controlar. Aquele apelido o tirava do sério. Quase tanto quanto seu próprio nome.

"Vai, Formiga! Vai! Vai chorar pra mamãe!" Idá ainda ouviu, antes de subir a mureta que o levaria à sua casa.

A maioria dos barracos na favela Santa Marta não era servida por saneamento, coleta de lixo ou qualquer outro serviço básico. A situação de Idá, no entanto, era ainda pior, e ninguém discordava. Dizer que vivia em um "barraco" era força de expressão. Ele, sua mãe e sua avó moravam encaixotados em um contêiner de seis metros quadrados, onde a temperatura chegava a 50 graus no verão. Solução improvisada da prefeitura para alojar "temporariamente" as famílias retiradas das áreas de risco depois de um deslizamento de terra que acontecera em 1988.

Mais um ano e eles comemorariam o aniversário de uma década de esquecimento do poder público. Dez anos esperando as tais casas populares prometidas pelo município. Dez anos vivendo numa maldita caixa de zinco, tratando das eventuais queimaduras causadas pela chapa quente que Idá e família chamavam carinhosamente de "parede", e das pneumonias e outras doenças causadas pelo calor e pela umidade daquele lugar.

Sua avó brincava que Idá não deveria se queixar. Afinal, o contêiner era ventilado por duas janelas e alguns buracos de bala. Já os amigos citavam a vista, uma das mais alucinantes do Rio de Janeiro, talvez do mundo: o Corcovado e o Cristo Redentor à sua extrema direita, a Baía da Guanabara com o Pão de Açúcar à sua esquerda e, quase à frente, a Lagoa Rodrigo de Freitas. Todos os pontos turísticos mais famosos da cidade na porta de sua casa. Quem poderia querer coisa melhor?

Pois Idá trocaria na hora aquela vista por uma casa duplex, com ar-condicionado, televisão e videogame.

Além de viver naquela droga de caixote, de ter de aturar o calor de 40 graus que fazia naquela manhã, e de estar todo quebrado, Idá ainda teria de ouvir as broncas da mãe, que certamente estaria no contêiner a uma hora daquelas, se perguntando onde seu filho se metera e por que não dormira em casa. Talvez não devesse ter lavado o sangue do rosto. Teria ao menos inspirado nela um pouco de solidariedade.

Idá entrou sem fazer barulho, tomando cuidado para não esbarrar nas bordas quentes da porta. O bafo quente do lugar estava insuportável, mas sua avó dormia tranquila na única cama do único cômodo, onde dormiam os três.

Nem sinal da mãe, graças a Deus, Oxum, São Jorge, Santa Teresinha e todos os outros santos. Idá foi até a cabeceira da cama e checou o mais recente buraco de bala da parede. Se houvesse dormido em casa... talvez estivesse no necrotério àquela hora.

A luz do sol passava pelo buraco, criando um feixe que iluminava o livro largado na mesinha de cabeceira. "O Corcunda de Notre Dame", de Victor Hugo. Cara bacana. Idá considerara a possibilidade de pegar emprestado um outro livro daquele tal de Hugo: "Os Miseráveis", mas de miséria ele já tinha o bastante. Preferia algo com gárgulas, corcundas e donzelas, no momento. E tinha que ser o livro completo. Nada de resumos. Já bastavam as aulas resumidas que tinha na escola, com professores faltosos e matérias pela metade.

"Onde o senhor esteve essa noite?"

Idá se virou ao som da voz severa da mãe. Ela tinha parado na soleira da porta, com um saco enorme de roupa suja nas mãos. "Não foi com aquela vadiazinha da São Clemente, foi?"

"Não é da sua conta", Idá cortou, fingindo ler.

A mãe jogou o saco na mesa e arrancou o livro de suas mãos. "Não é da minha conta?? Onde o senhor esteve essa semana inteira?!"

Semana inteira?? Do que diabos ela estava falando...

"A primeira semana de aula, Idá!"

Idá fechou a cara. "Quem caguetô?"

"Tanto faz quem me disse!" ela respondeu horrorizada. "Eu fico dias naquela fila infernal pra te matricular e tu falta assim!"

"Nunca acontece nada na primeira semana! Nem professor tem direito. Aliás, aquilo tudo lá é uma grande perda de tempo."

Idá levou um tapa na boca pelo desaforo. "Você nunca mais diga isso!"

"Tu nunca tá em casa! Quando tá, fica querendo dar lição de moral?!"

"Ah!" ela riu, sarcástica. "Então eu trabalho feito uma condenada pra botá comida dentro de casa e tu me acusa de nunca estar aqui?! Eu devia é ter te forçado a trabalhar na feira comigo! Assim tu aprendia!" Dandara começou a separar as roupas sujas das que eram para costurar, imprimindo sua revolta em cada gesto. "É nisso que dá! É tudo culpa daquele branquelo do teu pai!"

Idá revirou os olhos. Mais uma vez o pai...

"Se aquele covarde tivesse ficado pra cuidar do filho, tu não tinha virado um marginalzinho!"

"Eu não sou um marginalzinho!" Idá gritou, acordando a avó.

"Então volta pra escola! Hoje mesmo!"

"Hoje é *SÁBADO*!" ele berrou de volta, saindo porta afora.

"Onde tu pensa que vai?! Volta aqui, menino!" a mãe chamou da soleira da porta, mas Idá já estava a metros de distância e não pararia por conta dela. "Você tinha combinado que ia tapar a goteira de cima do fogão hoje! Tão dizendo que vai chover!"

"Bota balde!" Idá gritou sem olhar para trás, "Assim vai ter água quando faltá de novo!"

Quem era ela pra mandar ele tapar goteira? Tinha acabado de chamá-lo de *marginalzinho* e já vinha pedindo favores?!

Não... Idá vinha se irritando com muita facilidade. Ele próprio admitia isso. Queria sair daquele lugar, daquele contêiner, fugir de tudo. Sua mãe não tinha culpa... ela só queria seu bem. Mas precisava ser tão chata?! Não podia chegar e dizer "Meu filhinho! O que houve com você? Por que não dormiu em casa hoje? Aconteceu alguma coisa? Está tudo bem?", mas nããão... tinha que começar já dando bronca!

Desde sempre havia sido só eles três na família. Ele, a avó e a mãe. Do pai, Idá não tinha qualquer lembrança. Sumira quando ele ainda era bebê. Seu único primo e tios haviam morrido num acidente de carro um ano antes de ele nascer e sua mãe sempre lamentara a falta que uma família grande fazia na educação de um filho.

Idá até preferia assim. Se com três pessoas já era insuportável, imagine com mais! Não gostava de bagunça. Preferia que as coisas estivessem sob seu absoluto controle.

O que não era bem o caso.

Idá riu. Ela nem tinha notado seus ferimentos. Não que sua mãe não se importasse com ele. Se importava até demais – chegava a ser sufocante. Mas quando ela ficava com raiva, a cegueira baixava. E Idá conhecia muito bem a mãe para saber que aquele ataque histérico dela não tinha só ele como culpado. Eram comuns os xingamentos contra seu pai, mas esses xingamentos ficavam especialmente agressivos quando ela terminava com mais um namorado.

Podia apostar que Cleiton não apareceria mais por lá. Finalmente uma boa notícia. Chamava Idá de vagabundo, dizia que tinha que largar a escola e procurar emprego.

O que restava saber era se Cleiton tinha caído fora por conta das brigas diárias com Dandara ou por causa da panela de água fervente que Idá jogara na sua cara no dia anterior. Devia estar com uma bolha asquerosa no rosto.

Idá não deixava ninguém bater nele sem volta. Não mesmo.

"Mas também tu provoca, né não?!" Saori disse após ouvir a narração de Idá sobre a surra que levara do Caiçara. "Num pudia ficá quieto no teu lugar?"

Saori, também conhecido como Welinton da Silva, era um garoto magro feito varapau, descendente de uma linha de nordestinos que se mudara para o Dona Marta há algumas gerações, companheiro de molecagem de Idá. Sonhava em ser motorista de táxi ou astronauta. Qualquer um dos dois estava bom.

Idá achava aquilo patético, mas era melhor não contrariar.

Sentados na laje da casa de Saori, observavam a movimentação costumeira de sábado. Moleques correndo atrás de bolas semimurchas, donas de casa pendurando roupas para fora da janela, meninas dando risadinhas e lançando olhares furtivos aos jovens guardas da boca de fumo, que se exibiam com seus fuzis atravessados no peito... Enfim, uma cena normal de fim de semana.

Nem sempre fora assim. De lá, daquela mesma laje, no ano anterior, Saori e Idá haviam assistido, entusiasmados, à gravação do clipe do Michael Jackson. Eles e mais umas dezenas de pessoas lutando pelo melhor lugar na laje da Dona Ciléia, mãe do Saori. Todos amontoados, se empurrando, só para ver o astro pular e correr para cima e para baixo nas escadarias estreitas do Dona Marta.

Aquele tinha sido um dia estranhamente mágico. Um astro internacional dançando pela favela com permissão do dono do tráfico e cobertura da mídia nacional, sem interferência alguma da polícia. No mínimo extraordinário.

A casa de Saori ficava a poucos metros da boca de fumo principal da favela – quartel-general do Vip, o chefe do tráfico no Dona Marta, dono do morro. Três homens faziam a guarda, dois com pistolas e um com fuzil. Caiçara devia estar lá dentro a essa hora, mas Idá não tinha medo dele. Não enquanto Vip estava por perto. Era Vip que havia batizado Idá com seu único apelido decente.

"Saca só, Bruxo", Saori chamou, mostrando com orgulho uma pipa listrada em vermelho e preto. "Tava lá no Tortinho, dando sopa."

Tortinho era o campo de futebol da favela. Chamavam de Tortinho porque... bom, não era a obra arquitetônica mais bem realizada da humanidade.

Mas Idá não estava nem aí para pipas novas. Muito menos para futebol.

"Isso é coisa de playboy", ele disse, rejeitando a pipa e indicando o fuzil com a cabeça, "Preciso é daquilo ali."

"Ih, ó o cara aí!"

"Pra dá uma boa lição naqueles otários."

"Bruxo, se liga", Saori disse, assumindo uma pose de sábio protetor, "fuzil é bom pra pegá gatinha. Pra matá traficante dá não... aí já é coisa de maluco. Eles sacam muito mais de fuzil do que você." Saori abriu um sorriso maroto, "Agora, de gatinha tu entende."

Idá sorriu, mas só para agradar o amigo. Não estava nem um pouco no clima para o assunto.

"... as mina só olha pra maluco com Uzi na mão. Mas tu, Bruxo, tu não precisa. Com esses farol aí tu pega qualquer mina. Se eu tivesse os olho que tu tem, eu tava feito."

Verdade. Os olhos verdes de Idá contrastavam perfeitamente com sua pele escura. Verdes com tons de mel e caramelo. A única coisa que herdara do covarde do pai.

Preferia não ter herdado nada.

"E a Gislene?" Saori perguntou, sinalizando com a cabeça uma menina que acabara de entrar na rua com um grupinho de amigas. "Tu já pegô?"

"A Gislene, vacilão?? Eu, hein!"

"Ué, por que não??"

"Sei lá..." Idá deu de ombros. "Seria como beijá irmã, tá ligado?

"Mas tu nunca nem trocô palavra com a mina, mané!"

"Ah... ela é uma chata. Tu sabe disso melhor que ninguém. Exigente, metida a certinha... dá certo não."

Saori abriu um sorriso malicioso, "Se não fosse chata tu pegava?"

"Não é de se jogar fora", Idá respondeu, tentando não bufar de tédio. O assunto já havia dado o que tinha que dar. "Mas prefiro a Elô, lá do Cruzeiro."

"Ih!" ele riu, "Aquela lá não é pro teu bico não, rapá! Aquela lá é do Playboy."

Falando no diabo, lá estava ele, subindo as escadarias, esbanjando um tênis de marca novinho. Andava sempre com ginga de sabichão, soltando aquele ar de quem sabia que era 'o cara', tirando onda com as meninas. Completamente irritante. Seu cabelo, que no dia anterior era de um tom nojento de verde, hoje estava pior ainda, listrado de amarelo e azul. Mas elas gostavam daquela ostentação toda, fazer o quê? Gostavam das correntes douradas no pescoço, da bermuda de esportista... Tudo comprado com dinheiro do tráfico.

"Saca só o aparelho celular do cara", Saori apontou e Idá sentiu uma pontinha de inveja. Celular ainda era artigo raro naquela época. Só bandido tinha, e olhe lá.

Idá ainda teria um daqueles... E um tênis de marca também.

"Aí, vai um tequinho?" Saori interrompeu o pensamento de Idá, que se virou para ver o amigo abrindo um papelote que transbordava de pó branco.

"Cocaína?!"

"Shhhh!" Saori disse, levando o dedo aos lábios.

Idá baixou a voz, tenso, *"Onde tu conseguiu isso???"*

"Amostra grátis", Saori abriu um sorriso malandro.

"Tu tá louco, mané?! Roubar dos cara assim, na mão grande??"

"Ah, vai, é só um tequinho", ele disse, pegando um canudo no bolso. "Eles nem vão dá falta."

"Não vão é?" Idá retrucou, arrancando o canudo de sua mão e jogando longe.

"Ei!"

"Tu tá maluco?! Tu acha que eles não vai notar que tu tá doidão? Isso nem o Vip perdoa! Corta teu dedo fora! ... E eu acabo indo junto!"

Não era só pelo perigo de ser descoberto. O que Idá não admitia mesmo era a burrice de cheirar um troço daqueles. Cocaína era coisa de idiota desesperado. Idá podia ser revoltado, "aborrescente", um pouco ousado demais até, mas não entrava naquela roubada. Já tinha visto nêgo se destruir com aquilo. Já assistira um dos ex-namorados de sua mãe morrer de overdose, encolhido ao lado do fogão do contêiner.

Otário.

Agora, SER do tráfico era bem diferente. Dava status, fama, dinheiro, poder, garotas...

"Eu vô entrá pro tráfico", Idá declarou, para o completo espanto do amigo.

Entraria para o grupo do Vip, aprenderia tudo sobre armas, ganharia a confiança absoluta do chefe e depois, na primeira oportunidade, pipocaria toda aquela cara espinhenta e desdentada do Caiçara.

Saori olhava para Idá como se o amigo tivesse acabado de dizer que concorreria à presidência dos Estados Unidos. Com um espasmo, voltou a si e exclamou, *"Do mal..."*, num misto de espanto e admiração.

"É..." Idá concordou, abrindo um sorriso maquiavélico. "E vou fazer isso agora."

Com um salto, Idá pousou na rua e se dirigiu à porta da boca de fumo. Os guardas acompanharam seus movimentos, mas nada fizeram. Afinal, ele não era o único a querer entrar lá. A fila de moradores na frente do QG do Vip dava voltas. Todos revoltados com o tratamento a que estavam sendo submetidos pela polícia.

Vip tinha transformado aquela boca de fumo numa espécie de central de reclamações da favela. Lá, ele era um Rei atendendo seus súditos. Sábio e magnânimo. A violência policial aumentara na comunidade, em parte por sua culpa. Estivera foragido durante muito tempo e agora que voltara, era o alvo número Um da polícia do Rio de Janeiro. Subiam o morro todas as noites à procura dele, invadindo barracos e espancando moradores que nada tinham a ver com o tráfico de drogas.

Vip ficava todo prosa com a atenção policial. Dizia que dava prestígio, que logo ia virar *popstar* e aparecer na televisão. Era louco. Mas Idá gostava.

E o povo do Dona Marta também. Vip dava assistência, emprestava dinheiro, comprava brinquedo para a garotada, dentadura pra velhinho, chinelo, bermuda... tinha até oferecido um barraco novinho para a mãe de Idá, mas Dandara nunca aceitaria 'esmola de bandido'.

Idá não a perdoava por isso.

"Ei ei ei! Fura fila não, Formiga!" Playboy se aproximou, empurrando Idá para trás com a lateral de seu fuzil dourado. "Tá pensando que é gente, é?"

"Na moral, preciso levá umas ideia com o Vip."

"Tu e o morro inteiro, rapá. Pro fim da fila." E cutucou Idá com o cano, tentando forçá-lo a recuar. Mas fuzis não o intimidavam, e Idá pressionou insistente, arrancando xingamentos dos moradores que estavam há horas esperando na fila.

"QUAL É O CAÔ?", Vip surgiu na porta do barraco.

Caiçara vinha logo atrás, com aquele cabelo oxigenado dele.

"Ó o furão aqui", Playboy respondeu, com o fuzil quase encravado no peito de Idá.

"Ih!" Vip abriu um sorrisão. "É o bruxo! Tá expulsando o bruxo, mané??"

Infiltrando-se na multidão, Vip foi buscar Idá e conduziu-o pelo ombro até a boca de fumo.

Ainda era possível ouvir o descontentamento dos enfileirados lá fora quando Playboy fechou a porta do barraco, irritado. "Qualé, Comandante! Só porque o moleque sabe soltá pipa??!"

"Sem linha, mané! Sem linha!! Tu não viu não? O moleque é bruxo!"

"Isso não qué dizê que vai espantá os cana."

"Pode ser. Mas o moleque fica."

Sentando Idá numa cadeira, Vip foi até outro cômodo buscar alguma coisa. Idá aproveitou para fazer uma careta na direção de Caiçara, que respondeu com um olhar assassino mas continuou onde estava, encolhido num canto do barraco, todo marrento e emburrado, brincando com sua moeda de prata. Caiçara não se atreveria a machucá-lo. Não ali.

Ah, sim, o episódio da pipa.

Havia acontecido pouco antes da visita do Michael Jackson. Saori acabara de comprar uma pipa com os trocados que ganhara fazendo malabarismos num sinal de trânsito. Idá achava aquele entusiasmo todo meio bobo, mas o garoto estava todo orgulhoso, empinando sua pipa novinha.

Nem dois minutos haviam passado quando a linha se rompeu e a pipa saiu rodopiando céu afora, para a absoluta tristeza de Saori, que ficou assistindo sua pipa ir embora com os olhos úmidos, sem poder fazer nada.

O fato é que Idá ainda não conseguira explicar como tinha recuperado uma pipa praticamente perdida. Foi só ele estender as mãos que ela veio pirroteando até ele. Todo mundo viu.

Naquele dia, ele ganhara o respeito de alguns e a inveja de outros. Sem falar no medo. Os mais religiosos da comunidade nunca mais se atreveram a passar perto dele.

Idá tinha certeza de que havia sido pura sorte. Ele estendera o braço e, por coincidência, a pipa rodopiara até ele. Mas se para Vip tinha sido magia, quem era Idá para contrariá-lo?

Vip acreditava nessas coisas. Antes de qualquer operação de risco, ele sempre visitava o terreiro de Maria Batuca, botava no pescoço a guia de seu orixá, junto do terço e da correntinha de Nossa Senhora Aparecida, e só então ia para a luta, sem nunca se esquecer de benzer sua AR-15 de estimação.

"Aqui, Bruxo. Presente", Vip disse, chegando com um rádio de pilha na mão.

Idá pegou o radinho com certa insegurança, "Mas eu nem disse pra que eu vim aqui!"

"E precisa?!" Vip perguntou, dando risada e enchendo o peito de orgulho, "O Vip aqui sabe das coisa! Tava te esperando há muito tempo, rapá. Cedo ou tarde tu ia aparecê." E se agachou, apoiando as mãos nos joelhos de Idá, "A parada tu sabe qual é: tu vai ficá lá na laje da Dona Marica vigiando a área de noite."

Idá não conseguiu disfarçar a decepção, "Mas eu queria ser Sentinela!"

A risada de Vip foi ecoada pelos outros bandidos. "Acabô de entrá pro crime e já qué sê promovido?! Né assim não! As preliminar primeiro, garotão. As preliminar primeiro. Tu fica de falcão lá, vigiando tudo, e depois a gente vê se te promove. E não vai sê pra Sentinela, não. Talvez aviãozinho e olhe lá."

Idá bufou emburrado. Olheiro era coisa pra criança! Aviãozinho era melhor; transportar a droga para cima e para baixo dava mais liberdade de movimento, mas ainda assim não tinha acesso às armas. Idá queria as armas.

Talvez até aceitasse ser Vapor. Nas noites mais bombantes, um Vapor podia faturar até 1,500 dólares vendendo drogas. Talvez desse para comprar uma arma depois de alguns meses de trabalho. Mas olheiro?! Olheiro ficava lá, paradão, sem fazer nada, a madrugada inteira!

"Fica bolado, não, aê", Vip disse, percebendo sua frustração. "A parada tá sinistra pro meu lado. Precisamo de mais falcão de vigia. Tu é responsa, né não?"

Idá confirmou com a cabeça, resignado por ora.

"Sinistro. Tava precisando mesmo contratá rapaziada nova. Os antigo tão tudo manjado pelos homi já", e se levantou, dirigindo-se aos outros. "Parada é a seguinte. Hoje eu vô encontrá com a mina de Ipanema. Qualqué caô tu me chama", e jogou um celular para Caiçara.

Inconformado, Idá ainda fez uma última tentativa, indicando a pistola jogada em cima da mesa, "Não vai dá um cano desses pra mim, não?"

"Ih, ó o cara, aí! Tá achando que é moleza? Tu ainda é muito pirralho pra isso!"

"Na moral, Vip!" Idá insistiu. "Tu tinha 12 quando atirô a primeira vez!"

"Bruxo precisa de ferro, não, aê", Caiçara debochou lá de trás. "Faz magia!"

"Implica com o Bruxo, não, Caíça", Vip decretou, saindo porta afora e deixando Idá sozinho com seu rival.

"Pra mim tu vai sê sempre o Formiga, pirralho", Caiçara disse, aproximando-se de Idá com uma das mãos apoiada na coronha do revólver. Parando a poucos centímetros de distância, sussurrou em seu ouvido, *"Quando ele empacotá, tu vai se vê comigo. Eu vou ser chefe disso tudo aqui."*

Tomando o cuidado de recolher a pistola de cima da mesa, deixou Idá sozinho no barraco.

E pensar que Vip chamava o desgraçado de 'homem de confiança'. Caiçara tinha 19 anos, dois a menos que Vip. Havia aprendido tudo com ele. Mas pra gente ambiciosa como Caiçara, não existia a palavra lealdade. E não adiantava tentar advertir o Vip contra ele porque, o que Caiçara tinha de traidor, Vip tinha de ingênuo. Confiava demais nas pessoas.

Idá, pelo contrário, já tinha aprendido há muito tempo a não confiar em ninguém. Todos, algum dia, seriam traidores; e Idá não estava a fim de ser enganado. Das pessoas que conhecia, só confiava em *uma*.

Idá entrou em casa sem fazer barulho e apressou-se em esconder o radinho de pilha dentro da mochila da escola. Mais difícil seria esconder sua nova atividade da mãe, mas nisso ele pensaria mais tarde.

Fechando o zíper da mochila com cuidado, empurrou-a de volta para o canto e deu uma checada na temperatura da avó, que dormia um sono leve na cama.

Estava com febre de novo.

Ela costumava ser muito ativa. Preparava comida, fofocava com as vizinhas... era muito amada por toda a comunidade. Chamavam-na de Mãe Josefina, mas para Idá ela seria sempre sua Abaya. Aquele cabelo branquinho na pele negra, aquela gargalhada gostosa que só ela sabia dar... A única pessoa em quem ele confiava no mundo.

Idá lhe fez um carinho e ela abriu seus sábios olhinhos negros. Depois de uma boa olhada no neto, sorriu suspirando, "Ô, criança... o que tu guarda nesse teu coraçãozinho?"

Ele devolveu o sorriso, "Nada não, Abaya."

Era impossível esconder qualquer coisa dela.

Abaya passou o dedo na testa do neto, sentindo o corte da coronhada que levara na noite anterior. Sua avó estava aos poucos perdendo a visão, mas ainda podia enxergar o que sua mãe não vira.

"Esqueceu de ir pra escola essa semana, Idá?"

"Ah, vó... sei lá", Idá disse, sentindo uma angústia repentina. "Acho que aprendo mais lendo aqui em casa do que lá. Faz dois anos que eu não tenho aula de matemática! Dois *anos*, vó! E ano passado a gente ficou três meses sem professora de história. Se não fossem as minhas leituras, eu ia ser igualzinho aos garotos da minha turma. Completamente ignorante."

"Tem que tê paciência, criança..." ela sorriu, serena. "Veja eu. No meu tempo, num tinha nem escola pra mim. Nós lutava por escola. Agora os jovens num quer nem sabê. Melhor um professor que falta do que nenhum."

Idá meneou a cabeça, "Sei não, vó... sei não."

Sua Abaya fitou-o com carinho. "Por falar em escola, feliz aniversário."

Idá sorriu. "Só a senhora pra lembrar. A senhora e o Caiçara."

"Dá um desconto para sua mãe. É difícil lembrar de uma data que nem sempre tá no calendário, Idá."

Mas os dois foram interrompidos. Sua mãe havia entrado em casa e, pela força com que a porta se fechara, não era boa coisa. Idá olhou para o lado e viu Dandara parada na entrada, com as mãos na cintura, quase soltando fogo pelas ventas.

Antes que ele pudesse abrir o bico, ela atacou.

"Que história é essa de entrá pro tráfico?"

Idá demorou alguns segundos para se recuperar do baque. "Tu tem rede de espião na comunidade, é?!"

Dandara deu aquela risada irônica irritante que só ela sabia dar. "Eu tenho olho nas costas, isso sim! Quem é mãe precisa ter! Moleque mais endiabrado nunca vi, meu *Jesus* amado..."

"E se eu quisé entrá pro tráfico?" ele provocou. "Quem vai me impedir? *Jesus*?"

Dandara fuzilou-o com os olhos. "Tu devia era fazê sirviço na Igreja pra aprendê! O pastor já te chamou mais de uma vez. Mas não! Quer virá *bandido*!"

"Num bota bandido dentro de casa que eu não viro bandido!" Idá alfinetou.

"Eu não boto bandido dentro de casa!"

"Ah, não?! E o Caiçara é o que então, um *santo*??"

Dandara abriu a boca para argumentar, mas logo voltou a fechá-la. "O Caiçara foi um erro."

"Um erro?! O maior bandido da favela, um erro? E o Cleiton? E o Roberval? Quantos erros tu vai cometer até aprendê a lição?"

"Tu para de implicar com meus namorados!"

"E tu para de implicar comigo!"

"Eu não estou implicando contigo. Estou te educando!"

"Tá fazendo um *péssimo* trabalho!"

"Ô, Obá..." Abaya exclamou com a voz aflita.

Idá se calou, e procurou se acalmar. Pela avó.

Estava tremendo de raiva... Os dois estavam. Eram sempre assim as brigas entre eles. Idá não conseguia entender o porquê. Eles se gostavam! E, no entanto, não conseguiam ficar um dia sequer sem se agredirem.

Dandara também havia se calado. Estava chorando, exausta. E quando Idá falou novamente, tentou adotar um tom mais conciliador. Menos agressivo.

"Tu só cai de amores por bandido, pô... Qual vai sê a grande diferença se eu entrá também?"

"Não diz isso, Idá..." sua mãe implorou, desabando na cadeira com o rosto nas mãos. Dandara era uma mulher forte, corajosa, responsável, mas caía fácil na lábia de criminoso. Não tinha jeito. A quantidade de mau-caráter que já levara para dentro de casa... Ela não tinha o direito de julgar qualquer decisão do filho. Não tinha.

"Idá..."

"Bruxo, mãe. Me chama de bruxo..."

Dandara passou a mão pelos próprios cabelos, inconformada, "Por que eu te chamaria de bruxo, Idá? Esse teu apelido me dá nos nervos! Bruxaria é coisa do Demônio!"

"A Abaya gosta."

"Tua avó não sabe o que diz. Teu nome é lindo, filho... Tu devia se orgulhá dele."

"Orgulhar??" Idá repetiu, tentando manter a calma milagrosa que os dois haviam conseguido estabelecer. "Eles riem de mim na escola, mãe. Eles riem de mim aqui também. Depois tu não entende por que eu, de vez em quando, tenho que quebrá a cara de um."

"Eles só fazem graça porque tu se incomoda. Por que tu acha que o Caíça te chama de formiga? Com certeza não é porque tu cai de amores pelo apelido."

Idá se calou. Detestava quando ela estava certa. Mas também, o que tinha passado pela cabeça dela no dia do batizado?

Dandara estava chorando de novo. "Meu filho... um bandido..." ela murmurou desconsolada.

"Mãe... A gente precisa do dinheiro. Você sabe disso. E o Vip não é tão ruim assim. Ele é gente boa! Ele dá uma assistência pro pessoal do morro... Hoje mesmo tava uma fila enorme lá na boca"

"Não se engana, não, Idá! O Vip já mandô matá muita gente por aí! Tu não se lembra do que ele fez com o Zé Zangão?"

"O Zangão teve o que merecia", Idá disse, impassível. "Baita de um X-9."

"Teve o que merecia??" ela repetiu, horrorizada. "O Vip fez o homem comê a própria língua!"

Idá sorriu, "Criativo."

"Algum dia eu ainda te faço comê a tua!" Dandara se levantou nervosa, e saiu porta afora.

Não voltaria tão cedo. Ela só tinha energia para duas brigas por dia.

"Bruxo, vem aqui", Abaya chamou-o com ternura.

Ela o entendia. Era a única.

Idá deitou-se ao lado da avó, que começou a acariciar seus cabelos crespos. "Já te contei a história de Benvindo?"

"*Benvindo*?! Isso é nome de gente?!"

"Pois é..." ela abriu um sorriso esperto. "E depois tem gente que reclama do nome que tem."

Só ela mesmo para fazê-lo rir da própria desgraça.

Ajeitando-se na cama, Abaya começou: "Era uma vez na África um Rei muito poderoso, cujo verdadeiro nome se perdeu no tempo. Nós o chamaremos de Benvindo, como ficou conhecido aqui no Brasil. Seu cajado, de madeira maciça, era fonte de inimaginável poder. O poder dos magos e feiticeiros dos tempos antigos, dos reinos d'África."

Idá sorriu. Era interessante como o linguajar de sua avó se alterava quando ela contava suas histórias. Contava sem nenhum de seus vícios de linguagem ou deslizes gramaticais, como se repetisse, palavra por palavra, as histórias que ela própria ouvira quando criança. Sem tirar nem pôr.

"... Com seu cajado, o Rei impunha sua lei aos súditos. Ao povo dele."

"Como o Vip faz aqui", Idá interrompeu.

"Deixa a véia falar, muleque!" ela disse, brincalhona, e continuou, "Benvindo era um Rei justo. Justo, mas intransigente. E, pouco a pouco, seu poder foi corrompendo-o. Tomou conta de sua alma e de seu espírito. E o Rei que todos amavam se transformou em um déspota... um ditador mimado e violento." Abaya olhou para o neto, "Seu amigo Vip é como ele. O poder cega as pessoas, Idá. Sempre cegou. E algum dia, o Vip vai perder os poderes que tem. Como Benvindo perdeu. Quanto mais poder se tem, maior é a queda."

Idá olhava inquieto para a avó. Já sabia onde ela queria chegar.

"Não entra nessa vida, Idá", ela suplicou. "Qualquer um com uma arma na mão se torna um monstro. Um covarde. Mesmo quando se tem a melhor das intenções em mente. Não se engane."

"Mas eu não vou ser traficante, vó. Só vou ser olheiro!"

"Uma coisa leva à outra. Ou tu acha que o Vip sempre foi um monstro assassino? Ele era um menino bom... Eu o vi crescer, bem aqui, nesta rua. Mas foi corrompido, como Benvindo, pelo poder."

"Ah, vó... desencana. O Vip não é tão ruim assim. Ele gosta de mim."

Abaya suspirou, com uma tristeza no olhar que Idá nunca vira antes. "A gente devia ter saído daqui... enquanto era tempo."

"Vó, relaxa", Idá disse, beijando sua testa e dirigindo-se à porta de mochila nas costas. "Eu não sou como ele."

"É o que eu espero, meu neto... É o que eu espero."

Abaya sabia que sua intenção final era matar o Caiçara. Ela não era boba. Aquela conversa toda tinha sido para tentar dissuadi-lo. Mas agora já era tarde. Ia decepcionar muito a avó, mas não tinha outra saída. Era o Caiçara ou ele.

Idá assumira seu posto na laje da Dona Marica pouco antes do anoitecer. Era possível ver a favela toda de onde estava; um mar desordenado de telhas e lajes. Todas tão juntinhas que apenas em alguns pontos era possível ver as estreitas escadarias que corriam por baixo. Um batalhão inteiro da PM poderia estar subindo naquele instante, ocultos pelos telhados, e Idá nunca perceberia. Por isso era preciso ter o máximo de atenção. A cada detalhe, a cada barulho.

Mas seu entusiasmo inicial já tinha dado lugar ao sono há algum tempo e Idá tentava se manter acordado. O Tortinho permanecia aceso. Podia apostar que tinha gente jogando lá, apesar de já ser madrugada.

Se ainda fosse dia, dali daria para avistar também a barraca de sanduíches do seu Antônio e as ruínas restantes do incêndio de 1966. Mas, como já era madrugada, a única coisa que se podia ver com toda clareza na escuridão da noite estava alguns quilômetros à sua extrema direita: a estátua do Cristo Redentor, iluminada e esplendorosa, de braços abertos lá em cima, no topo do Corcovado.

Idá nunca entendera por que davam um nome diferente para o Corcovado se era exatamente o mesmo morro Dona Marta em que sua comunidade se encontrava. Talvez fosse para esconder a favela dos cartões postais da cidade.

Para Idá, continuava sendo o mesmo morro. O seu morro. Às vezes, em dias de marasmo, ficava observando a superfície de rocha que formava boa parte do Corcovado, e como ela mudava de cor dependendo do clima... marrom em dia ensolarado, roxo brilhante quando fazia sol após um dia de chuva... Ele adorava quando todas as nuvens da cidade eram atraídas para o topo da montanha e ficavam lá, atrapalhando a visão dos turistas. O céu limpíssimo em volta, e as nuvens todas cobrindo apenas a estátua do Cristo Redentor. Parecia de propósito, só para atazanar.

Idá ouviu um barulho e inclinou a cabeça para fora da laje. Era só o Caolho passando com sua escopeta.

O radinho chiou com a voz de Playboy:

"E aí, Bruxo?"

"Tudo limpeza", respondeu o mais novo falcão do Dona Marta. Assim que as palavras saíram de sua boca, no entanto, Idá se encolheu por detrás da mureta ao notar a aproximação rápida de alguma coisa vinda do alto.

Não era um sinalizador, até porque ele teria ouvido o estouro.

Uma pipa, talvez? Mas àquela hora?

Idá forçou a vista – o rádio a postos perto da boca caso precisasse soltar o alerta.

E então relaxou. Era apenas um pombo...

Mas... um pombo carregando um pacote?

Cerrando os olhos para ver melhor, confirmou: era, definitivamente, um pombo carregando um pacote. Mas não daqueles pombos-correio branquinhos e bonitinhos que se via nos filmes. Era pombo de rua mesmo, cinza e perebento.

Idá agachou-se a tempo de sair da linha de perigo e o pombo deu um rasante a centímetros de seu couro cabeludo, deixando o pacote cair a poucos metros de distância. Sem pousar, deu meia volta e foi embora.

Idá checou para ver se Caolho tinha ouvido alguma coisa, mas o traficante não estava mais lá. Deixando o rádio na mureta, foi ver o que o pombo havia deixado cair.

Parecia um pacote daqueles de cocaína. Era mais ou menos do mesmo tamanho: o tamanho de um tijolo. Idá riu. Que maneira mais absurda de entregar o carregamento! O que tinha dado na cabeça dos fornecedores?

O pacote, no entanto, não estava embrulhado em fita adesiva como de costume. Receoso, Idá virou-o com o pé e levou um susto.

Em sua superfície, escrito com letras meticulosamente desenhadas, estava seu nome.

CAPÍTULO 3

COMO POMBO-CORREIO EM TIROTEIO

supé **Idá Aláàfin Abiodun**
Favela Santa Marta,
Morro Dona Marta
Botafogo, Rio de Janeiro – Brasil

"Que palhaçada é essa?", Idá se perguntou em voz alta, abrindo o envelope que viera grudado ao pacote e tirando de lá uma carta. Estava lacrada com um selo vermelho onde se lia as letras NKD, circundadas pela frase: *Barba non facit caragium* (o que quer que aquilo quisesse dizer).

Idá rasgou o selo com cuidado e leu:

Sr. Idá Aláàfin Abiodun,

Mui respeitosamente, venho convidá-lo a se unir ao corpo discente da excelentíssima escola de bruxaria Notre Dame do Korkovado. Dentro do pacote, encontrarás a lista completa de materiais, especificações de uniforme e regras gerais da escola.

Espero que as cumpra.

As aulas começam dia 4 de março deste ano letivo.

Minhas sinceras saudações,

Ilma. Sra. Dalila Lacerda,
Diretora do Conselho Escolar e Administrativo (C.E.A)
01/03/1997

P.S.: Faltar à primeira semana de aulas é inadmissível.

Idá riu. Só podia rir. Quem tinha sido o engraçadinho?

Virou a carta, procurando por alguma dica de quem teria planejado aquela piada ridícula. No verso, o mesmo selo com as letras NKD e um lembrete carimbado em azul:

> *Lembramos que é terminantemente proibida a prática de magia fora do recinto escolar até que o aluno complete 18 anos.*
>
> *(A proibição está sendo revista, em caráter preliminar, pelo comitê de assuntos escolares do Senado, pendendo votação no dia 16 de maio, segundo a qual decidirão por aumentar a maioridade mágica para 20 anos, estendendo então a restrição da magia até esta idade.)*

Alguém tinha tido muito trabalho para pregar aquela peça nele.

A possibilidade de ser uma piada do Saori estava descartada. Idá desconfiava que o garoto não sabia sequer escrever o próprio nome, e que escondia isso dele por medo de perder o amigo. Daquele jeito nunca seria motorista de táxi. Muito menos astronauta.

Idá voltou a olhar para a caixa. Era coisa do Caiçara. Só podia ser.

Bruxo não precisa de ferro não...

Talvez houvesse até uma bomba dentro daquele pacote.

Idá deu um passo para trás.

A ideia de que Caiçara teria tido tempo de preparar uma armadilha daquelas em menos de um dia parecia absurda, mas era a única que ele podia conceber. Bruxos não existiam. E ele certamente não era um.

Quem quer que tivesse sido o engraçadinho, Idá não se deixaria enganar por aquela porcaria. Não suportava que rissem de sua cara. E, quanto mais tempo permanecesse olhando para aquele negócio, mais ririam.

Lendo a carta pela última vez, Idá rasgou-a em pedacinhos, lançando-os lá embaixo, no matagal que circundava o barraco. Guardou apenas o pedaço em que seu nome estava escrito, para que ninguém descobrisse quem tinha sido o alvo da piada.

Voltou-se então para o pacote, decidido a enterrá-lo lá no pico. Assim não haveria qualquer risco de alguém abri-lo e detonar a granada – ou o que quer que existisse lá dentro.

Idá se inclinou para pegar o pacote maldito, mas uma rasteira o fez cair de cara no chão.

"Paradinho aê, pivete!"

Idá congelou, sentindo o cano frio pressionar contra sua nuca e o peso da bota imobilizar suas costas. Tentou ver quem segurava a arma, mas só conseguiu distinguir o uniforme da Polícia Militar. Seu coração ia explodir de tanto bater contra o chão de concreto.

"Tu vai contá pra gente onde o Vip se meteu, não vai?"

"Sei de nada, não, moço!"

"Ah, não sabe!" outro PM debochou, "Tadinho dele!"

Idá recebeu um chute no rim.

"Que foi, belezinha? Tá com medo?" Idá levou mais um chute. "Tem medo não, né? Se tivesse, não tinha entrado pra bandidagem!"

"Eu não sou bandido!"

"Ah, não?"

"Não mais do que vocês!", Idá retrucou antes que pudesse parar a própria língua.

Fez-se silêncio. Um silêncio assustador. Idá cerrou os olhos, esperando o pior. Como ele podia ter dito aquilo?

"Tu enlouqueceu, foi, pivete? Tu enlouqueceu?!", o homem perguntou, dando socos repetidos em sua cabeça. A dor era tanta que Idá não conseguia mais pensar direito. "Quer que eu pare, pivete? Hein?"

"Pará por quê?" um outro perguntou, virando Idá e puxando-o pela camisa até a mureta. "Nós num somo bandido mesmo?"

"Não, não..." Idá tentou corrigir, "Não foi o que eu quis dizer-"

"ONDE TÁ O VIP?!" o mais marrento gritou, empurrando suas costas contra a mureta e jogando-o de volta ao chão.

Sem ar, Idá tentou arrastar-se para fora dali, mas uma mão empurrou seu peito contra o chão e ele ouviu um tiro tão próximo a seu ouvido direito que sua cabeça começou a latejar.

Com a arma ainda quente, o policial pressionou o cano contra seu pescoço e Idá se segurou para não gritar, sentindo o metal fritar sua pele. Estavam comentando algo sobre sua orelha, sobre ter sido apenas um arranhão... mas Idá já não conseguia ouvi-los direito – suas vozes afogadas pelo zumbido em seu ouvido.

Virando seu rosto para o outro lado, sussurraram em seu ouvido bom, *"Pivete, se tu não disser onde o Vip tá enfiado, a gente vai atrás da tua mãe."*

"Não!" Idá exclamou, tentando se desvencilhar.

"Ih, tô achando que o pivete sabe de nada mesmo não... Vamo pipocá esse aí logo, que é menos um bandido no mundo."

"Tá sabendo que a gente ganha extra por cada bandido morto, né, mané?"

Idá estava sabendo sim. O que eles não sabiam era que, juntando a dor que sentia, a falta de ar, a ameaça contra sua mãe, as risadas, e aquele zunido irritante, a raiva de Idá já tinha mais do que ultrapassado seu medo, e, quando um deles virou-o de barriga para cima e apontou a arma para sua testa, Idá o encarou com um olhar que transbordava ódio.

Eles pararam, receosos.

Ou seria amedrontados? Idá não sabia ao certo.

Os olhos do PM mais próximo de repente migraram de Idá para a arma que ele próprio segurava. Estava soltando fumaça. O policial começou a suar, sua mão avermelhando-se progressivamente até que, não aguentando mais, ele largou a pistola e se afastou de Idá como quem foge do demônio em pessoa.

Em poucos segundos, os outros também largaram suas armas e saíram correndo da laje, deixando Idá sozinho. E espantado.

O cheiro de queimado era inconfundível.

Idá tentou pegar a pistola que fora largada a seus pés, mas recolheu a mão. Estava quase pegando fogo de tão quente.

Atônito, ficou sem saber o que fazer ou pensar. Num minuto, ele estivera cercado de PMs enfurecidos; no outro...

Foi então que se lembrou da carta que jogara, tão estupidamente, amurada abaixo.

Será?

Idá correu até a mureta, mas os pedacinhos de carta já não estavam mais lá embaixo e ele se xingou de tudo quanto era nome. Como podia ter sido tão burro?!!

Inconformado, chutou a amurada e se virou, dando de cara com o pacote, que esquecera por completo. Lá estava ele, jogado num canto da laje.

E com um envelope intacto em cima. O mesmo envelope que ele rasgara e jogara fora alguns minutos antes.

Idá apressou-se em abri-lo outra vez. Dentro dele, a mesma carta, novinha em folha, como se nunca tivesse sido rasgada. Lembrando do pedaço que guardara com seu nome, meteu a mão no bolso, mas ele não estava mais lá.

Com um frio na barriga, fitou o pacote por alguns segundos, seu coração trepidando mais do que na presença dos PMs – se é que aquilo era possível.

Respirando fundo, Idá começou a abrir o pacote – camadas e mais camadas de papel que só serviram para aumentar sua ansiedade. Até que uma pequena caixa de madeira foi revelada, com dizeres coloridos no topo, conclamando:

"Venha para a Nossa Senhora do Korkovado,
a melhor escola de bruxaria do Brasil!
Do Ensino Fundamental ao Ensino Profissionalizante
em apenas dez anos!"

Antes que Idá pudesse tocá-la, as diversas partes da caixa se abriram como pétalas de rosa, revelando uma infinidade de papéis, listas, brochuras, fotos e filipetas. Parecia mais um pacote de turismo do que qualquer outra coisa.

Idá desdobrou o primeiro papel. Continha uma lista de materiais e ingredientes que deveriam – Idá ignorava com que dinheiro – ser comprados até terça-feira: alambiques de vidro, fornalhas de calcinar, sementes de caá, sangue de yvyja'ú em pó, folhas de Ipadu, espadas de São Jorge em tiras... Na lista de uniformes, além de roupas que lhe pareciam um pouco quentes demais para o verão carioca, havia também pijamas e trajes de banho. Devia ter piscina lá dentro. A lista incluía itens opcionais como vassouras e pisantes, "para caso o(a) aluno(a) queira se inscrever na aula eletiva de Educação AntiFísica".

O silêncio da noite foi quebrado por uma rajada de metralhadora e Idá se arrastou até a amurada, levando consigo o pacote e a mochila.

O tiroteio havia começado. Era possível ver os clarões lá de cima.

Idá não sentia qualquer remorso por não ter avisado da invasão pelo radinho. Vip não corria perigo algum; nem no Dona Marta ele estava. O único que poderia se ferrar feio com seu silêncio era o Caiçara.

Tudo que Idá mais queria.

Melhor sair logo dali, antes que os próprios traficantes viessem executá-lo pela traição.

Levando o pacote consigo, Idá se esgueirou para fora da laje, embrenhando-se na mata lateral. Lá estaria um pouco mais protegido, a não ser que a polícia estivesse fazendo uso da mata como entrada para a favela.

Sentando-se com as costas numa árvore, voltou a analisar o material que recebera. Estava um breu quase total, mas as brochuras e filipetas pareciam ter luz própria e Idá conseguiu lê-las com facilidade, apesar da escuridão.

Ainda podia ouvir o tiroteio rolando solto lá embaixo, mas não deixaria aquilo tirar sua concentração. O próximo papel continha a lista de matérias, horários e salas de aula. Defesa Pessoal devia ser um assunto interessante...

Mas isso ele leria depois, com mais cuidado. Agora não tinha muito tempo. Enfiando as duas listas na mochila, passou os olhos por algumas das brochuras, detendo-se numa que lhe parecia mais familiar.

Estava repleta de fotos de paisagens naturais que ele mais do que conhecia. Fotos tão perfeitas que pareciam até se mexer.

Idá sacudiu a cabeça. Devia ser o sono.

Abrindo a brochura, mais fotos, de lagos, bosques, escadarias, e uma torre que ele já vira antes. Bem no centro, em letras coloridas, a chamada:

Para dias ensolarados, recomendamos o Parque Lage, localizado entre as encostas do morro do Corcovado e a rua Jardim Botânico. Um espaço para toda a família! Seu clima agradável é apropriado para piqueniques e brincadeiras ao ar livre. Os portões se abrem às 17 horas.

Às cinco da tarde? Pelo que Idá se lembrava, cinco da tarde era o horário de *fechamento* do parque, não de abertura.

Construído pelos invasores Azêmolas em 1849, o Parque esconde muito mais do que simples passeios ecológicos. Recomendamos a torre do castelinho. Nosso guia especializado estará a postos para qualquer pergunta.

PARQUE LAGE
Rua Jardim Botânico, 414
Jardim Botânico – Zona Sul

Vasculhando rapidamente as brochuras restantes, escolheu a mais elaborada para ler em seguida. Parecia um daqueles catálogos de shopping de bacana. Com letras douradas e grafismos elaborados em papel bege, a capa dizia:

ARCO CENTER, *o melhor lugar para se comprar!*

Bruxos e bruxas de todas as idades podem vir para o ***Arco Center****! Entretenimento, compras, centro de alimentação e de artes para todos os gostos, e por um preço camarada!*

Preço camarada? Idá riu. Não entendia nada de 'Coroas Reais' e 'Bufões de Prata', mas os preços da listagem não pareciam nada convidativos. Pobre sabe quando uma coisa está cara, mesmo quando não entende nada da moeda.

Folheou o catálogo, passando por anúncios de lojas de roupas, departamentos de materiais profissionais, revendedores de vassouras esportivas e duas páginas inteiras da Dalila's Wear – luvas, calçados e cachecóis, até chegar na seção de material escolar. Vassouras Halley, CR$3.000,90, caldeirões da marca John Cookery, a partir de CR$990,99, varinhas exclusivas da Wanderia, de CR$549,99 a CR$1.500,90...

Preço 'camarada'. Tá certo. Se aquela loucura toda fosse mesmo verdade, Idá estava ferrado. Ia chegar na tal da escola vestindo bermuda e camiseta, com uma varinha chinfrim e um caldeirão de lata. Tudo que seu dinheiro podia comprar.

Não… Ele não sairia da favela para passar vergonha em outro lugar. Não mesmo.

Colocando tudo de volta no pacote, preparou-se para se levantar, e só então percebeu uma presença inusitada:

Uma ratazana imensa fitava-o, a um metro de distância. Levava na boca o que parecia ser… uma filipeta?

Idá riu – aquilo era demais pra ele – e se esticou para pegar o folheto da boca do bicho, que não ofereceu qualquer resistência e foi embora assim que entregou o que viera entregar.

Ao contrário das brochuras e catálogos do pacote, a filipeta definitivamente não tinha luz própria e Idá precisou forçar a vista para lê-la:

Sub-Saara – Para quem não quer gastar os olhos da cara!
Sub-Saara! Tudo por um Zero a menos! Satisfação garantida!
Arcos da Lapa, nº 11. Centro.
Rio de Janeiro, Brasil.

Arcos da Lapa, nº 11? Ele já vira aquele endereço antes.

Vasculhando sua mochila, pegou a primeira carta novamente. No verso, carimbado abaixo do aviso azul sobre proibição de magia, estava um endereço para compras. O mesmo endereço.

Estranho… Uma escola não recomendaria um centro comercial pirata – e o tal do Sub-Saara tinha muita cara de ser pirata.

Idá analisou a carta com mais cuidado e riu, percebendo um leve borrão no número 11, onde antes houvera um 17. HA! Falsificação barata. Alguém havia adulterado o danadinh-

Uma explosão fez Idá se levantar no susto.

Recolhendo tudo na mochila, resolveu sair correndo para casa. Sua mãe devia estar louca atrás dele.

No meio do caminho, esbarrou em Caolho, que corria escadaria acima com um ombro ensanguentado. Ao ver Idá, lançou-lhe um olhar raivoso e berrou, “Por que tu não avisô, ceguinho de merda!”, continuando sua subida sem tirar o olho dele, ameaçador. “Depois tu vai se vê com o Caiçara!”

Era bom que aquela carta fosse verdadeira, porque agora Idá teria que sair da favela a qualquer custo.

“Onde tu tava, moleque!” sua mãe perguntou com lágrimas nos olhos, assim que ele entrou no contêiner, agarrando-o num abraço de quebrar os ossos. “Achava que tu tinha feito uma besteira e entrado mesmo pra bandidagem!”

"E tinha", Idá confirmou, desvencilhando-se do abraço e indo acalmar a avó, que estava encolhida ao lado da cama, tentando se proteger de uma possível bala perdida.

Antes que Dandara pudesse falar qualquer coisa, Idá se retificou.

"Mãe, relaxa. Entrei, mas já tô pulando fora."

Dandara emudeceu, como se tentasse processar a informação, e então suspirou aliviada, "Tu não sabe como tu me faz feli-"

"Eu fui convidado para um internato, mãe."

Dandara fitou-o confusa, "Um quê?"

"Um internato, mãe. Uma escola onde os alunos ficam pra dormir."

Pelo menos ele se lembrava de ter lido 'pijama' na lista de uniformes.

"É muito conceituada. De verdade."

A confusão nos olhos de sua mãe levou apenas alguns segundos para dar lugar a um imenso orgulho. "Um internato, Idá?" ela perguntou, radiante. "Mas que troço chique é esse? Como te escolheram, filho?!"

"Eu mandei uma carta pedindo pra entrar. Eles viram as minhas notas do ano passado e me aceitaram", ele mentiu, tirando a carta da mochila e passando-a rapidamente pelos olhos da mãe antes de enfiá-la no bolso da bermuda, sem dar tempo hábil para que ela lesse mais do que seu nome. Sua mãe não podia saber da verdade. Ela preferiria seu filho no tráfico de drogas do que envolvido com bruxaria.

"Mas quando tu tem que ir?"

"Agora mesmo. Tem que ser agora", ele disse, abrindo uma gaveta onde guardava seu material escolar e enfiando na mochila os restos de caderno que sobrara do ano anterior.

"Mas internato, Idá... deve ser caro!"

"Recebi bolsa de estudo, mãe", ele disse, e os olhos de Dandara brilharam ainda mais. O orgulho neles chegava a ser desconcertante. "Só não sei como vô fazê com os livros que tenho que comprá... mas isso eu resolvo depois."

"Não não, pera aí!" ela disse, correndo empolgada para o fogão e retirando de trás dele uma latinha de alumínio. "Aqui", Dandara tirou da lata um montinho de notas emboladas e algumas moedas, "pra comprá teus livro."

"Mãe... mas essas são tuas economias!"

"Não vem com essa de bonzinho, que tu não é."

E começou a enfiar as notas nos bolsos da bermuda do filho.

Idá observou-a entusiasmado. Não devia ter nem trezentos reais ali, mas talvez desse para comprar os itens básicos da lista.

Quando Dandara terminou de abarrotá-lo de dinheiro, os olhos dela se encheram de lágrimas e ela o abraçou com força. Um momento daqueles era tão raro entre os dois que Idá não soube nem como reagir a tanto carinho.

Enxugando as lágrimas com a alça do vestido, ela disse chorosa, "Vai, meu filho... vai logo antes que alguma coisa de ruim te aconteça."

Era o grande otimismo da família falando: se ele conseguisse sair da favela sem tomar um tiro, já estaria no lucro.

Idá olhou para a mãe uma última vez e foi se despedir de quem mais faria falta enquanto estivesse longe – se é que algum dia voltaria.

"Bença, vó", ele pediu, beijando-lhe a mão.

Mas o olhar de sua Abaya não estava transbordando de orgulho como o de Dandara. Era um olhar estranho, um misto de dever cumprido e cautela.

Certificando-se de que sua filha não estava olhando, Abaya tomou o rosto de Idá em suas mãos e sussurrou, *"Quanto maior o poder, maior a queda, Bruxo. Lembre-se disso."*

Idá se arrepiou todo.

Não... Ela não sabia de nada. Não tinha como saber. A advertência era apenas um resquício da conversa anterior. Abaya sempre gostava de retomar suas conversas.

Percebendo a dúvida no rosto do neto, o olhar severo da avó se dissipou e ela sorriu. "Ah, Bruxo... Estou sendo muito dura com você. Aqui", ela disse, tirando de uma gavetinha uma guia feita de contas vermelhas e brancas. "Guardei isso por muito tempo, na espera de que esse momento chegasse", e pendurou o colar no pescoço de Idá, escondendo-o por debaixo da camiseta. "A guia de Xangô, pra te dá proteção."

Com a mão, Idá sentiu a guia por debaixo da camiseta. Sempre quisera saber onde sua avó arranjara aquilo. As guias comuns eram confeccionadas com pedras comuns ou madeira. Às vezes até plástico. Mas aquela não... Aquela era feita de rubis e quartzo. Uma preciosidade.

Preciosidade que agora era dele.

"Essa é uma guia muuuuito antiga, meu neto. De nossos antepassados. Passou de mão em mão por gerações, esperando alguém que realmente precisasse de proteção. Xangô manipula o fogo selvagem. O fogo que os homens não sabem utilizar", Abaya prosseguiu. "Controla esse fogo dentro de você, menino, e estará protegido."

Idá sabia algumas coisas sobre Xangô, das histórias que Abaya contava: Orixá dos raios, dos trovões, das grandes cargas elétricas, do fogo. Seu orixá favorito, apesar de não acreditar muito naquelas coisas. Gostava principalmente da cor que o representava: o vermelho. Vermelho escarlate, vermelho de sangue, de força, de poder.

"Vó", ele perguntou, tentando esconder sua inquietação repentina, "A senhora disse que Benvindo perdeu seus poderes. Como foi?"

O sorriso da avó se dissipou e ela olhou-o com severidade. Abaya sabia que não era mera curiosidade de menino. De alguma forma, ela sabia.

"Benvindo foi traído", sua avó respondeu. "Traído por aquele em quem mais confiava. Sua cidade saqueada. Ele e todos os seus futuros descendentes amaldiçoados a nunca mais fazerem magia. E Benvindo, vendido como mero escravo, sem poderes, sem vontade própria, veio parar aqui no Brasil. Um destino mais baixo que o de seus súditos. Trabalhou duro em uma fazenda por vários anos, foi alforriado pelo dono, mas em pouco tempo enlouqueceu. Passou o resto da vida tentando recuperar seu poder. Por essa ambição desmedida, morreu sozinho e infeliz. O poder não é tudo nessa vida, Bruxo", ela disse, olhando fundo em seus olhos.

Por alguns segundos, Idá esqueceu do tiroteio, da invasão... até da escola de bruxaria. Hipnotizado por aquele olhar. Até que foram interrompidos por Dandara, que chegou com cadernos doados pela vizinha e algumas roupas mais arrumadinhas para o filho usar no tal do internato.

"Mãe, não precisa!" Idá disse aflito, levantando-se para impedi-la de abrir a mochila. Despedindo-se da avó com um beijo na testa, pendurou a mochila no ombro e saiu apressado.

"Volta aqui, menino!" a mãe gritou da porta, tentando vencer o som do tiroteio. "Onde é essa escola, meu filho!?! Pra eu podê te escrever!" Mas Idá já estava longe e fingiu não ouvir.

Descendo um lance de escadas, esgueirou-se por entre as ruas estreitas, tentando não levar bala. O Dona Marta tinha virado uma verdadeira zona de guerra. Moradores, em pânico, tentavam desviar das rajadas que estilhaçavam vidros, perfuravam a lataria, acertavam gente que não tinha nada a ver com o assunto.

"Ei, você!" alguém gritou atrás dele, e Idá tentou fugir, mas não tinha dado nem dois passos quando foi derrubado no chão e lançado contra uma parede. A mochila amorteceu o impacto.

Idá viu a caveira tatuada no braço antes mesmo de notar a farda preta do BOPE, a tropa de elite do Rio de Janeiro.

"Pirralho, tu vai me dizê *agora* onde tá o Vip!" o comandante gritou, apertando a pistola entre suas costelas.

"Que mané, Vip?! Eu sou estudante!"

Idá levou uma porrada na orelha ferida. "Uma ova que tu é estudante!"

"Não tá vendo a mochila, não?!" Idá reclamou, levando a mão à orelha. Mas aquele papo de estudante não ia colar, nem que ele fosse mesmo um estudante. Afinal, todos numa favela, teoricamente, sempre sabem onde se esconde o líder do tráfico.

Para sua infelicidade, as armas do BOPE não estavam queimando espontaneamente, como as da PM haviam feito. Talvez porque eles tivessem começado a chutar seu estômago com tanta força que ele não conseguia sequer respirar, muito menos fixar seus olhos nelas – o comandante gritando ameaças encantadoras em seu ouvido.

Foi então que Idá viu, de canto de olho, Caiçara se esgueirando por detrás dos policiais, tentando escapulir de fininho por uma outra viela.

"ALI!" Idá gritou sem hesitar, apontando para o bandido, que fixou-o com um olhar assassino antes de disparar escadaria abaixo. "É aquele ali que vocês procuram! É ele! Ele é o cara!"

Os policiais bateram em disparada atrás de Caiçara, deixando Idá estatelado no chão, tentando recuperar o fôlego.

Todos, menos um. O único PM do grupo, que ficara para trás "vigiando".

Idá tentou se levantar, mas suas costelas doíam, e ele foi obrigado a recostar-se no chão novamente.

"Onde tu pensa que vai, princesa?" o PM provocou. "Tá querendo ir embora, é? Sem problema! Vamo vê o que tu tem pra mim", e começou a apalpar os bolsos da bermuda do garoto sem qualquer cerimônia. "Ih! Olha só isso aqui!" ele riu, esvaziando os bolsos de Idá e enchendo os seus próprios. "Assaltou um banco, foi?"

Sentindo um ódio mortal, Idá engoliu o protesto na garganta. Não era maluco.

"Fica chateado não, moleque", ele disse, piscando para ele e se levantando. "Policial também tem que ganhá a vida, sabe como é né?" e chutou-o mais uma vez antes de sair correndo por entre os barracos.

Idá se levantou, sentindo raiva de tudo e de todos naquele morro. Ainda bem que estava indo embora dali.

Mancando e ainda tentando respirar, escolheu o único caminho pelo qual os policiais não haviam entrado.

O barraco do Saori estava trancado contra a invasão, e a boca de fumo, agora deserta, não continha mais qualquer traço de droga. Logo ao lado da boca ficava o barraco do Caiçara – um super mega barraco de seis cômodos e dois andares, construído com o dinheiro do tráfico. Dava vontade de entrar lá e pôr fogo naquilo tudo.

A porta escancarada era muito convidativa. Caiçara claramente saíra de lá às pressas por causa do tiroteio.

Idá não era maluco de começar um incêndio na favela, mas... Não vendo ninguém na rua deserta, entrou no barraco e fechou a porta atrás de si.

Doido... completamente enlouquecido.

Pensando bem, Caiçara seria roubado de qualquer maneira, cedo ou tarde. Se não fosse por ele, seria pela polícia.

Apressado, começou a vasculhar as gavetas do barraco.

Não demorou muito a encontrar o que queria: quinhentos reais, atrás do armário. O resto Caiçara levara consigo, ou escondera em lugares menos óbvios.

Tomando o cuidado de dividir a bolada entre os bolsos da bermuda e a mochila (para caso topasse, de novo, com a polícia), espiou pela janela para checar se a barra estava limpa e abriu a porta.

Foi então que viu algo que não esperava: a moeda da sorte de Caiçara, caída no chão a seus pés. Aquela moeda que ele nunca largava, por dinheiro nenhum no mundo.

Com imenso prazer, Idá enfiou a moeda no bolso e saiu correndo antes que alguém o visse ali. Disparou pelas vielas sem parar para nada, sem ajudar o garotinho perdido no meio do tiroteio, sem se esconder do bando de traficantes que viu passando a alguns metros de distância, sem nem sequer olhar para trás. E então lançou-se na mata lateral, quase despencando morro abaixo, no que era, no momento, o caminho mais seguro para fora do Dona Marta.

Tentando manter-se de pé durante a íngreme descida, foi ganhando cortes e arranhões pelo caminho, mas aquilo pouco importava. Seriam apenas algumas cicatrizes a mais em sua vasta coleção. O certo era que precisava sair o mais depressa possível daquele lugar. Já tinha arranjado inimigos demais para uma noite. Se aquela carta fosse falsa, estaria mais do que ferrado. Estaria morto.

Quando Idá, finalmente, chegou lá embaixo e adentrou a rua de classe média que beirava a favela, sua mochila estava quase em frangalhos. Sem parar para descansar, saiu correndo em direção à praia de Botafogo, que o levaria ao aterro do Flamengo, que, por sua vez, desembocaria no Centro da cidade e no bairro da Lapa, onde talvez, se aquilo tudo fosse verdade, ele encontraria a entrada para um mundo novo, sem favelas ou bandidos, sem pobreza ou fome – afinal, se bruxos existiam mesmo, deviam ter poder suficiente para criar comida e dinheiro.

Idá correu por quilômetros e quilômetros sem diminuir a velocidade. Nem sabia que podia correr tanto. Só parou ao chegar na praça das fantasias, que o levaria até os Arcos, de onde avistaria os primeiros bruxos e conheceria o Ser pálido e estranho que se apresentaria como:

"Lázaro Vira-Lobos, mas pode me chamar de Mosquito. A quem devo a honra de ter ajudado?"

Apertando sua mão fria, Idá juntou o sobrenome de seu escritor favorito à cor poderosa de seu orixá e disse sem pestanejar,

"Hugo Escarlate. A seu dispor."

E então foi empurrado, sem cerimônias, para dentro do Arco.

CAPÍTULO 4

SUB-SAARA

Hugo caiu. Caiu sem parar. Caiu como se não tivesse mais nada lá embaixo, num breu total, entrecortado apenas por espasmos de luz onde se viam resquícios de salas e cômodos. E então apagou.

Quando abriu os olhos novamente, estava estatelado num chão de terra. A cartola rolara para longe. Virando-se de lado, tentou se levantar, já fechando os olhos à espera de uma pontada de dor que nunca veio. Por incrível que pudesse parecer, não havia quebrado nenhum osso, nem contundido qualquer músculo com a queda.

Ainda um pouco tonto, viu que se encontrava num corredor de teto arredondado, feito de grandes pedras-pomes. Pregada na parede à sua frente, uma seta apontava: *Sub-Saara – Onde o sol nunca se põe!*

Então era ali mesmo.

A temperatura no novo ambiente era mais amena do que a fresca noite que deixara para trás. Pela luz morna que emanava da entrada do túnel, parecia que ali já era dia! Seria possível que fosse o sol?! Tão abaixo da superfície?

Ao longe, era possível ouvir o burburinho de pessoas conversando. Muitas pessoas. Recolhendo a cartola do chão, Hugo ajeitou-se o máximo que pôde antes de seguir as vozes.

Seus primeiros passos para fora do túnel foram tímidos. Era difícil ficar impassível diante do mundo que se descortinava à sua frente. O túnel se abrira em uma rua abarrotada de gente. Uma rua ao ar livre. Com direito a sol de 30 graus e um céu sem nuvens, apesar de estarem quilômetros abaixo da terra.

Tentando disfarçar o choque, Hugo entrou na rua fingindo naturalidade, com a segurança de quem já havia passado por ali milhares vezes. Tentaria ao máximo não deixar a boca abrir demais ou os olhos se arregalarem com qualquer coisa que pudesse parecer completamente natural para um bruxo; como a vassoura tentando voar sozinha para fora da loja Piaçava & Cia – Artigos para Voo, ou a vitrine repleta de bizarrices do Apotecário do Seu Georg – Tudo por menos de 10 bufões.

Era quase impossível se mover em meio a tanta gente. O Sub-Saara era um labirinto de ruas e ruelas; um verdadeiro formigueiro. Lojas e vendedores para todos os lados, numa competição para ver quem conseguia atrair mais clientes no grito, anunciando promoções e esfregando seus produtos na cara de todo bruxo distraído que passasse, tudo ao som da Rádio Sub-Saara, que soava por todo o mercado, anunciando promoções, tocando *jingles* improvisados, enfim, uma bagunça sonora.

Pessoas vestidas nos estilos mais estranhos passeavam pelas ruas, com bolsinhas de moeda nas mãos e saquinhos de compra flutuando logo à frente, comprando, pechinchando, entrando em discussões com os vendedores ou quase se estapeando pelos últimos itens em promoção. Volta e meia alguma mercadoria pegava fogo.

Nem todos vestiam mantos espalhafatosos como aquele bruxo mais velho na Lapa. Muitos sim, mas a maioria ainda parecia estar vivendo em séculos passados, vestindo o melhor da moda europeia de várias épocas distintas – principalmente os homens, com suas calças pinçadas, seus coletes, gravatas, sobretudos e cartolas. Alguns pareciam barões franceses da época do Corcunda de Notre Dame, outros estavam mais para lordes ingleses da Revolução Industrial. Uma bagunça. Como podiam aguentar o calor que estava fazendo ali?

Já as mulheres eram um pouco mais modernas, apesar de algumas ainda usarem os vestidos pesados de antigamente, com direito a corpete e tudo; como se a pompa das roupas pudesse disfarçar a falta de educação que algumas demonstravam na hora de conseguir o menor preço pela caixinha de búzios autênticos de cartilagem de dragão chinês. A última do estoque.

Em um painel de Volta às Aulas, ao lado de uma das várias livrarias, estava exposta a lista de livros didáticos da Korkovado para aquele ano. Eram dez cartazes ao todo: três para o Ensino Fundamental (1ª, 2ª e 3ª séries), quatro para o Ensino Médio (1ª, 2ª, 3ª e 4ª séries) e mais três para o Ensino Profissionalizante (1º, 2º, 3º, 4º, 5º e 6º semestres), onde se encontravam os livros com os títulos mais complicados.

A escola havia esquecido de enviar as listas pelo correio. Isso explicava as muitas mães se acotovelando para conseguirem ler e anotar seu conteúdo antes de todas as outras. Hugo aproveitou para fazer o mesmo, escrevendo tudo em seu velho caderno de escola, logo após a última equação de segundo grau que esperava ter feito na vida (visto que não havia livro algum de matemática naquela lista):

LIVROS DIDÁTICOS para a 1ª SÉRIE do ENSINO FUNDAMENTAL:

– Feitiços e Feitiçarias 1 (467ª edição), de Cassildis da Silva

– Ética na Magia – O que não fazer com uma varinha e como evitar más companhias e maus pensamentos (9ª edição), de Amos Lazai-Lazai

– História da Magia Europeia – de 10.000 a.m. a 8.500 a.m., de Pompeu Romano

– De Lua – A astrologia como nunca se previu, de Antares de Milo

– Astronomia e seus Segredos, de Dalva de Milo

– Leis da Magia e como quebrá-las (25ª edição) de Tobias Guerreiro Filho

– Segredos da Alquimia Moderna: Alquimia Bruxa, Módulo I, de Âmpola Silveira

– Tudo tem Cura, de Basílico Minster

Hugo olhou novamente para o alto, sem conseguir entender aquele céu azul. Voltou a tempo de desviar de dois jovens que se acabavam de tanto rir perseguindo um terceiro, alto e loiro, que segurava uma varinha fora do alcance dos outros dois. O dono da varinha roubada voltou-se para Hugo e ergueu a mão em sinal de desculpas antes de continuar a perseguição.

O que mais havia ali era adolescente. Eles se vestiam mais à vontade do que os adultos, mas Hugo gostava mesmo era das roupas de época. Impunham respeito.

Aquela sua preferência só servia para deixá-lo ainda mais consciente de suas próprias vestimentas. Bermuda e chinelo de dedo não eram as maiores novidades da moda parisiense. Pelo menos uma coisa naquela baderna era positiva: tornava quase impossível alguém notá-lo no meio de tanta gente.

Hugo precisava descobrir quantos Reais compravam uma Coroa Real. Seu sexto sentido lhe dizia que aqueles 500 reais do Caiçara não serviriam para muita coisa. Certamente não conseguiria comprar frivolidades, como o kit Glasgow de limpeza de varinhas ou a pena de escrever ativada à voz.

O que mais dava dó de não comprar eram os Pisantes: botas lindas, algumas de couro marrom, outras de couro preto. Várias tiras serviam para prendê-las bem seguras aos pés dos usuários, e o motivo de tanta segurança era simples: das laterais de cada bota saíam asas magníficas, de diferentes tamanhos e cores, dependendo do modelo.

As asas tinham vontade própria (para o desespero do vendedor anão, que era obrigado a acorrentar seus produtos à vitrine a fim de que não saíssem voando para fora de seu alcance). O Pisante era, sem a menor sombra de dúvidas, o astro-Rei entre os mais jovens. Eles babavam contra o vidro pelo modelo novo, feito com asa de águia andina. Vassouras voadoras pareciam ser coisa antiga. Ultrapassada já.

Hugo se desgrudou da vitrine e levou um susto ao se deparar com um gorducho de avental, que saíra da lojinha ao lado berrando *"Olha a varinha! Olha a varinha! Varinha melhor não hááá!!! Varinhas de madeira, varinhas de estanho, varinhas de feeeerroo!"*

E não era só ele gritando, era *todo mundo.*

"Compartimento para Orcruuuuzes! Divida sua aaalma!!!!"

"Olha o pó veeeeerde! Viaje mais rápido que o viziiiiinho!"

Anúncios disfarçados de aviõezinhos de papel voavam por todos os cantos, tentando atingir possíveis compradores. Hugo conseguira desviar de um, mas não do próximo, que atingiu sua testa em cheio, abrindo-se numa filipeta da loja *Rei Zulu – Vendedora de caldeirões africanos e outros artigos de couro e couraça desde 1780.* Ao lado da chamada, a foto dos donos: três africanos esbeltos, de uma postura quase mística, vestidos em trajes tribais africanos. As figuras na foto se mexiam. Demonstravam com delicadeza como utilizar um caldeirão de couro de dragão, à venda por 12 coroas reais.

Os caldeirões e equipamentos de Alquimia eram os objetos mais caros, depois das varinhas. Mesmo sem ter muita noção monetária das coisas, Hugo já tentava fazer contas mentais: O que precisaria comprar primeiro? O que poderia ficar por último caso não sobrasse dinheiro? Será que eles aceitavam Reais ali? Com certeza não conseguiria comprar os quatro conjuntos de uniforme que a lista da escola pedia. Talvez um, no máximo, e dois coletes de cores diferentes para disfarçar.

Hugo parou em frente a um brechó. Lá dentro, apenas um balcão e um único cabideiro com capacidade para, no máximo, dez roupas. Tudo parecia caro demais...

"Que maravilha!!!" uma velhinha simpática exclamou do outro lado da rua. Ela era magra, de cabelo curtinho, branquinho e despenteado, e tinha um brilho de alegria no olhar que Hugo jamais vira em ninguém antes.

E parecia estar vindo em sua direção.

Sim, estava.

"Olhe só, Margarida, a vestimenta desse jovem! Não é moderna?", ela chamou a acompanhante, virando Hugo para lá e para cá como se ele fosse um boneco, abrindo sua fantasia de mágico e tocando a bermuda e a camiseta com entusiasmo de criança.

Hugo olhou para os lados em pânico, mas sua invisibilidade não fora comprometida. Ninguém dera atenção ao escândalo da velhinha.

Margarida, uma mulher um pouco mais jovem, muito mais gorda e nada radiante, chegou de má vontade e olhou para Hugo de cima, como se ele fosse um inseto esmagável. A antipatia foi mútua.

Percebendo a cara fechada da amiga, a velhinha se espantou. "Que foi? Não é moderno, não?"

Margarida fez um longo e demorado 'não' com a cabeça, como quem explica algo muito óbvio para uma criança um pouco lerda de pensamento.

O olhar confuso da velhinha logo deu lugar a um sorriso peralta, "Ah, então precisamos ajudar esse belo rapaz a escolher roupas novas!" ela completou, agarrando Hugo pelo braço e praticamente arremessando-o para dentro do brechó.

A amiga revirou os olhos e preferiu ficar do lado de fora.

"Então, o que acha desse aqui?" a velhinha perguntou toda feliz, tirando do cabideiro um manto verde-musgo horroroso.

Hugo fez careta e ela arregalou os olhos, "Não??? Mas é lindo! Tem certeza?!"

Hugo tinha certeza. Era a roupa mais feia da loja, com estrelinhas cintilantes costuradas em todas as extremidades. Um pesadelo.

"Ah, tudo bem então", ela disse, não parecendo nem um pouco afrontada, e olhou para o dono da loja, "Pode embrulhar mesmo assim."

O dono, um bruxo atarracado e emburrado, levantou-se do balcão e começou a preparar o pacote com muita má vontade. Ela sorriu para Hugo, "Vou levar pro meu neto. Ele vai adorar o presente."

Coitado do neto.

"Então..." ela continuou, passando os olhos pelo cabideiro, "que tal esse aqui?" E puxou para frente um manto negro, lindo. Analisando-o melhor, fez uma careta, "Ah, esse é muito sem graça."

"Não, não! Esse é perfeito!" ele apressou-se em dizer, e a velhinha se empolgou. Começou a puxar roupa atrás de roupa.

Hugo experimentou tudo que tinha direito: mantos, coletes, sapatos, meias, camisas, gravatas... era interminável o que podia sair de um único cabideiro – as roupas surgiam do nada! Enquanto isso, a pilha a comprar não parava de crescer no balcão. Quatro mantos negros, quatro coletes de cores diferentes, gravatas, algumas roupas de sair, daquelas bem século-anterior, e vários sapatos. Hugo não conseguia acreditar na própria sorte.

O vendedor já havia desistido de arrumar uma por uma, e estava esperando emburrado num canto a hora em que poderia embrulhar tudo de uma só vez com um movimento simples de varinha. Vendedor esquisito... Parecia até que não queria vender!

Ou talvez não quisesse vender *para ela.*

Também, pouco importava. Hugo tinha achado uma benfeitora maluquinha que estava disposta a comprar um guarda-roupa inteiro para ele. O resto era detalhe.

"Pode comprar botas também?" ele perguntou na maior cara de pau, apontando um par lindo numa prateleira lá em cima.

Os olhos da velhinha brilharam ainda mais. Ela tirou uma longa varinha azul cintilante da manga de seu manto lilás e fez o par de botas voar até o topo da pilha no balcão.

Então, dando a compra por encerrada, despediu-se de Hugo muito contente e saiu toda saltitante pela rua, com sua amiga logo atrás, tentando acompanhar o passo. Simples assim. Ela nem perguntara seu nome!

Hugo olhou com prazer para a pilha de roupas que agora era sua. Seus olhos desceram para o vendedor, e a cara de tédio total do homem fez seu coração dar um salto: Ela não pagara a conta!

Vendo o desespero em seus olhos, o homem bufou e tocou a ponta da varinha na pilha de roupas que, ao invés de saírem voando de volta para seus respectivos lugares, começaram a se autoembrulhar.

Hugo olhou incrédulo para o homem, que deu de ombros. "Deixa pra lá. Sua *Alteza* sempre se esquece de pagar", ele resmungou. "Depois eu acerto a conta com o neto. É sempre assim."

Que o neto pagasse então.

Feliz da vida, Hugo saiu da loja já vestido como um verdadeiro bruxo, levando uns 10 quilos de sacolas nas costas e um sorriso no rosto. Ninguém poderia sequer imaginar que aquele bruxinho bem-arrumado, andando seguro pelas ruas tumultuadas do mercado, acabara de descobrir o que era.

"Moça", Hugo chamou, parando uma jovem bruxa em seu caminho. "Onde posso encontrar a casa de câmbio?"

Ela sorriu simpática e apontou uma lojinha um tanto espalhafatosa na esquina. Era cheia de enfeites, que iam do decente ao grotesco, pendurados na porta, no balcão, no teto...

Assim que ele entrou, uma minicoruja de marfim, grudada à porta, soltou um berro assustador para avisar seu dono sobre o novo cliente. Hugo lançou um olhar de afronta contra a coruja que, para sua surpresa, respondeu com uma careta mal-educada antes de se retrair para dentro da caixinha de onde havia saído.

Recompondo-se, Hugo procurou pelo trocador e encontrou-o debruçado em frente a uma pilha de moedas de ouro. A seu lado, uma pena automática fazia as contas necessárias enquanto ele apenas conferia os resultados, compenetrado. Hugo tentou espiar por cima dos ombros do homem, mas este se virou de repente, encarando-o com um olhar de acusação nem um pouco agradável.

Analisando o intruso de cima para baixo, o homem relaxou, percebendo que se tratava apenas de um menino bem aprumado, certamente de uma família bruxa muito respeitável.

"Preciso trocar dinheiro."

"Sim, claro. Por que mais estarias aqui?" o homem sorriu e levantou-se, escondendo o papel com a contabilidade no bolso e criando uma bolha de proteção ao redor das moedas antes de prosseguir para a sala ao lado. "Espere aqui."

Como que lembrando de algo muito importante, o trocador virou-se, apontando para cima. "Nem pense em fazer qualquer gracinha", e fechou a porta.

Hugo olhou para o alto e viu, espalhados por todos os cantos do teto, inúmeros duendes de bronze. Todos congelados em posições lúdicas, pendurados em trapézios, ou escalando a parede... e todos, sem exceção, olhando para ele. Era um tantinho intimidador. Se fossem como a coruja de marfim da entrada...

Por via das dúvidas, Hugo ficou parado onde estava até que o trocador voltou com uma cartola comprida, de listras vermelhas, brancas e azuis.

"Então, menino", ele sorriu, estendendo-lhe a velha cartola, com a abertura para cima, "Cadê a bufunfa?"

Desconfiado, Hugo pegou apenas metade de seu dinheiro e começou a jogá-lo lá dentro.

"Eh eh eh, essa não", o trocador disse, retirando do chapéu a moeda da sorte do Caiçara e olhando desconfiado para Hugo, "Isso seria algum truque?"

"Truque?"

"É, truque, espertinho."

"Não, não. Não é truque nenhum!" Hugo se defendeu, ofendido.

"Acho bom", o homem disse, ainda com um pé atrás, e então, socou o tampo da cartola para cima, virando-a do avesso, de modo que a base transformou-se no topo, e a cobertura ficou para embaixo.

Mas nenhuma moedinha caiu no chão, nenhuma nota, nada! A cartola estava vazia!

"Ei!" Hugo protestou, tentando arrancar o chapéu das mãos do homem para reaver seu dinheiro. Mas o trocador afastou a cartola de seu alcance.

"Calma, calma, garotão! Dinheiro não desaparece assim, não!"

"No Rio de Janeiro desaparece."

O homem riu e virou o chapéu para que a borda voltasse a ficar no topo. Enfiando a mão lá dentro, começou a retirar moedas de ouro e de prata de onde antes não havia absolutamente nada, organizando-as em pequenas pilhas no balcão.

Quinze de ouro, 20 de prata. Conta final.

Aliviado com a reaparição de seu dinheiro, Hugo pegou uma das moedas de prata e riu da ironia. Então *aqueles* eram os tais bufões de prata. A *graaande* moeda da sorte de Caiçara era apenas uma entre milhares! Isso era bom demais para ser verdade. Adoraria ver a cara de decepção do canalha caso algum dia ele descobrisse. Isso se o bandido ainda estivesse vivo ou capaz de expressar qualquer tipo de pensamento coerente depois do BOPE ter sentado a mão nele.

Enfiando nos bolsos as moedas de prata, pegou uma de ouro na mão. A Coroa Real era um pouco menor e tinha, estampada em sua face, a figura de uma velhinha com um olhar meio adoidado. Embaixo, a inscrição "Maria I" em letras góticas.

Seria Maria a Louca, Rainha de Portugal?

Se fosse, então o gordo bonachão dos bufões de prata devia ser Dom João VI, filho de Maria, Rei do Brasil. Por isso Hugo tivera a sensação de já tê-lo visto antes. Pelo menos para alguma coisa as esparsas aulas de história brasileira que tivera na vida serviram.

Hugo riu. "Coroa" e "Bufão". Nomes apropriados para moedas que retratavam uma velha caduca e o cara mais sem-noção que já governara um país na história do mundo.

"Dom João era bruxo?" Hugo perguntou, colocando o resto das moedas no bolso.

"Não. Mas vejo que você é dos meus", ele sorriu. "Eu também acho um absurdo. Colocar um Fiasco desses em uma de nossas preciosas moedas. Vai entender."

"Fiasco?"

O homem lançou-lhe um olhar torto e Hugo percebeu que havia acabado de arruinar seu disfarce de puro-sangue. A contragosto, o trocador explicou, "Fiasco é como chamamos filhos de bruxos que nascem sem magia. Há outros termos por aí, mas esse é o mais usado."

Tá. Azêmolas eram não bruxos, Fiascos eram Azêmolas com pais bruxos. Vira-latas eram bruxos com pais Azêmolas.

"Então Maria a Louca era bruxa."

"Das melhores", o trocador completou, estufando o peito de orgulho, como se Maria I fosse mais Rainha dele do que de seu cliente vira-lata. "Não é todo dia que a comunidade bruxa consegue colocar um dos seus no trono de um Império. Pena que acabaram com a sanidade mental dela quando descobriram. Aqueles carolas ignorantes. Azêmolas também podem ser cruéis."

A coruja de marfim deu outro berro lá na frente, fazendo Hugo derrubar, no susto, as últimas Coroas que estivera prestes a enfiar no bolso. Uma família inteira entrou na loja, junto a mais alguns outros bruxos meio esquisitões.

Levemente em pânico, o trocador voltou a olhar para Hugo, agora com certa pressa. Não queria gente estranha perambulando em seu estabelecimento sem que ele estivesse por perto para vigiar.

Hugo tirou a mochila das costas e pegou a outra metade da grana do Caiçara, jogando tudo dentro do chapéu.

"Aha!" o homem exclamou entusiasmado, fazendo toda a rotina de virar o chapéu do avesso e depois de ponta-cabeça. "Eu sabia que tinha mais prata nessa casa!" e tirou as novas moedas, empilhando-as no balcão.

10 de ouro, 14 de prata.

"Só isso???" Hugo quase gritou, sentindo-se roubado. Eram cinco coroas e seis bufões a menos do que recebera na primeira troca!

O homem deu de ombros, "A cartola tá mal-humorada. Já mudou de cotação três vezes hoje."

"Isso é *roubo*!"

Ele riu, "Você precisava ter visto isso aqui na época do Collor. Era uma confusão."

"Quem foi Collor?" um dos menininhos na fila perguntou, e seu pai sussurrou a resposta como se fosse crime, *"Um presidente azêmola..."*

"Azêmola com A maiúsculo!" o trocador completou com desprezo, mas Hugo não se convenceu. Aquela história de cotação estava muito mal contada.

Antes que o trocador pudesse esboçar qualquer reação, Hugo meteu a mão dentro do chapéu e tirou de lá mais quatro coroas reais que o vigarista "esquecera" lá dentro.

"Ei! Essa é a minha comissão!", ele levantou-se revoltado. Os duendes no teto começaram a berrar em conjunto, preparando-se para pularem em cima de Hugo, que apontou o dedo no nariz do trocador, "Fica esperto, mané!" e saiu porta afora puto da vida, com toda a grana que lhe era de direito.

Deu alguns passos para fora, mas resolveu voltar, elevando sua voz acima do berro ensurdecedor da coruja, "Ó, cambada de otário! Se eu fosse vocês, eu procurava outro cambista, porque esse aí é ladrão." E saiu de novo, entrando direto na primeira loja de varinhas que encontrou.

Wanda's.

Talvez retornasse ao trocador depois, devidamente armado.

A loja era uma verdadeira bagunça. Varinhas dos mais variados tamanhos e cores espalhadas pelas mesas e pelo chão, ou amontoadas em cestas gigantes de plástico. Todas de péssima qualidade. Algumas já lascadas em vários pontos, outras com falhas gritantes na tintura ou já tão oleosas que davam nojo só de olhar.

A vendedora pintava tranquilamente suas unhas, sentada em um banquinho de canto. Era uma gordinha, vestida no melhor estilo bruxo-brega. Com um simples toque de varinha, suas unhas iam mudando do verde para o rosa-shocking, do vinho para o azul, do vermelho para o laranja. Ainda não se decidira pela cor final.

Enquanto isso, seus dois únicos clientes andavam soltos pela loja. Um era mais velho – adulto já. Testava cada varinha com bastante cuidado, provavelmente tentando achar uma substituta à altura para a sua última. Já o outro era um garotinho loirinho, que devia estar procurando sua primeira varinha. Hugo não daria a ele mais do que nove anos de idade, mas devia ter uns treze, como ele.

O menino estava aflito, tentando encontrar a varinha certa sem quebrar todas as outras que tocava. Cada vez que acontecia, ele espiava nervoso para ver se a vendedora tinha notado.

Hugo se virou para ir embora. Tinha pouco dinheiro, mas não arriscaria comprar o objeto mais importante da lista naquele pardieiro. Já estava quase na porta quando a vendedora se levantou como que por encanto e veio abordá-lo com um sorriso de ponta a ponta. Pelo visto, não queria perder o cliente.

"Onde você pensa que vai, bem?" ela disse, toda dengosa, pegando Hugo pelos ombros e conduzindo-o de volta para dentro. "Você ainda não testou nenhuma varinha!"

"Não será necessário", ele respondeu, tentando se desvencilhar das mãos insistentes da mulher.

"Olhe essa aqui, que belezura", ela insistiu, pondo na mão dele uma varinha do tamanho de seu antebraço. Hugo nunca tocara numa varinha antes, mas, certamente, uma genuína não lhe daria aquela sensação de estar segurando uma espadinha de plástico.

"Vamos lá, teste!" ela insistiu.

De má vontade, Hugo deu um tranco na varinha e nada aconteceu. Olhou para a vendedora, que emudeceu por alguns segundos. "Bem", ela disse, meio sem graça, "talvez essa não seja mesmo pra você. Mas tenho certeza de que a sua varinha está aqui em algum lugar." Ela vasculhou mais uma vez a cesta de promoções, "Você sabe como é, né? Varinhas são bichinhos muito enjoados. Elas gostam ou não gostam de você."

Ah, então agora era culpa *dele* que a varinha pirata não tinha funcionado! Era inacreditável a cara de pau daquela mulher.

"Talvez você esteja destinado a algo melhor. Tente... essa aqui", ela disse, escolhendo uma varinha de tom esverdeado, já um pouco gasta nas pontas.

Hugo teria rido da dramaticidade do "destinado a algo melhor" se ainda estivesse prestando atenção no que ela dizia. Mas não estava.

Tinha visto algo infinitamente mais interessante escondido lá no fundo da loja, no meio de pilhas e pilhas de caixinhas de papelão: Uma varinha vermelha, presa a um pequeno pedestal de madeira, quase como um enfeite precioso da loja.

"Eu quero aquela ali", ele apontou resoluto, e a varinha voou direto para sua mão estendida. Hugo sorriu satisfeito para a vendedora.

Ela não estava sorrindo. Nem ela, nem os dois clientes, que agora olhavam atônitos para ele. Hugo achara super natural o voo da varinha, mas o olhar de absoluto espanto de todos dizia outra coisa.

"E então?" ele disse, tentando quebrar o clima desconfortável que se instalara. "Quanto custa?"

A vendedora engoliu seco e gaguejou, "Essa nnnão está e-exatamente à venda."

Hugo abriu um sorriso malandro, "Quer dizer então que é de graça."

"Não!!! Por quê? Como assim?!"

"Bom, considerando a qualidade das outras varinhas que você vende nesta joça, eu só posso concluir que esta daqui foi *roubada* de algum outro lugar, e ladrão que rouba ladrão..."

Ela arregalou os olhos, chocada. "Eu não roubei nada de ninguém!"

"Ah, não?"

"Não!" ela se defendeu, entrando em desespero. "Um estranho deixou essa varinha aqui com explícitas instruções para que ela não fosse vendida a ninguém. Disse que ela tinha dono certo!"

Hugo elevou a sobrancelha, "Bom, parece que ela escolheu seu dono."

"Mas... é..., bem... sim, mas–"

Hugo sorriu, "Então ela é minha."

"Não!" ela disse resoluta, mas logo surgiu uma ruga de dúvida em sua testa. "Bem... a-acho q-que é, mas-"

"Mas?"

Ela ergueu as sobrancelhas, aflita, "Mas ainda assim você vai ter que pagar!"

"Mas ela nem é sua!"

"Ela está na *minha* loja!"

"Engraçado. Achei ter ouvido você dizer que tinha explícitas instruções para não vendê-la a ninguém. Vender significa trocar algo por dinheiro."

Ela abriu a boca, mas fechou-a novamente; seus olhos, aflitos, procurando alguma saída para o nó que ele havia dado.

Antes que ela pudesse pensar em qualquer coisa, Hugo mudou de assunto, "Do que ela é feita?"

A vendedora pareceu aliviada por não ter de continuar a argumentação, e adotou novamente sua postura de vendedora séria, empostando a voz com orgulho de sua mercadoria:

"Esta, em especial, é feita da madeira da Ibirapiranga. Também conhecida como Pau-Brasil."

Pau-Brasil. Aquilo sim era varinha. Hugo examinou a madeira vermelha com mais cuidado, sentindo uma sensação estranha de familiaridade, como se já houvesse tocado naquela varinha antes. Como se a conhecesse intimamente.

"É única no mundo, que eu saiba", ela prosseguiu. "Ao menos desde que o uso de Ibirapiranga foi proibido para confecção de varinhas, há mais de um século. Além disso, essa varinha aí tem Alma de curupira. Extremamente poderosa; quase impossível de conseguir."

"Curupira?"

Era possível ver um tênue fio vermelho enrolado em espiral por toda a extensão da varinha, bem acomodado em uma canaleta minúscula esculpida especialmente para ele ao longo da madeira. Linda...

"Bem", ele sorriu satisfeito, enfiando a varinha no bolso interno do manto. "Muito obrigado por sua ajuda. A senhora me foi muito útil."

"Ei!" ela disse, mas Hugo já estava saindo porta a fora. *"Ei!!"*

Bom. Menos um problema.

Com o ânimo triplicado, e seu bolso ainda intacto, Hugo entrou em uma lojinha de livros de segunda mão e comprou todos da lista sem precisar barganhar. Já eram baratos demais. Também pudera; estavam rabiscados, com anotações em quase todas as páginas e várias folhas faltando. Nada com que Hugo já não estivesse acostumado.

Passava de meio-dia quando ele saiu da loja com uma sacola cheia de livros, enfeitiçada pelo vendedor para não pesar mais do que um livro só. Por já ser hora do almoço, as ruas do Sub-Saara estavam um pouco mais vazias, a não ser pela loja *Espelho, Espelho Meu*, que continuava atraindo gente. Eram pelo menos umas 15 mulheres histéricas grudadas na vitrine, esperando sua vez de entrar.

Abrindo caminho pela multidão, Hugo viu uma loira linda, de tirar o fôlego, refletida em um dos espelhos da vitrine.

No lugar da loiraça que estava sendo refletida no espelho, viu uma velha caquética de quase 70 anos de idade. Chocado, Hugo leu a chamada que vinha em cima da moldura: *"Espelho Rejuvenescedor – Sua juventude em três dias ou seu dinheiro de volta!"*

"Esses espelhos são perigosos", um garoto comentou ao seu lado. Era um menino de sua idade, caboclo, de olhos... amarelos? "Minha avó comprou um desses aí e nunca mais saiu da frente dele, esperando voltar a ser jovem. Vinte anos – foi o que ela viveu até apodrecer de vez." Ele resmungou, sarcástico, "Rejuvenescimento garantido... Esses charlatões deviam ser presos..."

Hugo deu mais uma espiada no espelho, que agora mostrava uma linda ruiva, com sardas, cabelos curtinhos e maquiagem jovial. "As pessoas não deviam acreditar em tudo que leem", Hugo disse, dessa vez não arriscando tirar os olhos do reflexo para ver o rosto verdadeiro.

O garoto concordou, "Diz isso pra minha avó", e estendeu sua mão a ele, "Gueco. Prazer em conhecê-lo."

"Hugo. Hugo Escarlate."

Gueco sorriu, "Nome maneiro."

Idá retornou o sorriso, tentando esconder ao máximo a satisfação que sentira ao ouvir aquilo.

"Já comprou tudo da lista?"

"Quase", Hugo respondeu, tirando a lista do bolso e dando mais uma olhada.

"Bora lá, eu te ajudo", Gueco disse, e os dois saíram dali. "Às vezes eu me perco nesse labirinto. Você não?"

"Sempre", Hugo respondeu sem pestanejar.

"Minha madrasta não gosta que eu venha aqui; diz que é coisa de pobre. Mas também, ela não me dá mesada suficiente!" Gueco deu de ombros, resignado, "Quem precisa daquele shopping esnobe se tem tudo aqui por um quinto do preço? Já comprou tua varinha?"

Comprar não era o verbo mais apropriado, mas Hugo confirmou com a cabeça, tirando a varinha escarlate do bolso e segurando-a discretamente fora do alcance do garoto.

"Uau..." Gueco exclamou, admirado. "Cara, tu tem sorte. O máximo que eu consegui foi isso aqui." Ele tirou da sacola uma varinha cor-de-burro-quando--foge um pouco torta na ponta. "Foi o que eu pude comprar com o que sobrou da mesada. Meu irmão é que é bom em economia. Eu sempre fui um desastre." Ele examinou a própria varinha, já um pouco resignado, "Mas funciona. É isso que importa. Você já testou a sua?"

Hugo encarou-o por alguns segundos, sentindo um frio na barriga. Não... ele não havia testado a sua. Apenas assumira que ela funcionava... Idiota!! E se não funcionasse?

"Testa aí!" Gueco sugeriu, e Hugo apontou a varinha com vontade para um estande de chapéus.

Nada aconteceu.

Não... aquilo não podia estar acontecendo...

"Tem certeza de que tu é destro?"

Hugo sentiu um imenso alívio ao ouvir a pergunta. Trocando a varinha para a mão esquerda, apontou novamente em direção ao estande de chapéus, que desta vez voou pelos ares, espalhando mercadoria por toda a rua.

"Ei!" o vendedor gritou, recolhendo tudo o mais depressa possível.

"Desculpa!" Hugo gritou de volta, entusiasmado. "Tava só testando!"

O homem fez uma cara feia, mas acabou relaxando, "Ah, tudo bem. Deixa pra lá."

"Sinistro! Onde tu aprendeu a fazer isso??" Gueco perguntou, maravilhado.

"Por quê? É muito difícil?"

"Que eu saiba, fazer um troço desses sem pronunciar uma palavra sequer é magia avançada! O máximo que eu consegui foi que a minha soltasse uns jatinhos azuis inofensivos."

Hugo sorriu satisfeito.

Tinha escolhido a varinha certa.

Gueco acompanhou-o durante o resto daquela tarde. Compraram todos os equipamentos e ingredientes da lista de alquimia e mais alguns que, Gueco garantiu, eram essenciais – a julgar pela experiência do irmão mais velho. O telescópio, Hugo fez questão de não comprar usado. Parecia algo importante demais para ser de segunda mão. O mesmo serviu para a tal máscara de alquimia. Era muito maneiro ter uma máscara de vidro e Hugo não estragaria o momento comprando uma toda cheia de marcas gordurosas de dedo.

Por essas e outras extravagâncias, quando finalmente caiu a noite e o céu do Sub-Saara continuou no mesmo azul ensolarado de sempre, havia restado em seu bolso apenas alguns míseros bufões de prata e uns poucos *infantes.*

Infantes eram as pequeninas moedas de bronze que tinham o rosto inteligente e amável do menino imperador Dom Pedro II, neto do gordão das moedas de prata. Segundo Gueco, o imperador mais querido da história do Brasil também não fora bruxo, mas, ao contrário do avô, era respeitado por eles como patrono das ciências e da magia. Inclusive ajudara a comunidade bruxa a se proteger dos religiosos fanáticos que rondavam o Império naquela época. Aparentemente, no Brasil do século XIX os bruxos não viviam tão escondidos dos Azêmolas como na Europa. Talvez fosse o ar amigável dos trópicos.

Enfim, o fato era que ninguém ousava chamar o grande D. Pedro II de azêmola. Era uma palavra pejorativa demais. Ele não era um azêmola propriamente dito. Era um *não bruxo*, apesar de os dois termos significarem a mesma coisa.

"Os teus pais não são bruxos?" Gueco perguntou ao notar sua completa ignorância sobre o assunto.

"São sim", Hugo respondeu sem hesitar, entrando na loja *Zé do Caldeirão*. "Mas eles não são muito fãs de História. Preferem atualidades."

"Ah, legal", Gueco disse, examinando um dos modelos de casca de coco na mão. "Os meus são Azêmolas. Ou eram, sei lá. Eles me rejeitaram quando eu nasci. Acharam meus olhos amarelos diabólicos demais. 'Coisa do Demo'."

Hugo olhou para seu novo colega sem saber o que dizer. Estava mais surpreso com a sinceridade do garoto do que com a informação em si. Entendia perfeitamente o que Gueco estava dizendo. Se sua mãe algum dia descobrisse o que Hugo era de verdade, seria uma questão de tempo até ela fazer o mesmo: rejeitá-lo por ser 'Filho do Demo'.

"Quer saber?" Gueco disse, escolhendo dois caldeirões de tamanho médio, um para ele, um para Hugo. "Ainda bem que eles me abandonaram. Eu acabei sendo adotado por uma família bruxa muito legal."

"Maneiro."

"E olha que ironia; meu pai me adotou sem nem saber que eu era bruxo. Ele é o máximo", o garoto completou, sorrindo. "Ganhei irmão e tudo."

"Teu irmão também tá aqui?"

"Ele?! Ele não. Ele compra tudo adiantado, e jamais aqui. Eu é que adoro empurrar compromissos com a barriga. E você? Qual é a sua desculpa para estar atrasado?"

"Eu só recebi minha carta ontem."

"Verdade? Estranho... eles não costumam atrasar. Quer dizer", Gueco riu, "atrasar sempre atrasam. Mas não tanto assim."

"São 80 bufões no total", o balconista disse, metendo-se entre os dois.

Gueco tirou a carteira do bolso e começou a contar suas últimas moedas, "Vai ver sua carta ficou embolada na burocracia do Conselho. Acontece."

"Peraí, peraí!" Hugo impediu que Gueco derramasse seu dinheiro todo nas mãos do balconista. "Você vai *mesmo* pagar esse absurdo todo??"

"Ué", Gueco fitou-o sem entender, e Hugo dirigiu-se ao vendedor, "Tá loco que eu vou pagar 40 bufões por um caldeirãozinho!"

O balconista, um cara magérrimo de rosto esburacado e cabelo lambido, olhou para ele com o tédio intransigente de quem sempre ouvia a mesma ladainha, "O preço está na estante."

"O preço está na estante…." Hugo repetiu com impaciência, "Tu acha que eu sou rico? Por acaso eu tenho cara de Michael Jackson?"

O vendedor franziu a testa como se Hugo tivesse acabado de recitar um salmo em grego, "Michael quem?!"

Hugo revirou os olhos. Não era possível tamanha ignorância. "Eu pago 20, no máximo."

O balconista negou, veementemente, com a cabeça. "Por 20, você leva o menor."

"Não, não, não. Eu pago 20 pelo médio e fim de papo."

"O médio é 40."

Haja paciência…

"Esquece." Hugo virou-se para Gueco, "A gente já não viu caldeirões pela metade do preço lá na outra loja?"

"Outra loja??" o vendedor perguntou em pânico. "Que outra loja??"

"Não tá sabendo não?" Hugo riu, "Abriram uma loja logo ali no fundo! *Caldeirões e Caldeirinhas.*"

"Verdade?!" o magrelo perguntou atônito, tentando, discretamente, espiar a rua por detrás dos ombros de seus clientes.

Mas Hugo ainda podia ser um tantinho mais cruel.

"Lá estão vendendo por 15 cada."

O vendedor empalideceu. "Quinze??? Mas assim eles vão me tirar do mercado!"

"Pois é. Melhor não jogar cliente fora."

Gueco estava fazendo força para não rir.

"Eu faço por 18!", o homem consentiu, suando frio. "E não se fala mais nisso. Tenho certeza de que, lá, tu não vai encontrar um caldeirão de tão boa qualidade."

Satisfeito, Hugo apertou a mão do vendedor, que respirou aliviado, como se tivesse acabado de fazer o negócio do século. Os dois pagaram 18 bufões cada um e saíram da loja, deixando o vendedor lá, nos píncaros da agitação, fazendo planos em voz alta para uma possível parceria com a tal loja nova. Talvez assim conseguisse salvar seu negócio.

"Caldeirões e caldeirinhas?" Gueco perguntou na rua, morrendo de rir. "Da onde você tirou isso?"

Hugo deu de ombros.

"Cara, tu é demais."

E pensar que no Arco Center um simples caldeirão daqueles custava 399,99 coroas reais, pelo catálogo.

"Cara, eu tenho que ir", Gueco disse de repente, virando-se para apertar sua mão. "Prazerzão te conhecer. Nos vemos amanhã, no parque?"

"Tá marcado", Hugo confirmou, e então decidiu perguntar, por via das dúvidas, "Como se entra na escola?"

"Teus pais não te contaram?"

"Contaram, mas eu não tava prestando atenção. Sabe como é."

"Ô, se sei!" Gueco riu. "Entra pela torre. Não tem erro. É a única torre que tem lá." E Gueco desapareceu na multidão, levando suas sacolas nas costas.

Hugo dirigiu-se ao setor de entregas, como Gueco o havia instruído. Era uma estrutura esverdeada em formato de fonte, no meio da praça central do Saara. Da estrutura saíam tubos imensos de metal em formato de serpente, que se abriam como uma rosa macabra pelo chão. Supostamente, os tubos levavam ao Corcovado. Os alunos deviam jogar todas as suas compras ali e confiar que elas estariam esperando por eles do outro lado, no dia seguinte, na entrada dos dormitórios.

Em se tratando de Brasil, Hugo duvidava muito daquela eficiência toda, mas decidiu arriscar. Não conseguiria mesmo chegar ao Corcovado carregando tudo aquilo.

Para que as compras encontrassem seus donos do outro lado, era necessário que fossem despachadas com as respectivas cartas de apresentação. Hugo tirou a sua do bolso e teve uma agradável surpresa: seu nome havia desaparecido, e, em seu lugar, estava escrito 'Hugo Escarlate', com todas as letras, como se Idá Aláàfin nunca houvera existido.

Hugo despachou a carta com as compras, mas bastante preocupado. Se fossem extraviadas, ele não saberia o que fazer da vida.

Pelo menos a varinha continuava com ele. Dessa, ele não largaria nunca mais.

Pegando o primeiro elevador até a superfície, Hugo saiu direto no Automóvel Clube, um casarão abandonado próximo à praça das fantasias. Claro que, para os bruxos, o casarão não era abandonado e sim uma magnífica estação de metrô, com elevadores expressos que datavam de 1964. Um dos trens não funcionava e outro estava sem luz, mas ainda assim, a estação era magnífica. Lojas, lanchonetes, teatros. Os bingos e casas de show estavam fechados àquela hora, e Hugo não se demorou muito por lá, até porque não tinha mais dinheiro para gastar.

Quando saiu, percebeu que já era noite novamente no mundo azêmola. Passara quase vinte horas no Saara sem perceber. A rua ainda estava lotada – movimentação de domingo pós-carnaval, e Hugo pegou o primeiro ônibus que o levaria à rua Jardim Botânico.

Passou os quarenta minutos do trajeto tenso, encolhido na poltrona, olhando para frente toda vez que a porta do ônibus se abria para a entrada de mais um passageiro. Ao passar ao lado do Dona Marta, agachou-se mais ainda abaixo da janela. Não queria ser reconhecido por ninguém – amigo ou inimigo. Aquele mundo azêmola já era. Agora ele queria olhar para frente. Só para a frente.

Hugo desceu no terceiro ponto da Jardim Botânico e pulou o muro do Parque Lage. Pousou em meio a centenas de árvores, escondidas no mais completo breu. Não conseguia ver um palmo à sua frente. Só o vento chacoalhando as folhas lhe davam a vaga noção da densidade daquela mata. Tateando as árvores, tentou seguir adiante, as folhas secas estalando sob seus pés, mas quanto mais se embrenhava, mais difícil ia ficando avançar sem tropeçar ou, pior, sem se perder.

Desistindo daquela loucura, resolveu tentar outra tática antes que se machucasse. Sacou sua varinha e ficou lá, parado com ela a sua frente, tentando descobrir que tipo de palavra mágica a faria iluminar o caminho – se é que existia feitiço para aquilo. Mas Hugo não precisou matutar por muito tempo. No mesmo instante em que ele pensou *luz*, a varinha se acendeu inteira, de ponta a ponta. Definitivamente não do jeito que ele esperara (uma luz branca surgindo da ponta, como em todo filme de bruxaria). Não. No caso da dele, era o fio espiralado de cabelo de curupira que brilhava, vermelho, na escuridão. E todo o seu redor se iluminou também, em um círculo avermelhado de luz. Tudo sem que Hugo tivesse precisado dizer uma palavrinha sequer. Ele riu. Aquilo era fácil demais.

Agora precisava de um lugar seguro para passar a noite. Com a varinha estendida à sua frente, conseguiu encontrar a trilha que o levaria à construção principal do parque, um casarão imenso que, segundo suas lembranças, tinha um pátio interno com uma piscina que estava sempre um nojo e nunca era usada. Famílias Azêmolas costumavam tomar café da manhã ali nos finais de semana.

No momento, o casarão estava deserto, assim como todo o parque. Deserto e fechado. Hugo não pensou duas vezes e sentou-se nas escadarias de acesso, do lado de fora mesmo. Era melhor dormir ali do que na mata.

Na verdade, qualquer lugar teria servido. Hugo estava tão exausto que dormiu em menos de um minuto. Nunca apagara tão depressa e com tanta tranquilidade. Afinal, ele estava longe daquele forno que era seu contêiner; longe do Caiçara, longe dos tiroteios. E agora, armado. Armado com algo que, ele suspeitava, podia ser muito mais poderoso do que qualquer fuzil.

CAPÍTULO 5

NOSSA SENHORA DO KORKOVADO

Hugo dormiu com a varinha escarlate grudada ao peito.

Acordou com os primeiros raios de sol e passou o resto daquela manhã perambulando pelo parque, esperando a hora de poder entrar na escola. Sentia-se ansioso, desconfiado... Estava tudo dando muito certo. Aquilo não podia ser boa coisa. Nunca era. Conseguira comprar tudo o que precisava, com o pouco que tinha, graças à ajuda de uma velhinha maluca; escolhera uma varinha que, ao que tudo indicava, era excepcional; e até já ganhara um colega. Alguém que não só sabia de tudo sobre o mundo mágico, como tinha também acreditado nas mentiras dele, apesar de todas as evidências ao contrário, e ainda achava Hugo o máximo.

Estava bom demais para ser verdade. Se bem que agora ele não tinha sequer um realzinho para comprar um sanduíche no bar do parque.

Sem muito o que fazer até as cinco da tarde e tentando disfarçar a fome, Hugo foi e voltou várias vezes pela trilha que levava do casarão até a torre. A torre era apenas uma construção redonda e nanica, com um terraço em cima e uma entrada que levava a uma saleta vazia, arredondada, cheia de pichações e só. Não era possível dar nem três passos lá dentro.

Só podia ser mesmo uma passagem para algum lugar. Ninguém, em sã consciência, construiria uma torre daquele tamanhico numa floresta fechada. De lá do alto só se via copas de árvores e micos brincando entre os galhos. Era uma torre inútil, em todos os sentidos. Não servia como posto de vigia, não tinha nada dentro – nem *espaço* para ter nada dentro, tinha.

O único sinal de que aquilo poderia ser um pouco mais do que mera atração turística era a ponte que levava até a torre. Um Arco marcava sua entrada e, no topo dele, esculpido na pedra, a figura de um animal que Hugo só vira em livros de mitologia. Um hipogrifo, com seu torso de cavalo, cabeça, asas e patas dianteiras de pássaro e rabo de leão. Não dava para ver o rabo, ou as patas traseiras, e quase nada do torso de cavalo, mas Hugo tinha certeza de que era um hipogrifo. Ou talvez fosse uma fênix. Sei lá, era tão malfeito que nem dava para distinguir.

Retornando ao casarão principal, resolveu ficar lá esperando. Poucos Azêmolas passeavam pelo parque. Numa segunda-feira de manhã, era natural.

Mas os poucos que lá estavam, olhavam para ele de rabo de olho. Desta vez não com medo, mas com admiração. O que um garoto de 13 anos estaria fazendo em trajes tão elegantes?

Hugo sorriu, deleitando-se no pensamento, mas logo seu sorriso fugiu do rosto e ele pulou para posição de alerta, escondendo-se atrás de um dos pilares do prédio principal. Os primeiros bruxos estavam chegando pela ladeira principal. Era um grupo de estudantes mais velhos. Conversavam sobre férias na Escandinávia.

Logo depois, um pai e uma filha trilharam o mesmo caminho.

Hugo não os seguiu de imediato. Ficaria observando por mais alguns minutos, tentando descobrir como se portar em um ambiente escolar bruxo. Não queria, de jeito nenhum, ser confundido com um vira-lata. Já chegava todos os olhares tortos que recebia na rua apenas por sua cor de pele.

Por meia hora, ele assistiu à procissão de estudantes. Muitos já vestiam o uniforme, outros ainda levavam as roupas emperiquitadas que Hugo vira nos adultos do SAARA. Os que vestiam roupas comuns é que pareciam um pouco deslocados. Exatamente como Hugo não queria parecer.

Por isso mesmo, só quando uns trinta estudantes haviam entrado é que Hugo se aventurou a segui-los. Foi caminhando com segurança, acompanhando um grupo que estava vestido mais ou menos como ele. Nem muito emperiquitado, nem pouco.

"Rapái!", Hugo ouviu alguém chamá-lo, e virou-se para dar de cara com o loirinho da loja de varinhas, que vinha em sua direção, todo contente. "Bão que eu achei ocê! Tava com medo que não fosse encontrá ninguém conhecido pra prozeá..."

"Eu não te conheço", Hugo disse simplesmente, continuando a seguir o grupo.

"É..." o garoto concordou meio inseguro, mas logo voltou a se animar, "Mas nóis pode se conhecê, né?" e estendeu sua mão a Hugo enquanto esforçava-se para acompanhar seu passo. "Eu sou o Eimi."

"Legal", Hugo disse, continuando seu caminho sem dar muita trela.

Não que ele quisesse ser antipático. Mas o pirralho não era exatamente a companhia mais descolada para se ter ao lado no primeiro dia de aula em uma escola nova. Ainda mais com aquele sotaque.

Para seu infortúnio, o garoto falava feito papagaio hipertenso e não largou de seu pé durante o trajeto inteirinho até a torre. Conhecia o tipo... era bem provável que o mineirinho não desgrudasse dele até a bendita formatura.

"Aqui, aquilo que ocê fez na loja foi bão demais da conta! Sabe que a dona ficou tão distraída que nem cobrou extra pela caixinha especial que eu levei?"

Hugo só queria que o garoto falasse *um pouquinho* mais baixo. Será que ele não tinha botão de volume?!

"Cê não anima de mostrar a varinha? Eu só vi de longe, mas parecia uma beleza. A minha acabou sendo uma verdinha que tinha lá. Mai' funcionou."

"Shhhh..."

Os dois haviam chegado à porta da torre, e o que antes era o chão circular interno da construção, agora havia afundado, formando uma escada em caracol. Dava para ouvir, ecoando lá embaixo, as vozes dos últimos alunos a descer.

Eimi olhou para a escadaria, admirado. "Massa..."

"Tu tem 13 anos mesmo?"

Ao ouvir a pergunta, Eimi abriu um sorriso do tamanho do mundo, talvez por ter sido, finalmente, correspondido. Hugo poderia ter feito qualquer pergunta. Podia ter até perguntado se existia feitiço para calar boca de bruxo mineiro, que Eimi teria ficado comovido com a atenção do mesmo jeito. "Tenho sim", ele respondeu com os olhos brilhando, e os dois começaram a descer.

As paredes redondas que envolviam a escadaria, um pouco claustrofóbicas de início, logo foram se alargando e se abrindo em uma câmara enorme, vazia e escura. A não ser pelos degraus de pedra, que pareciam ter luz própria, o resto da câmara era um breu total. Só quebrado lá embaixo, pela luz que iluminava a porta de entrada.

Levemente tonto com a descida em caracol, Hugo aproximou-se da porta. Tinha o mesmo brasão de hipogrifo/fênix que Hugo vira lá na ponte, com o lema da escola no topo: *Barba non facit caragium.*

"A barba num faz o bruxo", Eimi cochichou, surpreendendo-o. "Minha mãe me ensinou", o menino disse, todo orgulhoso. "Ela sabe tudo dessa escola. Cê sabe que meus pais se conheceram aqui? Ês se conheceram fazendo aula antifísica. Meu pai caiu da vassoura em cima dela quando..."

Desligando o cérebro contra interferências auditivas, Hugo abriu a porta e entrou em um refeitório enorme, que parecia mais um salão de bailes. As paredes, cobertas de espelhos e tapeçarias, davam a impressão de que o espaço era ainda maior. O teto, cuidadosamente esculpido, mostrava figuras mitológicas de todos os tipos, comendo lado a lado com bruxos e elfos.

Hugo tinha a impressão de que aquele salão destoava um pouco do resto da escola, apesar de sequer ter visto o restante dela. Talvez fosse a má impressão deixada pela bagunça do SAARA e pela falta de cuidado com a conservação da torre de entrada, completamente pichada por Azêmolas (e talvez por jovens bruxos também).

Já aquele refeitório... Alguém o construíra com muito carinho.

A placa comemorativa na parede confirmava, em parte, suas conjecturas: "Salão Godofredo Onofre, xodó de Zacarias Ipanema, arquiteto e escultor."

Devia caber umas mil pessoas sentadas naquele salão, no mínimo.

Hugo tinha plena noção de que Eimi não parara de falar um só instante, mas sua mente estava em outro lugar agora. Acabara de avistar a saída do refeitório.

Sem pensar duas vezes, subiu os degraus e saiu pelas portas duplas, dando de cara com algo que, nem em seus mais tresloucados sonhos, imaginara encontrar no interior de uma montanha:

Uma praia.

Com mar, areia, sol, ondas, brisa, tudo.

Atravessando o pequeno pátio de pedras portuguesas, Hugo pisou na areia sem conseguir acreditar no que estava vendo. "A gente está mesmo *dentro* do Corcovado?"

"Tamo, por quê?" Eimi perguntou, com a maior naturalidade.

Como Hugo não respondeu nada e se limitou a caminhar para perto do mar, Eimi continuou a falar, "Eu sempre quis conhecer essa praia. Dizem que a água é bem mais morna que lá fora."

Hugo se agachou e levou a água à boca. Era mesmo salgada. Nunca vira águas tão azuis... O mar, enorme, tinha até linha do horizonte de tão grande. Era quase impossível ver as paredes de rocha à distância, surgindo de ambos os lados da praia. As paredes do Corcovado. Elas eram bem visíveis próximo à areia, mas iam desaparecendo à medida que subiam, mesclando-se ao azul do céu até sumirem por completo lá no alto. "O encanto do céu nunca se desfaz?"

"Não que eu saiba... Noss'inhora! *Óia que chique!*" Eimi exclamou empolgado, saindo correndo pela areia.

Surpreso com a debandada repentina do mineirinho, Hugo levantou o olhar e viu ao longe, na outra ponta da praia, um enorme navio encalhado; as velas já gastas pelo tempo. Estava fincado na areia, perto do que pareciam ser os limites da praia – a parede quase invisível do morro.

"É a Fragata Maria I", Gueco explicou, chegando ao seu lado de mala em punho. "Encalhou aqui faz quase duzentos anos. Trouxe a nossa primeira diretora, direto de Portugal para cá."

"Maria, a Louca?"

"Ela mesma. A escola estava em construção naquela época. Foi feita em homenagem a sua chegada, muito antes de colocarem aquela estátua religiosa lá em cima."

Gueco olhou para o alto e Hugo pôde ver a silhueta meio transparente da estátua do Cristo Redentor, flutuando no topo de um morro invisível.

"Ela teria gostado do enfeite. Era devota, sabe? Como toda a família carola dela."

Que ironia. Ter uma escola de bruxaria bem ali, debaixo do símbolo maior dos cristãos.

"Depois de visitar o Corcovado, claro, ela foi agradar seus súditos Azêmolas, fazendo uma aparição na praia deles. A história oficial azêmola quer convencer os idiotas de que, depois de uma viagem horrorosa de quarenta dias pelo oceano Atlântico, vindo de Portugal até aqui, uma velhinha de 80 anos teria esperado uma semana inteirinha antes de desembarcar de seu navio." Gueco riu, "Azêmola acredita em cada coisa..."

"Tu parece saber bastante sobre a fragata."

"Ah, sim", Gueco confirmou, orgulhoso. "Meu irmão sabe tudo sobre ela. A fragata é o quartel-general dos Anjos."

"Anjos?"

"Depois te apresento. Vem", Gueco chamou, puxando-o para fora da praia e entrando com ele em uma espécie de pátio interno.

O pátio era colossal. Devia ter o tamanho do estádio do Maracanã, talvez mais. Um Maracanã circular, rodeado por portas e salpicado de mesinhas e banquinhos de praça – todos já ocupados pelos alunos, que conversavam sem parar, botando o assunto em dia.

O mármore do chão formava o desenho de uma grande estrela negra de cinco pontas, rodeada de branco. Bem no centro dela, surgia uma árvore gigantesca e imponente, que subia com seu tronco massivo uns 700 metros até o cume do morro.

Na verdade, não era bem uma árvore, porque não tinha folhas. Era um tronco, gigantesco, com galhos imensos que se abriam, sustentando uma verdadeira favela do avesso: Construções de todos os tipos, tamanhos e texturas subiam e subiam, umas por cima das outras, seguindo a inclinação interna do Corcovado até lá em cima.

Hugo tinha feito aquela viagem toda para terminar no mesmo morro, só que em outra favela. Uma favela invertida, que se fechava em formato de funil ao invés de se abrir como as outras. Hugo não sabia se ria da ironia, ou se ficava admirando aquilo tudo, embasbacado. A escola era imensa; uma construção em espiral que subia, subia, subia até uma altura de um prédio de uns 200 andares, no mínimo. Hugo estava se sentindo uma verdadeira formiga ali embaixo.

As paredes externas das salas de aula eram feitas dos mais diversos materiais; concreto, ladrilhos, azulejos, madeira, mármore, granito, uma bagunça. Algumas construídas no improviso, outras com bastante cuidado; todas empilhadas sem qualquer planejamento, em épocas diferentes, com métodos diferentes, como um quebra-cabeças que fora sendo montado ao longo dos séculos. Paredes de pedra--sabão com acabamentos em pedra comum, outras de granito com acabamentos em madeira... tudo no *vamo-que-vamo*.

As salas mais antigas haviam sido esculpidas na própria rocha da montanha. Algumas cobertas por trepadeiras, outras feitas de blocos enormes de rocha, estilo castelo medieval. Eram 710 metros de escola até o cume do Corcovado. O tronco da árvore central servia como escada; era circundado por degraus, que subiam em espiral e se abriam em cada um dos andares, como pontes, que iam da árvore até a escola em si.

"Irada, né?" Gueco comentou, também olhando para cima. "Dá até vontade de estudar. Se bem que... se a gente pensar que a aula de Alquimia é lá no último andar e a gente vai ter que subir isso tudo a pé..." ele riu ao ver a cara de espanto de Hugo, "Não tô de gozação, não! Estão pensando em instalar um elevador dentro da árvore, mas o conselho nunca vai aprovar. Não tem verba pra isso. Sem contar que os ambientalistas ficariam louquinhos."

Hugo olhou para cima com pesar. Estava acostumado a subidas íngremes, mas o Dona Marta não tinha nem um terço do tamanho daquilo. "Não dá pra subir de vassoura?"

Gueco riu da sugestão. "Aqui dentro do pátio central é proibido. Imagina quinhentos alunos tentando voar ao mesmo tempo num espaço fechado. Seria um verdadeiro caos. Vem", e ele puxou Hugo até uma porta que, ao contrário das outras que circundavam o pátio, estava desgrudada da parede. Em pé, no vazio.

"Aqui é o dormitório. Divirta-se."

"Você não vem?"

"Ããn... vou dormir no quarto do meu irmão", ele respondeu, contente. "Já tá tudo pronto pra mim lá."

Hugo nunca vira ninguém idolatrar tanto um irmão. Na verdade, nunca testemunhara nada além do completo oposto.

Já se afastando, Gueco gritou, "Te vejo no banquete, Escarlate!"

"Peraí, peraí! Banquete?"

"No refeitório! Vai se arrumando!"

Aceitando o fato de que Gueco não o acompanharia, Hugo abriu a porta e entrou numa área de confraternização que se materializara do nada, para além da porta sem fundo.

A sala era espaçosa, mas não o suficiente para comportar todos os alunos que lá estavam. Alguns conversavam jogados nos vários sofás, outros já se arrumavam para o banquete da noite... Tudo meio abarrotado. Uma bagunça. O clima geral era de expectativa pelo novo ano letivo. Especulavam sobre os novos professores, as novas matérias... Hugo nunca vira alunos tão entusiasmados com a aproximação de um primeiro dia de aula.

Um corredor comprido, com várias portas, se esticava para ambos os lados da entrada. Em cada uma delas, um pequeno quarto com duas camas, escrivaninha, armário e janela.

"Independência ou morte!!!" alguém gritou nas suas costas e Hugo se virou para ver um pequeno quadro de Dom Pedro I e seus cavaleiros, junto à porta de entrada. Em cima de seu cavalo, às margens do rio Ipiranga, ele olhava para o infinito com sua espada em riste.

Aquilo não fazia sentido. Ou eles gostavam, ou não gostavam de Azêmolas. Hugo ainda não conhecera nenhum bruxo que admirasse alguém que não tivesse magia. Por que então aquela fascinação toda por história azêmola? Só porque aqueles em particular eram filhos, netos e bisnetos de Maria I?

Hugo foi até o canto onde estavam empilhadas – sem o menor cuidado – todas as compras e bagagens dos alunos.

"Não é a primeira vez que extraviam minhas coisas..." resmungou um adolescente bem mais velho e um pouco mais escuro que ele, debruçando-se sobre a pilha com apreensão. "Ano passado demoraram o ano inteirinho pra me devolver..."

Ao contrário do garoto, Hugo não teve qualquer dificuldade em achar seus pertences. Era a única mochila da pilha, composta principalmente de malas e baús.

"Independência ou morte!!!" Dom Pedro bradou novamente, assim que mais um aluno adentrou o dormitório.

Hugo precisava comprar um baú.

Vestindo a mochila nas costas, pegou suas compras e seguiu corredor abaixo, procurando algum quarto vago. Os três primeiros estavam desertos, mas Hugo suspeitava que continuariam assim pelo resto do ano. Ficavam próximos demais da pintura de Dom Pedro e o imperador não devia ser a companhia mais silenciosa para se passar a noite.

Hugo continuou pelo corredor. Só havia meninos ali, esvaziando malas, grudando cartazes e bilhetes nas paredes... O dormitório feminino devia ficar em outra porta sem fundo da escola.

... *"Independência ou morte!!!"*

Alguns dos quartos eram personalizados, provavelmente por alunos que já estudavam lá há mais tempo, com móveis diferentes, paredes pintadas de outra cor que não branco, ou cobertas por cartazes de esporte, jornais históricos, quadros...

"Não some assim não, sô!"

Hugo revirou os olhos, imediatamente irritado, e continuou pelo corredor sem dar muita atenção.

"Cê sabe que demorei um tantão pra encontrar ocê? Num sabia onde nóis ia pousá."

A parede oposta à das portas era repleta de quadros de ex-alunos do colégio. Centenas. Alguns poucos estavam com defeito e, portanto, não se mexiam. Outros três ou quatro até que tentavam, gaguejando boas-vindas enquanto suas imagens estrebuchavam na tela feito TV com sinal fraco. Mas a maioria funcionava bem, como todo bom quadro que se move deve funcionar, e seus habitantes observavam a movimentação com muito interesse, faziam piadinhas, davam dicas, tentavam pregar peças nos novatos, tagarelavam sobre as férias, falavam mal de professores... alguns completamente bêbados – se é que retrato podia ficar bêbado. Apesar de adolescentes, todas as pinturas conseguiam ser mais discretas que-

"Independência ou morte!!!"

Dom Pedro. Quanto mais Hugo se distanciava dele, mais ficava difícil encontrar um quarto vazio.

"Aqui", Eimi continuava sem dar trégua, "eu tentei entrar lá naquele navio, mas uns mininu falaram que num pudia, que era propriedade privada. Nem sabia que tinha isso de propriedade privada aqui..."

Um quarto vazio. Ótimo.

Hugo lançou suas coisas na cama da esquerda, jogando-se no colchão logo em seguida.

Uma cama só para ele... pela primeira vez em sua vida.

Ainda deitado, tocou a parede do quarto. Era fria, como qualquer parede normal de quarto. Hugo sorriu. Nunca mais acordaria com o braço queimado.

Satisfeito, virou-se para o outro lado, só para ter sua satisfação arrancada de si. Eimi estava lá, instaladinho na cama ao lado, sorrindo para ele.

"Ocê sabe que eu sempre quis ter um colega de quarto?"

Hugo enfiou a cabeça debaixo do travesseiro.

"Na verdade eu sempre quis ter um irmão, mas meus pais não têm tempo pra mais um, sabe? São muito ocupado... às vezes tenho inté dó deles."

Tenha dó de mim... Hugo pensou, levantando-se e começando a se arrumar para o banquete. O que o mineirinho tinha visto nele, afinal? Hugo não lhe dera qualquer sorriso, qualquer sinal de que fosse um cara simpático. Mas o garoto olhava para ele como se Hugo fosse algum tipo de herói!

E foi com Eimi ainda grudado nele que Hugo entrou no refeitório. Chegaram em cima da hora anunciada, mas nem metade dos alunos tinha chegado ainda. Os que lá estavam, já haviam escolhido seus lugares nas centenas de mesas espalhadas pelo salão. Algumas eram de dois lugares, outras de sete, outras de cinco. Não parecia haver muito critério. Os mais velhos usavam suas varinhas para alargar ou diminuir as suas. Geralmente alargar… para 10 ou 15 lugares, conforme o tamanho do grupinho.

Numa mesa de fundo, destacada das demais por uma elevação, sentavam três figuras um tanto rígidas e solenes. Dois homens e uma mulher, vestidos em trajes formais. A mulher, loiraça de cabelos ondulados, seria linda se não fosse pela cara-de-poucos-amigos. Estava claramente impaciente com o atraso da cerimônia. À sua esquerda, um homem alto e gordinho parecia ser o único simpático dos três, enquanto que à sua direita, um senhor magro e austero se limitava a olhar com ar de superioridade para tudo e para todos, como se estivesse naquele banquete por obrigação.

"Aqueles lá são do Conselho…" Eimi sussurrou, mas Hugo já desviara sua atenção para outro adulto: um loiro de olhos gélidos, isolado no canto mais distante do salão. Observava tudo com extrema frieza, como se todos ali fossem esmagáveis.

Chegava a dar arrepio. Todos os alunos pareciam evitá-lo como a um quadro de Dom Pedro. Havia ao menos duas fileiras de mesas vazias entre ele e a primeira mesa ocupada do salão.

Eimi ainda estava discursando sobre o Conselho.

"… o Pompeu é que escreveu nosso livro de História da Magia Europeia. E o gordinho eu sei. Era amigo de infância do meu pai, cê acredita? As veis ainda aparece lá em casa…"

Hugo viu uma ratazana sair da manga direita do homem dos olhos gélidos e se esgueirar por debaixo das cadeiras, subindo até um potinho de cerejas na mesa dos conselheiros, que, entretidos demais com o enorme relógio na parede, não notaram o ladrãozinho. Abocanhando uma cereja, levou-a até seu dono, que meteu o petisco na boca sem tirar seus olhos dos alunos a sua frente, como um falcão, que observa fria e lentamente suas presas antes de atacar.

Hugo resolveu que também nunca sentaria perto daquele ser bizarro. Preferia ficar ali onde estava, mesmo que na companhia de Eimi.

"… o Vladimir até que é um cara bão. Diferente da Dalila, sabe? Minha mãe diz que aquela ali é uma cobra… Cê conhece alguém do Conselho? Foi na reunião de novos alunos?"

A mesa que escolhera logo começou a se encher de estudantes das mais diversas idades e Hugo ficou na expectativa de que talvez Eimi mudasse de interlocutor.

No entanto, e para sua absoluta surpresa, o mineirinho foi ficando cada vez mais calado, de modo que o último aluno a sentar-se provavelmente assumiu que ele não tivesse língua.

Então, aquele era o truque… A presença de outros seres vivos!

Hugo riu, vendo o garoto se encolher, todo tímido, na cadeira. Aleluia, irmãos!

Com o salão já lotado, o mais magro e mais velho do Conselho se levantou e limpou a garganta solenemente, mas ninguém deu muita atenção. Não obstante, ele começou a falar sobre as regras da escola, o planejamento didático para o novo ano letivo, blá-blá-blá...

"Ei, Manuel!", o garoto sentado ao lado esquerdo de Hugo chamou, e um professor gordinho de bigode acenou timidamente para ele antes de sentar-se em uma mesa de quatro lugares onde já haviam se instalado alguns outros professores.

"Achou suas coisas?" Hugo perguntou, reconhecendo o garoto como aquele que tivera sua bagagem extraviada.

"Ah..." ele riu. "Isso sempre acontece comigo. É carma!" Ele estendeu sua mão, "Beni."

"Hugo."

Beni devia ser da quarta ou quinta série já, e era daqueles negros bonitões de capa de revista, com os dentes alvos e o sorriso brilhante. Devia ser por causa dele que todas as mesas ao redor estavam lotadas de menininhas.

"Parece que você tem admiradoras."

Beni deu risada, mas com certo nojo. "Não duvido nada que tenham sido elas que malocaram a minha bagagem."

Naquele momento, entraram pela porta dezenas de seres baixinhos, de orelhas pontudas e pequenos chifres enroscados nas cabeleiras onduladas. Vestiam trajes de garçom e levavam flutuando à sua frente, bandejas e mais bandejas de comida. Pareciam quase crianças. Ou talvez anjos de chifre.

O conselheiro se irritou com a interrupção, mas continuou discursando para ninguém sobre a mudança na lei da maioridade, descrevendo como cada uma das cinco escolas brasileiras trataria o assunto, com especial ênfase no método ditatorial da escola do Sul, que, segundo ele, a Korkovado deveria seguir à risca. Consistia em quebrar ou fundir a varinha de qualquer engraçadinho que tentasse usar magia fora da escola. Aquilo sim era disciplina.

Hugo abriu espaço para o duende, ou sei lá o que era. O serzinho lançou sobre a mesa uma toalha, que se desenrolou no ar, já com todos os pratos e talheres em seus devidos lugares. Hugo observava, altamente interessado, enquanto eles começavam a servir. Não eram duendes... Olhando-os da cabeça aos pés, percebeu que só usavam uniforme na parte superior do corpo. Da cintura para baixo tinham pernas e patas de bode.

Hugo nunca vira nada parecido. Talvez em livros de mitologia grega.

Acompanhou o pivetinho com o olhar enquanto ele se afastava para a outra mesa, rebolando em cima de seus cascos marrons e arrebitando seu rabicho peludo, visível logo abaixo da barra do terno de garçom.

Tentando fingir naturalidade, Hugo voltou-se para a comida que o esquisitinho servira, e perdeu a fome.

Beni riu, "É bom ir se acostumando. O Conselho exige que comamos tudo *'do bom e do melhor': Foie gras* de coruja escandinava regado a sangue de fênix, creme de abóbora *à la francese*, olhos de... lesma nórdica e... caviar, ou algo parecido. Ah, essa é nova", ele disse, esfregando as mãos com falso entusiasmo, "enrolado de lula gigante – a mais nova sensação gastronômica da Europa. Que *delícia*..." Beni fez cara de nojo.

"É por isso que a escola não tem verba", reclamou uma menina de cabelos extraordinariamente longos que todos chamavam de Rapunzela, mas que devia se chamar Rafaela, ou algo parecido.

Enquanto os dois reclamavam, Eimi demonstrava surpreendente desenvoltura em capturar um pequeno pedaço escorregadio do tentáculo gigante.

Hugo não podia acreditar que havia ficado sem comer o dia inteiro só para ser forçado a engolir aquilo. Era improvável que fosse tão gostoso quanto a cara de prazer do mineirinho indicava.

"Fênix não é aquela ave que renasce das cinzas?", Hugo perguntou, olhando com nojo para o *foie gras*.

"Ela mesma", Beni respondeu, sério. "A sociedade de proteção aos animais não vai gostar nada disso. Os *chefs* juram de pés juntos que não mataram nenhuma fênix pra fazer essa palhaçada-"

"E todo mundo finge que acredita", Rapunzela acrescentou. "Por isso estão na lista de animais ameaçados."

"Ameaçados?"

"Pois é", Beni confirmou, claramente chateado. "Eu nunca ouvi falar em reprodução de fênix, você já? Há milênios que elas renascem delas mesmas."

"Mas só renascem quando morrem de morte natural. Já quando alguém mata..."

"É criminoso. Queria ver o Brutus cozinhar a própria pata", Beni completou, olhando com desprezo para o cozinheiro-chefe, que só agora Hugo notara. Estava em pé no fundo do salão, acompanhando com orgulho o trajeto de suas obras de arte gastronômicas.

Como Hugo não notara a presença dele antes? Estava lá, para todos verem: metade cozinheiro, metade cavalo.

"Não sabia que centauros eram permitidos na cozinha", Hugo observou, tentando demonstrar um mínimo de conhecimento mágico.

"Uai, por que proibí?", Eimi perguntou, após sugar mais um pedaço de tentáculo como se fosse macarrão. "Os centauro é tudo bão cozinheiro! Meu pai disse que eles faz o melhor hipogrifo a molho pardo da Europa."

Beni abriu a boca para discordar, mas a conversa foi cortada pelo som de um prato se espatifando logo atrás. Hugo virou-se para ver o tal do Manuel se desculpando um milhão de vezes pelo desastre, com um sotaque carregadíssimo de Portugal, tentando reunir com a varinha os pedaços de lula espalhados pelo chão.

"Quem é esse cara?" Hugo perguntou, incomodado com o excesso de insegurança do bigodudo português.

"Professor Saraiva Barroso, de Feitiços. Também conhecido como Manuel. Mora no Brasil há trinta anos e ainda não largou o sotaque", Beni respondeu, com um sorriso de simpatia pelo professor. "Só aqui na escola ele já ensina há dez anos. É um pouco inseguro, mas é gente boa. Tá sempre querendo agradar."

"A ponto de deixar que o chamem por outro nome", Rapunzela completou.

Manuel/Saraiva estava sentado ao lado de um senhorzinho negro de barba branca, bengala, roupa simples de algodão e cachimbo na mão, personificação exata de um Preto-velho de Umbanda, que, volta e meia, dava umas gargalhadas deliciosas, daquelas de jogar a cabeça para trás e pôr as mãos na barriga.

"Aquele ali é o professor de Macumba Bruxa da escola de Salvador. Veio à convite da diretora, só para o banquete. Os dois são amigos de longa data."

"Ensinam macumba aqui? Legal."

"Só na segunda série do Ensino Médio. Graças a Merlin."

"Por que graças a Merlin?"

"Espera até você conhecer o professor do Rio. Vai querer se mudar pra Salvador rapidinho."

Antes que Hugo pudesse perguntar o porquê, um silêncio surpreendente tomou conta do salão. Só o conselheiro continuou falando:

"... não podemos ser iguais àqueles indolentes da escola de Salvador..."

Mas ninguém nem sequer olhava mais para ele; todos os rostos voltados para a porta de entrada.

Lá, sublime em seu manto lilás cintilante, com uma delicada tiara de flores silvestres encaixada com leveza e perfeição em seus cabelinhos brancos, estava aquela que Hugo reconhecia como sua benfeitora maluquinha do SAARA, mas que Beni logo apresentaria como Zoroasta Maria Leopoldina Isabel Xavier Gonzaga da Silva.

A diretora.

CAPÍTULO 6

ANJOS E DIABRETES

Lá estava ela, com aquela alegria de criança, olhando para as centenas de alunos no salão como se fossem netinhos queridos que há meses não via.

"Obrigada pela belíssima exposição, Pompeuzinho", Zoroasta disse com o sorriso mais sincero do mundo, apesar de não ter ouvido uma só palavra do que acabara de elogiar.

Assim que o conselheiro, a contragosto, retornou ao seu lugar, os alunos começaram a bater na mesa, repetindo "*Zô! Zô! Zô! Zô! ZÔ! ZÔ! ZÔ! ZÔ!*" em velocidade crescente, até que o coro se espalhou por todo o salão.

"Ô, meus queridos... obrigada!" ela exclamou com as mãos no peito. "Vocês são mesmo uns amores!"

Zoroasta se dirigiu com leveza para o centro do salão, onde subiu, sem qualquer cerimônia, em uma das mesas. Hugo viu Brutus fazer uma careta de desprezo e trotar de volta para a cozinha.

"Meus queridos, meus queridos...", ela disse, emocionada. "Como foram as férias?"

Um estrondo de respostas rodou o salão, a maioria positivas, e ela bateu palmas serelepe. "Muito bom, muito bom, meus corcundas. Isso quer dizer que estão prontos para voltar aos estudos. Maravilha!"

Era difícil Hugo gostar de alguém de imediato, mas com a Zô era praticamente impossível não simpatizar à primeira vista. Com seu jeitinho meio hippie, maluquinho, risonho, ela emanava uma alegria que atingia a todos em cheio.

Todos que tinham um pingo de decência, pelo menos. Hugo podia ver, de longe, quem não era confiável, só pela maneira como olhavam para ela. Eram poucos, mas estavam lá. Uns aqui, outros ali. Só ouvindo, sem o carinho e o entusiasmo dos outros.

"E agora para meus novos queridinhos", ela disse, dirigindo-se aos novatos espalhados pelo salão, "Bem-vindos à Nossa Senhora do Korkovado ou, como alguns insistem em chamar", ela olhou discretamente para o Conselho e fez um biquinho francês: *"Notre Dame du Korkovadô."*

Dalila e Pompeu foram os únicos a não acharem graça. Até o conselheiro Vladimir riu.

"Vamos ver... vamos ver..." Zoroasta procurou pelo salão. "Cadê o pessoal de Minas?!"

Quase um quarto dos alunos se levantou gritando e batendo palmas. Ela deu risada, "E meus queridíssimos capixabas?" Os alunos do Espírito Santo bateram nas mesas para marcar presença.

"Paulistas, não estou vendo vocês!"

O pessoal de São Paulo subiu nas cadeiras e bateu com os pés.

E então ela franziu os olhos, como se não estivesse encontrando alguém específico no meio da multidão, "Acho que os cariocas não vieram..."

Mais de um quarto do salão se levantou, soltando faísca no ar com suas varinhas e derrubando de susto metade dos paulistas.

"Calma, calma!" ela gritou, se divertindo. "Estamos aqui para estudar, não para competirmos uns com os outros. Divisão é bobagem lá da Europa, certo?"

"CERTO!" a maioria respondeu.

Hugo riu. A necessidade de um Conselho Escolar estava mais do que explicada. Zoroasta parecia mais uma animadora de festa do que uma diretora de colégio. Com aquela louca no comando, a escola já teria ido pelos ares há muito tempo se não fosse pelo Conselho.

Um estrondo acordou Hugo de seus pensamentos. Era a porta principal, que se abrira para a entrada de quatro alunos *ligeiramente* atrasados. Os quatro entraram rindo de alguma piada particular deles e se instalaram numa mesa que parecia ter sido reservada especialmente para o quarteto. Pouco ligaram para a carranca do Conselho ou para as centenas de olhos acompanhando cada um de seus passos.

"Ah..." Zoroasta pôs a mão na testa, como se tivesse esquecido de mencionar um estado brasileiro muito importante e, com imensa satisfação, estendeu-a na direção dos quatro, que sorriram para ela com cara de que tinham aprontado algo.

"E aqui estão os Píksis!", ela declarou, e a mesma algazarra que os alunos haviam feito para os estados, fizeram também para eles. Com a diferença de que, além dos aplausos e faíscas, alguns cartazes animados e piscantes foram erguidos por grupos de fãs entusiasmados, com o nome Píksis escrito de modo diferente ao que Hugo imaginara e dizeres como *Pixies no Controle!, Capí para Presidente!, Abaixo o Conselho!* – este último, estrategicamente virado para o lado oposto ao da mesa dos conselheiros.

Os quatro se levantaram e agradeceram, solenemente, aos aplausos.

"Viny, eu te amo!" uma menina gritou lá do fundo, e o loiro do grupo levantou-se mais uma vez para agradecer em meio à risada geral.

Hugo reconhecia três dos Pixies. Haviam quase esbarrado nele no SAARA. O loiro parecia ser o *galã* do grupo; mais pela atitude de conquistador do que pela aparência em si. Além de ser magro demais e um pouco mais alto do que deveria, era o mais desleixado dos quatro. Parecia fazer questão de afrontar o Conselho e suas regras, vestindo apenas colete e calça, e ainda levando a gravata amarrada na testa. No entanto, todas as meninas suspiraram ao vê-lo passar. Vai entender. Talvez contasse a seu favor a cabeleira loira e rebelde.

Já o que sentava a seu lado, de cabelos castanhos curtos, era bem mais comportado. Nem tão alto, nem tão esquelético, tinha uma aparência mais natural, de quem passa muito tempo ao ar livre.

O terceiro, de feições indígenas, era o mais sóbrio do grupo; o mais fechado. Vestia-se impecavelmente, mas sem a frescura ou o nariz empinado de alguns que Hugo já vira passeando pelo colégio.

E, por último, a única mulher dos quatro; uma loira gatíssima que, pelo bronzeado e pela cor um tanto desbotada dos cabelos ondulados, devia passar metade de sua vida na praia, surfando.

Se é que bruxo surfava.

"Bom", Zô suspirou, "agora que o time está completo, podemos começar a degustar essas delícias que nossos queridinhos prepararam na cozinha. Como estou fazendo dieta espiritual de luz, não pretendo juntar-me a vocês, ó afortunados comedores de carne."

Zô desceu da mesa ao som de aplausos acalorados e foi sentar-se junto aos Pixies, que tinham separado uma cadeira só para ela. Pompeu e a loira do Conselho balançaram a cabeça, desgostosos com a atitude condescendente da diretora, mas Vladimir já se lambuzava em seu enrolado de lula e não parecia estar nem aí.

"Não é todo mundo que gosta dos Pixies", Beni comentou. "Mas a maioria venera os diabinhos."

"Você ficou bem alegre quando eles chegaram", Hugo observou, vendo a loira dos Pixies se levantar e fazer um sinal.

No ato, vários alunos espalhados pelo salão se levantaram e saíram do salão. Uns quinze, mais ou menos. Simplesmente se foram. E a pixie voltou a sentar-se.

"Filhos de Azêmolas", Beni explicou com um sorriso, e então respondeu à observação que Hugo havia feito, "Claro que gosto dos Pixies. Foram três longos anos de muito trabalho infernizando a vida do Conselho. Eles fizeram por merecer. Talvez algum dia consigam expulsar os três daqui."

"Por que os três? O gordinho parece gente boa."

"O Vladimir é gente boa, mas também é muito medroso. Faz tudo que a Dalila manda, mesmo quando vai contra seus princípios – se é que ele tem algum.

Às vezes acho que ele só não quer se importunar com nada. Se isso significa deixar os Pixies serem os Pixies, ele deixa. Se significa fazer o que a Dalila manda, ele faz. Não sei se ele é tão gente boa assim."

Naquele momento, Hugo ouviu todos os alunos exclamarem com pesar. Pompeu havia retomado seu lugar no púlpito.

"Eu não acredito que ele vai continuar..." Beni enterrou o rosto nos braços.

Limpando a garganta, o conselheiro estendeu sua voz para além das conversas e do tintilar dos talheres. "Como eu estava dizendo antes desta agradável interrupção", ele abriu um sorriso falso em direção à Zô, que deu uma risadinha sapeca como resposta, "A *Notre Dame du Korkovadô* é uma escola de Excelência – o que não pode se dizer de algumas *outras* nesse país", e seus olhos recaíram, nada discretamente, sobre o Preto Velho, que respondeu com um inclinar simpático de cabeça.

A nobreza do professor desconcertou um pouco o conselheiro, que titubeou antes de continuar. "Vocês, novatos, verão que a *Korkovadô* segue os mais estritos padrões europeus de qualidade. Sua grade curricular é a mais completa que se pode desejar de uma escola de alto nível. Seu efetivo conta com alguns professores de padrão e renome internacional, que nasceram ou se especializaram lá fora. Além disso, como vocês podem ver pelos belíssimos exemplares em suas mesas, a *Korkovadô* se orgulha em servir seus alunos com comida de qualidade inquestionável..."

Lá no centro do salão, Hugo viu o pixie loiro enfiar o dedo na boca com nojo.

"Você também tá na quarta série?" Hugo perguntou, notando que uma corrente de telefone sem fio havia começado em algum lugar perto dos Pixies e estava agora se aproximando de sua mesa. Os cochichos passavam de um ouvido ao outro em rápida sucessão. Ninguém daquele lado do salão parecia estar comendo.

"Quarto ano de Korkovado, isso", Beni confirmou. "Entrando no Ensino Médio agora. Tive sorte de começar no mesmo ano que os Pixies. O pessoal mais velho conta que isso aqui era tudo muito sem graça antes deles."

Pompeu havia finalmente se sentado, dando lugar a Vladimir, que começou a descrever para os novatos o programa de intercâmbio da escola. Pelo que o conselheiro dizia, a partir do primeiro ano do Ensino Médio todos os alunos eram obrigados a passar de duas a quatro semanas do segundo semestre em uma outra escola brasileira, das quatro que compunham o pentagrama escolar nacional junto à Korkovado: a escola de Salvador, a da Amazônia, a do Sul e a de Brasília. Os intercambistas dessas outras escolas, que chegassem ao Rio de Janeiro, deveriam ser tratados com muito respeito pelos corcundas da Korkovado – o que, segundo ele, não seria problema algum, já que os corcundas eram nacionalmente conhecidos por sua simpatia e camaradagem.

Os alunos bateram na mesa concordando. Vladimir claramente agradava mais que os outros. Até os Pixies estavam prestando atenção. Se Hugo entendera direito, seria o primeiro ano de intercâmbio deles, assim como do Beni, que declarou sua preferência pela escola de Salvador, "a mais liberal de todas."

Apesar do entusiasmo causado pelo discurso, a corrente de telefone sem fio não parara, e chegou em sua mesa mais rápido do que Hugo esperava. O recado foi passando de ouvido em ouvido pela mesa até chegar no dele, através da menina dos cabelos longos. Hugo virou o rosto para receber o recado pelo ouvido esquerdo, já que o direito não funcionava bem desde o tiro que quase levara dos PMs.

Assim que Rapunzela aproximou os lábios de sua orelha, Hugo se surpreendeu ao ouvir uma voz masculina sair de sua boca.

"Confie nos Pixies. Não toque na comida."

Hugo olhou-a, pasmo.

"Passa adiante!" ela insistiu, sem entender sua hesitação. "Nunca brincou de coruja falante?"

Hugo respondeu com um 'claro que já' meio inseguro, e virou-se para passar o recado a Beni, que já esperava de orelha a postos.

Só que, em vez de ouvir sua própria voz, Hugo ouviu, espantado, a mesma voz de menino que saíra da boca da menina sair agora da sua:

"Confie nos Pixies. Não toque na comida", e então a voz completou, *"Às três da madrugada, atrás do trailer?"*

Hugo não entendeu nada, mas Beni deu uma gargalhada e piscou um olho na direção da mesa dos Pixies. Lá da mesa, o loiro abriu um sorriso safado e voltou a conversar com os amigos.

"Ei!" Hugo reclamou. "Me usando pra passar recadinhos desse teor?"

"Relaxa, novato, o Viny faz isso o tempo todo. É só pra irritar a namorada."

Hugo olhou de volta para a mesa dos Pixies e viu que a loira ficara bastante cabreira com a comunicação entre os dois.

"Ela tem razão de ter ciúmes?"

Beni abriu um sorriso nem um pouco inocente, "Claro que tem."

Mas antes que Hugo pudesse exigir esclarecimentos, uma espécie de corneta soou lá fora e os Pixies se despediram da diretora e saíram do salão, dando meia volta ao chegarem na porta e se inclinando em reverência para o Conselho antes de saírem.

Imediatamente, ouviu-se o um estrondo de centenas de cadeiras se arrastando e todos os alunos do salão começaram a debandar dali também.

Vladimir deu risada, mas Dalila e Pompeu observaram tudo com ódio transbordando dos olhos.

"Por que eles não fazem nada?" Hugo perguntou, não entendendo a passividade do Conselho diante daquela bagunça. "Por que não repreendem os Pixies?

Beni ergueu as sobrancelhas, "Repreender por quê? Não é ilegal sair no meio do banquete." Beni se levantou. "Vamos?"

Eimi largou o último pedaço de tentáculo e os três seguiram a multidão.

Assim que pisaram nas escadarias, Hugo começou a sentir um cheirinho familiar, misturado ao aroma de maresia, e quando a multidão à sua frente finalmente se dispersou pela praia, ele pôde ver dezenas de grandes caldeirões dispostos na areia, soltando fumaça.

Hugo sorriu.

Feijoada. O cheiro era inconfundível.

Deixando Beni para trás, Hugo apressou-se para ser um dos primeiros na fila que já se formava. Eimi ficou para trás, sem saber muito bem o que estava acontecendo. Ele não era o único. A maioria dos alunos não parecia ter a menor ideia do que estavam prestes a comer, mas todos confiavam nos Pixies, por alguma razão. Olhavam meio perdidos para as tigelas dispostas nas mesas ao redor dos caldeirões, sem saber ao certo o que colocar primeiro no prato. Eram tigelas e mais tigelas de couve, arroz, torresmo, milho, farofa... ingredientes aparentemente alienígenas para os jovens bruxos, a não ser pelas laranjas em fatia. Essas, eles conheciam.

Hugo demonstrou tamanha destreza ao servir-se, que todos ao seu redor se esforçaram para acompanhá-lo, seguindo com exatidão cada um de seus movimentos, como se meia concha a mais ou a menos de feijão preto fosse fazer alguma diferença.

Os Pixies realmente sabiam agradar. Com exceção de alguns frescos que olhavam para tudo com certo nojo, a maioria parecia muito satisfeita com a mudança inesperada de cardápio. Degustavam cada ingrediente como se fosse a comida mais exótica do mundo.

Hugo sentou-se perto do mar e comeu com o prato apoiado nas pernas.

Dava para perceber quem já havia comido uma feijoada antes pela quantidade de comida que colocavam no prato: bem pouca, para aquela hora da noite. Os alunos de família bruxa, ao contrário, enchiam o prato com tudo que tinham direito. Na maior inocência.

Amanheceriam todos com indigestão.

"Deviam interditar isso aqui por perigo à saúde pública", uma garota resmungou, olhando com nojo para as linguiças. Ela era do grupo dos que andavam pela praia difamando as comidas Azêmolas e cuspindo em pratos alheios na tentativa de desencorajar o consumo e estragar a festa dos Pixies. Julgavam estar fazendo um favor aos alunos. E estavam mesmo.

O que mais se destacava no grupinho de descontentes era um garoto da idade dos Pixies, de cabelos castanhos ondulados, levemente puxados para o loiro. Apesar de marrento, ainda conseguia arrancar alguns suspiros femininos ao passar. Era um dos mais bem vestidos dali, com roupas europeias de altíssima qualidade. Impecáveis.

Hugo sondou a praia à procura dos Pixies e logo os encontrou. Viny perambulava alegre por entre as pessoas, tocando uma espécie de flauta transversal de madeira enquanto a loira e o índio andavam pela praia confiscando as varinhas dos estudantes. Aquela era uma festa azêmola, eles diziam. Nada de varinhas!

Hugo protegeu a sua com muito cuidado. Eles que não tentassem pegá-la.

"Ouvi falar em boia?!" Zoroasta apareceu, batendo palminhas de entusiasmo.

O pixie de cabelos castanhos apressou-se em atendê-la, fazendo o prato com muita sabedoria. Escolheu somente aquilo que não atingiria seu estômago idoso. E nada de carne.

Era estranho. O garoto se vestia e se portava como um legítimo bruxo de pedigree, e, no entanto, demonstrava uma intimidade com a feijoada que poucos tinham.

Hugo voltou seu olhar para a diretora. Beija-flores estranhos voavam ao redor de Zoroasta como se fossem expressões de sua imensa alegria. Eram três ao todo, esbranquiçados feito leite, como fantasmas de beija-flor, se é que aquilo existia.

Desviando-se de um deles, o pixie entregou o prato para a diretora, que deu uma provadinha e arregalou os olhos satisfeita. "Bom menino!", ela disse, bagunçando os cabelos do garoto, que lhe devolveu um sorriso carinhoso.

"Sua mãe também tinha o dom da culinária."

"Nem me fale..." um japonês ruivo com pose de professor suspirou ao lado dela. "Eu ainda sinto falta daquela salada de cogumelos que ela fazia. Divina."

O menino sorriu, agradecido, e fez uma carícia de leve na diretora antes de seguir seu caminho.

"Esse menino é de ouro", o professor comentou, vendo-o parar para ajudar um grupo de alunos perplexos. "Herdou todas as qualidades da mãe e nenhum dos defeitos do pai."

A diretora concordou sorridente e comeu mais um bocadinho, sentando-se na areia enquanto Brutus e os conselheiros a observavam com uma carranca do tamanho da estátua do Cristo Redentor.

Um grupo de fantasmas bêbados fazia algazarra na mesa ao lado, mas nada mais surpreendia Hugo. Não depois do centauro e dos garçons.

Os fantasmas eram cinco ao todo e pareciam ter morrido com uns 16, 17 anos de idade. Cantavam sambinhas de antigamente e vestiam-se com as calças brancas e camisetas listradas da boemia do começo do século XX. Enquanto uns batucavam, outros dedilhavam no ar, produzindo um som inconfundível de cavaquinho, apesar de não haver qualquer instrumento à vista.

A bizarrice maior do grupo, no entanto, não vinha do fato de estarem todos mortos e sim de que todos carregavam consigo as causas de suas mortes. Um tinha um garfo enfiado no olho esquerdo. O outro, uma perna de cadeira enterrada no estômago. O mais gordinho levava um cabo de vassoura atravessado no peito.

Mortes bem pacíficas.

"Quem são eles?"

"Os boêmagos", Eimi respondeu. "Minha mãe já tinha falado deles pra mim, mas eu não pensava que ês existia mesmo."

"Por quê? Você nunca tinha visto fantasmas antes?"

"Claro que já, uai. A gente tem um lá em casa. Esses parente que insiste em ficar, sabe? Meus pai tão pensando em exorcizar o tio Norberto de lá. Assusta os vizinhos."

Tentando ignorar a naturalidade com que Eimi acabara de contar aquilo, Hugo retomou o assunto principal, "E esses boêmagos foram alunos daqui?"

"Nos anos 1920, acho", Eimi respondeu, orgulhoso por saber algo que Hugo não sabia. "Ês era os Pixie daquele tempo, mas com uma diferenciação essencial."

"Qual?"

"Bebiam", foi Beni quem respondeu, aparecendo entre os dois. "Bebiam sem parar. Achavam que só bebendo a vida podia ser engraçada. Num dia de espetacular bebedeira, houve uma briga estúpida entre os cinco e eles se mataram uns aos outros. Engraçadíssimo", Beni concluiu, sério. "Os Pixies parecem determinados a não deixar que isso aconteça com eles. Você não vai encontrar uma gota de álcool em nenhum dos eventos pixie. Pode apostar."

"Não é moralismo bobo, não?"

"Você acha?" Beni devolveu a pergunta, sinalizando os fantasmas com a cabeça. O mais magrelo deles brincava de coçar o buraco onde deveria haver o olho esquerdo com o garfo que o havia arrancado de lá. "Bom, de qualquer modo, Viny tem motivos de sobra pra não gostar de bebida alcoóli-"

Ouviu-se um *PUFF* e um negro com vestes africanas apareceu bem atrás deles, envolto em uma fumaça verde espessa, como um grande gênio da lâmpada.

"Griô, véio de guerra!" Beni cumprimentou-o com tapinhas no ombro.

Cerimonioso, Griô retornou o cumprimento com uma reverência educada, mas sem qualquer traço de desagrado pela informalidade do jovem.

"Tem alguma história pra gente hoje, Griô?" uma garota perguntou, e Hugo percebeu que eles já haviam sido cercados por uma boa dúzia de alunos curiosos.

"Ô, se tenho!" Griô respondeu, com um olhar vivo e um sorriso misterioso nos lábios. "Vim pra animá a festa, mas parece que cheguei tardi dimais pra ixplicá a história dos boêmagu."

"Mas essa tu já contou milhares de vezes!"

"Sim, sim, já contei vez dimais, mas u piquenu Obá aqui não conhecia", ele disse, botando a mão na cabeça de Hugo, "i eu tinha que ixplicá, né?"

"Pequeno Obá?" Hugo perguntou, curioso, mas Griô já havia enveredado por uma história muita antiga sobre magos do mediterrâneo e não parecia nem mais notar sua presença entre os alunos. À medida que contava, suas vestes iam se transformando, assumindo a forma dos personagens sobre o qual falava; uma toga branca para o filósofo grego, uma armadura coberta em pele de urso para o bárbaro... Tudo mudava nele, até o sotaque. Apenas seu rosto permanecia o de um grande sábio africano.

"O Griô é um contador de histórias", Beni sussurrou para Hugo, como se precisasse de explicação. "Conhece todas as histórias que se há para contar; sabe tudo que já aconteceu no mundo. Mas só conta o que quer, para quem quer, e quando quer."

"Pareceu que ele me conhecia..." Hugo disse perplexo, observando a entidade girar em fumaça verde e reaparecer como uma bruxa loira de manto vermelho esvoaçante, para o deleite de todos que assistiam.

"Ele conhece todo mundo", Beni explicou. "Sabe mais da gente do que nós mesmos."

Hugo fechou a cara. Aquilo não era nada bom... Ter alguém que sabia de seu passado, de onde ele morava, de suas fraquezas, de seus medos, perambulando pela escola e contando para quem desse na telha... E que diabos era aquela história de Pequeno Obá?

Hugo se afastou do grupo, sentindo-se um pouco ameaçado.

Mas também, a quem ele estava querendo enganar? Todo mundo já tinha sacado que ele era vira-lata... que, naquele ambiente mágico, ele estava mais perdido que bruxo em feijoada.

Tava na cara.

"Isso aqui tá uma delícia, tá não?" Eimi perguntou, sentando-se a seu lado.

De repente, Eimi não lhe parecia mais tão ameaçador assim.

Pelo menos *ele* não sabia nada sobre seu passado, nem cuspia no prato de ninguém, nem se achava superior por ter pais bruxos ou por gostar de comida europeia.

"Os Anjos não parecem muito contentes com a feijoada", Beni comentou, deitando-se ao lado dos dois na areia. Hugo olhou novamente para o tal grupo, que continuava infernizando a festa.

"Então aqueles são os Anjos."

"Já tinha ouvido falar?"

"De passagem", Hugo respondeu, lembrando-se de que Gueco já se oferecera para apresentá-los, e então viu o de cabelo ondulado derrubar "sem querer" uma tigela de couve na areia e sair de fininho. Viu também Viny parar de tocar para lançar contra o Anjo um olhar de aviso, antes de continuar seu passeio por entre os alunos.

"Espero que os Anjos não estraguem a festa dessa vez", Beni disse, olhando desgostoso para a cena.

"Dessa vez?"

"Pixies versus Anjos – essa é a rotina da escola há três anos. Geralmente os Pixies ganham, porque têm o apoio da maioria. Mas os Anjos têm um trunfo inegável."

Hugo viu o Anjo ser chamado para o canto pela conselheira.

Ao invés de dar uma bronca no aluno, Dalila sorriu e falou algo em seu ouvido, afagando seus cabelos antes de deixá-lo partir.

"Quê?!" Hugo exclamou, surpreso.

"Pois é. O Abelardo."

"O que tem ele?"

"É o filho queridinho dela. Ele reclama, os Pixies pagam. Ele faz besteira, os Pixies levam a culpa."

Hugo viu Abelardo tirar sua varinha do bolso e apontá-la contra um dos caldeirões de feijão, que começou a borbulhar descontroladamente, queimando uma das meninas que se servia. A menina gritou, retirando a mão às pressas, mas já era tarde. Sua palma estava toda em carne viva.

Vendo aquilo, Viny não conseguiu se controlar e partiu pra cima do Anjo com clara vontade de esmurrá-lo até a morte, mas foi segurado a tempo pelo pixie de cabelos castanhos, que já se acercara do amigo minutos antes, pressentindo a confusão. A loira e o índio logo se uniram a ele para tentar segurar o loiro, enquanto os outros Anjos faziam o mesmo com Abelardo. Beni correu para se juntar aos outros curiosos assim que viu Viny usar a tal da "flauta" para fazer brotar chifres na cabeça de Abelardo. O Anjo gritou, furioso, com uma voz um tanto... bovina, berrando para que seu grupo contra-atacasse.

Eimi levantou-se correndo e também foi ver de perto, mas Hugo sentiu um cansaço repentino e decidiu não acompanhá-lo. Era um cansaço estranho... Talvez tivesse comido um pouco demais.

Imagina... um dia inteiro sem comer nada e depois uma bela de uma feijoada.

E ele rindo da cara dos bruxos...

Meio grogue, Hugo deitou-se na areia e ficou olhando as estrelas. O som da discussão quase um sussurro em seus ouvidos; o céu um pouco turvo...

Hugo viu uma figura se debruçar sobre ele.

Um outro homem, de barba branca, chegou logo em seguida.

"Então é ele?" o Preto Velho perguntou, olhando-o com curiosidade.

"É ele..." Griô respondeu, sério. Tocando, com carinho, o rosto de Hugo, olhou fundo em seus olhos e sussurrou, *"Dorme, Idá... Dorme o sono dos despreocupado, que ocê nunca mais vai durmi tão bem quanto hoje à noite..."*

E Hugo apagou.

CAPÍTULO 7

INFERNO ASTRAL

Já era dia quando Hugo acordou na praia sem qualquer recordação daquela conversa. Apesar de alguns alunos permanecerem no sétimo sono, de cara na areia, tudo já havia sido devidamente limpo e arrumado. Os Pixies eram eficientes.

Ainda um pouco grogue, Hugo dirigiu-se ao dormitório. Os relógios espalhados pela escola marcavam dez minutos para as 9 da manhã. Dez minutos e ele estaria atrasado para o primeiro dia de aula.

Ele e metade dos outros alunos.

"Independência ou Morte!!!

"Bom dia, Sua Majestade..." Hugo bocejou, dirigindo-se ao quarto. Os retratos dos ex-alunos ainda roncavam, a não ser por cinco deles, que pareciam alheios à ressaca geral – talvez por continuarem bêbados. Brincalhões, tentavam de tudo para acordar os companheiros de parede: gritos, cantos, despertadores, cornetas... Agora Hugo se lembrava de onde havia visto os boêmagos antes. Eram quase seus vizinhos de quarto.

Deixando-os para trás, Hugo entrou no décimo quarto à esquerda e então todo o ânimo, que já não tinha, se evaporou por completo. Lá estava Eimi, acordadinho, dobrando o pijama com o cuidado de quem desativa uma bomba.

O mineirinho abriu um largo sorriso ao vê-lo, "Eu já ia lá acordar ocê! Aqui, cê perdeu o mió da festa! O Abelardo inté teve que ser levado pra enfermaria! Ninguém conseguia tirar os chifres dele! E aquela comida? Ocê gostou também? Bom dimais, sô."

Para infortúnio geral da nação, Eimi não apresentava qualquer sinal de indigestão, apesar de ter batido uns quatro pratos na noite anterior.

Achando melhor ignorá-lo, Hugo dirigiu-se à janela no fundo do quarto e olhou lá para baixo. No breu da noite anterior não fora possível ver nada, mas agora, o sol delicado da manhã iluminava com perfeição o lindo jardim de plantas exóticas e o extenso gramado que se estendia para além do dormitório. Terminava numa linha de árvores que sugeriam o começo de uma floresta, mas os limites da janela não permitiam a ele ver para além delas. Uma árvore bizarra marcava presença nos limites do gramado. Era bem mais baixa do que a árvore do pátio central, mas seu tronco era quase tão grosso quanto. Instaladas nele, porta e janelas, como se fosse uma espécie de árvore-casa.

Hugo se inclinou na janela para ver mais lá embaixo e seu coração disparou. Sempre fora fascinado por unicórnios. Lindos demais, mesmo em ilustração de livro infantil. E aquele então, era majestoso... completamente branco, músculos perfeitos reluzindo ao sol. E, como se não bastasse, brincando de rolar na grama com o pixie de cabelos castanhos, como se fosse um cachorrinho gigante.

O pixie ria e fazia cócegas no animal como se o unicórnio fosse seu bichinho de estimação, tomando o devido cuidado de desviar sempre do chifre, claro. O garoto tinha três cicatrizes de dar inveja nas costas, definitivamente não relacionadas ao unicórnio. Desciam paralelas, do ombro esquerdo até a base da cintura, certamente feitas pelas garras de algum animal feroz.

"Eu achava que unicórnios fossem arredios a seres humanos", Hugo comentou sem tirar os olhos do animal. Ele relinchava brincalhão, cutucando o pixie com a boca. Hugo não se surpreenderia se latisse.

"Ês é tudo arredio, sim", Eimi confirmou, alegre pela atenção dispensada a ele. "Ês num gosta muito de gente. É tudo impossível de treinar, por quê?"

"Nada não."

Hugo tinha que ver aquele unicórnio de perto...

Arrumando-se numa rapidez inédita, deixou Eimi falando sozinho e saiu correndo pelo corredor do dormitório com o livro de História da Magia Europeia nas mãos e alguns cadernos quase escorregando de seus braços.

"Independência ou morte!!!"

"Corta essa, Majestade", Hugo respondeu, saindo porta afora.

O pátio central já estava abarrotado de alunos. Eram centenas. Alguns completamente despertos e de uniforme, outros despenteados e cobertos de areia, ainda com as roupas do dia anterior; todos se apressando para algum lugar. Adolescentes e pré-adolescentes se misturavam aos aprendizes do Ensino Profissionalizante, que vestiam roupas mais adultas – nada de uniforme – e andavam em direção oposta à dos outros alunos: para o subsolo.

Um placar improvisado na árvore central marcava 1 a 0 para os Pixies, e uma mancha ao lado do 0 delatava a tentativa de algum Anjo espertalhão em alterar o placar.

"Hora de despertar, corcundas comilões!" uma voz soou de um alto-falante enorme preso no topo da árvore central. "Faltam três minutos para a primeira aula do ano!"

"Três minutos para a primeira BRONCA do ano!" uma segunda voz corrigiu.

"E a previsão do tempo para essa semana é... Dou um doce de abóbora para quem adivinhar... SOL!!"

"Que novidade!"

"Ainda vou pegar insolação nessa escola."

"Acho que veremos alguns alunos matando aula na praia hoje. Lembrete para a srta. Caimana Ipanema: surfe não cai na prova final!"

"Cuidado, praieiros de plantão! A patrulha angelical está na área!

"E depois de ontem à noite... ninguém sabe do que o Abelardo é capaz!"

"Falando em Abelardo, algum engraçadinho tentou alterar o placar hoje de madrugada. Acho que os Pixies mereciam mais um ponto por isso."

"Façam suas apostas para 1997! Pixies ou Anjos?! Venham fazer suas apostas aqui mesmo, na Rádio Wiz FM!"

"Nota para os novatos:" uma voz feminina interrompeu, *"A floresta NÃO É pequena e TEM SIM bichos perigosos. Não acreditem em UMA só palavra do que os mais velhos digam sobre ela."*

Uma vaia generalizada soou pelo pátio, protagonizada pelos tais 'mais velhos'.

"Resumindo, novato, você VAI SIM se perder. Lembre-se: a floresta QUER que você se perca."

"Ano passado eu me perdi e o Capí só foi me encontrar na semana seguinte! Se vocês não quiserem que o Capí perca mais aulas do que ele já perde limpando essa escola, vão por mim: Se possível, não passem do Pé de Cachimbo! Repitam comigo: 'O Pé de Cachimbo é o limite. O Pé de Cachimbo é meu amigo'."

"E uma última notícia. Para quem quiser saber, a sala do Rudji continua sendo lá no último andar. Melhor sorte da próxima vez, professor!"

"E aqui vai mais uma pra alegrar a galera. Rádio Wiz! A rádio que fala, mas não diz!"

Rádio Wizwizwizwizwiz!

Uma música animada começou a reverberar por todo o pátio e Hugo resolveu seguir para a esquerda. Pelos seus cálculos, o gramado devia ser do lado oposto à praia.

"Onde tu pensa que vai, garotão?" alguém cutucou seu braço e Hugo virou-se para ver ninguém mais, ninguém menos que Gislene.

Seu mundo caiu.

A Gislene. Do Dona Marta! Ali, de braços cruzados, fitando-o com aquele olhar esperto e aquela pose irritante de durona que ele conhecia desde bebê.

Ela não podia estar ali... Ela ia estragar tudo!

Gislene abriu um sorriso estranhamente simpático. "A primeira aula começa em um minuto! Vem!"

Hugo permaneceu estático, estupefato, e o sorriso branco da garota se desfez. "Tu achava o que, Idá? Que só tu tinha direito de ser bruxo?" Mas logo seus olhos negros voltaram a brilhar, "Não é irado??"

"Acho que sim... pode ser."

"Como assim, pode ser? Olha onde tu tá, muleque! DENTRO DO CORCOVADO!"

"É", ele riu, meio sem graça, "isso é verdade."

"Então, 'bora logo, se não a gente se atrasa."

Hugo concordou meio desgostoso. O unicórnio teria de ficar para depois.

Gislene levava um mapa da escola nas mãos, já marcado com todas as salas e horários da semana. Metódica, como sempre.

"Que aula tu tem agora?"

"História da Magia Europeia, acho."

"Ótimo, a gente tá na mesma turma."

Hugo não via nada de ótimo naquilo.

Ao contrário da maioria dos novatos, os dois chegaram ao décimo andar sem a menor dificuldade. Os outros, menos acostumados a subidas íngremes, cambalearam para dentro da sala de tanto cansaço, despencando nas primeiras carteiras vazias que encontraram.

Era o resultado de anos e anos na academia Dona Marta, subindo e descendo, subindo e descendo. Pelo menos para alguma coisa boa aquilo tinha servido.

Quando chegaram, não havia muitos lugares sobrando na sala de aula e os dois foram obrigados a sentar separados. Graças a todos os santos.

Hugo se inclinou para frente e perguntou à Gislene quais eram as matérias daquele dia.

"Depois dessa tem Segredos do Mundo Animal, às 9h45, com a Ivete Salinos, que eu conheci ontem na feijoada e é um amor de pessoa. Daí tem Defesa Pessoal, às 11, com um tal de Atlas Vital e Feitiços às 14 horas, com Saraiva Barroso, o Manuel, que estava sentado perto de você no banquete."

"Eu não pedi um inventário das aulas", Hugo reclamou, incomodado por ela ter percebido sua presença no banquete, e ele não ter notado a dela.

Uma voz grave começou a fazer a chamada e Hugo endireitou-se na cadeira, surpreendendo-se tanto quanto ela com a presença soturna do professor lá na frente, parado ereto, como uma estátua sombria, ao lado do quadro negro.

Devia ter uns 50 anos de idade, apesar dos cabelos inteiramente brancos. Vestia-se todo de negro, numa roupa ao mesmo tempo arcaica e moderna, com fivelas de metal e tiras pretas que se entrelaçavam por todo o corpo. Seus olhos azuis, penetrantes, faziam qualquer um estremecer, indo da lista de presença para o rosto de cada um dos chamados. Era um olhar vidrado, como se estivesse o tempo todo no limite da sanidade.

Os alunos não moveram um músculo sequer durante todo o procedimento.

"Oz Malaquian...", sussurrou em seu ouvido uma voz que Hugo infelizmente reconhecia. *"Os mais véi' diz que ele é um terror..."*

"Emiliano Barbacena dos Reis", Oz chamou, e seus olhos penetrantes se levantaram da lista para escanear a sala.

"Presente...", Eimi respondeu, deslizando amedrontado na cadeira.

Uma longa lista de nomes com F se seguiu até que Gislene foi chamada.

Estava chegando sua vez. Hugo sempre viera logo depois dela na chamada, mesmo quando ainda se chamava Idá. Agora então, que tinha mudado de nome para uma letra anterior...

Hugo congelou na cadeira, seu coração trepidando um pouco mais forte do que gostaria. Era a hora da verdade. Dela dependeria o resto de sua vida.

Se o desgraçado o chamasse de Idá...

"Hugo Escarlate", soou a voz sinistra do professor, e Hugo levantou a mão, aliviado.

"Hugo Escarlate??" Gislene sussurrou, virando-se para confrontá-lo. *"Que diabo de nome é esse, Idá?"*

"O nome que eu escolhi."

"Mas por quê???"

"Porque sim. E nem *pense* em me chamar de outra coisa."

Levemente ofendida, Gislene voltou-se para frente, murmurando, *"Eu gostava do outro nome."*

"Goste *desse* agora", Hugo disse, voltando também seu olhar para Oz Malaquian, que já começara sua aula introdutória.

Em nenhum momento o professor precisou levantar a voz ou fazer qualquer reprimenda. Ninguém soltou um pio durante a aula inteira. Todos anotando cada expressão, cada suspiro.

Era medo. Não interesse. Ninguém em sã consciência poderia se interessar pela história da magia europeia do ano 10.000 ao ano 8.500 antes de Merlin.

Mas Hugo tinha de admitir: o cara sabia das coisas. Desfilava datas, nomes, sobrenomes, títulos, objetos, locais como se fosse a coisa mais natural do mundo se lembrar de tudo aquilo. E cada detalhe do que ele dizia seria exigido na prova. Disso, ninguém tinha dúvida.

"Meu irmão chama o Oz de bicho-papão", Gueco comentou na descida para a segunda aula. "Mas ele não é tudo isso que dizem, não. Ele assusta, mas é mansinho."

"Mansinho?" Gislene repetiu incrédula. "Duvido."

"Vocês têm que ver a aula do portuga. É hilária."

Gueco não tinha a mesma grade de horários que Hugo – o que era uma pena. Só quatro aulas batiam com as dele: as três ao ar livre e Defesa Pessoal.

"Esse Oz não podia ensinar algo menos... antigo?" perguntou Francine, uma garota de aparência meio indiana que haviam conhecido ali mesmo, na saída da primeira aula.

"Menos antigo tipo o quê?"

"Tipo, sei lá, a Inquisição?"

Gueco revirou os olhos, entediado, "Não aguento mais meus pais falando disso. Acho que ninguém mais aguenta."

"Ele podia ensinar sobre o Inquisidor!" Eimi sugeriu, inclinando a cabeça para dentro do grupo, entusiasmado, mas Gueco e Francine caíram na gargalhada e ele se recolheu à sua insignificância, escondendo-se atrás da pilha de livros que carregava.

"A gente tá falando de aula de História, Eimi. Não de mitologia", Gueco brincou, trazendo Eimi carinhosamente de volta para o grupo.

"Que Inquisidor é esse?"

"É historinha pra ogro dormir, Gislene. Liga não..." Gueco respondeu, lançando um leve sorriso em sua direção. "Além do mais, o Oz gosta mesmo é dos primórdios da magia. Dos tempos em que os bruxos ainda usavam aqueles cajados pesados. Acho que isso de varinhas de bolso é moderno demais pra ele. Meu irmão nunca viu o cara usando uma. Segredos do Mundo Animal é por aqui."

O grupo atravessou o pátio central e entrou por uma das dezenas de portas que o circundavam. Todas levavam a um mesmo corredor circular.

Gueco hesitou em frente à porta, e Hugo aproximou-se para ver o que o detinha. O corredor não tinha luz própria. Era iluminado apenas pelas poucas portas que o entrecortavam. Mas, mesmo no breu, Hugo pôde perceber que aquele não era um corredor normal: suas paredes pareciam se mover em blocos, como num jogo de encaixe em permanente movimento.

Sem falar no barulho que vinha lá de dentro. O corredor era um verdadeiro caos sonoro. Dezenas de vozes ecoavam por todos os lados, gritando, berrando, cantarolando – um pesadelo. Assim que seus olhos se acostumaram à escuridão, Hugo percebeu várias riscas ao longo de toda a extensão da parede circular, por onde deslizavam blocos quadrados de meio metro de cumprimento. Cada bloco de pedra tinha nele um signo diferente esculpido em alto-relevo.

Os blocos com os signos moviam-se para a esquerda e para a direita – ou para cima e para baixo, caso estivessem com pressa e precisassem ultrapassar signos mais lentos.

E as figuras não paravam de falar.

Um aluno de terceiro ano ouvia indefeso à bronca intempestiva da gravura de uma mulher portando uma balança.

"TRÊS PRATOS!" esbravejava o pequeno alto-relevo de Libra, apontando um dedo acusador contra o aluno, que se apoiava na parede passando mal. "Vê se da próxima vez fecha a boca! Nem parece dos meus!" Mas o garoto estava tão enjoado com a feijoada da noite anterior que pouco prestava atenção.

"Preparem-se", Gueco disse, tomando coragem, e assim que pisou no corredor, um dos blocos veio deslizando até ele. *"Rápido!!"* ele chamou, disparando corredor abaixo.

Hugo seguiu, e logo atrás vieram Gislene, Francine e Eimi. Assim que pisaram no corredor, mais três blocos dispararam atrás deles. Os cinco pareciam loucos alucinados fugindo de sombras na parede.

"Temos que alcançar o portão 4!" Gueco avisou lá da frente, com um escorpião de pedra em seu encalce. O escorpião era mais dinâmico do que alguns dos outros signos – desgrudava de um bloco para mergulhar em outro, sem cerimônias; suas patinhas de pedra batucando frenéticas contra a parede.

Por mais que Gueco corresse, o escorpião era mais rápido, e assim que chegou perto o suficiente de sua presa, começou a despejar o horóscopo no pobre coitado. *"Não se deixe enganar por pessoas dissimuladas! Este ano, fique com a família! Sempre com a família!"*

Gueco riu, desistindo de correr, "Bom, isso você não precisava me dizer, *gênio.*"

O escorpião fez cara de ofendido e foi atazanar outra vítima.

Curvando-se ofegante, Gueco olhou para Hugo. "Meu irmão disse que já conseguiu despistar o carneirinho dele uma vez. Só uma vez." Ele riu, "Eu pretendo quebrar o recorde."

"SEU MUNDO VAI VIRAR DE CABEÇA PARA BAIXO SE VOCÊ NÃO ME OUVIR!!!!"

Era o signo de Virgem que vinha correndo na cola de Gislene.

"ESSE ANO, EVITE GENTE EGOÍSTA O MÁXIMO QUE PUDER! ELAS VÃO DESORGANIZAR SUA VIDA!"

"E lá vêm a cavalaria...", Gueco comentou receoso, olhando para o fundo do corredor. Eram os outros signos que, cansados de berrar horóscopos, vinham bisbilhotar a vida alheia.

Gueco empurrou Hugo e Gislene pela porta de número 4 e todo o insuportável falatório zodiacal se dissipou.

Gislene parecia extremamente irritada, mas Gueco dava gargalhadas.

"Agora entendo porque meu irmão chama esse corredor de Inferno Astral..."

Hugo e Gislene tiveram que rir. Tá, inferno astral... boa.

"A gente vai ter que passar por isso todo dia?"

Gueco confirmou. "Dizem que eles ficam cada vez mais atrevidos. Dão conselhos de amor na frente de namorada... coisas do tipo. Uma delicadeza só."

Francine chegou esbaforida, recostando-se na parede, "Mas que gentinha grudenta!"

"Conheço alguém igualzinho", Hugo comentou, percebendo que Eimi ainda não chegara.

"O que tu tem contra o Eimi??", Gislene veio em defesa do mineirinho. "Ele é um doce de garoto!"

Hugo riu, "Tão doce que tu sabia direitinho de quem eu tava falando."

Gislene abriu a boca para argumentar, mas fechou-a novamente. E depois resolveu completar mesmo assim, "Ele só quer companhia!"

"Tu diz isso porque tu não vai ter que dormir no mesmo quarto que ele todas as noites pelo resto do ano."

Doce ou não, os quatro decidiram não esperar por Eimi. Já estavam atrasados.

A porta de número quatro levava a um varandão que servia como salão de jogos. Sofás, mesas de carteado, jogos de tabuleiro... alguns sobre os quais Hugo nunca ouvira falar. Em uma das paredes, uma placa comemorativa de latão dizia "Aqui, a magnânima conselheira Dalila Lacerda levou seu primeiro susto pixie. – 5 de Maio, 0001 d.p."

"0001 d.p. significa 1994", Gueco traduziu para eles.

"D.p.?"

"*Depois dos Pixies*. Gentinha prepotente..."

"Ah, eles me pareceram engraçados", Hugo os defendeu. Não era de gostar de pessoas assim, logo de cara, mas os Pixies pareciam ser gente boa. Além do que, um susto naquela esnobe da Dalila era mais do que merecido.

Francine sussurrou em seu ouvido, *"A Dalila há anos tenta tirar essa placa daí, mas ainda está para nascer quem consiga desfazer algo que o Viny criou."*

"Eu acho uma sacanagem, isso sim." Gueco saiu, irritado, para o jardim.

A aula de Segredos do Mundo Animal seria no gramado que Hugo vira pela janela. Para sua infelicidade, não havia mais nem sinal do unicórnio por ali.

O que havia, no entanto, era tão extraordinário quanto: Para além do vasto gramado e dos jardins de flores exóticas, Hugo pôde finalmente ver o panorama inteiro da floresta. De sua janela, só vislumbrara os pés das primeiras árvores. Agora percebia o que havia perdido. Aquela não era uma floresta qualquer. Sua grandiosidade era de tirar o fôlego, com certeza, mas o que mais chamava atenção não era seu tamanho colossal, e sim a absoluta ausência do que mais impressionara Hugo no SAARA: um céu.

No lugar do céu, quilômetros acima de suas cabeças, havia mais árvores. Centenas, milhares, penduradas no teto, de cabeça para baixo, como se fossem um reflexo idêntico do chão.

"Óia que chique!" Eimi exclamou ao seu lado.

Hugo nem se importou muito com o retorno de seu obsessor. Estava pasmo, hipnotizado, como todos ali.

"Vamos, amores! A floresta não vai fugir não, eu garanto!"

A dona da voz era uma professora jovenzinha, que estava ajoelhada na frente de um semicírculo de alunos.

"Vocês vão ter muito tempo pra admirar essa belezura dispois", ela completou, enquanto os cinco se sentavam atrás do resto da turma.

Comparada a Oz Malaquian, Ivete Salinos era um anjo vindo do céu. Um anjo estabanado, é bem verdade. Devia ser seu primeiro ano como professora, porque, assim que a aula começou de fato, a coitada entrou em pânico. Suas mãos tremiam, não falava coisa com coisa, se embananava toda, e não adiantava tentar convencê-la de que os alunos não eram bestas do apocalipse prontos a atacar caso ela não dissesse a coisa certa.

Resumindo, a aula foi um semidesastre. Além de não conseguir controlar a gosma alaranjada que trouxera (e que não era um animal nem aqui nem na Transilvânia, como um dos alunos insistiu em repetir), ela ainda saiu de lá direto para a enfermaria com queimaduras de terceiro grau por ter se esquecido de vestir as luvas protetoras, encurtando a aula em uns 40 minutos.

Hugo estava começando a ficar impaciente. Já era a segunda aula deles, e nada de usarem as varinhas.

Aproveitando o alvoroço e o rápido esvaziamento do gramado, ele aproximou-se da tal árvore com porta e janelas que avistara de seu quarto. Era realmente enorme de gorda, mas não muito alta. Em vez de frutos, pequenos pedaços de madeira pendiam de sua vasta folhagem. Hugo apurou a vista um pouco mais e riu. Os pedaços de madeira eram cachimbos! Cachimbinhos de vários tamanhos e formatos, prontos para a colheita. Um legítimo Pé de Cachimbo, quem diria.

A porta da árvore estava trancada, mas pela janela era possível ver uma saleta humilde, com um sofá envelhecido, uma mesa para quatro, armário, fogão e pia.

Tudo muito simples. Ao fundo, uma pequena escada esculpida na madeira levava ao andar de cima.

"Aqui é que deve morar o zelador", Eimi comentou, suas mãos em concha contra o vidro.

O zelador se chamava Fausto. Fausto Xavier. E, como Hugo descobriu poucos minutos mais tarde, era um homem amargo e rabugento. Lá estava ele, no corredor do primeiro andar, varrendo a "porcalhada" que aquele "bando de vândalos" havia conseguido fazer já no primeiro dia de aula.

A porcalhada a que ele se referia não passava de alguns rastros de areia molhada. Hugo, na verdade, estava era surpreso com o nível de limpeza daquilo lá. Nunca vira nada igual em um primeiro dia de aula. Nenhuma bola de papel, nenhum embrulho de sanduíche picotado pelo chão... Quase impecável!

"Não seria mais fácil limpar tudo logo com magia?" Hugo perguntou, observando, de longe, o grande esforço braçal que o zelador estava fazendo para desgrudar aquela areia do chão.

Eimi sussurrou a resposta como se fosse crime: *"Ele é um Fiasco..."*

Ah, tá. Bom, aquilo era uma boa explicação para a raiva do cara. Nascer sem magia em uma família de bruxos... Não devia existir tortura pior. Ver todo aquele mundo de magia, de possibilidades, e não poder participar. Hugo se sentiria humilhado, indignado. Revoltado.

"Por que não chamam um bruxo de verdade para limpar a escola?"

"Caridade da Zô, sô. Parece que ele veio implorando por serviço. Ela nem podia recusar. É comum chamar esse tipo de gente pra limpar escolas. Quem mais que daria serviço pra um Fiasco?"

Hugo estranhou. Não era do feitio do mineirinho depreciar alguém daquele jeito. Mas Eimi não falara por mal, disso Hugo tinha certeza. Estava apenas repetindo o que ouvia em casa, como sempre fazia. Sem malícia.

Só que Fausto se aproximava cada vez mais deles com sua vassoura e seus resmungos. Para não levarem uma bronca personalizada, os dois apressaram o passo e entraram na sala de Defesa Pessoal, que ainda estava deserta.

Deserta, mas não vazia. Nem muito menos silenciosa. Por todos os lados, objetos voadores, invenções de séculos passados, mapas, pergaminhos... Aquilo parecia mais um museu do que uma sala de aula; sem falar que o professor devia ter um tremendo complexo de capitão Gancho: nas estantes laterais, relógios e mais relógios. Nenhum mostrava o horário certo.

Livros de Júlio Verne lotavam as prateleiras, junto a bules indianos, bonecas russas e... Hugo podia garantir ter visto o tapete persa ensaiar um movimento.

Voando próximos ao teto, uma réplica em miniatura do 14-bis e um Zeppelin prateado pareciam disputar a atenção dos novos hóspedes, rodopiando e fazendo acrobacias no ar enquanto uma miniatura do submarino Nautilus tentava acertar as pernas dos alunos que começavam a entrar. Ao lado da mesa do professor, um armário tinha as inscrições *Mobilis in mobili* escritas no topo. Com a quantidade de cacarecos espalhados pela sala de aula, a curiosidade era grande em saber que espécie de bugigangas haveria ali dentro. Mas... estava trancado.

Já que não poderia xeretar o armário, Hugo finalmente resolveu sentar-se.

Acabou tendo que se instalar na última carteira que sobrara vazia.

Era uma mesa bonita, de madeira maciça, com pés bem acabados no estilo clássico. Pena que estava rabiscada. Algum engraçadinho escrevera nela *"Paciência, amiguinho..."*, em letras um tanto rebuscadas para um vândalo.

Hugo tirou os olhos do rabisco e olhou para o imenso relógio que tomava o lugar do quadro negro. Era cheio de mecanismos, trancas, correntes, com a face de marfim e vidro, e ponteiros de madeira e metal. O ponteiro maior devia ter a sua altura. Enquanto o menor contava as horas, o maior passeava pelos 365,4 dias do ano.

Estava dois dias atrasado.

Atrasado, aliás, como o professor.

Aquela esplendorosa sala havia conseguido distrair Hugo por exatos 20 minutos, mas agora ele já começava a ficar impaciente.

E quando os vinte minutos viraram quarenta, Hugo ficou possesso.

Aquele professor achava o quê? Que aluno era palhaço??

Alguns estudantes já começavam a se levantar. A maioria para trocar histórias que haviam ouvido sobre o professor. Sobre como ele era o máximo, sobre como todos os alunos mais velhos gostavam dele...

É... gostavam porque ele faltava. Que ótimo. Gentinha estúpida.

O *"Paciência amiguinho..."* da mesa até que fora propício.

Levantando-se com ódio, Hugo foi até a mesa do professor sem qualquer receio de ser pego em flagrante por ele. O excelentíssimo senhor Atlas Vital não iria chegar mesmo. Não naquele dia. Conhecia o tipinho. Desleixado e negligente.

Viajar devia ser bem mais interessante do que dar aula, sem dúvida!

Hugo abriu uma das gavetas da mesa com certa violência, e uma minivarinha veio rolando de lá do fundo. Estava quebrada ao meio, revelando uma linda penugem azul em seu interior.

Devia ser considerado crime quebrar uma varinha.

A seu lado, um bilhete envelhecido dizia em letras caprichadas: *"Use-a com sabedoria. Seu amigo, Capí."*

Hugo já ouvira aquele nome antes. Capí.

Desistindo de vasculhar a mesa, fechou a gaveta com mais força do que usara para abri-la. Se ficasse mais um segundo naquela sala, não se responsabilizaria por miniaturas avariadas.

"Calma, Idá", Gislene pediu, tentando acompanhar seus passos pelo corredor. Ela entendia sua raiva. Não parecia muito mais feliz do que ele. "Eu tenho certeza de que o professor deve ter alguma explicação para a falta-"

"Que explicação que nada, Gi! É tudo *igual*!" ele disse, revoltado, apertando o passo e deixando Gislene para trás.

Estava com sérias dúvidas se compareceria à última aula do dia. Devia ser uma porcaria, como as outras. Nada prestava naquele país mesmo. Nada funcionava. Graaaande 'padrão europeu'! Certos estavam os Pixies, que faziam piada daquilo tudo. Eles entendiam.

Hugo desceu para seu quarto e se trancou lá dentro, deixando Eimi do lado de fora. Da janela, podia ver o zelador catando, de má vontade, o material abandonado pela professora Ivete. O que Fausto queria, afinal? Estava lá de favor e ainda reclamava?!

Jogando-se na cama, Hugo vasculhou a mochila até encontrar o livro extra que comprara no SAARA. *Magia Obscura e Maldições – Como deter seu inimigo? – Nível 1*. Se não iriam ensiná-lo nada decente em sala de aula, ele aprenderia sozinho.

As horas que deveria passar almoçando, Hugo passou treinando feitiços no quarto. Esticou e encolheu os pijamas do Eimi, incendiou pergaminhos que lançava ao ar e fez buracos enormes na camiseta antiga que ele nunca mais pretendia usar.

Todos os feitiços tinham nomes complicados, em tupi, iorubá, bantu... mas Hugo raramente precisava pronunciá-los. Era como se sua varinha já soubesse o que ele queria antes mesmo que ele dissesse.

Aquela constatação trouxe de volta um pouco de seu bom humor. Talvez até aparecesse na aula de Feitiços, apesar de o professor ser aquele pateta do Manuel. Não gostara dele, de cara. Um homem que não tinha coragem sequer para exigir que o chamassem por seu nome verdadeiro. Um fracote.

Mas iria sim, por que não? Talvez o portuga o surpreendesse.

A caminho da aula, Hugo aproximou-se com interesse de uma porta entreaberta, atraído por um sotaque argentino encantador. Uma mulher de meia-idade, cabelos ondulados até a cintura, dava aula, sorridente e serena, a alunos sentados em círculo. De seus olhos azuis emanava uma aura um tanto sobrenatural; um brilho diferente. Sem falar nas mãos, inteiramente cobertas por tatuagens de mandalas orientais.

Duas grandes pedras coloridas ficavam, como sentinelas, em ambos os lados da porta, que exibia o nome Symone Mater escrito em metal. Hugo aproximou-se para observá-la melhor. Nunca vira uma mulher tão misteriosa... Mas, assim que os olhos dela se encontraram com os seus, eles se arregalaram de medo.

Olhando para Hugo como se ele fosse o filho do demônio, Symone correu para a porta e fechou-a na sua cara.

Ótimo. Tudo o que ele precisava naquele momento.

Segurando a vontade que teve de sacar a varinha e destruir aquela maldita porta, Hugo invadiu a sala seguinte espumando de raiva. Por acaso ele tinha cara de bandido até vestido com os melhores trajes bruxos??

Gislene sentou-se ao seu lado, preocupada.

"Onde tu tava que não foi almoçar?"

"Não me começa com cobrança que eu não sou teu marido."

"E nem eu quero que tu seja! Eu, hein! Deus me livre!" ela disse, batendo na madeira e fazendo o sinal da cruz. "Sai pra lá!"

O português já estava na sala, conversando alegremente com os alunos.

Era uma alegria nervosa, de quem fica a vida inteira com medo de desagradar. Coisa de capacho.

Manuel vira Hugo entrar atrasado, mas se limitara a dar um sorrisinho simpático. Se ele tivesse chegado 40 minutos atrasado, teria sido recebido com o mesmo sorrisinho simpático. Hugo não suportava gente covarde, sem personalidade.

"Olá, olá, meus q'ridos. Agora que 'stamus todos aqui, acho que p'demos c'meçar a nossa aula", ele disse, todo alegre. "Todos trouxeram seus livros? Ah, não?? Não tem pr'blema, Nemércio. Amanhã você traz. Ah, você também não trouxe, rapariga? Sem pr'blema, sem pr'blema."

Hugo revirou os olhos e olhou para Gislene, que lhe implorou silenciosamente por calma. Ela sabia muito bem como ele se comportava com pessoas daquele tipo. Conhecia seu temperamento.

"Então, quem não tem livro, faz favor de ler com o coleguinha ao lado. Isso! Nã-nã-nã-não..." ele disse, olhando para um dos alunos, que tirara um livro importado da mochila. "Temo que est' não vá funcionar muito bem."

"Mas por quê?!", o menino perguntou, com um olhar de tamanha decepção que tirou o chão do professor Saraiva.

"Não não, não fiques trist'assim!" Manuel disse, aflito. "É que... bom, os feitiços europeus não funcionam muito bem nus'trópicus, querido... são, inclusive, p'rigosos! Muitos bruxinhos de pr'meiro ano compram esses livros importados e acabam se explodindo, p'rdendo uma mão, um braço, um olho... Às vezes o feitiço não funciona, outras vezes acontece o completo oposto do que dev'ria acontecer, é um desastre!"

"Então a gente não vai poder fazer feitiços em latim?!" uma outra aluna perguntou, mais decepcionada ainda. "Mas eles são tão bonitos!"

"Alguns até que funcionam, mas outr's não, infel'zmente."

A turma toda resmungou, deixando Manuel no ápice da angústia. Eles estavam brincando com o professor e só o tapado não percebia.

"Mas eu gastei minha mesada toda comprando esse livro!" o primeiro menino insistiu, quase em lágrimas.

"Não, não, não chores, q'rido", Manuel disse, já transpirando. "Podes usar est' livro sim! Não vai lhe acont'cer nada."

Gislene interrompeu-o, chocada, "Mas o senhor mesmo disse que era perigoso, professor!"

"Isso é v'rdade. Isso é v'rdade", ele concedeu, mas o garoto forçou ainda mais a cara de choro, "Então não posso??"

"Claaaro que podes, rapaz!! Claro!" ele disse, ficando cada vez mais desesperado enquanto a turma toda segurava o riso.

"Professor..." Gislene disse lentamente, tentando levar um pouco de juízo para a cabecinha oca dele, "o senhor disse que eles podem explodir..."

"É, tens razão, rapariga, mas... mas é um livro muito bom. Muito bom mesmo. Fizeste uma ótima compra, rapaz. Depois eu t'ensino alguns truques."

O menino se mostrou satisfeito com a sugestão e Manuel respirou aliviado, enxugando o suor da testa com um movimento de varinha. Para agradar sua turma ainda mais, anunciou que nunca daria dever de casa, e começou a aula com um exerciciozinho bobo de levitação que Hugo podia fazer de olhos fechados. Só para não deixar ninguém frustrado.

Depois de todas aquelas concessões absurdas, os alunos acabaram dando trégua. Claro. Quem não gostaria de um pateta como aquele para professor?

Hugo, no entanto, ainda tinha uma pergunta a fazer, e levantou a mão, resoluto. Aquela palhaçada tinha que acabar.

Gislene sussurrou temerosa, *"Olha lá o que tu vai perguntar, hein!"*

"Sim, pois'não?" Manuel disse, todo simpático.

"Dá para criar dinheiro com magia?"

O professor engoliu seco.

Um pouco trêmulo, balbuciou "Bem... não exat'mente... é que, bom, há certas exceções na lei de G-"

"Então não pode", Hugo o interrompeu, sem qualquer sorriso no rosto.

Manuel tinha parado de respirar. Nem desviar os olhos ele conseguia. "Bem... pod'ser que-"

"E comida, pode?"

Manuel ficou pálido. "Eu... bem... se..." Ele estava entrando em pânico. Ofegante até. "Bem, talvez se..."

Hugo soltou uma risada sarcástica, "Então não pode também?!"

"Bem, há leis que–"

"Se não pode criar nem dinheiro, nem comida com magia, então pra que serve essa droga de aula?"

A última pergunta atingiu Manuel em cheio, e vários alunos se levantaram para ampará-lo antes que o professor desmaiasse.

"Otário..." Hugo murmurou, pegando sua mochila e saindo da sala.

Era tudo de que ele precisava: depois de uma professora que não tinha ideia do que estava falando e de um professor que sequer aparecera para dizer 'olá', vinha aquele bobalhão deslumbrado. Era pior que escola pública! Sem contar a argentina tatuada, que ele não queria ver por perto tão cedo.

"Independência ou morte!!!"

"*Morre* então, caramba!" Hugo gritou, batendo a porta do quarto com força.

Naquela noite, Eimi o deixou em paz. Entrou no quarto e foi dormir sem dizer uma palavra. Ao menos o pirralho tinha algum bom senso.

No dia seguinte, Hugo resolveu faltar a primeira aula. Ficou perambulando pela praia, revisando na cabeça os feitiços que praticara no dia anterior. Não aguentaria ver a cara do português tão cedo e era, exatamente, a aula dele que abria a quarta-feira. Parecia de propósito.

Aquela *sorte* toda só podia estar relacionada com a proximidade de seu aniversário. Não que ele acreditasse em inferno astral, mas sempre que chegava próximo da época, um pouco antes ou um pouco depois, tudo parecia dar errado. Era a mãe que ficava especialmente irritante, ou o Caiçara que resolvia ser ainda mais nojento, ou uma chuva torrencial que prendia Hugo em casa por dias a fio tapando goteiras, ou o gol do tortinho, que criava um campo magnético especial para que suas bolas não entrassem... Também, quem precisava de aniversário? Decerto não ele, que só podia comemorar de quatro em quatro anos e, mesmo assim, nunca ganhava presente. Nascer dia 29 de fevereiro era uma droga.

Hugo sentou-se em um dos rochedos e ficou observando as ondas lá embaixo, tentando relaxar. Por que não conseguia deixar as coisas rolarem, como os outros faziam? Por que sempre tinha que criar caso?

Não. Sua consciência estava tentando enganá-lo. Eram os *outros* que tinham problema, não ele! Como podiam ficar calados diante de tanta incompetência?! Eram um bando de preguiçosos, isso sim.

Hugo não seria comprado por umas risadinhas simpáticas. Não suportava perder tempo com professores ignorantes. Queria aprender tudo o mais depressa possível. E o pior era que o único professor competente que conhecera naquela escola até o momento falava de um assunto completamente irrelevante: História Europeia de dois milênios atrás.

Hugo levantou-se de repente. Havia alguém na praia além dele. Uma jovem. Andava pensativa na beira do mar, brincando com os pés na água. Era bonita. Uma beleza diferente das outras, um tanto rústica, mas linda do mesmo jeito. Usava um vestido simples, acanhado, daqueles que não deixam muito à mostra além dos braços. O suficiente para que Hugo pudesse ver os hematomas, que iam do cotovelo direito até a mão. Coisa recente.

Ele acompanhou-a com os olhos por vários minutos, observando cada movimento delicado que ela fazia; cada deslizar de seus pezinhos descalços na areia; cada suspiro que dava ao olhar o mar.

Os olhos da menina subiram até o rochedo e se fixaram nos dele. Percebendo que estava sendo observada, apressou-se para dentro da escola.

Ele desceu o rochedo e atravessou a praia atrás dela, mas quando chegou ao pátio central, não havia mais ninguém ali.

Ou quase ninguém.

Hugo levou um golpe de pergaminho na nuca.

"Tu viu o que tu fez??" Gislene berrou enquanto ele tentava se defender.

"Eu nem toquei na menina, eu juro!" Hugo começou, mas se deteve assim que viu as lágrimas no rosto de Gislene. "O que aconteceu?"

"Está contente agora?!"

"O que foi que eu fiz?!"

"O Manuel pediu demissão! Por sua culpa!"

ΠΞ

CAPÍTULO 8

OS PIXIES PEDEM PASSAGEM

Hugo ficou sem reação, chocado.

"Como assim, pediu demissão?!"

"Se demitiu, oras! Foi lá no Conselho e disse que nunca mais ensinaria na vida! Tava uma pilha de nervos, o pobrezinho."

"Melhor sem professor do que com um professor idiota", ele fingiu não se importar, mas a verdade é que agora estava assustado. Já discutira com professores antes. Normal. Mas nunca havia expulsado um da escola.

Hugo sentiu um frio na barriga. Ele tinha *expulsado* um professor da escola...

"Sorte tua que ele não contou nada pro Conselho."

"Mas eu não fiz nada! Que culpa eu tenho se o cara é sensível?"

"Você foi *cruel*, Idá! Calculista! Tu sabia muito bem a granada que tu tava jogando em cima dele."

Lançando-lhe um olhar de profunda reprovação, Gislene foi embora possessa, deixando-o lá, sozinho na imensidão do pátio central.

Ele não foi atrás, nem reagiu. Estava se sentindo tonto.

Mas também! Que tipo de professor era aquele que não sabia nem defender a própria matéria? Vai ver merecia sair mesmo!

Convencendo-se de que tinha era feito um favor para a escola, Hugo foi tentar relaxar no salão de jogos. Estava tão perturbado que os signos ficaram quietinhos ao vê-lo passar. Era bom mesmo. Se viessem vomitar horóscopo pra cima dele, ele não se responsabilizaria por eventuais danos à parede.

Saindo pelo portão 4, jogou-se no sofá e ficou lá pensando.

Talvez a tal de Symone Mater tivesse razão em fugir dele... Talvez ele fosse mesmo um delinquentezinho, como sua mãe nunca cansara de repetir. Aquilo não estava certo... aquela revolta toda que sentia... Ele tinha que se acalmar...

Hugo estava prestes a fechar os olhos quando uma bola de couro estraçalhou o vidro da varanda e ficou quicando freneticamente contra o teto, sem jamais tocar o chão.

Levantando-se do sofá, ele agarrou a danadinha antes que ela voltasse a subir e segurou-a firme contra o peito para que não escapulisse.

"Joga aí, parceiro!" um menino mais velho pediu, pousando no gramado lá fora. Estava encharcado de suor. Em seus pés, os pisantes queriam voar de qualquer maneira, mas seu dono sabia controlá-los com maestria.

Hugo lançou a bola contra o chão na direção do garoto, e ela quase quicou antes de decolar para cima, errando o rosto do jovem por pouco.

"Valeu!" ele agradeceu simpático, subindo novamente ao ar como se houvessem degraus invisíveis debaixo de suas botas aladas.

Hugo foi atrás para ver o que diabos estava acontecendo lá fora. Sentou-se ao lado da indiana Francine, que observava os céus com extremo interesse, recostada no Pé de Cachimbo.

Logo acima, um grupo de adolescentes corria pelos ares perseguindo a bola marrom, que parecia sempre querer subir. Voavam dentro dos limites de um cubo imaginário demarcado por oito pedras flutuantes.

O jogo era relativamente fácil de entender. Eram seis jogadores montados em vassouras e dez calçando pisantes. Quando chegavam perto da bola, usavam a sola das botas para chutá-la com força de volta para baixo, na direção de alguém do próprio time. Ou então davam um bico forte na bola contra alguém do time adversário, para que ela resvalasse neles e fugisse para fora do cubo. Era função dos jogadores nas vassouras impedir que a bola escapulisse do cubo caso ela tivesse tocado, por último, em alguém do próprio time. Quando a bola fugia, subia numa velocidade inacreditável e só as vassouras mais rápidas conseguiam recuperá-la.

Alguns jogadores ainda não dominavam muito bem seus pisantes, que se debatiam rebeldes, tentando voltar ao chão à revelia de seus mestres.

"São pisantes novos", Francine explicou sem tirar os olhos do ar. "Ainda estão sendo adestrados."

"Francine, eu posso não me interessar muito por esportes, mas desse jogo eu entendo", Hugo mentiu descaradamente.

Parecia uma espécie de futebol tridimensional.

"Não adianta fingir, espertinho", Francine cortou seu barato. "Eu saquei qual era a tua no instante que tu virou pra conversar com a Gi. Seu linguajar mudou completamente."

Hugo fitou-a, atônito, mas ela se limitou a dar um sorrisinho gracioso antes de voltar seu olhar para o jogo.

Não era possível que ele tivesse dado tanta bandeira. Gislene certamente contara para ela que ele não era filho de bruxos. Só podia ter contado.

Mas agora já era tarde. Não adiantava mais fingir. Negar então, nem pensar. Francine consideraria um insulto à sua inteligência, e ela era bonitinha demais para ser dispensada daquele jeito.

Ele se rendeu. "Esse é um jogo popular no mundo bruxo?"

"Aqui é. Aqui e na Argentina. Rivalidade acirrada. No resto do mundo eles gostam mais de um joguinho complicado lá deles, com quatro bolas. Zênite é mais... simples. É só enfeitiçar uma bola qualquer e ter um pisante fulero que já dá pra jogar."

Hugo voltou seu olhar para a metade jovem da turma de Educação AntiFísica, que ainda aprendia a voar. Treinavam em uma parte do gramado reservada só para eles. Metade em vassouras, metade em pisantes.

O professor, obeso, gritava instruções sem poder demonstrar o que estava dizendo. Nem as botas aladas, nem as vassouras aguentariam seu peso.

Os pisantes fornecidos pela escola eram fáceis de distinguir. Sujos, velhos e malcuidados. As asas, já oleosas, demoravam a alçar voo. Em contrapartida, eram mais fáceis de se lidar; mais comportadas do que as novas.

Hugo observava com atenção seu mais novo sonho de consumo quando o professor os chamou para participarem do resto da aula. Como mandava o cavalheirismo, Hugo deu à Francine o último par de pisantes e teve de se contentar com uma das vassouras mesmo.

Vassoura tinha de sobra.

Mas a sensação maravilhosa que Hugo imaginara que teria ao voar pela primeira vez não deu as caras. A vassoura era incômoda, dura, não encaixava direito nele... Enquanto isso, os alunos nos pisantes se esborrachavam no chão a cada rasteira que levavam das próprias botas.

Os pisantes eram caprichosos... demandavam amansamento, ajustes. Era preciso aprender as manhas de cada par. Isso quando o par combinava em personalidade, porque às vezes o pé esquerdo não queria de jeito nenhum trabalhar com o pé direito. Daí ficava impossível. Sem falar no esforço muscular necessário para mantê-los equilibrados no ar.

Para sua infelicidade, o professor deu a aula por encerrada antes que Hugo pudesse testá-los e mostrar a todos como ele era naturalmente bom amansador de pisantes. Não devia ser tão difícil quanto estava parecendo.

Hugo ofereceu-se para ajudar o professor a guardar os equipamentos. Tinha interesses ocultos em mente, claro. Talvez ele o deixasse dar uma testada nos pisantes antes de guardá-los.

Professor e aluno seguiram até a mata lateral carregando as vassouras, que guardaram em uma cabine de madeira construída logo ao lado de um trailer enorme, estacionado lá na mata sabe-se lá porquê. Quando Hugo estava prestes a fazer seu pedido, o professor trancou a porta e despediu-se sem lhe dar qualquer chance de abrir a boca, levando os pisantes consigo numa grande sacola.

Hugo ainda tentou chamar o professor pelo nome e... nada.

Parou e respirou fundo.

Não ia se esquentar com aquilo. O professor era desligado. Só isso.

Na semana seguinte tentaria de novo. Nada demais.

Deixando a cabine de lado, foi explorar a mata lateral. Ainda faltavam alguns minutos para a aula de Ivete. Se é que a professora apareceria. Com as mãos queimadas daquele jeito, era pouco provável.

A mata lateral era povoada por estátuas de mármore em tamanho real. Um pedestal abaixo de cada uma informava nome e datas, de nascimento e morte. "Demétrios I (1780 – 1823) – filho de nosso querido José", "Cândida II (1809 – 1870)", "Josefa III (1813 – 1888) – irmã de Cândida", "Dom João VII, (1860 – 1930) – neto de Josefa..."

Todos haviam sido diretores da escola.

Hugo deteve-se em frente à única estátua que possuía um jardim florido só para ela, bem no centro do pátio.

Maria I (1734 – 1816)
Bondosa rainha. Hábil diretora.

Maria, a Louca.

Se era louca, como poderia ter sido uma hábil diretora?

Se bem que Zoroasta também não era um modelo de sanidade mental.

Hugo fitou a velhinha de mármore. Seu sorriso, meio simpático, meio louco, olhava eternamente para as flores ao seu redor. Maria I... que figura ela devia ter sido.

Afastando-se do jardim de estátuas, Hugo foi checar a moto marrom que estava estacionada em frente ao trailer. Era poeira pura. Um modelo bem antigo, daquelas que faziam muito barulho, com assento de couro marrom e fivelas.

O trailer em si estava trancado, mas talvez se ele forçasse um pouco mais...

"Psiu!"

Hugo tirou a mão da maçaneta e olhou à sua volta.

Recostado na cabine das vassouras, o loiro dos Pixies cruzou os braços. "Passeando?"

"É", ele respondeu, tentando esconder a tensão. Já tinha expulsado um professor naquela semana. Não queria agora ser expulso por tentativa de invasão. "Eu tava passando por aqui e vi esse trailer e-"

"Eu não tentaria se fosse tu", Viny interrompeu, e o nervosismo de Hugo só fez aumentar.

"Eu não tava-"

"Tentando arrombar? Não que eu já não tenha tentado. Várias vezes." Viny sorriu brincalhão, aproximando-se para cumprimentá-lo, "Você deve ser o Hugo."

Ele sabia seu nome...

Hugo apertou a mão estendida do pixie, tentando não demonstrar surpresa, "E você deve ser o Viny."

"Viny Y-Pyranga, a seu dispor. Estava assistindo seu desempenho na vassoura. Nada mal."

Hugo meneou a cabeça, "Mais ou menos."

"Quer aprender a andar nesse bagulho de verdade?"

"Como assim?"

"Quer ou não quer?"

Por que um pixie iria querer ensinar qualquer coisa a um simples pirralho?

Hugo observou-o por alguns segundos, desconfiado, mas o convite parecia sincero e Hugo acabou concordando. Claro que concordaria.

Satisfeito com a resposta, Viny foi até a cabine de vassouras, tirou sua varinha do bolso e pronunciou com voz empostada: *"Abra-te Sésamo!!!"*, apontando para a fechadura com certa displicência.

Incrédulo, Hugo ouviu a tranca se abrir.

"Esse não é o feitiço correto, é?!"

"Claro que não" Viny sorriu, escolhendo duas das melhores vassouras e trancando a cabine novamente. "O feitiço correto é muito complicadinho, então a gente descobriu um mais fácil."

"Mas se não é o correto, como funcionou?"

"Eu não faço ideia."

Guardando a varinha de volta no bolso, o pixie alçou as vassouras sobre ombro e os dois atravessaram a praia em direção ao lado oposto da escola.

"Talvez alguns feitiços, de tão conhecidos, sejam universais, mesmo que literários. Quem sabe."

"Abra-te Sésamo deve ser mesmo univers-"

"Peraí, peraí", Viny cortou, parando para aguçar os ouvidos. Quatro alunas altamente bem-vestidas estavam reunidas na areia, conspirando.

Uma loira de cabelos encaracolados dizia insatisfeita, "Pra que a gente tem cinco escolas? Eu não consigo entender. Na Grã-Bretanha só tem uma, e funciona perfeitamente bem. Não fica essa bagunça toda de currículos diferentes, visões completamente opostas da magia..."

"Minha mãe sempre diz isso", a gordinha do grupo concordou. "Que lá é mais organizado, centralizado, compacto."

"Oh, mente colonizada..." Viny exclamou, num volume alto o suficiente para que todas se virassem, e então dirigiu-se à loira, "Por que será, cabeça de vento? Por que será que a gente tem cinco escolas?"

Ela encarou-o num tom desafiador e sugeriu com certo desprezo, "Talvez porque brasileiro goste de gastar o dinheiro que não tem."

"Mmmm... boa tentativa. Mas, que tal essa aqui: o Brasil é um verdadeiro *CON-TI-NEN-TE*. Só o estado de São Paulo é maior que o Reino Unido inteiro. Inglaterra, Irlanda do Norte, Escócia e País de Gales tudo junto. Se a gente só tivesse uma escola, isso aqui seria um caos!"

A menina abriu a boca para contra-argumentar, mas nada saiu.

"Caiu a ficha, né?" Viny disse, sorridente. "Tu tem que aprender a pensar com a própria cabeça, mina! Não com a cabeça deles lá na Europa."

"Acho que ele tem razão dessa vez, Kátia", uma menina de cabelos pretos concordou. "Só porque lá funciona, não quer dizer que aqui seria uma maravilha."

"Ó, faz o seguinte", Viny sugeriu, sentando-se ao lado da loira e passando um braço atrevido por cima de seu ombro. "Por que tu não tira esse vestido claustrofóbico aí, esse corpete, essas meias, saiotes, e sei lá mais o que que tu esconde aí dentro, e não coloca uma roupa mais condizente com o verão daqui? Tipo, um biquíni."

A menina levantou-se revoltada, "Mas que atrevimento é esse?! Não é só porque você é um Pixie que eu tenho que te aturar não, viu? Vê se te enxerga! O Capí eu até toleraria, porque ele é um fofo e eu não consigo ficar brava com ele, mas *você*..."

Viny estava morrendo de rir daquele ataque histérico. "Calma, mina! Se tu quer morrer de calor, não é problema meu! Eu só estava tentando ajudar!"

"Ah! Vai ver se eu aparatei lá na esquina, vai!" ela cortou, marchando para fora da praia seguida por seu séquito de meninas emperiquitadas.

"Ela e o Abelardo fariam um belo par..." Viny riu, triunfante. "Espero que morram de calor juntos. Vem."

Hugo embrenhou-se na mata lateral atrás dele, ouvindo cada palavra que saía da boca do pixie.

"Esse pessoal vive na cidade mais linda do mundo e fica querendo ser europeu. Mente colonizada, tá ligado?"

Hugo concordou com a cabeça. Nunca admitiria ignorância na frente de um Pixie.

"Eles se vestem como se estivessem no alto inverno europeu só porque acham mais *chic*", Viny prosseguiu. "Depois ficam reclamando do clima quente do Brasil, querendo neve. É insuportável. Todo dia tentam fazer feitiço em latim porque acham mais *culto*, tá ligado? Depois se explodem e não entendem por quê. Compram livros e mais livros importados, em línguas que nem falam, só para exalarem uma imagem de intelectuais entendidos. E o pior é que os outros caem nessa! Ficam olhando pra eles como se eles fossem superiores!"

Hugo estava era impressionado com o quão revoltado um cara tão aparentemente *relax* como o Viny podia ficar.

"E tem *tanta* coisa boa que não vem de lá..." Viny continuou, virando-se para ele, "Se tu quer mesmo conhecer os Pixies, meu, tu vai ter que entender isso: há mais coisas entre o céu e a Terra do que sonham esses pseudoanglo-franceses. Tome como exemplo nossa magnífica aula de História da Magia Europeia. Linda matéria. Muito legal saber de magos druidas, feiticeiras escondidas em castelos mal-assombrados há milênios atrás. Mas tu acha que tu vai aprender ano que vem sobre a história da magia africana? Ou asiática?? Ou mesmo a brasileira??? Vai sonhando! Eles não se interessam."

"Então o que eles vão ensinar no próximo ano?"

"Mais história da magia europeia, claro!" ele respondeu com um riso irônico, "Pra que saber do resto do mundo? Ou do Brasil? Conhecimento inútil! Aprenda direitinho, Hugo. Países que importam: Reino Unido, França, Romênia, Escandinávia, Reino Unido e... mmm... Reino Unido. Muuuuito de vez em quando o interesse resvala lá pra Índia, Pérsia etc., mas é raro."

Os dois atravessaram uma cortina de trepadeiras que levava a uma clareira enorme rodeada de árvores e estátuas. No centro, uma fonte de águas cristalinas dava ao lugar um ar bucólico e agradável.

O restante dos Pixies estava lá, relaxando ao sol. Qualquer um pensaria que era sábado.

Hugo observou-os, tenso.

E se não gostassem dele? E se achassem que ele era baixinho demais, ou vira-lata demais... Que droga! Por que ele estava tão nervoso? Parecia até que ia conhecer o Michael Jackson! Como ele podia ter se deixado impressionar tanto por um grupinho que mal conhecia?

"Leis elementares do campo magnético", o pixie com cara de índio leu em voz alta, deitado de bruços na mureta do chafariz. Era o mais compenetrado dos quatro.

Estirada de costas sobre uma vassoura que flutuava a um metro do chão, a loira respondeu, "Ah, essa é fácil. Lei da atração, lei da repulsão e lei do atrevimento."

"Essa terceira não tá no livro."

"Mas eu sei que existe", ela respondeu, lançando um sorriso safado na direção de Viny.

O pixie do unicórnio estava lá também, recostado na estátua do príncipe Teodoro II, talhando algum tipo de símbolo com letras gregas na base de sua varinha.

Hugo virou-se para Viny, "Eles tão estudando o quê?"

"Matéria do sétimo ano", foi o pixie do unicórnio quem respondeu, reforçando a primeira perninha do **ΠΞ**. Aquele não era o único entalhe em sua varinha. Ela era linda, toda trabalhada com desenhos de plantas e ervas.

"Se liga", Viny cutucou Hugo e apontou para o pixie compenetrado no chafariz. "Aquele ali é o Índio, nosso mineirinho de Belo Horizonte – apesar dele sempre tentar soar o menos mineiro possível."

Índio acenou com a cabeça, sério, e voltou a ler seu livro. Vestia roupas escuras e um tanto conservadoras se comparadas ao simples colete aberto do loiro.

"Esse aqui", Viny voltou-se para o garoto do unicórnio, "é o Ítalo. Ítalo Twice. Nosso capixaba. Mas pode chamá-lo de Capí mesmo, já que ele é capixaba só pela metade."

"Pela metade?"

"Nasceu lá; viveu aqui. Só não é mais carioca que a moça ali na vassoura."

Capí largou o canivete e levantou-se com um sorriso acolhedor, apertando a mão de Hugo em ambas as suas. Eram calejadas, ao contrário das mãos macias dos outros bruxos, e mais mornas do que o normal. Da temperatura de alguém febril.

"O Viny te deu muito trabalho?"

"Que nada..." Hugo respondeu, de repente tímido. Estava apertando a mão de um domador de unicórnios.

Capí meneou a cabeça, "É que às vezes ele exagera na dose."

"Eu?!", Viny brincou. "Eu sou é muito *light*!"

Capí puxou Hugo para perto e sussurrou, "Não entra na neura dele não. Eu mesmo quase caí nessa, três anos atrás. Quase troquei meu guarda-roupa inteiro por causa dele."

"Uma pena que tu não foi adiante, véio. Teria se tornado um grande guerrilheiro contra o imperialismo europeu."

"Você sabe muito bem o que eu penso sobre criar desavenças desnecessárias, Viny. Não que eu não concorde com você em muitos pontos. Mas não precisa ser tão radical."

"É *divertido*, Capí! Tu é o libriano mais equilibrado que eu conheço. Chega a ser irritante!"

"E você é o capricorniano mais aquariano que eu conheço."

Viny fechou a cara. "EU – NÃO – SOU – DE – *AQUÁRIO*."

"Os signos lá no corredor não concordam com você", Capí provocou, já se preparando para defender-se da fúria do amigo.

"Não vão me apresentar à surfista ali?" Hugo interrompeu-os, olhando para a loira sensacional que se bronzeava deitada na vassoura. Pele dourada de sol, cabelos mais loiros que o normal, óculos escuros...

"Ei ei ei!" Viny protestou, desviando seu olhar para a estátua nada atraente de Teodoro II. "Pode ir tirando o centaurinho da chuva, Adendo, que essa aí já tem dono!"

"Adendo?"

Capí soprou à serragem da varinha e esclareceu, "O que nosso amigo quis dizer é que, desde que os Pixies existem, nós somos só quatro. Agora, com você..."

Hugo sentiu um frio na barriga, "Então eu sou um Pixie??"

"Digamos que está em fase de testes", Viny corrigiu, largando as vassouras no chão. O par ficou flutuando a poucos centímetros da grama.

"Mas o que foi que eu fiz para merecer isso?"

"Chamou nossa atenção", Viny pulou na vassoura da direita como se ela fosse uma prancha de surfe. "Sobe aí, Adendo."

Hugo nunca pensara em surfar numa vassoura antes.

O difícil era subir sem cair.

"Moça!" Viny chamou. "Vem cá ajudar o Adendo!"

"Estava começando a pensar que você não ia me chamar nunca", a loira reclamou, aproximando-se para socorrê-lo.

"Madame Caimana Ipanema", Viny apresentou. "Inventora da modalidade."

Caimana deu uma leve risada sarcástica. "Pelo menos você me dá crédito."

"Eu seria maluco se não desse", Viny retorquiu, olhando para Hugo e cortando o pescoço figurativamente com o dedo antes de voltar sua atenção para o que estava fazendo.

Ele era craque na vassoura. Equilibrava-se nela como se a vassoura fosse uma extensão natural de seus pés, fazendo viradas bruscas, subindo, descendo, caminhando na extensão do cabo...

"Eu chamava de surfe voador", Viny explicou, pulando no ar e voltando a se equilibrar. "Daí um dos Anjos deu de chamar de *broom-surfing,* só pra me irritar, e o desgraçado do nome pegou."

"Pra variar", Capí comentou lá da estátua.

"Em *ingrês* tudo pega, mesmo que tenha que enrolar a língua", Viny pulou fora da vassoura, levemente irritado. "Capí, a Furiosa, por favor!"

Ítalo jogou sua varinha na mão estendida do loiro, que recostou-se numa árvore, levou-a aos lábios e, para surpresa absoluta de Hugo, começou a soprar uma música alegre através dela.

O som era quase angelical de tão suave.

“Dá pra tocar música com varinha?!”

“Só com a do Capí. Nunca conseguimos com nenhuma outra.” Caimana sorriu, “A dele é especial.”

“E esse símbolo talhado nela?”

“Símbolo dos Pixies. Tu quer ou não quer aprender a surfar?” ela perguntou fingindo impaciência e Hugo riu, desculpando-se.

Era a primeira vez que alguém ensinava algo a ele assim, *do nada*. Sem segundas intenções, de graça. E Caimana provou ser uma professora mais atenciosa do que muitas que Hugo conhecera. Corrigia cada pequeno errinho de movimento, cada desvio de postura. Se Viny era um craque, Caimana era o Pelé do *broom-surfing*. Tinha nascido para aquilo.

Surfar na vassoura era umas dez vezes mais difícil do que andar de skate e mil vezes mais perigoso, mas valia a pena. Aquilo sim é que era voar. As mãos ficavam livres, o cabo não pressionava contra nenhuma parte sensível da anatomia... e ainda permitia um repertório inesgotável de manobras que Hugo jamais sonharia executar em um skate.

Caimana deixou que ele tentasse de tudo. Só não permitiu que subisse para muito além das árvores. Uma queda daquelas alturas seria muito pouco engraçada.

Hugo se empolgou tanto com o surfe aéreo que acabou se atrasando para a aula de Mundo Animal. Como punição, foi obrigado a ficar limpando toda a bagunça depois que a turma foi embora.

Pelo menos aquela segunda aula não fora um desastre como a primeira. Ivete não conseguira controlar os filhotes de duende silvestre que trouxera numa caixa de papelão, mas pelo menos também não precisara ser levada às pressas para a enfermaria. Um avanço.

Suas mãos já não tinham mais qualquer traço da queimadura que ganhara na primeira aula. Se os bruxos transplantassem sua medicina para os hospitais públicos Azêmolas, seriam venerados como Deuses. *Cure sua queimadura em dois minutos! Cortes, cicatrizes, crises renais e rinite alérgica; Livre-se deles em um piscar de olhos!*

“Hugo, querido, ocê já chegô dispois da hora. Seria interessante se prestasse atenção um tiquinho assim.”

“Desculpe, professora”.

“Então, como eu estava dizendo- Ai, Merlin me acode...” ela correu para evitar a fuga em massa dos filhotinhos, que já haviam rasgado um buraco na caixa de papelão. Tinham uns quinze centímetros de altura e a pele rosada como cachorro recém-nascido, mas pareciam uma mistura de rato com gente. Alguns andavam sobre quatro patas, outros já arriscavam passos mais firmes, sem a ajuda das mãos. Tinham ainda penugem e exibiam um singelo rabicho que, como a professora explicou, tendia a desaparecer com o tempo.

As meninas achavam os filhotes umas gracinhas, mas eles eram pura e simplesmente levados pra caramba.

"Ocês me desculpem, mas é que eles num tão acostumado a ficá preso, sabe. *É só por um pouquinho assim de tempo, amorzinho...*" ela disse, pegando o mais gorduchinho deles e tentando devolvê-lo à caixa. "*AI!* Também num precisa murdê!"

A turma deu risada. Era impossível não rir de tamanha falta de jeito. Até Gislene estava se divertindo.

Só uma pessoa não parecia no clima para brincadeiras:

Gueco. Ele assistia a tudo de cara amarrada. Até com um certo ódio no olhar. Mas seu ódio não parecia dirigido contra a professora.

"Então, amores", Ivete continuou, desistindo de impedir a fuga dos filhotes, que já começavam a se espalhar por todo o jardim. "Não é sempre que se encontra uma ninhada completa, mas-"

"Tá faltando um, não tá, 'fessora?"

"Muito observador, Jaime. É que foi difícil achar todo mundo. A ninhada completa geralmente tem 13, mas di vez em quando nasce menos. As vez' nasce um repitido. Normal."

Hugo ergueu a sobrancelha. "Como assim, repetido?"

"Bom, cada um tem sua personalidade bem demarcada. Tem o duende da felicidade... da música... da prosperidade... Esse danadin', por exemplo, deve ser o duende da gula", ela disse, apontando para o gorducho – o único que parecia gostar dos cogumelos azuis que ela separara para eles.

"Mas você disse que essa é só *uma* ninhada", Gislene interrompeu. "Quer dizer que tem vários duendes da felicidade e vários duendes da música espalhados pela floresta? Em outras ninhadas?"

"Não, não, querida. São só 13 mesmo. Treze ao todo. Em cada região."

"Então a 'ninhada' que você diz são o conjunto dos filhotes dos vários casais de duende?"

"Num tem casal di duende não, amor! Eles simplesmente nascem!"

"Do nada?"

"Ó, ninguém sabe direito, não. O que sabemos é que há 13 duendes adultos ao todo, espalhados pela floresta. De barbinha, roupinha, cachimbo, tudo. E, di repente, num há mais. Dizem que os pais morrem assim que o filhote nasce. Mas é só teoria. Assim como tem a teoria di que eles *são* os próprios pais, que voltam ao estado de filhote dispois de ficarem muito velhos, o que eu acho um tantinho demais pra sê verdade. Os estudioso já tentaram seguir os pestinhas mas, uma vez crescidos, fica impossível rastrear."

"Esses duendinhos ainda precisam se descobrir", Ivete continuou, tentando forçar um cogumelo na boca de um dos mais magrinhos. "Até os 5 anos de idade, eles num têm ideia das suas identidades. Crescem livres pela floresta, explorando o mundinho deles até reaprenderem tudo que seus ancestrais aprenderam. Com 5, 6 anos começam a fazer suas próprias roupinhas, suas próprias casinhas, e depois os próprios cachimbinhos de ervas naturais. Até que, daqui uns vinte anos, vai sumi tudo di novo."

Aquilo era louco demais...

"Cada um tem gosto por uma erva específica, e também tem sua pedrinha da sorte. Acabam se tornando cópia igualzinha de seus pais. Por isso a teoria de que eles são os pais."

"Tipo a fênix, que renasce das próprias cinzas?" Hugo perguntou, pegando com cuidado um orelhudo que tentara se enroscar em seu pé. "Quantos meses eles têm?"

"Esse aí tem dois anos, amor."

"Dois anos???"

"Eles demoram um tantinho pra se desenvolver. Mas logo logo vão começar a mostrar suas inclinações. Boas ou ruins. Agora ainda está muito cEEEdo!" ela gritou, largando no chão o filhote que acabara de morder seu dedo.

"Acho que eles tão com fome, professora."

"Mas não é possível! Eu preparei tudo bunitin' pra eles comer. O que mais eles querem?!" ela desabafou, seus olhos se enchendo de lágrimas frustradas. "Eu num faço nada certo..."

"Vai ver eles não gostam dos cogumelos azuis!" Gislene sugeriu, indo confortá-la.

"Vai ver eles preferem o seu dedo!" Rafinha brincou, para ver se a professora se animava, mas Ivete estava desconsolada.

"Não precisa ficar assim, professora... A aula tá ótima! Não tá?" Gislene perguntou, implorando pela confirmação da turma. Todos concordaram.

"Ocês são uns amores..." ela exclamou, mas logo voltou a chorar. "Eu não sei porque os filhotinhos num gostam de mim... O que foi que eu fiz di errado pra eles?"

"A senhora não fez nada de errado, professora..."

Um dos alunos foi buscar um calmante, que Ivete tomou entre soluços, sentada no caixote vazio. Nenhum duendinho tinha ficado para assistir ao final da aula.

Com o assunto da matéria não mais presente, a turma também começou a se dispersar.

"Gueco!" Hugo chamou, indo atrás do caboclo. "Gueco!"

Mas Gueco nem sequer olhou para trás.

"Foi alguma coisa que eu disse??" Hugo ainda insistiu, mas Gueco já entrara varandão adentro.

"Onde ocê pensa que vai, amor?" Ivete chamou, e Hugo foi cumprir seu castigo pelo atraso. Não seria nada simples reunir a nojeira de cogumelos que os duendinhos haviam deixado para trás.

"Obrigada, meus amores. Já estou bem melhor..." ela disse, abrindo um sorrisinho cansado para o pequeno grupo que permanecera. "Podem ir, queridos. Não quero que se atrasem por minha conta."

"Adoramos os filhotinhos", Gislene insistiu e Ivete beijou sua mão em agradecimento, "Pode ir, querida. Eu já estou melhor."

Gislene se despediu, deixando Hugo sozinho com a professora.

"Foi a aula mais legal que eu tive até agora", ele disse, sincero, e Ivete sorriu agradecida.

Mal sabia ela o *altíssimo* nível das aulas que ele assistira até então.

"Soube que ocê é amigo dos piksi", Ivete comentou, surpreendendo-o. Notícia corria rápido naquela escola! "Chegou a conhecer o Ítalo?"

"O Capí?"

"Ele mesmo. Um amor di pessoa", ela prosseguiu, enxugando as lágrimas remanescentes enquanto fazia um grupo inteiro de cogumelos voar para a caixinha. "Talvez eu precise da ajuda dele mais tarde. Pra achar os duendinho, sabe? Eles gostam dele... Aquele garoto parece que tem doce!"

"Precisa de ajuda, professora Ivete?" Fausto chegou, já de vassoura na mão.

Ele era mais alto do que parecera no corredor, apesar de um tanto curvado para sua idade. Devia ter uns 40, no máximo. A rigidez em seu rosto o envelhecia demais.

Ivete sorriu simpática e voltou ao trabalho. "Obrigada, mas podi deixar, querido. Tem coisa aqui que só sai com magia mesmo. O que *ocê* poderia fazer?"

A vassoura parou onde estava e Fausto fitou-a, ofendido.

Percebendo a mancada, Ivete enrubesceu sem graça. "Ah... Faustinho... me perdoa! Eu num quis ofender... É só que... aghhh..." Largando todos os cogumelos no chão, ela foi embora escondendo o rosto nas mãos.

Fausto continuou catando as tralhas que a professora deixara para trás, com a mesma carranca de sempre. Guardou primeiro os cogumelos soltos. Depois agachou-se para limpar a gosma azul que restara no gramado com um pano úmido. Enxugando o suor, olhou para Hugo com cara de o-que-*você*-está-fazendo-aqui.

Percebendo que estivera observando o trabalho do zelador por um minuto inteiro sem fazer absolutamente nada, Hugo achou melhor ir embora.

O fato é que, se não fosse pela ajuda dos alunos, Segredos do Mundo Animal seria um desastre após o outro. As únicas aulas que rivalizavam com as de Ivete em matéria de bagunça eram as aulas noturnas.

Astronomia e Astrologia eram concomitantes. No mesmo horário, no mesmo local. Com esse arranjo, nem era preciso dizer o quanto as noites de quarta-feira eram um verdadeiro caos. Os professores Dalva e Antares de Milo nutriam um ódio mortal um pelo outro.

Ela, professora de Astronomia, era lógica, pé no chão. Gostava de calcular a distância entre os planetas, a velocidade dos cometas e como a lua afetaria os campos mágicos na Terra. Ele, astrólogo renomado, achava que medir distância entre planetas era inútil se não fosse para prever o futuro, construir mapa astral, filosofar sobre a personalidade de cada um. Toda noite era uma guerra para ver quem ensinava primeiro.

Não que eles tivessem qualquer escolha em separar seus horários de aula. Os dois eram gêmeos siameses. Eternamente unidos pelo braço da varinha. Um era incapaz de fazer magia sem a autorização do outro.

Deviam ter se esganado até a morte em outra encarnação, porque aquilo era carma dos fortes!

Resumo da ópera: a primeira aula de Astronomiologia foi inútil. Entre uma briga e outra, os dois só conseguiram ensinar que telescópio servia para observar estrelas mais de perto. Que novidade.

No dia seguinte, a aula de Metamorfoseologia também deixou a desejar. Transformar palito de fósforo em palito de dentes não era a atividade mais entusiasmante na face da Terra.

"E atenção, atenção! Lembrete aos esquecidinhos e aviso aos novatos!" o alto-falante berrou na manhã de quinta-feira. *"Quintas e sextas são dias de toque de recolher! Não queremos ver nenhum engraçadinho fora do dormitório depois das 8 da noite!"*

Vaias ressoaram pelos corredores.

"É... eu sei, eu sei... o probleminha ainda não foi resolvido..."

"Algum dia já se resolveu alguma coisa por aqui?"

"Estamos na Rádio Wiz, a rádio que fala, mas não diz! Solta o sucesso!"

Uma voz rouca e estridente começou a cantar sobre a cabeleira de Godrico e seus duendes, endes, endes... Chama a Morgana, lá lá, chama a Morgana, lá lá... Lá em Shaaaangriláááá... que com essa cabeleira não dá...

"Toque de recolher? Que palhaçada é essa?" Hugo perguntou, tentando equilibrar nos braços suas fornalhas e as de Francine, além do conjunto de frascos, até o último andar da Korkovado.

"Não faço ideia", Francine respondeu, ofegante, carregando os caldeirões e os alambiques. "Ninguém merece essa escada..."

Dessa vez ele foi obrigado a concordar. Eram mais de 200 andares entre escadas, rampas, degraus rolantes, puladores mágicos de andar e mais escadas. Até Hugo, com toda sua experiência Dona-Mártica, chegou exausto à sala de Alquimia.

A temperatura cavernosa do lugar ajudou a aliviar um pouco a quentura na cabeça. A sala chegava a incomodar de tão escura.

Em vez de prateleiras, todos os vidros, comportas, bules, tudo, era devidamente preso à parede, como se a sala fosse tremer a qualquer momento com a passagem do bondinho do Corcovado logo acima. As jarras de vidro com os ingredientes mais inofensivos ficavam bem ao alcance das mãos. Já as outras, eram dispostas a uma altura menos acessível, com feitiços que impediriam qualquer novato engraçadinho de tentar pegá-las com magia. Essas guardavam ingredientes dos mais bizarros: escamas de lagarto, unhas de dragão, cabelos de hipogrifo... todas aquelas coisas que Hugo costumava achar ridículas em livros infantis.

Na mesa do professor, uma substância verde espumava dentro de um receptáculo de vidro. Alguns alunos mais inconsequentes já cercavam a novidade, apostando em quem teria coragem de beber aquele troço.

"E se for veneno?"

"Será que tá quente?"

"Aposto duas Coroas que tu não toma."

Hugo escolheu uma das mesas mais ao fundo da sala para instalar as fornalhas, caldeiras e alambiques. Não sabia muito sobre o assunto, mas depois de algumas tentativas, encaixando tubos aqui, fogareiro ali, acabou dando tudo certo.

Ele sempre tivera curiosidade por química: pó com farinha... ácido... fumo... alucinógenos...

Hugo Escarlate, o alquimista da boca de fumo.

Hugo riu para si mesmo. Até parece...

Estava tão entretido com suas ilusões de grandeza que custou a perceber a presença de Gislene e Eimi em sua mesa. Gislene ainda parecia bastante contrariada com o comportamento dele na aula de Manuel. Sempre que Hugo olhava, ela fazia questão de fechar a cara. Ô, garota irritante. Se não queria fazer as pazes, por que tinha sentado a seu lado?! Só pra atazanar?!

Disfarçando o mau humor, Hugo varreu a sala com os olhos à procura de um lugar vazio para onde pudesse escapulir, mas todas as mesas estavam ocupadas. E, de qualquer maneira, o professor já havia chegado.

Estava parado na porta, observando a turma de trás de seus óculos azuis. Era ruivo, de cabelo espetado, estilo japonês, e usava um sobretudo de couro preto leve. Não devia ter mais que 35 anos. Quarenta, no máximo.

Vendo que tinha a atenção da turma, o professor fechou a porta e tirou os óculos, revelando seus olhos puxados.

"Há professores..." ele começou, sério, "especialistas... entendidos no assunto... que acham que eu não deveria misturar substâncias Azêmolas nas poções. Que isso seria... *impuro*. Alguém concorda com essa afirmação?"

O professor escaneou a turma, que, tensa, não respondeu nada. Ele suspirou aliviado.

"Ainda bem. O que eu faria sem uma aguinha de cheiro de vez em quando? Não, sério!" ele disse, sorrindo em resposta ao riso da turma. "Por exemplo: Amassi é muito boa para a purificação de uma poção. É preparada com folhas perfumadas, maceradas em água. Uma beleza. Bem melhor que qualquer feitiço purificador. *O Conselho me mata se descobrir que eu disse isso*", ele sussurrou, ao som de mais risadas. Estava ganhando a turma.

"Aluá, amalá, acaçá..." Rudji foi nomeando cada ingrediente escuso que tinha em sala de aula, apontando-os na parede. "... aloe vera, Akòko, Peregun, Macassá... *extrato de ayahuasca*", a última ele sussurrou como se fosse um verdadeiro crime ter aquilo em sala de aula.

E então seu bom humor se foi, e ele pôs-se diante de sua mesa, olhando sério para os alunos. "Eu posso ser brincalhão se vocês quiserem, mas eu também sei virar uma fera. E há poucas coisas que me tiram do sério. Uma delas é burrice."

A turma se calou.

"Nunca – e eu digo NUNCA – beba qualquer poção que esteja jogada por aí", ele terminou, olhando diretamente para o garoto que estivera prestes a fazê-lo pouco antes de ele entrar.

E então, sem tirar os olhos severos da turma, o professor agarrou o receptáculo verde, bebeu tudo de um gole só e desapareceu.

ΠΞ

CAPÍTULO 9

AXÉ

A turma entrou em pânico. Alguns se levantaram e foram até onde o professor havia estado alguns segundos atrás.

"Pra onde ele foi??"

"Será que morreu?"

"Duvido..."

"Caldeirão ruim não quebra", um engraçadinho disse, para a risada geral.

"Pô, ele parece maneiro."

"Qual o nome dele afinal?"

"Rudji."

"Rudji??"

"É apelido. Dizem que o nome dele é abominável."

"Eu acho *'Rudji'* abominável."

"Gente, vamos parar com isso?!" Gislene pediu, quase ofendida. "O professor pode ter morrido e vocês falando mal dele assim!"

"Pois é. É impressionante o que falam do professor quando ele some da sala de aula."

A turma inteira congelou.

"Quem disse isso?"

"A mula ruiva sem cabeça."

Um dos garotos começou a suar frio. "Me desculpa, professor! Eu não sabia que o senhor estava aqui-"

"Claro que não."

"Claro que não me desculpa, ou claro que eu não sabia?"

"Aí já tá querendo saber demais. Vamos lá, vamos lá!! O recreio acabou. Todos de volta aos seus lugares. Não se preocupe, Conrado, eu não tiro ponto de quem diz que meu nome é abominável. Até porque é a mais pura verdade."

A turma riu sem saber bem para onde olhar.

"Alguém sabe o que foi que eu bebi?"

Eimi levantou a mão, inseguro.

"Emiliano."

"Carnem Levare?"

"Carnem Levare", ele repetiu com ênfase. *"Mais conhecida como Chá de Sumiço. Seu efeito dura apenas cinco minutos. Então, não se preocupem. Logo logo terão seu professor de volta."*

Nem todos riram desta vez. Sem ver o rosto do professor, era impossível saber se aquilo tinha sido uma piada ou uma crítica.

"Não espero que consigam produzir a Carnem Levare hoje. Isso seria formidável. Mas, quem sabe? Algum de vocês pode ter nascido para isso. Abram seus livros na página 246 e vamos ver quem consegue fazer desaparecer ao menos o dedo mindinho."

Ouviu-se o murmúrio de livros sendo abertos, e todos começaram.

Até que não era tão ruim sentar ao lado dos dois encostos. Gislene era a mais organizada da turma; media tudo com a máxima precisão e não suportava que algum ingrediente fosse tirado de seu devido lugar. Já Eimi parecia saber uma coisinha ou duas sobre alquimia.

Mesmo assim, a poção que deveria ser verde, estava mais para lilás azulada.

"Talvez se a gente adicionasse algumas dessas ervinhas verdes aqui ela mudasse de cor... Você acha que o professor notaria?"

"Eu ainda estou na sala, senhor Escarlate."

Hugo levou um susto. A voz ressoara a poucos centímetros de seu ouvido bom.

"Essas 'ervinhas verdes' matam até ogro. Adoraria ver o que fariam com um garoto de 13 anos."

Hugo achou melhor não responder e baixou a cabeça. Dessa vez tinha vacilado.

"A Alquimia Bruxa é uma ciência perigosa, garotos. De início pode até parecer divertida, mas é muitas vezes letal, não só para quem bebe determinadas poções e elixires como também para quem os prepara. Além do perigo real de explosão, há ainda risco de queimaduras sérias – no sentido de não poderem ser curadas com magia. O perigo de envenenamento por gases também não está descartado, bem como o de intoxicação por metais... além dos danos psicológicos causados pela concentração prolongada e pela frustração que muitas vezes acomete o alquimista. Muitos enlouquecem. Não é meu caso, como vocês já devem ter percebido."

Hugo riu. O cara até que era simpático.

"Professor!" Francine chamou enquanto Gislene adicionava uma pitada de sal na mistura. "Eu não entendo. Sempre achei que a Alquimia ensinasse como transformar metais comuns em ouro, ou como encontrar a fórmula da pedra filosofal. O que o Chá de Sumiço tem a ver com isso?"

"Boa pergunta. É o seguinte... Pelo que eu sei, a Pedra Filosofal é uma lenda. Há alguns dizendo por aí que ela foi encontrada na Grã-Bretanha, mas eu não tenho como comprovar isso pra vocês. Aqui só trabalharemos com fórmulas testadas, comprovadas e carimbadas. Até porque não quero nenhum aluno meu morto numa

explosão por tentar encontrar fórmulas mirabolantes para elixires lendários. Seria fantástico ficar aqui procurando o elixir da imortalidade, o elixir da saúde perfeita, o elixir da vida..."

Rudji parou por alguns segundos, como se aquela última possibilidade, mais do que as outras, provocasse nele certa fascinação. Mas logo o professor se recompôs e voltou ao assunto. "*Como vocês devem ter visto na lista de matérias, apesar de isso aqui ser uma escola de bruxaria, a gente vai tentar manter os pés no chão, ao menos nos três primeiros módulos. Eles serão dedicados exclusivamente à Alquimia Física, precursora e sucessora do que os Azêmolas chamam de química. Aqui aprenderemos a preparar infusões, poções, medicamentos e, sim, alguns elixires testados e comprovados. Nada muito fantástico. Já os três módulos de Alquimia Filosófica, a partir do ano que vem ficarão a cargo de outro professor, e serão objeto de estudo dos três primeiros anos do Ensino Médio (quarta, quinta e sexta séries na nomenclatura antiga, para quem ainda não se acostumou com a nova – eu sinceramente não entendo por que o Ministério da Educação faz tanta confusão...)*"

Alguns alunos riram, identificando-se com a impaciência do professor.

"*Apenas na última série do Ensino Médio, e com um professor muito mais louco do que eu, vocês terão a oportunidade de fazer suas próprias pesquisas e experimentos na busca dessas tais lendas maravilhosas que Francine mencionou. Alguma pergunta?*"

Francine disse um não meio desanimado e voltou a prestar atenção no exercício.

"*Agora*", a voz do professor se dirigiu ao resto da turma, "*Quem já tiver passado da instrução número 4, por favor, pegue sua varinha – Não importa que esteja lilás, Eimi, às vezes acontece – e sussurrem o encantamento 'Mal-epîak Vest'.*"

"Precisa de varinha pra fazer poção?!" Rafinha perguntou, surpreso.

"*Se não precisasse, qualquer azêmola poderia fazer, e esta aula não seria chamada de Alquimia Bruxa. De todo modo, a varinha só é necessária em algumas poções. Nesta, por exemplo. Sem este encantamento, vocês só conseguiriam sumir com seus próprios corpos. As roupas continuariam visíveis, de modo que vocês precisariam se despir para desaparecerem por completo. Desagradável, especialmente se o efeito terminar em público.*"

A turma riu.

"*Mais desagradável ainda será se vocês fizerem o encantamento e a poção estiver malfeita. Nesse caso, a única coisa que vai sumir serão as roupas. Aí é que vai ser divertido.*"

Todos caíram em silêncio. Eimi olhou tenso para o líquido lilás à sua frente.

"*Vamos lá, vamos!*" ele incentivou a turma, se divertindo com o nervosismo geral. "*Varinhas para fora! Lembrem-se, Mal-epîak Vest.*"

Relutante, Hugo tirou a varinha escarlate do bolso. Quando se preparava para pronunciar o encantamento – o cabelinho espiralado de curupira já começando a brilhar vermelho na semiescuridão da sala, Hugo sentiu uma mão segurar seu braço com força.

Muita força.

Sem largar a varinha, olhou para a mão já parcialmente visível do professor. Em poucos segundos, o corpo de Rudji aparecera por completo e foi possível ver os olhos puxados do mestre alquimista fitando a varinha com uma intensidade assustadora.

Hugo ainda tentou livrar seu braço, mas não conseguiu. Estava machucando!

"Me larga!"

"Onde você conseguiu isso?", Rudji perguntou, pálido.

"Não é da sua conta!" Hugo rebateu na defensiva, e pôde ouvir todos os pescoços da sala se voltarem para ele.

Rudji transferiu seu olhar da varinha para o rosto de seu aluno, surpreso com tamanho atrevimento. Mas Hugo não estava nem um pouco arrependido. Quem era Rudji para questionar a origem de sua varinha? Ele que não tentasse tomá-la à força.

Ainda um pouco atônito, o professor demorou a reagir, mas quando reagiu, foi com firmeza, "Castigo, sábado, 17 horas, meu escritório."

Hugo manteve seus olhos nos dele, sem demonstrar qualquer surpresa ou descontentamento pela punição. "Pode largar meu braço agora."

Seu ultimato soou quase como uma ordem, e ele não foi o único a se surpreender quando Rudji imediatamente obedeceu, largando seu braço sem tirar os olhos da varinha.

Hugo não perdeu tempo. Jogou todo seu material na mochila e saiu porta afora sem pedir permissão. Desceu todos os 213 andares de uma vez só, com a cabeça quase explodindo de raiva. Aquele invejoso. Será que nenhum professor prestava naquele antro de malucos?!

Sem pensar muito, acabou tomando o caminho da próxima aula. De um professor que, definitivamente, Hugo não ia gostar quando conhecesse. Faltar à primeira aula era inaceitável. E, pelo visto, também faltaria à segunda, já que, àquela hora, a sala de Defesa Pessoal deveria ter estado cheia de alunos do quarto ano, mas não; estava deserta.

Aquele Atlas Vital já era notícia ruim antes de acontecer.

A sala parecia ainda mais caótica do que da última vez. As miniaturas do 14-Bis e do Zepellin voavam loucas pelos ares, brincando de pique-pega e derrubando tudo pelo caminho. Hugo foi até o armário de canto. Continuava trancado e nem o *Abra-te Sésamo* de Viny surtiu efeito.

Sem saber bem o que fazer, sentou-se na mesma carteira em que sentara na não-aula anterior. Mas algo nela estava diferente. O simpático rabisco *"Paciência, amiguinho..."* havia se transformado na advertência *"Carranca não leva a nada."*

Além de um professor faltoso, agora ele tinha que aturar uma mesa atrevida.

Hugo sentiu uma grande vontade de chutá-la, mas pensou melhor e resolveu ser gentil com os móveis daquela sala. Era capaz de a mesa chutá-lo de volta...

Um grito estridente tirou Hugo de suas reminiscências, e ele correu para a porta a tempo de ver uma jovem de sua idade passar correndo, apavorada.

Dirigindo o olhar para o fim do corredor, Hugo chegou a ver um espectro esbranquiçado sumir por uma das paredes, como fantasma. Não... era mais sólido que um fantasma. Parecia feito de uma substância leitosa e tinha patas de carneiro e dorso de homem, como aqueles serezinhos que serviam a ceia no refeitório, só que maior. Do tamanho de uma pessoa adulta.

Hugo aproximou-se curioso da parede de tijolos por onde o espectro havia desaparecido. Ele lhe parecera sólido demais para tê-la atravessado.

Examinando a parede de perto, sentiu que uma leve brisa emanava dela.

Hugo estendeu a mão e tentou tocar os tijolos, mas não os alcançou.

Então sorriu. Era ilusão de ótica. Já vira aquilo num filme antes.

Com a maior segurança do mundo, deu um passo adiante. Em qualquer outro lugar, teria dado de cara com a parede. Mas não ali, porque a parede existia, só que estava um metro além do que parecia estar.

Naquela nova posição, Hugo pôde finalmente ver as entradas laterais que se abriam para ambos os lados da parede recuada – entradas invisíveis para quem não estivesse exatamente onde ele estava.

As duas entradas levavam a uma mesma saleta, ainda mais bagunçada que a sala de Defesa Pessoal. Estantes repletas de livros empoeirados, móveis, quadros, pergaminhos, tudo jogado pelos cantos. Ao fundo, uma pequena janela tentava espalhar um pouco de luz pelo ambiente.

Era muito provável que a maioria dos alunos da escola nunca tivesse notado aquela abertura.

A maioria *menos* os quatro adolescentes que lá estavam.

"Adendo!" Viny gritou, vindo cumprimentá-lo. "Bem-vindo a nosso quartel-general."

Capí, que estava sentado no chão, dando de comer a um dos duendinhos fujões, disse sem lhe dirigir o olhar. "Isso deve contar alguns pontos para o Hugo, não acham?"

"Com certeza."

"Isso o quê?" Hugo perguntou, sem se desgrudar da entrada. O fantasma leitoso estava lá, próximo à janela, recostado na parede, e Hugo não queria chegar nem perto daquilo. O fauno olhava-o com um sorriso esperto nos lábios, como se estivesse adorando assustá-lo. Não era bem um homem. Parecia mais um adolescente grande e forte, com pernas de cabrito e pequenos chifres encaracolados saindo de seus cabelos. Devia ter uns 17, 18 anos, e era perturbadoramente parecido com o Viny.

"Ter encontrado essa sala. Um ponto a seu favor", Capí respondeu, tirando mais um cogumelo branco do bolso para dar ao bichinho esfomeado, que aceitou com muito gosto, abanando suas orelhinhas pontudas enquanto os outros filhotes brincavam com os cacarecos espalhados pelo chão.

Viny ofereceu-lhe uma cadeira empoeirada, "Estamos aqui nomeando os bichinhos. Quer ajudar?"

"Como se fosse a coisa mais difícil do mundo", Índio comentou de má vontade.

Caimana estava reclinada no sofá, cabelos ainda despenteados de mar, olhos atentos no livro que tinha nas mãos: *História da Magia para Azêmolas – Tudo que bruxos deveriam saber, mas não ligam, e Azêmolas deveriam ligar, mas não sabem –* por Luca Lendari.

Ela era realmente linda. Uma moleca que ainda não encontrara sua graça, mas linda do mesmo jeito. Viny que se cuidasse.

"Então", o loiro retornou ao assunto que conversavam antes de sua chegada, "Como eu estava dizendo, acho que devíamos organizar aulas clandestinas de história da magia brasileira."

"Só é clandestino o que é crime, Viny", Índio observou sem tirar os olhos de seu livro.

Ignorando a antipatia do mineiro, Viny sugeriu, animado, "O véio podia dar a aula, né véio?"

Capí negou veementemente com a cabeça, "Você sabe que eu não tenho tempo para essas coisas, Viny."

"Ah, vai! Tu desaparece três vezes por semana pra fazer sabe-se lá o que e não tem tempo?? Sem contar as noites que tu some."

Caimana sorriu por detrás de seu livro, "Acho que o Capí tem na-mo-ra-da!"

"Que besteira, gente..."

"Tava mais do que na hora", Viny jogou um cogumelo no pixie, que nem se deu ao trabalho de desviar.

"Olha que interessante", Caimana interrompeu, começando a ler: *"Foi um padre lazarista que, em 1859, primeiro sugeriu ao governo do Rio de Janeiro colocar a estátua do Cristo Redentor no topo do Corcovado."* Levantando os olhos espertos, sorriu para Viny, "Suspeitava de bruxaria nos arredores. Vê se pode."

"Que cara sem noção!" Capí brincou. "Hugo, que nome você daria pra esse?"

Ele ergueu o filhote magrelo com cara de pateta sonhador e orelhas enormes.

Tentando ao máximo ignorar o ser fantasmagórico no fundo da sala, Hugo sentou-se na frente do pixie. "De que tipo ele é?"

"Eu diria... música. Quase certo."

Hugo sorriu, "Michael Jackson", e Viny se mijou de tanto rir lá no fundo. Pelo visto, os Pixies não viviam tão fora da realidade quanto os outros bruxos. Hugo gostava disso.

"Tá batizado então", Capí anunciou, olhando com carinho para o filhote. "É bom saber que teremos música nessa geração."

"Por quê?"

"Um ciclo sadio abrange ao menos *um* duende de cada índole. Deve haver um equilíbrio na natureza e qualquer desequilíbrio se nota no nascimento dos duendes. Dizem que quando o duende relacionado à felicidade não nasce, pode-se esperar tempos tristes. Assim como o duende da esperança a tempos sombrios."

"Todos nasceram dessa vez?"

O semblante do pixie escureceu levemente. "Não identifiquei ainda o duende da alegria. Se eu acreditasse na superstição, ficaria preocupado... Mas", ele sinalizou com os olhos na direção de um par de filhotinhos que brincavam de rolar pelo chão de madeira, "parece que temos dois da amizade dessa vez." Ele sorriu, "Isso é sempre bom."

"Gente, eu vou lá na Ivete avisar que já temos os fujões", Caimana interrompeu, guardando o livro de volta na estante e saindo do quartel-general.

"Você não acredita muito nessas coisas, né?" Hugo perguntou para o loiro, que parecia ter perdido o interesse na conversa e estava soturno num canto, folheando um livro de fofocas do século II.

"O Viny não acredita em nada."

"Nem em bruxaria?", Hugo brincou, e Viny objecionou sorrindo, "Capí já tentou isso comigo, Adendo. Não funcionou. Eu só acredito no que eu posso ver. Misticismos com duendinhos, não. Espíritos, não. No máximo fantasmas. Os boêmagos são bem visíveis."

Hugo voltou a olhar para o ser fantasmagórico que não desgrudara os olhos dele por um segundo sequer. Não aguentava mais fingir que nada estava acontecendo.

"E aquele fantasma ali?"

Viny olhou à sua volta. "Fantasma?"

"Não tá vendo?!" Hugo perguntou, alarmado.

Índio morreu de rir lá no canto. "Não assusta o menino, Viny!"

"Ah!" Viny disse, fingindo ter acabado de entender. "Não é fantasma, não! É só o Epaminondas! Sólido demais pra ser fantasma."

"Epaminondas??"

Aquilo tinha nome??

Índio alfinetou: "Não precisa ficar com medinho não, *adendo*."

"Índio, *menos*", Capí pediu, olhando o mineiro nos olhos.

"Quem disse que eu tô com medo?" Hugo se defendeu, irritado. Não tinha ido com a cara daquele mineiro desde o início, mas não iria se indispor com os Pixies por causa dele.

Fingindo não perceber o atrito entre os dois, Viny continuou a explicação, "o Epaminondas é um axé. Em iorubá, *asé* significa 'força', 'poder'. É também uma palavra usada pra vibrar energia boa, além de ter diferentes significados religiosos. Mas, no mundo bruxo, axés são como incensos ambulantes, que repelem os maus espíritos."

Epaminondas encheu o peito de orgulho, raspando de leve seus cascos no chão.

"Axés não costumam ser tão conscientes, mas o meu já é praticamente da casa. E um Fauno ainda por cima. Bem capricórnio."

"Como se faz um desses?"

"Avançado demais procê", Índio decretou e Hugo fuzilou-o com os olhos.

"Talvez ano que vem, Adendo", Viny deu um tapinha em seu ombro. "Eu mesmo só consegui no terceiro ano! Ou foi no segundo?"

"Início do terceiro", Capí respondeu. "É magia avançada. A maioria só consegue no 6º ou 7º – SE consegue."

"Já a Zô praticamente *espirra* beija-flor."

Capí sorriu, "Vantagens de se estar alegre o tempo todo."

"Alegre?"

"O conceito do axé-bruxo é bem simples", Capí explicou. "Ele assume que quem é alegre nunca está desacompanhado. Sempre tem um protetor a seu lado, mesmo que invisível. E este companheiro pode materializar-se quando a pessoa o chama."

"E como faz pra chamar?"

"Seguinte", Viny disse, sacando sua varinha, "tu junta toda a alegria que tu tem dentro de ti, aponta a varinha e diz: *Saravá*. Não estou falando de memória feliz – isso é outra coisa. Tu precisa realmente SER feliz pra conseguir o Axé."

"E daí dizer *Saravá*? Só isso?"

"Só isso?!" Viny cruzou os braços, "*Tenta* pra tu ver."

Índio tinha um leve sorriso desafiador nos lábios. Não... Hugo não daria o gostinho praquele ali. Não arriscaria falhar na frente dele.

Tentando mudar de assunto sem parecer um covarde, Hugo fez a única pergunta que lhe ocorreu.

"Axé repele Anjo?"

"Eita, o garoto é bom!" Viny comemorou, bagunçando seu cabelo. "Continue assim e a gente te dá um prêmio."

"O Abelardo não é tão mau assim..." Capí rebateu, incomodado.

"Não sei porque tu defende aquele ridículo, véio. Nem a Caimana defende! E ele te odeia! Tu sabe disso. Ele te odeia mais do que a qualquer um de nós."

Capí não parecia convencido. "Algum dia a gente já sentou pra conversar com ele?"

"E ele deixa?! O Abelardo tava cuspindo na feijoada, véio. Cuspindo! Não dá pra descer mais baixo que isso. E a mina que ele queimou com aquele caldeirão borbulhante? Vai dizer pra *ela* que ele não é tão mau assim, vai!"

Capí deu mais um cogumelo para Michael Jackson e disse, como quem não quer nada, "A Gabriela tá namorando ele agora."

"Gabriela? Quem é Gabriela?"

Capí sorriu, "A menina que ele queimou aquela noite."

Viny parou de respirar por alguns segundos, mas logo se recuperou, "A mina deve ser masoquista."

"Ele foi pedir desculpas a ela, isso sim. As pessoas *evoluem*, Viny."

"Só no teu mundo de faz-de-conta, véio. No teu e no da Zô. Acho que essa tua relação com a velhinha tá começando a te afetar-"

O loiro foi interrompido por gritos no corredor. Alguém passara aos berros lá fora: *"BRIGA! TÁ ROLANDO BRIGA NO PÁTIO CENTRAL!"*

Cortando a conversa ali mesmo, Viny e Índio saíram correndo porta afora e Epaminondas perdeu toda sua forma, se esparramando no chão feito leite derramado e dissolvendo logo em seguida. Hugo ficou para trás, ajudando Capí a guardar os filhotinhos às pressas, em local à prova de escapadas.

Quando finalmente saíram, Hugo foi quase atropelado pelo arrastão de alunos que avançavam corredor abaixo. Capí puxou-o para perto de si, protegendo-o da manada, e os dois desceram as escadas até o pátio principal.

Um círculo de mais de 50 alunos já se formara ao redor do que parecia ser Caimana e Abelardo se engalfinhando feito dois galos de briga. Viny e Índio tentavam afastá-la, enquanto Abelardo se debatia feito um louco contra os braços dos Anjos.

"Minha mãe é alta conselheira!" ele berrava, possuído.

"Tua mãe é uma oportunista, isso sim!"

"E teu pai é o quê? Um desempregado que vive às custas das irmãs! Um *frouxo*!"

Aquilo atingiu Caimana em cheio. Segurando as lágrimas, ela murmurou, "*Ele vai ser grande...* Você vai ver."

"Um FROUXO! Já o MEU pai é membro do governo nacional!"

"Prefiro mil vezes ter um pai desempregado do que um pai CORRUPTO!"

Abelardo explodiu, furioso. "Tu vai engolir cada palavra que tu disse!"

"Caimana..." Capí murmurou em seu ouvido, tentando acalmá-la, "Esse ódio todo só te destrói-"

"TU FICA FORA DISSO, FILHO DE FIASCO!", Abelardo gritou, apontando o dedo contra Capí virulentamente.

Foi a gota d'água para Viny, que partiu com tudo pra cima do Anjo. E partiu com tanto ódio que poderia ter arrancado a cabeça do garoto se Índio não o tivesse agarrado antes.

"Defendendo o *namoradinho*, é?"

"Tu tá falando demais!" Caimana decretou, sacando sua varinha e gritando *"Abanã!"*

Abelardo tocou seu rosto em desespero, tentando sem sucesso parar o crescimento dos grossos fios de cabelos que nasciam por todo o seu corpo.

Diante da gargalhada geral, o Anjo se retirou às pressas, sendo acompanhado por seus amigos e por boa parte dos alunos, que queriam ver até onde o ridículo chegaria.

Viny abraçou Caimana com força.

"Ele é horrível, Viny..." ela soluçava, tremendo de ódio.

"Calma... calma..."

"E VOCÊ!" ela berrou, atacando Capí. "Eu nunca mais quero te ouvir defendendo ele! Tá me ouvindo?! NUNCA MAIS! Ele é o *demônio*!"

Ela empurrou Viny para o lado, marchando para fora dali.

A placa na árvore central agora marcava 2 x 1 para os Pixies.

Hugo franziu a testa, confuso. "Quando foi que os Anjos ganharam esse ponto?"

Capí olhou sério para o placar.

"Quando a Caimana aceitou a provocação."

ΠΞ

CAPÍTULO 10

FILHO DE FIASCO, FIASQUINHO É

Naquela noite, Hugo ficou sentado em uma das poltronas do dormitório, pensando na briga. Havia mais ali do que simples briguinha de colégio. Hugo já vira moleques se estapeando no recreio, mas nunca com tanto ódio.

"Independência ou moorrte!"

Mais um grupo de alunos assustados entrou no dormitório.

Mistério maior do que as lágrimas de Caimana era a absoluta obediência dos alunos ao toque de recolher. A sirene soara, pontualmente, às 8 da noite, e, em menos de um minuto, o dormitório ficara mais apinhado que ônibus na hora do *rush*.

Os novatos, reunidos na sala de confraternização, esperavam aflitos que algo de ruim fosse acontecer. Alguns tentavam disfarçar a tensão por detrás de seus livros, mas os olhares furtivos que lançavam para além das páginas diziam outra coisa. Eles sabiam que todas as quintas e sextas o alarme tocaria, mas não haviam sido informados do porquê.

Uma porta bateu com força lá nos fundos e todos pularam de susto.

Hugo não estava assustado. Ou, ao menos, queria acreditar que não.

"Dizem que é um dragão", Rafinha cochichou, espiando pela janela escura.

"Um dragão que só sai às quintas e sextas?"

"Pô, às sextas também?!" alguém reclamou, e com razão. Ficar no dormitório não era o programa mais interessante para se fazer numa sexta-feira à noite.

"Não viaja, Rafa, não é um dragão", Beni disse, desistindo do livro de astrologia. Ele fora o único dos mais velhos que se dignara a ficar de babá dos novatos. Os outros já haviam se retirado para seus quartos. Estavam acostumados com aquilo.

"Se não é dragão, então o que é?" Rafa insistiu, e Beni deu de ombros. "Não faço ideia."

"Como assim, não faz ideia?" Hugo perguntou, surpreso. "Vocês nunca quebraram o toque de recolher pra dar uma olhada?!"

"Tá louco! Nem os *Pixies* quebram o toque de recolher."

"Eu acho esse medo todo uma grande besteira. Deve ser algum truque do Conselho pra controlar os alunos à noite."

Foi só ele acabar de falar, que um urro metálico arrepiante se fez ouvir lá fora.

Todos voaram para a janela, mas a floresta lá embaixo continuava na mais perfeita escuridão.

Hugo permaneceu onde estava, petrificado.

"Truque do Conselho, é?" Beni caçoou, mas Hugo não ligou para a provocação. O que tinha sido aquilo?

OOOORRRRRGHHHHHHHHH

O urro soou novamente, dessa vez ainda mais forte, e os alunos próximos à janela pularam para trás no susto.

"Eu vi fogo!" Rafinha gritou entusiasmado. "Eu tenho certeza de que vi fogo! Perto daquelas árvores lá!"

"Viu nada, moleque. Dragão não tem urro metálico desse jeito não..."

"E como é que tu sabe? Tu é especialista em dragão, por acaso?"

"Eu não, mas meu tio é!"

"O bicho vai ficar berrando a noite toda?" Hugo perguntou, ao som do terceiro urro e da terceira onda de gritos amedrontados.

Beni fez um sim bem lento com a cabeça.

"E não tem feitiço pra abafar o som?"

"Ã-ãn..." ele negou, quase com uma satisfação sádica por ser o portador da má notícia. "Sinto informar, amigão, mas hoje ninguém aqui vai conseguir dormir direito. Por que você acha que colocam as aulas especiais às sextas-feiras?"

Hugo olhou para ele sem resposta e Beni sorriu, "Para obrigar os alunos a ficarem acordados em sala de aula."

"Aaamem seu inimigo!"

Ommmmmmm...

"Isso! Vamos lá! Concentração! Visualizem seu inimigo... Aaaamem seu inimigo!"

Ommmmmmm...

A figura magrela do Caiçara começou a se materializar em sua mente...

... não...

... algo está acontecendo... não é mais o Caiçara... é... o Rudji... com aqueles óculos azuis e aquela pinta de galã ruivo japonês...

Hugo sentiu uma pontada de ódio que não esperava.

Ommmmmmm...

Por que o Rudji? Talvez porque amar o Caiçara estivesse longe demais de seus planos... era isso... amar Rudji era um pouco menos impossível.

"Visualizem... Isso! Visualizem seu inimigo... Você não o odeia... Ele não é seu rival! Vocês estão num campo florido... Sorria para o seu inimigo..."

Hugo ouviu algumas risadas pela sala, mas tentou ao menos fingir que estava levando aquilo a sério. Tá certo, sorrir.

Hugo sorri no campo florido, mas é bruscamente interrompido por uma careta do Rudji imaginário. Hugo sente uma nova pontada de raiva. Seu coração acelera.

"Amem... isso... Amem muito! Usar magia requer controle emocional!... Uma varinha não é uma arma, nunca se esqueçam disso!"

Rudji finalmente sorri de volta. Mas é um sorriso sarcástico, provocador. Tem a varinha escarlate nas mãos. Hugo sente uma raiva incontrolável. Rudji está rindo de sua cara, brincando com a varinha... Hugo aponta uma AR-15 para aquele sorrisinho irritante dele...

"Agora abracem seu inimigo! Deixem que o aconchego do abraço de seu inimigo toque sua aaalma..."

Hugo abriu os olhos e se reclinou nas almofadas, morrendo de rir. Abraçar já era demais.

A professora estava lá, em transe, dançando consigo mesma no meio da turma.

Já os alunos não pareciam tão animados. A maioria dormia em posição de lótus.

Bem que tinham avisado que Ética da Magia era aula de meditação.

"O poder..." a professora continuou, ainda de olhos fechados, "O poder é a força mais perigosa de todas! Canalizem seu ódio para objetos, nunca para pessoas... nunca para seu inimigo! Usem a cabeça antes de usarem a varinha... A vida não é uma competição... Você não precisa vencer seu inimigo... Veja como ele sorri para você..."

Em que mundo ela vivia?

O mais surpreendente era que Hugo nem estava com raiva dela.

Devia ser o incenso de arruda.

Gardênia acabou liberando a turma vinte minutos mais cedo. Talvez por ter visualizado um enorme bocejo na cara dos alunos.

"Tadinhos. A primeira noite em claro de meus queridinhos na Korkovado, eu sei como é... natural, natural. Por falar nisso! Quantos de vocês visualizaram o bicho de ontem como seu inimigo?"

Para grande surpresa de Hugo, a maioria levantou a mão.

Ele lá, com tantas opções de inimigo, e os outros pensando num pobre de um monstro com crise de insônia?!

"Que é isso, meninos... que é isso... Deviam agradecer a Merlin que ontem ela foi só até às duas da manhã! Há noites em que ela está mais inspirada!"

"'Ela'..." Francine repetiu, já nas escadas. "Por que 'ela'? O Rafa não disse que era um dragão?"

Hugo deu de ombros, "O Beni falou que não era."

"Talvez seja uma dragoa", ela sugeriu, rindo. "Ó, tô me mandando. Preciso pegar a matéria de alquimia que perdi ontem. Passei mal com aquele troço lá. Nem consegui assistir até o final."

"Não deve ter perdido muita coisa", Hugo retrucou, mais para alimentar sua implicância com o professor do que para consolar Francine, que já tinha se distanciado demais para ouvi-lo de qualquer maneira.

E lá estava ele, sozinho de novo, no pátio principal. Em 15 minutos, aquilo lá estaria cheio de gente.

Hugo foi até a praia. Apesar do clima agradável, ainda estava deserta. Nem sinal da jovem que vira dias antes, passeando à beira mar.

Bem que ela podia aparecer de novo. Gostaria de levar um papo com ela... ouvir sua voz.

Hugo mexeu com os pés na areia, desanimado. Não era só a voz *dela* que ele gostaria de ouvir. Desde a aula de Ivete que Gueco não falava com ele. Nas refeições, entrava mudo e saía mais mudo ainda. Quando Hugo tentava puxar assunto, era o mesmo que puxar assunto com o Fausto.

Tá bem que Gueco não era um grande admirador dos Pixies, mas será que aquilo era o suficiente para cortar relações? Não... não devia ser aquilo. Era mais provável que Gueco nem soubesse de seus encontros com o quarteto.

Preferindo descansar na sombrinha da entrada, Hugo sentou-se no chão de pedras portuguesas e ficou observando o mar enquanto pensava. As ondas batiam com violência nos rochedos e no casco traseiro da suntuosa fragata Maria I, quartel-general dos Anjos.

"Ei, Twice!" alguém chamou, e Hugo virou-se a tempo de ver Abelardo derrubar Capí na areia.

Sentiu o impulso de se levantar e ajudar o pixie, mas logo se deteve. Os outros Anjos estavam lá também. Ele não seria burro de enfrentar quatro.

Abelardo ainda tinha alguns chumaços de cabelo saindo pelas orelhas e continuava muito puto da vida com aquilo. Pressionou o rosto de Capí contra a areia e sussurrou algo como uma ameaça em seu ouvido, apertando a varinha contra o pescoço do pixie.

Capí ouviu sem reagir. Não estava sequer tentando se desvencilhar.

"Deixa pra lá, Abel..." resmungou o mais gordinho, como se já estivesse cansado daquela guerrinha toda. "Nem foi ele que ofendeu o seu pai..."

"O Gordo tem razão dessa vez, Abel..."

"Um pixie é um pixie! Tanto faz quem paga", Abelardo rebateu, voltando-se para Capí. "Isso é pra tua amiguinha aprender a ficar calada. *Principalmente* na frente da escola *toda*!", ele disse, enfiando um punhado de areia na boca do pixie antes de sair de cima dele.

"Bon appetit, *sua majestade*", Abelardo arrematou com desprezo, cuspindo a poucos centímetros do rosto de Capí. "Meu pai não é corrupto. Diz isso praquela lá, filho de *Fiasco*."

Capí se levantou ao som da risada de apenas um dos Anjos; o único que parecia estar se divertindo com aquilo, e Abelardo tomou a direção do pátio central com seu grupinho. Assim que os Anjos atravessaram a praia, Hugo viu Gueco juntar-se a eles, lançando em sua direção um olhar de desprezo que chegou a doer.

Abelardo seguiu os olhos do garoto e viu Hugo parado lá, perplexo, sem reação diante da demonstração gratuita de ódio de alguém que ele, até então, considerara um amigo.

"O que tu tá olhando, gnomo de jardim?" Abelardo provocou, e suas palavras só serviram para transformar a perplexidade que estava sentindo, em raiva.

Hugo revidou a provocação com um olhar ameaçador que sabia fazer como poucos.

Tentando fingir indiferença, Abelardo passou o braço pelos ombros de Gueco num gesto que só poderia ser classificado como fraternal e os Anjos desapareceram para dentro da escola.

Foi só então que Hugo entendeu. Claro... Gueco não parara de falar do irmão adotivo durante todo o tempo em que haviam estado juntos. Na escola, no SAARA... era *Meu irmão isso, meu irmão aquilo... meu irmão sabe economizar, meu irmão é o melhor...* Não era simples irritação que Gueco sentia pelos Pixies. Era repulsa. Gueco devia ter crescido com ódio mortal dos Pixies de tanto ouvir Abelardo falar mal deles em casa. E Hugo agora era parte daquele grupo que Gueco sempre odiara. Pouco importava a amizade que os dois haviam construído até então.

Tá certo. Que seja. Hugo pensou, irritado.

Gueco o queria como inimigo? Então o teria como inimigo.

Tentando controlar seus nervos, Hugo voltou a observar o pixie. Capí tirara sua varinha do bolso. Estava jogando um jato d'água na boca, e cuspindo água suja na areia; sem ressentimento algum no olhar. Apenas cansaço.

Hugo se aproximou sem saber muito bem o que dizer; não havia sido o mais fiel dos escudeiros. Praticamente traíra o pixie – assistindo sem fazer nada. E Capí tinha visto. Claro que tinha visto.

"Você não devia estar em aula agora?" Capí perguntou, sem encará-lo. Estava claramente magoado, apesar de tentar esconder.

"A Gardênia liberou a turma mais cedo."

Capí sorriu, cansado, "A Gardênia é um amor."

Ele estava mudando de assunto. Não queria discutir o que havia acontecido. Hugo não insistiria. "Um amor? Meio louca, isso sim."

"Meio louca, mas repleta de razão."

Capí checou seu relógio de bolso, "Faltam dez minutos para a aula especial do quarto ano. Quer assistir?"

"Posso?!"

"Claro que pode, cabeção" ele respondeu com carinho, guiando-o até o 5º andar como se nada de errado tivesse acabado de acontecer. "Assistir à aulas avançadas é o que os Pixies mais fazem. O Viny chama de *invasão estratégica.*"

"Olha quem decidiu aparecer!" Viny gritou do lado oposto do corredor, vindo ao encontro deles seguido por Caimana e Índio.

Com um olhar significativo para Hugo, Capí pediu discrição. Não queria que eles soubessem.

Hugo não conseguia entender aquilo. Se tivesse sido com ele, já teria reunido um bonde para revidar aquele ataque covarde.

Não... na verdade teria reagido ali mesmo. Coisa que Capí não fizera.

"Então, pronto para conhecer os Mistérios da Magia e do Tempo?", Viny perguntou, dando um tapinha camarada nas costas do Capí. "Véio, tu tá péssimo! Caiu da cama hoje?"

Capí sorriu, mas Hugo sentiu que tinha sido só por educação. Não queria chatear o amigo com reclamações.

"É bom a gente não chegar atrasado", Caimana disse, empurrando os dois pelo corredor. "Dizem que esse professor é fogo com quem se atrasa."

"Ítalo! Ítalo, querido!"

"Lá vem..." Viny suspirou e todos se voltaram para ver o conselheiro Vladimir se apressando na direção deles, cansado com o próprio peso. Ele sorriu simpático para os outros e voltou-se para Capí.

"Ítalo, querido, estão precisando de você lá no rochedo. Parece que o–"

"Ele tem cara de escravo?" Viny interrompeu, encarando o conselheiro.

O choque no rosto de Vladimir foi evidente, mas logo ele se recompôs, dirigindo-se novamente a Capí. "Parece que tem uma espécie de teia ultrarresistente grudada no telescópio do Antares. Não quer desgrudar de jeito nenhum. Fausto já tentou de tudo, mas está impossível. Será que você poderia dar uma olhadinha pra gente?"

"Claro, Sr. Vladimir. Sem problema", Capí aquiesceu prestativo e olhou para Viny pedindo calma.

O conselheiro sorriu, aliviado, "Você é um amor. Como sua mãezinha era." E então voltou ao que interessava: "Antares está acusando Dalva de ter enfeitiçado o telescópio enquanto ele dormia, mas não vejo como isso seria possível, posto que ela não pode fazer magia sem o consentimento dele. De qualquer modo, os dois estão quase se matando lá na praia e você sempre consegue dar um jeito de acalmá-los."

"O Capí não pode ir", Viny declarou, categórico, e olhou para o amigo, "Tu não pode chegar atrasado nessa aula, véio."

"Mas é rapidinho!" o conselheiro insistiu, abrindo um sorriso aflito.

"Viny, por favor", Capí pediu com firmeza, e Viny teve de se segurar para não dizer mais nada, assistindo aos dois partirem corredor abaixo.

"*Rapidinho*... sei..." ele murmurou, raivoso, e Caimana o segurou de leve, caso ele resolvesse ir atrás. "É exploração, isso sim! Quero ver quando é que o Capí vai começar a cobrar salário por isso. Tão achando o quê?"

"Calma, Viny."

"A ESCRAVIDÃO JÁ ACABOU FAZ TEMPO!", ele gritou atrás dos dois, assustando os alunos que passeavam pelo corredor.

Desvencilhando-se de Caimana, Viny saiu marchando na frente, fervendo de raiva. Os outros seguiram logo atrás.

Hugo assistira a tudo, perplexo. "Por que eu tenho a impressão de que não é a primeira vez que isso acontece?"

"O Capí vive perdendo aula por essas besteirinhas", Caimana explicou chateada. "Ele vai numa boa, mas o Viny não aguenta."

"Mas por que pedem pro Capí? Eles não podiam fazer eles mesmos?"

"É isso que enfurece o Viny... e me enfurece também, mas eu sou menos esquentadinha que ele. Conselheiros e professores se acham *importantes demais* para ficarem se ocupando em desgrudar teias de telescópios, limpar coisas estranhas no banheiro... Esse tipo de coisa eles deixam pro zelador. Se o zelador não consegue, chamam o filho dele. Simples assim."

Hugo ergueu as sobrancelhas, "O Capí é filho do Fausto?!"

"Desde que nasceu. Não é impressionante??" Índio brincou, sarcástico, passando pelos dois e indo ter com Viny.

Hugo tentou não se irritar, mas era difícil. "Por que ele não gosta de mim?"

"O Índio? É impressão sua."

"Não é não."

"O Índio gosta de conhecer muito bem as pessoas antes de confiar nelas. Só isso. Nós três confiamos muito logo de cara. Daí a reação dele tende a ser a oposta, para nos proteger. Ele sempre foi assim. Mas logo ele se acostuma com você. Pode deixar."

"Sei não..." Hugo disse, incerto, mas outro assunto muito mais intrigante tomara conta de seus pensamentos.

Capí... filho do Fausto? Como podia alguém tão gentil ser filho daquele bruto sem educação? E *Fiasco*, ainda por cima.

Bom, até que fazia certo sentido. Só aquilo explicava a intimidade que Capí tinha com os animais dali. Hugo não conseguia nem começar a imaginar o que seria morar a vida inteira em uma escola. Conviver com professores, diariamente, desde sempre. Capí devia saber mais sobre bruxaria do que todos os Pixies juntos.

Por que, então, não reagira ao ataque dos Anjos?

O professor de Mistérios da Magia e do Tempo pareceu nem ligar quando Hugo entrou na sala em meio a marmanjos de 15, 16 anos. Seria sua primeira 'invasão estratégica'.

Abramelin se gabava de ter estudado na Escandinávia e de ter mais de 200 anos de idade, mas todo mundo sabia que era pura cascata dele e que ele tinha descolorido aquela barba para parecer mais sábio do que realmente era. Ficava fazendo pose de místico, falando lento, congelando por minutos a fio sem dizer coisa alguma... em suma, um verdadeiro panaca. A matéria, pelo menos, era interessante, e o nível da turma era muito mais agradável do que aquele monte de bebê mimado com quem Hugo era obrigado a estudar todos os dias.

O único porém eram os Pixies. Dessa vez eles não estavam inspirados.

Afinal, faltava um.

"Vai levar falta hoje, senhor Twice", o professor decretou no instante em que Capí pisou em sala, vinte minutos após o início da aula.

Ítalo não soltou um pio em sua defesa. Apenas sentou-se e abriu seu livro na página que todos estavam lendo. Como punição, Viny se recusou a olhar para o amigo durante o restante daquele dia.

"O Viny tá dando um gelo nele", Caimana comentou, montando mais uma canastra na mesa da sala de Defesa Pessoal, devidamente trancada contra o mons-

tro noturno. Descartou, então, o valete de copas, que fez cara feia por ter sido abandonado, mas não abriu a boca. Estava amarrado por um voto de silêncio entre as cartas: nada de falar durante o jogo.

O urro metálico soou mais uma vez lá fora e Hugo ouviu várias reclamações ecoarem pelos corredores, abafadas por travesseiros. Já eram quase quatro da madrugada de sábado e nada do bicho parar.

Não sem motivo, metade da escola amanheceu com olheiras. Capí, em especial, estava acabado de tanto sono, e Viny ficou até sem graça de manter o gelo. Ainda assim, não se conteve quando Capí chegou na praia.

"Que foi? Ficou limpando banheiro até tarde ontem?"

"Trouxe sanduíches", Capí respondeu sem se incomodar com a indelicadeza, tirando da casaca cinco embrulhos.

"Véio, tu não existe..." Viny foi abraçá-lo, quase não se cabendo de culpa. "Tu sabe que eu te amo, não sabe?"

Capí sorriu, entregando-lhe um. Viny sentou-se de novo na areia gritando "Sanduíche naturaaaaal! Quem vai quereeeeer!"

Caimana ouviu o chamado e pulou da vassoura direto na água.

Hugo não conseguia entender de onde ela tirava tanta energia. Ele próprio se sentia um bagaço depois da noite em claro, sem contar a quase-depressão em que estava entrando. Não tinha nenhum professor decente naquela joça!

Também, quem precisava de professor? Hugo virou a página de seu livro de encantamentos e aprendeu sobre o feitiço *Silêncio*, um dos poucos que tinha o mesmo nome na Europa. Ou quase o mesmo. Já se autoensinara inúmeros encantamentos naquelas poucas horas da manhã, inclusive um idiota que fazia a pessoa soltar bolha azul pela boca. Talvez usasse da próxima vez que Abelardo abrisse a dele.

Ou talvez contra Rudji. Seria até mais divertido.

"Adendo, relaxa", Viny disse, dando um tapinha em seu ombro. "O melhor professor ainda não chegou."

"Quem, o Atlas?"

"Graaande Atlas, claro!"

"Sei..."

"Ouvi um certo rancor na sua voz?" Capí perguntou, deitando-se ao lado dos dois com a cabeça apoiada em um travesseiro de areia.

Hugo bufou. "Professor é tudo igual. Nunca estão nem aí pros alunos."

"Não julgue quem você não conhece, Hugo."

"Mas o cara faltou a primeira semana inteira!"

"E é provável que falte a próxima também", Viny adicionou, com uma naturalidade irritante. Como ele podia achar normal um professor sumir daquele jeito, sem dar notícia?

"Dá um desconto, Hugo", Capí tentou amenizar. "Os últimos anos não têm sido generosos com ele."

Hugo estava pouco se lixando. Ele também tinha problemas. Nem por isso faltava.

"Temos sanduíche de quê?" Caimana chegou animada.

"Folhas de mandrágora com abóbora."

Ela sentou-se e deu uma mordida que acabou com metade do sanduíche.

"Hmmmm... O que cê colocou aqui dentro?"

"Pó de arruda."

"Genial..."

Enquanto comia, Hugo ficou observando a vassoura de Caimana, que ainda sobrevoava o mar, perdida e encharcada. "Por que vocês não enfeitiçam pranchas?"

"Pra começo de conversa é proibido enfeitiçar objetos azêmolas", Índio respondeu com ar superior, como se fosse obrigação de um novato saber todas as leis do mundo bruxo.

"E vassoura não é um objeto azêmola?" Hugo contra-atacou.

"Bom..." Índio pausou, incerto. "Há controvérsias..."

"Controvérsia coisa nenhuma, cabeção", Viny disse rindo. "Tu perdeu. Simples assim."

Hugo encarou-o, triunfante.

"Que perdi o quê!" Índio retrucou, irritado. "A vassoura pode muito bem ter sido inventada pelos bruxos e depois desvirtuada como objeto de limpeza azêmola."

"O que veio antes, a Dalila ou o bicho-papão?"

"De qualquer maneira", Caimana interrompeu aquela graaande discussão filosófica, "é muito mais divertido surfar de vassoura. Mais perigoso."

Ela engoliu o resto do sanduíche. "Cara... mas bem que eu gostaria de uma prancha daquelas bem azêmolas mesmo. A do Lepé é o máximo."

"O Lepé é o máximo", Viny corrigiu.

Hugo olhou mais para longe e viu o jogador simpático de Zênite, que estilhaçara as portas de vidro do salão de jogos com a bola. Surfava como verdadeiro profissional, numa prancha vermelha e verde.

"Eu nunca vou ter uma daquelas...", Caimana lamentou. "A minha lá em casa nunca foi poção que se cheire. E tá caindo aos pedaços."

"É..." Viny reclinou-se para trás, gozador, "O Kachun do vizinho é sempre mais verde que o nosso..."

Caimana deu risada e jogou areia no Viny.

"Kachun?" Hugo fechou o livro.

Capí pareceu receoso em responder, mas Viny foi direto ao ponto.

"*Chayna Kachun*. É o feitiço de morte na maior parte da América Latina."

"Morte?!" Hugo arregalou os olhos, agora bastante interessado.

"É. Tu aponta, diz *Chayna Kachun*, sai um jatinho da tua varinha e a pessoa do outro lado cai mortinha. Rápido, eficiente."

"Viny", Capí interrompeu, "já tá bom por hoje, não?"

"Que foi, véio? Tá com medo do quê? Esse troço não funciona no Brasil não!"

Hugo não perdeu a oportunidade. "E como é aqui no Brasil?"

"Bom, eu não sei. Mas o véio deve saber. E, certamente, não vai contar."

Capí deu um sorriso semivelado de confirmação, mas não disse uma palavra, e Hugo virou-se novamente para o loiro.

"Por que ele não contaria?"

"Porque ele não confia no nosso equilíbrio mental", Viny disse, roubando a varinha de Capí mais uma vez e começando a soprar uma música descontraída na Furiosa.

Caimana riu, "Quem confiaria num louco como você?"

"Achava que varinhas só funcionassem direito com seus donos", Gislene se intrometeu na conversa, sentando-se ao lado de Hugo. "Pelo menos foi o que eu li num manual de Wicca no brechó lá perto de casa, quando fiquei sabendo que eu era bruxa."

Hugo bufou. Por que ela tinha sempre que aparecer?

"Na maioria das vezes, sim", Caimana respondeu, simpática. "Varinhas são objetos muito pessoais."

"Mas como essa daí funciona tão bem com o Vinícius?"

Viny parou de tocar, talvez estranhando ter sido chamado por seu nome correto.

"Entre os Pixies não existe isso de exclusividade", Caimana explicou. "Se uma varinha resolve dar uma de particular, a gente logo a coloca em seu devido lugar."

Hugo levou a mão até a sua, certificando-se de que ainda estava ali. Eles que não tentassem pegá-la emprestada.

"Não vai apresentar tua amiga pra gente, Adendo?" Viny sugeriu, todo galanteador, levando um toco da Caimana como resposta: *"Ela é quatro anos mais nova que você, seu sem-noção."*

"Ué, o Lázaro é cento e vinte anos mais velho que eu e isso nunca me impediu."

"Engraçadinho."

"Essa é a Gislene", Hugo apresentou-a de má vontade. Ela que não abrisse a boca para falar um *pio* sobre favela ou sobre Idá para eles. "Gislene, esses são a Cai-"

"Caimana Ipanema, Vinícius Y-Piranga, Ítalo Twice Xavier e Virgílio OuroPreto", Gislene completou. "Prazer em conhecê-los."

"Virgílio?" Hugo riu, deixando Índio claramente irritado.

Capí estendeu a mão para Gislene. "Virginiana?"

"Tá tão na cara assim?"

Capí sorriu, "Não muito."

"Mas ele chuta signo bem pra caramba", Viny disse, usando a Furiosa para soltar arzinho fresco no rosto. "Aaaah... Nada melhor do que um sábado de sol num dia de chuva."

"Como assim?" Gislene perguntou. "Lá fora tá chovendo?"

"Chequei hoje de manhã."

"Olha o seu sábado de sol indo embora", Índio comentou, sinalizando o secretário do Conselho com a cabeça. D'Aspone, um sujeito baixinho e magrelo, trotava até eles com cara de más notícias.

"Ah, não!" Viny se levantou revoltado. "O que a gente fez agora?"

Um pouco aflito, D'Aspone abriu um pergaminho na frente dos olhos e pôs-se a ler: *"O excelentíssimo Conselho Escolar –"*

"– a Dalila –" Viny corrigiu, acompanhando o resto da mensagem com a boca, como se já a soubesse de cor e salteado.

"– ordena que os alunos Caimana Ipanema, Ítalo Twice Xavier, Vinícius Y-Piranga e Virgílio OuroPreto se apresentem à biblioteca para castigo de seis horas como punição por terem começado uma briga dentro da escola." D'Aspone fechou o pergaminho, "Me desculpem, garotos."

"Sem problema", Capí disse, dando um tapinha camarada no ombro do secretário. "Você é só o mensageiro."

"Em tempos remotos os mensageiros eram *assassinados* ao trazerem más notícias", Viny adicionou com um sorrisinho sádico, deixando D'Aspone levemente tenso.

Viny virou-se para Hugo. "Sorte tua que tu ficou de fora dessa, cabeção. Da próxima vez eles não serão tão bonzinhos."

Hugo franziu a testa, "Por que eu ficaria de castigo? Eu não fiz nada!"

"Tecnicamente, nós também não. Só a Caimana tava na briga."

"Um pixie é um pixie", Índio disse, ecoando palavras que Hugo já ouvira naquele dia.

"Eu até que me descontrolei lá no final", Viny admitiu, "mas o Capí fez alguma coisa? O Índio fez alguma coisa? Agora, adivinha se o magnânimo Abelardo Lacerda vai estar lá no castigo com a gente?"

Hugo olhou para Capí, inconformado. Os Anjos tinham ido em *cinco* atacá-lo e o Conselho colocava a vítima de castigo?! E pensar que, por alguns dias, Hugo se dera o prazer de imaginar que talvez o mundo bruxo fosse um pouco diferente.

"Adendo, relaxa", Viny disse. "Nada melhor do que cumprir castigo na biblioteca."

"Fale por você", Caimana retrucou, passando por ele varada de raiva e indo direto para a biblioteca, no subsolo.

"Quer ver a Caimana nervosa? Tire a praia dela", Viny brincou, indo atrás.

A biblioteca chegava a ser claustrofóbica de tão estreita, mas tinha milhares de livros que subiam até o alcançar da vista. Uma claraboia no topo era a única fonte de luz durante o dia. Iluminava mais a poeira que pairava no ar do que os livros em si.

Aquilo devia fazer mal à saúde. Tanto a escuridão, quanto a poeira.

Os Pixies, no entanto, faziam questão de se divertir durante o castigo. Enquanto limpavam, aproveitavam para ler um parágrafo ou dois de cada livro que tiravam da estante, enquanto Hugo ficava só assistindo.

"Lei da magia número 666!" Viny leu para os outros. "'Lei do Repasse Catastrófico: Feitiços de nível 5 amaldiçoam até cinco gerações da família da vítima.' Nossa. Eu nem sabia que tinha nível cinco... O *Chayna Kachun* é o que, véio? Nível quatro?"

"Três."

Varinha no livro, *"Ohym."*

Limpo.

"'As propriedades do quartzo rosa vão muito além do que Azêmolas podem crer. Incluem limpeza espiritual, rearranjo dos chacras, cura de doenças psíquicas...' Aí, Capí, disso a Zô deve saber."

"Ela deve é tomar *vitamina* de quartzo rosa!" Varinha no livro, *"Ohym!"*

Limpo.

Divertir-se durante os castigos era a maneira que os Pixies haviam encontrado para que o placar não subisse na direção dos Anjos.

"Às vezes a gente se diverte tanto que até consegue *ganhar* pontos no castigo", Viny adicionou, dando uma piscadela, "O Abelardo fica doido de raiva quando isso acontece."

"Esses livros não seguem uma ordem lógica, não?" Hugo observou, passando o olho pela bagunça na estante. Era Magia Europeia II junto a Alquimia Avançada, Mistérios junto a livros de Herbologia...

"Eu bem que tentava organizar por tema e ordem alfabética quando era mais jovem", Capí disse, sumindo com a poeira do livro *A batalha dos elfos – o cisma entre sindarinos e domésticos*, por Quentasta Ipanema, "mas não dava uma semana e tudo ficava bagunçado de novo. Daí desisti." Capí devolveu o livro para a prateleira e pegou outro. "Talvez quando contratarem um bibliotecário-"

"É, vai sonhando. Enquanto tu limpar os livros de graça pra eles, véio, eles não vão contratar nem funcionário fantasma."

Capí não respondeu. Devia saber que Viny estava certo. Pelo menos uma vez por semana, lá estava ele, na biblioteca, fazendo o trabalho do pai. Fausto não alcançava lá em cima sem magia. Então, sobrava pro Capí.

Sempre sobrava pro Capí.

Viny tinha razão em ter raiva. Aquilo era exploração. Professores e conselheiros pediam ajuda por qualquer probleminha, por mínimo que fosse. Aproveitavam-se de sua boa vontade. Às vezes, Capí chegava a ficar a noite inteira em claro resolvendo perrengue. Não que os Pixies não quisessem ajudá-lo, mas Viny se recusava a ceder e obrigava os outros Pixies a ficarem longe também. Se Capí queria ser otário, Viny não daria força.

E o pior é que os professores sabiam que era exploração. Tanto sabiam que tentavam amenizar com elogios intermináveis a ele e à sua mãe falecida: que ele era prestativo como a mãe, gentil como a mãe, caridoso como a mãe... Elogiá-la era quase como uma maneira de se convencerem de que não estavam fazendo nada demais; apenas pedindo uma ajudinha ao xodó da escola.

Capí dizia que ajudava por prazer, e talvez fosse até verdade, mas todos sabiam que ele fazia tudo para não sobrecarregar o pai. E o pior é que Fausto não dava o menor valor, como se fosse obrigação do filho trabalhar por ele. A cada dia que passava, Hugo sentia mais antipatia por aquele homem. Sempre com aquela carranca dele, sem dar um *bom dia*, sempre reclamando. Nunca nada que o filho fizesse estava bom o suficiente.

Capí fingia não se importar, mas sua tristeza estava lá para quem quisesse ver. Hugo tinha um bom olho para aquele tipo de coisa; Capí ficava arrasado por dentro.

"Ele não é otário, é prestativo", Caimana corrigiu o namorado, testando nele um feitiço para explodir espinhas do livro *Estética da Nova Era* em frente ao espelho empoeirado do Quartel-General. "Essa é a casa dele, Viny. Ele quer que tudo esteja certo."

"Ninguém arruma a casa tanto assim."

"Você diz isso porque não liga pra sua. Ele liga. Ele ama isso aqui."

Hugo preferia ficar quieto quanto a isso, fazendo seu trabalho duplo de Alquimia. Ainda era muito cedo para tomar partido em qualquer coisa. Quanto mais em uma discussão entre os Pixies. Melhor ficar calado do que se arriscar a levar um cala-boca de um deles. Hugo não queria perder o prestígio que a proximidade com o grupo estava lhe trazendo. Era quase gritante a diferença entre o Hugo pré-pixie e o Hugo pós-pixie. Percebia-se no olhar reverencial dos novatos quando ele chegava no dormitório, ou quando entrava em sala de aula.

O trabalho que Rudji lhe passara como punição (por ele ter 'se esquecido' de comparecer ao castigo no sábado) consistia em ajudá-lo a preparar concentrados de *Carnem Levare* para uma conferência da qual o professor participaria na semana seguinte, no Sul. Quinhentos concentrados precisariam estar prontos até o fim daquela semana.

Para não explodir de tédio e raiva, Hugo tentou ao máximo unir a estratégia de diversão e aprendizado dos Pixies à meditação transcendental da professora de Ética.

Saiu de lá especialista em Chá de Sumiço – algo, no mínimo, desejável. A parte da diversão ficou por conta dos frascos que ele roubou sem que Rudji notasse. E algumas outras coisinhas mais.

Já o amor transcendental teve de ficar para depois. Só de imaginar que ele passaria a semana inteirinha fazendo o trabalho todo para Rudji... Ele não tinha a paciência do Capí. Não mesmo. As pessoas é que fizessem seus próprios trabalhos.

"Se eu fosse o Capí, já teria mandado esse Fausto pro quinto dos infernos, com bilhete de recomendação para o Diabo, *Lehos*!" Seu encantamento fez o Zepelim Prateado rodopiar no ar em direção à varinha de Gislene, que desviou sua rota até Eimi, a postos atrás da mesa vazia do professor de Defesa Pessoal.

Ela estava séria, ouvindo calada sobre a situação do pixie.

"Quando é pra criticar, tu enche a boca, né não?" Hugo reclamou, acertando o dirigível em cheio com um *Olè* antes que ele pudesse alcançar Eimi, e o Zepelim voltou obediente para Hugo. "Quando eu tenho razão, tua boca vira um túmulo!"

"Pra que gastar saliva concordando?" ela disse simplesmente, devolvendo o Zepelim na direção do mineirinho para que ele pudesse ter sua chance.

Estava irritada. Era fácil perceber pelo modo como cortava o ar com a varinha, como se empunhasse uma espada.

Exploração sempre a irritara, desde os tempos do Dona Marta, e quando Hugo entrara na sala de Defesa Pessoal com aquele assunto em mente, fora exatamente com o objetivo de encontrar um ouvido atento e concordante. Se não fosse por aquilo, nem teria ido.

Já desistira de ficar com raiva do tal do Atlas. Ele que ficasse lá de férias. Hugo estava pouco se lixando. Já aprendera mais sozinho naquelas três semanas sem professor do que teria aprendido com ele.

"O Rudji volta hoje do Sul", Gislene fez o favor de lembrá-lo.

"Espero que tenha sido muito malsucedido na conferência."

"Para com essa implicância, Hugo... Aposto que tu adicionou alguma coisa lá nos frasquinhos pra ferrar com ele."

Hugo sorriu, mas não disse nada.

Gislene fechou a cara. "Você não presta", e deu mais um toque no Zepelim, que desistiu da brincadeira e foi perseguir o 14-Bis.

"Traidor", ela murmurou para o dirigível. "O que a gente pratica agora?"

Hugo sorriu matreiro, "Que tal o *Boguata Memby*?"

"Que é isso?"

"É pra controlar o corpo do outro, tipo marionete. Só que precisa da autorização da pessoa, infelizmente."

"A Areta nunca ensinou isso", Gislene disse, com um pé atrás.

"Tua queridinha nunca ensinaria uma coisa dessas."

Aliás, ali estava mais um motivo para Hugo ter parado de odiar o professor de Defesa Pessoal: ausente, ele não irritava tanto quanto os outros.

A professora que substituíra Manuel em Feitiços era absolutamente insuportável. Seu nome: Areta Akilah. A mulher não parava de pegar no seu pé! E tinha a língua afiada, aquela lá. Qualquer errinho era motivo de chacota, e lá se ia a popularidade pixie que Hugo conquistara.

Isso quando ela não pedia dele respostas em rima, com risco de perder ponto na prova final. Era desgastante lutar todo dia para manter a dignidade intacta em sala de aula.

E Hugo nem sequer podia se fazer de injustiçado. A sombra de Manuel ainda pairava na lembrança de todos, e Areta viera como que dos céus para punir o aluno que expulsara seu colega da escola.

Pior que ela era boa. Sabia tudo, percebia tudo. Não tinha como passar a perna naquela lá. E era bonita ainda por cima, a desgraçada. Negra linda, esbelta, moderna, cabelo curtinho, pretinho, com mechas azuis para dar um charme.

Os meninos babavam por ela. As meninas *todas* a admiravam, especialmente Gislene, que grudou na Areta como chiclete até conseguir um convite para ser sua monitora. Estava pouco se lixando para o assédio que Hugo sofria nas mãos da coisa-ruim.

"Alguém poderia me dizer a diferença entre feitiço e maldição?" Areta perguntara em seu primeiro dia de aula, ajeitando as pontas dos cabelos com um movimento quase imperceptível de varinha.

Hugo levantou a mão com um olhar provocador.

"Sim?"

"Feitiço você pode ensinar. Maldição a gente aprende escondido."

Ao som da gargalhada geral, a professora teve de sorrir. "Engraçadinho... Então é você nosso Napoleão."

Ele franziu a testa. "Napoleão?"

"Nunca ouviu falar?"

"Claro que já!" Hugo respondeu, ofendido. "Mas o que ele tem a ver com qualquer coisa?"

"Napoleão", ela disse, voltando-se para a turma como quem recita definição de dicionário: "Imperador francês *azêmola* que dominou metade da Europa e afugentou o Rei português para o Brasil."

"No caso... *Eu* botando o *Manuel* pra correr", Hugo concluiu, orgulhoso. Ser comparado a um homem que conquistara quase a Europa inteira não era tão ruim assim.

"Na verdade", ela continuou para a turma, "D. João meio que passou a perna em Napoleão e fugiu para o Brasil com sua corte e todo o ouro de Portugal. Por causa da fuga, Napoleão acabou não conseguindo dominar o mundo e passou o resto de seus dias preso numa ilha." Ela concluiu, abrindo um sorriso de provocação.

Hugo fechou a cara. "A história não é bem assim."

"Ah não, Napô? E como é então?"

Hugo cavoucou seu cérebro por algum fato histórico que o tirasse daquela cilada. Não podia perder uma discussão para aquela ali. Não no primeiro dia. Se ela iria chamá-lo de Napoleão pelo restante daquele ano, ele precisava ao menos provar que Napoleão era o melhor.

Um sininho tilintou em seu cérebro e Hugo respondeu resoluto, "D. João só conseguiu fugir porque teve ajuda dos ingleses."

"Bruxos ingleses", ela corrigiu, e Hugo tentou disfarçar sua surpresa o máximo que pôde. Demonstrar ignorância na frente dela era inadmissível.

"Então, foi isso que eu quis dizer", Hugo continuou, "D. João teve a ajuda de bruxos ingleses. Napoleão não teve ajuda de ninguém. Conquistou a Europa inteira sozinho, sem magia nenhuma."

Areta soltou um riso triunfante, "Tá, e eu acredito na mula sem cabeça".

Hugo franziu a testa. "Ué, por quê? Ele *teve* ajuda de bruxos?"

"A teoria diz que sim."

"Teorias dizem muitas coisas."

"Dizem", ela sorriu com ar de sabedoria, como se Hugo não tivesse acabado de derrubar seu argumento, e encerrou a discussão por ali.

"Você devia dar um crédito pra ela", Gislene disse, testando o *Boguata Memby* no Eimi, que começou a dançar funk sem entender muito bem o que estava acontecendo.

"Dar crédito para o quê?"

"Pô, primeiro dia de aula e ela abre com uma lição de história azêmola? Ela é o máximo! Não é todo mundo aqui que tem esse tipo de conhecimento."

Hugo deu de ombros e sorriu zombeteiro, fazendo Eimi levantar os braços enquanto rebolava. "Vai ver ela é filha de Azêmolas como a gente."

"Filha de Alda e Adofo Akilah, família bruxa tradicionalíssima."

Ele torceu o nariz. Aquela precisão de Gislene era irritante. "Ela devia era me agradecer por ter conseguido esse emprego, ao invés de ficar me chamando de imperador fracassado-"

"Hugo! Também não precisa exagerar!" Gislene disse ao som das risadas da turma ao ver Eimi dançando na boquinha da garrafa.

"Não posso fazer nada", Hugo retrucou, se divertindo. "Ele que aceitou ser piloto de testes."

As risadas foram interrompidas por um barulho. Era Gueco que chegara esbaforido em sala de aula, fechando a porta apressadamente atrás de si.

"O Atlas tá vindo!"

CAPÍTULO 11

SOBRE DRAGÕES E GRAVATAS

Gueco podia ter acabado de anunciar uma batida policial que daria no mesmo. Desesperados, os alunos correram para arrumar a bagunça com o pouco de magia que já haviam aprendido.

Como se fosse possível.

Mesas fora do lugar, cadeiras caídas, livros abertos para tudo quanto era lado, pequenos mecanismos do século XII espalhados pelo chão como se fossem meros brinquedinhos falsificados de camelô… tudo agora zunia pelos ares feito tiros de fuzil, de volta a seus devidos lugares.

Hugo não quis nem saber. Saiu correndo para sua mesa, deixando Gislene lá para descobrir sozinha como desfazer o feitiço no Eimi, que ainda rebolava até o chão.

"Ei! Volta aqui, seu marginalzinho!", ela gritou atrás dele, mas Hugo se fingiu de surdo, desviando de uma pilha voadora de livros antes de alcançar sua cadeira.

Você se acha muito esperto, não?

"Mesa atrevida…" Hugo murmurou, cobrindo o rabisco com um livro de Defesa que pegara emprestado na biblioteca (já que o professor não recomendara nenhum). A capa trazia o título "A defesa é o melhor ataque!" de Ronaldo Shildo e a figura de um barbudo sério com cara de muçulmano, que no momento se ocupava em estapear uma mosca insistente.

Lá na frente, Gislene acabara de descobrir como *desboguatar* Eimi e os dois correram para as únicas mesas ainda vazias no exato segundo em que a porta se abriu.

A turma caiu em silêncio. Todos os olhos voltados para o homem que acabara de entrar. Roupas surradas de viagem, vestidas com desleixo, um relógio de dedo enfeitando o anular da mão esquerda, cabelos castanhos um tanto emaranhados, apesar de curtos, barba rala por fazer, olhar distante… Aparentava ter acabado de sair de um vendaval.

Entrou e foi andando direto até a mesa, completamente alheio à turma. Transferiu alguns objetos dos bolsos para a gaveta principal; seus olhos passeando pela mesa como que procurando alguma coisa sem saber muito bem o que.

Parecia jovem para um professor. Jovem, mas ausente. Triste.

Qualquer ódio que Hugo nutrira por ele foi se esvaindo aos poucos. Estava intrigado diante daquela figura tão... intensa.

Atlas ainda não achara o que estava procurando. Abriu a gaveta que Hugo bisbilhotara e seus olhos se detiveram lá por alguns instantes, seu pensamento perdido em reminiscências.

Fechando a gaveta, coçou a cabeça como quem faz um último esforço para se lembrar, e então, desistindo de tudo, olhou para os alunos, que rapidamente olharam para qualquer outro canto da sala.

Hugo foi o único que não desviou o olhar. Naturalmente, a atenção de Atlas foi direto para ele e os dois se encararam por alguns instantes, no silêncio absoluto da sala, até que Atlas abriu um sorriso provocador e começou:

"O *ataque*... é a melhor defesa."

Diante do desconforto de alguns na sala ao ouvirem aquela frase invertida, que representava o contrário de tudo que haviam aprendido com seus pais e professores até então, ele prosseguiu, agora fitando Gislene, a mais incomodada de todos. "Tu não vais ver esta afirmação em livro nenhum, eu sei. Mas é a verdade. Não importa o que aquela doida da Gardênia ou aquela desmiolada da Symone te falem – e Capí que me desculpe, mas é a mais pura verdade. Eu já viajei o bastante para saber que o mundo está cheio de perigos, e quanto mais tu te preparares, melhor."

Hugo já estava começando a gostar do cara.

À medida que falava, o rosto do professor ia se iluminando, seu olhar triste tornando-se cada vez mais vivo. Em poucos segundos, já parecia outra pessoa. Completamente mudado.

"Mas não pensem que aqui vocês vão aprender a ser grandes bruxos das trevas porque isso eu não permitirei", ele disse, ignorando a cadeira e sentando-se na mesa mesmo. "Se algum de vocês pensar em usar o que eu ensino para fazer o mal, vai ter que se ver comigo. E eu falo sério. Estamos aqui para aprender De-fe-sa. Isso inclui atacar apenas como reação a um ataque. Nunca antes. Entenderam?"

"Com certeza, professor!", um aluno gritou empolgado do fundo da sala.

"Muito bem então. Saquem suas varinhas", Atlas ordenou, pegando a sua no bolso interno da jaqueta. Com a mão esquerda.

A fraternidade universal dos canhotos agradecia.

Quando a aula estava prestes a começar para valer, a sala foi invadida por quatro Pixies e um Axé muito do atrevido, que atravessou a porta sem pedir licença e sentou-se em cima da mesa de Rafinha, esparramando sua substância leitosa por toda a madeira. O pobre do garoto quase caiu para trás de susto, preferindo sair educadamente da cadeira e se esconder atrás de outra pessoa.

Capí cumprimentou o professor, sorridente. "Buenas, vizinho!",

"Buenas, gurizada!" Atlas respondeu, de imediato mais alegre, indo examinar o Axé de perto. "Eu... sinceramente... não sei como tu fazes isso", ele riu, inconformado, indo abraçar um por um dos Pixies. "Cada vez que vejo o Epaminondas, ele está mais real! Quase tem personalidade!"

"Estou trabalhando nesse *quase*", Viny sorriu, malandro.

Caimana se adiantou para cumprimentá-lo, "Viemos fazer uma visita."

"Estávamos com saudade", Capí completou.

"Tu?! Com saudades?! Deves estar enjoado de mim já, guri. Te conheço desde que tu eras um piá!"

"Bah, ninguém enjoa de ti, mestre", Capí disse e Atlas bagunçou seu cabelo, brincalhão.

"Ó", ele apontou Capí para a turma e sussurrou, *"GÊNIO. Gênio absoluto em defesa pessoal. ... Que foi, não acreditam? Ele faz miséria com uma varinha."*

"Miséria não, 'fessor. Arte..." Viny corrigiu.

Hugo olhou perplexo para Capí. Ele tinha feito tudo *menos* se defender dos Anjos naquele dia! Talvez o professor estivesse exagerando.

"Pra que tanta modéstia, guri?" Atlas perguntou em resposta à veemente negativa do pixie frente aos elogios. "Só conheço *uma* pessoa melhor do que tu. E eu não estou falando de mim mesmo", ele completou, para a risada de alguns. "Sério! Eu sou medíocre perto dele."

"Que é isso, professor..." Capí disse encabulado e então se lembrou de algo e tirou um macaquinho espevitado do bolso do uniforme. Devia ter o tamanho de sua mão fechada, no máximo. Metade branco, metade marrom, de cara preta.

"Esbarramos nesse gurizinho perambulando pelos corredores."

O sagui pulou contente para o ombro do professor.

"Ah meu bugio matreiro... Te procurei por todo lado, Quixote!" Atlas fez cosquinhas no pescoço do bichinho, que rolou de prazer em seu ombro. "Ah, eu quase ia me esquecendo", ele disse, tirando por sua vez um pequeno embrulho do bolso e entregando-o ao Capí. "Trouxe um regalo para ti. É pelo ano passado, que eu... bom, que eu estava um pouco distante."

"Não precisava, professor..."

"Tu mereces todos os regalos do mundo, guri."

Viny interrompeu a rasgação de elogios, sentando-se em cima da mesa de Gislene, que se afastou irritada com o atrevimento. "Tu sabe que só viemos aqui para aumentar tua moral com esses pestinhas, né?"

Atlas riu, "Claaaaro... Onde os senhores querem que eu organize a fila dos autógrafos?"

"Bah, não será necessário, professor", Capí brincou, puxando Viny pela orelha. "Já estávamos de saída. Talvez outro dia."

"Mas, já?"

"Tá pensando o que, 'fessor?" Caimana disse, ajudando Capí a arrastar Viny para fora da sala. "Estamos matando aula pra estar aqui! O Rudji não vai ficar nem um pouco contente em saber."

"Ihhhhh..." Atlas fez careta. "É bom vocês nem aparecerem por lá, que hoje ele está fulo da vida."

Hugo se encolheu na carteira e Gislene olhou para trás, só para tirar onda com a sua cara.

"Vai lá, gurizada. Sumam daqui que o tempo voa! E eu meio que já esgotei a paciência desses aqui."

Assim que a porta se fechou, Atlas olhou direto para Hugo. "Quanto a ti, guri, é bom que tu não apareças na frente do Rudji pelas próximas *semanas*. Para não dizer *meses*."

Hugo olhou tenso para o professor.

"Por quê?" Eimi perguntou, confuso. "O que que aconteceu?"

Atlas deu uma leve risada, "O pestinha aqui adicionou solução de ibaluwè ao chá de sumiço. Deu incontinência urinária em metade da convenção. O Rudji já não sabia mais onde enfiar a cara."

Hugo se segurou para não rir junto com todo mundo. Tinha saído melhor do que a encomenda.

Atlas deu de ombros, "Ele deve ter merecido", e piscou malandro para Hugo, que sorriu de volta vendo Gislene balançar a cabeça inconformada lá na frente. "Aquele lá *acha* que ensina Alquimia, mas a aula dele é uma mistureba dos diabos. Outra que merecia uma boa lição era a Sy, vocês já tiveram aula com ela?"

Diante do ponto de interrogação na cara dos alunos, Atlas pôs a mão na testa, "Claro que não. Futurologia é só daqui a dois anos! Vocês estão livres daquela purgante por enquanto."

A turma riu. Toda turma ri quando um professor fala mal do outro. É inevitável.

"Vocês já devem ter esbarrado nela por aí: uma avoada, com tatuagens na mão."

Symone Mater. Hugo não esqueceria tão facilmente de alguém que batera a porta na sua cara. E por medo dele, ainda por cima.

"Quando vocês chegarem na terceira série, me avisem que eu ensino um truquezinho ou dois para usarem contra aquela lá."

"Tá feliz, né?" Gislene disse, descendo as escadas na sua frente. "Agora que achou um professor mais inconsequente que você?"

"Ele não é inconsequente", Hugo retrucou. "Ele sabe do que tá falando, só isso! Já na primeira aula, ele ensinou a estontear, ensinou aquele tal do *ikún*, ensinou o *bàtà*..."

"Socos e pontapés a distância. Ótima coisa pra ensinar a pré-adolescentes. Parabéns pra ele. Mas não ensinou nenhuma *defesa*, que, por sinal, é o nome da matéria."

"Ele ensinou, em trinta minutos, mais do que eu aprendi em uma semana com a Capeta."

"É A-re-ta, e pelo menos ela não é uma irresponsável!"

"O Atlas não é irresponsável. É competente."

"Ah, isso ele é mesmo. Ele sabe muito bem o que tá fazendo: quebrando as regras, se fazendo de rebelde, criticando outros professores... Tu não vê onde ele quer chegar com isso? Ele tá comprando a preferência dos alunos com esse papo. E você, caindo direitinho!"

"Tu tá delirando, garota."

"Ah, Idá... Você já foi mais desconfiado..."

"Ele só está nos preparando para a vida. Só isso!"

"Sei", Gislene disse, dando os últimos passos até o dormitório e fechando a porta na sua cara.

"EI!" Hugo gritou, entrando atrás dela.

"Independência ou Morte!!!"

Nenhum sinal de Gislene.

"Ué, cadê?"

"Cadê o quê, meu caro?" D. Pedro perguntou, baixando a espada.

"A Gislene! Cadê a Gislene!"

"Trata-se de uma dama?"

"Claro que se trata de uma... Bom, não de uma daaaama assim, no sentido literal da palavra, mas, bom, uma menina da minha idade, mais escura que eu, magrela, cabelo pixaim, cara de espertalhona-"

"Deves estar enganado, caro rapaz. Aqui é o dormitório masculino."

"Eu sei que é o dormitório masculino! Eu não sou idiota! Mas foi aqui que ela entrou!"

"Não, não, rapaz. Ela entrou no fe-mi-ni-no."

Hugo respirou fundo, buscando paciência. Afinal, se tratava apenas de um quadro, não de um gênio da lógica. "Eu não sou cego, imperador. Eu vi a... *dama* entrando por esta mesma porta-"

"-no dormitório feminino", ele concluiu sorridente.

Hugo franziu a testa, confuso. "É a mesma porta?"

"Para que construiriam portas diferentes para um mesmo lugar?"

"Mas não é o mesmo lugar!"

"Pois decerto que é. Não estás no dormitório?"

Hugo bufou e desistiu. Ficar discutindo com uma pintura não estava em seus planos para o dia.

Deu meia volta e saiu novamente do dormitório, dirigindo-se ao quartel-general dos Pixies. Enquanto atravessava a parede ilusória do QG, não pôde deixar de ouvir o que conversavam lá dentro:

"O Atlas parecia melhorzinho, não parecia? Brincou com a gente e tudo!"

"Não sei, Viny..." Caimana suspirou, preocupada. *"Não sei mesmo..."*

"O Rudji teve que arrastá-lo à força de lá do Sul", Índio informou. *"Pelo menos é o que estão falando por aí."*

Capí parecia triste. "Ouvi dizer que ele começou a aula com *ikún* de novo..."

"Véio, por que tu não abre logo o teu presente?" Viny perguntou assim que viu Hugo entrar, numa mudança claramente proposital de assunto.

Hugo se jogou no sofá e disse "É! Abre!", fingindo não ter percebido.

Capí tirou o embrulhinho do bolso e abriu-o com cuidado, revelando um daqueles enfeitinhos de chacoalhar neve. Dentro da cúpula de vidro, uma linda miniatura de dragão chinês flutuava no vazio, dando voltas e voltas em si mesmo.

Capí sorriu, observando o dragãozinho com ternura.

"Massa..." Viny exclamou. "Será que esse é daqueles que gira?"

"Daqueles que gira?" Hugo perguntou curioso.

Capí olhou incerto para o brinquedinho e girou a cúpula, que imediatamente se desfez em sua mão, liberando uma quantidade imensa de fumaça branca pela sala. De repente, daquela fumaça toda saiu um enorme dragão chinês, lindo, colorido, que passou a voar gracioso pela sala, deslizando por entre as pessoas com seu corpo de serpente, suas garras de águia, seus chifres de boi e seus extensos bigodes de carpa... Era uma ilusão, obviamente, mas uma ilusão de extraordinária riqueza; as escamas, as cores...

"Onde ele encontra essas coisas?" Caimana se perguntou, maravilhada. "Deve ter custado uma fortuna..."

"Aí, Adendo", Viny cutucou-o, "Não te disse que o melhor professor ainda não tinha chegado?"

Hugo sorriu. Era impossível não concordar.

A partir daquele dia, Hugo passou a contar as horas para as próximas aulas de Defesa Pessoal. Atlas raramente ensinava algo apropriado para a idade dos alunos, o que deixava não só o Conselho, como todo aluno com um mínimo de noção, de cabelo em pé. Mas Hugo adorava.

O único ponto negativo, na sua opinião, era a própria sala de aula. Ela ganhara vida com a chegada do mestre da casa. Tudo se mexia. Absolutamente tudo! … Do tapete indiano, que não conseguia mais ficar enrolado quieto no seu canto, até as luzes, que apagavam e acendiam quando bem entendessem.

"Eh… professor…" Gueco chamou, tentando segurar sua mesa no lugar enquanto forçava a caneta no papel. Irritado, chutou a mesa, que respondeu na mesma moeda. "Ai!!"

Atlas se divertia… "Não é assim que vocês vão ficar amigos."

"Eu não estou tentando fazer amizade!" ele rebateu, possesso.

Pelo menos a mesa de Hugo era quietinha. Desbocada, mas quietinha. Não ficava pisando em seu pé por qualquer motivo.

Já Rudji…

Hugo não seguira o conselho do professor de Defesa. Apesar da ideia de fugir do mestre alquimista lhe soar bastante atraente, Hugo não se mostraria um covarde perante seu maior rival ali dentro.

Como resultado, foi obrigado a passar todo sábado e domingo pelas próximas duas semanas (e o feriado do dragão de São Jorge), na companhia daquele maravilhoso ser humano, ajudando-o a pesquisar ingredientes duvidosos em livros obscuros. Aquela falta de luz da biblioteca dava dor de cabeça, mas Hugo não faria cara feia, nem muito menos usaria sua varinha para providenciar luz extra. Não daria para aquele lá o gostinho de vê-la novamente.

Sua vingança pelo castigo seria aprender o máximo possível. Ninguém de sua idade saberia mais das propriedades alucinógenas dos cogumelos silvestres e dos vários usos de olhos de tarântula do que ele. Sem contar que, com todas aquelas visitas forçadas ao depósito de alquimia, Hugo acabou pegando o jeito de abrir aquilo lá sem a ajuda do professor. Um mundo inteiro de ingredientes a seu dispor, caso ele quisesse brincar de alquimista algum dia.

"Vê se tu não espanta esse professor também, Adendo", Viny aconselhou enquanto passeavam pelo Sub-Saara em seu primeiro fim de semana livre do castigo. "Uma vez pode parecer acidente. Duas, já soa suspeito. Além do que, tu não vai querer a escola toda contra você. E é isso que tu vai ganhar expulsando o Rudji. Ele é mais querido até do que o Manuel era."

"Eu não sou do Conselho pra expulsar ninguém. O Manuel se demitiu porque quis."

"Ah, mas tu quase expulsou o Rudji com aquele lance da incontinência urinária. A Dalila não gosta de ser vista como alguém que contrata professores incompetentes."

Hugo sorriu, imaginando a bronca que Rudji certamente levara do Conselho. "Ninguém mandou ele me provocar."

"Eu realmente não entendo qual é a birra dele contigo", Caimana confessou, olhando com interesse para a vitrine de limpadores de vassoura. "O Rudji sempre foi tão legal com os alunos..."

"É. Bom... ele não é o único com birra de mim. Aquela substituta de Feitiços é-"

"- sua culpa", Índio completou, sem deixar espaço para argumentação.

De fato, Areta só estava lá porque Hugo expulsara o professor anterior.

"Quer que eu compre pra você?"

"Eu não preciso do seu dinheiro, Viny. E muito menos de um limpador de vassoura", Caimana cortou, avançando para outra vitrine.

"A tua vassoura tá caindo aos pedaços, Cai."

"Não pedi sua opinião."

"Ih..." Índio e Capí exclamaram juntos, Índio tomando a dianteira, "Que que cê fez dessa vez, moço? Ela tá uma fera..."

"Saí com o Mosquito ontem à noite."

"Você não tem jeito mesmo."

Viny riu, deliciando-se com aquilo tudo, e cumprimentou mais um grupo que viera parabenizá-lo. O SAARA estava lotado de estudantes, e todos, sem exceção, riam ao vê-lo passar. Alguns veladamente, outros dando sinais claros de aprovação, batendo palmas, assobiando... gritando 'Pixies!'

Não era para menos.

Viny estava com uma das mais chiques gravatas do Abelardo amarradas na testa, estilo Rambo. O Anjo passara praticamente a semana inteira se gabando de tê-la comprado e agora lá estava ela, enfeitando a cabeleira loira do pixie.

Resultado: Abelardo fora visto, naquela manhã, correndo feito doido pelo dormitório, batendo de porta em porta à procura de sua preciosa coleção de gravatas inglesas. Dava para ver o absoluto desespero em seus olhos. Andar sem gravata, para ele, era o mesmo que andar nu.

Só quem não era Anjo conseguia ver o símbolo dos Pixies pichado na porta do quarto de Abelardo, com a mensagem:

ΠΞ

O seu Jacinto que é cheio de chiquê
Eu não sei dizer por quê
Dorme de cartola e fraque
Anda dizendo que o seu sonho dourado
É morrer esmigalhado
Por um carro Cadillac

Papai Noel

Noel Rosa devia estar gargalhando no túmulo.

Mas genial mesmo era os Pixies desfilarem tranquilamente pelo SAARA com as gravatas, sem qualquer possibilidade de serem desmascarados. Nenhum Anjo que se prezasse colocava os pés naquele pardieiro, e ninguém que frequentava o SAARA abriria a boca para delatar os Pixies.

Sabendo disso, eles nem faziam questão de encobrir o feito. Além da faixa Rambo de Viny, Capí tinha duas gravatas penduradas em cada ombro e Caimana usava algumas como cinto.

Gislene sussurrou para Hugo, "Isso não é *roubo*?"

"Que nada."

"Estamos é *salvando* o garoto", Viny respondeu, surpreendendo-a por detrás.

"Salvando?!"

"Ele precisa se soltar mais! Sair dessa camisa de força! Todos os Anjos precisam! Ficam lá se emperiquitando e nem conseguem respirar direito. Estamos libertando-os de suas gravatas!"

"Você concorda com esse absurdo, Ítalo?" Gislene perguntou revoltada, e Capí meneou a cabeça, "De certo modo."

"De certo modo??"

"Pense pelo lado positivo. O Viny está começando a ter pensamentos caridosos em relação ao Abelardo." Capí sorriu, "Isso deve ser bom."

Hugo puxou-a para o canto. *"Quem te deu intimidade pra ficar falando com eles desse jeito?"*

"Eu, hein! E eu lá preciso da tua permissão, *Alteza*?"

"Vai se meter com gente da tua idade, garota!"

"Ha!" ela riu, um pouco mais alto do que Hugo gostaria. "E você é muuuuito mais velho que eu, né?"

"Minha idade não conta. Eles me escolheram!"

"Ah… o escolhido! Me perdoe, meu senhor. Não sabia que vosmecê era tão especial!"

Hugo bufou. Aquela garota o irritava até a alma. Quem ela achava que era?

Viny tomou-a pelos ombros, "Não se preocupe… – como é mesmo seu nome?"

"Gislene", Capí respondeu.

"Não se preocupe, Gislene. Nós vamos devolver tudo direitinho. Eu prometo."

"É bom mesmo", ela disse, e Hugo teve uma vontade incontrolável de esconder a cara e fingir que não a conhecia.

O fato é que Viny cumpriu sua promessa. No dia seguinte, Abelardo encontrou todas as suas gravatas, impecáveis, na caixinha de seu armário e mais um ponto a favor dos Pixies no placar do pátio central.

Como, exatamente, Viny fizera para devolver as gravatas com Abelardo dormindo lá dentro, ninguém nunca saberia. Mas virou assunto de debate na escola pelas próximas duas semanas.

Isso, e o contra-ataque dos Anjos, que foi, por assim dizer, cruel.

Durante o mês seguinte inteiro, uma barreira misteriosa impediu todos os alunos que estivessem com roupas de banho de saírem de seus dormitórios. Trinta dias sem praia.

Caimana quase enlouqueceu, mas Viny não se deu por rogado. Aproveitou a oportunidade para fazer propaganda do naturismo e caiu no mar sem roupa mesmo. Um escândalo. Levou três semanas de castigo e uma advertência de expulsão.

Nisso, o placar ficou 4 a 3 para os Pixies.

Castigos não costumavam contar pontos para o time adversário, mas uma advertência de expulsão já era um pouco mais forte.

O que importava era que, entre mortos e feridos, os Pixies continuavam na frente.

CAPÍTULO 12

O CLUBE DAS LUZES

"*Quadrôs* que se movem non son novidade pour la population azemolá", anunciou o professor de artes, um magrelo francês, de cavanhaque e bigode, retratado em um pintura enorme de confeitaria, mas que era originário do quadro ao lado, um quadro pequeno reproduzindo um atelier europeu.

"Nossa arte mobile já aparece en livrôs azemolás desde lês primordiôs de la literature deles! Les quadrôs fictícios de les azemolá já conversavam, como en le livre "Le Portrait de Dorian Gray'; já se moviam, como en le film 'Le Convencion de les Bruxás'; já inclusive migravam de un quadrô para le outro, como en le film 'Mary Poppins'... *tous oeuvres anglaises.* Vocês eston anotando tudo? Isso vai cair en la provà!"

Todos os alunos se apressaram em resgatar seus cadernos o mais depressa possível.

O professor Jacques e seu assistente humano, Claude, haviam começado a primeira aula de Artes Mágicas ensinando a dar vida a desenhos simples, figuras de palito; seis ou sete traços no máximo. Jacques ensinava a teoria; Claude a prática. No próximo semestre, estudariam revelação de fotografias com químicos especiais. Hugo não tinha o menor interesse pela aula, mas também nunca fora muito fã de aulas de arte em geral, quadros estando vivos ou não.

Na verdade, ele até preferia que não estivessem.

E era fácil entender porquê:

Havia uma competição paralela no colégio que, guardadas as devidas proporções, faziam tanto barulho quanto o clássico Pixies versus Anjos.

Tratava-se de Liliput contra Gúliver – nomes com os quais Caimana batizara dois personagens extremamente irritantes que passavam o dia inteiro correndo pelos quadros da escola, fazendo algazarra.

Liliput era um magrelo raquítico com pinta de plebeu, originário de uma pintura medieval. Vivia fugindo do tal de Gúliver, um brutamontes de um quadro de esporte. O magrelo devia ter feito algo de muito sério contra o grandalhão, porque Gúliver há décadas promovia uma perseguição implacável pelos quadros da escola, com o único objetivo de quebrar a cara do magrelo com um taco grosso que devia fazer parte do tal jogo representado em sua pintura.

Volta e meia Liliput interrompia as aulas, aterrorizado, implorando por ajuda. Alunos e professores adoravam participar do joguinho de esconde-esconde do magrelo. Divertiam-se apontando direções falsas para o brutamontes seguir, avisando Liliput sobre a aproximação de seu inimigo, ajudando-o a se esconder em quadros complexos enquanto mandavam Gúliver para *O Chiqueiro de Millanius*, ou para O *Baile dos Cavaleiros Sem Cabeça*... quadros vinte, trinta andares abaixo de onde o magrelo, de fato, estava.

E o pior é que o tapado do grandalhão nunca desconfiava da mentira. Quadros deviam ter memória curta, porque era impossível ele ainda não ter aprendido. Sempre acreditava. Sempre.

Hugo chegava a ter pena. Como ele podia confiar tanto assim nas pessoas?

Já Liliput... ah, como ele era insuportável... Aquela vozinha chata, repetitiva, constantemente interrompendo as aulas... Hugo não entendia como os outros alunos podiam gostar tanto dele. Vinha com aqueles olhinhos aflitos... implorando... e todo mundo se apaixonava. *O pobrezinho indefeso*...

"As figuras nos quadros podem sair para o mundo real?" Rafinha perguntou para o professor em mais um de seus rompantes de criatividade, fazendo os olhos pintados de Jacques brilharem com aquela possibilidade nunca antes cogitada.

Hugo não conseguia entender como alguém com tanta inteligência como Rafinha podia sair-se tão mal nas provas. Não fazia dever de casa, *nunca* era visto estudando ou sequer copiando a matéria em sala de aula, e nos três exames que já fizera, tirara zeros bem ovais. No entanto, Rafinha era o aluno que mais prestava atenção nas aulas e que sempre fazia as melhores perguntas e isso não cabia na cabeça do Hugo.

"Esse céu é verdadeiro ou é só ilusão de céu?" Rafinha atacou de novo, desta vez na aula de Astronomia, enquanto observava o céu estrelado da Korkovado pelo telescópio.

Dalva e Antares responderam juntos, sem pestanejar:

"Ilusão."
"Verdadeiro."

E se entreolharam com ódio.

Os gêmeos siameses ainda não haviam se decidido sobre qual deles detinha o conhecimento absoluto da Verdade Cósmica. Enquanto brigavam, a turma ficava se perguntando se não seria mais proveitoso baterem na porta da Zô e pedirem que ela os ensinasse.

"Hoje vamos ler o mapa astral de alguém", Antares anunciou entusiasmado, tentando ignorar o riso sarcástico que Dalva emitira logo em seguida.

Com certa dificuldade para arrastar a irmã, Antares organizou a turma em um círculo de doze pessoas, uma de cada signo. Os outros ficariam de fora, observando.

Então, pensou melhor e puxou Hugo para o centro do círculo, preenchendo o signo de Peixes com um aluno de fora.

"Engraçado..." Antares fez cara de que sentia algo diferente no ar. "Seu mapa astral parece um pouco confuso..."

Hugo ergueu as sobrancelhas. "Mas você nem fez nada ainda!"

"Ele pensa que tem um sexto sentido", Dalva provocou, entediada.

Antares respirou fundo e obrigou-se a não olhar para a irmã. "Eu sinto que seu mapa será confuso. Sinto muita confusão..."

Dalva deu risada.

"Eu POSSO continuar com a minha aula, irmãzinha querida??"

"Ninguém está te impedindo."

"Em que dia você nasceu, filho?"

"29 de fevereiro."

"Ah", ele disse, um pouco decepcionado. "Bom, então você não serve para o experimento", e dispensou-o do círculo.

"Ei!" Hugo protestou; Tinha acabado de ser rejeitado na frente de toda a turma e não ia ficar sem uma explicação!

"Ah... o teu dia é muito complicadinho..." Antares disse simplesmente, e continuou a lição, ignorando-o lá do lado.

"Aniversário só de quatro em quatro anos é?" Dalva sussurrou, solidária. *"Deve ser horrível..."*

"Nem me fale..."

"Mas não é pior que o meu", ela disse. *"Eu tenho que dividir minha festa com esse aqui todos os anos."*

"Eu ouvi isso", Antares disse, do alto de sua explicação cósmica.

Hugo e Dalva compartilharam um sorriso.

Por alguma razão, Hugo gostava mais dela do que dele. Talvez fosse porque leitura de futuro, inevitavelmente, lembrava-o daquela tatuada da Symone e sua aula de Futurologia.

Mais um motivo para Hugo adorar o Atlas. O professor de Defesa Pessoal também não suportava aquela cobra preconceituosa.

"Anhana!" Gislene gritou, mas a varinha escarlate permaneceu grudada na mão de Hugo como cachorro que não larga o osso. Tinhosa, a danada. Nem o professor conseguira desarmá-lo.

"Ikún!" Hugo atacou, e Gislene levou a mão ao abdômen, como se tivesse acabado de levar um soco. Hugo completou *"Anhana!"* e a varinha de Gislene saiu voando de sua mão.

"Isso tá mais pra aula de duelo, não de Defesa Pessoal..." Gislene resmungou irritada, indo buscar sua varinha.

"Tu tá é com inveja."

"Inveja??"

"Ela tem razão, Hugo..." Francine concordou, desarmando Eimi, que teve de ir buscar sua varinha do outro lado do campo de batalha em que a sala de Defesa havia se transformado. "Você algum dia viu o professor mencionar lobisomens, vampiros, sacis, bruxos do mal, ou qualquer outra coisa do tipo? É isso que a gente encontra nos livros didáticos de Defesa Pessoal."

"Que mané lobisomem!", Hugo retrucou. "E eu lá quero saber de lobisomem? No Brasil por acaso *tem* lobisomem??"

"Acho que não..." Eimi disse, voltando ofegante com sua varinha. "Mas deve ter mula sem cabeça."

"Que mula sem cabeça o que, bobão", um magrelo pálido chamado Nemércio disse, desarmando Eimi novamente e, de quebra, soltando contra ele um *Bàtà*, que fez Eimi gemer, levando a mão à perna direita.

"Isso não vale!"

"Ah, foi só um chutezinho!"

"Professor!" Gislene gritou atrás de Atlas, "Isso não é justo! Você não ensinou porcaria nenhuma de defesa ainda! Como é que a gente vai se defender dos golpes?!"

"Desvia!", Atlas sugeriu do outro lado da sala.

Gislene fechou a cara, irritadíssima. "Vocês ouviram o que ele teve a cara de pau de responder?! Desvia??? Como é que alguém se *desvia* de um feitiço?!"

"Jàdi!", Eimi contra-atacou e Nemércio caiu no chão inconsciente.

Os olhos do mineirinho se abriram em horror. "Eu matei o Nemércio! Eu matei o Nemércio!", ele repetiu, pálido, caindo de joelhos ao lado do garoto, que estava imóvel no chão, com o olhar esbugalhado.

Atlas deu risada. "Calma, Eimi, calma... Ele só levou um baita susto..."

"Um susto?? Olha a cara dele, 'fessor!", Rafinha disse, vindo ajudar também. Mas Nemércio já estava se recuperando. Parecia ter acabado de cair de uma montanha russa, mas estava se recuperando.

"Tudo bem aí, magrão?" Atlas perguntou, ajudando Nemércio a se levantar. "Bom, pelo menos tu aprendeste a estontear!" ele disse a Eimi e deu um tapinha de aprovação em seu ombro. Eimi sorriu, meio tímido, meio preocupado.

"É... hehe", Atlas riu de nervoso, olhando com receio para os olhos enfurecidos de Gislene. "Acho que está na hora mesmo de aprendermos uma defesa, se não, logo vamos ter um assassinato por aqui".

Todos riram, menos ela, que continuou fitando-o com a firmeza de uma leoa.

"Bom..." Atlas limpou a garganta. "Tá certo. Varinhas a postos!"

Todos que ainda tinham suas varinhas se prepararam de imediato. Os outros foram correndo buscar as suas, que estavam espalhadas pelo chão.

"Quero que façam um movimento semicircular, da esquerda para a direita se forem destros, da direita para a esquerda se forem canhotos", ele piscou para Hugo. "Mais ou menos como se a tua varinha fosse uma espada, e tu estivesses te defendendo de um golpe frontal. Isso, assim... Agora repitam comigo: *ã-an.*"

"Ã-an?" Rafinha estranhou.

"Aham", Atlas confirmou, sorrindo da própria piadinha. "Tu *negas* o ataque."

"Mas é simples assim? Do português mesmo?"

"Ã-an", ele negou. "Do tupi."

"Ã-an vem do tupi??"

"Impossível", Gueco retrucou. "Ã-an significa *não* no mundo todo!"

"Menos no Maranhão. Lá ã-an é *sim.* Que eu saiba. De qualquer maneira, acho que vocês deviam aprender tupi. É uma língua pra lá de fascinante."

Gislene cruzou os braços, "E você por acaso já aprendeu?"

Atlas sorriu, maroto, "Bah, guria, nessa tu me pegaste!"

"Típico..."

"Bom, só foi uma dica... Ficaria mais fácil de memorizar os feitiços se vocês soubessem tupi, bantu, iorubá... essas línguas interessantes."

Gueco resmungou, "Devia ser tudo em latim logo. Muito mais fácil."

"Diz isso para a tua varinha", Atlas rebateu. "Se algum dia funcionar, tu me contas como tu conseguiste."

Foi possível perceber uma pontinha de irritação na resposta do professor. Pelo visto, Atlas já havia sido contaminado pelo vírus *Viny Y-Piranga.*

Antes que Hugo pudesse comentar qualquer coisa a respeito, a porta se abriu com violência e a professora Symone Mater invadiu a sala, descabelada e possessa, segurando Quixote pelo rabo como se o macaquinho fosse um gambá nojento.

"Da prôxima vez que el aparecer en mi sala, Atlas... *yo mato.* Estás me ouvindo? Yo *mato* êssa praga!"

A professora soltou o sagui daquela altura mesmo. Quixote pousou profissionalmente no chão e saiu correndo para trás do tapete indiano, que se esticou todo em sua frente para protegê-lo.

"Eu não tenho culpa se ele acha que a tua sala é um banheiro", Atlas rebateu, qualquer traço de irreverência apagado por completo de seu rosto.

"Da prôxima vez, Atlas... Estas avissado", ela repetiu, batendo a porta atrás dela e deixando a turma toda em um silêncio desconfortável.

"Eu hein..." Hugo disse, quebrando a tensão e arrancando gargalhadas de alguns dos alunos. Mas Atlas permaneceu sério, olhando com rancor para a porta.

Aquela não era a primeira vez que Sy invadia a sala dele para dizer despropérios. E nem seria a última. Symone era da turminha de Gislene; daquelas que criticavam o professor por ser irresponsável e inconsequente.

Às vezes, Atlas levava na brincadeira, fazia piada, irritava-a até não poder mais, e ela saía bufando de raiva. Mas, na maioria dos casos, as discussões eram acaloradas demais. Violentas demais. Atlas acabava destroçado, muitas vezes sem razão aparente.

Pelo menos ele não se intimidava com a idade da professora. Sempre respondia à altura, apesar de Symone ser uns quinze anos mais velha que ele.

"Do que é que tu tens medo? Que um dos teus alunos te mate com o que eu ensinei depois de uma das tuas sessões de tortura?"

"Atlas, se há sessões de tortura nêsta escôla, ellas ocuren aqui mismo, nêsta sala. Ôlha pra isso!", ela disse, trazendo Rafinha para frente de si e exibindo o corte profundo que o garoto acabara de conseguir em uma das têmporas. O sangue pingava no uniforme.

"Se cura isso em um segundo... não fica nem cicatriz", Atlas retrucou e Rafinha sorriu simpático, confirmando com a cabeça.

"Viu só? Ele gosta! Aqui eu ensino meus alunos a se defenderem!"

"Defenderem contra o que, pelotudo de mierda? Del bicho-papon??"

"Dos perigos da vida!"

"Aqui en Brasil no tiene lobisômens, no tiene vampiros, dementores, gigantes, no tiene siquiera grandes brujos do mal como en Eurôpa!"

"Olha no espelho pra ver se não tem", ele alfinetou e a turma caiu na gargalhada. Mas o professor não estava sorrindo.

"Atlas... Quantos golpes terá de levar del destino para que aprendas?" Symone disse ofendida e um tanto triste de repente. "Tu estás *armando* esses niños, Atlas... Estás transformando sus variñas en *armas*! Esto no ês correto! No ês ético!"

"Ético..." Atlas repetiu, com um ódio que Hugo nunca vira em seus olhos. "Tu não tens *moral* para vir aqui, na *minha* sala, me ensinar sobre ética, sua *charlatã*."

A turma ficou quieta. Symone empalideceu por completo, olhando para o professor como se ele tivesse acabado de ofender o que havia de mais sagrado nela.

E foi com os olhos úmidos e a voz embargada que ela murmurou, ressentida, "O trabarro que hago aqui, señor Vital, ês muy sêrio, y muy honesto-"

"Charlatã..." Atlas insistiu, impiedoso. "Ninguém pode prever o futuro. Tu sabes muito bem disso. Ninguém!!!", ele bateu com a mão na mesa, furioso, e todos os objetos da sala congelaram. Nem o 14-Bis ousou fazer barulho.

Os professores se encararam por segundos intermináveis até que Sy conseguiu se desfazer do choque. *"Formando pequeños delinquentes..."* ela resmungou, saindo porta afora.

Atlas desabou em sua cadeira e lá ficou, sério, pensativo.

Depois de alguns minutos de completo silêncio por parte dele, a turma resolveu que era hora de sair e começou a se retirar, pequenos grupos de cada vez, dando a aula por encerrada.

Atlas levou uma semana inteira para voltar a ser o professor divertido de antes. Quando, finalmente, entrou na sala sem aquela cara de enterro das aulas anteriores, até Gislene ficou feliz.

Algo havia acontecido. Na noite anterior ele ainda jantara feito zumbi no refeitório. Não podia ter melhorado de um dia para o outro daquele jeito sem uma boa razão.

"Talvez a Sy tenha batido as botas", Hugo brincou, mas Gislene não achou muita graça. O senso de humor dela era do tamanho de uma azeitona.

Para não se irritar muito, Hugo decidiu mudar de foco e analisar o novo rabisco em sua mesa:

El que no salta es Momio.

Era a primeira vez que aquela mesa conseguira realmente intrigá-lo. Não soava como um conselho, mas também não parecia uma crítica... Nem em português estava!

"Hugo... Hugo, acorda!" alguém sussurrou em seu ouvido. Hugo abriu os olhos e viu uma Caimana meio embaçada a seu lado. Imediatamente, sentou-se na cama e tentou se recompor o máximo que pôde.

"Como você entrou aqui??" ele sussurrou, certificando-se de que estava mesmo em seu quarto. *"Pensei que meninas não pudessem entrar no dormitório masculino!"*

Caimana sorriu, marota. *"E não podem."*

"Mas, então..."

"Então... digamos que eu e Sua Majestade o Imperador Dom Pedro temos um acordo."

"O que você tá fazendo aqui?"

"Vim te buscar", ela respondeu, saindo do caminho para que ele se levantasse.

Hugo checou se o *encosto* havia acordado com o barulho, mas Eimi ressonava tranquilamente, com a cara enterrada no travesseiro.

"Mas são duas da madrugada..."

"*Então*, perfeito!"

"Shhhhh", Hugo pediu, mantendo um olho no Eimi e outro em sua varinha enquanto vestia uma roupa por cima do pijama mesmo. Calçou as botas e apressou Caimana para fora antes que Eimi acordasse.

"Onde a gente vai?"

"Segredo."

"Posso ir concêis?"

Hugo cerrou os olhos, se segurando para não xingar todos os orixás ao mesmo tempo, e virou-se para ver Eimi todo acordado e feliz no pé da cama.

Os dois seguiram Caimana até a praia e deram a volta na escola pelos jardins laterais para evitar o corredor dos signos. Leituras inoportunas de horóscopo não eram bem o que eles precisavam naquele momento. Sem contar que os signos acordariam o colégio inteiro.

"Ei, Liliput!" Caimana chamou, batendo com o dedo num quadro recém-pintado que havia sido posto para secar no varandão de jogos. O magrelo acordou meio assustado, mas logo abriu um sorriso. "Minha dama! A que devo a honra?!" ele se levantou desajeitado, curvando-se galantemente em meio a dezenas de panelas. (Num rompante de criatividade, o professor de artes achara uma boa ideia retratar a cozinha da escola em um quadro.)

"Você podia checar pra gente se o Fausto continua dormindo?"

"Sim, senhora!" ele disse, batendo continência e sumindo pela lateral da pintura.

Eimi arregalou os olhos. "Nóis vai pra floresta??"

"Hihi!" Hugo debochou. "Se deu mal, baixinho. Agora tu vai ter que ir com a gente."

Liliput reapareceu na pintura em menos de meio minuto. "Barra limpa", ele disse, ofegante, e os três atravessaram o gramado correndo, ultrapassando o Pé de Cachimbo e entrando na floresta.

"O que que ocê tá fazendo?... Os otro se perde aqui!" Eimi sussurrou, olhando apavorado para tudo à sua volta.

"Relaxa, criança..." Caimana disse, abrindo caminho com uma das mãos e segurando a varinha com a ponta iluminada na outra. Por via das dúvidas, Hugo seguiu-a bem de perto, sem desviar um passo sequer. A floresta inteira fazia barulho: galhos quebrando, troncos rangendo, ventos uivando... era como se estivesse tentando afugentar os invasores.

Hugo começou a ouvir um certo burburinho ao longe. Barulho de vozes, risos... Chegou a achar que fosse mais um truque da floresta, tentando assustá-los, mas logo viu que não.

As vozes foram ficando mais altas, os risos mais distintos... até que uma clareira se abriu na frente deles e Hugo viu um grupo de uns quinze alunos reunidos em círculo. Dali de onde ele estava não era possível visualizar o que acontecia dentro da roda, mas jatos de luz colorida volta e meia escapuliam para fora. Todos os Pixies estavam lá, e também alguns membros do time de Zênite e outros alunos de anos mais avançados. Beni, Lepé, Serafina, Curió, Bira, Rafaela e outros que Hugo ainda não tivera a oportunidade de conhecer.

Batiam palma e cantarolavam, marcando o ritmo.

"El que no salta es môoomio! El que no salta es môoomio!"

"O que eles estão dizendo?"

"É coisa do Viny", ela respondeu sem dar muita importância. "Ele começou a cantarolar isso no primeiro dia do Clube. Disse que tinha visto num documentário azêmola, acho que do Chile. O pessoal gostou e a frase pegou. Tem algum significado político aí, mas eu já esqueci."

Os três se aproximaram mais, e Hugo pôde ver, no interior do círculo de alunos, Atlas e uma aluna do quinto ano duelando ao ritmo das palmas. Os dois se atacavam lançando jatos coloridos de suas varinhas, num jogo de luzes que contrastava lindamente com a escuridão da noite.

Os jogadores rodopiavam e faziam acrobacias para não serem atingidos pelos feitiços do outro, numa espécie de capoeira de luzes misturada com maculelê. Atlas estava se divertindo. Nem parecia o mesmo.

Hugo riu, lembrando-se da cara que Gislene fizera ao ouvir a sugestão estapafúrdia do professor: Desvia!

Todos, na sala, tinham achado que fosse piada. E, no entanto, lá estava ele, desviando de tudo sem usar qualquer feitiço de defesa, gargalhando, suando, se divertindo à beça. O que saía das varinhas devia ser só luz mesmo, porque não surtia nenhum efeito ao atingir o adversário.

"Maneiro, né?"

"Irado", Hugo respondeu, sem tirar os olhos daquele balé de luz e sombra. Podia sentir o calor de sua varinha brilhando escarlate dentro do bolso. Ela queria ação. Estava tão entusiasmada quanto ele para entrar naquela roda.

Caimana seguia os movimentos do professor com carinho. "Grande ideia do Capí... reabrir o Clube das Luzes. Ele sempre soube como animar o Atlas."

"Reabrir? Por quê? Tinha fechado?"

Caimana meneou a cabeça, "É meio ilegal... e ano passado não teve muito clima... daí o grupo se desfez. Eu achei que poucas pessoas responderiam nosso chamado pra hoje, mas todo mundo veio. Agradável surpresa."

"Como algo pode ser 'meio ilegal'?"

"Eufemismo meu", Caimana sorriu. "Eu quis dizer ilegal por inteiro. O Conselho proibiu faz dois anos. Antes, jogávamos no gramado da frente. Qualquer um podia assistir e participar. Mas daí o Conselho resolveu ser cri-cri e proibiu qualquer tipo de clube de duelo. Dalila disse que era muito perigoso."

"Mas o que tem de perigoso nisso? Ninguém se machuca!"

"Bom... só tinha o *nosso* grupo de duelo na escola, então a proibição não foi tão generalizada assim."

"Desde aquela época o Conselho implica com vocês?"

"A Dalila implica com o Capí desde que ele nasceu. A gente tem pouco a ver com isso."

Vendo Atlas realizar uma estrela sem mãos, Hugo riu da ironia. "Então, como professor altamente exemplar..."

"... ele ignora a proibição e vem jogar", Caimana completou, orgulhosa. "O Atlas é nosso jogador mais assíduo. Sempre foi. Esse clube é como remédio pra ele."

"E os tambor?" Eimi interrompeu, procurando por alguma coisa na escuridão à sua volta.

Hugo estranhou a pergunta, mas assim que apurou os ouvidos, começou a ouvir tambores rufando ao longe. Centenas deles.

"São os atlauas", Caimana explicou. "Protetores da floresta. Às vezes eles se empolgam e ajudam com o ritmo. Estão felizes com nosso retorno."

"São tipo índios?"

"Ninguém sabe. Eles nunca aparecem pra seres humanos. Mas na época em que se tentou construir anexos da escola aqui na floresta, muita gente morreu com dardos venenosos no pescoço." Caimana riu da cara de pavor do mineirinho, "Não se preocupe, Eimi. Eles não matam ninguém há séculos."

Lá na roda, a menina até que estava se saindo bem. Conseguira desviar de vários jatos em seguida, mas ainda não era rápida o suficiente. Talvez fosse nova no clube.

"Samara tá com a gente desde o ano retrasado", Caimana respondeu à pergunta que Hugo não chegara a formular, e ele fitou a pixie, espantado. Telepatia rolando solta ali.

Exausta, Samara pediu licença do jogo e tocou sua varinha na de Capí, que obrigatoriamente entrou em seu lugar. Hugo notou o prazer absoluto nos olhos do professor ao ver seu aluno favorito pisar na roda. Os dois se cumprimentaram com um movimento de varinha e então a coisa mudou de figura.

Assim que Capí se posicionou, os tambores aumentaram seu ritmo consideravelmente, e todos em volta acompanharam a nova velocidade, imprimindo ainda mais energia às palmas.

E quando professor e aluno finalmente começaram, até Hugo perdeu o fôlego. A agilidade dos dois era impressionante. Tanto Atlas quanto Capí giravam e saltavam a uma velocidade quase insana, mas Capí era mais rápido.

"Dá uma folga para este ancião que vos fala!" Atlas brincou ao ser atingido por três jatos seguidos.

Capí conhecia capoeira. Isso era evidente. Alguns dos movimentos que fazia vinham direto de lá. Já Atlas era menos técnico. Talvez por isso não conseguisse ser tão ágil.

"Os dois já duelam juntos há muito tempo", Caimana disse, tentando explicar o inexplicável. "Desde que o Capí era criança eles brincam disso."

"Mas o professor não chega nem aos pés..." Hugo murmurou, com os olhos vidrados nos movimentos do pixie, tentando acompanhá-los.

Caimana concordou. "O Capí é especial. Ele tem certos instintos que... eu não sei bem explicar."

"Parece que antecipa os golpes..."

"Parece não. Ele antecipa. Eu tenho certeza de que ele antecipa. Ele tem uma capacidade de concentração muito grande. Talvez por ter passado tantas horas de sua vida sozinho, no silêncio da floresta. Deve ter aprendido a sentir as coisas de uma maneira diferente."

"O professor gosta muito dele, né?"

"A ligação entre os dois é forte. Atlas mora naquele trailer desde que veio do Sul. Viu o Capí crescer. Acompanhou cada passo. Nas férias eram só os três na escola: Capí, o pai e o professor. E como Fausto sempre tinha alguma coisa pra fazer, então ficavam só os dois, treinando. Essa escola pode ser muito entediante nas férias."

"Imagino... Só não imaginava que o Capí fosse tão incrível."

Caimana sorriu. "Eu penso no Capí meio como um dragão chinês. É poderoso, mas não precisa ficar soltando fogo por aí pra exibir sua força."

"O chinês não solta fogo?"

"Só os de criação; os que foram alterados durante sucessivas gerações pela ação de bruxos criadores. Um crime, a meu ver...: transformar criaturas pacíficas em armas. Os dragões chineses eram símbolos da água, não do fogo. Protetores."

Hugo ficou assistindo aos dois jogarem, pensando nas palavras da pixie. De que adiantava ser tão poderoso e não usar seus poderes para se defender? Para impor respeito? Aquele ataque na praia não saía de sua cabeça. Como Capí podia ter deixado que pisassem nele daquela maneira – habilidoso do jeito que era?

"Ocê num joga não?" Eimi perguntou para Caimana. Atlas havia saído da roda e agora batia palmas marcando o ritmo para Capí e Viny, que tinha um estilo todo engraçado de jogar. Era relativamente bom, mas não parecia se importar muito se era atingido ou não.

"Hoje estou aqui na tarefa de aliciadora de menores", Caimana respondeu, dando uma piscadela para o mineiro. "Vem que eu ensino vocês."

Ela levou-os para um canto mais reservado da clareira, onde começou ensinando-os a soltar os jatos de luz sem que precisassem falar qualquer encantamento. Era simples. Tinha a ver com movimentos precisos da varinha e certa força de pensamento para escolher entre jatos azuis, vermelhos, verdes ou amarelos. Nem precisa dizer qual das cores a varinha de Hugo preferia.

"Sabe jogar capoeira?"

Hugo confirmou.

"Ótimo. Então pra você vai ser mais fácil. Só lembre que, quanto mais você se mexer, mais difícil vai ser pro outro te acertar."

Na roda, Viny e Capí tinham mudado de jogo. Suas varinhas agora soltavam jatos contínuos de faísca e os dois duelavam como se estivessem armados de sabres de luz. A roda havia se aberto bem, para ninguém se ferir.

"Ensina essa pra gente!" Hugo pediu, mas Caimana se recusou. "Essa machuca. É só pra quem já está há muito tempo no clube."

Resignado, ele limitou-se a assistir embasbacado ao show de luzes enquanto recebia as instruções. Depois de treinar os novos feitiços e relembrar alguns golpes e floreios da Capoeira, foi, de intrometido, tentar jogar.

Viny saiu do meio da roda assim que viu Hugo pedindo entrada.

"Eita, garoto corajoso!" o loiro disse, tocando sua varinha na dele. "Novatos nunca pedem pra jogar na primeira noite."

Do outro lado, Capí sorriu, mas não fez qualquer menção de que fosse sair também.

Então ia ser com o Capí mesmo...

Hugo sentiu um leve frio na barriga, mas deu o primeiro passo para dentro, sacando sua varinha. Ela pulsava em sua mão, brilhando mais vermelha à medida que os segundos passavam, como um coração que bombeia sangue para as veias em preparação para um duelo.

Antes que desse o segundo passo, Índio segurou-o pelo braço e o advertiu, *"Esse é um jogo de paz."*

"Vai cuidar da sua vida.", Hugo sussurrou e Índio o deixou entrar.

Capí cumprimentou-o com sua varinha e Hugo repetiu o gesto.

De fora, Viny gritou para que todos ouvissem, "Regra para novato na roda: No *primeiro* jato que o novato conseguir desviar, o jogo termina!"

"Como assim, no primeiro jato?!" Hugo protestou, mas levou uma jatada nas pernas.

Olhou irritado para Capí, que sorriu brincalhão do outro lado.

Com a varinha a postos, pensou 'vermelho' e um jato rubro saiu de sua varinha em direção ao peito do pixie, que se desviou dando um simples passo para o lado. Hugo soltou outro, e mais outro, e nada de chegar nem perto de seu adversário. Parecia criança vesga tentando chutar bola.

"Já pensou em mudar de cor, Escarlate?" Beni provocou. "Talvez com verde funcione!"

Hugo voltou-se, irritado, para o piadista, "Como é que eu posso desviar de alguma coisa se ele não me ataca?!" e levou uma jatada nas pernas como resposta.

"Não se distrai, Hugo! Olho no jogo!", Capí disse, de varinha a postos. "Como você pretende desviar de alguma coisa se fica prestando atenção em tudo, menos em mim?"

Um jato verde saiu da varinha do pixie e Hugo deixou seu corpo cair para trás em Arco. Não conseguiu evitar o jato, mas mesmo assim completou o movimento, saindo da ponte com uma pirueta para trás e atacando Capí no giro, ainda de ponta cabeça, pousando com ambos os pés no chão.

"Uhu!" os outros gritaram, aplaudindo, mas Capí tinha desviado daquele ataque também e já lançara contra ele um jato na altura das pernas, que Hugo quase desviou mergulhando de lado – mão direita no chão, pernas no ar -, voltando com uma pirueta que nem ele entendeu bem como fez, e atacando Capí assim que seus pés tocaram a terra.

"O guri é bom!" Atlas gritou, aplaudindo muito, mas a verdade é que Hugo estava penando ali. Jogar capoeira já não era algo tão simples. Pior era tentar executar as piruetas sem quebrar a varinha. Precisava adaptar os movimentos no ato, fazendo-os com uma mão só, e ainda tentando atacar Capí ao mesmo tempo.

Mas o pixie continuava desviando de seus ataques sem fazer qualquer esforço. Em poucos minutos, Hugo decidiu que não se humilharia mais tentando atacá-lo. Se ateria à defesa por enquanto. Precisava desviar de um. Unzinho apenas!

A cada floreio que executava, a roda aplaudia, mas nada de ele conseguir desviar daqueles malditos jatos de luz.

"Se você não me atacar, eu sempre vou conseguir te atingir", Capí observou, lançando contra ele dois jatos ao mesmo tempo, que Hugo falhou pateticamente em desviar. "Você tem que criar dificuldades para o seu adversário! Não pode deixar que eu fique paradinho, tendo todo tempo do mundo para mirar em você-"

Hugo soltou um jato duplo na altura da cintura do Capí, que girou rápido para fora da linha de ataque. No meio do giro, contra-atacou, mas seus jatos já não foram tão precisos e Hugo por pouco não desviou dos dois com uma sequência de rasteira e cambalhota, soltando mais dois na direção do pixie que contra-atacou antes mesmo de desviar. Como Hugo já estava na cambalhota, completou-a largando a varinha no chão para impulsionar o corpo com as duas mãos, executando um mortal no ar e dando um perdido no jato, que foi atingir o Eimi do outro lado da roda.

"Aê, Adendo!" Viny comemorou, vindo para o abraço.

Satisfeita com o resultado do aluno, Caimana abaixou-se para pegar a varinha escarlate na terra.

"Não!" Hugo gritou aflito, e a mão da pixie parou a três centímetros de seu objetivo. Sem graça, ele falou com um pouco mais de calma, "Pode deixar que eu pego", e se apressou em resgatar sua varinha e guardá-la no bolso interno da jaqueta.

Tentando amenizar um pouco as coisas, sorriu para Caimana, que respondeu com um abraço camarada. Os outros todos foram parabenizá-lo e dar-lhe as boas-vindas. Índio foi o último. Cumprimentou-o a contragosto.

"Cê sabe que largar a varinha não é uma opção nesse jogo, né?" Índio observou, mas Hugo estava pouco se lixando para aquele invejoso. Deixando que outro jogador tomasse seu lugar, foi sentar-se na grama para recuperar o fôlego.

Ficou assistindo Capí jogar com mais alguns até que o próprio Capí decidiu sair, transferindo seu posto para Caimana. Ela era boa. Muito boa. Melhor que Viny. Se bem que Viny não estivera realmente tentando jogar pra valer.

Capí veio deitar-se na grama ao seu lado.

"Jogou muito bem hoje."

"Que nada..." Hugo respondeu sem tirar os olhos do jogo lá na frente. Eimi assistia a tudo, abismado. "Tadinho do Eimi. Não teria conseguido nem dar cambalhota."

Capí sorriu, afetuoso. "Teria sido aplaudido com o mesmo entusiasmo."

"Como assim?" Hugo fechou a cara.

"O objetivo do jogo não é ganhar, Hugo. É se divertir, aprimorar a concentração e o reflexo, se exercitar. Se você tivesse ficado uma hora lá na roda sem conseguir desviar de nada, teria sido elogiado da mesmíssima forma."

"Mas daí qual é a graça??"

Capí riu, "Tudo pra você é uma competição?"

"Claro que não", Hugo respondeu rápido, mas sem muita convicção.

"Você devia tentar uma vez. É muito bom."

"Tentar o quê?"

"Fazer algo pelo simples prazer de fazer. Sem esperar recompensa."

Pensativo, Hugo assistiu Beni levar uma surra de Caimana na roda, mas depois abriu um sorriso malandro, "Vai me dizer que tu não faz aquela piruetada toda só pra se mostrar..."

Capí deu risada, "Você é uma figura, Hugo... Vem cá, que eu quero te mostrar uma coisa." E o pixie se levantou, penetrando ainda mais floresta adentro.

CAPÍTULO 13

O LAGO DAS VERDADES

Hugo seguiu Capí sem questionar. Em pouco tempo, já não se ouvia mais as palmas, nem os risos. Só o ranger de madeira e o estalo das folhas secas sob seus pés. Estava começando a achar que todas aquelas advertências sobre a floresta eram pura balela.

"Não se iluda", Capí disse, abrindo caminho por entre a folhagem. "A floresta é razoavelmente segura até a clareira, mas para além dela, é bom não se arriscar sozinho."

"Sozinho, querendo dizer: *sem você."*

Capí confirmou. "É perigoso demais."

"Os bichos são mais ferozes para além da clareira?"

"Não, não. Não são os bichos. São as árvores. Elas nunca estão no mesmo lugar. Usá-las como referência para voltar é inútil."

"Mas você não se perde."

"Eu cresci aqui. Elas não se sentem ameaçadas por mim."

Hugo nunca vira tanto verde. Até no teto, centenas de metros acima de suas cabeças, tinha árvore de cabeça pra baixo. Mas todo aquele verde era pipocado por cores vivas, algumas que Hugo nunca vira antes, em flores, rosas, plantas das mais estranhas. Umas enormes, outras pequeninas, rasteiras, delicadas, sobre as quais evitavam ao máximo pisar. De vez em quando, Capí se agachava para aparar alguns galhos, catar certas raízes... A floresta era um grande supermercado vivo para ele. Escolhia tudo com muito critério e cortava com cuidado, para não feri-las mais do que o necessário.

"Eca..." Hugo exclamou, afastando-se de uma grande flor roxa com pintas pretas que exalava um cheiro insuportável. Devia ter quase o tamanho do Eimi. As pétalas, enormes, eram cobertas por uma penugem viscosa e nojenta.

"Shhh..." Capí repreendeu-o de leve, aproximando-se da planta. *"Ele não falou por mal, Florinda..."* o pixie sussurrou, acariciando-a como se ela fosse uma criança magoada. A planta reagiu ao toque, arrepiando-se dengosa. "Me passa uma pedra?"

Hugo escaneou o chão à sua volta e escolheu uma do tamanho de seu punho.

Com a pedra em uma das mãos e uma folha espessa na outra, o pixie raspou com cuidado a substância viscosa de uma das pétalas, deixando que o líquido pastoso caísse sobre a folha. "Nunca fale mal de uma Ñaro. Pelo menos não na frente de uma", ele explicou, falando com o máximo de calma possível enquanto dobrava a folha e a enfiava no bolso. "Elas são ariscas, agressivas. Podem engolir uma criança inteira se forem insultadas."

Hugo afastou-se por precaução.

"É preciso tratá-la com carinho", Capí prosseguiu, acariciando suas pétalas. "Durante o processo de extração, a Ñaro precisa estar dócil. Só assim sua seiva poderá ser usada para fins positivos. Enquanto estiver agressiva, qualquer substância extraída dela só fará mal, mesmo depois de transformada em medicamento."

"E o que essa seiva faz?"

"Tem propriedades curadoras muito acentuadas. Meu pai é hipertenso, cardíaco e diabético. Precisa tomar uma mistura disso aqui com algumas outras ervas todo dia."

"É você que prepara?"

"Eu não confiaria em mais ninguém para fazê-lo."

"E funciona?"

O pixie meneou a cabeça. "Funcionar, funciona. Mas ele também tem que colaborar. Sabe como é, os melhores remédios são sempre os de gosto mais... pitoresco."

Hugo sorriu, imaginando a múmia do pai dele tomando aquela gosma.

"Por isso eu levo também as raízes. Melhoram um pouco o sabor."

Por que ele se importava tanto com o pai? Aquele ingrato do Fausto não merecia nem metade do que seu filho fazia por ele...

Depois de se despedirem de Florinda, Capí penetrou ainda mais na floresta. "Nem pense em desgrudar de mim."

Hugo riu, "Eu não seria louco..."

"Tem mais uma coisinha que devo pegar."

O pixie, então, abriu caminho por uma cortina de folhagens, revelando uma clareira que fez Hugo quase perder o fôlego.

Era gigantesca, mais ou menos do tamanho de um campo profissional de futebol. Um lago imenso se estendia por toda sua extensão, e no centro dele, uma pequena ilha, com uma única árvore, delicada e pequenina, que em vez de folhas, tinha pedras verdes penduradas em seus galhos.

Centenas de árvores mantinham guarda ao redor do lago, como imensos centuriões milenares. Tinham o triplo do tamanho da pequena árvore na ilha. Seus troncos retorcidos pareciam desenhados especificamente para amedrontar qualquer um que tentasse se aproximar da ilhota, e em suas vastas copas, milhares de pequenas luzes brilhavam como um grande exército de vagalumes. A água serena do lago refletia todas elas, dando a impressão de que o mundo havia virado de ponta-cabeça, e que eles estavam flutuando num céu estrelado.

Hugo nunca fora insensível à beleza, e aquilo era lindo demais...

Capí sorriu, deliciando-se com seu espanto. Com certeza sabia o efeito que aquela visão causava nas pessoas... Talvez por isso o tivesse levado junto.

Hugo não estava conseguindo disfarçar sua emoção. Ele sempre sentira-se atraído pelo Corcovado, desde a época em que ficava admirando a montanha lá de seu contêiner. Suas linhas majestosas, sua superfície de pedra que vivia mudando de cor... Mas nunca imaginara que algo tão infinitamente lindo existia lá dentro.

As pequenas luzes nas árvores se mexiam, tinham vida, como milhares de olhos vigilantes...

"O que são elas?" Hugo perguntou, sentindo seus olhos umedecerem à sua revelia.

"São as caititis", Capí respondeu com profundo respeito. "Elas não costumam aparecer para estranhos. São um pouco tímidas."

Hugo ficou admirando aquele miniuniverso de estrelas sem saber bem o que dizer. "As pessoas deviam poder ver isso..."

"Deviam", o pixie concordou; uma sombra de amargura baixando em seus olhos, "Mas quanto tempo esse santuário duraria se vissem?"

Um silêncio pesado caiu sobre os dois.

"Os humanos apodrecem tudo que tocam."

"Nem todos", Hugo retrucou, procurando animá-lo.

"Nem todos..." Capí repetiu, sem muita convicção. "Pensei que você não confiasse em ninguém."

"E não confio mesmo. Quer dizer, não confiava."

"E agora confia? O que te fez mudar de ideia?"

Hugo atrasou a resposta o máximo que pôde. Não queria soar piegas, mas o que podia fazer? Era a verdade.

"Você", ele respondeu, evitando olhar para o pixie. "Não consigo entender porquê, mas eu confio em você."

Hugo baixou a cabeça encabulado, e sentiu Capí bagunçar seu cabelo com carinho.

"Eu sei que eu ainda vou me arrepender algum dia por ter dito isso".

"Ah, vai se arrepender, é?" Capí riu de tamanha sinceridade. "Sabe como chamam esse lago?"

"Como?"

"O lago das verdades."

"Quer dizer que é um detector natural de mentiras?"

"Não, não. É um pouco mais complexo que isso. Dizem que a atmosfera daqui às vezes faz a pessoa enxergar alguma verdade particular sua. Pode ser uma sensação, um sentimento, enfim, uma verdade que venha da alma. Alguns dizem que já vislumbraram o futuro aqui, nesse lugar. Outros perceberam que amavam alguém que conheciam há anos. Um em particular já saiu daqui para se jogar do último andar da escola. Matou uma aluna na queda."

"Bizarro. Achei que só você viesse aqui."

"Essas histórias eu li em documentos antigos da escola. De séculos atrás. Mas não se impressione. O lugar só dá a *sensação* da descoberta da verdade. Não quer dizer que seja, necessariamente, A verdade."

Hugo franziu a testa, tentando entender o que seria uma 'sensação da verdade', e Capí deu risada. "Deixa pra lá, Hugo. Você me ajuda?"

"No que precisar."

"Está vendo aqueles cipós envelhecidos na árvore mais alta? Corte apenas as pontas dos que estiverem a seu alcance. Não precisa ir mais além."

"E você vai fazer o quê?"

"Vou buscar umas gemas lá na árvore da ilha. O Rudji me pediu esse favor."

Hugo fechou a cara. "Por que ele não faz isso ele mesmo?"

"Ele se perderia antes da primeira clareira. Não tem o mínimo senso de direção, aquele lá."

Ia ser bom mesmo que se perdesse...

"Tenha paciência com o Rudji", Capí disse, notando o desagrado em seu rosto. "Ele é um homem bom, divertido... mas costuma ter espasmos de irritação de vez em quando. Como se faltasse alguma coisa. Daí ele joga essa frustração no primeiro que dá motivo."

"Podemos mudar de assunto?"

Capí concordou. "Vai lá."

Hugo aproximou-se da árvore mais alta da clareira e usou a varinha para cortar pequenos pedaços de cipó, que foi enfiando no bolso da jaqueta. O tronco da árvore expandia e regressava muito lentamente, como se respirasse. Era a respiração lenta e pausada de um ser milenar.

Enquanto cortava, um pensamento lhe ocorreu: não vira qualquer barco na superfície do lago. Capí não estaria pensando em mergulhar só para pegar uma pedrinha para aquele ridículo do Rudji...

Hugo olhou para trás e congelou, surpreso.

Estivera correto quanto ao barco. Não havia nenhum lá.

No entanto, Capí já estava a meio caminho da ilha.

Andando tranquilamente sobre as águas.

Hugo assistiu boquiaberto, enquanto o pixie seguia adiante na maior naturalidade, até que Capí percebeu estar sendo observado e chamou-o para tentar também.

"Cê tá doido que eu te sigo aí!"

"Que foi?" ele provocou, brincalhão. "Tá com medo?"

Sem responder, Hugo aproximou-se do lago e tocou a água. Estava um gelo.

"Vai por ali!" Capí gritou lá de longe, apontando uns pedregulhos que ficavam metade afundados na água. "Da beirada não funciona muito bem!"

Hugo subiu na rocha, livrou-se de suas botas e respirou fundo. Olhando mais uma vez para as milhares de luzes que dançavam à sua volta, fechou os olhos e pulou.

Mas seus pés não pararam onde deveriam ter parado e ele sentiu seu corpo ser engolido pela água mais gelada em que já mergulhara na vida. Debateu-se desesperado lá no fundo, sem saber onde era em cima, onde era embaixo; o frio atacando sua pele como mil facadas, comprimindo seus pulmões.

O lago não tinha qualquer vida. Nada! A água era escura, opressiva, graxenta, parecia querer segurar seus braços e pernas, impedindo-o de nadar. Até que Hugo viu uma mão mergulhar na água à sua procura, e agarrou-a com todas as suas forças, sendo alçado de volta à superfície.

Assim que sua cabeça emergiu, Hugo respirou o mais fundo que pôde, ainda agarrado na mão que o buscara. Parecia ter ficado uma eternidade lá dentro daquele pesadelo.

"Te liga, cabeção!" Capí brincou com carinho. "Por que duvidaste?"

E puxou-o para cima, fazendo com que se ajoelhasse na própria água para recuperar o fôlego. Hugo se curvou, apoiando a testa na superfície do lago, tremendo de frio. E então riu. Riu muito. Não podia acreditar que estivesse realmente flutuando daquele jeito.

Estava encharcado dos pés à cabeça e seu ouvido direito ainda gritava de tanta dor, mas nada o incomodaria naquele momento. Nunca sentira-se tão leve. Tão alegre. Passou a mão maravilhado sobre as águas, que responderam a seu toque com delicadas ondulações. Como podia ter afundado daquele jeito se agora sua mão, nem tentando, conseguia passar da superfície? Não afundava de jeito nenhum!

"É preciso aprender a controlá-la", Capí disse, agachando e mergulhando sua própria mão debaixo d'água sem qualquer esforço. "Vem."

Como um bebê aprendendo a andar, Hugo foi tateando o caminho com os pés, dando passos cuidadosos, com os braços estendidos para os lados.

Ele riu. Aquilo era bom demais…

Capí já estava na ilha, catando as pedras mais escuras de um galho que descera especialmente para que ele pudesse alcançá-lo.

"É uma espécie rara de Azeviche", ele explicou assim que Hugo chegou perto, mostrando-lhe as gemas para que ele pudesse tocá-las. Eram mais escuras que as verdes, de um negro azulado. "São gemas orgânicas, como as pérolas e o marfim. Chamam de âmbar negro."

"Eu posso ficar com uma?"

"E vai fazer o que com ela?"

Hugo franziu a testa, "Pra que servem?"

"Para espantar serpentes, gerar campos elétricos de proteção… alguns usos medicinais… nada que você precise."

"Então você não vai me dar uma", Hugo quis confirmar.

"Pra quê? Pra virar enfeite?"

Hugo baixou o olhar, sem resposta.

"Imagina se todo mundo começasse a me pedir uma dessas. Isso aqui não é brinquedo, Hugo…"

O pixie sentou-se na beirada, com os pés no lago. Um afundado, outro não. Hugo tentou fazer o mesmo, mas não conseguiu de jeito nenhum afundar uma das pernas. Daria no mesmo se estivesse tentando mergulhá-la em um bloco de concreto.

"Como é que tu descobriu que dava para andar na água? Mania de Jesus?"

Capí deu risada, "Não, não… vi uma das caititis fazendo e decidi tentar."

"Mas elas são LEVES…"

"Pois é", ele sorriu. "Eu também era na época."

"Desde quando você conhece o Abelardo?"

Capí ergueu a sobrancelha, pego de surpresa. "Por que essa pergunta agora?"

"Só curiosidade. Alguma coisa me diz que vocês já se conheciam desde antes da primeira série."

"Ele vinha aqui de vez em quando com o padrasto, visitar a mãe. Desde pequeno."

"Sempre foi desse jeito? Entre você e ele?"

"Foi piorando com o tempo. Com o incentivo da Dalila", Capí respondeu, desanimado. "Ele não era assim no começo."

"Por que você não se defendeu dele naquele dia, lá na praia?"

Pronto. Ali estava a pergunta que Hugo vinha querendo fazer há semanas. Finalmente achara uma brecha.

Capí não respondeu logo de cara. Preferiu ficar brincando com os dedos n'água, pensativo. Hugo insistiu, "No começo eu achei que fosse porque eles estavam em cinco, sei lá. Mas agora! Depois do que eu vi você fazer lá na roda?! Eu tenho a impressão de que você teria massacrado os cinco de uma vez só! Não teria?"

"A varinha é uma ferramenta, Hugo, não uma arma."

"Mas você é tão bom!"

"E só porque eu sou bom, eu posso simplesmente sair por aí aceitando provocações? Não é porque a gente PODE fazer uma coisa que a gente DEVE fazer."

Hugo hesitou um pouco antes de rebater. "Mas seria autodefesa!"

"Defesa contra o quê?"

"Contra o quê??? Eles te fazem comer areia e tu pergunta *contra o quê???!*"

"Hugo... Foi um ataque infantil. Riram da minha cara e me fizeram comer areia. Grande coisa. Só é afetado por esse tipo de humilhação quem quer. Quem se importa com o que os outros vão pensar."

"E você não se importa?"

Capí pensou um pouco e meneou a cabeça. "Depende de *quem* está pensando. Se for alguém que eu admiro, sim, eu me importo. Mas estou pouco me lixando para a opinião de quem me despreza."

Hugo sabia que o que Capí estava dizendo fazia sentido, de alguma forma, mas não cabia na sua cabeça como ele podia não se enfurecer com aquilo! Ser ridicularizado daquela maneira! Hugo não conseguiria, nem que tentasse. Não admitiria.

"Eu não vou arriscar ser expulso da escola por uma bobagem dessas", Capí continuou, como se tivesse sentido que Hugo precisava de uma razão mais prática. "A Dalila só precisa de um motivo pra me escorraçar daqui. E junto vai meu pai e o emprego dele. E aí o que vai ser da gente? Tudo que eu conheço é essa escola."

Hugo se calou. Não tinha pensado naquele detalhe. Não percebera o quão inteiramente nas mãos do Conselho o Ítalo estava.

Capí prosseguiu, "Sem contar que, responder com varinha a um ataque daqueles seria covardia da minha parte. E responder sem varinha seria burrice."

"Com varinha você teria massacrado os cinco, não teria?" Hugo insistiu, com um sorriso malandro.

"Eu não teria ficado orgulhoso de mim mesmo, se é isso que você quis dizer."

Hugo baixou o olhar e resolveu mudar de assunto. Aquele tema ele não dominava. Nem sequer sabia ao certo se entendia muito bem. Melhor navegar por águas menos arriscadas.

"Como um lugar tão lindo pode ter um lago tão assustador?"

"Assustador?"

Hugo estranhou. "Você nunca mergulhou lá embaixo?!"

"Claro que já. De vez em quando ainda dou uns mergulhos, mas raramente tenho tempo."

"E por que você faria uma coisa dessas?!" Hugo perguntou, alarmado.

Como alguém poderia mergulhar naquela escuridão sufocante por prazer??

Capí franziu a testa, como se a pergunta lhe tivesse soado um tanto absurda. "Por que eu não faria? É lindo lá embaixo."

Hugo sentiu seu sangue fugir do rosto.

"Ué, você não achou?! Os corais, os cardumes… as cores!"

"Claro, claro…" Hugo apressou-se em responder.

Tinha alguma coisa muito errada ali… E algo lhe dizia que o problema não estava no Capí.

CAPÍTULO 14

A ARMA ESCARLATE

"O que eu tenho de errado?"

Griô não lhe deu atenção. Continuou a contar as aventuras de Uriel O Grande para uma plateiazinha atenta no refeitório. O Gênio africano estava dividido em dois e duelava contra si próprio vestindo trajes do milênio passado. Como das outras vezes, apenas seu rosto permanecia o mesmo durante as mudanças.

"Eu sei que tu sabe!" Hugo insistiu, tentando se enfiar entre ele(s) e seus ouvintes mirins. Griô supostamente sabia de tudo, sobre todos e sobre todas as coisas. Devia saber sobre a escuridão do lago.

Mas a barreira de garotinhas entusiasmadas entre ele e o Gênio era intransponível, e quando Hugo pensou em talvez empurrar algumas delas para fora do caminho, ouviu a voz de Griô surgir logo atrás de si, sussurrando em seu ouvido.

"O que eu sei ou num sei num é di sua conta sabê."

Hugo virou-se para encarar uma terceira cópia do gênio, enquanto as outras duas continuavam duelando em frente aos alunos.

"É tudo balela, né não?" Hugo provocou. "Tu não sabe porcaria nenhuma sobre nada. É tudo história que tu inventa na hora!"

"Num discarrega frustração pra cima di mim não, piqueno Obá. Num é minha culpa que ocê viu nada no lago. É *tua.*", e ele desapareceu em uma nuvem de fumaça, deixando Hugo plantado lá, furioso, frustrado e mais preocupado do que antes.

"Fraude..." Hugo ainda resmungou, indo sentar-se junto aos novatos para o café da manhã. A mesa dos Pixies já estava lotada, com a avoada da Zô, Rudji e Atlas em cadeiras extras.

Mesmo que houvesse cadeiras vazias sobrando, tinha Rudji demais naquela mesa.

"Os CUCAs bateram lá em casa ontem", Francine estava contando em voz baixa para ouvintes mistificados, *"mas foi alarme falso."*

Nemércio parecia surpreso. *"Não levaram nada?"*

"Nadinha."

"Deve ser que eles tava no dia de folga, sô!" Eimi comentou com um sorriso malandro. Os outros deram risada, mas Hugo não entendeu a piada. Não sabia o que eram os CUCAs e nem estava a fim de saber.

Sentou-se calado e não deu trela para ninguém durante a refeição inteira. Quem aquele Griô pensava que era? Piqueno Obá isso... piqueno Obá aquilo...

"A Gardênia é louca..." Francine sussurrou, olhando de rabo de olho para a professora de ética, que estava sentada sozinha na parte evitada do refeitório, paquerando com os olhos o homem bizarro das ratazanas. Para sorte da professora, ele ainda não a havia notado. Continuava observando os alunos com aquele olhar gélido de sempre, como se fossem todos insetos prestes a serem esmagados.

"Louca... completamente louca."

"Mas que ele é lindo, é..." Dulcinéia suspirou, raspando seus delicados cascos no chão, com ar de enamorada. Ela era a única centaura bruxa de sua geração; uma vergonha para a metade tradicional da família; um orgulho para a metade moderna. Era sobrinha do cozinheiro Brutus, membro orgulhoso da primeira metade.

Gislene ainda observava o homem da ratazana como quem olha uma cobra perigosa num zoológico. "Quem é ele, afinal?"

"Calavera", Beni respondeu, sentando-se a seu lado. "Vocês serão obrigados a conhecê-lo no quinto ano. Até lá, podem ficar tranquilos."

Hugo terminou o café e saiu sem dizer uma palavra. Não conseguia tirar aquele lago da cabeça.

Gislene veio atrás, preocupada. "O que tu tem?"

"O que eu tenho ou num tenho num é di sua conta sabê", Hugo imitou a voz de Griô, fazendo careta e subindo irritado para a aula de Alquimia.

Todos pareciam ter tirado o 29 de maio para irritá-lo. Griô havia sido apenas o primeiro. Talvez fosse a iminência do feriado de Joanna d'Arc. Felicidade excessiva também irritava.

Quanto mais legal com a turma Rudji fosse, mais Hugo o odiava. Não era possível que todos gostassem dele... Será que ninguém via a farsa que ele era?? Ele e aqueles óculos azuis dele? A Gislene se derretia toda... achava o mestre alquimista muuuuito inteligente. E o Eimi se dava muito bem nos exercícios. Hugo estava sozinho nessa.

Um homem egoísta é um homem só.

"Tu tá ficando repetitiva", Hugo reclamou da mesa autoajuda, tentando sacudir a mensagem para fora dali.

"Que tal, gurizada!" Atlas entrou, animado, indo direto para sua mesa e pedindo que todos se amontoassem no fundo da sala. Quixote saltou de seu ombro e foi direto se esconder atrás do tapete, como se soubesse de algo que eles não sabiam.

Assim que todos se deslocaram, Atlas varreu a sala com um movimento único de varinha e todas as carteiras foram jogadas contra a parede sem a menor cerimônia.

Todas, menos uma, que permaneceu onde estava.

Atlas se dirigiu à mesa de Hugo e tentou carregá-la dali manualmente, mas não conseguiu sequer desgrudá-la do chão.

Tentou mais uma vez e nada.

Enxugando o suor da testa, o professor se afastou um pouco e tentou seu último recurso. Pediu com muita educação e delicadeza:

"Por favor?"

A mesa finalmente decidiu obedecer, dobrando as pernas bizarramente e saindo do caminho como uma aranha de madeira, indo ocupar seu devido lugar na parede.

"Teimosa."

"Concordo", Hugo murmurou.

"Bom", Atlas disse, retomando seu ânimo anterior, "Agora que este pequeno probleminha já foi resolvido, quero todos em volta do Pentagrama, ... Por favor."

Hugo olhou para o chão e viu uma enorme estrela de cinco pontas cravada no piso de madeira. Sobreposta nela, um desenho do Brasil, daqueles que se encontra em mapas antigos, todo torto e rechonchudo.

"Esse jogo pode ser bem violento, então não vamos jogar pra valer. Todo cuidado é pouco", Atlas advertiu, com um entusiasmo de quem estava descumprindo ordens. "Para vencê-lo, o bruxo necessita de habilidade, conhecimento, rapidez e resistência. Talvez até um pouco de pensamento estratégico. Preciso de cinco voluntários."

Gueco foi o primeiro a se apresentar. Hugo apresentou-se logo em seguida. Não deixaria aquele metido a Anjo levar toda a fama.

Atlas dirigiu cada um para uma ponta oposta da estrela. "O pentagrama é uma forma perfeita. Representa várias coisas, dentre elas, os cinco elementos da natureza. Cada uma das cinco escolas brasileiras foi planejada e construída para coincidir com uma ponta ou um lado da estrela, formando um pentagrama de magia. Mas, claro, ficou tudo mais ou menos fora do lugar... não tem importância. O que vale é a intenção."

"Mas assim não tem qualquer valor mágico, tem?!" Gislene interveio, suscitando um sorriso maroto do professor.

"Pois é, não tem. Mas valeu a tentativa. Não vais te aventurar, guria?" Atlas sinalizou uma das pontas vazias para Gislene, que deu um passo à frente, posicionando-se no Pentagrama.

Os espaços restantes foram preenchidos por Nemércio e Dulcinéia, que apesar de ser metade égua e ter uma cor de pele meio anormal, de terra com limo, até que era bem bonitinha.

"Nada de capoeira dessa vez", o professor sussurrou só para Hugo, mas com os olhos fixos em Gueco do outro lado, *"... pode despertar curiosidade indesejada..."* e então voltou-se para a turma, "Alguém conhece esse jogo? Só o Gueco? Bom, existem duas modalidades: a de diversão e a de treinamento. A modalidade de treinamento não tem nome, porque é coisa séria. Já a de diversão se chama PO. A diferença básica é que no PO são cinco jogadores que duelam entre si. Na versão treinamento, usada somente pela Guarda de Midas e pelas guardas regionais, são cinco atacando um felizardo que fica posicionado no centro do pentagrama."

"Simpático", Dulcinéia comentou.

"Aqui na escola, que eu saiba, só duas pessoas poderiam vencer na modalidade de treinamento. E eu não sou uma delas."

Era a segunda vez que Atlas mencionava Capí em sala de aula. Mas quem seria o segundo?

"O jogo é bem simples. O último a permanecer na estrela vence. Varinhas a postos, podem começar!"

Hugo recebeu o primeiro ataque antes mesmo de processar o comando do professor, e já estava prestes a receber o segundo quando, finalmente, conseguiu sacar sua varinha e revidar com um Ikùn, que Gueco bloqueou. De imediato, uma lista de todos os golpes aprendidos até então foi computada em sua mente, e os dois começaram a trocar feitiços cada vez mais fortes.

Não era uma regra do jogo, mas cada um dos cinco acabou atacando quem estava mais oposto a si; o que era idiota, mas inevitável. Idiota porque o mais lógico seria atacar alguém que não estivesse esperando o ataque, como Dulcinéia, por exemplo, que se encontrava logo a seu lado. Mas não. Hugo não estava interessado em ganhar o jogo. Seu objetivo era tão e unicamente o caboclo traidor de olhos amarelos na sua frente.

Os feitiços se entrecruzavam na estrela e, de vez em quando, batiam uns nos outros, anulando-se antes que pudessem alcançar seu alvo. Ocasionalmente, Hugo era obrigado a se defender de ataques laterais. Defendia, mas nunca atacava de volta – sua atenção voltada inteiramente para seu maior rival ali dentro.

Erguendo a voz contra o barulho da batalha, Atlas gritava instruções, dicas, avisos, e tentava ajudar ensinando truques em cima da hora para quem estivesse precisando. Mas em menos de um minuto, Nemércio já havia caído de sua ponta. Logo em seguida, Gislene se desequilibrou e pisou fora. Não que ela fosse pior que Dulcinéia – muito pelo contrário – mas era quase impossível derrubar alguém com quatro patas. Só o esforço coletivo de Gueco e Hugo conseguiu empurrá-la para fora, e os dois, finalmente, tiveram o pentagrama só para eles.

"Se acalmem aí, gurizada..." Atlas tentou mediar, mas ele não fazia ideia do que tinha provocado. "É só um jogo... não vale nota..."

Quem estava se lixando para nota?

Gueco perfurava Hugo com o olhar. O garoto era doente, só podia ser. Hugo não havia dado a ele razão alguma para tanto ódio, além de ter se juntado aos Pixies. Mas já que o ódio existia, a raiva de Hugo só fez aumentar a cada golpe levado e respondido. Seu estômago doía depois de dois *ikúns* mal defendidos, e a perna começava a arder do *bátá* que não conseguira bloquear, mas Gueco já estava começando a transpirar, e a cada golpe que defendia, parecia mais cansado.

"Que foi, anão de jardim?" Gueco provocou, soando cada vez mais como o irmão adotivo. "Isso é tudo que tu sabe fazer?"

"Calma, gurizada..." Atlas advertiu novamente, mas Hugo sabia que a preocupação do professor não passava de fingimento. Ele estava adorando aquilo ali. O jogo era uma clara afronta a Symone.

"Jádi!" Hugo gritou, e Gueco quase tropeçou nos próprios pés, mas conseguiu se manter no pentagrama.

Hugo tinha uma vantagem significativa, já que nem sempre precisava dizer os feitiços em voz alta. A varinha obedecia seus pensamentos. Às vezes, agia antes mesmo que ele pensasse, e cada vez que Gueco levava um golpe silencioso, o caboclo se enfurecia cada vez mais. "Que foi, covardão? Tá com medo de dizer na minha cara o que você vai jogar? Quero ver tu me acertar sem usar esse truquezinho barato!"

"Você que pediu..." Hugo murmurou, e Gueco posicionou-se para se defender do que estivesse por vir, mas Hugo gritou *"Anhana!"* e a varinha do Anjo voou de sua mão. Antes que Atlas pudesse encerrar o jogo, Hugo gritou *"Oxé!"*, baixando a varinha com ambos os braços como num golpe de machado. Indefeso, Gueco foi lançado com força total contra o armário no fundo da sala e caiu inconsciente no chão.

Atlas soltou uma risadinha aflita e deu a aula por encerrada, indo checar o estado do garoto. Hugo ficou onde estava, nem um pouco arrependido, fitando o caboclo com um ódio que só sentira antes por Caiçara.

Plantado em sua ponta de pentagrama, viu a mão do professor surgir de trás da cabeça do Anjo coberta de sangue. Dulcinéia saiu a galope atrás da médica de plantão e Gislene foi atrás.

Mas Gueco já estava fora de perigo. Atlas fechara o ferimento com um simples movimento de varinha. Tudo era muito simples e prático naquele mundo, não tinha graça. Com a ajuda de alguns alunos, o professor carregou-o para fora da sala, deixando Hugo sozinho.

"Não sai daqui", Atlas ordenou, sumindo novamente porta afora.

Hugo permaneceu onde estava, sentindo um estranho misto de satisfação e aflição, pela expectativa do castigo que certamente viria. Talvez fosse até suspenso.

Mas duvidava que chegaria a tanto. Atlas estava amarrado. Se o castigasse, teria de se explicar para o Conselho. Explicar por que seus alunos estavam jogando PO em sala de aula.

Impaciente, Hugo foi até o armário que Gueco havia atingido e tentou abri--lo. Continuava trancado.

Afastando-se um pouco, disse relutante, "Por favor?"

Nada.

O que será que o professor tanto escondia ali?

Hugo releu a inscrição no topo do armário. *Mobilis in mobili.* Devia ser piada. Senha de abertura é que não era. Já havia testado.

Ainda tentou dar mais uns puxões na maçaneta antes de desistir, retornando, frustrado, a seu devido lugar no pentagrama e sentando-se no chão mesmo, já que as carteiras continuavam obedientemente presas à parede.

Quando Atlas, enfim, voltou, Hugo tratou de se defender antes mesmo que o professor pudesse abrir a boca. "Você não disse que não podia usar *Oxé*."

"Eu não *sabia* que tu conhecias o *Oxé*", Atlas retrucou. "Não é exatamente um feitiço de primeiro ano."

"O Gueco tá bem?"

"Ah, sim, sim. Não precisas te preocupar."

Hugo não se preocuparia.

Atlas pendurou a casaca num tripé onde mantinha uma coleção de chapéus e foi sentar-se no centro do pentagrama, no chão mesmo. Nunca nenhum professor lhe dera tanta intimidade assim, a ponto de sentar-se no chão com ele.

Apesar de um pouco sério, Atlas não parecia prestes a lhe dar uma bronca. Com certeza sabia da culpa quase total que tivera no ocorrido.

Procurando quebrar o gelo, abriu um leve sorriso. "Não pude deixar de notar a tua varinha, lá no Clube das Luzes", ele disse, cauteloso. Devia ter percebido o quão possessivo ele era com ela.

Um pouco receoso, Hugo tirou a varinha do bolso e a manteve no colo para que Atlas pudesse vê-la de longe. Só de longe.

O professor sorriu. "Tu sabes que eu já tinha ouvido falar nela? Mas sempre achei que fosse uma lenda."

Hugo ergueu as sobrancelhas. "Ela é tão especial assim?"

"É o bruxo que torna uma varinha especial, Hugo, não o contrário. Mas no caso dessa... Alguns professores estão comentando."

"Comentando o quê?"

"Que tu fazes feitiços sem vocalizar, habilidade que só aprendemos lá pelo sexto ano e alguns nunca conseguem. Este tipo de eficiência só em lenda mesmo."

"Mas se a minha varinha é tão lendária assim", Hugo retrucou, tentando manter um certo pé atrás para não se decepcionar depois, "como ela pôde parar numa lojinha fuleira de artigos piratas do Sub-Saara?"

Atlas sorriu, "No Brasil nada se guarda, nada se arquiva, tudo se esquece. A varinha escarlate é uma lenda praticamente desconhecida da maior parte da população, apesar de ter sido muito comentada em sua época. É a única varinha, na história, confeccionada por um azêmola. Tens razão em guardá-la fora de alcance."

Hugo olhou sua varinha com renovado interesse. Um azêmola?

"Não que alguém possa fazer qualquer coisa com ela. Segundo a lenda, só uma pessoa no mundo seria capaz de fazê-la funcionar: a pessoa para quem ela foi confeccionada."

"Mas isso não faz sentido. Por que alguém, séculos atrás, faria uma varinha para mim?"

"Essa eu não sei te responder, guri. Pode ser que este detalhe seja só falatório mesmo."

"Ou pode ser que a minha não seja a tal varinha lendária", Hugo completou desanimado, mas Atlas negou com a cabeça.

"Não é sempre que se depara com uma varinha dessa cor, Hugo. Na época em que a maioria dos bruxos imigrou para cá, o Pau-Brasil já estava quase extinto. Foi preciso um esforço específico de Dom Pedro II para preservar a espécie. Travou-se, inclusive, um acordo entre bruxos e Azêmolas para que deixassem essa árvore em paz, o que não foi difícil de manter. O Pau-Brasil não é a melhor das madeiras para se confeccionar uma varinha."

Atlas ficou pensativo por alguns segundos, analisando-a de longe.

"Só por desencargo de consciência, a pessoa que te vendeu te disse do que é feita a alma da tua varinha?"

"Disse que tinha alma de Curupira. Por quê?"

Vendo, no sorriso de Atlas, a confirmação que precisava, Hugo resolveu deixar seu orgulho de lado e perguntar: "O que é curupira?"

"Alguém que não deve ter apreciado muito o fato de ter tido um fio de seu cabelo arrancado à força."

Hugo riu, "Quem gostaria."

"Tu não sabes mesmo o que é um curupira?"

Ele negou, envergonhado. O nome não lhe era estranho, mas não conseguia puxar da cachola a informação.

"Curupira é um demônio da floresta brasileira. Um ser de cabelos vermelhos e pés invertidos, que engana, mata, enlouquece os inimigos da natureza. Um ser de muito poder e pouca paciência. Tu não devias ter aprendido isso na escola azêmola, guri?"

Com mais uma negação do aluno, o professor deu risada, "Mas tu, sem dúvidas, aprendeste sobre unicórnios e centauros."

"Isso sim."

"Típico", Atlas disse, num comentário que soou estranhamente como algo que Viny teria dito. O professor riu de si mesmo. "Os Pixies são uma praga. Difícil ficar imune. Posso?"

Hugo olhou relutante para a mão estendida do professor.

"Eu juro que te devolvo."

Sentindo seu coração acelerar, Hugo deixou a varinha no chão a meio caminho entre ele e Atlas, pronto para resgatá-la a qualquer gesto duvidoso do professor.

Atlas levantou-se e foi até o armário, que ele abriu sem qualquer chave ou feitiço, deixando Hugo bastante encafifado. Trouxe de lá um óculos especial, com várias lentes intercambiáveis de cores diferentes que usaria para analisar a varinha nos mínimos detalhes.

Hugo sentiu quase uma dor no peito ao vê-la sendo tocada por outro, mas procurou segurar o nervosismo.

Primeiro, Atlas tentou fazer um feitiço com ela. Realmente, não funcionou. Depois, vestiu os óculos e foi trocando as camadas de lente à medida que examinava, virando a varinha para lá e para cá, analisando em detalhe o cabelo espiralado de curupira... Hugo observava com o desconforto e a tensão de quem vê um estranho manejar o vaso mais precioso de uma coleção particular. Aquilo estava demorando demais... E se Atlas nunca mais a devolvesse? A sensação de pânico que estava sentindo era insuportável, e assim que Atlas tirou os óculos, Hugo se apressou em recuperar sua varinha e guardá-la novamente no bolso, sentindo alívio imediato.

"Perfeita..." Atlas concluiu, levantando-se para guardar os óculos. Assim que fechou o armário, no entanto, uma pequena ruga de preocupação surgiu em seu rosto e ele voltou-se para Hugo.

"Me escuta bem, guri", Atlas disse, com o leve tom de urgência de quem percebera ter falado demais para a pessoa errada. "Eu não tenho a menor ideia de por que és tu o guri destinado a essa varinha. Mas não te iludas. Não é a varinha que faz o bruxo. Vê se não vais sair por aí pensando que tu podes tudo, pelo amor de Merlin."

Os dois trocaram olhares por alguns segundos, até que Atlas deu risada, como quem ri de uma velha piada. "Agora entendo porque o Rudji te adora..."

Hugo arregalou os olhos. "O Rudji, então, sabe da lenda?"

"Já tagarelei demais hoje, guri. Te manda daqui, vai!"

"E então? Ele te suspendeu?" Gislene perguntou, do lado de fora da sala.

"Me suspender? Ele me elogiou!" Hugo respondeu, mas estava meio aéreo. O que Rudji tinha a ver com aquilo? Atlas sabia... Sabia e não ia contar.

Gislene estava claramente desgostosa com a notícia.

"O que tu tem, garota? Tá querendo me ver fora daqui é?"

"Não, Hugo! Eu quero te ver posto no teu lugar, só isso! Tu não pode sair por aí machucando as pessoas!"

"Era um jogo! O objetivo ERA atacar."

"O Gueco tava desarmado!"

Hugo deu de ombros e resolveu provocar, "Ele podia ter *desviado*."

"... Eu não acredito que tu acabou de dizer isso."

"Iiiiih... Tá apaixonada! Tá apaixonada!"

"Cala a boca!"

"Sério que tu tá apaixonada pelo Guequinho?! Olha que seus filhos vão sair com olho amarelo, hein!"

"Agghhh!" Gislene largou seus livros e saiu correndo atrás dele escadaria abaixo, enquanto ele ria e gritava provocações. Até que os dois chegaram à praia e Hugo foi atingido por algo quente, que o derrubou de costas no chão, sem ar.

"Abel, não!" um dos Anjos gritou, mas Abelardo já avançava furioso para cima de Hugo, que sacou sua varinha em um milésimo de segundo e jogou o Anjo para longe com um grande bafo de energia.

Abelardo levantou-se um pouco atordoado e surpreso, mas nem por isso deixou de provocá-lo, "Tu machuca meu irmãozinho e acha que vai ficar barato? Quem tu tá pensando que é, seu... *hobbit*!" e lançou um feitiço azul que Hugo conseguiu bloquear, apesar de ter sido empurrado para trás com a força do golpe. Abelardo estava explodindo de raiva.

Hugo bloqueou o próximo, e o próximo e o próximo, mas antes que pudesse partir para o contra-ataque, já estava sendo segurado por várias mãos que o puxavam para trás. O mesmo aconteceu com Abelardo, que debatia-se furioso contra os braços dos outros Anjos.

"Que foi, filhinho de mamãe? Não pode me atacar agora, é, covardão?" Hugo provocou, conseguindo se desvencilhar dos braços de Beni o suficiente para apontar a varinha contra seu adversário e gritar, *"Pirapok-maksima!"*

Abelardo soltou um grito horripilante de dor, que fez todos ao seu redor se afastarem assustados. Caiu no chão, contorcendo-se e gritando com as mãos no rosto enquanto o feitiço corroía sua pele.

Bem feito.

"O que está acontecendo aqui?" Atlas gritou de longe, correndo para o local da briga.

Foi só então que Hugo percebeu o silêncio pesado que se fizera ao seu redor. Todos os olhos voltados para ele, como se ele fosse algum tipo de aberração.

"Que que cês tão olhando? Ele me atacou primeiro! Tu viu, Gi!"

Mas Gislene parecia tão espantada quanto os outros.

"Hugo!" Atlas aproximou-se, abismado, "Não se ataca alunos assim!"

"Mas EU é que fui atacado!!! E não vem me dar lição de moral não, que foi você que me ensinou essas coisas!"

"Eu não te ensinei isso."

"A melhor defesa é o ataque! Não foi isso que tu disse no primeiro dia de aula?! Pois bem, eu me *defendi*!"

Atlas fitou-o, sem palavras.

"Mas não é pra confiar no que tu diz, né?" Hugo continuou, indignado. "Tu só fala essas coisas pra impressionar aluno, né não? Pra enganar otário? Ou será que é pra irritar a Symone? Que foi? Tu ensina pra gente e depois não quer que a gente use?!"

"Hugo-"

"Ele é TRÊS anos mais velho que eu e tu briga comigo?!"

"Esse tipo de feitiço não é para ser usado em alunos-"

"Ele não é um aluno, é um demônio disfarçado!"

Lá atrás, Abelardo ainda se contorcia de dor.

"Levem esse guri para a enfermaria, pelo amor de Merlin!" Atlas gritou, consternado, e os Anjos, como que acordando de um transe, obedeceram de imediato, carregando Abelardo aos berros para dentro da escola.

"Vai lá, vai!" Hugo provocou. "Vai fazer companhia pro teu irmãozinho lá na enfermaria! *LARGA DELA!!"* ele gritou, furioso, e Atlas recolheu a mão que, num impulso, tentara agarrar a varinha escarlate.

"Hugo!!!" Gislene repreendeu-o, mas ele não estava nem aí. Fitou Atlas com ódio e os dois se encararam em silêncio.

O professor parecia não saber o que dizer, chocado, confuso talvez, mas quando falou novamente, tentou usar um tom mais sereno. "O que foi que eu acabei de te dizer lá em cima, Hugo? Sobre tu não ficares todo animado com essa varinha-"

"Não me interessa! Eu faço o que me der na telha com o que você me ensina! Quem tu pensa que é pra me dar lição de moral? Meu pai?! Meu pai me abandonou quando eu nasci – eu não preciso de outro."

Dito isso, Hugo foi embora sem dar ao professor uma chance de resposta. Atravessou o pátio central e foi refugiar-se no jardim, sentando-se num dos bancos de pedra que davam vista para o Pé de Cachimbo. Recostando a cabeça na parede fria da escola, fechou os olhos e tentou esquecer o último olhar de desolação que Atlas lhe lançara; o olhar de quem tinha acabado de levar uma facada no peito.

Hugo não falara nada demais para ele reagir daquele jeito... falara?

Ainda bem que Capí não assistira. Hugo não estava a fim de olhar para aquela retidão santa dele e se sentir inferior por não ter sangue de barata.

Hugo olhou à sua volta para se certificar da ausência do pixie, e imediatamente se endireitou no banco.

A linda moça da praia estava logo ali, sentada num banco um pouco mais distante, observando-o com um olhar um tanto tímido, com certo receio até, de que ele chegasse perto. Tinha o rosto úmido de choro.

"Você viu a briga?"

A jovem confirmou com a cabeça e Hugo fechou os olhos, arrependido. Não pelo que fizera, mas por tê-la assustado. "Não fica com medo de mim, não... eu não sou assim. Eu só me defendi."

A jovem meneou a cabeça, encabulada.

Ela era ainda mais linda de perto. Simples, delicada, usava o mesmo vestido florido daquele dia na praia, meses atrás. Sem qualquer maquiagem, tinha a pureza de uma ninfa recém-chegada do campo. Descalça, cabelos negros, sem brilho, presos em um rabo de cavalo levemente frouxo... Seu olhar tímido era encantador. Devia ter quase a idade dos Pixies, talvez um ano a menos, mas parecia uma criancinha assustada.

Os olhos da jovem se encheram de lágrimas outra vez.

"Ei... não fica assim não!" Hugo se aproximou. "Foi uma briguinha boba!"

A jovem abriu a boca para falar, mas fechou-a novamente.

"Pode dizer!" Hugo insistiu, tentando ser o mais delicado possível com ela.

"Se era brriga boba... porrr que começou?" ela perguntou insegura, e Hugo foi completamente desarmado por sua voz suave e seu sotaque graciosamente caipira.

"Desculpe se te assustei", ele suavizou a própria voz. "Não vou fazer mais na sua frente. Prometo."

A menina olhou, acanhada, para a grama.

"Posso ao menos saber seu nome?"

"Maria", ela respondeu, num murmúrio quase imperceptível.

"Sabe, Maria... você é que está certa em se manter longe de todo mundo. Ninguém presta não..." Hugo olhou com ternura para a jovem, que ainda não arrumara coragem para encará-lo. "Sua timidez te protege. Às vezes eu queria também poder sumir e ficar sozinho no meu canto, mas esse lugar aqui parece que vomita gente!"

Maria olhou-o com interesse repentino. Algo havia clicado em sua cabecinha. Empolgada, ela se levantou e tomou Hugo pela mão, levando-o para dentro da escola e subindo cinco andares até uma porta de madeira maciça, pintada de roxo.

Hugo olhou confuso para o rosto entusiasmado da caipira. "É uma porta falsa, todo mundo sabe disso."

Abrindo um sorriso lindo, ela se abaixou e bateu três vezes em cada canto inferior da porta, que cedeu para trás, deslizando para os lados como uma porta automática.

Hugo riu. Os Pixies iam adorar saber daquilo.

"É aqui que você se esconde?" ele perguntou, afastando a cortina espessa que os separava da sala e entrando logo atrás da jovem.

Antes que pudesse ouvir a resposta de Maria, Hugo levou um susto.

Em vez de uma sala de aula como outra qualquer, os dois haviam entrado em um vasto campo aberto, que se estendia até o alcançar da vista: uma imensa plantação de trigo, cortada por cercas de madeira e caminhos de terra, tudo debaixo de um céu do mais puro azul. Do lado esquerdo da plantação, um casebre simples, com uma porteira. Sentia-se até o cheiro de pasto...

"Que diabos..." Hugo exclamou, achando aquilo tudo fantástico, mas Maria arregalou os olhos espantada.

"Pelo amorrr de nosso Senhorr Jesus Cristo, num diz esse nome amarrdiçoado não!"

"Desculpa!" Hugo disse, surpreso. "Saiu sem querer."

Uma bruxa religiosa... aquilo era novidade. Sua mãe não acreditaria se contasse. Sempre dissera que bruxos eram inimigos da Igreja, inimigos de Deus, aliados do demônio. Interessante imaginar o que ela diria se lhe apresentassem alguém como o Capí? Certamente que era um lobo disfarçado de vovozinha.

Talvez fosse.

"Onde estamos, afinal?" ele perguntou, protegendo os olhos do sol forte.

"Eu chamo de sala silenciosa."

"Maneiro. É onde você vem pra escapar?"

Maria disse um sim empolgado com a cabeça. "Meu mundinho. Muito barulho lá fora."

"Concordo", Hugo disse, indo ver de perto o pangaré que pastava próximo ao casebre. "Ele é real? Dá pra tocar?"

Ela confirmou com a cabeça. "É o Aluiso."

"Aluiso…" ele repetiu, acariciando o animal. Era meio magrelo, malhado. "Esse lugar existe mesmo ou é só ilusão?

Maria deu de ombros. "Parece o lugarr que eu vivi na minha criancice."

Ela sentou-se na grama e Hugo a acompanhou, imaginando se Capí conhecia aquela sala. Devia conhecer.

"Porrrque ocês tavam brrigando?"

"Nem sei mais…" Hugo mentiu. A história era longa e começava com ele atacando um garoto desarmado. "Também pouco importa. As pessoas sempre acabam ficando contra mim…" ele desabafou. "Por que nada é fácil comigo?"

"Tarvez ocê faz parecer difícir."

Hugo sorriu, "É… talvez."

Maria fitava-o com tamanho interesse, que era difícil não querer contar mais. Então, ele foi contando tudo – só para vê-la sorrir e comentar com aquele sotaquezinho caipira dela. Foi contando seus problemas, suas frustrações, despejando nela tudo que mantivera quieto durante aqueles meses todos, suas raivas, suas dúvidas… Quando se deu conta, já havia contado sobre o ataque contra Gueco, sem qualquer reserva ou mentira.

Ela ouvia como a criança que ainda não aprendeu a ler ouve historinhas lidas pela professora. Sem julgamento, sem crítica. Só com aquele brilho no olhar, de quem quer ouvir mais. E, talvez por isso, ele sentiu-se seguro em lhe contar até sobre sua varinha e sobre como ela era lendária e poderosa – grande pavão bobo que ele era toda vez que se apaixonava. Deixou que ela a examinasse e até brincasse com ela, sem o menor receio!

E quando Hugo percebeu que não havia mais nada a contar, contentou-se em ficar quieto ao lado da jovem, observando a paisagem bucólica daquele lugar. Não mudara em nada desde que haviam chegado. Continuava com o mesmo sol e a mesma brisa gostosa.

Maria arregalou os olhos.

"Que foi?"

"Quais são as hora?"

Hugo olhou o relógio e riu impressionado, "Caramba... já passou tudo isso?"

"Quais são as hora???" ela insistiu nervosa.

"Quase sete da noite. Aqui não anoitece não?"

Mas Maria já havia se levantado afoita, correndo para a cortina que escondia a porta de saída.

"O que aconteceu?"

"Hoje é quinta-feira! Ocê num sabe qui é perigoso ficar fora esses dia di noite?"

Hugo se levantou, no susto. Tinha se esquecido completamente do toque de recolher. Limpou a terra das calças e foi atrás dela, mas assim que a jovem saiu porta afora, todo o ambiente se apagou; os campos, o sol, a brisa, e Hugo ficou no mais profundo breu de uma sala antiga e empoeirada.

CAPÍTULO 15

O DONO DO TEMPO

Hugo parou, surpreso. A sala era mínima, repleta de teias e carcaças de aranhas mortas há décadas. Poucos livros, móveis quebrados.

Quando, finalmente, atravessou a cortina e saiu pelo corredor do quinto andar, Maria não estava mais lá. A coitada correra tão rápido que já devia ter chegado no dormitório feminino. Os urros noturnos, de fato, causavam certo pânico entre os alunos, mas algumas pessoas exageravam na imaginação. Hugo podia apostar que o bicho não era nada demais. Como era mesmo o ditado? Dragão que urra não solta fogo?

Hugo seguiu pelos corredores já desertos do colégio. Quando estava prestes a descer, duas vozes chamaram sua atenção. Vinham da sala logo atrás da escadaria.

Com cautela, Hugo aproximou-se para ver quem estava quebrando o toque de recolher. Já era possível reconhecer o sotaque argentino de Symone, mas a segunda voz não estava tão clara. A professora discutia em sussurros carregados de urgência.

"Yo *avisei* sobre el! Te *dije* que el era peligroso."

"Ele não é perigoso, Sy… é só uma criança…"

"Una criança que no debia estar aqui!"

Hugo acercou-se da sala, já com raiva. Não precisava ser um gênio para adivinhar sobre quem estavam falando.

"Qualquier criança cun una arma en la mano es um peligro. E es eso que estás dando a ellos, Atlas, *armas*."

Atlas. Hugo parou, surpreso, e então apressou-se em alcançar a porta para confirmar que ouvira o nome certo. Como Atlas podia dar ouvidos àquela ridícula? Olhando pela fresta da porta, viu Symone andando de um lado para o outro, quase tendo um ataque de nervos, enquanto Atlas ouvia, sentado na mesa, emocionalmente exausto. Toda sua energia drenada.

"Eu não ensinei o que ele está usando…"

"Mas *incentivou*, Atlas! Incentivou! El no debia estar en esta escuela, y tu sabes de esto."

"Não começa a dizer bobagens, Sy."

"El niño está siempre en la defensiva. Arisco. El ês encrenca, Atlas."

"Por isso mesmo eu tenho que ficar por perto!" Atlas elevou a voz, praticamente concordando com o que Symone acabara de dizer.

Hugo não podia acreditar naquilo.

Claro. Tinha que ser. Sempre que Hugo começava a confiar em alguém, levava uma rasteira. Devia ter imaginado que o professor não iria defendê-lo. Bem feito pra ele, por ter acreditado na amizade daquele lá.

Sentindo-se traído e decepcionado, Hugo foi se trancar no quarto com a cabeça debaixo do travesseiro.

Agora sabia o que devia ser feito: precisava treinar sua mente para não confiar no Capí também. Confiar em alguém, na intensidade com que ele estava começando a confiar no pixie, era pedir para se decepcionar, e feio.

Hugo fechou os olhos e tentou fazer o reverso do exercício de ética. Tentou se desligar do pixie. Vê-lo como inimigo. Mas não conseguiu. Por que agora ele estava com aquela palhaçada de confiar nas pessoas? Aquilo era ridículo... coisa de otário! A confiança que ele nutria por Viny e Caimana era inofensiva. Não daria em nada se fosse quebrada. Mas Hugo sentia que podia confiar a própria vida ao Capí, e aquilo definitivamente não era bom.

O bicho já começara a urrar lá fora e Hugo tapou os ouvidos. Aquele urro era horroroso... Um urro de dor como jamais ouvira igual. Pior ainda do que os berros que costumavam vir das *'câmeras'* de tortura, como o ignorante do Caiçara gostava de chamar os barracos onde exercia seus dotes de carrasco.

A imagem de Abelardo se contorcendo de dor invadiu sua mente. Hugo devia ter ouvido o Capí... Agora certamente seria suspenso. Talvez até expulso da escola.

Sentindo um frio na barriga, revirou-se na cama e cobriu novamente os ouvidos com o travesseiro. Como Eimi conseguia dormir daquele jeito?

Tentando outra tática para se distrair do barulho, começou a visualizar Maria: seu sorriso encantador, seus cabelos soprados pela brisa do campo... sua meiguice brejeira... *ela ria em cima do "Aluiso", lhe perguntava se já haviam chegado na África...*

... Claro que não, Hugo respondeu, sem muita certeza. O Reino está em perigo, você não vê?

Seus súditos pareciam preocupados... a invasão não fora prevista...

... Ah, lá vem ele!... caro e fiel Madarikan...

Um urro mais forte fez Hugo levantar-se no susto. Eram três da madrugada. Dormira menos de dois minutos.

Hugo levantou-se irritado. Ia acabar com aquela palhaçada agora mesmo.

"Tu cala essa tua boca pintada que ninguém quer saber da tua independência."

D. Pedro congelou com a boca aberta em "i", chocado com a falta de decoro. Mas valeu. De sua boca não saiu um só pio e Hugo pôde fugir do dormitório sem que ninguém notasse. Nem Rafinha, que havia praticamente desmaiado em cima de seu caderno na sala de confraternização.

Estranho ver Rafinha estudando. Ele nunca estudava nada.

Com a varinha à sua frente, Hugo inundou de luz vermelha toda a vastidão do pátio central, fazendo os galhos da árvore central projetarem sombras arrepiantes contra os andares da escola.

O bicho urrou mais uma vez e seu urro ecoou pelo pátio, fazendo Hugo ter dúvidas quanto a seu objetivo.

Talvez procurar aquele bicho não fosse a ideia mais genial do mundo.

Não... Hugo não teria medo de um urro sem corpo. Precisava ao menos ver o desgraçado, nem que fosse para ganhar o respeito de alguns que cismavam em não respeitá-lo como pixie.

Resoluto, deu mais alguns passos em direção ao corredor dos signos, mas algo o fez parar novamente. Ouvira vozes, vindo do primeiro andar.

Vozes e risos.

Que toque de recolher fajuto era aquele?

Tendo encontrado uma desculpa digna para adiar aquela maluquice de plano, Hugo desviou-se de seu caminho e subiu as escadas até o primeiro andar, onde flagrou Viny e Caimana de pé em suas vassouras, pintando um dos muros da escola de rosa-choque.

Com tinta e pincel. Nada de varinha.

"O que vocês estão fazendo?"

"Arte", Viny respondeu, sem tirar os olhos da parede.

Caimana completou, "Estamos dando a eles algo a mais em que pensar do que o que bruxos europeus estão fazendo ou deixando de fazer."

"E o que os bruxos europeus estão fazendo ou deixando de fazer?"

"Há rumores de que uma bruxa de lá estaria tentando lançar um livro sobre nosso mundo para os Azêmolas. O Conselho está apavorado", Viny riu, se divertindo, e Epaminondas imitou a risada, só que sem som.

Um pouco bizarro demais.

O Axé estava sentado no chão como se fosse gente, recostado na parede oposta, com as patas de bode cruzadas à sua frente e as mãos para trás da cabeça.

"O Ministério inglês estava correndo contra o tempo, bloqueando uma editora atrás da outra com as mandingas confusórias deles lá, mas a escritora foi mais esperta."

"O livro está sendo impresso neste exato minuto", Caimana sorriu, sem tentar disfarçar a empolgação.

O entusiasmo dos dois era compreensível. O lançamento de um livro do tipo seria quase uma vitória pixie, mesmo eles não tendo movido uma palha sequer para que a publicação fosse possível.

Já Hugo não tinha tanta certeza assim se queria que aquele mundo fosse revelado aos Azêmolas. Preferiu, no entanto, guardar aquela dúvida para si.

"O que o tal livro tem a ver com vocês pintarem a parede?"

"Esse corredor é muito sombrio, não acha? Muito europeu?" Viny perguntou, analisando a parede de pedras cinzas, como um pintor que analisa sua tela. "Até parece que vivemos presos num maldito castelo medieval, precisa de mais vida! Mais luz!"

Hugo olhou para a sujeirada que os Pixies estavam fazendo no corredor. "Não tem feitiço pra tingir parede, não?"

"E que graça teria nisso, Adendo?! Aliás, o que tu tá fazendo fora do dormitório a essa hora?"

Hugo ignorou a pergunta. "Isso não vai dar problema pro Capí?"

"Claro que vai. Mas ele já tá acostumado", Viny continuou a pintar. "Aliás, parabéns por hoje à tarde. Abelzinho mereceu."

Hugo sorriu com o elogio, mas Viny recebeu uma pincelada na cabeça pelo comentário. Aparentemente, Caimana não compartilhava de seu senso de justiça.

Hugo olhou à sua volta para checar se ninguém se aproximava, e voltou-se alarmado para os Pixies, sussurrando: *"A porta do Atlas tá aberta."*

"É, ele tá lá dentro", Viny disse, como se fosse a coisa mais natural do mundo vandalizar a parede de uma escola com um professor a dois metros de distância.

"Vocês não se preocupam que ele veja vocês aqui??"

"O Atlas?!" Caimana riu. "O Atlas concorda com tudo que a gente faz! É capaz até de nos ajudar, se pedirmos."

"Sei não..." Hugo murmurou, desconfiado, deixando os Pixies para trás e caminhando até a porta entreaberta de Defesa Pessoal. A sala estava na penumbra, iluminada apenas pelas pequenas luzes que adornavam os marcadores do relógio anual lá no fundo.

Atlas estava lá, sentado no chão, recostado na mesa autoajuda de Hugo, onde um novo rabisco dizia *'Deixe teu Àbíkú em paz, amigo...'* numa caligrafia fraca, quase sumindo.

Melancólico, o professor virava e revirava na mão um pêndulo preso a uma corrente dourada, mas seu pensamento estava distaaaante...

Era impossível sentir qualquer coisa negativa por alguém naquele estado. Mesmo ele sendo um traidor.

"Tudo bem com você, professor?" Hugo perguntou em voz baixa.

Atlas endireitou-se no chão, como quem é pego em flagrante, "Sim sim, tudo certo… Tu não deverias estar dormindo, guri?"

"Tô sem sono."

"Aparentemente, tu não és o único. Ouvi cochichos no corredor… Está me cheirando a pixie."

Hugo respondeu com um sorriso.

"Eu sabia!" Atlas riu. "Como se diz mesmo? Deus fez e o diabo ajuntou?"

Hugo riu também, mas algo estava errado. O professor não parecia bem.

Como que para confirmar seu diagnóstico, Atlas logo voltou a contemplar seu pêndulo, como se nada daquela conversa tivesse sido registrado em seu cérebro.

O objeto se assemelhava a um relógio de bolso sem tampa, com diversas marcações que não pareciam em nada com o horário.

"O que é isso?"

"Isto?" Atlas voltou a si, levantando o pêndulo pela corrente. Tinha todo um minimecanismo circular, como aqueles brinquedinhos mecânicos que Atlas adorava colecionar pela sala. "Isso é uma tentativa amadora e fracassada de construir uma bússola temporal."

Hugo se aproximou, interessado. "Bússola temporal?"

"Eu vinha trabalhando nisso há meses… e pra quê? Pra nada… Nem girar girou. Não consigo descobrir o que tem de errado nesta joça." Atlas bufou irritado, deixando a mão cair sobre o colo. Parecia muito mais cansado do que da última vez que o vira, poucas horas antes.

"Alguns aparelhinhos permitem que voltemos horas no tempo. Com este aqui, teoricamente, eu poderia voltar dias, meses… anos até." Atlas contemplou o brinquedinho, "… ideia idiota…"

"E por que você não compra um?"

Atlas riu da sugestão. "Não é algo que se encontra na lojinha da esquina, Hugo. Para que tu tenhas uma ideia, só o mecanismo deste relógio astronômico teve que ser feito com metais importados lá da Ásia. Supostamente funcionaria melhor… Grande trabalho inútil."

Hugo olhou-o, desconfortável. O assunto da bússola temporal era muito fascinante e tal, mas a depressão do professor o estava afetando demais. Ele não podia continuar sentindo pena de alguém que acabara de traí-lo. Melhor parar de fingir que nada acontecera e lançar logo a pergunta.

"O que aquela maluca falou de mim?"

Atlas fitou-o confuso, mas logo compreendeu. "Então tu ouviste."

"Ouvi e não gostei", ele disse ríspido, deixando que a mágoa da traição voltasse a ganhar força. "Eu achava que vocês se detestassem! E, de repente, eu vejo vocês dois sussurrando a meu respeito, como dois amiguinhos de escola! Me chamando de perigoso!"

"Foi ela quem disse isso, não eu."

"Mas você concordou!"

"Nada que eu falasse faria qualquer diferença, guri. A Symone estava fora de si. Teve uma premonição idiota e agora está apavorada contigo. Só isso."

"Premonição?" Hugo perguntou, desarmado. Premonição não era boa coisa...

Procurando se refazer antes que a surpresa transparecesse, ele rebateu: "Achei que você não acreditasse nessas bobagens de vidente."

"E não acredito."

"Não foi o que me pareceu", Hugo retrucou sério, e Atlas suspirou, olhando à sua volta como quem procura uma desculpa.

"O que foi que ela disse?"

Atlas recostou a cabeça, resignado. "Disse que Pandora está chegando."

"Pandora?"

"Segundo a mitologia grega, Pandora teria sido a primeira mulher. Criada por Zeus para punir o homem."

Hugo riu. Devia ter tido a cara da Gislene aquela lá.

Pelo sorriso malandro que Atlas abrira, ele estava pensando a mesma coisa, só que sobre uma certa argentina metida a vidente. O professor prosseguiu, "Pandora ganha dos deuses uma caixa onde estariam guardados todos os males do mundo: a velhice, a doença, a loucura, a mentira e a paixão. Um dia, Pandora deixa essa caixa cair no chão. A caixa se abre, derramando seu conteúdo por toda a Terra e condenando a humanidade a uma vida de sofrimento."

"Eu sempre soube que as mulheres eram a causa de todos os nossos problemas."

"Hugo, Hugo..." Atlas suspirou, "as mulheres são a *solução* de todos os nossos problemas, não a causa. Tu tens que aprender isso! Mesmo quando são insuportavelmente irritantes, elas sempre acabam tendo razão", ele sorriu. "De qualquer maneira, a caixa de Pandora é uma expressão usada para se referir a algo que gera curiosidade, mas que é melhor ser deixado quieto sob pena de vir a ser algo terrível. Algo que possa fugir do controle."

O professor silenciou-se por alguns segundos, e então começou a recitar a premonição da argentina, lentamente, como quem tenta cavoucar na memória cada palavra à procura de exatidão: *"A escola abrirá suas portas para um grande mal. Um mal de terríveis proporções. E o filho será a danação da mãe. A escola, que acolhe todos os eleitos, se destruirá por dentro. É Pandora que vem, terrível e traiçoeira, abrir sua caixa de males."*

Atlas levantou o olhar e trocou o tom solene por um sorriso zombeteiro, "Foi isso que a Sy ouviu poucos dias antes das aulas começarem. Num sonho."

"Num sonho?! ...Que coisa mais ridícula. E ela acha que a tal Pandora sou eu?"

Atlas confirmou com a cabeça.

"Ótimo..." Hugo riu do absurdo. "Ela deu uma única olhada na minha cara e *assumiu* que eu era o demônio. Perfeito."

"Não tem nada a ver com teu rosto, guri... Ela sentiu uma inquietação inexplicável ao te ver. Não que tu estejas diretamente ligado ao sonho dela, mas a conexão foi feita."

Hugo pensou em retrucar, mas Atlas já voltara seu olhar para a bússola temporal novamente.

Era impressionante a velocidade com que o professor ia de uma conversa descontraída para a melancolia total. Eles haviam conversado por cinco longos minutos e, agora, era como se Hugo nem estivesse lá! Seu olhar perdido, os dedos distraidamente girando o brinquedinho... até que uma voz feminina puxou-o de volta ao mundo real.

"Você não pode trazer seu filho de volta, professor."

Caimana estava na soleira da porta, observando-o com uma compreensão solidária no olhar.

Atlas fitou-a por alguns segundos, chocado. E então desviou o olhar, cerrando os olhos contra a profunda dor que ameaçou transbordar deles. *"Quem disse?"* ele murmurou num tom de revolta contida; a voz trêmula e fraca, como se todo seu autocontrole houvesse evaporado.

Caimana foi até ele e se agachou para ficar na sua altura, "É contra as leis mais básicas de viagem no tempo, Atlas... Você sabe disso."

"Talvez eu não possa trazê-lo de volta, mas posso impedir que ele morra!"

"Não podemos resolver nossos problemas desse jeito, professor... Imagine se todos começassem a voltar no tempo cada vez que alguém morresse! O mundo seria ainda mais caótico do que já é!"

Dessa vez, Atlas não disse nada. Limitou-se a enxugar as lágrimas do rosto.

"Me dê isso, professor", Caimana ordenou, levantando-se e estendendo a mão, como uma professora a um aluno peralta que roubou o estojo da coleguinha.

Hugo não sabia o que pensar. Não imaginara que um homem tão seguro de si, como ele, fosse capaz de desmoronar daquele jeito.

"Professor..." Caimana insistiu.

Atlas olhou mais uma vez para o mecanismo, como se não quisesse largá-lo nunca mais, e então relaxou as mãos.

Caimana tomou a bússola com cuidado. "Vou guardar isso num lugar seguro, tudo bem?"

Atlas fechou os olhos e concordou, resignado.

"Durma bem, professor", Caimana encerrou a conversa, tocando de leve o ombro de Hugo para que ele a seguisse para fora.

"Eu não entendi", Hugo confessou, no corredor. Viny já não estava mais lá. Tinha ido dormir, ou algo parecido.

"É culpa do Atlas, o que aconteceu hoje à tarde. Ele nunca entendeu que existem *motivos* para as crianças só serem ensinadas certas coisas em determinadas épocas e idades-"

"Mas eu não estou falando da briga de hoje à tarde. Estou falando de agora, lá na sala dele!"

"Eu também", Caimana disse, voltando-se para olhar em seus olhos.

"Ei ei ei!" Hugo apressou-se em se defender. "Não vem me acusar de nada não! Pelo que eu entendi, o pirralho morreu já faz algum tempo!"

"Ano passado. E eu não estou te acusando de nada, Hugo. Vê se para com essa mania de perseguição!"

Hugo baixou a cabeça e tentou se acalmar. "Mas então eu não tô entendendo mais nada. O que a morte do moleque teve a ver com a briga de hoje à tarde?"

"A morte do Damus também foi culpa dele. Da irresponsabilidade dele. O professor não admite isso... Nunca admitiu. Prefere culpar a Sy por não ter previsto a morte do garoto. A mente dele dá mil voltas pra convencê-lo de que ele não teve nada a ver com o incidente. É mais ou menos como um sistema de autodefesa dele, e eu até acho melhor que ele se iluda mesmo. Você viu como ele fica quando esse sistema falha. A verdade é dolorosa demais..."

Caimana olhou para cima, tentando segurar uma lágrima. "Ainda bem que essa clareza dura só algumas horas. Se fosse permanente, ele acabaria se destruindo. Há momentos, como a briga de hoje, que o fazem ver a verdade. Mas logo logo ele se recupera e volta a ser nosso querido irresponsável de sempre. Você vai ver", Caimana sorriu, tentando varrer a tristeza do rosto. "Amanhã ele estará novinho em folha, com a mesma velha certeza absoluta de que ele não teve culpa alguma naquilo."

"Mas o que foi que ele fez? O que ele fez que matou o garoto?"

"Como eu ia dizendo antes de você me interromper lá no começo", ela respondeu, paciente, "O Atlas nunca entendeu que existem motivos para crianças só serem ensinadas sobre algumas coisas e não outras. Tem a ver com um certo bom-senso, um certo discernimento... que criança muito jovem não tem."

"Eu tenho discernimento!" Hugo se defendeu, arrancando uma risada de Caimana.

"Claro que você tem discernimento. Só decide ignorá-lo de vez em quando", ela piscou e ele riu.

Mas Caimana já tinha ficado séria novamente. "Sempre achei que a aula de ética devia ter mais espaço no currículo. Eu não jogaria aquele feitiço que você jogou contra o Abelardo no meu pior inimigo."

"Achei que o Abelardo *fosse* o seu pior inimigo", ele sorriu, malandro, mas Caimana pareceu levemente incomodada com o comentário e Hugo achou melhor apagar o sorriso. Tinha muita coisa ali que ele ainda não entendia. Melhor deixar quieto.

"Já são quase cinco da manhã", Caimana checou o relógio. "Se quisermos aproveitar alguma coisa do feriado, é bom irmos pra cama."

"Os urros pararam", Hugo observou.

"Eles sempre param antes das cinco. Mesmo nas noites mais torturantes", Caimana disse, abrindo a porta do dormitório. Hugo aproveitou para dar uma leve espiada lá dentro. Algumas alunas ainda pareciam mortas no sofá, outras já se arrumavam para o dia magnífico de sol que se anunciava.

Caimana estava prestes a fechar a porta quando Hugo se lembrou de perguntar, "E a bússola temporal?"

"Que tem ela?"

"Vai guardar onde?"

Caimana deu uma risada seca.

"Desculpa, Hugo, mas essa vai ter de ficar entre mim e eu mesma."

Hugo recuou, ofendido, "Não confia em mim?"

"Não confio em *ninguém* com um desses na mão."

"Nem no Capí?" ele retrucou, triunfante.

"*Muito menos...* no Capí", ela respondeu, séria, e entrou no dormitório, deixando Hugo completamente grilado para trás.

CAPÍTULO 16

A MASMORRA DE QUASÍMODO

Muito menos no Capí...

A frase de Caimana grudara em sua cabeça feito cola de sapateiro. Aquilo não fazia sentido... Hugo conseguia imaginar qualquer pessoa querendo voltar no tempo para consertar alguma burrada. Menos o Capí.

Hugo virou-se na cama mais uma vez. Confie nos Pixies... era o que haviam repetido de ouvido em ouvido centenas de vezes naquela primeira noite no refeitório. Mas será que era tão simples assim? Confiando neles, Hugo estava agindo contra todos os seus instintos e aquilo o remoía por dentro.

Com aqueles pensamentos torturando sua mente, foi só com os primeiros raios de sol que ele conseguiu pregar os olhos.

"Hugo..."

"Hmmm..."

"Hugo..."

"Que foi, encosto?!" Hugo chiou, empurrando o garoto para trás e voltando a se enrolar no travesseiro.

"Ah! Vem comigo, vai!" Eimi insistiu, sacudindo-o. Aquele garoto era inacreditável.

"Me deixa em paz..."

"Hoje é dia trinta! Vem ver a queima das efígie, sô!"

"A queima do quê??" Hugo abriu os olhos.

De fato, havia um leve cheiro de queimado no ar.

Com uma moleza descomunal, ele precisou de um leve puxão do Eimi para levantar-se da cama. Quase não conseguiu se vestir direito, tamanha era a empolgação do garoto, que balançava para frente e para trás feito joão-bobo, não se aguentando de ansiedade.

Mal Hugo havia acabado de calçar as botas e Eimi puxou-o porta afora com a camisa ainda desabotoada.

"Que pressa é essa, encosto... As efígie não vão embora sem você, não!"

Não que Hugo soubesse o que era uma "efígie".

Era a primeira vez que via o dormitório deserto. Um silêncio só. A não ser por D. Pedro, que clamava desesperadamente por socorro, tentando soprar fumaça para fora de seu quadro.

"Guenta aí, seu Imperador" Eimi disse, abrindo a porta e puxando Hugo para fora sem mais delongas.

O cheiro de pano queimado atingiu Hugo em cheio assim que ele pisou no pátio central. Estava todo mundo lá. Uma multidão de estudantes em volta de uma meia dúzia de fogueiras, cada uma queimando um boneco diferente.

Entusiasmados, os alunos jogavam feitiços para que o fogo subisse cada vez mais alto, gritando insultos e impropérios contra os bonecos, que haviam sido, quase todos, vestidos como reis e rainhas de antigamente.

"Que diabos é isso?" Hugo perguntou, tentando enxergar através da fumaça multicolorida.

"Esse é o Delfim da França!" Eimi gritou, apontando entusiasmado para o boneco mais próximo. Tinha uma coroa esquisita na cabeça, feita de restos de pergaminho.

"O *o quê* da França??"

"Delfim! O homi que acusou a Joanna d'Arc de bruxaria, ocê num sabe da história?!"

"Foram os ingleses que acusaram ela, mineirinho! Esse aí não é o Delfim não!", um aluno mais velho corrigiu, correndo para destruir outro boneco.

"Então ela era bruxa mesmo?"

"Ela? Não! Quer dizer, não sei. Esse trem é complicado. Mas a história oficial diz que não. Minha mãe também."

Algo explodiu mais ao longe e um grupo de garotas zoaram da cara do Rafinha, que tinha acabado de explodir um dos bonecos sem querer. A maioria dos alunos estava lá só pela brincadeira; pintavam de azul, penduravam chifres, lançavam mandingas nos pobres bonecos de vez em quando... Outros, no entanto, pareciam ter verdadeiro prazer em ver os bonecos queimarem.

Aquela imagem o incomodava. Ninguém imaginava o quanto.

Hugo tinha de admitir que, se fosse um deles; se tivesse nascido bruxo e crescido em qualquer outro lugar que não no Dona Marta, provavelmente estaria empolgadíssimo com tudo aquilo.

Mas ele já vira pessoas reais serem queimadas vivas. Era uma especialidade do Caiçara. O bandido chamava de 'festa junina'. Nem um pouco bonito de se ver. Aquele cheiro de churrasco no ar, de carne queimada. Bem diferente do odor de pano que permeava o pátio central, mas ainda assim a imagem das fogueiras trazia de volta fortes lembranças.

Eimi puxou sua manga novamente, apontando para outro canto onde uma figura um tanto assustadora estava prestes a sofrer o mesmo destino do Delfim.

"Vamo lá ver o boneco do Kedavra queimar!"

"Kedavra?" Hugo perguntou, mas não se moveu um centímetro na direção que Eimi queria ir. Não estava se sentindo bem. "Vai lá, Eimi. Eu não tô muito a fim, não."

Eimi fez uma carinha de incompreensão, mas não insistiu, recuperando o entusiasmo de imediato e correndo para ver o outro grupo. Os Anjos estavam lá, planejando que feitiço jogariam no boneco primeiro. O fogo tinha que ser a última punição. Primeiro eles brincavam, faziam palhaçadas, torturavam o boneco, arrancavam braço, perna, faziam o diabo. Era assim com todos.

Abelardo estava só assistindo, sentado num canto. Não parecia muito animado. Seu rosto ainda mostrava pequenas marcas do esfoliador que Hugo jogara nele.

Bem feito.

Como que sentindo o olhar do inimigo, Abelardo procurou à sua volta e encontrou Hugo na multidão, mas não fez qualquer menção em se levantar. Ficou apenas encarando-o de longe, com um profundo ódio no olhar.

Hugo sentiu um leve embrulho no estômago. Devia ter ouvido o Capí... Agora seria expulso da escola. Era inevitável. O garoto era filho da Conselheira. Os DOIS eram. Abelardo e Gueco. Hugo certamente seria expulso e mandado de volta para o Dona Marta. Já podia se imaginar queimando no meio da praça principal, seus vizinhos assistindo... Caiçara dando risada...

Hugo desviou o olhar. Preferia ver a efígie do tal do Kedavra queimar do que continuar encarando o ódio do Anjo.

"Kedavra é meio que uma lenda", Francine se aproximou, respondendo à pergunta que Hugo nem mais se lembrava de ter feito.

"Ah, é?" ele disse, sem muito interesse. Estava passando mal.

"É. Um bruxo que teria ajudado a caçar e condenar outros bruxos à fogueira durante a Inquisição. Ninguém sabe ao certo se ele existiu de verdade. É meio como o bicho-papão das histórias infantis."

"Dorme neném, que o Kedavra vem pegar?"

Francine riu. "Mais ou menos isso. É o grande vilão das nossas infâncias. O pessoal sempre faz o boneco dele feio e sombrio, mas eu sempre achei que ele teria sido alguém bonito, sei lá. Impressão minha. Por que o vilão tem que ser sempre horroroso?"

Hugo meneou a cabeça, distraído. Tinha acabado de notar a completa ausência de adultos naquele pandemônio. Um tanto estranho, deixar crianças brincarem com fogo sem supervisão. Aquilo não ia terminar bem.

"Cadê os professores?" Francine fez a pergunta antes que ele pudesse formulá-la, e Hugo deu de ombros. Mas, logo em seguida, a resposta lhe ocorreu, e ele abriu um leve sorriso.

"Acho que eu sei onde eles estão."

"VAN-DA-LIS-MO! Isso é vandalismo!" Hugo ouviu Dalila esbravejar enquanto subia os últimos degraus para o primeiro andar.

Uma comoção acontecia em frente à parede cor-de-rosa do Viny: professores e conselheiros, de varinha em mãos, tentavam, perplexos, remover aquela cor horrenda da parede com todo tipo de feitiço imaginável. Mas nada parecia funcionar contra a imensa barreira rosa-choque. Rudji examinava a pintura com um olhar de especialista, procurando desvendar que poção misteriosa os vândalos teriam usado, mas estava tão perdido quanto os outros.

Oz Malaquian assistia a tudo num canto, braços cruzados, sério e sombrio como sempre. Observava com a impaciência característica de quem tinha mais o que fazer do que ficar assistindo incompetentes tentando desfazer uma travessura juvenil.

Já Dalila parecia uma gralha enlouquecida.

"Foram eles! Foram os Pixies! Eu tenho certeza! Você! Atlas! Você deve ter visto alguma coisa!"

"Eu? Não! Não vi nadinha!" Atlas respondeu, fazendo-se de desentendido.

Hugo se segurou para não sorrir, mas Rudji não conseguiu ter tanto autocontrole e Areta disfarçou sua risada com um feitiço de supressão. Não era preciso ser nenhum exímio farejador de mentiras para perceber o deboche nas palavras do professor de Defesa. Ele não fizera qualquer esforço no sentido de soar convincente.

Atlas já parecia ter recuperado certo vigor desde a madrugada, mas ainda estava abatido. Nada que uma travessura pixie não curasse.

O professor examinou a parede com um certo ar de triunfo no olhar.

"Realmente... esses meninos precisavam levar uma boa lição..." ele murmurou, '*inconformadíssimo*', e foi a vez de Francine não conseguir segurar a risada.

"Seu incompetente!" Dalila atacou-o. "Ao menos você sabe como desfazer esse feitiço que colocaram?"

"Não faço a menor ideia... Já tentaram Destintizador?"

"Muito engraçadinho. Se você não estava nem dormindo, nem vigiando os alunos, devia ao menos ter tentado calar aquela besta escandalosa na floresta. Você é ou não é o professor de Defesa Pessoal?"

"É, Dalila. Eu sei que tu adorarias me ver morto, mas não vai ser dessa vez-"

"Que parede liiiinda!!!" Zô apareceu no corredor com seus axés voando à sua volta, completamente encantada com a obra de arte.

Todos que não começaram a rir, caíram num silêncio pasmo, abrindo caminho para que ela pudesse descer as escadarias.

"Madame Zoroasta! Madame Zoroasta!" Pompeu chamou-a, apressado, e a cabecinha sorridente da diretora apareceu sobre o parapeito.

"Sim?"

"Sugeres algum feitiço para desfazer esse impropério? Os vândalos devem ter usado magia muito avançada – não conseguimos encontrar nada que funcione!"

"Ô, seus bobinhos..." ela riu, toda faceira, "É tinta! Dá uma raspadinha que sai!!" e voltou a saltitar escadaria abaixo.

Os professores se entreolharam.

"Olha! Que lindas fogueiras!!!" eles ainda ouviram-na dizer.

Oz revirou os olhos. "Alguém me lembre, por que mesmo ela é a diretora?"

"Porque não temos escolha?!" Rudji sugeriu, voltando a examinar a pintura. "É tinta", ele confirmou, batendo de leve com a testa na parede.

"Tinta??" Pompeu perguntou perplexo. "Mas por que eles não usaram um feitiço?! Teria sido tão mais rápido de pintar!"

"Também teria sido mais rápido de desfazer", Oz retrucou com um leve sorriso. "Eles queriam ver um monte de bruxo marmanjo se ajoelhando diante da engenhosidade azêmola. E conseguiram."

"Eu não sabia que o Oz podia sorrir", Francine comentou com Hugo. *"Bizarro."*

"E você adorando, né, Malaquian?" Dalila observou, irritada.

"Não mais que o Atlas", Oz retrucou, retomando sua seriedade habitual. "Agora, se os senhores me derem licença, tenho um filho para cuidar."

"Filho? Esse cara tem filho?" foi a vez de Hugo comentar.

"Graaaande Adendo!" Viny apareceu por detrás dele, dando um tapinha em seu ombro.

"Tu tá maluco?!", Hugo fitou-o surpreso. *"Aparecer na cena do crime desse jeito??"*

"Você!" Pompeu apontou para o pixie. "Aqui está o culpado! Nenhuma investigação será necessária!"

"EU?" Viny perguntou, rindo. "A parede resolve sair do armário e eu é que levo a culpa??"

"É bem você mesmo, pôr a culpa na parede!"

"Por acaso tá pintado na minha cara que fui eu?"

"Está!" Pompeu afirmou, raspando um resto de tinta seca de sua bochecha.

"Olha só que curioso!" Viny fingiu surpresa. "Como será que isso veio parar aqui?"

"Venha cá, seu pivete", Dalila puxou-o pelo colete. "Quero ver essa parede tinindo até o fim do dia, está me ouvindo? Nem que tenha de passar o feriado inteiro aqui!"

"Sim, senhora", Viny bateu continência.

"E você também!" ela apontou para Capí, que vinha pelo corredor.

"Eu? Eu o quê?"

Mas foi só olhar para a parede que ele riu, entendendo. "Será o maior prazer."

"Mas ele não fez nada!" Viny protestou, agora sim incomodado.

"Amigo é pra essas coisas!" ela encerrou o assunto e começou a dispensar os professores. "Vamos lá que hoje não é dia para ficarmos perdendo tempo com bobagens. Está uma completa bagunça lá no pátio por causa dessa porcaria rosa!"

Viny sorriu, acompanhando Dalila com os olhos enquanto ela marchava possessa escadaria abaixo.

"Como tu pôde ser tão burro?! Deixar a prova do crime tão na cara??" Hugo protestou enquanto Francine e Capí desciam para buscar baldes, esponjas, espátulas e tudo mais que pudessem precisar para tirar aquela tinta da parede.

Viny pousou as mãos em seus ombros. "Tu tem que entender uma coisa, Adendo. Nós não somos vândalos. O que a gente suja, a gente limpa. O que a gente faz, a gente assume."

"Então foi de propósito?!" Hugo indagou perplexo. "Foi de propósito que você deixou a tinta no rosto?"

Viny arcou as sobrancelhas, maroto, e Hugo riu, "Tu não existe..."

"E aí, qual é a boa do feriado?" Caimana apareceu de vassoura nos pés.

"Enquanto a escola toda se intoxica de fumaça lá embaixo, nós ficamos aqui, protegidos, brincando de limpar parede."

"Opa!" Caimana esfregou as mãos empolgada. "Ouvi dizer que a Dalila ficou uma fera."

"O Atlas te contou, foi?"

Caimana confirmou e os dois se cumprimentaram pela proeza. "Pena que essa não conta no placar."

"Se o placar contasse a Dalila como Anjo, a gente ganharia de disparada. Aliás, Adendo, o placar ainda não te considera um Pixie. Fui lá hoje de manhã e ele não contou tua vitória contra o Abelardo."

Hugo torceu o nariz, desgostoso. "Vocês não podem mudar isso, não?"

"O placar tem vontade própria. Impossível. Mas algum dia tu entra nele. Dê tempo ao tempo."

"Os Anjos já chegaram a ganhar de vocês alguma vez?"

Caimana confirmou, desanimada, "Ano passado."

"Ano passado não conta", Viny retrucou, um tanto sério de repente. "Não teve clima."

Hugo olhou para os dois, perplexo com aquele baixo-astral todo.

"Morreu alguém?" Capí chegou brincando, e os ânimos se renovaram instantaneamente. Viny pegou uma espátula e começou a batalhar contra a tinta mais próxima ao chão. Em poucos segundos, no entanto, começaram a perceber que o "Dá uma raspadinha que sai" da Zô tinha sido um pouco eufemístico. A tinta não saía nem na porrada. Cada pedra levava no mínimo meia hora para voltar à cor natural. Mas também, pouco importava. Os Pixies tinham aquele dom de fazer qualquer obrigação parecer a coisa mais divertida do mundo. Só faltou ter guerrinha d'água.

"Aí, Adendo! Cada pedra raspada é menos 10 bufões de academia!" Viny brincou, enxugando o suor da testa e voltando ao trabalho.

Hugo e Francine ficaram só assistindo. De vez em quando traziam refrescos e sanduíches, mas Caimana os proibiu de ajudar na limpeza. Os Pixies não empurrariam trabalho para quem não tinha nada a ver com aquilo (apesar de Capí ter tido menos a ver com aquilo do que Hugo. Nem testemunha do ato ele havia sido).

E parecia estar escondendo algo. Hugo tentou se reposicionar para ver melhor e, de fato... Capí estava com a mão direita enfaixada e tinha um corte novo na sobrancelha. Os outros Pixies não haviam percebido. Caso contrário, não teriam deixado que ele ajudasse.

Capí estava deliberadamente se posicionando de modo que não percebessem. Volta e meia cerrava os olhos de dor e trocava discretamente a espátula de mão.

Numa de suas paradas, Viny se rendeu, achando que era apenas cansaço do pixie. "Véio, foi mal."

"Que nada... foi genial", Capí elogiou, escondendo a mão enfaixada.

"Mas tu tá aqui limpando por nossa causa..."

"Comparado com todas as porcarias que eu tenho que limpar nessa escola, Viny... acredite, até que esta é bastante agradável."

"Mas tu tá cansado, véio. Esqueceu de dormir hoje, foi?"

Capí se limitou a sorrir, mas estava óbvio que não havia pregado os olhos a noite toda.

Era muito estranho aquilo. Vá lá que os novatos não dormissem por causa dos urros. Mas Capí praticamente nascera ali. Já devia ter se acostumado. Com dois anos de idade, Hugo já não acordava mais com tiroteio.

"Acidente de trabalho?" Francine se intrometeu, acabando de vez com a farsa do pixie.

"Pois é", Capí olhou a mão ferida. "Essas fogueiras sempre dão problema."

A vermelhidão ao redor do curativo sugeria mesmo uma queimadura. Mas o detector de mentiras de Hugo havia sido acionado e ele não costumava se enganar. Algum pequeno detalhe no rosto de Capí o denunciara. Não seria a primeira vez que ele escondia algo dos outros Pixies.

Hugo se lembrava muito bem da última.

Podia apostar sua varinha que ele havia sido atacado novamente. Encurralado em algum canto pelos Anjos. Na certa haviam brincado de efígie com ele; uma represália à altura do ataque de Hugo contra os irmãos Lacerda.

Um pixie é um pixie. Tanto faz quem paga.

Hugo fechou os olhos tentando abafar o sentimento de culpa que ameaçava dominá-lo. Capí tinha sido atacado por sua causa... e nunca confessaria. Não era de seu feitio fazer outros se sentirem culpados.

Caimana desceu da vassoura e foi checar o ferimento. A palma estava em carne viva. Queimadura feia mesmo. "Por que você não passou na enfermaria? A Kanpai some com isso rapidinho."

"Tô sem tempo agora. Passo lá quando puder."

"O véio evita a enfermaria. Já percebi isso."

"Bobagem..."

"Que foi? A Kanpai te fez alguma coisa quando tu era criança?" Viny brincou, arrancando um riso sincero do Capí. "Com aquela lá nunca se sabe, né véio? Ela é mais sádica que dentista azêmola!"

"Que exagero", Capí disse, checando o relógio de bolso. "Gente, adoraria continuar ajudando, mas tá na minha hora."

"Onde tu vai, véio?"

"Coisas a resolver. Nada demais", Capí respondeu, reenfaixando a mão e saindo.

"*Adendo...*" Viny chamou-o no sussurro e Hugo correu para mais perto. "Tua primeira missão pixie."

Hugo fitou-o entusiasmado, "Missão?"

"*Segue o Capí.*"

"Como é que é?!"

"Ele sempre desaparece sexta-feira ao meio-dia."

"E segunda de manhã", Caimana adicionou.

"E quarta à noite. O que tu tá esperando, Adendo? Não é pra amanhã não! Vai!"

Hugo saiu correndo antes que Viny precisasse mandar de novo. Assim que avistou Capí, diminuiu o passo e se manteve a uma distância segura.

O pixie passou reto pela porta da enfermaria e pela entrada do teatro. Não parecia querer entrar em lugar algum. Estava era dando a volta no primeiro andar.

Hugo o seguiu, torcendo para que ele não fizesse nada de suspeito.

Mas fez.

Capí podia ter descido direto pela escadaria próxima à parede rosa, mas não. Preferiu dar uma volta de 180 graus e descer pelo lado oposto, onde ficaria encoberto pela árvore central.

Hugo sabia! Sabia que tinha algo de errado com ele. Capí estava mesmo escondendo alguma coisa... e dos próprios Pixies!

Com o coração acelerado, Hugo apressou o passo e desceu logo atrás, tentando manter os olhos grudados no Capí enquanto o pixie mergulhava no mar de gente e fumaça do pátio central. O pandemônio de antes tinha virado um pesadelo incontrolável. O fogo se espalhara e agora movia-se feito um ser vivo, lambendo tudo pelo caminho, enquanto os alunos gritavam desesperados lá embaixo, sem saber para onde correr.

Os professores tentavam proteger a árvore central com um redemoinho de água alimentado por quatro varinhas. Atlas estava nesse time, se divertindo feito criança, enquanto Dalila tentava orientar a confusão aos berros. O boneco de Kedavra ainda queimava no chão, jogado próximo à porta do dormitório.

Segurando a respiração, Hugo furou a barreira d'água e saiu do outro lado, completamente seco. Olhou à sua volta e não viu mais o Capí.

"Sai da frente! Sai da frente!" ele gritou, tentando abrir caminho, mas era praticamente impossível. Pulando para ver acima das outras cabeças, conseguiu avistar o pixie entrando no corredor dos signos. Aquilo estava dando agonia.

Hugo empurrou um pivete para o lado, sem tempo de ser delicado. Precisava alcançar o Capí de qualquer maneira. Descobrir seus podres. Todo mundo tinha podres... ele não seria diferente.

Algo, no entanto, estava impedindo-o de seguir adiante, e não era a multidão. Hugo lutava contra centenas de alunos em seu caminho, mas, ao mesmo tempo, não lutava o bastante. Seu cérebro pedia que continuasse, mas algo dentro dele implorava que Hugo o perdesse de vista. Não queria se decepcionar de novo. Não mesmo. E a mera possibilidade de que Capí o estivesse enganando já era dolorosa demais.

Como uma desculpa caída dos céus, Hugo viu Eimi lá no meio da bagunça, completamente transtornado na multidão. Seu rosto pálido, úmido de lágrimas.

Hugo alterou sua trajetória e foi agarrá-lo antes que ele se machucasse.

"Calma, Eimi. Eu tô aqui. *Calma...*" ele sussurrou em seu ouvido, envolvendo Eimi num abraço protetor. O garoto tremia. "Relaxa que eu te tiro daqui, vem."

Desviando das dezenas de alunos que bloqueavam o caminho, Hugo conduziu Eimi até a praia, onde alguns com acesso de tosse estavam sendo atendidos por Kanpai. Hugo só vira a médica da escola uma vez antes, quando um acidente explodira metade da sala de aula daquela metida-a-piadista da Areta.

Kanpai era... estranha. Perfeitamente compreensível o medo que alguns alunos nutriam por ela. A japonesinha era desprovida de qualquer compaixão por seus pacientes. Muito habilidosa, sem dúvida, mas fazia tudo do jeito dela, enfiando varinha goela abaixo, curando queimaduras com o semicongelamento da área queimada... deixava os coitados mais machucados do que antes de sua chegada, mas com o problema em questão resolvido. Não parecia má pessoa. Só um pouco assustadora, com aquele jeitinho *carinhoso* e aquela perna fantasma dela. Onde perdera sua perna original era o segundo mistério mais popular da escola, perdendo apenas para o nome verdadeiro de seu irmãozinho, Rudji.

Na praia, Kanpai recebia assistência de alguns alunos mais velhos e da professora Ivete, que de tanto medo de errar, tratava os pacientes como se tivessem alguma doença infecciosa, mantendo o máximo de distância possível. Suas mãos tremiam, coitada. Devia estar morta de medo de que fosse carregada de lá direto para uma prisão de segurança máxima por homicídio culposo.

Fausto encaminhava um grupo de feridos para outro canto da praia, resmungando o tempo todo que o 'irresponsável' de seu filho não estava lá para ajudá-lo. "Criatura inútil..."

Hugo sentiu uma vontade quase irresistível de esganar o desgraçado, mas se controlou, apertando os ombros de Eimi.

"Pelo amor de Merlim, Ivete!" Kanpai gritou, vindo socorrer a professora, que tinha acabado de sumir com as mãos de uma garota do segundo ano. A menina berrava e Ivete berrava mais alto ainda.

Eimi assistia a tudo horrorizado. Hugo não sabia mais o que fazer para acalmar o garoto. Guiou-o até um canto mais distante da praia e fez com que se sentasse com os pés descalços na areia. "Isso, respira."

Eimi ficou olhando o mar, aos soluços. Os olhinhos inchados de tanto chorar.

Hugo elevou a voz, impaciente. "Pode pará com essa frescura agora, encosto. Já deu né?"

Talvez assim o garoto se tocasse. Hugo sabia que o mineirinho se esforçaria ao máximo para parecer forte diante dele.

E, de fato, Eimi fitou-o com ar de admiração e engoliu o soluço. Hugo, sinceramente, não entendia o que o garoto tinha visto nele. Era legal ser venerado por alguém, mas, ao mesmo tempo, aquilo o deixava desconfortável. Sabia que não merecia aquela adoração toda. Não fazia sentido algum!

Hugo se levantou sem sair de perto do garoto.

Não vira Gislene na confusão. Muito estranho. Ela teria sido a primeira a socorrer os feridos. Devia estar em algum canto namorando o amarelão do Gueco.

Será?

A possibilidade o deixou perplexo. Será que ela tinha mesmo alguma coisa com aquele esquisitinho? Hugo detectara certa... irritação exagerada por parte dela no dia em que ele a provocara sobre o assunto.

Bom, que fosse. Seria bom para ela levar uma ferroada daquele escorpião para aprender a ser menos metida.

Com o passar das horas, os alunos foram se acalmando e Hugo pôde levar Eimi de volta para o quarto, onde o garoto logo pegou no sono, por pura exaustão emocional.

"E esse feriado, hein?", Hugo perguntou ao encontrar Viny e Caimana na porta do dormitório. "Um pouco doentio, não?"

"Doentio?!", Viny brincou, coçando a cabeça. "Não sei de onde tu tirou essa ideia."

"O feriado foi pervertido", Caimana explicou, chateada. "Era pra ser uma homenagem a todos os Azêmolas que morreram acusados de bruxaria."

"Acabou virando um ataque aos Azêmolas que mataram bruxos", Viny completou. "Típico."

"A não ser pelo Kedavra, que era bruxo e matou bruxos, mas esse não conta."

"Esse feriado foi uma verdadeira guerra para implementar. Os conservadores não queriam aprovar a lei. Só aceitaram com a condição de que a homenageada fosse uma europeia." Viny fez careta, "Joaninha d'Arc."

Hugo elevou a sobrancelha, "Quem mais seria se não ela?"

"Adendo, Adendo... vários pajés indígenas foram perseguidos aqui no Brasil por 'bruxaria' e ninguém fala nada. O mínimo que podiam fazer era homenagear um deles."

"A gente fez campanha pela implementação do feriado, quando a ideia ainda era homenagear Azêmolas. Foi no primeiro ano."

"Projeto de lei do venerável senador Átila Antunes", Índio adicionou, aparecendo de repente ao lado deles, no meio do caminho para o Pé de Cachimbo.

"Grande sujeito, o Antunes", Viny exclamou, sem perguntar onde Índio estivera. "É um dos únicos lá em Brasília que ainda defende o tratamento igual para Azêmolas e a divulgação de sua cultura entre os bruxos."

"Todo ano ele tenta inserir Teoria Azêmola e Magia Africana e Ameríndia no currículo escolar. Nunca consegue."

"E nunca desiste!", Viny adicionou, empolgado.

"Foi ele que mudou o calendário escolar, duas décadas atrás", Caimana explicou. "Antes seguíamos o calendário europeu. Aulas começavam em agosto e terminavam em junho. Os alunos só tinham duas semanas de feriado no fim do ano. Um inferno. Quase não se aproveitava o verão!"

Viny cutucou Hugo, "Mexe com a praia dela, dá nisso."

"Engraçadinho."

"Bem que ele podia vir aqui na escola fazer uma visitinha."

"Vinícius Y-Piranga, um tiete... quem diria..." Caimana provocou, mas Viny sorriu de volta sem contestar.

"Estão dizendo que ele vai concorrer à presidência ano que vem", Índio acrescentou, no tom mais natural do mundo.

Viny ficou pálido.

"Tá tirando com a minha cara? Onde tu ouviu isso?!"

Índio deu de ombros, "Por aí."

"As paredes te contaram, né?"

"Mais ou menos isso. Pelo que estão falando lá em Brasília, parece que ele tem chance."

"Meu..." Viny começou, mas não tinha nem palavras para tamanha emoção. "Átila Antunes para Presidente... É difícil uma pessoa honesta chegar tão longe."

"Cê realmente não tem fé na política, né não?"

"E tu tem??"

Índio meneou a cabeça, mas não respondeu. O que aquele garoto tinha de errado? Estava sempre tão sério, tão contido... Nem parecia um pixie!

Viny desistiu do Índio e bateu na porta do Pé de Cachimbo.

Ouviu-se passos lá dentro e, em poucos segundos, a porta se abriu.

"Eu tinha certeza que tu já tava aí, véio. Podemos invadir?"

Capí sorriu hospitaleiro e saiu do caminho para que eles entrassem.

A sala era modesta, como Hugo já vira pela janela. Uma pequena mesa, alguns poucos móveis, duas velhas poltronas, sofá, fogão e pia. Tudo muito bem arranjado no pequeno oco arredondado da árvore. Nos fundos, uma escada esculpida na madeira levava ao segundo andar.

"Teu velho não tá aí não, tá?" Viny perguntou enquanto subiam atrás do Capí.

"Meu pai teve que dar um pulo lá no SAARA para comprar umas coisinhas que quebraram. Ele queria que eu fosse, mas a Kanpai não deixou, por causa da mão."

"Claaaro..." Viny bufou irritado, "Porque mexer em dinheiro é muito complicado e ele precisa do filho bruxo dele pra fazer. Preguiçoso. Aproveitador."

"Viny, por favor..." Capí pediu, parando no pequeno corredor. "Eu podia ter ido. Não teria me custado nada."

"Não te custaria nada ficar vinte e quatro horas por dia trabalhando, né? Tu precisa ter VIDA, Gata Borralheira! Vê se acorda!" Viny deu um tapa amistoso na cabeça do Capí, que apenas sorriu. Não queria discutir.

"Aqui, Adendo", Viny disse, ultrapassando o dono da casa no minúsculo corredor e abrindo a porta menor. "Bem-vindo à masmorra de Quasímodo!"

CAPÍTULO 17

MENOS UM

"Achei que Quasímodo morasse numa catedral, não numa masmorra."

"Ih, o Adendo sabe das coisa!"

"É... eu costumo ler", Hugo rebateu, de brincadeira. Pelo menos de *Corcunda de Notre Dame* ele entendia.

Hugo entrou primeiro, seguido pelos outros. O quarto de Capí era minúsculo, inclusive quanto à altura. Os Pixies precisavam se curvar para transitar ali dentro. Já Hugo ainda não era alto o suficiente para tanto, mas sua cabeça chegava a raspar no teto.

Viny, Caimana e Índio se jogaram no colchão que servia de cama. Não havia muito mais do que aquilo no quarto. Uma pequena cômoda com retratos, um armário simples e uma janelinha que dava para o jardim.

Hugo foi ver os retratos. Dois deles, os mais recentes, eram de comemorações: o primeiro mostrava os professores todos reunidos em volta do aniversariante Capí. Exibiam pequenas lembrancinhas embrulhadas para presente. Manuel era, volta e meia, empurrado para fora da foto, enquanto Atlas não parecia estar nem aí para a pose. Rolava na grama brincando com um garotinho lindo de uns 6 anos de idade que não parava de rir.

O segundo retrato mostrava os Pixies. Pelo ano *'1994'* inscrito na moldura, estavam com a idade de Hugo quando tiraram a foto. Enquanto Viny tentava paquerar Caimana, ela estava mais entretida em arrancar um sorriso do Índio, que insistia em posar sério para a câmera. Capí parecia o menos à vontade ali no meio. Um pouco tímido, retraído. A convivência com os Pixies fizera bem a ele, ao menos em matéria de autoconfiança.

Hugo se deteve no terceiro retrato e lá ficou, intrigado e encantado ao mesmo tempo. Era mais antigo, já um pouco descolorido até. Mas transmitia uma alegria ainda mais profunda que os outros. Talhada na moldura, a inscrição: *'Espírito Santo, 1º de outubro, 1981'*. Em cima da data, um jardim, verde e florido, e uma única pessoa no centro.

Uma mulher. Linda, ruiva e gravidíssima. Numa felicidade contagiante, namorava a câmera como se o amor de sua vida estivesse por detrás das lentes; os olhos vivos, como Hugo jamais vira em ninguém.

"Sua mãe?" Hugo perguntou, sentindo a aproximação do Capí.

"Linda, não era?"

Hugo concordou com a cabeça. "Como todos dizem."

Capí tocou o retrato com um carinho profundo no olhar. "Ela morreu um dia depois dessa foto."

"No parto?" Hugo franziu a testa, surpreso. Achava que mãe e filho houvessem ao menos convivido... por alguns anos, sei lá. Todos falavam tanto dela...

Vendo a tristeza nos olhos do pixie, Hugo concluiu, "Deve ser difícil... conviver com os elogios. Todos terem conhecido sua mãe, menos você."

Capí abriu um sorriso fraco, "Você é muito perceptivo..." e voltou a olhar para a foto. "Dizem que meu pai era um piadista brilhante. Antes de ela morrer."

"Era ele atrás da câmera?"

Capí confirmou, olhando com ternura para a mãe. Ela mexia nos cabelos, fazendo charme para o fotógrafo com uma mão graciosa na barriga.

Sentindo que a conversa já dera o que tinha que dar, Capí foi deitar-se ao lado dos Pixies, deixando Hugo sozinho com o retrato. Aquele assunto claramente ainda era muito doloroso para ele.

Assim que o quarto pixie se instalou na cama, Índio olhou repreensivo para Viny, "A gente precisa conversar."

"Ihhh..."

"É sério, Viny. Alguém podia ter se machucado feio hoje."

Viny ergueu as sobrancelhas. "E o que foi que eu fiz?!"

"Não vem pra cima de mim com essa não! Cê sabia muito bem o que ia provocar pintando aquela parede."

"Ah, que é isso, meo... Não aconteceu nada demais..."

"Nada demais?? Tá, então me diz: o que eles aprenderam com seu showzinho rosa-choque?"

Viny fechou a cara. "Julgamento de ação não é legal, Índio."

"Por favor. Só dessa vez."

Acuado, Viny olhou para Capí, que não apresentou sinal algum de que pularia em sua defesa.

Desta vez até Hugo estava inclinado a concordar com Índio. Se Viny havia realmente planejado causar aquele pandemônio todo, como Índio afirmava, então aquilo era muito sério.

Desistindo de procurar a aprovação dos outros Pixies, Viny bufou. "Tá certo. Você me pergunta o que eles aprenderam: os professores aprenderam que não se deve subestimar técnicas Azêmolas. Elas podem ser mais eficientes que as técnicas bruxas: a gente esconde deles a vassoura, eles inventam o avião. Um a zero pra eles. Tu já andou de asa-delta, Adendo?"

Hugo negou com a cabeça.

"Eu já. É fantástico."

"Não foge do assunto, Viny. E os alunos? O que os alunos aprenderam se machucando? A não brincar com fogo?"

Aquela, o próprio Capí respondeu, sério, "Aprenderam que não se deve cair na bagunça só porque não tem adulto à vista."

Viny sorriu, "Da próxima vez eles agirão com mais sabedoria."

Índio balançou a cabeça em reprovação.

"Que foi?" Viny protestou. "Tu não confia mais em mim não?"

"Confio. Mas seus métodos estão cada vez mais... duvidosos."

"Eu nunca fui muito politicamente correto."

"Já ouviu falar no ditado azêmola de que os fins não justificam os meios?"

"Que meios?!" Viny se irritou. "Eu só pintei uma parede! *Eles* é que fizeram o resto!"

"É..." Índio ironizou, "cê só acendeu o fósforo. O *vento* é que espalhou o fogo."

"Iiiihhh, hoje tu tá chaaaato..."

"Eu fico chato quando cê resolve dar uma de Atlas", Índio cortou.

"A diferença é que eu faço as coisas *consciente* das consequências. Ele faz por infantilidade mesmo."

"Pior ainda!"

"Gente, calma", Capí meteu a mão entre os dois. "Isso aqui tá parecendo um tribunal. Respira..." ele pediu, especificamente para Índio, que obedeceu de má vontade. "Viny foi, de fato, inconsequente, apesar da boa intenção, mas não podemos esquecer que ele não fez tudo sozinho." Capí lançou um olhar para Caimana, que acenou, travessa. "Ficou quietinha né, malandra... Pois é. A Caimana não estava lá de enfeite. Agora, o Viny falou uma coisa que me fez perceber algo bastante sério."

"O quê?" Viny perguntou preocupado.

"Você reclamou que não era legal da parte do Índio julgar uma ação. Mas quando a gente criou os Pixies, ficou combinado que iríamos sempre discutir nossas ações *antes* que acontecessem – o que não foi feito – e depois que acontecessem, para analisar os resultados. E, de fato, fizemos isso nos primeiros meses. Mas em algum momento nesses três anos de existência, nós perdemos o foco!"

Capí correu os olhos pelos Pixies. Vendo que ninguém tinha qualquer objeção a fazer, prosseguiu, "A ação foi válida? Foi. Conseguiu o que planejava? Conseguiu. Mas a que custo?"

"Concordo", Viny disse, surpreendendo até o próprio Capí. "Tu tá coberto de razão, véio. Como sempre. Mas numa revolução, mesmo que pacífica, pessoas se machucam. Eu e a Cai apenas pintamos a parede de rosa. A bagunça em si foi causada pelo que há de ruim nas pessoas. Em todas elas, que tomaram proveito da situação. Isso revela um grande erro no sistema."

"Que erro?" Hugo perguntou, indo sentar-se na única cadeira do quarto.

Foi Caimana quem respondeu. "O erro de um sistema que treina seus filhos para agirem por medo de punição, não pelo desejo de manter a harmonia. No momento que a autoridade desaparece, o sistema se autodestrói. Nesse caso, no momento em que os professores somem, os alunos bagunçam tudo. Porque sabem que ninguém irá puni-los."

"Essa mesma mentalidade", Capí adicionou, "obriga as escolas a instituírem provas mensais, exames de fim de ano... Com medo de serem reprovados, os alunos estudam pra passar, não pra aprender."

"Acabam virando uns imbecis", Viny adicionou, com a delicadeza que lhe era característica. "Se, por algum motivo, cancelam uma prova, ninguém estuda a matéria ensinada. Por quê? Porque ninguém aprendeu a gostar de estudar. Essa é a maior lição que o Conselho poderia aprender com o que aconteceu hoje. Mas, infelizmente, nada vai mudar."

Índio fez careta. "Talvez até o *oposto* aconteça."

"Como assim?"

"O Conselho pode acabar colocando ainda mais restrições nos alunos, para tentar manter a ordem", Capí explicou. "A não ser que..."

"A não ser que a gente envie um artigo ao jornal", Caimana sorriu, "denunciando o problema."

"Vende-se uma análise pixie!" Viny anunciou empolgado, indo buscar pena e papel na cômoda.

"E eles publicariam??"

"Em que mundo tu vive, Adendo? Eles podem até não concordar com o que a gente diz, mas a marca *pixie* vende jornal. Mmmm... Que tal esse título: *'Quando o feiticeiro vai ao banheiro, o aprendiz encanta vassouras'.*"

"O Conselho vai fazer de tudo pra impedir que publiquem", Caimana advertiu. "Eles têm espiões no jornal, a gente sabe disso."

"Se impedirem, melhor ainda. Daí a gente publica em panfletos com a censura estampada bem grande pra todo mundo ver."

"E cola com feitiço de grude permanente pelas paredes da escola."

"Um panfleto-pixie em cada corredor."

"Vai ser um sucesso."

Capí riu resignado, "Já estou vendo quem vai ficar a semana toda limpando parede."

"É, véio..." Viny tocou seu ombro. "Melhor tu descansar desde hoje. Ânimo, véio. Ânimo! Tudo pela causa!"

"Eeeeee..." Capí comemorou de brincadeira.

"Então", Viny deitou-se e apoiou o pergaminho no chão. "Pontos principa-

"Não, não e não! Você não vai a lugar nenhum!"

"Eu não 'guento mais!"

Os Pixies correram para a janela. Lá embaixo, Ivete fazia um escândalo enquanto Kanpai e Fausto tentavam segurá-la. Tinha os olhos inchados de tanto chorar.

Capí saiu correndo do quarto, seguido de perto por Hugo. Uma pequena multidão já havia se formado em frente ao Pé de Cachimbo para assistir à discussão.

"Eu num si-irvo pra n-nada! Num faço n-nada certo!" Ivete soluçava, enquanto Kanpai tentava consolá-la em vão.

"A menina já está bem, Ivete! Você não destruiu as mãos da garota, elas só desapareceram! É fácil encontrar!"

"Não é so-ó a me-enina! É tu-udo! Eu sô uma i-nútil!"

"Que é isso, professora... Todo mundo te adora!" Capí disse numa voz suave, tocando os ombros de Ivete com carinho. Aquilo pareceu acalmá-la um pouco.

"Capí... o-ocê é um a-mmor... mas num é verda-ade. Num é verdade; nin-guém me gosta. Eu- sô um disa-astre... eu-"

"Respira, professora..." Capí sugeriu e ela tentou obedecer, sugando o ar em intervalos pipocados. Caimana veio confortá-la pelo outro lado.

"Eu n-num sei fa-azer n-ada ce-erto."

"Tá me tirando, 'fessora", Viny sorriu. "Tu é massa! Tuas aulas são as mais divertidas!"

"Eu n-num ensin-ei nada em ci-inco meses!"

Viny sorriu, "Mas foi divertido."

"Viny!" Caimana repreendeu-o, enquanto Ivete explodia em prantos novamente. "Claro que você ensinou, professora! Ensinou sobre duendes silvestres... sobre pacas aladas... sobr-"

"Num ensi-inei, querid-a. Num en-sinei. As paca explo-odiu toda! Nu-um adianta confortá. A escola fica melhor sem mim. Eu vô-o embora."

Capí arregalou os olhos, "Vai o quê??"

"Só vim pe-egar minhas co-oisa aqui e j-á tô sa-indo."

"Que besteira é essa, professora?" Capí disse preocupado. "A senhora não vai a lugar nenhum! Vai desistir fácil assim??"

"Eu ja-á me dimi-iti, querido. O Conse-elho já me libe-erô."

"A Dalila não pode fazer isso com você!" Caimana protestou e Abelardo saiu revoltado do meio da multidão.

"Tu sempre querendo acusar né, sua cobra! A mãe não teve nada a ver com isso!"

"Não vão começar a brigar agora, né?" Índio gritou, já se posicionando entre os dois. Fausto revirou os olhos e preferiu se afastar.

"Que-que é i-isso, me-eninos... A Do-ona Dali-ila num teve na-ada a ver com isso não..."

Caimana deu uma risada sarcástica. "Mas bem que ela deve estar bastante contente com a demissão!"

"CHEGA, Caimana!" Capí levantou a voz irritado, e até Abelardo emudeceu. Todos olharam espantados para o pixie, inclusive os outros Pixies.

Capí não pareceu se intimidar com o silêncio absoluto que o envolveu. Fitou cada rosto com um olhar duro de reprimenda. Um olhar de tamanha autoridade que calou qualquer possível oposição.

Até Ivete preferiu segurar o soluço, por via das dúvidas. Capí tinha crescido uns cinco centímetros só de atitude.

Vendo que a confusão estava sob controle, ele retomou sua postura amena e olhou com carinho nos olhos encharcados da professora. "Como a gente vai ficar sem a senhora? Eu peço que reconsidere."

"Num tem mais jeito não, meu anjo..."

Capí suspirou inconformado, "Pense um pouco mais, professora... Quem vai ficar no seu lugar?!!"

Um pouco mais calma, Ivete respirou fundo, colocou as mãos nos ombros do pixie e declarou:

"Ocê."

Capí arregalou os olhos. "Eu?!"

"Só por um tempinho."

"Mas-"

"Mas nada. Tá decidido já."

Caimana inclinou a cabeça, um tanto cabreira. "A Dalila autorizou isso?"

Fausto se intrometeu, altivo com o novo status do filho. "Não só autorizou, como adorou a sugestão."

"Isso tá me cheirando a armadilha", Caimana insistiu pela milésima vez, indo buscar os temperos na dispensa do Pé de Cachimbo, ao lado da escada. "Ela quer uma desculpa pra expulsar o Capí, é isso."

"Esquece a Dalila, Cai!" Viny se jogou no sofá, ao lado de Hugo. "Não tem muita gente especializada em animais por aí. Não é tão fácil quanto achar professores de Feitiço, por exemplo."

"Se a aula fosse cancelada até que arranjassem um novo professor, os pais iam reclamar", Índio completou, comandando o corte dos legumes com sua varinha. "E mesmo que, por algum milagre, encontrassem um especialista em menos de um dia, levaria semanas até que o novo professor se adaptasse à floresta."

"Resumindo: a Dalila não teve muita escolha a não ser aceitar a sugestão da Ivete. Que foi, véio?"

Capí não falara uma palavra desde que haviam voltado ao Pé de Cachimbo. Preparava o jantar do pai no mais absoluto silêncio.

"Véio, tu vai ganhar um dinheirinho pela primeira vez na tua vida! Não é salário de professor, mas já ajuda né?"

Capí meneou a cabeça. Não parecia muito convencido.

"Dar essa aula é tudo que tu mais queria nesse mundo!"

"Não às custas da Ivete", Capí retrucou, descontente. "Ela é um amor de pessoa. Não devia ter desistido assim... Se eu tivesse ajudado mais, talvez-"

"Talvez nada, cabeção! Tu fez o máximo que pôde. Ela era um amor de pessoa mesmo, mas era desajeitada pra caramba!"

Caimana pousou a mão no ombro do Capí. "Ela vai encontrar alguma coisa melhor. Você vai ver."

Capí concordou, um pouco inseguro, e adicionou algumas ervas ao caldeirão. "Eu não vou ter tempo de planejar as aulas."

"E tu lá precisa planejar alguma coisa?!"

"Mesmo assim, Cai... são *dez* aulas de Mundo Animal por semana. Duas para cada série, até o quinto ano."

"E coincidem com os horários das nossas", Índio adicionou. "Isso é verdade."

"Ah, véio. Todo mundo sabe que tu só assiste aula por formalidade mesmo. Tu sabe mais que os professores!"

"Não é bem assim."

"Tá, pequeno exagero meu. Mas é quase isso."

Caimana sorriu, "Você não viu o orgulho nos olhos do seu pai?"

"Não era bem orgulho, né, Cai", Viny contestou. "Era nariz empinado mesmo. Arrogância pura e simples. *Olhem pra mim, eu sou pai de um professor.*"

"Viny..."

"Aquele lá não sente orgulho por ninguém."

Capí baixou o olhar. Aquele assunto o incomodava profundamente e Caimana sabia disso. Tanto que pediu com os olhos para que Viny parasse. No que ele, contra todas as suas vontades, obedeceu.

"Tu podia ensinar *ectoplásmicos*."

"Eles só sobrevivem na Islândia, Viny..."

"Viu! Tu sabe tudo!" Viny disse, apagando a fumaça alaranjada que produzira com a varinha; talvez uma representação fajuta dos tais ectoplásmicos.

"É só até o semestre terminar", Caimana insistiu. "Nas férias o Conselho arranja outra professora."

Capí adicionou uma pitada de algum pó desconhecido e voltou a mexer. "Pois é. Eu tenho medo de que 'outra professora' eles vão arranjar. Índio, pega uma folha de louro cigano pra mim lá no jardim?"

Índio saiu correndo e voltou com umas folhas coloridas que Capí espalhou pelo caldo.

"Que tal?"

Caimana provou da colher que Capí lhe ofereceu e lambeu os beiços, "Já pode casar."

"Ninguém faz comida pra diabético hipertenso como ele", Viny sussurrou para Hugo em tom de brincadeira, mas logo fechou a cara, *"Aquele besta do Fausto não merece o filho que tem... Devia era aprender a cozinhar e deixar o Capí se divertir um pouco. Se bem que... se o Capí cozinhasse pra mim todo dia, até eu viraria vegetariano.* Falando nisso", Viny ergueu a voz, dirigindo-se a Capí, "Tu deu um show lá fora, véio!"

Capí meneou a cabeça, amável mas sério. "Eu não tolero desrespeito. Ainda mais com alguém que está sofrendo."

"E você está coberto de razão", Caimana concordou, sentindo-se claramente culpada.

"Que tu tem, Adendo?"

Hugo estava quieto... soturno até. Lustrava sua varinha com o cuidado de quem lustra uma joia preciosa. Estava prestando atenção na conversa, mas parte de sua mente tentava fugir... Se proteger de gostar muito daquilo tudo. Era quase certo que ele seria expulso antes do final daquela semana. A punição pelo ataque ao Abelardo estava demorando por algum motivo, mas viria. E era melhor que Hugo se desconectasse logo, para que a separação fosse o menos dolorosa possível.

Será que eles quebravam a varinha de quem era expulso?

Hugo lutaria até o fim por ela. Machucaria alguém se preciso fosse.

"Saca só", Viny disse, jogando um pequeno livro branco em seu colo. "Para expandir seus horizontes."

Hugo guardou a varinha e pegou o livro, que não era maior que uma daquelas minibíblias de bolso. Começando a folheá-lo, logo franziu a testa. "Isso é alguma piada?"

Eram páginas em branco.

"Não. Não é uma piada. É um dicionário. Mas se quiser chamar de piada, também pode."

"Dicionário?" Hugo ergueu a sobrancelha, revirando intrigado as páginas vazias. Já estava prestes a desistir quando resolveu tentar outra estratégia.

Fechou o livro e falou em voz alta: *"Ectoplásmico."*

"Esperto..." Viny sorriu satisfeito. "Sabia que tu ia sacar."

Quando Hugo abriu o livro novamente, lá estava:

Ectoplásmico 1. s. *Bru.* Animal nórdico disforme e semimaterial, toma a forma etérea de diversos animais. 2. adj. Concernente ao ectoplasma.

Ectoplasma s.m. *Espir.* Plasma de origem psíquica que emana de certos médiuns. *Bru.* Substância de que são feitos os Axés.

Plasma s.m. *Bru. Espir.* Quarto estado de energia, que transcende à matéria. Pode ser materializado através de ação especializada.

Axé s.m. *Bru.* Semimaterialização ectoplásmica da alegria de um bruxo. Proteção temporária contra o mau-olhado. *Feit.* Saravá.

Saravá s.m. 1. *Bru.* Feitiço que materializa o Axé 2. *Iorubá.* Força interna que movimenta a natureza.

Mau-olhado s.m. Concernente ao Quebranto.

Quebranto s.m. Contraposto ao Axé, emana energia negativa...

"Genial..." Hugo murmurou. A lista continuava. Era praticamente interminável... Páginas e páginas, seguindo a mesma lógica. Hugo pulou umas cinquenta folhas e encontrou mais definições. De alguma forma, a corrente já havia chegado em '**Carro** s.m. *Azml.* Objeto poluidor de locomoção, equipado com quatro rodas e um motor.'

Hugo riu, maravilhado. "Isso não acaba não?"

"Acaba quando as páginas terminam. Se o dicionário fosse maior, continuaria *ad infinitum*. Tu vai aprender isso em Leis da Magia."

"Lei número 8", Caimana explicou, trazendo para eles duas pequenas cumbucas com restos da sopa. "Da Informação Infinita: 'O número de fenômenos a serem conhecidos é infinito. Sempre haverá coisas novas a aprender.'"

"Uma coisa leva a outra. Infinitamente."

"Maneiro", Hugo deu mais uma rápida olhada no livro antes de devolvê-lo a Viny, que recusou.

"É seu."

"Não brinca?!" Hugo exclamou radiante, passando os olhos pelo pequeno livro mais uma vez. Não era sempre que ele ganhava um presente assim do nada. "Valeu!" ele disse agradecido, guardando o dicionário no bolso da jaqueta.

"Aí, véio!" Viny chamou. "Dei teu dicionário pro Adendo, tranquilo?"

Capí riu lá do fogão, mas Viny levou uma colherada de pau na cabeça, acoplada a um olhar matador de Caimana.

Hugo tentou disfarçar a decepção, mas foi difícil esconder o desânimo enquanto punha a mão no bolso para devolver o livrinho.

"Ei ei ei!" Capí repreendeu-o. "Relaxa, Hugo. O Viny fez muito bem em te dar o dicionário. Você precisa mais dele do que eu."

Hugo olhou de um para o outro, inseguro, mas guardou o dicionário de volta no bolso, por via das dúvidas, e agradeceu antes que Capí mudasse de ideia. "Deve ter custado caro..." ele ainda disse, encabulado.

"Uma fortuna..." Viny respondeu brincando. "Foi o Capí que criou. Eu não sei onde ele arranja tempo pra pensar nessas cois-"

Alguém tinha batido na porta. Pela cara dos Pixies, não era algo muito comum de acontecer.

Capí enxugou as mãos e foi abri-la.

"Capí... pessoal..." Beni cumprimentou-os com cara de enterro. "O Hugo tá aí?"

Hugo se encolheu levemente no sofá. Era agora... Agora que ele seria expulso dali para sempre.

Após segundos de hesitação, Capí deixou que Beni entrasse.

"É bom você se preparar para o pior, amiguinho", Beni disse soturno, entregando a Hugo um bilhete oficial. "O Conselho quer falar com você. Imediatamente."

CAPÍTULO 18

PIXIES NO CONTROLE

Dalila Lacerda andava de um lado para o outro do escritório. Era um salão grande, todo em estilo inglês, arrumado nos mínimos detalhes. Quadros europeus espalhados com gosto pelas paredes, móveis de séculos passados... tudo tinindo.

A mesa do Conselho ficava ao fundo, enorme, de madeira maciça, numa elevação que tinha como único objetivo intimidar quem estivesse à sua frente. Das três cadeiras, a do meio era a mais ornamentada. Sem dúvida, cadeira cativa da conselheira.

Hugo tentava ao máximo disfarçar a ansiedade, mas estava difícil. Sua vontade no momento era de esganar a Dalila, que o deixava esperando daquele jeito. Que falasse logo o que tinha de falar! Acabasse com aquela agonia de uma vez! Mas não... ficava lá, andando de um lado para o outro com cara de *bruxa*.

Uma bruxa linda e loira, mas ainda assim, uma *bruxa*.

Pele delicada, mãos finas, cabelos de um brilho quase mágico. E as orelhas... Como Hugo não notara aquelas orelhas antes?

"Seu bandidinho", ela disse finalmente, e qualquer admiração que Hugo pudesse ter sentido por sua beleza evaporou num instante, substituída por um desprezo quase tão intenso quanto o que ele sentia pelos filhos dela.

"Bandidinho é a mãe", Hugo respondeu sem medo. Sabia que já estava expulso mesmo. Expulso e morto, nas mãos do Caiçara. Não tinha mais nada a perder.

Dalila fechou a cara, "Como ousa falar com o Conselho desse jeito?"

Hugo continuou encarando-a, e Dalila dirigiu-se aos outros dois, irritadíssima. "Eu bem que adverti sobre o perigo de deixar esse projeto de criminoso entrar na Korkovado. Desvirtuar nossos alunos. Ele e aquela outra lá, vizinha dele. Antro de bandidos aquele lugar."

"Lava tua boca pra falar da Gislene!" Hugo explodiu. "Tem gente honesta na favela também, sua vaca!"

Dalila arregalou os olhos.

"Que foi? Tá surpresa que o *bandidinho* não baixou a cabeça? Qualé?"

Ninguém segurava Hugo agora.

"Aquele filhinho de mamãe..." ele disse com ódio. "Tinha que ir correndo contar tudo pra mamãezinha dele. O Abelardo vai se ver comigo."

Vendo que Dalila emudecera, Pompeu adiantou-se, "Onde está sua varinha, menino?", e estendeu a mão para que Hugo a entregasse.

"Eu escondi antes de vir pra cá. Tá pensando que eu sou otário? Preciso dela pra me vingar do dedo-duro."

"O Abelardo não me contou nada, criatura!" Dalila defendeu o filho, assustada.

"Ah, não, é?"

"Meus dois filhos vão parar na enfermaria no mesmo dia e você achava que a notícia não ia chegar até mim, *criatura*?!"

"Para de me chamar de criatura! Eu tenho nome!"

"Tem mesmo?" ela provocou, e toda a segurança que Hugo estivera sentindo até então se esvaiu por completo.

Ela sabia seu nome verdadeiro... Claro que sabia. Óbvio. Como ele pudera ser tão burro a ponto de ameaçar um membro do Conselho? Estava se achando tão inteligente...

Um pouco mais contido, Hugo murmurou "Só pedi para não me chamar de criatura."

"Ou o quê?" Dalila desafiou, já sem medo algum. "Você vai sair correndo contar pra mamãe? Tua mãe ao menos *sabe* o que você é?"

Hugo congelou. Ela estava jogando o mesmo jogo dele. Só que, enquanto ele fazia ameaças vazias, as dela eram... Hugo tinha muito mais a perder do que imaginara.

Dalila ergueu a sobrancelha, "Talvez devêssemos contar pra ela, que tal?"

"Não!" ele gritou antes que pudesse se segurar. E, já que o 'não' já tinha saído mesmo, deixou sua máscara cair de vez. "Não... por favor..."

Era melhor mostrar-se frágil. Talvez despertasse alguma piedade. Ele não podia voltar para o Dona Marta... não podia. Nem muito menos para uma casa onde sua mãe o trataria como o demônio encarnado.

"Um bruxo na família... que maldição..." Dalila provocou, fingindo pena.

"Dalila, não é pra tanto..." Vladimir aproximou-se, tentando acalmar a situação. "Dá outra chance pro menino."

"Ele ameaçou meu filho! Ou você não ouviu?"

"A ameaça ainda está valendo", Hugo disse frio e Dalila fixou seus olhos nos dele. Parecia tentar acessar o quanto de verdade havia na ameaça.

"Olha! Uma festinha e ninguém me chamou!"

Os dois quebraram o olhar para ver Zoroasta praticamente flutuar pela porta com sua delicadeza desconcertante.

Chegou sorrindo, mas logo franziu a testa. "Nossa... que clima pesado! Por que não abre as janelas, querido?"

"Estou sem varinha", Hugo respondeu sério, voltando a encarar Dalila.

"Mas isso não pode! É uma varinha tão bonita... toda vermelhinha–"

"Madame Zoroasta", Vladimir interrompeu-a, meio sem jeito. "Estamos no meio de algo importante aqui."

"Eu sei!!!" ela disse, abrindo um sorriso sapeca do tamanho da presença dela. "É por isso que estou aqui!"

"Você sabe?!"

"Eu sei de tudo, bobinho!"

"Então deve estar ciente de que estamos expulsando este aqui."

Hugo sentiu um calafrio. Não que ele já não soubesse, mas ouvir a sentença dita plenamente daquele jeito era muito forte.

"Ah, que é isso... Espantar esse anjinho aqui? Só por cima das minhas cinzas! Imagina, que bobagem..."

"*Anjinho*? A senhora não ouviu as barbaridades que ele acabou de me dizer."

"Ah, a juventude..." ela suspirou. "Sempre cheios de bravata."

"Mas-"

"Ele é meu protegido", Zoroasta declarou resoluta.

Pompeu assumiu a dianteira, "A senhora nos garantiu que tomaria conta dele e não está fazendo um grande trabalho!"

"Quê?!" Hugo perguntou sem entender mais nada.

"Besteira dele, querido. Besteira dele", ela deu tapinhas em seu ombro. "Eles não vão te tirar daqui. Ou eu não me chamo Aurora."

Pompeu revirou os olhos. "A senhora não se chama Aurora."

"Detaaaalhes tão pequeeenos de nós doooois..." Zô cantarolou. "Dê mais uma chance ao anjinho... Ele promete que não vai mais fazer caquinha, não é mesmo?"

"Prometo", Hugo riu, adorando aquilo tudo. Especialmente a cara de absoluto desprezo que Dalila estava fazendo. Ela não podia fazer nada! A Zô era a diretora. A Zô tinha a última palavra.

Seu alívio não cabia dentro do peito. Ele queria gritar, rir na cara da conselheira, provocá-la, dizer para todo mundo que ninguém iria tirá-lo dali.

Mas segurou tudo aquilo dentro de si, deixando transparecer apenas um leve sorriso de provocação.

Dalila bufou, tentando se acalmar, "Ele já expulsou um professor daqui... não duvido nada que tenha afugentado a Ivete também."

"Isso é injustiça!" Hugo protestou, mas Zoroasta apertou seu ombro como que para acalmá-lo discretamente.

"Que feio, Dalila... que feio... tsc tsc tsc... acusando a criança sem provas..."

"Eu tenho testemunhas! Meu filho me informou sobre o que ele fez com o... Manuel."

"Saraiva", Pompeu corrigiu.

"Isso."

"Teu filho??" Hugo rebateu, inconformado. "O Abelardo nem tá no meu ano! Ele não viu nada-"

"Meu OUTRO filho. Aquele peste vira-lata."

Gueco.

"Dalila", Pompeu murmurou em seu ouvido. "Talvez seja melhor mantê-lo aqui. Perigoso dentro; mais perigoso fora."

"Sábias palavras", Hugo disse sério, sem tirar os olhos da conselheira.

Agora ele estava tranquilo. Não teria nunca mais que voltar para o Dona Marta... Dalila não o expulsaria. Não enquanto tivesse alguma dúvida quanto à credibilidade de suas ameaças.

Melhor ainda: agora Hugo sabia que Abelardo não contara nada à mãe sobre o ataque que sofrera na praia. O Anjo estava com medo dele...

"Tudo bem... Hugo", Dalila disse, com ar magnânimo. "Vamos te dar mais uma chance."

Hugo sorriu, satisfeito.

"Mas você é esquentadinho demais!!"

"Ah, bobagem, Vladimir! Todos os anjinhos dessa idade brigam, é normal!"

"Não, Zoroasta, não é normal", Pompeu rebateu e Zô ergueu as sobrancelhas, genuinamente surpresa.

"Ah, não?"

"Não."

Naquele momento, um corvo entrou no recinto, estilhaçando a única janela fechada da sala, e todos se abaixaram para se proteger dos cacos. O pássaro negro ainda sobrevoou o salão antes de largar um envelope nas mãos de Zoroasta, saindo esbaforido pelo mesmo buraco que fizera.

"Os animais hoje em dia não têm nenhuma educação..." Dalila resmungou, reconstruindo a vidraça com um movimento de varinha.

"Ô!" Zô exclamou delicada, lendo a carta em suas mãos, "Que Gandalf o tenha..."

Passando o bilhete para Pompeu, foi examinar curiosa os quadros do salão.

"Barbaridade..." Pompeu murmurou, passando o bilhete para Dalila. Vladimir leu por cima dos ombros da conselheira.

"Morreu mesmo?"

"Morreu."

"De morte matada?"

"Aham..."

Vladimir arregalou os olhos. "Como é possível?"

Hugo ficou observando sem entender nada.

Zoroasta desistiu dos quadros e despediu-se de todos dizendo que precisava arrumar as malas. Piscou para Hugo e desapareceu.

Simplesmente sumiu no ar. Puf.

Foi seguida por Dalila e Pompeu, que preferiram usar a porta.

"Quanto a você, Hugo, meu querido", Vladimir adiantou-se, amável. "Esperamos que aproveite este período de férias escolares para descansar a cabeça e pensar muito nas suas atitudes e no que você quer fazer da sua vida. E que você volte de casa mais calmo para o segundo semestre, porque não tem nenhum bicho-papão aqui querendo te comer."

Vladimir pegou seu chapéu e seguiu os outros conselheiros, deixando Hugo lá sozinho.

E em pânico.

Férias.

Nunca aquela palavra soara tão aterrorizante quanto naquele momento.

Como Hugo podia ter se esquecido das férias...

"A gente é obrigado a sair da escola nas férias?"

"Por que, Adendo? Tá gostando tanto assim daqui? Acredite, férias aqui dentro são um porre. Não tem nada pra fazer. Pergunta pro Capí."

"Você não respondeu minha pergunta", Hugo insistiu, aflito.

"Tu tá com sorte. Uma semana atrás e eu não saberia a resposta."

"E então?"

"É proibido", Viny respondeu, destroçando todas as esperanças que lhe restavam. "Os alunos que têm casa devem voltar para ela. Está no regulamento. Li ontem."

"Mas isso não faz sentido!"

"Claro que faz. Tu não acha que metade dos alunos adoraria ficar longe da família nas férias? A Korkovado seria uma destruidora de lares! Sem contar que precisariam fazer comida para todo mundo e não há verba pra isso."

Hugo tentou disfarçar o desespero. Não podia voltar para o Dona Marta. Não podia... "Eu posso ir pra tua casa?"

"Que minha casa o que, Adendo! Eu moro em Santos!"

"Não, claro... esquece."

Hugo estava morto.

"Ae, Pixies!!!" Lepé vibrou ao passar pelos dois. Tinha nas mãos um dos panfletos que Caimana e Viny haviam espalhado pela escola.

Viny riu. "O Lepé é o máximo. Tu sabe que ele era o mais popular da escola antes da gente chegar? Campeão de Zênite, maior Pisantino que já existiu, bom em tudo. Vivia seguido por fãs. Perdeu o posto pra gente e nem ligou. Gente finíssima."

Hugo não estava prestando muita atenção. Passara os últimos dias tentando descobrir o que fazer. Dormir na rua não dormiria. Ficar na casa do Capí também estava fora de cogitação. Não suportaria a companhia do pai dele por mais de uma hora.

O pior era que, quanto mais pensava em todas as possíveis maneiras de não ter de voltar para casa, mais ele sentia saudades daquele contêiner ridículo. Das broncas da mãe, de sua Abaya querida... Não pensava nas duas há meses! Agora, podia até sentir o cheirinho de feijão com arroz no ar. Pela primeira vez, Hugo estava sentindo a dor de nunca mais poder voltar pra casa.

"Tá chorando, Adendo?"

"Eu?" Hugo coçou o olho. "Não, não..."

Com a aproximação das provas de meio de ano, os pesadelos com Caiçara foram ficando cada vez mais recorrentes. Hugo tentava ocupar sua cabeça com os estudos e a distribuição clandestina dos panfletos.

Como Caimana previra, o Conselho barrara a publicação do artigo dos Pixies no jornal, e na mesma segunda-feira, centenas de panfletos com o título *Pixies no Controle – Quando o feiticeiro vai ao banheiro o aprendiz encanta vassouras*, estavam permanentemente grudados pelas paredes do colégio. Algumas dezenas no corredor do 71º andar, onde o Conselho se reunia. Na frente de cada panfleto, um grupo de jovens leitores ria e se deliciava com o texto, que misturava crítica séria a piadas escrachadas, no melhor estilo Y-Piranga de escrever.

O panfleto incentivava a desobediência planejada e objetiva. Nunca o desobedecer pelo desobedecer. Estude porque quer, não porque te mandam. E, por favor, QUEIRA estudar. Siga as regras com as quais concorde. Tente mudar as que não fazem sentido. Já na introdução, o artigo dava uma bela bronca no Conselho e no hábito de ameaçar ao invés de convencer. Mas até parece que os conselheiros dariam ouvidos àquilo. Como Viny dizia:

"O Conselho é o órgão que menos ouve conselho."

Pelos comentários que Hugo pescara nos corredores, ficou claro que o *Pixies no Controle* já era uma série conhecida de panfletos. Prática comum. O pesadelo de Dalila. Hugo foi convidado a ler todos os números anteriores: "Quando a Cuca torce o rabo", "O feitiço que saiu pela culatra", "A noite dos conselheiros uivantes", "Quando Merlin chorou"... Muitos alunos colecionavam os panfletinhos, empilhados em seus armários como um tesouro escondido. Relíquias que escapavam à inspeção inescrupulosa do Conselho.

Tirando o fato de que aquela seria, provavelmente, sua última semana de vida, até que aqueles últimos dias foram interessantes.

A não ser pelas aulas de Defesa Pessoal, que haviam se tornado lamentavelmente inofensivas. Atlas voltara ao currículo estabelecido e Hugo arrependera-se profundamente de ter dito aquelas coisas para ele. A mudança tinha sido tão radical que até Gislene desanimara um pouco.

Em compensação, Capí estava arrasando nas aulas de Segredos do Mundo Animal. Vários alunos chegaram a bater na porta do Conselho pedindo que tornassem a mudança permanente, mas um aluno não podia ser professor e ponto final. Aquele reconhecimento pelo filho do caseiro enfurecia Dalila mais ainda do que as provocações do Hugo.

Como Capí tinha dez aulas por semana para planejar, Hugo quase não o via mais, a não ser nas próprias aulas de Mundo Animal. Por isso, foi como uma visão de outro mundo revê-lo passeando com os Pixies no Sub-Saara, naquele último sábado pela manhã.

"Olha lá seus amigos", Gislene apontou, continuando por outro caminho com Francine e Dulcinéia.

Capí parecia exausto, mas alegre. Inteiramente alegre e realizado, como Hugo só o vira no primeiro dia de aula, brincando com aquele unicórnio.

"Como você se sente sendo ignorado?" Caimana provocou Viny, depois que mais um grupinho de meninas fez questão de esbarrar no Capí, e não nele.

"É..." Viny suspirou. "Capí conquistando corações!"

Era mais do que isso. Hugo via admiração nos olhos dos alunos. Admiração e respeito pelo novo professor.

Capí meneou a cabeça, "O quarto ano é que está difícil."

"Pois é, véio. Ninguém aguenta Pixies e Anjos na mesma turma. Mas tu se saiu muito bem. As mantiqueiras foram sensacionais. Até o Abelardo teve que admitir."

Hugo verbalizou 'mantiqueira' para o dicionário, que devolveu:

Mantiqueira et. *amana-tykyra*, s.m. *Tupi.* Gotas de chuva. *Bru.* Animal microscópico que brilha ao entrar em contato com o calor. Sua aglomeração é denominada Fumaça Viva.

Fumaça Viva s.m. Concernente a Mantiqueira.

Vida s.m. *Espir.* Fenômeno precioso que deve ser protegido a todo custo.

Tá... aquela última tinha sido contribuição do Capí.

Já era semana de provas, mas os Pixies não costumavam estudar de véspera. Na ética Pixie, isso era proibido. Eles estudavam tudo que tinham que estudar e iam até além, mas ao longo do semestre inteiro. Nunca na última semana. Talvez por isso fossem os alunos mais despreocupados no SAARA. Os outros marcavam presença por pura obrigação de dia dos namorados. Era quase possível ver as moscas de preocupação rondando suas cabeças.

Já os problemas de Hugo eram muito mais sérios do que notas num boletim. Cada dia que passava era como um passo em direção à cadeira elétrica. As preocupações infantis dos outros alunos chegavam até a irritá-lo. Provas... quem se importava com provas...

Hugo até que se saíra muito bem na maioria delas. Tirara nota 10 em Defesa Pessoal e Alquimia Moderna, para desgosto de Rudji. Sete e meio em História – o suficiente para que Oz não cortasse sua cabeça com os olhos, e a prova de Ética... bom, Gardênia lera o panfleto dos Pixies e desistira de dar nota, o que era absolutamente sensacional. Os alunos apostavam na utilização da mesma desculpa para as provas de Astrologia e Astronomia, já que, entre bofetadas e pontapés, os irmãos siameses não haviam ensinado praticamente nada.

Surpreendentes mesmo estavam sendo as notas de Rafinha. Ele tinha migrado de *zeros* e *uns* nos exames intermediários para *quatros* e *cincos* nas provas de final de semestre.

Hugo começara a notar mudanças desde que Rafinha passara a sentar ao lado de Gislene na aula de Leis da Magia. Antes, ele mal escrevia nas provas, tamanha a sua má vontade. Depois de mudar de lugar, começou a fazer anotações e passou a entregar o dever de casa religiosamente em dia. Devia estar querendo impressioná-la. Coitado. Ia ficar esperando sentado.

Em Leis da Magia, Hugo recebera seu 8,5 satisfeito. Nota razoável, visto que a aula era teórica demais para seu gosto.

Neste dia, um burburinho nas fileiras da frente chamou sua atenção, e Hugo levantou-se para ver o choque no rosto de Rafinha, seus olhos fixos no 6.0 em sua prova.

Antes que Rafinha pudesse dizer qualquer coisa, Gislene arrancou a prova de suas mãos.

"Devolve, Gi!"

"Não senhor!" ela disse, toda feliz, "Ele tem que ver isso!" e saiu correndo porta afora.

Aquela festa toda por uma notinha medíocre daquelas? Merecia da Gislene no máximo um "não fez nada além de sua obrigação". Não era do feitio dela sair por aí dando piruetas por resultados medíocres.

Mas Hugo gostava de Rafinha. Não implicaria com ele.

Viny deu um toque em seu ombro, chamando-o de volta à realidade, e Hugo seguiu os Pixies para dentro da loja *Poeiras e Cia.*, onde ele e Caimana pretendiam comprar uma Poeira a pedido dos professores de Teatro.

Escolheram uma caixinha de madeira com dez compartimentos, cada um preenchido com pó de cores diferentes.

"Nossos efeitos especiais", Caimana explicou, apontando para os compartimentos. "Explosivos, fumaça, pó para transporte, envelhecedores, aromatizadores..."

"Tu devia entrar pro teatro com a gente, Adendo", Viny insistiu pela milésima vez naquela semana. "Camaleão como tu é, faria sucesso."

"Ainda tem tempo", Caimana adicionou. "As inscrições só terminam em Agosto."

Ele não estaria vivo em Agosto...

"Não é uma belezura essa Poeira?" o vendedor se intrometeu entre eles.

"A gente vai levar."

"Não querem a de 20? Mais cores, mais possibilidades!"

"Não, não, obrigada."

"E a de 30? Vem direto da escola de bruxos-atores da Broadway!"

"Não será necessário."

"Eu não te conheço de algum lugar?" Hugo indagou, mas logo percebeu de quem se tratava e tratou de se esconder atrás de Viny. Era o balconista da loja de caldeirões. Seu rosto magro e esburacado era inconfundível.

"Eu não entendo os *Azêmolas*", ele dizia, embrulhando a caixa com um movimento de varinha. "Como podem fazer teatro decente sem, pelo menos, 15 pós desses? São 299 bufões."

Caimana arregalou os olhos. "299?? Tá louco?"

O vendedor apoiou-se, folgado, no balcão e passou as mãos pelos cabelos lambidos. "Talvez vocês encontrem preço menor no *Caldeirões e Caldeirinhas*", ele disse, com um sorriso afetado na direção de Hugo, que não soube onde esconder a cara.

Viny olhou para os dois sem entender nada, mas preferiu resolver o impasse com uma diplomacia digna de Capí, "Vamos fazer o seguinte. Eu levo aquelas duas máscaras também e arredondamos para 300."

"Fechado", o balconista concordou, juntando ao pacote mais dois potes de pó com máscaras desenhadas na embalagem.

Capí olhou para o amigo, visivelmente impressionado. Evitar brigas desnecessárias não era um forte do Viny.

Talvez fosse o espírito do dia dos namorados. Ele só tinha cabeça para aquilo.

"Acha que o Beni gostaria dessa gravata?" Viny provocou na loja seguinte, levando uma gravata verde ao pescoço e posando para Caimana.

Ela ensaiou um sorriso, mas estava claramente se mordendo de ciúme.

Viny riu, dirigindo-se à vendedora, "Vou levar a vermelha."

Hugo assistia a tudo num verdadeiro turbilhão de emoções. A aflição pelas férias iminentes agora se juntara à vergonha de ter feito Viny perder dinheiro. Maldita hora em que enganara aquele balconista.

Mas Viny não pareceu ter se incomodado nem um pouco. Também, o garoto era uma verdadeira máquina de dinheiro! Ele se vestia só de colete e calça por pura rebeldia mesmo, porque dinheiro ele tinha de sobra para comprar roupas até mais caras que as do Abelardo. E Viny não economizava, em perfumes, cremes para cabelo, relógios de bolso, apetrechos duvidosos e livros, principalmente livros.

"Vai levar?" Capí perguntou ao ver Hugo admirando uma correntinha de ouro pendurada junto a outras tantas na parede da loja de gravatas.

"Por que eu levaria?" Hugo respondeu sem tirar os olhos da tornozeleira. Ficaria linda em Maria. Mas ele não tinha dinheiro para aquelas extravagâncias. Além do que, nunca sabia exatamente onde ou quando iria vê-la. Seus encontros eram sempre tão fortuitos...

Vendo que Capí não arredara o pé dali, Hugo perguntou, "O que te faz pensar que eu teria alguém para presentear?"

"Teus olhos", ele respondeu, com um sorriso bondoso. "É a tal caipira?"

Hugo assentiu em silêncio. Havia contado para o pixie sobre ela há pouco menos de um mês e até agora não entendia por que o fizera. Como Capí conseguia arrancar tanta sinceridade dele? Para qualquer outro pixie, Hugo nunca teria confessado seus sentimentos. Talvez porque teriam zombado dele, feito piada, quem sabe. Agora, aquele era um segredo guardado e comentado apenas entre os dois.

"Pode deixar que eu compro", Capí disse de repente, pegando a tornozeleira e levando ao balcão sem que os outros Pixies vissem.

"Ei!" Hugo sussurrou atrás dele.

"Que foi? Não posso fazer um favor a um amigo?"

"Você mal tem dinheiro para as próprias coisas!"

"Se eu não comprar, você vai acabar não levando. Eu te conheço. Além do mais", ele acrescentou, antes que Hugo pudesse protestar, "eu não saberia em que gastar o bônus das aulas."

"Como, não saberia? Roupas novas, sapatos novos, relógios novos, qualquer coisa!"

Capí achou graça. "Já tenho tudo que preciso."

Sem palavras para contestar uma sentença dada com tanta categoria, a Hugo só restou ficar observando a preparação do presente. Assim que a vendedora embalou a correntinha, Capí escondeu a pequena caixa no bolso da jaqueta de Hugo e deu o assunto por encerrado.

Aquilo não estava certo. Se bobear, o pixie tinha até menos que ele! E ficava ali, dizendo que não precisava de mais nada. Como assim? Claro que precisava.

Mas quem era Hugo para contrariá-lo. Se Capí queria comprar a correntinha, ótimo. Melhor para Hugo. Agora tinha um presente à altura da moça.

Alguém puxou sua manga, insistentemente.

Era Eimi, ansioso por atenção.

Estranho... O mineirinho não costumava aparecer enquanto Hugo estava na presença dos Pixies. Ficava encabulado demais.

Talvez o assunto fosse mesmo importante.

"Que foi, encosto?" Hugo sussurrou, afastando-o dos Pixies.

"Eu posso ir junto concê nas férias? Num importa onde cê vai, posso ir junto?"

Hugo ergueu a sobrancelha, surpreso. "Teus pais não são os melhores pais do mundo, que fazem tudo por você etc. etc. etc.?"

"Ês é..." Eimi disse, meio tristonho, "quando num tá viajando."

"Tu fica o semestre todo aqui, e quando tu finalmente entra de férias, eles viajam??"

Eimi baixou a cabeça. "Ês trabaia muito... Tudo pesquisador, sabe?" Mas então seus olhos brilharam de orgulho. "Ês vai passar dois mês na Europa estudando sangue de dragão."

"Nossa!" Caimana chegou, toda simpática, falando como quem tenta animar uma criança. "Que legal, Eimi!"

"É..." Eimi concordou, com um sorrisinho nada convincente. "A Gi falou que até pudia me levar pra casa dela, mas que num sabia se era o mió lugar do mundo para eu passar as férias."

Hugo riu. Não era mesmo.

"Daí eu tava pensando em ficar concê, porque ocê gosta de mim e tudo–"

Hugo desviou o olhar, desconfortável com a ingenuidade cega do mineirinho. Como Eimi podia acreditar naquilo... Hugo jamais o tratara com carinho.

Antes que ele pudesse negar o pedido do menino, os dois foram interrompidos por um vozeirão grave e cavernoso.

"Cê vem comigo, muleque."

O ultimato viera de um homem encorpado, grande mesmo – grande e sério, os braços cruzados, a voz cavernal. Mas pelo sorriso do tamanho do mundo que Eimi abrira só de reconhecer sua voz, não devia ser alguém tão ameaçador quanto parecera à primeira vista.

Dando meia volta, o garoto gritou entusiasmadíssimo, "Tio Chico!" saltando em cima do homem, que segurou-o no colo sem qualquer dificuldade e começou a rir, com gosto, daquele ataque histérico do sobrinho. "Emiliano, meu fío... Que tempão! Rapaiz... ocê tá grande, hein!"

Pelos trejeitos, era um homem simples, mas suas roupas diziam outra coisa. Parecia um fazendeiro, daqueles bem ricos. Cinto com fivela de ouro, chapéu branco de ótima qualidade.

Devolvendo Eimi ao chão, Tio Chico acenou para Hugo, mas foi mesmo é cumprimentar Capí, que nem na conversa estava.

"É um enorme prazer te conhecer em pessoa, Ítalo", ele disse, tirando seu chapéu e apertando a mão do pixie entre as suas, um pouco entusiasmado demais.

Capí aceitou o cumprimento, parecendo tão confuso quanto Hugo.

"O prazer é todo meu, Senhor Barbacena", ele disse, levemente desconfortável com aquela atenção toda.

Dando uma última olhada no pixie, como quem olha um ator famoso, Chico Barbacena levou seu sobrinho dali e Hugo pôde contemplar sua tornozeleira em paz, com a reconfortante certeza de que ao menos Eimi não o importunaria mais naqueles seus últimos dias de vida.

CAPÍTULO 19

VERSINHOS MEQUETRÉFICOS

"Sabe, eu não entendo o porquê do nome 'azêmola'", Viny reclinou-se na cadeira, sob uma noite estrelada como só se via nos céus da Korkovado.

A praia, lotada de alunos paquerando à beira-mar, estava toda enfeitada para o dia dos namorados: mesas em formato de coração davam um tom descontraído, enquanto luminárias flutuantes convidavam a um clima mais íntimo. Zô perambulava radiante no meio de tanto amor jovem, soltando coraçõezinhos de fumaça com sua varinha cintilante; seus incontáveis beija-flores abençoando os casais. Lepé estava num chamego só com uma menina do sexto ano, enquanto Dulcinéia e Rafinha tentavam se entender, apesar das diferentes anatomias. E Abelardo, ainda com aquela menina que ele queimara na feijoada...

Os conselheiros estavam todos presentes, vigilantes. Tinham a patética ilusão de que suas presenças ali conseguiriam controlar o nível de hormônios no local. Segundo Capí, eles não podiam fazer nada contra os festejos do dia dos namorados. Era tradição escolar, gravada com tinta permanente na constituição da escola.

Francine volta e meia rondava discretamente a mesa dos Pixies, mas Hugo fingia não ver. Dividia sua atenção entre a procura inquieta pela jovem caipira e o beijo nojento que Gislene estava trocando com Gueco.

O que ela tinha visto naquele amarelão, afinal?

Capí também observava o beijo, mas parecia um pouco aéreo. As preocupações em sua cabeça não deviam ser poucas.

"Acho que cê espantou a Caimana de vez, Viny", Índio comentou, procurando pela loira na multidão. Ela não dera as caras por lá. Talvez ainda estivesse irritada com o comportamento errático do namorado.

Viny fingiu indiferença, voltando ao assunto gramatical: "Por que chamamos os coitados de *Azêmolas*? Pensa bem."

"E por que não chamaríamos?" Índio retrucou.

"Azêmola já existe no vocabulário português. E significa *outra* coisa. Por que somos obrigados a pensar que Azêmolas são... azêmolas, quando tem bruxo muito mais azêmola do que os Azêmolas?"

"No sentido de estúpidos?"

"Exato", Viny bateu na mesa, como se tivesse descoberto a pólvora. "Se é para usarmos um termo que já existe no português, por que não... sei lá, mequetrefe?"

Capí riu, "Mequetrefe... Taí. Gostei."

"Então, a partir de hoje, os Azêmolas estão devidamente rebatizados."

Enquanto os Pixies discorriam sobre tema tão importante para o futuro do país, Hugo juntou seu dicionário aos lábios.

Nas páginas em branco, a definição apareceu:

Mequetrefe s.m. 1. aquele que mete o bedelho onde não é chamado; 2. Indivíduo de caráter duvidoso; 3. Zé ninguém, indivíduo sem importância, inútil, insignificante, desprezível, imprestável; 4. Coisa ou objeto de má qualidade, imprestável, desimportante, malfeito.

Hugo riu, "Apropriado."

"Eu sei. Eu sou um gênio."

"Não que você ache isso tudo dos Azêmolas." Capí corrigiu, tentando preservar a reputação do amigo.

"Não! Claro que não", Viny confirmou, sinalizando os conselheiros com a cabeça, "Mas aqueles lá acham. Fiquemos então com os significados 1 e 5."

Antes que Hugo pudesse informar ao pixie que não havia um significado 5, uma nova frase surgiu logo abaixo das outras quatro definições:

n.s. 5. *Bru.* Não bruxos.

"N. S.?"

"Novo significado."

"Pera aí", Hugo estranhou. "Qualquer palavra que a gente inventa aparece aqui??"

"Pois é", Viny respondeu, se divertindo.

"Não é muito confiável, então, né?"

"O pobre do dicionário é indeciso, coitado... quer agradar. Mas nem todos percebem esse... defeitinho."

"Nem todos saem por aí criando significados a torto e a direito", a voz de Caimana surgiu por detrás de Viny, que pulou da cadeira direto para os braços dela, como se Caimana tivesse voltado dos mortos.

Capí e Índio se entreolharam sorrindo enquanto assistiam ao beijo mais intenso que Hugo já presenciara na vida. Não fazia ideia de que eles se amavam tanto.

Como um cachorrinho empolgado, Viny desgrudou-se de Caimana e foi buscar um caixote de madeira do tamanho de uma televisão média, que deixou na areia aos pés da namorada. No topo, uma carta, que ela abriu e leu, dando risada.

"Nossa, Viny", ela disse, sarcástica. "Chego a ficar emocionada com tanta criatividade..."

Ele apoiou-se na mesa, fazendo voz de galanteador, "Eu sempre soube que eu tinha o dom da poesia."

Caimana fez questão de recitar em voz alta, com toda a intensidade lírica que os versinhos mereciam:

*"Olha que coisa mais linda**
mais cheia de graça
É ela menina
Que vem e que passa."

"Grande Vinícius de Moraes!", Capí aplaudiu.

"E grande Tom Jobim!" Caimana fez questão de acrescentar.

"Droga, fui pego." Viny brincou. "Outros bruxos teriam caído nessa."

"*Outros* bruxos. Não bruxos *mequetréficos* como nós."

"Abre logo o presente, vai!" Viny insistiu e Caimana tocou o caixote com a varinha.

Ao invés de abrir-se, o caixote foi se desfigurando e se desmembrando, transformando-se em algo que não tinha absolutamente nada a ver com o antigo cubo de madeira.

E o rosto de Caimana foi mudando também, do sarcasmo para a surpresa, e da surpresa para as lágrimas quando a metamorfose se completou e ela viu, diante de si, uma prancha de surfe linda, magnífica, da madeira mais nobre.

Caimana levou as mãos à boca, sem palavras.

Acompanhando a curvatura da prancha, em letras entalhadas com muito capricho, estava o verso que faltara na carta:

"Num doce balanço, a caminho do mar..."

Elegante.

"Irmão... você se superou", Capí sorriu orgulhoso e Viny abraçou a menina que não conseguia parar de chorar, cantarolando suavemente em seu ouvido

---

* "Garota de Ipanema", Tom Jobim / Vinicius de Moraes, (c) 1974 by Universal Music Publishing MGB Brasil Ltda. / Tonga Edições Musicais.

enquanto tomava-a para dançar, *"Ah, se ela soubesse, que quando ela passa, o mundo inteirinho se enche de graça...* Ah, moça... tu sabe que tu é única. Os outros são só passagem."

"Se não soubesse, não teria te aturado por tanto tempo", Caimana sorriu, dando um apertão atrevido onde não devia e os outros acharam melhor olhar para outro lado.

"Qual é a deles, afinal?" Hugo perguntou, e Índio respondeu um pouco desgostoso: *"Amor só dura em liberdade. Ciúme é só vaidade."*

"Que é isso?"

"Raul Seixas", Capí esclareceu. "Mequetrefe malucão."

Hugo sorriu, "Conheço."

"É o lema dos dois."

"Tipo amor livre? Cada um namora quem quiser? Mas só vale pro Viny, né, pelo que eu vejo."

"Que nada", Índio retrucou. "Ela mesma andou ficando com alguns garotos por aí, enquanto já namorava o Viny. Com o Lepé durou... quatro meses?"

"Cinco", Capí corrigiu. "Ela se faz de ciumenta, mas sabe que é senhora e dona do coração do Viny. Faz o que quer com ele."

"Eu não aprovo", Índio cruzou os braços. "Acho uma pouca-vergonha dos dois, mas fazer o quê?"

Capí cruzou os braços, parecendo satisfeito com alguma coisa. "Ele fez a prancha com as próprias mãos."

"Não brinca", Índio exclamou, genuinamente impressionado. "Como cê sabe?"

"Faz três semanas que as mãos dele vêm ganhando calos."

"Só você pra notar um detalhe desses, Capí."

"Passou na enfermaria duas vezes pra sumir com as feridas."

"Taí uma boa ideia. Por que você não faz o mesmo?"

Capí analisou suas mãos calejadas e deu de ombros, "Os calos impedem que eu fira minhas mãos o tempo todo. Pra que eu sumiria com eles?"

"Bom..." Índio tentou pensar em um argumento, mas Capí tinha razão. Para Viny, aquele havia sido um esforço de uma só vez – ele não pensava em abrir uma lojinha de pranchas. Já para o Capí, seria realmente idiotice tratar dos calos. Pra que sofrer com mais cortes e mais feridas se podia evitá-los transformando suas mãos em carapaças naturais?

Mas que ele devia ter feito algo quanto à queimadura, isso devia. As cicatrizes ainda estavam lá.

Hugo ficou observando Caimana admirar sua nova prancha em êxtase. Estava, realmente, muito bem feita. Devia ter dado um trabalhão.

"Por que ele não comprou uma?" Hugo perguntou, perplexo. "Dinheiro ele tem de sobra."

Capí sorriu, "Uma prancha de ouro não valeria tanto quanto essa."

"Até porque afundaria!", Viny brincou lá do outro lado, mas Hugo já não estava prestando tanta atenção.

Acabara de avistar Maria, toda tímida como sempre, assistindo os casais à distância, nas sombras das árvores do jardim lateral.

Hugo foi tomado de uma inquietação que não esperava.

Ele já se apaixonara antes, mas não daquela maneira. Tinha algo nela que era... diferente das outras. Uma singeleza, uma meiguice que não era fácil de encontrar. E ela parecia tão distante daquilo tudo... tão fora do lugar...

"É ela?" Capí perguntou discreto, observando-a por detrás dos ombros.

Hugo nem negou, nem confirmou. Suas mãos tremiam.

Apalpando os bolsos, viu que a caixinha ainda estava lá.

Que bobagem, Idá... parece até que nunca fez isso antes!

"O que uma jovem tão linda faz se escondendo?" Viny comentou, vindo sentar-se junto aos outros com Caimana grudada a seu lado. "Engraçado... Nunca vi essa mina por aqui antes."

"Nunca?" Hugo perguntou, surpreso.

"Ele lembraria, acredite", Caimana brincou, roubando mais um beijo do namorado.

"Quem é a moça, véio? É do terceiro ano?"

Capí parecia cabreiro. "Não sei. Não conheço."

Foi a vez dos outros ficarem surpresos.

"Mas tu conhece todo mundo aqui, véio!"

"Pois é. Ela, eu nunca vi."

"Não tem nada demais, gente..." Hugo saiu em defesa da caipira. "Ela é um pouco tímida, só isso."

"Ih! O Adendo tá caidinho por ela!"

"Já fisgou a moça, *adendo*?"

"Eu não te dei essa liberdade!" Hugo olhou de cara feia para Índio, que, por sua vez, fechou a sua. Quem ele pensava que era? De Viny, Hugo tolerava brincadeiras. Do Índio, não.

"Gente, vamos acalmar os ânimos?" Capí interveio, vendo que os dois estavam prestes a se esmurrar. Índio obedeceu, saindo da mesa mal-humorado. Viny aproveitou para sair também, puxando Caimana para um canto mais privado onde os dois pudessem namorar em paz.

Hugo voltou a olhar para o jardim lateral, mas Maria já não estava mais lá.

"Não perca fosfato com coisa boba, Hugo. Eles não quiseram ofender."

"O Índio quis", Hugo retrucou, ainda de cara fechada.

"Dá um tempo pra ele..." Capí pediu, chateado com o desfecho da conversa. "Não é reagindo assim que vocês vão se entender."

"E você quer que eu faça o quê?" Hugo sussurrou, nervoso. *"Que eu bote o rabo entre as pernas e caia fora da briga, como você faz com o Abelardo? Eu não tenho vocação pra ser saco de pancada."*

Assim que acabou de vociferar como um revoltadinho ridículo, Hugo percebeu que tinha pego pesado demais. Capí não merecia aquela agressão toda.

"Me desculpe..." ele disse, procurando se acalmar. "Não foi o que eu quis dizer."

Capí, que tinha permanecido em silêncio durante todo o ataque, respondeu com um sorriso um pouco apagado, mas sincero. "Eu é que me excedi, e peço perdão. De vez em quando tenho essas recaídas. Ninguém é obrigado a aturar uma pessoa dando conselhos que não foram pedidos."

Pausando por alguns segundos, arrematou, "Só não me agrada a ideia de guerras desnecessárias. Se eu fosse revidar cada ataque do Abelardo, essa escola não estaria mais de pé. Um revide levaria a outro, que levaria a outro e a outro, e o conflito não teria fim. Alguém acabaria morto. Provavelmente alguém que eu amo."

Hugo baixou a cabeça, concordando. Já vira conflitos demais acabarem em tragédia para saber que o que Capí estava projetando não era nada fantasioso. Só não sabia se uma rivalidade entre alunos funcionava na mesma intensidade que uma guerra entre traficantes.

Capí parecia imerso em pensamento, como se vislumbrasse toda a destruição que um revide seu poderia acarretar. Vendo que Hugo o fitava com interesse, ele comentou, "Quando eu era criança, meu avô fazia questão de aparecer por aqui ao menos duas vezes por ano, para me visitar."

"Avô por parte de pai?"

"Mãe. Sempre que eu aparecia em casa chateado, triste ou me sentindo humilhado por algum garoto mais velho, ele me olhava fundo nos olhos e perguntava:

'Em cinco anos, isso vai importar?'

Hugo baixou a guarda, refletindo sobre o que acontecera. Realmente, ele se irritava com cada coisa imbecil... Agora que pensava melhor, nem sabia ao certo se estava triste ou aliviado com o sumiço da caipira. Não teria tido coragem de dar o presente a ela, de qualquer maneira.

"Ela parece uma menina especial", Capí comentou, provavelmente percebendo a tensão em seu rosto. Não era a primeira vez que o pixie falava como se tivesse ouvido seus pensamentos, e isso deixava Hugo ligeiramente desconfortável. Capí notava coisas demais nas pessoas.

"Sua amiga quer lhe falar", o pixie avisou, apontando Gislene com a cabeça. Ela estava sozinha agora e parecia ter acabado de desviar os olhos às pressas para outro lugar que não a mesa dos Pixies.

"E aí, irmãzinha!" Hugo brincou, sentando-se no lugar que antes estivera ocupado por seu arqui-inimigo. "Que manda?"

"O que deu em você?" ela perguntou, na defensiva. Devia saber que excesso de simpatia por parte dele não era boa coisa.

Hugo decidiu voltar a ser ele mesmo, "Tu não contou nada de mim praquele amarelão não, né?"

"Não, claro que não", ela disse, séria. "Onde você morou ou deixou de morar não é da conta dele."

"Não é mesmo."

"Mas eu continuo sem entender por que essa vergonha que tu sente de morar lá."

"Eu não tenho vergonha de lá", ele retrucou, sem saber ao certo se o que dizia era verdade ou não.

O rosto de Gislene se iluminou de repente, "Eu não vejo a hora das férias chegarem. Tô morta de saudade do papai."

Férias. Só a menção da palavra já causava uma reviravolta em seu estômago. Talvez Hugo estivesse se preocupando à toa... O Caiçara nem chefe do morro era! Talvez já tivesse até empacotado de vez.

"Meu pai já mandou um montão de cartas", ela disse, animada. "Não aguenta ficar longe de mim por muito tempo. Essa semana ele ainda não escreveu. Deve estar preparando a festa pra quando eu voltar."

"Você troca cartas com o seu pai?!"

"Ué, claro! Você não troca com a sua mãe?"

Hugo ignorou a pergunta. "Ele disse alguma coisa nas cartas sobre o Vip? E o Caiçara?"

"É só sobre o tráfico que tu consegue pensar, seu infeliz?" ela fez careta e respondeu quase com raiva: "Não! Meu pai e eu não gastamos papel conversando sobre assuntos imbecis."

Hugo bufou, irritado. O assunto podia ser imbecil para ela, mas para ele era questão de vida ou morte.

Estava cansado... Cansado de conflito. Cansado daquela tensão toda.

Para não brigar mais, resolveu seguir os conselhos do Capí e procurou se acalmar, acompanhando com os olhos a peça de teatro mudo que os Boêmagos estavam representando à beira-mar, para animar os alunos desacompanhados.

Hugo ainda não se acostumara com eles. Era muito bizarro ver fantasmas andando à solta por aí. Será que viraria um deles se Caiçara o matasse?

"Quando a gente voltar lá pra comunidade, ia ser legal combinar um almoço pra juntar as nossas famílias."

"Eu não vou voltar com você", Hugo disse, sem tirar os olhos dos Boêmagos.

"Como assim? Não entendi."

"Eu não vou voltar pro Dona Marta."

"Ué, por que não?!" Gislene perguntou surpresa, mas Caimana interrompeu-os na hora certa, "Porque o Hugo vem com a gente."

"Eu vou? Pra onde?!"

"Para a casa da Caimana", Viny respondeu, sentando-se ao seu lado. "O grande Heitor Ipanema sempre dá um churrasco em comemoração às férias, e ele quer te conhecer, Adendo!"

"Que honra!" Hugo comemorou, tentando disfarçar o alívio. Talvez depois do churrasco ele conseguisse convencer os Ipanema a ficar por lá como hóspede pelo resto das férias.

Era isso ou juntar-se à trupe dos Boêmagos.

CAPÍTULO 20

A CASA DAS ÓRFÃS

"Olha só quem chegou!" a irmã mais velha de Caimana cumprimentou-os radiante, abrindo a porta da vila e abraçando cada um dos visitantes como se fossem amores íntimos de sua vida.

Hugo ficou completamente sem ação quando aquela deusa nórdica o envolveu num abraço gostoso e demorado. O que ela pensaria dele? Um pateta, na certa.

Se ele já achava Caimana bonita, aquela que os introduzia à Vila Ipanema era uma verdadeira ninfa de tão linda. Incrivelmente cheirosa também, e uma pele... a pele mais macia que já vira em alguém.

"Você deve ser o Hugo", ela disse numa voz aveludada, olhando para ele com um sorriso carinhoso nos olhos azuis. "Seja mais do que bem-vindo. E você, moleca", ela disse, largando a serenidade e indo fazer cócegas na irmã caçula.

Éster era o nome dela.

Éster... nome bonito.

A casa dos Ipanema ficava em Botafogo, a poucos minutos do Dona Marta, numa vila emparedada entre três prédios residenciais na rua São Clemente. Era estranho ver uma família de bruxos morando lado a lado com mequetrefes comuns. E numa vila, ainda por cima. Onde tudo se vê e tudo se ouve! Templo das fofocas terrenas. Como podiam viver ali sem serem descobertos era um mistério.

Éster fechou o portão atrás deles e foi acompanhando-os, sem pressa, pela vila. Não parecia ser muito mais velha que Caimana. No máximo cinco anos de diferença.

"Por que eu nunca vi a Éster na escola?" Hugo sussurrou para Capí enquanto todos seguiam-na até a casa central do lado esquerdo da vila.

"Ela não é bruxa", Capí respondeu.

"Como uma garota linda dessas não é bruxa?! É uma Fiasco então?"

"Não, não. Com os elfos não funciona dessa maneira."

"Elfos???" Hugo interrompeu o pixie, olhando mais uma vez para Éster, que dirigia-se à porta ajeitando os cabelos dourados. Só então ele conseguiu vislumbrar as orelhas, delicadamente pontudas, como nas pinturas do refeitório.

Mas Hugo estava perdendo a explicação do Capí, "As elfas Sindarinas nascem com diversos poderes, mas não são obrigadas a trilhar o caminho da bruxaria. Éster, ao contrário da Caimana, preferiu se dedicar a outros estudos. Ao misticismo."

"Mas a Caimana não é elfa, é?! Ela nem tem orelha pontuda!"

"As orelhas só começam a apontar depois", Capí explicou, abrindo caminho para que Hugo entrasse antes dele.

A casa, que parecera minúscula de fora, era ampla e espaçosa por dentro, mas aquilo não tinha absolutamente nada a ver com magia. Assim que entrou, Hugo pôde perceber que todas as casas do lado esquerdo da vila eram uma só, fingindo ser várias. Por isso a sala tinha várias entradas. Cinco, ao todo. Todas dando para a rua da Vila.

Paredes e móveis brancos, cores claras, enfeites delicadamente trabalhados em madeira e marfim, além de vários tapetes, todos claros e macios. Seria um ambiente angelical, se não fosse pela completa... bagunça.

"Não se assuste com o caos", Éster explicou. "Nosso pai está em mais um de seus frenesis criativos. Se a gente tirar qualquer coisa do lugar em que está, ele vai fazer um escândalo."

Eram papéis e pergaminhos espalhados para tudo quanto era lado, cadeiras caídas no chão, gavetas empilhadas e reviradas por toda a sala. Dezenas de bilhetinhos voadores sobrevoavam pelo ar como borboletas amarelas. Alguns continham anotações literárias: *"Ronaldo não será mais o personagem principal. Dar o papel para Lúcio", "Lei da convivência planetária número 3: bruxos e Azêmolas devem aprender a cooperar" – colocar no capítulo 4, logo após conflito entre Cândido e Ariadne. Ou talvez logo no prólogo"*. Outros bilhetes pareciam ser de natureza mais prática, como o que atingiu Hugo no olho assim que ele entrou: *"Não se esquecer de tomar banho!"*

"Livro novo, sogrão?" Viny gritou para o homem de pouco mais de 40 anos que acabara de surgir no corredor. O Sr. Ipanema não prestou muita atenção. Coçava a cabeça e pensava em voz alta enquanto escrevia freneticamente num pergaminho que flutuava à sua frente.

Olhando para cima, ele anunciou entusiasmado, "Minha obra-prima!" como se fosse um cumprimento aos visitantes, jogando-se no sofá e apoiando o pergaminho nas pernas. "Desculpe aí, garotada! Só mais um segundo e já lhes dou atenção."

Índio balançou a cabeça, lamentando, *"Isso não é bom..."* enquanto Caimana observava o pai com pena nos olhos.

"Que é isso, gente", Viny tentou animá-los em voz baixa. *"Dessa vez vai funcionar. Vocês vão ver."*

Hugo olhou para os três sem entender nada.

"O Heitor é brilhante", Viny explicou. "Seus livros são verdadeiras obras de arte – grandes serviços à humanidade. Mas ele não consegue publicar um espirro que seja. Não é levado a sério, nem pelas editoras, nem por aquele clubinho exclusivo de esnobes invejosos da Academia."

Hugo ficou observando aquele homem que, de tão empolgado, parecia ligeiramente maluco. Seus dedos quase chegavam a sangrar de tanto que ele escrevia, compenetradíssimo.

Enquanto rabiscava com a mão direita, ia tirando ideias de sua cabeça com a mão esquerda; seus dedos passando por detrás da orelha e arrancando de lá os bilhetinhos, que imediatamente começavam a voar pela casa.

Heitor tinha cabelos castanhos ondulados, puxados para o loiro, e o visual de quem não trocava de roupa há semanas.

Aquele rosto lhe era estranhamente familiar, mas Hugo não conseguia se lembrar de onde o conhecia.

"Ele não merece mais uma decepção", Caimana lamentou, observando o pai.

Heitor voltou-se para Hugo de repente, alheio aos comentários que faziam sobre ele. "O que um azêmola faria se fosse amigo de um bruxo e esse bruxo o transformasse em um sapo?"

Hugo titubeou, um pouco surpreendido pela pergunta, mas respondeu, "O mesmo que um bruxo faria... acho."

"É", Viny completou, jogando-se no sofá. "Sairia gritando desesperado."

"*Coaxando* desesperado", Capí corrigiu.

O cheirinho de churrasco já pairava no ar, e Éster chamou Capí para ajudar na preparação da parte vegetariana do almoço. Hugo foi junto, para auxiliar no corte dos legumes. Sem segundas intenções, imagina.

"E a mãe de vocês?" ele perguntou para Éster lá pelo meio da preparação da comida, só então percebendo que talvez não devesse ter perguntado.

Éster respondeu um pouco amarga. "Nós não temos mãe."

"Nascemos de geração espontânea!" Caimana brincou, e Heitor veio finalmente fazer-lhes companhia. "Queridas, queridas... Não sejam tão duras com ela..."

"Abandonou, morreu, não é verdade?" Caimana retrucou com frieza.

Hugo concordava cem por cento. Para ele, seu pai também estava morto, enterrado e decomposto.

A maior parte da família Ipanema não comia carne. Capí também não. Mas Viny e Caimana eram verdadeiros animais carnívoros e Índio não ficava muito atrás. Heitor não dispensava uma carnezinha, mas não parecia estar com fome.

Muitas ideias na cabeça. Levantava de dois em dois minutos para anotar alguma coisa, voltando sempre radiante.

"Pai, quer parar na cadeira por um minuto? A comida está chegando!" Marília, a irmã do meio, pediu enquanto Capí e Éster começavam a servir a parte vegetariana do almoço.

"Mas a comida já não tá na mesa?" Hugo perguntou, engolindo mais um pedaço de picanha maravilhosamente suculenta.

"Isso que está na mesa não é comida, querido", a quarta irmã explicou. "É cadáver de animal."

Hugo parou o garfo antes que o próximo pedaço de vaca morta tocasse seus lábios, fixando o olhar penetrante da loira um pouco temeroso.

"Não esquenta com a Lutiene não, Adendo", Viny aconselhou. "Ela é meio surtada mesmo."

Assim que o último prato não cadavérico foi servido, todos ao redor da mesa se deram as mãos e Hugo meio que foi obrigado a fazer o mesmo. Assim que estavam a postos, as mulheres da casa começaram a entoar um tipo de prece numa língua delicada que ele só poderia descrever como angelical.

Não fazendo ideia do que estavam dizendo, Hugo aproveitou para admirar a vista. Eram cinco jovens mulheres e só Heitor de homem na família. Todas lindas, mas nenhuma tão linda quanto Éster. Caimana com seus 16 anos de idade, a surtada Lutiene com 17, Marília aos 18, Loriel com 19 e Éster em seus 20. Caimana era a única que parecia não ter encontrado ainda sua delicadeza élfica. A única a ter escolhido a bruxaria. Ela e o pai.

Após a prece, seguiram-se alguns segundos de silêncio privativo entre eles e, então, todos atacaram os pratos naturais. Deliciosos, diga-se de passagem.

Não era para menos, com Capí preparando.

"O que eles disseram na prece?", Hugo sussurrou para Viny, que deu de ombros. Foi Capí quem respondeu, aproximando os lábios de seu ouvido:

"'Que esta comida, manjar da natureza, traga para nós a magia inerente a todo ser vivo, para que possamos entrar em harmonia com o giro do Astro, a dança dos rios, o perfume das flores, o pulsar dos corações, o riso das crianças.'" E explicou, "Terra, água, ar, fogo e espírito."

Hugo ergueu a sobrancelha, impressionado. Caimana definitivamente não parecia pertencer àquela família. Surfista, praieira, carnívora...

"Olha os modos, Caimana!" Loriel repreendeu a irmã, ajeitando-a na cadeira. "Se você não se acalmar, nunca encontrará seu dom."

"Dom?" Hugo perguntou curioso.

"Todas nós, elfas sindarinas, nascemos com um dom específico", Éster explicou. "Podemos, certamente, fazer de tudo um pouco, mas há sempre algo em que sobressaímos. Marília, por exemplo, já é razoavelmente boa em pressentir o futuro. Loriel começa a se descobrir curandeira física, Lutiene ainda não temos certeza, mas já está na idade de descobrir."

"E você?"

"Eu?" Éster sorriu generosa, e levou a mão ao rosto de Hugo, que começou a sentir uma leveza extraordinária, como se uma energia revigorante estivesse passando dela para ele.

"Cura?" ele murmurou, com os olhos ainda fechados.

"Cura espiritual", foi Loriel quem esclareceu.

"Ainda não", Éster corrigiu a irmã. "Estou nos estágios iniciais de especialização."

"É a habilidade mais rara de todas... muito difícil", Heitor disse, todo orgulhoso, finalmente entrando na conversa. "Como anda a velha Zoroasta?" ele endereçou a pergunta a Capí, decerto querendo compensar pela falta de atenção que dispensara aos hóspedes até então.

"Precisou ir à Escócia, enterrar um velho amigo.", Capí respondeu, imprimindo nas palavras a seriedade que a notícia merecia.

Heitor parou de mastigar. "Ah, sim... fiquei sabendo. Inacreditável... inacreditável..." Pausou por alguns instantes, envolto em reminiscências, e então pareceu acordar de alguma lembrança remota e virou-se com um sorriso amigável para Hugo, mudando inteiramente de assunto, "Então, Hugo. Onde você mora?"

Hugo preferia que ele não tivesse perguntado.

Tentando responder do modo menos comprometedor possível, disse, "Aqui em Botafogo mesmo. Rua Jupira, 72."

"Interessante... não conheço."

Claro. Ele nunca conheceria. Era o endereço postal da favela. O endereço da quadra da escola de samba. Para lá eram enviadas todas as correspondências do morro.

Antes que Heitor demonstrasse qualquer interesse em se aprofundar mais no assunto, Éster pediu licença, dizendo que precisava retornar aos estudos. Loriel retirou-se logo em seguida e então todos os outros começaram também a se dispersar.

Como mandava a boa educação, Hugo ajudou os Ipanema a retirar a mesa – o tempo todo pensando em como pediria abrigo a eles. Parecia um pouco impossível que ele pudesse se hospedar lá durante as férias. A família já era grande demais... não caberia mais um ali dentro.

Hugo enxugava as mãos quando viu Viny puxar Caimana para outra sala. Parecia inquieto.

De fato, Viny não havia sido o mesmo durante o almoço. As poucas piadas que fizera tinham sido um tanto forçadas, como se fingisse felicidade.

Deixando Capí lavar a louça sozinho, Hugo seguiu os dois e ficou espiando pela fresta da porta.

"Eu não pretendo voltar pra casa, Cai", Viny murmurou. *"Teu pai topa que eu durma aqui durante as férias?"*

Hugo não podia acreditar. Viny também??

Mas Caimana não levou o pedido a sério. Deu uma risada sarcástica, dizendo "EU não topo. Imagina! Ter um predador desses aqui em casa… Minhas irmãs estariam em perigo mortal!

Viny sorriu, matreiro, "Aposto que suas irmãs topariam na hora."

"Que atrevimento!" ela murmurou, dando um empurrãozinho de leve no namorado. "Por que não pede asilo pro seu queridinho Beni?"

"Já pedi", Viny respondeu, voltando à seriedade do momento. "No início do semestre. Mas você sabe que o pai dele não me ama de paixão. Não quer me ver a um quilômetro do filho. Acha que eu sou má influência. Cai, por favor… eu posso ficar na casa dos fundos! A que era da sua avó! Eu juro que não vou incomodar ninguém."

Caimana agora observava-o com pena, "Você tem família, Viny…"

"Preferia não ter", ele cortou, ácido. Parecia outra pessoa. "Eu não aguento mais olhar pra cara daqueles dois."

"Viny…" ela abraçou-o e eles ficaram grudados naquele abraço por mais de minuto, sem falar coisa alguma, até que Caimana murmurou com carinho, "Claro que você pode ficar aqui… mas algum dia você vai ter que se entender com eles… o que quer que eles tenham feito…"

"Nunca. Eles não merecem minha compreensão."

Hugo se afastou, levemente aliviado. Se Viny podia ficar, não deveria haver impedimento algum para que ele ficasse também. Onde cabem sete, cabem oito.

"Gostou do almoço?" Heitor apareceu por trás e Hugo sorriu, tentando se refazer do susto.

"Nunca comi tão bem, Sr. Ipanema."

Nunca dissera tanta verdade em uma única frase.

"O mérito não é meu", Heitor retrucou, guiando Hugo até um outro cômodo. "Cozinha como a mãe, aquele lá."

"Você também conheceu a mãe do Capí?"

"Ô, se conheci…" ele suspirou com um olhar triste, e então mudou de assunto, "Vamos tomar um chá e o senhor me conta mais sobre você."

Heitor foi buscar duas xícaras na cozinha.

Parecia que Hugo não iria mesmo escapar do interrogatório... Fazer o quê. Provavelmente inventaria umas mentirinhas aqui e ali, contaria algumas curiosidades do mundo azêmola... qualquer escritor se interessaria.

Já conformado, deu uma andada pelo cômodo. Parecia um antigo escritório; uma espécie de refúgio onde Heitor ia para se inspirar. Sofás antigos, luminárias empoeiradas... e várias pilhas de manuscritos amontoadas em um canto da sala. Livros ainda não encapados, de duzentas, trezentas páginas cada um, todos com bilhetinhos de rejeição grudados na primeira folha. Alguns editores até haviam tentado ser educados: *Lamentamos informar que seu livro 'No Limiar da Consciência' não foi aceito para publicação pela editora Companhia dos Magos.* Outros eram curtos e grossos: *Não publicamos lixo.* Na capa do "lixo" o título 'União Planetária – quando bruxos e Azêmolas se encontram.'

Outros títulos rejeitados incluíam 'A Liga dos Vira-latas', 'O Dia Em Que Os Azêmolas Nos Viram', '2020 – A Abertura'...

Ficção. Pura ficção futurista/utópica.

Óbvio que ninguém levava a sério... Quem levaria?

Hugo tocou em um dos manuscritos com mais de mil páginas, mas recolheu o braço assim que viu Heitor se aproximando com o chá.

Admirando sua coleção com os olhos, o escritor sorriu esperançoso, "Esse vai!", referindo-se ao manuscrito inacabado no topo: *Terra Unida.*

"Com certeza", Hugo deu força, tentando soar convincente.

"Sente-se, meu jovem", ele convidou simpático, acompanhando-o até o sofá. "Rua Jupira, 72", Heitor repetiu, fazendo pose de detetive e jogando um jornal no colo de Hugo. "Eu sabia que já tinha lido esse nome em algum lugar. Não li muito bem o artigo; só passei o olho, mas esse nome bateu. Jupira... nome interessante. Talvez eu batize um personagem com ele."

Sentindo um frio na barriga, Hugo baixou os olhos para ver do que diabos ele estava falando.

Era um jornal azêmola recente, da semana anterior. Em letras garrafais, a chamada dizia:

Guerra entre facções termina em massacre no Dona Marta

36 moradores morrem no conflito mais sangrento dos últimos anos

Hugo congelou, olhos fixos na manchete.

Não era preciso ser um gênio para adivinhar: o resto do artigo seria pior.

Muito pior.

PARTE 2

CAPÍTULO 21

CAIÇARA

Hugo começou a suar frio.

Uma facção liderada por Claudinei Menezes, mais conhecido como Caiçara, invadiu o morro Dona Marta às duas da madrugada desta segunda-feira. A facção, formada especialmente para derrubar Vampeta de Assis, o Vip, foi criada a partir de antigos desafetos do ex--líder do tráfico no Dona Marta. O conflito terminou ainda na mesma noite, deixando 36 mortos e 64 feridos entre traficantes e moradores. Poucas horas após o fim do tiroteio, Caiçara deixou claro a moradores e imprensa que perseguiria os familiares de todos que trabalharam para Vip, bem como todo e qualquer morador que estivesse de alguma forma relacionado ao antigo chefe do tráfico.

Hugo não sabia se o que estava sentindo era tontura, enjoo ou dor de cabeça... talvez uma mistura dos três. Mas o nó na garganta era inegável.

Segundo o resto do artigo, Vip havia sido assassinado a golpes de marreta na frente dos moradores.

"Tudo bem com você, garotão?"

Hugo demorou a registrar a pergunta.

Trinta e seis mortos. Talvez sua mãe estivesse entre eles... ou sua avó.

"Estive pensando nessa personagem Jupira", Heitor comentou, totalmente alheio ao turbilhão que se passava no coração de Idá. "Que tal se ela fosse uma faxineira tipo o pai do Ítalo, que se apaixonasse por um elfo Sindarino? Você acha que Jupira parece nome de faxineira?"

Sem dúvida Caiçara teria ido atrás delas. Até para forçar Hugo a aparecer por lá. O jornal era de uma semana atrás. Se elas não tinham morrido durante a invasão, o desgraçado já tivera tempo o suficiente para completar o serviço...

Hugo precisava sair dali.

"Eu preciso..." ele balbuciou, ainda um pouco tonto, suando frio, "eu preciso voltar pra casa."

Largando o jornal, dirigiu-se à porta sem dar qualquer outra satisfação. Despediu-se apressado dos outros, riu um pouco de uma piada do Viny, assegurou Capí de que tudo estava bem, pegou sua mochila e saiu da Vila na mais absoluta calma fingida.

Mas foi só pôr os pés na rua que Hugo disparou em direção ao Dona Marta.

Foram alguns minutos de corrida ininterrupta.

Ofegante, parou a um quarteirão da praça que dava entrada à favela e vasculhou na mochila pelos dois frascos do Chá de Sumiço que havia roubado de Rudji no começo do semestre.

Elas não podiam estar mortas... não podiam.

Cerrando os olhos, respirou fundo e engoliu o conteúdo verde do primeiro frasco. Sentiu seu corpo todo adormecer por uma fração de segundos e... PUF.

Invisível.

Era estranho... levantar as mãos em frente ao rosto e não ver nada.

Mas Hugo não podia perder tempo brincando de homem invisível. O efeito do Carnem Levare durava pouco mais de cinco minutos. Ele teria de subir o morro em tempo recorde.

Jogando a mochila sobre as costas, saiu em disparada escadaria acima, tomando o máximo de cuidado para não esbarrar em ninguém. A Santa Marta parecia a mesma comunidade que havia deixado há pouco mais de cinco meses, a não ser por muitos buracos de bala a mais e uma população um pouco mais cautelosa do que na época de Vip. Algumas ausências também se faziam evidentes: seu Antônio não estava mais na barraca de sanduíches e nem Evandro na oficina. Eram amigos de infância do Vip.

Com as pernas já queimando, Hugo redobrou seu esforços para vencer as escadarias íngremes da favela. Seu coração estava quase explodindo; ele não sabia se pelo esforço físico ou pela absoluta angústia que estava sentindo. Nunca quisera tanto rever aquele maldito contêiner.

Alguns degraus a mais e Hugo já pôde avistá-lo lá de baixo. Crivado de balas.

Uma rajada de metralhadora tinha varado a parede de lata, na altura da cama, onde sua avó ficava deitada praticamente vinte horas por dia.

Sentindo uma tontura repentina, Hugo ignorou a fraqueza nas pernas e continuou a subir, tentando não se deixar derrubar pelo próprio desespero.

Sua Abaya... Se alguma coisa houvesse acontecido a ela, Caiçara ia pagar muito caro... ah, se ia...

As lágrimas enfraqueciam sua subida. Para piorar, o efeito do chá estava quase se esvaindo. A poucos metros de casa, já era possível ver parte de seus braços e ambas as pernas.

Hugo apressou mais ainda o passo e chegou em casa completamente visível e esgotado, com força apenas para arrombar a porta, tropeçar para dentro e ir abraçar a mãe, desabando em lágrimas de alívio. Ela estava lá, vivinha e linda, como Hugo jamais percebera antes.

"Ô, menino! Onde tu tava que eu não consegui te encontrar?!" ela abraçou-o com força, acariciando seus cabelos com a voz trêmula. "Eu liguei pra tudo quanto era escola, filho... Gastei os olhos da cara de conta de telefone e nada de te encontrar!"

"É que a escola não é no Rio, mãe", Hugo murmurou a mentira quase sem fôlego, deixando que apenas o abraço dela o segurasse de pé. Não queria largar da mãe nunca mais.

"Mas lá num tem telefone, não?"

"Eles são meio isolados."

Dandara se soltou do filho e olhou para ele com aqueles olhos desconfiados de mãe, "Menino... olha lá! Tu num tá mentindo pra mim não, tá?

"Claro que não, mãe."

Ao menos não quanto ao telefone. Hugo nunca vira um por lá.

Dandara agarrou-o novamente, não querendo soltar a cria. "Mas tu tá chique hein menino... Olha só isso! Que roupa bunita é essa!" ela sorriu, toda boba, olhando-o de cima a baixo com lágrimas nos olhos. "Tu num devia ter voltado, Idá... O Caiça tá doido atrás de você... aterrorizando geral! De vez em quando ele aparece por aqui ameaçando, maltratando a tua avó. Desde que tu saiu, tem sido um inferno. Antes ele fazia escondido do Vip, mas agora que ele é chefe do morro... Ele prometeu que não vai te matar, mas eu não acredito. Todo o cuidado é pouco, Idá."

Hugo se desvencilhou da mãe, desconfiado. "O que tu fez pra ele te prometer isso? ... O que tu fez, mãe?"

Dandara baixou o olhar. Ela não era de baixar o olhar.

Hugo sentiu um ódio incontrolável crescer dentro dele. "Tu voltou com ele, não foi?"

"Não! Claro que não, Idá! Tua avó tá com palpitações por causa dele e o doutor disse que ela precisa de uns remédios pra hipertensão."

Hugo olhou com carinho para a avó, que dormia, e foi acariciar seus cabelos. *"Ela vai ficar bem?"*

Sua mãe respondeu com um movimento de cabeça que Hugo não conseguiu decifrar se era um sim, um não, ou um talvez.

"A gente não tem dinheiro pro medicamento. O doutor deu uma amostra grátis, mas já tá acabando. Se ela tiver mais um ataque e o remédio acabar, eu num sei o que pode acontecer. O doutor falou até em enfarte."

"Mas a vovó era tão calma!" Hugo protestou baixinho, inconformado.

"Coração de velha num 'guenta esse tranco todo, Idá. Tu foi se meter com essa gente, viu no que deu."

Hugo fechou a cara. "Não vem me culpá não! Tava demorando!"

Mas sua revolta era pura encenação. A verdade é que sua mãe tocara direitinho na ferida. A culpa era toda dele, e ele sabia. Ele tinha fugido da favela sem pensar nelas. Pior, ele tinha denunciado o Caiçara sem pensar nelas. Sem pensar numa inevitável retaliação do bandido.

Percebendo a inquietação do filho, Dandara desistiu de acusá-lo.

"O Vip não tava conseguindo segurá a polícia. Não tinha mais dinhero pra pagá a propina. Os morador tava tudo assustado e o Caiça se aproveitô disso pra conspirá. Mataram um monte de gente, Idá. A Alê morreu de bala perdida."

Alê... vizinha intriguenta.

"Tu só não tá jurado de morte por consideração a mim. Mas o Saori-"

"Que tem o Saori?" Hugo cortou, preocupado.

"Sumiram com ele e com a família dele."

Hugo desabou na cadeira, sem palavras. Saori nunca fizera nada de errado... Quer dizer, nada além de ser amigo de infância de um dedo-duro traidor como ele.

"Ninguém me tira da cabeça que o Caiça teve um dedo nisso."

Para não começar a se sentir culpado também pela morte de Saori, Hugo voltou ao assunto anterior. "Quanto é o remédio da vó?"

"180. Os centro de caridade tão tudo lotado já, por causa dos ferido da semana passada. Eles num tem mais dinheiro pra emprestá."

Hugo observou a avó, que dormia inquieta. Se Vip estivesse vivo, ele teria pago os remédios. E o tratamento.

Ajoelhou-se ao lado dela e foi preciso apenas um toque em seus cabelos brancos para que ela sorrisse.

"Xangô tem estado ocupado com você, menino", ela disse, sem precisar abrir os olhos. "Como foi a escola, bruxo?"

"Foi normal."

Era desconfortável ouvir a avó chamando-o pelo apelido agora. Dava a impressão de que ela sabia de tudo.

"Muitos amigos?"

"Alguns."

"Num larga nunca desses teus amigo, bruxo. São gente boa. São tua proteção."

"Como a senhora sabe?"

"Os amigo são sempre a proteção da gente. Mais forte do que essa que tu carrega no peito."

Hugo tocou a guia de Xangô, que levava todos os dias por debaixo da camisa. Não estava gostando nada daquela conversa. Abaya falava como se estivesse se despedindo…

"Eu vou conseguir esse dinheiro, vó", ele disse, tomando sua mão. "E aí a senhora vai ficar boa. A senhora vai ver."

Ela sorriu, carinhosa, e cantarolou baixinho:

"Tu tem sangue guerreiro, menino
Tu tem sangue d'Obá…
Tu que pensa que pode
Num pode fazê o mundo girá…"

"Obá", Hugo repetiu o nome que já ouvira tantas vezes da boca da avó, em exclamações e entonações diversas ao longo da vida. Nunca dera tanta atenção a ele quanto agora, que também o ouvira da boca de um certo Gênio africano.

Pequeno Obá… Griô sabia de alguma coisa.

Vendo a dúvida nos olhos do neto, Abaya completou, "Dom Obá II, o príncipe do povo."

"Quem foi ele, vó?

Abaya riu. "Ah… a curiosidade atiçada… o que fazer com ela?"

"Vó!" Hugo reclamou, carinhosamente irritado. Quando ela brincava daquele jeito, era porque não pretendia contar. "Esse Obá tem alguma coisa a ver comigo?"

"Deixa de sê metido, Idá!" ela brincou. "Ele viveu há uns duzentos anos, por que haveria di tê alguma coisa a vê contigo?"

Hugo deu de ombros, mas não estava convencido. Griô não era de falar coisa à toa.

Mas Abaya não ia contar.

"É o destino, Idá… o destino pregando peça na gente di novo."

Estranhando a frase, Hugo observou a avó com ternura. Ela estava cansada… não devia estar falando coisa com coisa. Melhor deixá-la descansar. "Bença, vó", ele disse, beijando sua mão e dirigindo-se à porta.

"Onde tu pensa que vai, menino?" Dandara chamou do fogão.

"Vô buscá dinheiro pro remédio", ele respondeu sem olhar para trás.

Para não desperdiçar seu último frasco de Chá de Sumiço, Hugo escolheu descer pela mata lateral ao invés de tomar as escadas, como fizera em sua última noite no Dona Marta, seis meses atrás, e como faria várias vezes ao longo daquela semana.

Seu primeiro dia de procura por emprego foi um desastre. Com aquela roupa toda bonita, a história de que ele era pobre e precisava de dinheiro não colou. Obviamente.

No segundo dia, Hugo já saiu de casa com a roupa esculhambada de sempre. Conseguiu alguns bicos, mas que pagavam uma mixaria. Se continuasse naquele ritmo, levaria uns dois meses para comprar o remédio. Até lá, sua avó já teria morrido.

Há certas exceções na lei de blá-blá-blá... As palavras de Manuel ecoavam em sua cabeça várias vezes ao dia, e cada vez que ele pensava nelas, sua raiva dava um salto de qualidade. Grande porcaria, ser bruxo e não poder criar dinheiro. Todas as noites, quando ele chegava em casa cansado e frustrado, sua avó pedia, encarecidamente, que ele não desviasse do caminho.

Só por consideração a ela, Hugo não roubava.

As subidas e descidas pela mata lateral só contribuíam para sua exaustão. Como se arrependia de não ter afanado mais frascos do Rudji... Ao menos estaria usando as escadas.

No final do quinto dia, após receber uma merreca de dez reais por ter ajudado a catar latinhas pela rua o dia inteiro, ele sentou-se na calçada e ficou observando os pivetes que faziam malabarismos no sinal de trânsito. Era provável que faturassem, só naquela hora, mais do que Hugo ganhara a semana inteira.

A amostra grátis do remédio de Abaya já acabara há um dia e nada de ele arranjar um emprego decente. Aquilo era um pesadelo... só podia ser. Hugo não podia ter caído da Terra do Nunca direto para aquilo lá tão rápido... Era difícil imaginar que, uma semana antes, estivera aprendendo a transformar sapo em caixa de fósforo.

Quer saber... ele disse a si mesmo, *que se danem as regras.* Estava pouco se lixando se fosse expulso da escola por usar magia na frente de Azêmolas. A vida de sua avó era mais importante que aquilo.

Hugo levantou-se, já tirando a varinha do bolso, e se dirigiu à faixa de pedestre, espantando os pivetes de lá apenas com o olhar.

Agora aquele monte de classe média ia ver o que era um verdadeiro espetáculo.

Olhando bem para os vidros escuros dos carros de sua audiência, Hugo soltou os primeiros raios luminosos da varinha escarlate. Com as piruetas que começou a fazer no ar, os feixes de luz pintavam graciosos desenhos na escuridão da noite, em um espetáculo que certamente nenhum deles vira antes. Muito menos em um sinal de trânsito.

Motoristas e transeuntes pararam para assistir. Como um garoto daquele tamanho podia fazer tantas maravilhas? Hugo ficou animado. Aquilo podia dar muito certo. Alguns já estavam até aplaudindo!

Mas quando chegou a hora de coletar as doações, aqueles mãos-de-vaca olharam para outro lado, para o teto, para a revista no acento do carona...

Vinte centavos. Foi o que ele conseguiu.

Vinte centavos! Eram uns azêmolas mesmo. Hugo tinha quebrado as regras, feito magia fora da escola e provavelmente seria expulso – tudo por 20 centavos!

Ah, não... aquilo não ia ficar assim.

Quando o sinal voltou a ficar vermelho, Hugo tentou mais uma vez, fez o mesmo grande espetáculo, recebeu os mesmos aplausos dos transeuntes, e quando o primeiro motorista olhou para ele com aquela cara de 'infelizmente não tenho dinheiro pra te dar' Hugo sacou a varinha, fez o vidro limpinho e brilhosinho do cara desaparecer e chamou a carteira do homem para si com um *Pinda'yba* que aprendera na aula de feitiços.

A carteira voou direto para sua mão e ele disparou rua abaixo.

"Ei! Volta aqui, moleque!" o homem saiu do carro e foi em seu encalço.

Hugo guardou a varinha enquanto corria por entre os carros, adrenalina disparando pelo corpo. Nunca roubara ninguém antes.

A não ser o Caiçara.

E o Rudji.

Bom, nunca roubara um desconhecido antes.

"Ladrão! Ladrão!" o dono da carteira apontou aos gritos, chamando a atenção de dois policiais, que imediatamente sacaram suas armas e foram atrás.

Pra que armas, meu Deus do céu? É só uma carteira!

Hugo apressou o passo, sentindo o coração subir à boca. Virou uma, duas, três ruas sem conseguir se desvencilhar dos dois, e quando estava óbvio que seria pego na próxima curva, virou mais uma esquina e tirou o frasco de *Carnem Levare* do bolso, tomando de um gole só todo o chá de sumiço que restava.

Os policiais viraram a esquina logo em seguida e freiaram a um metro dele, olhando à sua volta sem entenderem como o garoto conseguira escapulir. Hugo permaneceu inerte, espremido entre a parede e os policiais, segurando a respiração. Se um deles esticasse o braço um pouquinho que fosse...

Hugo achou melhor certificar-se de que estava, de fato, invisível, e olhou para os pés.

Ótimo. Estava mais invisível que pobre em tiroteio.

Seus perseguidores xingaram, praguejaram, sem dúvida decepcionados por terem perdido a oportunidade de roubar o que estivesse na carteira antes de devolvê-la ao dono. Levaram intermináveis cinquenta segundos para desistirem de procurá-lo e saírem de lá. Só então, Hugo pôde relaxar, sentar-se na calçada e tirar a carteira do bolso. Era estranho ver uma carteira flutuando no ar, sendo segurada por mãos invisíveis.

Abrindo a dita-cuja, Hugo encontrou míseros 40 reais e vinte centavos.

Canalha... aquele estardalhaço todo por 40 reais?!

Bom, não importava. Com aqueles 40 e mais o dinheiro que havia acumulado durante a semana e as economias da mãe, daria para comprar ao menos uma caixinha do remédio.

Embolsando as quatro cédulas de dez, Hugo saiu correndo para casa. Precisava pegar o resto do dinheiro. Após uma semana subindo e descendo morro, a subida pelas escadarias demorou bem menos do que no primeiro dia, e Hugo ainda estava invisível quando avistou o contêiner e o homem que saía de lá puxando sua avó pelo braço.

"O formiga tá aqui que eu sei!" Caiçara gritou, jogando Abaya no chão enquanto Dandara tentava segurá-lo desesperada.

"Ele não tá aqui, não, Caiça! Ele tá estudando!"

"Tu tá achando que eu sô besta, mulhé? Eu tenho os olho na nuca, tu num sabe não?"

Hugo assistia aflito, sem saber o que fazer. Não podia avançar contra o Caiçara estando invisível. Corria o risco de sua mãe vê-lo reaparecer no ar e descobrir tudo sobre ele ser bruxo.

Quando viu o bandido beijar sua mãe à força, no entanto, ele não teve mais dúvida. Sacou sua varinha e soltou um *ikún* no desgraçado, que cambaleou para trás com a mão na barriga, sem entender da onde viera o soco. Assustado, Caiçara disparou olhares para todos os lados e Hugo lá, invisível, sentindo ódio de si mesmo por não saber algum feitiço que matasse. Desgraçado do Capí... o que custava ele ter lhe ensinado a versão brasileira do *Chayna Kachun*?

Caiçara recuperou a pose, tentando agir como se nada tivesse acontecido, e avançou contra Dandara com o dedo em riste. "Se aquele teu pirralho num aparecê lá na boca em *um* dia, essa velha aqui vai vê o que é bom." E tratou de sair de lá o mais depressa que pôde.

Hugo ainda soltou um *bàtà* atrás do imbecil, tentando fazê-lo tropeçar escada abaixo, mas só conseguiu que ele cambaleasse um pouco e se apoiasse na parede, saindo de lá apavorado.

Teria jogado um *Oxé* ou um *Pirapok-maksima*, como fizera contra Gueco e Abelardo, se não temesse que aqueles feitiços fossem deixar Caiçara ainda mais zangado e violento no futuro.

Morrendo de ansiedade por não poder sair invisível de onde estava, Hugo viu Dandara carregar sua Abaya sozinha para casa, sem poder fazer absolutamente nada para ajudar, e ainda teve de esperar em seu esconderijo alguns segundos até que o efeito do Carnem Levare passasse.

Só então pôde correr para casa.

Abaya estava na cama, com a mão no peito e dificuldade de respirar.

"Idá, graças a Deus que tu tá aqui", Dandara disse, vindo até ele desesperada e estufando seus bolsos com os trocados que os dois haviam juntado durante a semana. Enquanto sua mãe escrevia com as mãos trêmulas o nome do remédio em um pedaço de jornal, Hugo foi fazer um carinho rápido na avó, que desta vez não sorriu.

Assim que o papel tocou sua mão, Hugo saiu em disparada pela mata lateral. Desceu tudo em tempo recorde e quase mergulhou na primeira farmácia que encontrou.

"Minha avó tá morrendo, moço! Anda logo!"

O farmacêutico entendeu o recado e passou a procurar com mais rapidez a caixinha certa na pilha de remédios. Hugo despejou no balcão todas as notas e moedas que havia juntado, pegou o remédio sem deixar que embalassem, saiu em disparada para a favela e então escadaria acima.

Não conseguia segurar as lágrimas. O nervosismo era tanto que suas pernas quase cediam de fraqueza, mas ele não diminuiu a velocidade, passando pela barraca do seu Antônio, pela oficina do Evandro, subindo e subindo, usando o máximo de suas energias, com o remédio quase esmagado na mão esquerda, até que tropeçou em algo duro e caiu de cara no chão.

Sentiu o sangue escorrer do nariz, mas a adrenalina não deixou que notasse a dor. Antes que pudesse se levantar, uma mão puxou-o do chão pelas costas da camiseta, jogando-o contra a parede.

"Olha só quem resolveu aparecê!"

Hugo ouviu aquela voz inconfundível e se virou, em pânico, para ver a cara desdentada e espinhenta de Caiçara a um centímetro da sua.

CAPÍTULO 22

O FUNDO DO POÇO

Num impulso, Hugo tentou sacar a varinha, mas Caiçara foi mais rápido e arrancou-a de sua mão.

"Que que é isso, formiga? Varinha de condão?" ele brincou, examinando-a curioso enquanto Caolho e Playboy seguravam Hugo contra a parede.

Os dois riram da piadinha, mas não faziam ideia do quanto Caiçara tinha acertado.

"Qué saber? Acho que gostei desse treco", ele disse, guardando a varinha junto a seu revólver, no cinto da calça. "Que que é isso aí?" Caiçara arrancou o remédio de suas mãos. "É pra velha?"

"Caiça, por favor..." Hugo implorou sem energia. "Deixa eu levar isso aí pra minha avó... depois tu pode fazer o que quiser comigo."

"Ih, tá chorando, formiga? Caramba! Tu gosta mesmo da velha, hein!"

"Por favor, Caiça..."

"Ficô educado agora, foi?" ele riu, *"Por favor, por favor...* Sabe que eu quase acreditei?" e apertou o nariz quebrado de Hugo até ele gritar de dor. "Ouvi falá que tu tava na área, vacilão! Acha o quê? Que tu pode roubá o Caiçara e sair impune??"

"Eu não roubei nada!"

"Ah! Agora é santo! Tu robô que eu sei!" Caiçara deu um tabefe em Idá, que cuspiu sangue sem poder se defender. "E cadê minha medalha de prata que tu robô também?!"

"Eu não roubei nada, Caiça! Foi o Saori! Foi o Saori que pegô!"

"Mas tu é um amarelão mesmo, né não? Culpá quem num tá mais aqui é fácil!"

"Mas não foi por isso que tu pipocô ele?" Hugo insistiu, tentando parecer inocente.

"Eu pipoquei o muleque porque ele era o vacilão do teu amigo, pirralho!"

Hugo se calou. Então Saori realmente morrera por sua causa.

"Que foi? Tá com medinho? Tu vai vê agora o que eu faço com pirralho ladrão como tu." Caiçara empurrou a mão de Idá contra a parede e os outros a seguraram para que ele não pudesse mexê-la.

"Caiça..." Hugo implorou, vendo-o sacar o revólver e pressioná-lo contra a palma de sua mão. "Caiça, faz isso não..."

Caiçara riu e brincou com os outros, "Ele pensa que pode me convencê com esse chororô."

"Caiça, por favor –"

Caiçara engatilhou a arma e Hugo entrou em pânico.

"Peraí, peraí!"

"Peraí o que, vacilão! É melhor pra tu terminá isso logo, que ainda tem a outra mão, mané!"

Caiçara estava prestes a atirar, quando Hugo gritou: "A tua moeda da sorte!"

"Que tem a minha medalha, formiga? Se tu tem ela aí, passa logo que eu atiro numa mão só."

"Eu não tô com ela aqui", Hugo respondeu, mas antes que Caiçara pudesse pensar em ficar com raiva, completou, "Mas eu sei onde arranjar outras iguais!"

"Outras medalhas?" O rosto do bandido se iluminou. "Desembucha."

"Não só outras iguais, como uma de ouro também."

"De ouro?!"

"O bruxo tá te enrolando, Caiça!", Playboy se intrometeu, mas Caiçara estava pensativo, calculando as possibilidades.

"Seguinte", ele disse, finalmente. "Tu, eu num vô pipocá hoje não. Tu ainda tem muito que aprendê, formiga. Tu vai pro SPA."

Arrancando Hugo das mãos dos outros, foi arrastando-o escadaria acima.

"Caiça, por favor... minha avó", Hugo implorou, tentando proteger o rosto enquanto os degraus passavam a menos de um centímetro de sua cara. "Eu preciso levá o remédio! Minha avó tá morrendo! Tu conhece a Mãe Josefina! Tu gostava dela!"

"Tá doidão, formiga? A velha nunca foi com a minha cara!" Caiçara retrucou, jogando-o num fosso escuro, aberto debaixo de um barraco. Hugo caiu uns três metros até atingir um saco de lixo que fora arrastado para lá pelas chuvas.

Tentando recuperar o ar que perdera com o impacto, cambaleou até conseguir se colocar de pé, cortando a mão em uma garrafa quebrada que perfurara o saco de lixo.

Apertando a mão ferida contra a camiseta, Hugo olhou à sua volta. O fosso era escuro e imundo, a única abertura sendo aquela por onde ele fora jogado. Alto demais para alcançar.

Caiçara gritou lá de cima, "Tu vai ficá aí até aprendê, vacilão!"

"Caiça... Caiça, por favor", Hugo insistiu aflito, tentando subir pela parede de terra, sem sucesso. "Leva pra minha avó... Leva o remédio pra ela!"

"Qual? Esse aqui?" ele disse, tirando a caixinha do bolso e jogando-a no fosso. "Leva tu!" ele riu e fechou o buraco com uma tábua de madeira, deixando Hugo lá no escuro, sozinho e desesperado.

Ela ia morrer... ela ia morrer...

Morto de ódio, Hugo socou a parede até não poder mais, chorando com tanta força que sentia seu rosto todo latejar.

Como podia ter sido tão idiota?! Tão descuidado?! Esquecera-se completamente de que estava visível... Burro, burro, burro!

Hugo bateu na parede até cair exausto na terra úmida.

Não... ela não ia morrer. Abaya era forte. Mais forte que ele, se bobeasse.

"Relaxa, Mané", ele ouviu a voz de Caolho lá de cima. "Aquela velha num empacota tão cedo."

"É!" Playboy riu. "Os orixá vão protegê!" e os dois saíram de lá conversando, sem deixar ninguém de guarda lá em cima.

Grande vantagem. Nenhum morador se atreveria a ajudá-lo.

Hugo examinou a mão cortada. Era um corte profundo na palma. Provavelmente sangraria até morrer ali embaixo. Isso, se uma infecção não o matasse primeiro. O lugar era podre. Cheirava a lixo. Garrafas quebradas, restos de tudo lá embaixo.

Isso aqui deve encher... Hugo pensou.

Será que o plano era aquele? Matá-lo afogado lá embaixo?

Chuva era o que não faltava no Rio de Janeiro.

Esgotado, Hugo se abraçou contra o frio. Ele tinha estragado tudo... era tudo sua culpa.

Tu foi se meter com essa gente, viu no que deu...

A acusação que sua mãe fizera ecoou em sua mente a madrugada inteira.

Em poucas horas o corte começou a infeccionar, como ele previra.

Na manhã seguinte, a dor já irradiara para o braço, que começava a latejar violentamente.

"Aê, formiga!" Caiçara chamou-o lá de cima, e Hugo levantou-se depressa, protegendo os olhos contra a claridade que entrava pelo buraco recém-destapado. "Ó, boletim informativo pra tu: tua velha pifô!"

Simples assim. Dito com tamanha satisfação que Hugo mal conseguiu sentir raiva, de tanto espanto.

Ficou lá, inerte, vendo seu mundo desabar.

"Ninguém manda sê traíra e fujão", Caiçara completou, fechando o buraco.

O choque foi tão forte que suas lágrimas não saíram por muitos minutos. E, quando finalmente caíram, foram poucas. Hugo já não possuía mais reservas de energia para chorar. Sua vida havia acabado. Ele tinha matado a própria avó. Ele tinha *matado* a Abaya... Era tudo culpa sua...

As lágrimas ficaram lá, estacionadas nos olhos, porque ele não tinha sequer vontade de piscá-los.

Tua velha pifô...

Como ele podia dar uma notícia daquelas assim... daquele jeito?

Hugo não queria mais se atracar contra a parede, não pensava mais em escapar dali, nada. Queria era ficar lá embaixo para sempre, até definhar. Não comia há dois dias, mas aquilo também já não importava mais.

Tua velha pifô.

Hugo ficou lá, largado no chão, namorando com os olhos a garrafa quebrada que cortara sua mão. Podia usá-la para apressar logo a morte. Assim a culpa não o torturaria tanto.

Aos poucos, aquele pensamento foi tomando forma em sua cabeça. Ninguém iria impedi-lo ali.

Reunindo o pouco de energia que lhe restava, Hugo levantou-se e foi até a garrafa, puxando-a do saco de lixo.

Só precisava de coragem. Já ia morrer mesmo, qual seria a grande diferença? Ninguém se importaria.

Um pouco aéreo, Hugo ficou observando a dança delicada que a esparsa luz do sol fazia ao refletir no vidro quebrado da garrafa, criando desenhos de luz no teto de madeira; o último suspiro de beleza que veria antes de morrer.

Hugo estava pronto. Não tinha mais nada que o prendesse ali. Mais nada que importasse.

Apertando o gargalo da garrafa em sua mão ferida, fechou os olhos para reunir as últimas gotas de coragem que lhe faltavam e direcionou a parte quebrada do vidro contra o pulso direito.

Mas seus olhos se abriram novamente.

Um barulho chamara sua atenção. Um murmúrio delicado de lamento; uma espécie de canto suave, vindo lá do fundo, da parte mais escura do fosso.

Largando a garrafa no chão, Hugo aproximou-se do som. O lamento continuava, baixinho, quase inaudível. Humano não era. Vinha de um buraco que só agora conseguira distinguir no breu. Um buraco cavado na parede de terra.

Esgotado, Hugo enfiou a mão lá dentro sem qualquer temor. Se fosse cobra, tanto melhor que fosse venenosa.

Mas em vez de um corpo gelado e úmido, sua mão sentiu algo diferente. Plumas. Plumas endurecidas, ressecadas, de pássaro velho. Enfiando a outra mão pelo buraco também, agarrou o bicho e tirou-o de lá com cuidado.

Era uma ave enorme, do tamanho de um cisne crescido. Devia ter sido linda quando jovem. Sua plumagem, já acinzentada, revelava resquícios de vermelho.

Quem diria, um pássaro naquele fim de mundo. Devia ter se entocado ali para morrer sossegado.

Com a meiguice característica de um Labrador, o animal olhava sereno para o humano que o tirara dali, sem qualquer medo dele. Havia parado de cantar, mas continuava tão triste... Hugo nunca vira um pássaro chorar antes.

Com cuidado, levou a mão aos olhos do bicho com a intenção de enxugar suas grossas lágrimas, mas acabou sujando o rostinho do pássaro com seu sangue. Tinha até se esquecido do corte.

Sentando-se com o bicho no colo, Hugo foi analisar mais uma vez a mão ferida, mas surpreendeu-se. O corte parecia bem menor, como se tivesse miraculosamente começado a sarar naquele instante, com a mera presença do animal.

Hugo olhou desconfiado para o pássaro. "Foi o Capí que te mandou aqui?"

Não... Capí teria vindo pessoalmente se soubesse onde ele estava.

Bom, pouco importava o porquê daquele pássaro estar lá. O fato é que ele estava, era lindo em toda sua melancolia, e tinha impedido Hugo de fazer uma grande besteira.

"Você perdeu alguém também, não foi?" Hugo perguntou, enxugando as próprias lágrimas com a manga da camiseta enquanto o pássaro fitava-o triste, como se entendesse.

Hugo sorriu, acariciando as penas envelhecidas do bicho. Suas asas eram enormes e fortes, apesar de parecerem muito cansadas e doídas. Era como se o pássaro tivesse acabado de chegar de uma longa viagem.

Bicho era outra coisa... Em bicho se podia confiar. Não tinham ambição, nem ódio, nem orgulho, nem atacavam sem motivo. Aquele pássaro então, era praticamente um cachorro-com-penas de tão dócil.

"Qual é teu nome, amigão?" Hugo fez cócegas em seu companheiro de asas. "Acho que com o tanto que a gente já conversou, bem que tu podia me dizer, né não?"

O pássaro fez algum som com a boca como resposta, voltando a dar bicadas na barra de sua bermuda. Quatro dias já haviam se passado desde que o encontrara. O bicho parecia mais vivo, mais alegre... Hugo também não sentia mais aquele peso todo de quando recebera a notícia. Tivera bastante tempo para pensar no ocorrido, e para concluir que a morte de Abaya não fora sua culpa. Claro que não. Tudo que fizera, fora obrigado a fazer. Por força das circunstâncias.

Se havia algum culpado pelo que acontecera, esse culpado era Caiçara.

Tudo culpa dele. Dele e daquela escola maldita, que sabia muito bem onde ele estava e ainda não fizera nada para ajudar.

No terceiro dia de cativeiro, Hugo havia começado a receber cartas de convocação da Korkovado, trazidas por ratos, pombos, mariposas... um zoológico inteiro. Todos os dias, várias vezes ao dia. Endereçadas a ele, como da primeira vez.

supé Hugo Escarlate
Fosso abaixo do barraco de Seu Alípio, viela 11

Fosso abaixo do barraco de Seu Alípio...

Cada vez que um bilhete daqueles chegava, sua raiva crescia. As aulas já haviam recomeçado e os bilhetes reclamavam de sua ausência, ameaçando-o de suspensão e expulsão caso ele não voltasse.

Hipócritas. Estava claro que não o queriam lá. Se quisessem, já teriam ido resgatá-lo. Mas, não... só ficavam mandando bilhetinho. Dalila não tinha o mínimo interesse em vê-lo de volta. De que mesmo ela chamara Gislene?

De projeto de bandido, *como ele*.

Gislene. Nem *ela* tinha ido procurá-lo. Graaande amiga.

Se bem que... ele mesmo a informara de que não voltaria ao Dona Marta.

Tudo bem. Ela estava desculpada.

Hugo cortou com os dedos mais um pedaço da banana que alguém jogara para ele lá de cima. Aquela era a quinta banana que jogavam. Desconfiava que fossem presentes secretos de Seu Alípio, dono do barraco acima de sua cabeça. Certamente não eram dos traficantes. Caiçara queria mesmo era que ele morresse de fome lá embaixo.

E estava quase conseguindo.

Hugo deu um pedaço para o pássaro, que comeu numa bicada só.

"Que nome eu te dou, amigão?"

O bicho não lhe deu muita atenção. Pela primeira vez em quatro dias, em vez de responder com os olhos, afastou-se, e com a ajuda de suas asas imponentes, subiu para um local mais alto.

Hugo assistiu sem entender o porquê daquela movimentação toda.

Observou-o, curioso, até que a resposta para aquele enigma se fez ouvir.

Um trovão poderoso fez tremer o chão do barraco sobre sua cabeça, e então um baita aguaceiro começou a cair lá fora.

Tava demorando...

Hugo levantou-se e foi se proteger das goteiras mais lá para o fundo do fosso.

Em poucas horas, no entanto, a goteira passou a ser seu menor problema. Com a água já pelos joelhos e aquele lixo imundo boiando perigosamente à sua volta, Hugo começou a gritar por ajuda. Mas ninguém parecia dar a mínima bola lá em cima. E a chuva só aumentava.

Ele ia morrer afogado naquele fosso.

"Tamo ferrado, amiguinho", Hugo comentou, mas o pássaro lhe parecia estranho. Alheio à chuva e ao perigo, olhava fixo para Hugo como alguém que tem um segredo.

De repente, o bicho soltou um grito ensurdecedor e explodiu em chamas.

Hugo caiu para trás no susto. O que diabos tinha acontecido?!

Levantando-se encharcado, foi até o monte de cinzas em que aquele belo animal havia se transformado. A explosão o impressionara de tal modo que só aos poucos ele começou a sentir a morte daquele serzinho tão simpático. Uma morte tão repentina... era como se o bicho tivesse se matado!

A tristeza já começava a tomar conta dele novamente quando, de repente, algo se mexeu no montinho de cinzas. Algo enterrado no pó. Hugo aproximou os olhos do montinho e viu sair das cinzas um pequeno bico, cercado por fina penugem avermelhada.

Não se aguentando de tanto alívio, Hugo meteu as mãos no monte de cinzas, tirando de lá um pequeno filhote, todo troncho e desengonçado, que parecia mais um filhote de pinto. Ao vermelho da penugem, juntavam-se resquícios de coloração dourada.

"Você é uma fênix?! Que irado..." Hugo murmurou, acariciando a cabecinha do animal com o dedo indicador. Magnífico. Como alguém podia pensar em comer um animal daqueles... "Vou te chamar de Faísca. Gosta?"

O filhote deu um pio de aprovação e Hugo riu, mais por desespero do que por ter realmente achado graça. Grande coisa, nomear o bicho. Agora a fênix teria um nome por umas duas, três horas no máximo, até morrer afogada junto com ele. Não cresceria rápido o suficiente para aprender a voar e sair daquele buraco sozinha.

"NINGUÉM VAI ME TIRAR DAQUI NÃO?!" Hugo gritou lá para cima, mas a única resposta que recebeu foi mais uma carta da escola jogada na sua cara, que ele rasgou sem nem abrir. Ele com água pela cintura e o Conselho brincando de mandar cartinha!!

Era aquela desgraçada da Dalila, debochando dele. Se Hugo sobrevivesse àquilo lá, os filhinhos dela iam sofrer nas suas mãos. Ah, se iam. Tanto Abelardo quanto Gueco.

"Ei, formiga!" Caiçara chamou lá de cima, retirando os talos de madeira da abertura e jogando uma corda para que ele pegasse.

Hugo examinou-a, incrédulo. Só podia ser truque... Devia estar gasta em algum lugar, feita só para que ele se espatifasse na água e pudessem rir de sua cara.

Mas não. Por mais incrível que pudesse parecer, a corda estava boa. Firme.

Enfiando o filhote com todo o cuidado no bolso da bermuda, Hugo subiu a corda com muito esforço e sem qualquer entusiasmo. Era bem provável que Caiçara estivesse tirando-o de lá só para matá-lo a pauladas na frente de todo mundo.

Fazer o quê? Melhor do que morrer afogado. Nada o assustava mais do que morrer afogado.

Bom, quase nada. Morrer queimado vinha um pouco antes e perder seus poderes estava lá no topo da lista. Grande porcaria também... De que adiantariam se ele estivesse morto?

Caiçara puxou-o pela camiseta, ajudando-o a se levantar.

"E aí, formiga. Gostô da temporada no SPA?"

Hugo fixou os olhos naquele que tinha deixado sua avó morrer e levou um tapa violento como resposta.

"Isso é pra tu aprendê a não me olhá de cara feia. Tá ouvindo?"

Hugo não alterou em nada seu olhar, apesar da advertência. A vontade que tinha era de encher a cara do Caiçara de porrada e depois pegar um facão e arrancar fora dedo por dedo e dente por dente dos que sobravam naquela boca desdentada dele, e jogá-lo no 'spa' para que morresse lentamente de infecção. Mas Hugo não era idiota. Caiçara estava acompanhado de quatro bandidos muito bem armados. Não conseguiria nem fazer cócegas no cara antes de levar chumbo.

"Seguinte", Caiçara disse, com o braço em volta de seu pescoço em um abraço camarada. "Eu sei que tu não é doido de tentá me matá com metade do arsenal do Rio de Janeiro aqui comigo. Certo, formiga?"

Certíssimo. Infelizmente.

"Então. Por consideração à sua mãe que acabô de enterrá a velha, eu vô te dá um dia. Tu tem um dia pra se despidi dela, pirralho. Depois ó", Caiçara encostou o revólver na testa de Hugo, "Puf!" e riu. Como se fosse muito engraçado apontar uma arma para alguém. "Isso, claro, se tu não me mostrá essas medalha de ôro que tu falô. Tu tem um dia. Vai lá! Chispa daqui!"

Hugo não pensou duas vezes. Saiu correndo para casa.

"Ó, e nem pense em dá pinote, formiga!" Caiçara gritou atrás dele. "Tem guarda de tocaia em todas as saída do morro, tá ligado? Se tu fugi, nós acaba com a tua mãe!"

O tiro que Caiçara deu para o alto ecoou por toda a comunidade, mas Hugo mal registrou o barulho. Acabara de passar correndo pelo barraco que costumava ser de Saori.

Completamente metralhado. Por sua causa.

Os poucos segundos em que aquele barraco permanecera em seu campo de visão foram suficientes para que toda a sua depressão voltasse, e quando Hugo chegou em casa e viu a mãe sentada na cama, onde antes sua Abaya ficava, não aguentou e começou a chorar copiosamente.

Suas pernas falharam e Dandara apressou-se em agarrá-lo antes que ele caísse no chão. "Eles te machucaram, meu filho?" ela perguntou preocupada, tentando enxugar o corpo encharcado de Idá com a barra de seu vestido. "Tu tá ensopado, filho…"

"Eu tô bem, mãe. Tá tudo bem…"

Com muito esforço, Hugo engoliu o choro e tirou do bolso o pequenino Faísca. "Mãe, Faísca; Faísca, mãe."

"Trazendo bicho pra casa de novo, Idá!" ela reclamou, mas nem tanto, pegando o filhotinho de fênix na mão e acariciando-o com carinho.

"Cuida dele pra mim, mãe?" ele perguntou, sem energia. "É um pássaro milagreiro. Cura feridas e tudo."

Dandara olhou desconfiada para Hugo, mas não pareceu achar ruim ter um pássaro milagreiro em casa. Talvez visse naquilo apenas a imaginação fértil do filho. Que fosse, então.

Hugo não contaria a ela sobre as ameaças de Caiçara. Se contasse, Dandara iria querer saber mais sobre as tais moedas e ele não saberia o que responder. Não podia correr o risco. Se Dandara descobrisse que seu querido Idá era um bruxo… além da avó, ele perderia a mãe também. E não para a morte.

Preocupada com o abatimento do filho, Dandara deixou Faísca no cesto de roupas sujas e foi preparar um arroz com feijão, que Hugo engoliu em um fôlego só.

Mesmo assim, o desânimo era grande. Ele não tinha vontade de tentar fugir, não tinha vontade de conversar, não tinha vontade nem de fingir ser mais forte do que realmente era (sua maior especialidade). Só queria ficar ali, deitado naquela cama, sentindo o cheirinho da avó.

E foi isso mesmo que ele fez. Desabou na cama e lá ficou, acariciando o espaço vazio no colchão. Sua avó estava morta. Por sua causa. Nada mais importava.

Hugo ficou lá a noite toda, e parte do dia seguinte. Dormiu, acordou e nem se mexeu. Não tinha vontade.

Dandara não o importunou. Sabia o que ele estava sentindo. Entendia. E quando o sol entrou pelos buracos de bala do contêiner, foi obrigada a deixá-lo sozinho para ir buscar mais roupas sujas nas casas de sua clientela.

Hugo não se despediu. Sentiu o olhar da mãe nele antes da porta fechar, mas não disse nada.

Não fazia ideia do que diria a Caiçara quando o desgraçado chegasse. Não podia simplesmente sair revelando coisas sobre o mundo bruxo para uma facção criminosa. Seria banido para sempre se o fizesse.

Também, o que importava... Caiçara o mataria de qualquer maneira.

Melhor então não contar. Protegeria aquele mundo quase-perfeito contra bandidos como ele. Mas se não contasse, Caiçara não só o mataria, como também mataria sua mãe. Fugir estava fora de cogitação. Impossível. Até a mata lateral estava sendo vigiada. Se ao menos ele ainda estivesse com a varinha...

Hugo não tinha saída. Ou contava e morria, salvando pelo menos a mãe; ou não contava e morria de uma forma bem mais violenta, condenando a mãe à morte também.

Sua cabeça latejava de dor. Aquele impasse era torturante...

Um barulho tirou-o de seus mórbidos pensamentos. Barulho de papel raspando em latão.

Alguém enfiara um bilhetinho em um dos buracos de bala mais recentes da parede do contêiner.

Hugo arrancou-o de lá, irritado, esperando mais uma carta toda perfumada e hipócrita da escola. Desenrolou o bilhete e viu, em vez disso, uns garranchos formando uma só linha:

Quando estiveres mais disposto, me encontra lá no Tortinho.

Hugo sorriu. Aquele garrancho de canhoto ele conhecia muito bem.

Pulando da cama, foi tomar um banho rápido antes de sair. Não podia encontrar ninguém com aquele cheiro de lixo podre do SPA no corpo. Arrumando-se com uma roupa minimamente limpa, certificou-se de que ninguém o seguia e correu para o campinho de futebol do Dona Marta.

Estava vazio, a não ser por um homem. E sua moto.

CAPÍTULO 23

A PROPOSTA

"Você subiu até aqui de moto?!"

"Na verdade, eu *desci* até aqui de moto", Atlas corrigiu, baixando os óculos de proteção e deixando-os pendurados no pescoço. "Às vezes é mais rápido descer o Corcovado do que enfrentar o trânsito lá em baixo. Além do que, chamaria muita atenção se eu simplesmente girasse até aqui."

"Girasse?"

"Desaparecesse lá, aparecesse aqui. Tipo teletransporte. Imagina se eu apareço no meio de uma partida de futebol? Eu teria que apagar a memória de um monte de gente, ia dar um trabalhão. Melhor não arriscar."

Hugo ficou observando o professor em silêncio enquanto Atlas discorria sobre a dificuldade inerente em realizar um Giro e sobre porque aquilo era magia avançada demais para novatos... etc. etc. etc. Era estranho vê-lo ali. Parecia quase um personagem vindo de um sonho.

Ele não devia estar lá... era perigoso. Muito perigoso. Não importava o quão habilidoso o professor podia ser com uma varinha; um tiro de fuzil ainda era muito mais veloz. Sem contar que Atlas certamente não fazia ideia de como enfrentar uma arma de fogo.

"O que foi que aconteceu com teu nariz, guri?"

"Nada não..." Hugo tocou o nariz quebrado, sentindo uma pontada forte de dor. "Tropecei e caí. Acidente besta."

"Vem cá", ele chamou, trazendo seu rosto mais para perto e tocando-o com sua varinha. *"Îebyr Eegun."*

"AGH!" Hugo gritou, sentindo uma dor aguda no nariz que, com um estalo, voltou ao normal.

"Melhor?"

"E eu achei que a *Kanpai* fosse violenta..."

Atlas riu, "Magia simples. Ano que vem tu vais aprender. É matéria do curso especial de Primeiros Socorros."

Ano que vem Hugo estaria fazendo aula de decomposição orgânica num gavetão do cemitério.

Atlas pousou a mão em seu ombro, "Volta lá para a Korkovado, guri. As aulas já começaram há cinco dias e nem sinal de ti!"

Voltar para a Korkovado. Era tudo que Hugo mais queria...

Mas não podia deixar sua mãe aos caprichos do Caiçara.

"Eu não entendo", Hugo disse, tentando disfarçar o desânimo. "Eu fiz magia na frente de dezenas de Azêmolas. Por que não recebi nenhuma advertência da escola? Eles têm mecanismos pra detectar esse tipo de coisa, não têm?"

Atlas sorriu malicioso, como se soubesse de algum segredo que não deveria contar mas que iria revelar mesmo assim, como o bom irresponsável que era.

Hugo sorriu junto, curioso. "Que foi?"

"Eu ainda vou me arrepender de te contar essas coisas", Atlas riu. "A varinha escarlate não tem registro. Ela foi feita por um azêmola, lembra? Ah, perdão. Mequetrefe", ele corrigiu. "Tecnicamente, ela não existe. É indetectável."

Hugo fingiu contentamento. De que adiantava ter uma varinha indetectável se ela estava nas mãos de seu pior inimigo? Se é que Caiçara já não a tinha quebrado em mil e um pedacinhos.

A mera possibilidade já lhe dava calafrios.

A atenção de Atlas tinha se voltado para algo mais adiante, e Hugo virou-se para tentar ver quem havia desviado os olhos do professor daquela maneira.

Só não esperava que pudesse ser alguém *pior* que o Caiçara.

Com o coração disparado, Hugo empurrou Atlas para fora da vista de sua mãe. Dandara tinha acabado de descer as escadas e estava estendendo roupa no varal da vizinha, a poucos metros do Tortinho.

"Que foi, guri?!"Atlas riu, esticando o pescoço para vê-la novamente. "Quem é ela? É a tua mãe?"

"É..." ele respondeu, tentando arrastá-lo mais uma vez para fora da linha de visão de Dandara.

Atlas desistiu de provocá-lo e fitou-o sério. "Algum dia tu vais ter que contar para ela, guri."

Hugo baixou o olhar, negando com a cabeça. "Ela é evangélica... Não entenderia."

"Às vezes a gente se surpreende."

"Não... Com ela eu não me surpreendo. Eu a conheço desde que nasci."

"Desde que tu nasceste, é, piá?" Atlas brincou, e Hugo até abriu um sorriso tímido. Mas o professor já havia ficado sério novamente, "Volta pra Korkovado, Taijin. Aquela escola não é a mesma sem ti."

"Taijin?"

O professor sorriu, "Depois eu te explico."

Não haveria um depois.

"Então, tu vais junto comigo?"

"Não posso", Hugo disse, sério. "Não agora."

Atlas observou-o com olhos inquietos. "Estás com algum problema, guri?"

"Só uns contratempos. Logo eu volto."

"É bom mesmo que tu voltes, porque Areta está planejando uma prova-surpresa para a semana que vem."

"A palavra *surpresa* supostamente querendo dizer que..."

Atlas deu uma piscadela. "Bom, licença que eu preciso ir maltratar estudantes."

"Tu não tá pensando em descer a favela nisso aí, né?"

Atlas olhou sua moto empoeirada de cima a baixo. "Por que não? Seria divertido."

Hugo riu, sarcástico. "Acho que tu perderia tua moto em menos de um minuto. Tem colecionadores por aí que dariam uma boa grana por uma motoca dessas."

"Tens razão, guri. Não seria a ideia mais genial", Atlas vestiu os óculos de proteção. Parecia um daqueles personagens que se aventuravam no deserto; mistura de piloto de monomotor com Indiana Jones.

Certificando-se de que Dandara não estava mais à vista, completou, "Nos vemos no colégio então?"

Hugo confirmou com a cabeça, na mentira mais dolorosa que já contara em sua vida, e Atlas girou nos calcanhares, montando sua moto numa manobra giratória enquanto seu corpo se tornava levemente translúcido, até que professor e moto desapareceram no ar, deixando Hugo sozinho no campinho, com uma leve fumaça azulada flutuando ao seu redor.

Era difícil deixá-lo partir daquela maneira. Podia ter pedido ajuda ao professor, mas que grande assistência Atlas poderia ter dado? Teria acabado morto também, na certa. Com o Caiçara não se brincava. Ele aprendera aquilo da pior maneira possível.

Hugo chutou o ar, revoltado, e recebeu aplausos como resposta.

Aplausos lentos, de deboche.

Caiçara tinha o fuzil atravessado no peito e a varinha escarlate em uma das mãos.

"Então tu é bruxo mermo, formiga?! Quem diria..."

Hugo ficou quieto. Não sabia se deveria se sentir nervoso ou aliviado por Caiçara ter ouvido tudo. Tirava de suas costas a decisão de contar ou não.

"Aê, tu tava estudando em colégio de bruxo, muleque?"

"Mais ou menos isso." Hugo endireitou a coluna, tentando mostrar-se seguro.

"Professor maneiro que tu tem, hein! Sumiu com a motoca e tudo, aê... Irado!"

Caiçara começou a rodeá-lo, observando-o como se Idá fosse uma atração de circo.

"Fiquei orgulhoso de tu, aê. Nem pediu ajuda pro bacana! Se tu tivesse pedido, ele tava mortinho agora, tu sabe, né? ... Tá vendo esse fuzil aqui? Eu tava com esse brinquedinho apontado bem pra nuca dele caso tu contasse, mas tu não soltou um pio."

Hugo fechou os olhos, aliviado por ter feito a escolha certa.

"Como tu se sente, sendo o herói do dia?"

"O que tu quer?"

"Seguinte", ele começou, colocando uma mão camarada em seu ombro, "Eu ia batê no teu barraco com a ideia de perguntá sobre a tal medalha de oro, mas como eu vi o que eu vi, e ouvi o que eu ouvi, tô com outras ideia na cabeça que pode me dá muito mais grana do que uma medalhinha."

Aquilo não soava bem...

"Tu vai voltá pra essa escola aí."

Hugo ergueu as sobrancelhas, "Vou é?!"

"Vai sim", Caiçara sorriu malicioso. "Tem gente rica nessa tua escola aí?"

Algo lhe dizia que era melhor dizer a verdade.

"... tem. Tem sim."

"Beleza! Aê, olha como eu sô parceiro. Vô te promover pra vapor. Que tal?"

Hugo fitou-o temeroso. "Do que tu tá falando, Caiça..."

"Que foi? Esqueceu os portuguêis, foi? Va-por. Tu vai vendê pó-mágico pros bacana lá, é isso que tu vai fazê!"

"Ficô doidão, Caiça?!"

Hugo começou a suar frio. Sabia que Caiçara estava falando sério. Mas não podia... Vender cocaína na escola? Eles iam descobrir...

"Que é isso, formiga? Tá com medinho? Tu num era assim não, aê! Esse tal colégio dos bruxo te amoleceu, foi? Aqui", ele disse, tirando do bolso um papelote atrás do outro de cocaína e entulhando as mãos de Idá com aquela porcaria toda. "Vende lá que os negócio aqui tá ferrado. Os *homi* tão pegando no pé. Invadindo o tempo todo. Os comprador tão tudo com medo de subi. Que cara é essa? Tu não queria ser alguém na boca, mané? Então, taí a tua chance! Tu foi promovido! Agradece, vacilão!"

Caiçara deu-lhe um tapa nas costas e Hugo deixou cair alguns papelotes no chão.

"Agradece se não te quebro a cara!"

Hugo encarou-o com ódio.

"Num qué agradecê não, é? Tá certo. Aqui, seu mal-agradecido", ele tirou do cinto o celular azul-cintilante que antes pertencera a Vip. "Tu vai ganhá até aparelho celular, coisa de bacana. Pra gente fazê as comunicação. Ó, se tu quebrá, eu te quebro."

Simples assim.

Hugo livrou as mãos, apressado, para receber o celular. Olhou o aparelho de cima a baixo, de um lado e do outro… só faltou tirar a bateria para ver como encaixava.

Sempre quisera um daqueles. Só bandido e gente rica tinha celular naquela época. Seria, provavelmente, o único aluno com celular na escola. Será que os bruxos ao menos sabiam o que era um celular? Pouco provável.

Tentando reprimir aquele entusiasmo vergonhoso, Hugo enfiou o aparelho na bermuda e focou a mente em tudo de ruim que Caiçara fizera contra ele nas últimas semanas: a morte de sua Abaya, do Saori, do Vip, o nariz quebrado, as ameaças, a semana que passara à base de banana contrabandeada… Hugo não tinha o direito de se esquecer de tudo aquilo só por causa de um celular idiota.

"Seguinte", Caiçara deu um tabefe em sua nuca, "é muito simples: os parceiro vai ficá tudo de tocaia no teu barraco, de olho na tua mãe. Tu vai lá na escola de bacana, vende toda a farinha, volta pra cá com a grana, eu te dô mais pó. Quero vê todo o dindin de quinze em quinze dias, tá ligado? Se não eu pipoco tua mãe. Entendeu o desenrole?"

Hugo baixou os olhos, confirmando. Não tinha muita escolha. "Mas quinze dias dá não, Caiça… Tem que me dar mais tempo."

"Quinze dias é mais do que bom pra tu, Formiga! Tá querendo moleza?! Compra gelatina!"

"Os bacana de lá não tão acostumado com isso não, Caiça! Eu preciso de tempo pra introduzir o pó pra eles!"

"Eles vive no mundo da lua é?"

"Tu nem imagina quanto…"

"Diz aí."

"Eles não conhecem o Michael Jackson."

Caiçara arregalou os olhos, mas logo se recuperou. Ou fingiu se recuperar.

"Bom, melhor ainda. Assim tu pode enganá geral, tá ligado? Pode até cobrá extra. Agora vai! Vai lá antes que eu mude as ideia e mate tu e a tua mãe logo de uma vez."

"Eu não posso voltá sem a minha varinha", Hugo encarou-o, sério.

Internamente, estava sorrindo. Teria sua preciosa de volta.

Caiçara fez uma expressão de profunda antipatia ao perceber que Hugo tinha razão e, muito a contragosto, devolveu-lhe a varinha, mas não sem antes erguer o fuzil na altura dos olhos.

"Esse bagulho funciona mesmo?" ele perguntou desconfiado, afastando-se um pouco mais, por precaução.

A vontade que Hugo tinha era de atacá-lo ali mesmo.

"Ó, tu nem pensa hein!" Caiçara advertiu. "Tu não é maluco de me atacá com esse treco aí que metade do morro vem te pegá. Quebra tu e a tua mãe."

"Eu não sou idiota."

"É bom mesmo. Porque meu dedo tá coçando aqui no gatilho. Ó, se tu não traz a grana toda em 15 dias, eu pipoco tua mãe. Se tu me passá a perna, eu pipoco tua mãe. Se tu me robá –"

"Tu pipoca minha mãe, já entendi!"

"Garoto esperto. Nós vai ficá de olho aqui pra num deixá tua mãe dá pinote."

Hugo olhou para aquele monte de papelote no chão.

Vender trinta daqueles em quinze dias... para um bando de ignorantes que nunca haviam ouvido falar em cocaína. Talvez fosse até mais fácil, quem sabe. Eles não suspeitariam do perigo. Se Hugo superfaturasse, ganharia mais, e daí talvez não precisasse vender tudo.

Dez reais por papelote era um preço razoável nas ruas. Isso dava uns 5 bufões, dependendo da cotação do dia, e a cotação era meio maluca. Ele poderia começar já cobrando 15. Daria uns 30 reais só em um papelote. Podia entregar 15 para o Caiçara e ficar com 15. Só com aqueles 30 papelotes, Hugo chegaria a faturar uns 450 reais por fora. Aquilo estava começando a soar interessante.

Como levar aquela carga toda para dentro da escola sem levantar suspeitas é que era o problema.

"Tu tem uma caixa de fósforo aí?"

Caiçara torceu o nariz, desconfiado, "Pra que tu qué isso?"

Percebendo certa impaciência no olhar de Idá, Caiçara resolveu obedecer, jogando-lhe uma caixinha vazia e se afastando um pouco mais, como quem alimenta crocodilo, apontando bem o fuzil para sua testa.

Hugo sorriu por dentro. O bandido estava mortinho de medo...

Sacando a varinha o mais lentamente possível, para não provocar um tiro acidental, Hugo tocou a caixinha de fósforo e murmurou *"Lailalá"*.

Caiçara ergueu a sobrancelha, "Lailalá?? Tá de palhaçada com a minha cara??"

Ignorando o imbecil, Hugo sentou-se no chão e começou a enfiar os papelotes para dentro da caixinha, um após o outro. A cada papelote que enfiava, abria-se espaço para mais um, e mais um, e mais um, até que a pilha inteira de papelotes foi acomodada dentro daquela pequena caixinha de papelão. Seis centímetros de comprimento por quatro de largura.

Caiçara tinha até se esquecido do fuzil. Estava pálido como o Rei do Pop.

“Lailalá”, Hugo repetiu, como se fosse a coisa mais óbvia do mundo, “Ilimitado, infinito. Em Iorubá.”

A expressão de completa pasmaceira que Caiçara lhe devolveu foi impagável.

“Ah claro... Iorubá...”, Caiçara disse, tentando parecer inteligente.

“Gente ignorante é fogo...” Hugo deixou escapar de propósito, e Caiçara subiu o fuzil novamente, furioso. “Tu me chama mais uma vez de ignorante e eu –”

“E tu o quê?” Hugo se levantou, estufando o peito contra o cano do fuzil. “Tu só sabe ameaçá, é? Vai *estudá* pra vê se deixa de ser ridículo! Eu vô lá vendê teu pó, tu para de enchê meu saco.”

Enfiando a caixinha no bolso, Hugo marchou para fora do campinho antes que Caiçara descongelasse do susto. Subiu para seu contêiner, deixou um bilhete para a mãe, vestiu-se com a mesma roupa em que havia chegado – devidamente lavada e passada – enfiou um pacote de biscoito na mochila e deu no pé.

Quando desceu pela entrada espiralada do Parque Lage, já era fim de tarde e a maioria dos alunos estudava na areia, assistindo ao pôr do sol.

Parecia um sonho, estar de volta.

“Vai ter prova-surpresa de Feitiços semana que vem”, Hugo disse ao passar por um grupinho do primeiro ano. Quanto mais melasse a tal prova-surpresa de Areta, melhor seria.

Avistando os Pixies no topo do rochedo de Astronomia, pôs-se a caminho dos quatro. Viny e Caimana testavam uma espécie de bronzeamento colorido lá em cima enquanto faziam companhia para Capí, que estava encasquetado debaixo do telescópio gigante da professora Dalva, tentando consertá-lo pela milésima vez naquele ano.

“Não precisa mais preparar aulas não, professor Xavier?” Hugo gritou lá de baixo, e pôde perceber a cara de alegria dos Pixies ao vê-lo de volta.

Enxugando o suor da testa, Capí rolou para fora do telescópio.

“Ih! Ó só quem resolveu aparecer!” Viny gritou lá de cima e foi cumprimentá-lo, seguido de perto por Caimana e Índio, com sua carranca habitual.

“Aproveitou bem as férias prolongadas, *adendo*?”

Hugo fechou a cara e não se dignou a responder à provocação do mineiro. A vontade que tinha era de torcer o nariz daquele lá até ele pedir arrego.

Férias prolongadas... Sua vida tinha virado de cabeça pra baixo e o cara falava em ‘férias prolongadas’.

“A gente tava preocupado!” Caimana se adiantou, abraçando-o com carinho.

Capí apareceu logo em seguida, limpando a Furiosa com um pano especial para varinhas. Estava toda lambuzada com uma espécie de líquido azul viscoso.

Guardando-a no bolso interno do uniforme, ele sorriu e bagunçou seu cabelo, como sempre fazia. Era quase um cumprimento pixie, mesmo quando o cabelo era duro demais para bagunçar. Cumprimento que eles só davam a quem tinham verdadeiro carinho. "Não dá mais esse susto na gente não, cabeção. Pensei que a gente tinha te perdido de vez."

"Tive uns contratempos lá em casa. Nada demais. O que foi que eu perdi?"

Capí virou-se para Caimana. "Cai, você pode avisar a Dalva que o telescópio dela está funcionando?"

"É pra já", Caimana consentiu, saindo de cena e puxando Viny e Índio com ela. Capí esperou que eles se afastassem para conversar com mais discrição.

"Tá tudo bem mesmo?" ele insistiu, preocupado. "Você emagreceu."

"Impressão sua", Hugo retrucou, tentando parecer mais animado do que estava. "Você pode me ajudar? Eu preciso saber o que foi que eu perdi nesses últimos dias, mas não queria incomodar os professores."

O aluno exemplar, Hugo pensou com nojo de si mesmo. Não gostava de enganá-lo, mas era melhor mudar de assunto antes que o pixie começasse a fazer perguntas demais.

A estratégia pareceu funcionar: Capí imediatamente parou de perguntá-lo sobre as férias para falar das aulas perdidas. Ou ele tinha caído no truque, ou se deixara enganar – o que era o mais provável.

Capí era como ele. Bom em decifrar olhares. Percebia as coisas; as intenções verdadeiras por detrás de cada palavra. Mas, ao contrário de Hugo, ele geralmente não deixava seu entendimento evidente. Preferia respeitar os segredos de cada um. Fingir que não tinha entendido. Pelo menos era isso que Hugo via nele.

Enquanto falava das aulas de Mundo Animal que Hugo perdera, Capí levou-o até a biblioteca e entrou na sala dos professores; um cômodo de vidro escondido lá no fundo, em meio aos livros de Ensino Profissionalizante. Continha apenas uma mesa grande de reunião e as gavetas trancadas de cada professor, onde eles escondiam todos os seus planos sórdidos de tortura estudantil.

"Como vai a senhora, professora Gardênia?" Capí perguntou, delicadamente, mas a professora de Ética parecia imersa em profunda meditação.

Ou dormindo mesmo.

Capí deu risada e dirigiu-se ao gaveteiro dos professores.

"Você tem as chaves?!" Hugo murmurou admirado, vendo Capí destrancar uma gaveta após a outra, tirando delas o planejamento de aula de cada um dos professores do primeiro ano.

Capí sorriu, "Quem você acha que organiza essa papelada toda?"

Papelada toda. Ele estava falando de gabaritos de prova, planejamentos de aula, datas de exames-surpresa, tudo! Ao alcance de suas mãos!

Os olhos de Hugo saltaram ao ver Capí abrir a gaveta da professora de Feitiços. "Posso dar uma olhada?"

Capí parou, no ato, o que estava fazendo. Ficou olhando para as gavetas, sério, mas não se dignou a responder.

Tirando apenas o planejamento das primeiras aulas do segundo semestre, e deixando o que Hugo queria lá dentro, Capí fechou a gaveta e fez questão de dar três voltas na fechadura. "Foi por isso que os professores confiaram a mim as chaves, Hugo", Capí disse sério, dirigindo-se à mesa de reuniões. "Se eu traísse essa confiança e te deixasse 'dar uma olhada' no gabarito da prova-surpresa de Feitiços, você algum dia confiaria em mim de novo?"

Hugo baixou os olhos, envergonhado. Não por ter pensado em colar na prova da Areta. Isso não. Mas porque Capí tinha percebido suas verdadeiras intenções.

O pixie o conhecia o suficiente para saber que Hugo preferiria mil vezes tirar nota zero numa prova do que admitir derrota e colar. Portanto, sabia também que o que Hugo realmente queria era espalhar o gabarito pela escola, para que Areta fosse obrigada a perder mais tempo preparando outra prova-surpresa.

Capí abriu primeiro a pasta de Alquimia I. Lá estava o planejamento todo de Rudji, nos mínimos detalhes. Hugo se aproximou, ainda um pouco inseguro depois da reprimenda.

A título de término de assunto, Capí acrescentou sem direcionar-lhe o olhar: "Nunca mais tente me corromper de novo."

Hugo disse um sim tímido com a cabeça, um pouco chocado com o termo que ele usara. Corrupção.

Não havia percebido, até então, a verdadeira gravidade do que pedira ao pixie. Não era somente dar uma olhadinha malandra no gabarito. Ele tinha pedido para Capí trair os professores, como prova de amizade.

Sem contar que aquilo teria ferrado com a vida dele; o único aluno com acesso ao gaveteiro.

"Que é isso, cabeção", Capí sorriu, tentando animá-lo. "Também não precisa ficar assim."

"Me desculpa..." Hugo murmurou, sentindo-se o pior crápula da face da Terra, e Capí abraçou-o com carinho. Hugo se agarrou àquele abraço, escondendo o rosto para que o pixie não visse suas lágrimas.

Estava sentindo um turbilhão de emoções que nunca sentira antes. Tudo voltara de uma só vez, e de repente. A tristeza pela morte da avó, o ódio que sentia pelo Caiçara, o medo que reprimira dentro de si durante aquelas últimas semanas de pesadelo... e um inesperado sentimento de culpa. Uma culpa total e absoluta, pelo que havia concordado em fazer poucas horas antes. A culpa que não sentira ao aceitar a proposta de Caiçara, mas que agora o sufocava. Capí nunca o perdoaria se descobrisse... A caixinha de fósforo que levava no bolso começava a pesar muito mais do que Hugo imaginara que pesaria. Começava a pesar na alma. Aquela pequena caixa de Pandora...

A premonição de Sy estava correta.

Hugo ia destruir aquela escola.

CAPÍTULO 24

TRAFICANTE DE ALMAS

Hugo não podia voltar atrás. A vida de sua mãe dependia daquilo.

Com aquele pensamento atormentando-o, mal conseguia prestar atenção nas aulas de recuperação que Capí, gentilmente, passara a lhe ministrar todos os dias, em seu tempo livre. Volta e meia era preciso que ele o sacudisse de volta à realidade. Estava claro no olhar do pixie que a desatenção de Hugo o preocupava, mas ele não ousaria incomodá-lo com mais perguntas inoportunas sobre as férias.

Já os outros Pixies não eram tão discretos. Faziam piada sempre que a atenção de Hugo ia para a Terra do Nunca. Até Índio sentara com ele para ajudá-lo a entender o calhamaço de história que Oz mandara a turma decorar. Francine e Dulcinéia auxiliaram-no em Leis da Magia. Eimi com Alquimia.

Só Gislene se recusara a ajudá-lo. Já no primeiro dia de seu retorno, torcera o nariz para ele em reprovação. Parecia até que desconfiava do acordo que ele fizera com Caiçara.

Não... Hugo estava imaginando coisa. Gislene só olhara torto para ele porque Hugo faltara à primeira semana do semestre. Natural.

A verdade é que ele estava ficando paranoico com aquela caixinha no bolso. Sempre que seus pensamentos focalizavam na cocaína, todos que passavam por ele pareciam fitá-lo com uma acusação no olhar.

Procurando ignorar a desconfortável sensação de perseguição que sentia, Hugo começou a pensar em onde e como venderia a droga. E o mais importante: para quem. Quem não o denunciaria para o Conselho?

Quem não o dedaria para os Pixies?

Hugo estava era perdendo tempo... Adiando o inadiável. Faltavam oito dias para o primeiro encontro com Caiçara e ele ainda não vendera um graminha sequer.

O nervosismo era tanto que Hugo nem se incomodara com a absoluta falta de atenção dos professores quanto à sua chegada. Com exceção de Atlas, que quase explodira Eimi de tanta satisfação ao vê-lo entrando porta adentro, e de Areta, que não resistira em fazer uma piadinha sobre o sumiço de Napoleão para a turma, os outros professores sequer haviam notado sua ausência durante a primeira semana de aulas.

Estavam todos preocupados demais com algo muito mais inusitado:

Um livro.

Já na primeira noite de seu retorno, Hugo notara grupinhos de professores reunidos pelos corredores, conspirando, cochichando, fofocando com bruxos desconhecidos, e a fofoca se espalhara para os alunos também, que liam furtivos pelos cantos um livro de capa colorida com um desenho na frente, ainda não traduzido para o português. O mesmo livro que os professores, tão energeticamente, brandiam pelos corredores.

Dalila estava furiosa.

"Quem aquela bruxenga loira pensa que é?"

"Relaxa, Dalila..." Areta tentava acalmá-la. "Os vampiros vivem fazendo isso e ninguém nunca acredita!"

"Vivem fazendo o quê?" Hugo perguntou à Francine, que também assistia ao rebuliço.

"Vivem lançando livros sobre eles mesmos, como se fosse ficção", Francine explicou. "As livrarias estão transbordando com histórias de vampiro e nem por isso os mequetrefes acreditam neles."

"Então esse livro aí é..."

"Sobre a gente. Um livro para mequetrefes, sobre o mundo bruxo."

"Não brinca..."

"Pois é."

"E isso é bom ou ruim?"

Francine deu de ombros e teve que desviar da ira da conselheira, que passou por eles soltando fogo pelas ventas.

"Mas esses não são personagens! São pessoas que realmente existem! Isso é um absurdo! É perigoso! Os Azêmolas vão bisbilhotar, vão ficar procurando bruxo por tudo que é canto!"

"Bobagem, Dalila..." Vladimir tentou interferir. "Ninguém vai nem saber da existência desse livro... A Zô achou lá numa vendinha qualquer da Inglaterra, ninguém nem estava prestando atenção nele!"

"Vendinha qualquer... Vocês não sabem como esses livros Azêmolas estouram de uma hora para outra."

"Pobrezinho do rapaz..." Gardênia lamentou. "O pobre já é famoso no nosso mundo; agora até os mequetrefes vão querer um autógrafo dele..."

"MEQUETREFE! Que mania é essa de mequetrefe agora?!" Dalila estourou, praticamente berrando no ouvido de Gardênia. "Mequetrefe isso, mequetrefe aquilo! Que porcaria é essa! Chega de mequetrefe!"

"Eita! A coisa tá esquentando!" Viny apareceu, não se cabendo de tanta satisfação.

"Senhor Y-Piranga!" Dalila apontou-lhe o dedo. "O senhor pode ir tirando o Saci da chuva que eu sei muito bem quem foi o responsável por essa..."

"Proeza gramatical?" Viny provocou. "Por acaso é *crime* criar palavra nova, conselheira?"

"Grrrrr", Dalila desistiu, arrancando o livro das mãos de um grupinho de alunos e marchando corredor adentro acompanhada dos outros adultos.

"Ela está pê da vida porque não conseguiram impedir a publicação", Viny confidenciou. "Nem com o aparato todo de repressão e censura do governo britânico."

"E a Dalila é uma grande defensora de repressão e censura", Caimana completou, aparecendo a seu lado.

"Censura? Na Inglaterra?" Francine estranhou.

"Não é exatamente permitido revelar nossos segredos para o público mequetrefe."

"Apesar de ser divertido", Viny sorriu malandro.

A satisfação no rosto do pixie estava óbvia, mas até entre os Pixies o lançamento do livro gerara certa inquietação. Capí parecia cauteloso, enquanto Índio, para variar, criticara cabeçaduramente a quebra de sigilo.

Por outro lado, Viny e Caimana não eram os únicos de bom humor por causa da publicação. Areta estava tão feliz com a conquista britânica que até desistira da prova-surpresa, promovendo, ao invés disso, um desafio em sala de aula: Quem conseguisse derrotá-la usando apenas feitiços não agressivos, ganharia dois pontos na prova final.

"Aluno que falta três aulas seguidas não tem direito de participar."

"Ei!" Hugo reclamou, levantando-se. Ele tinha se matado de estudar para aquela prova-surpresa ridícula e agora a Capeta não ia sequer deixá-lo jogar??

Ah não... aquilo não ia ficar assim. Era injustiça!

"O que você queria, Napoleãozinho? Tirar uma semana a mais de férias e-"

"Silêncio!" Hugo gritou, com a varinha apontada para a professora, que imediatamente começou a falar sem som algum.

Os alunos riram e Hugo abriu os braços para receber os aplausos, sorrindo satisfeito. Agora estavam rindo *dela*, não dele.

Ao invés de ficar brava, no entanto, Areta morreu de rir no seu novo módulo mudo, tirou a varinha do bolso e desfez o feitiço.

"Seu engraçadi-"

"Kururu!" Hugo não perdeu tempo, e o resto da frase da professora saiu como um coaxo esquisito de sapo. Quanto mais ela tagarelava, mais alto era o sapo dentro dela. Até os alunos mais tímidos se renderam ao riso.

Infelizmente, o mérito das risadas não era todo dele, e sim das caras e bocas que a professora fazia sempre que coaxava. A desgraçada estava se divertindo! Era impossível ficar com raiva dela assim. Nem ele estava aguentando permanecer sério.

Mas Areta já tinha parado de coaxar, e antes que Hugo pudesse esboçar qualquer movimento, ela apontou sua longa varinha contra ele e gritou *"Goitacá!"*

Hugo tentou responder com alguma coisa, mas seus pés patinaram no chão. Ele ainda abriu os braços para tentar manter o equilíbrio, mas era como se suas botas estivessem grudadas a cascas de banana!

As risadas não soaram tão divertidas dessa vez, e Hugo não fazia ideia de como parar aquela palhaçada escorregadia. Puto da vida, ergueu a varinha escarlate segundos antes de cair no chão e pensou sem abrir a boca: *"Irum Aguapé."*

Dessa vez Areta não entendeu a razão da gargalhada geral. Hugo sorriu malandro. A professora não fazia ideia de qual feitiço ele jogara nela. Não sentira nada de diferente, não vira nada de anormal.

Seguindo os olhares de seus alunos, Areta subiu as mãos até seus cabelos e só então começou a rir. Hugo transformara os cabelos perfeitinhos, curtinhos e azulzinhos dela em uma espécie de disco chapado. Era como se uma vitória-régia de cabelo tivesse crescido em sua cabeça.

"Boa... muito boa, Napôzinho!" ela elogiou, tentando fazer seu cabelo voltar ao normal. "Mas já está na hora de eu vencer essa parada, *Cósca!*"

Hugo caiu no chão sem se aguentar de tanto rir, segurando sua varinha com força para que ela não escorregasse de suas mãos enquanto ele se debatia no chão, indefeso contra as cócegas da professora.

"Não! Para! Para!" ele pediu em agonia. Não conseguia mais pensar em nada, em nenhum feitiço, nada. Era impossível raciocinar.

"É assim que se vence uma briga, Napô", ela disse sorridente, aproximando-se enquanto ele se contorcia todo no chão. "Aposto que Atlas nunca te ensinou esse truque, né? Desiste?" ela provocou, e Hugo gritou "Não!", mas não conseguia parar de rir. Era impossível aguentar aquela tortura.

"Vou perguntar só mais uma vez! Desiste?!"

"Desisto! Desisto!" ele disse finalmente, e com um leve movimento de varinha da professora, as cócegas cessaram e Hugo pôde respirar em paz.

Ao som dos aplausos histéricos da turma.

Hugo não conseguiu ficar sério diante daquele absurdo. Vencido por cócegas... que patético. Chapado no chão, sem forças, ele ficou lá, rindo, até que Areta estendeu-lhe a mão para ajudá-lo a se levantar. "Muito boa a aula de hoje, professor Escarlate."

Exausto, Hugo retornou o aperto de mão.

"Andou estudando por fora, é?"

"Pois é", ele respondeu, satisfeito. "Eu tinha que tomar alguma providência quanto à absoluta incompetência da professora."

"Ahhhh, claro... Estava bom demais para ser verdade", Areta brincou, e Hugo resolveu deixar seu orgulho de lado e tirar algumas dúvidas quanto ao duelo.

"Goitacá?" ele repetiu o nome do feitiço que ela usara para fazê-lo escorregar, enquanto os outros alunos deixavam a sala.

"Nômade, errante", ela explicou. "Que não se fixa em lugar nenhum. Como seus pés."

"Cara... é impossível memorizar esses nomes."

Areta meneou a cabeça, "Certamente tupi é mais desafiador que latim, mas *impossível*? Essa palavra existe no seu vocabulário?"

Hugo respondeu com um sorriso malandro, e Areta baixou a voz para lhe confidenciar: "Também houve uma época em que eu implorava para usarem feitiços em latim. Pelo menos seriam mais parecidos com o português. Mas fazer o quê? Não funciona de nenhum outro jeito aqui no Brasil, a não ser nessas línguas."

"Funciona em Esperanto", Eimi se intrometeu, aparecendo baixinho entre os dois.

Areta ficou tão perdida quanto Hugo. "Em quê??"

"Esperanto! A língua internacional!" o mineirinho respondeu, como se fosse óbvio. "Meu tio falou que feitiço em Esperanto funciona em quarquer país. Ele não sabe por que nós não aprende esse trem na escola. Vive reclamando que, quando ele viaja, nunca consegue usar magia. Fica tudo saindo errado porque lá na Europa nem Tupi, nem Bantu, nem Iorubá funciona direito. Então ele fica feito um bobão no meio dos estrangeiro, parecendo anarfabeto. Se ele viaja pra Ásia é pior ainda. Aquele povo enfeitiça em *outras* línguas, bem diferentes das nossa. E latim é que é quase nunca lá. Por isso que meu tio tá estudando Esperanto."

Areta fitava-o com os olhos perdidos, tentando cavoucar em seu arquivo mental por aquela informação. Mas estava claro que ela também não tinha a menor ideia do que ele estava falando.

Aquilo era bom demais... Hugo ficara o semestre inteiro tentando passar a perna na professora, para depois chegar o Eimi e, na inocência, puxar o tapete dela sem o menor esforço.

Aquela metida a sabichona... Bem feito.

Certamente ela iria sair de lá direto para a biblioteca, pesquisar.

Hugo saiu da sala ainda se sentindo no céu. Perdera o duelo contra Areta, mas conseguira vê-la admitir derrota para o palerma do Eimi. E ainda ganhara 2 pontos na prova final. Apesar de ter perdido.

Hugo estava certo de que nada tiraria seu bom humor naquele dia, até que viu um grupinho de alunos conversando alto pelos corredores e lembrou-se do que tinha no bolso.

A hora era aquela. Não podia adiar mais.

Tentando controlar a ansiedade, aproximou-se do grupo.

Eram quatro alunos, ao todo. Três do segundo ano: série um pouco distante dos Pixies, o que era excelente. No máximo eles eram fãs, e fãs não chegam perto dos ídolos assim à toa. E, melhor de tudo, eram claramente filhos de bruxos. Vestiam-se sem qualquer traço mequetrefe, e os trejeitos só confirmavam sua suspeita. Hugo tinha 99% de certeza que eles nunca haviam ouvido falar em cocaína.

Para garantir segurança total, não mencionaria o nome da droga.

"Ei", Hugo chamou o último do grupo, um magrelo meio desengonçado que se virou simpático para cumprimentá-lo.

"Opa! Tudo bem? Tu não é aquele garoto dos Pixies?"

Hugo sorriu, "Eu mesmo."

"Caramba! Aê", ele cutucou os outros, "o garoto dos Pixies quer falar com a gente! Qual é o seu nome mesmo?"

"... Hugo", ele respondeu, inseguro. Não sabia ao certo se era a melhor das ideias dizer seu nome. Mas também... numa escola daquelas, seria mole-mole descobrirem.

"Bacana... Meu nome é Dênis. Esse aqui é o Tobias, o outro baixinho ali é o Caíque e essa é a Xeila", ele terminou, apresentado uma garota um pouco mais jovem, ruiva, talvez do primeiro ano. Devia ser da turma do Gueco.

"Diz aí, Hugo", Tobias apertou sua mão. "Qual é a boa?"

Hugo demorou um pouco a responder. Não podia deixar de jeito nenhum que sua tensão transparecesse.

"Então", ele começou, tentando ser tão simpático quanto os quatro. "Vocês querem experimentar um pó-mágico super bacana que eu desenvolvi nas férias?"

"Tu desenvolveu um pó-mágico?" Xeila perguntou, impressionada. "Sozinho??"

"Pois é", ele disse, fingindo sentir-se encabulado. "Eu tava treinando Alquimia e de repente saiu. Daí eu pensei em vender pro pessoal daqui. É coisa boa mesmo. Mas tem que ser segredo por enquanto. Segredo de verdade. Eu não quero ninguém vindo tentar tirar a fórmula de mim, e esse pessoal do Conselho tá sempre querendo dinheiro – é capaz de me ameaçarem de expulsão caso eu não revele a fórmula."

"É, a Dalila é uma sacana mesmo."

"Pois é."

"Diz aí, o que esse pó faz?" Tobias perguntou.

"Deixa a gente mais alerta, mais confiante. Pra tímido é uma beleza, e pra quem quer um tantinho mais de coragem."

"Taí, gostei. Quanto você tá pensando em cobrar?"

"15 bufões."

"Tudo isso?!"

"O pó é dos bons, tô te dizendo. E o material é caro. Mas pra vocês eu faço um descontão. Oito tá bom?"

Os quatro concordaram. Estavam fisgados.

Hugo começaria com 8. Depois aumentaria paulatinamente. O vício se encarregaria do resto.

"Ó, segredo absoluto, hein!", ele enfatizou. "Se gostarem, podem contar para seus amigos, mas nunca mencionem meu nome pra NINGUÉM, estão me ouvindo? E NUNCA digam nada para os Pixies. O Capí não gosta muito dessa coisa de pó-mágico. Ele é todo natureba."

"Sem problema", Dênis concordou. "A gente te dá uma força. Cadê o tal do pó?"

Hugo tinha escolhido as pessoas certas. Eles não estavam se contendo de curiosidade.

Guiando-os até o quinto andar, Hugo entrou por um corredor mais obscuro e encontrou o que procurava. A sala silenciosa de Maria seria o lugar perfeito.

Isso se ela não estivesse lá, claro.

Agachando-se, Hugo bateu três vezes em cada canto inferior da porta roxa, que cedeu, deslizando para os lados como da primeira vez.

Deixando que os outros fossem na frente através da cortina que os levaria ao campo de trigo, Hugo olhou para os lados antes de segui-los. Queria ter certeza de que ninguém estava espiando.

Quando ele próprio deu os primeiros passos para dentro da Sala Silenciosa, no entanto, levou um susto ao se deparar com neve. Nem o pasto campestre com a casinha e o cavalo *Aluiso* estavam lá, nem o depósito sujo e abandonado em que o campo se transformara depois da saída da caipira.

Ao invés disso, os cinco babavam diante de uma vasta paisagem europeia com cores frias de inverno. Ao fundo, uma cidade medieval enorme, incrustada nas montanhas.

"QUE I-RA-DO!" Dênis exclamou. "Como tu descobriu essa sala???"

Hugo não estava imune ao encanto, mas foi o primeiro a cruzar os braços contra o peito para se proteger do vento congelante.

Xeila olhava espantada para tudo, pouco se importando com a temperatura. "Tu conhece esse lugar, Dênis?"

Para a surpresa de Hugo, Dênis confirmou. "Eu acabei de ler sobre ele! Era uma cidade lá na Dinamarca, ou algo do tipo. Aí, será que a gente voltou pro passado?!"

"Não fala besteira, cabeção!" Caíque brincou, saindo para explorar o lugar.

A cidade medieval estava distante demais. Uma hora de caminhada, no mínimo. Por isso resolveram ir apenas até o córrego que passava por perto, testar se a água era de verdade.

Era.

Hugo aproveitou que os outros exploravam o novo ambiente para tirar da caixinha alguns papelotes. Foi complicado, por causa das mãos endurecidas pelo frio, mas logo ele conseguiu a quantidade que precisava.

"Aqui", ele se aproximou, entregando uma trouxinha para cada um e esfregando as mãos na lateral da calça para tentar aquecê-las. "São 32 bufões no total."

Os quatro se organizaram para juntar o dinheiro e entregaram 32 bufões certinho a Hugo, que observou-os sem demonstrar a culpa que sentia.

Eles não faziam ideia do problema que estavam comprando...

"É pra cheirar?"

Hugo confirmou com a cabeça e parou para pensar em um possível problema que teria. "Seguinte", ele disse, "Caso vocês gostem do pó e queiram comprar mais ou, sei lá, queiram fazer propaganda... Como seus amigos vão fazer pra me contatar sem ficarem sabendo quem eu sou?"

Os outros deram de ombros, sem ideias, mas Hugo não estava realmente perguntando para eles. Estava perguntando a si mesmo.

"Já sei!" ele disse de repente. "Como eu não quero que nos vejam pelos corredores juntos, e também não quero que ninguém mais saiba da minha existência, a gente podia usar essa sala como mensageira! Que tal? Vocês deixam ali, perto da porta, um papelzinho com seus nomes e quantos saquinhos desses vocês querem comprar que eu arranjo um jeito de entregar para vocês sem que ninguém veja."

"Sei não..." Caíque disse, desconfiado. "Isso tá me cheirando a ilegal..."

"Que ilegal que nada!" Hugo retrucou depressa. "Como pode ser ilegal se eu acabei de criar o produto?! Pensa bem. Eu só não quero que muita gente fique sabendo, porque daí eu não vou ter tempo de fazer pra todo mundo. Ó, tu cheira esse treco, mas tenta não cheirar na frente de ninguém, porque daí eles vão ficar fazendo pergunta."

Eles concordaram, e Hugo saiu com eles para o corredor, que de repente pareceu o lugar mais quentinho e aconchegante do mundo.

"Vamos testar o sistema de mensagem", Hugo disse, deixando uma caneta metade-enterrada na neve e fechando a passagem. "Alguém se habilita?"

Xeila adiantou-se e bateu três vezes em cada canto, entrando assim que a porta deslizou para trás. Hugo entrou logo em seguida, e a neve tinha sumido.

Mas a caneta continuava lá enterrada. Na areia.

Estavam num deserto.

"Adoro desertos!" Xeila exclamou entusiasmada. "São tão... românticos!"

Hugo estava começando a entender aquela sala.

"Bom", ele concluiu, tentando acabar logo com aquela tortura, "o importante é que agora a gente sabe que o sistema de comunicação funciona. Se vocês gostarem do pó, é só deixar um bilhetinho encomendando mais."

"Bacana", Dênis sorriu, na maior inocência. "Então a gente se fala, né? Sucesso aí com a tua criação, cara."

"Valeu..." Hugo se forçou a sorrir, e eles foram embora.

Querendo fugir daquela escola e de tudo que estava prestes a fazer, ele entrou novamente porta adentro, desta vez pisando numa mata fechada, tipo floresta tropical.

Sem dar a mínima para o novo ambiente, Hugo sentou-se contra uma árvore centenária e enterrou o rosto nas mãos, sentindo-se o pior dos canalhas.

CAPÍTULO 25

PAIS E FILHOS

"Ih, Adendo! Tu já foi melhor nisso, hein!" Viny provocou, soltando mais um jato de luz que o atingiu em cheio no peito.

Hugo ainda tentou desviar-se de mais alguns, mas não adiantou. Sua mente estava longe do Clube das Luzes; pensando no encontro que havia tido aquela manhã, com Caiçara.

Sete dias depois daquela primeira venda na sala silenciosa, seu celular tocara de madrugada, semiacordando Eimi, que logo voltara a dormir o sono dos encostos profissionais. A voz desdentada do outro lado da linha transmitira uma mensagem curta e grossa:

Em três hora, no Tortinho. Traz toda a bufunfa, e nada de varinha de condão.

Certo.

Hugo não havia conseguido vender os 30 papelotes em sete dias, mas, com o preço inflado, já juntara pouco mais que o valor real da cocaína. Daria para satisfazer o canalha e talvez até passar a perna nele um pouquinho, dependendo da cotação da hora.

O sistema de mensagens tinha dado certo. Já no dia seguinte à primeira venda, Hugo encontrara três bilhetinhos em sua floresta tropical particular: um de Tobias, dois de Xeila. Não fazia ideia de por que a sala silenciosa se transformava em floresta para ele, mas também pouco importava. Era um local bom. Chovia muito, mas não ventava, de modo que, às vezes os bilhetinhos vinham um pouco ensopados, outras vezes com dejetos simpáticos de passarinho, mas nunca voavam para locais obscuros e impossíveis de encontrar.

Logo no segundo dia, já surgira cliente novo na área. Um tal de Dudu Molinari, do terceiro ano. Depois apareceram bilhetinhos de uma Patrícia Galahar do segundo, um Zé Castanho do quarto, um Mário Mitre do quinto... todos achando que aquilo ali era apenas mais um pozinho mágico daqueles que vendia-se abertamente em lojinhas do SAARA: uns faziam rir, outros coloriam a pele dos usuários, alguns criavam espinhas indesejadas, brotoejas, sinais de catapora... O do Hugo dava segurança e coragem. Simples. Nem passava pela cabeça dos pobres-coitados que estavam inalando um veneno. Nem muito menos que aquela porcaria viciava e podia matar.

De qualquer maneira, toda vez que Hugo entrava pela passagem do 5º andar, agradecia aos céus por não ter contado sobre a Sala Silenciosa para os Pixies.

Nos bilhetes, seus compradores volta e meia escreviam elogios ao novo produto, que chamavam de "o pó mágico mais espetacular que já provei", de "não gostei muito, mas quero tentar de novo", de "cara, não sei o que é isso não, mas... pô... me dá mais um?" etc. Hugo então localizava os alunos e dava um jeito de entregar-lhes o produto sem que nem eles mesmos o vissem.

Mas a cada cliente novo, crescia sua preocupação com um possível traidor.

A solução foi até simples: a partir do terceiro dia de vendas, Hugo passou a incluir no pacote, além do papelote de cocaína e do local do pagamento, um bilhetinho de ameaça. Nele, Hugo avisava que o pó continha uma substância detectora de mentiras chamada *Delatus Maximus*. Quem chegasse a *pensar* em dedurá-lo ou em chegar perto de algum dos Pixies enquanto sob o efeito do pó ficaria com os dedos duros para sempre; completamente impossibilitado de usar as mãos pelo resto da vida. Se, ainda assim, o engraçadinho resolvesse seguir com o plano, morreria asfixiado assim que contasse para alguém.

Hugo era bom de blefe.

Bom, voltando ao Caiçara.

Aquele sendo o primeiro encontro entre eles, Hugo achara prudente não trocar os bufões por reais. Impressionaria o boçal com aquele monte de medalhinha prateada, para que ele não mudasse de ideia e resolvesse matar Hugo logo de uma vez.

Funcionou. O olhar de satisfação do bandido foi tão enorme que doeu fundo em seu coração ver aquele lá feliz. Doeu de ódio.

Mas Hugo tinha uma válvula de escape, que o impedia de pular em cima do desgraçado e cometer três crimes ao mesmo tempo: homicídio doloso (do Caiçara), culposo (da mãe, que morreria na retaliação) e suicídio (pois acabaria sendo morto a pauladas por ter estrangulado o bandido).

Sua válvula de escape era saber que aquelas quatro pilhinhas de bufões que entregara ao bandido não chegavam nem perto da quantidade que Hugo ganhara. Estava passando uma perna bem passada no imbecil.

"Beleeeza! Já dá pra aumentá o preço da próxima vêis, num dá? Acho que dá, né não, formiga?"

"Sei não, Caiça... esse pessoal é mão-de-vaca pra caramba."

"Vem com essa não, formiga! Se liga, da próxima eu quero uma pilhinha dessa aqui a mais. Tá ligado?"

Hugo não deu certeza, mas na verdade era fácil, fácil.

No dia seguinte aumentaria o preço. Alguns chiariam, mas acabariam comprando mesmo assim.

Era nisso que Hugo estava pensando quando sentiu o calor de mais um jato de luz na fuça e desistiu de vez da roda.

Sorte dele que Capí não tinha prestado atenção no jogo. Estava ocupado demais ensinando aos novatos uns golpes e floreios de capoeira. Eimi observava cada movimento, fascinado. Depois tentava imitar, ávido por impressioná-lo. Não conseguia fazer nem metade, mas cada pequeno elogio do pixie levava Eimi aos céus, e só uma coisa estava incomodando Hugo mais do que aquela necessidade que Eimi tinha de ser querido por todos:

A presença de Gislene na clareira.

O que aquela lá estava fazendo no Clube das Luzes? Quem fora o engraçadinho que a convidara? Ela não tinha nada que estar ali... ainda mais em um clube ilegal! Certinha do jeito que era, era capaz de ela ir direto denunciar tudo para o namorado. Se é que o Gueco já não fugira dela aterrorizado.

Como se não bastasse sua presença para estragar a noite, a Encosto Número Dois ainda ficara a madrugada inteirinha olhando para ele de cara feia. Ela sabia que tinha algo de errado acontecendo. Nada nunca escapava de seu olhar detalhista e a desatenção de Hugo não era assim tão difícil de notar.

Mas no momento, graças a todos os santos, Gislene estava ocupada demais tentando realizar uma meia-lua de compasso sem perder a mira da varinha, o que era difícil até para ele.

Capí tentava equilibrar Eimi no chão com a maior paciência do mundo, mas o mineirinho não tinha mesmo jeito para a coisa, e depois de mais algumas tentativas frustradas, ficou difícil segurar o choro.

A pequena turminha de novatos se desfez e foi testar seus novos floreios na roda, enquanto Capí ficou para trás, consolando o garoto.

Era um bebê chorão mesmo...

Levando-o a um canto afastado, Capí trocou algumas palavras com Eimi, escondendo-o dos outros para dar-lhe mais privacidade. Em poucos segundos de prosa, Eimi enxugou o rosto e foi assistir seus amigos na roda, um pouquinho mais confiante.

Capí veio sentar-se próximo a Hugo. Parecia tenso, mas não por causa de Eimi.

Na roda, Viny cedera seu lugar a Gislene, e Atlas imediatamente diminuíra o ritmo para acomodar a novata.

"Que foi, véio?" Viny chegou, sentando-se junto a eles.

"A nova professora de Mundo Animal chegou hoje", Capí respondeu, aborrecido. "Eu a vi entrar na sala do Conselho."

"Ih!" Viny riu, chamando Caimana. "O véio tá com inveja!!!"

"Não! Não é isso…" Capí se defendeu sem achar graça, e Viny desfez o sorriso.

"O que é então?"

"Eles chamaram a Felícia."

"Puuutz!" Caimana e Viny exclamaram juntos.

"Ah", Índio tentou amenizar, "ela nem é tão ruim assim. É competente."

"Não é tão ruim assim??"

Hugo olhou para os quatro sem entender nada. "Por quê? O que tem ela?"

"Felícia Bonfim", Caimana explicou, desgostosa. "Foi nossa professora no primeiro ano. Ela era fera no assunto, ao contrário da Ivete. Mas não tinha o mínimo de cuidado com os bichinhos. Nenhum respeito, nada. Os pobres sofriam na mão dela."

"Até que, num belo dia de sol", Viny adicionou, "os passarinhos cantarolavam, os sapos coaxavam, a Dalila relinchava, e a vaca da Felícia nos deixou em paz. Ganhou uma bolsa de estudos e foi para o exterior se especializar."

"Em tortura", Capí completou, amargo. Era a primeira vez que Hugo ouvia Capí falar mal de alguém.

"Veja o lado bom da coisa", Viny tentou animá-lo. "Pelo menos a gente ficou livre dela por dois anos e meio!"

Mas Capí não parecia apaziguável no momento. "Como é que a Zô deixa esse monstro voltar…"

"A Zô?!" Viny riu. "Tu vai me desculpar, véio, mas tu leva fé demais naquela maluquinha. Tu tem que pensar nela como a Rainha da Inglaterra, tá ligado? Muito simpática, muito graciosa, mas está lá só de enfeite. A Zô nem deve estar sabendo que a Felícia voltou!"

"Não é bem assim."

"Nós sabemos que tu é defensor inconteste da velhinha, mas todo mundo aqui concorda que quem manda na escola é o Conselho."

"Gente… eu sei do que eu estou falando", Capí insistiu. "A Zô pode ser meio avoada, mas ela se impõe quando necessário."

Hugo sorriu, reconhecendo ali uma verdade. Sua permanência na escola era prova concreta do que o pixie estava dizendo.

Caimana resolveu dar um crédito a ele, voltando-se para o Viny, "A gente às vezes se esquece que a Zô é praticamente avó do Capí."

Capí sorriu de leve, como quem lembra de uma velha piada, mas deixou que Caimana continuasse.

"Ele viveu aqui a vida toda, deve saber bem mais do que a gente sobre a balança de poder da Korkovado."

"De qualquer maneira", Viny prosseguiu, sem tentar contradizê-la, "nem adianta ir reclamar da contratação daquela Urubu. Falar com o Conselho é o mesmo que falar com a mula sem cabeça."

Capí meneou a cabeça, "Não seja injusto, Viny..."

"Mas é verdade!"

"... com a MULA", Capí brincou. "Não seja injusto com a mula!"

Viny deu risada, "Tô ligado... tá certo. Capí, o eterno defensor dos animais... mesmo os inexistentes."

"Ô, 'fessor!" Atlas chamou Capí lá da roda, encharcado de suor. "Tu estás fazendo a gurizada te esperar, ô mestre dos mestres!"

Capí atendeu ao chamado, mas antes que tivesse alcançado a roda, parou, vasculhou os bolsos e riu, voltando-se para o grupinho dos preguiçosos jogados na grama. "Pô, Viny!"

Viny abriu um sorrisão malandro, reclinando-se na grama como um gatinho exibicionista – a Furiosa apoiada discretamente atrás de sua orelha esquerda.

"Mas tu cisma com a minha varinha, hein!" Capí brincou, recusando-se a dar *um* só passo na direção do amigo. Em poucos segundos, Viny cedeu e lançou a Furiosa para seu verdadeiro dono, que foi acertar as contas com o professor de Defesa no meio da roda.

Os longínquos tambores triplicaram seu ritmo, rufando loucamente como naquela primeira noite de Clube das Luzes.

"Que que eu posso fazer?" Viny se defendeu do olhar acusador da namorada. "É a varinha dos meus sonhos!"

"É, né, bicho-preguiça", Caimana lhe deu um cascudo. "Tu diz isso só porque a tua é toda troncha e melecada. Tu tem a varinha mais *cara* da escola. De estanho e prata! Se tu tratasse a tua como ele trata a dele–"

"Argumento inválido, moça. A minha não toca música e eu não sou um artista, como ele. Olha a lambança que eu fiz tentando riscar o nosso símbolo na minha."

Viny mostrou sua varinha imunda para os quatro. Tinha uns riscos meio tortos perto da base, que em nada se assemelhavam ao símbolo austero dos Pixies.

"É..." Caimana olhou com certo nojo para a varinha, mas então abriu um sorriso meigo, "Pelo menos a minha prancha tu fez com mais capricho", e Hugo desviou o olhar discretamente, para não virar candelabro.

Enquanto os dois se pegavam na grama, as palmas e os tambores cessaram ao som de um berro que fez todos se afastarem no susto. Viny e Caimana imediatamente pularam para uma posição mais respeitável e Hugo levantou-se como se tivesse acabado de sentar num formigueiro.

"O QUE VOCÊS PENSAM QUE ESTÃO FAZENDO?!" Fausto gritou furioso, marchando para dentro da roda sem consideração alguma por quem estivesse no caminho.

Estava roxo de raiva, e Capí se encolheu todo, "Pai..."

"Pai pai, pai que nada! Vocês tão pensando que essa escola é o quê?! A casa da mãe Joana?! Isso aí é *ILEGAL*!"

Atlas adiantou-se na frente dos alunos, "Fausto... amigo, também não é para tanto–"

"Você..." Fausto murmurou com a voz trêmula de ódio, "...Sua *peste* em forma de professor... Você nunca vai CRESCER?! Adooora colocar a vida dos outros em risco, né não?! É a sua especialidade!"

"Pai... é um jogo inofensivo-"

"Nem o jogo, nem o ATLAS são inofensivos! E você vem comigo, rapazinho", Fausto avançou, pegando Capí pela orelha e puxando-o em direção à escola.

"Fausto!" Atlas foi atrás preocupado, enquanto Capí se contorcia para que não doesse tanto. "Fausto... tu tens que ser razoável-"

"Seu gauchinho de merda", Fausto apontou um dedo ameaçador contra o professor, que congelou com o dedo a um centímetro de sua testa. *"Eu já te disse pra você ficar LONGE do meu filho!"*

Atlas ficou onde estava. Tenso, mas não surpreso.

Hugo não fazia ideia do que havia acontecido entre os dois no passado, mas o silêncio do professor era uma clara admissão de culpa. Ou talvez Atlas estivesse apenas querendo pôr um fim àquela discussão – mesmo que fosse só para salvar a orelha do Capí, que já começara a escurecer para um tom doloroso de roxo.

Lançando um último olhar de reprimenda contra o resto do grupo, Fausto continuou seu caminho, puxando o filho atrás de si como se fosse um saco de lixo.

Hugo olhou para os Pixies em busca de alguma explicação.

Caimana estava pálida e Viny parecia mais abalado do que propriamente com raiva. Eles e Índio se entreolharam e antes que Hugo pudesse perguntar qualquer coisa, Caimana tocou seu dedo nos lábios e os quatro foram atrás de Fausto, deixando que o resto do grupo se dispersasse sozinho.

Índio insistiu que seguissem a uma certa distância, mas à medida que se aproximavam do Pé de Cachimbo, o estado de choque do Viny foi gradualmente dando lugar à revolta, até que Caimana e Índio tiveram de segurá-lo para que ele não gritasse atrás do zelador.

"Deixa eles resolverem isso sozinhos, Viny..." Caimana sussurrou, prendendo-o num abraço. *"Você só vai atrapalhar se interferir."*

Viny sacudiu a cabeça, inconformado, *"Tu sabe que ele não vai reagir, Cai! Ele não consegue! Nunca conseguiu!"*

"Deixa o Capí tratar com o Fausto. Se a gente sempre interferir, ele nunca vai ter a coragem de enfrentar o pai."

"Ele não QUER enfrentar o pai! *Isso* é que mais me enfurece! Ele ama o desgraçado!"

"Shhh..." Caimana murmurou serena, pousando o dedo indicador delicadamente nos lábios do namorado.

Viny respirou fundo, procurando se controlar, e os quatro se aproximaram em silêncio da janela do Pé de Cachimbo.

Lá dentro, só Fausto falava. Pra variar.

"Há quanto tempo essa pouca-vergonha tem acontecido?"

...

"HÁ QUANTO TEMPO??"

"Desde o começo do ano." Capí respondeu, levemente diminuído no centro da sala.

Fausto andava de um lado para o outro, furioso. "Então é por isso que você está sempre com sono e nunca trabalha direito!"

"O senhor sabe que não é verdade..." Capí murmurou de cabeça baixa.

"Você me envergonha. Um pai de aluno até já veio reclamar pessoalmente comigo por causa dos Pixies, você sabia? E aquela história de pichar paredes, Ítalo! Isso é coisa de vândalo!"

"Véio..." Viny sussurrou lá fora, se segurando para não invadir a casa e acabar com aquele massacre, *"Tu não teve nada a ver com a parede... por que tu não se defende?!"*

Fausto já estava berrando novamente, seu rosto quase roxo de tanta raiva. "Você acha o quê? Que eles não vão ter coragem de te expulsar daqui?! Vão sim! Mais dia, menos dia, eles te expulsam!"

"Pai, calma..."

"Que calma que nada! Você é um irresponsável! Que nem aquele lá!"

"O Atlas não fez nada de erra-"

O tapa que Fausto lhe deu quase derrubou Capí no chão e doeu na alma dos Pixies. Mas Capí permaneceu firme, segurando as lágrimas. "Calma, pai... olha o coração..."

Mais tranquilo depois da agressão, Fausto passou a falar em um tom bem mais ameno. "Isso é pra você aprender a nunca mais se arriscar assim. Está me ouvindo?"

"Sim, senhor."

"Contesta, Capí... contesta esse boçal do seu pai..." Dessa vez era Índio que estava pensando alto. Caimana já tinha carregado Viny para fora da linha de visão e tentava segurá-lo no muque mesmo. O tapa tinha sido a gota d'água, e ele só não berrava por respeito à ela.

"E você fica por aí... andando com esses irresponsáveis", Fausto prosseguia com o sermão. "Não é pra isso que você recebe uma educação, meu filho! Quer virar um zelador fracassado feito eu?!"

"O senhor não é fracassado, pai."

"Sou sim, filho. Sou sim. Eu podia ter feito qualquer coisa na vida que não envolvesse magia. Podia ter me especializado em História Europeia, ou até mesmo em Alquimia, sei lá. Mas não. Fui me deixando levar por irresponsáveis feito eles."

"Mas o senhor adora os Pixies!"

"Sim, adoro! Eles são ótimas pessoas. Mas eles têm pais influentes! O senhor Y-Piranga é milionário – é fácil ser irresponsável quando metade da receita do colégio vem de doações da sua família. O Viny NUNCA vai ser expulso, e ele sabe disso. Já a mãe do Virgílio pode até não ser rica, mas nem se fala em como ela é influente. Sobre o fracassado do pai da Caimana eu não posso dizer nada, mas a mãe dela... Ah, a mãe é influentíssima! Eles não vão ficar desamparados. Nenhum deles! Agora, quem vai ajudar um Zé Ninguém feito você? Você é o xodozinho da escola, sim, e daí? Isso não vai te arranjar um emprego no futuro. E ao invés de tentar avançar na vida, o que você faz quando não está por aí aprontando com os Pixies? Fica ensinando aquele bando de pirralho a escrever!"

Capí olhou surpreso para o pai.

"O que você acha? Que eu não sei por onde anda meu próprio filho?"

Não era só Capí que estava surpreso. Viny tinha se reaproximado da janela – a raiva atenuada pela curiosidade. Caimana e Índio também pareciam um tanto perplexos.

"Que perda de tempo..." Fausto bufou. "Você podia estar se aperfeiçoando, fazendo contatos... se aproximando dos professores que têm conexões lá fora, que pudessem te tirar logo daqui! Você já tem capacidade e conhecimento suficientes pra fazer cursos no exterior! Ganhar bolsas de estudo! Mas não! Fica aqui, se atrasando por causa desses analfabetos!"

"Pai, eles chegam aqui totalmente perdidos-"

"Irresponsável! Irresponsável feito os avós! Daqui a pouco vai sair pelo mundo avoado feito eles e me deixar aqui, como o bom irresponsável que é."

A expressão de derrota no rosto do Capí foi de doer. "Eu nunca faria isso, pai! Nunca..." e abraçou o pai com força.

Fausto não o impediu, mas também não fez qualquer esforço em corresponder. Deixou os braços pendidos ao lado, uma expressão amarga no rosto.

"Você está de castigo", ele disse, sério. "É da aula pra casa e de casa pra aula, está me ouvindo? Duas semanas. Nada de ficar perambulando por aí à noite."

Capí se afastou preocupado. "Mas amanhã é quinta! Você sabe que não dá-"

"É pro seu bem, moleque..." Fausto estendeu a mão para que o filho lhe entregasse sua varinha. "Agora sobe pro quarto."

Capí obedeceu, subindo sem dizer mais uma palavra, e os Pixies escalaram a árvore até alcançarem a janela do segundo andar. Capí já tinha entrado e se jogado de bruços na cama, com a mão sobre a orelha machucada.

"Ei, véio!" Viny bateu no vidro. *"Véio!"*

Depois da terceira tentativa, Capí simplesmente jogou o travesseiro contra a cortina, que se fechou sozinha, isolando os Pixies do lado de fora.

Viny desceu da árvore e marchou possesso para o salão de jogos, acompanhado dos outros. "*Perambulando por aí de noite*... Aquele ogro desgraçado!"

"Viny..."

"O Capí fica a noite toda se matando de trabalhar pra que ele possa dormir sossegado e o Fausto sabe! Sabe e disse aquilo só pra machucar!"

"Calma, Viny... você sabe que logo passa. O Capí tá acostumado com os chiliques do pai."

"Mas pro Capí não são chiliques, Cai! Ele leva a sério!"

Caimana não contestou. Sabia que era verdade.

Até Hugo, que conhecia os Pixies há menos de sete meses, sabia que era verdade. Tudo que Capí mais queria era que o pai prestasse atenção nele. Que sentisse alguma coisa por ele. Natural. Mas Fausto parecia fechado em suas próprias mágoas. Em seu próprio mundo injusto e infeliz. Sua atenção paterna se restringia às 'falhas' do filho. Nunca ao que ele fazia de bom.

Hugo acompanhou os Pixies até o salão de jogos sem dizer uma palavra. Só ouvindo.

Apesar de ser uma atitude absurda, vinda de um pai, talvez Fausto estivesse com a razão, quem sabe? Talvez Hugo devesse fazer a mesma coisa: erguer uma barreira entre ele e o Capí, para não se decepcionar depois. A expressão 'perfeito demais para ser verdade' vinha à mente, e ele sabia que, quanto mais sua admiração pelo pixie crescesse, mais doloroso seria quando Hugo descobrisse os podres dele.

CAPÍTULO 26

A INVASÃO

Os primeiros dias de castigo do pixie se passaram sem muitos percalços. Para Hugo, era ao mesmo tempo uma benção e uma maldição ter Capí longe. Uma benção porque Hugo agora estava fora do alcance de seus olhos atentos e podia prosseguir com as vendas da cocaína sem muitas preocupações. Uma maldição porque, sem Capí por perto, era Viny que não tinha mais nada para fazer além de ficar importunando Hugo com ideias mirabolantes. Por que não ia namorar por aí? Parecia de propósito! Como se tivesse combinado com Capí: olha, já que tu tá de castigo, eu fico de olho na peste do Hugo.

Claro que não era isso. Mas que parecia, parecia.

Outra que estava aliviada com a ausência de Capí era a tal da Felícia. A nova professora de Segredos do Mundo Animal ainda não conquistara a simpatia da turma, e não era difícil entender o porquê. Ela era realmente uma especialista de primeira linha, mas tratava os bichinhos como se fossem objetos. Uns valiosos, outros descartáveis. Hugo não era o único a ficar incomodado com aquilo.

Por falar em bicho, os urros noturnos do monstro misterioso estavam ficando cada vez mais insuportáveis. O bicho não dera trégua nem na quinta-feira, nem na sexta. Não se calara por um segundo sequer! E o resultado daquilo tudo? No sábado, Hugo estava imprestável. Tudo conspirara contra seu sono: as preocupações com a venda, Eimi tagarelando antes de dormir, pesadelos recorrentes nos quais ele era preso em flagrante, às vezes por Fausto, às vezes por Dalila... e aquele bicho escandaloso na floresta.

Graças a Merlin e a todos os santos, no meio daquela semana Hugo pôde finalmente ganhar uma folga de Viny, Gislene, Eimi..., enfim, de todo mundo. Os alunos de intercâmbio haviam começado a chegar, de todos os cantos do Brasil, e uma multiplicidade de sotaques invadiu o colégio.

Eles vinham em grupos:

Os brincalhões barulhentos da escola de Salvador tinham muito a ver com Viny, com quem se identificaram na hora. Rebeldes, contestadores, alegres, seus uniformes eram os mais liberais de todos; bem mais condizentes com o clima brasileiro do que as roupas pesadas da Korkovado. Chinelos de couro, calças de algodão branco, camisas de cor clara e manga curta, coletes marrons. Tudo leve. Nada de sobretudo, manto, suéter, gravata etc. etc. etc.

Já os alunos da escola do Sul vinham com sua mente afiada e uniformes negros e austeros, a não ser pelo lenço vermelho no pescoço, cuja principal utilidade parecia ser atrair a atenção feminina na Korkovado. Fisgavam as garotas não só pelo uniforme 'irresistível', como também pelos bons modos. Eram em geral mais educados, mais cavalheiros, mais respeitadores, só que também um pouco mais sombrios do que os alunos das outras regiões. Alguns, sombrios demais.

Rudji, que tinha feito anos de estágio na escola do sul, virou meio que o guia dos sulistas pela escola, já que Atlas não quis nem saber de seus conterrâneos. Preferiu ficar longe, quieto no seu canto.

Os alunos mais pragmáticos vinham da escola de Brasília. Eram, em sua maioria, filhos de políticos da região. Mas tinha de tudo, na verdade. A escola da capital era uma das mais conceituadas do continente. Nova, moderna, com ótimos professores.

Os alunos de Brasília pareciam conhecer bem o Índio, apesar de ele ser mineiro. Assim que pisaram na Korkovado, foram direto falar com ele. Talvez tivessem recebido instruções naquele sentido: procurar Virgílio OuroPreto.

Menos um para atazanar sua vida.

Os alunos mais quietos e compenetrados vinham da escola do Norte, escondida bem no centro da floresta amazônica. Ficavam mais afastados da bagunça, prestando atenção a tudo, desconfiados. Provavelmente não fariam grandes amizades nas poucas semanas que passariam no Rio.

A verdade é que, apesar de um número grande de alunos do Rio terem debandado para as outras regiões, a escola estava mais barulhenta e mais animada do que nunca. Nomes que antes raramente eram ouvidos pelos corredores, passaram a ser repetidos à exaustão: corcundas, candangos, curumins, caramurus, cupinchas. Eram os apelidos oficiais relativos aos alunos do Rio, de Brasília, da Amazônia, de Salvador e do Sul, respectivamente.

Estando na primeira série do Ensino Médio, os Pixies já tinham o direito e a obrigação de se inscreverem no intercâmbio. Preferiam, porém, esperar até o final do ano; quando a atividade intercambial diminuía bastante devido à proximidade das provas finais. Era tudo parte de um grande plano pixie: indo em época de pouco movimento, eles seriam o centro das atenções e poderiam aprender muito mais sobre a primeira região que escolhessem visitar.

Sem contar que os Pixies já tinham bastante o que fazer na Korkovado antes de partirem para conquistar o Brasil. Enquanto Índio se mantinha ocupado com os candangos de Brasília e Viny doutrinava o pessoal do nordeste com suas ideias anticolonização europeia, Caimana e Dulcinéia tentavam resolver um problemão com o Conselho, que havia barrado a entrada de semiequinos adolescentes.

Doze centauros dos Pampas haviam chegado como acompanhantes de alguns dos alunos sulistas, mas a entrada de não bruxos na Korkovado era extremamente restrita e não comportava semianimais.

"Isso é preconceito!" Dulcinéia vociferou contra Pompeu, que estava fisicamente barrando os centauros na entrada.

"Nos deixe entrar, mui caro amigo", pediu um centauro loiro de pelagem bege. Devia ter a idade dos Pixies, uns 16, 17 anos. "Prometi à mãe de meu amigo Toledo que o protegeria. Usted no puede-"

"A entrada é proibida a não bruxos", o conselheiro repetiu com desprezo. "A regra é simples."

"Mas hombre!" um centauro inteiramente negro reclamou e Dulcinéia fechou a cara, "Meu tio entra aqui todos os dias!"

"Brutus *trabalha* aqui, mocinha, é bem diferente. Não podemos ter uma manada de *pôneis* cavalgando pela escola."

O centauro loiro se espantou com tamanha grosseria, mas não reagiu.

Foi Caimana quem não conseguiu se segurar. "Você é um canalha, sabia disso?"

"Posso até ser um canalha, senhorita Ipanema, mas ao menos sou hu-ma-no."

Dulcinéia empinou furiosa e quase acertou uma patada no conselheiro, que arregalou os olhos, ofendido, "Uma semana de castigo, senhorita Andaluz, e ponha-se para dentro agora mesmo. O senhor também, senhor Escarlate."

Hugo ergueu a sobrancelha surpreso. "Mas eu só tô assistindo!"

Pompeu, no entanto, estava irredutível, e os dois entraram na escola, juntando-se aos cupinchas que já haviam sido expulsos minutos antes e aguardavam, aflitos, o resultado das negociações.

"Será que eles conseguem?" perguntou um jovem gaúcho de cabelos cumpridos.

"Você deve ser o Toledo."

"Eu mesmo."

"Prazer", ela sorriu, apertando sua mão. "Seu amigo não vai desistir tão cedo."

Toledo sorriu, "Quando Bento faz uma promessa, ele cumpre. E promessa feita à minha mãe, é promessa forte."

"Deixa que a Caimana resolve, Toledo. O conselheiro a respeita, talvez por ela ser filha de quem é. Ele vai acabar cedendo."

Toledo aceitou esperar mais um pouco, mas fechou a cara, "Foi por causa de gentinha como esse Pompeu aí que os centauros se foram para o Sul. Lá eles são respeitados como devem."

"Eu não entendo", Hugo confidenciou à Dulcinéia assim que os dois saíram da zona de conflito e deixaram os cupinchas para trás. "Eu detesto concordar com o Conselho, mas... se os centauros não são bruxos, por que eles viriam estudar um mês numa escola de bruxaria do Rio? Não faz sentido."

"Ah, mas ninguém separa um centauro de seu cupincha."

"Não entendi."

"É tradição lá no Sul", Dulcinéia explicou, tomando a mão estendida do Hugo para descer as escadas espiraladas da torre do Parque Lage sem que seus cascos escorregassem. "As duas escolas de lá são muito unidas: *Tordesilhas*, de bruxaria, e *Chiron*, dos centauros."

"Tem escola de *centauros* no Sul??"

"Sim sim. Eles têm um programa de alianças vitalícias lá, criado para acabar com o preconceito e com o conflito milenar entre centauros e bruxos. Logo no primeiro ano, para cada novato de Tordesilhas é designado um companheiro centauro da mesma idade, de Chiron. Eles devem se encontrar sempre, e volta e meia há atividades para a dupla, com o objetivo de fortalecer os laços de amizade. Acabam se tornando grandes amigos, parceiros inseparáveis. Quando crescem, saem para paquerar juntos, se tornam padrinhos de casamento um do outro... viram absolutos confidentes. Foi a forma que as duas escolas encontraram pra acabar com essa rivalidade idiota herdada da Europa, e que você testemunhou no Pompeu."

"E funciona é?"

"E como! Separá-los é como separar irmãos gêmeos. Um mês longe é muita coisa. E os centauros dos pampas, principalmente os machos, são muito protetores. A ideia de deixarem seus cupinchas desprotegidos é assustadora. Aqueles doze lá em cima não vão desistir tão fácil."

Os dois saíram para a praia, que estava lotada de visitantes ávidos por assistirem a seu primeiro pôr do sol no Korkovado.

"Tem gente que é contra o programa, claro", Dulcinéia continuou, sentando-se em um rochedo com sua cauda dentro d'água. "São os mais aristocráticos das duas raças. Meu tio, por exemplo, não tolera essa aproximação com bruxos. Diz que é amansamento de centauro – o que não deixa de ser verdade. Centauros normalmente são muito orgulhosos, agressivos, sectários. Para o tio Brutus, eu sou uma absoluta aberração da natureza. Uma centaura bruxa. Ele chega a ficar ofendido sempre que me vê."

"O Atlas não tem um parceiro centauro, tem?"

"Não faço ideia. O programa vive sendo cancelado pelos conservadores. Talvez ele tenha entrado para Tordesilhas num desses anos de recesso. De qualquer maneira, o Atlas também não parece muito amigável com os cupinchas. Não sei o que ele tem."

Talvez o estilo rebelde e irresponsável do professor não combinasse tanto com a austeridade sulista, quem sabe. O fato é que o conflito entre Conselho e Cupinchas foi resolvido ainda naquele mesmo dia. Pompeu podia gastar a saliva que quisesse, mas nunca conseguiria barrar um decreto da grande Zoroasta.

A lógica da Zô para baixar o decreto fora simples e incontestável, até porque completamente absurda: se o Conselho não deixava que semiequinos entrassem, então eles teriam que expulsar da escola todos que fossem do signo de Sagitário, "incluindo esta simpática diretora que vos fala."

"Ha! Eu não disse que a Zô era genial?" Capí comemorou assim que teve um tempo para andar com os Pixies.

Índio não estava nem um pouco feliz com a decisão da diretora, pois ia contra todas as leis da escola e ele era muito apegado às leis. Já Viny meneou a cabeça, duvidando um pouco da alcunha 'genial', apesar de estar inteiramente satisfeito que teria quatro centauras lindas para paquerar.

"Os machos também estão disponíveis, sabia?" Caimana provocou, no que Viny ergueu as sobrancelhas, altamente interessado.

"Não que seja permitido o namoro entre bruxos e centauras", Índio disse sério. "Cê sabe que é contra a lei. Sem falar no perigo."

"Ah, Índio, não vem com essa de incompatibilidade biológica, que centauro também tem boca e sabe beijar. Tu não viu o Rafinha e a Dulcinéia?"

"Pro-i-bi-do", Índio insistiu, e Viny resolveu mudar de assunto, voltando-se para o outro pixie, que já não via há dias.

"Tu tem se alimentado direito, véio?"

Capí sorriu, "Sempre."

O fato era que Capí, que normalmente já não se dava tempo de folga entre uma aula e outra, agora tinha acumulado mais uma função: a de babá dos visitantes.

Guiava os alunos novos para as salas de aula, ia catar aluno perdido na floresta, arrumava a bagunça depois dos sarais, das reuniões, das atividades extracurriculares... era trabalho contínuo até ter de voltar para casa cumprir seu castigo às seis da noite. Nada de festinhas, ou longas noites de conversa com os visitantes, nem muito menos travessuras pixie.

Apesar do trabalho incessante, ele estava com um certo brilho extra no olhar. Parecia até feliz! Mais feliz do que o normal, e ninguém conseguia entender o porquê. Seus ex-alunos de Mundo Animal ainda o chamavam de *"professor"* pelos corredores, e aquele título lhe causava imensa satisfação, mas aquilo não parecia razão suficiente para tamanho contentamento.

Viny também não entendia muito bem, mas se Capí estava feliz, Viny estava feliz. E como não poderia estar? Com tanta coisa a fazer, tanta festa para organizar, tanta gente a conhecer.

"Se preocupa não, Adendo", Viny disse em frente à fogueira, num dos vários sarais à beira mar que promovia para os recém-chegados. "É sempre assim nos primeiros dias. Festa, festa, festa, bagunça, bagunça, bagunça, confusão... Conselho barrando centauros na entrada... Depois o pessoal se acomoda, fica à vontade, volta tudo ao normal. Até que eles todos vão embora e vivemos um mês de paz até a próxima leva de intercambistas chegar."

Mal sabia ele que Hugo não queria de jeito nenhum que as coisas voltassem ao normal. Naquelas duas semanas de bagunça ele havia vendido mais cocaína do que jamais imaginara vender. E, o que era melhor, para clientes temporários, que logo sairiam dali para nunca mais voltar. Risco ZERO de que o dedurassem.

Centauros, infelizmente, não se davam muito bem com a droga. Era a tal da incompatibilidade biológica. Passavam mal, não tinha jeito.

Sorte deles.

Já os outros... O movimento crescera tanto que Hugo agora era obrigado a visitar sua floresta particular umas três vezes ao dia para coletar os pedidos.

Caiçara ficava mais que satisfeito, e o bolso do Hugo também. Só de passar a perna no bandido, já juntara uma graninha boa. E o idiota ainda se achava muito esperto, obrigando-o a aumentar o preço toda vez que se encontravam. Hugo se fazia de espantado... mas no fundo sabia que seus clientes aceitariam o aumento. Sempre aceitavam. Os do Sul então, nem se davam conta de que o preço tinha subido. Eram cheios da grana aqueles lá.

Enquanto isso, Hugo fazia a festa no Sub-Saara. Comprava tudo que tinha direito, mas discretamente, claro, para não chamar atenção. E não só no Saara. Já visitara até o Arco Center! De fato, o nível lá era outro. Gente grã-fina, narizes empinados, teatros... tudo extremamente caro. Hugo ainda não tinha cacife para frequentar aquilo. Mas comprar uma coisinha ou outra não fazia mal a ninguém.

Foi quando ele lustrava sua preciosa varinha com o novo kit de limpeza *Purgare Lux 3*, que Viny o chamou escondido.

"Adendo..." o loiro sussurrou, cutucando-o no ombro após o jantar, *"Bora numa missão de resgate?"*

"Resgate?" ele perguntou, guardando o kit debaixo da cama antes de segui-lo para fora do dormitório. "Resgate de quem?"

"Independência ou mooorte!"

"Do Capí! De quem mais seria?"

"Mas você não desiste?? Ele já disse que não vai desrespeitar a vontade do pai!"

Viny sorriu, "A esperança é a última que desencarna, Adendo", e tapou os ouvidos, já se preparando para o Inferno Astral.

"Por que a gente não vai pela lateral?" Hugo sugeriu, seguindo-o. "Assim a gente escapava do corredor."

"Impossível. Na mata da esquerda, a Cai tá promovendo uma aula de surfe com vassoura. Lotado de caramuru lá. Alguns curumins também. Do outro lado, o Abelardo montou uma simpática fogueira e o pessoal do Sul está fazendo um campeonato pra ver quem queima mais livros da bruxa inglesa. Gentinha estúpida. O livro é massa, mas, fazer o quê. A batalha é entre a Caimana e o Abelzinho, eu não quero me intrometer."

Pausando no limiar do corredor dos signos, Viny respirou fundo, angariando a paciência necessária, e só então deu o primeiro passo.

A figura de um homem musculoso carregando um aquário imediatamente passou a persegui-lo. O homem pulava de bloco em bloco, derramando água pelo caminho enquanto corria para acompanhar os passos largos do pixie.

"Você parece interiormente muito agitaaaado!"

"Por que será..." Viny debochou, pressionando ainda mais as mãos contra os ouvidos e apressando o passo.

"Talvez por algum incômodo guardado lááááá no seu íntimo e que esteja precisando vir à tona!"

"Vai vir à tona sim... na tua cara."

"Procure colocar para fora o que sente... de maneira mais EQUILIBRADA, sem perder o controle."

"Veja bem", Viny parou, bufando impaciente. Aproximando sua boca do ouvido do signo, falou, "Eu... não... sou... de AQUÁRIO! Vê se me esquece!"

"Mas claro que o senhor é de Aquário! Como explicaria sua rebeldia-"

"Droga, cala a boca!" Viny gritou, completamente descontrolado. "Eu sou CAPRICÓRNIO! CAPRICÓRNIO, está me ouvindo?

O signo fez cara de ofendido, "Pois não parece", e foi embora revoltadinho.

Hugo estava morrendo de rir. "É todo dia isso?"

"Você nem imagina", Viny revirou os olhos, atravessando o salão de jogos até o jardim. "Não sei por que ele cisma que eu sou de Aquário, sinceramen-" Viny congelou onde estava. *"Epa, epa epa..."*

Hugo seguiu o olhar do pixie e viu Capí pulando a janela do quarto e seguindo sorrateiramente pela beirada da floresta.

"O que ele tá fazendo?!"

Viny abriu um largo sorriso.

"Fugindo do castigo."

CAPÍTULO 27

PROFESSOR

Hugo sentiu um calafrio.

Era aquela sensação ruim novamente, de que Capí ia decepcioná-lo.

"Mas ele não desobedeceria o pai assim-"

"Pensa bem, Adendo!" Viny sussurrou entusiasmado. "Sexta ao meio-dia, segunda de manhã, quarta à noite... lembra? São os dias em que ele desaparece! Finalmente a gente vai saber o que o diabinho faz!"

Hugo não tinha tanta certeza assim de que queria saber. Já sofrera abalos demais de confiança em sua vida.

Um rangido de porta chamou a atenção dos três, e Capí se escondeu atrás de uns arbustos, espiando o pai sair do Pé de Cachimbo em direção à escola – provavelmente para o refeitório, onde uma greve de garçons estava causando tumulto já há algumas horas.

Assim que Fausto entrou escola adentro, Capí atravessou os jardins até a parede externa da escola. De repente, a metade inferior de seu corpo desapareceu por completo e o pixie começou a subir por uma espécie de escada invisível que nem Viny, nem Hugo sabiam que existia.

Os dois se entreolharam. Hugo com medo do que fosse encontrar lá em cima; Viny achando aquilo tudo muito divertido. Não era sempre que ele tinha a oportunidade de pegar Ítalo Twice fazendo alguma coisa errada.

Empolgadíssimo, o loiro foi o primeiro a colocar o pé no degrau invisível.

Agarrando-se no corrimão, que também não podiam ver, os dois avançaram com cuidado, tropeçando de vez em quando devido a um degrau mais alto, ou a uma imperfeiçãozinha ou outra na construção da escada. Ela dava a volta na parede externa e ia parar lá na lateral direita do colégio, numa porta que Hugo jamais notara lá de baixo: uma porta cravada na parede há uns 10 metros do chão.

De onde estavam, era possível ver a confusão lá embaixo, criada por Abelardo e sua genial fogueira. Alguns centauros protegiam seus cupinchas do fogo, que já consumira parte considerável da grama, enquanto outros sulistas tentavam apagar as chamas com jatos de suas varinhas. Grande parte dos livros continuava empilhada lá, intacta. Na verdade, todos os livros continuavam intactos. Deviam ter algum tipo de proteção contra fogo, mas os vandalozinhos defensores da moral e dos bons costumes tinham percebido aquilo tarde demais. Bem feito.

"Ah, se eu tivesse alguma coisa pra jogar lá embaixo..." Viny lamentou. "Tipo, um piano..."

Sem mais delongas, o pixie virou-se para a porta suspensa, girou a maçaneta e entrou.

Hugo ainda ficou alguns instantes lá fora, esperando que alguma frase do Viny, de alegria, de espanto, de raiva, ou de qualquer outra coisa, desse a ele uma dica do que estava acontecendo lá dentro.

Como nenhum som veio, Hugo respirou fundo, tomou coragem, e deu uma espiadinha pela porta entreaberta.

Viny estava lá, a poucos passos da entrada, observando tudo em silêncio. Um pouco sério, mas não surpreso ou decepcionado.

"O que tá acontecendo aq-"

"Shhh..." Viny sussurrou respeitoso, apontando discretamente para Capí, que estava debruçado sobre uma das mesas lá no fundo, explicando alguma coisa a um aluno do primeiro ano. O garoto ouvia atentamente, anotando cada palavra do pixie com muito capricho.

Eram três alunos da primeira série e dois da segunda, sentados próximos a um velho quadro negro. Escreviam de cabeça baixa, compenetrados.

Assim que Capí terminou a explicação, levantou a cabeça e fez um sinal para Viny de que já já falaria com eles. Não parecia chateado com a intrusão.

Hugo não estava entendendo mais nada.

Quer dizer, até estava. Mas não fazia sentido algum.

Com o sorriso inconformado de quem tinha acabado de entender uma velha piada, Viny sentou-se em uma das milhares de mesas espalhadas pela câmara.

O lugar era imenso, principalmente na altura, e estava abarrotado de cadeiras, mesas, quadros negros, gaveteiros... todos caindo aos pedaços, empilhados uns em cima dos outros até o teto, esperando que algum dia fossem reformados.

A pequena turma estava lá no fundo, cercada por pilhas gigantescas de mesas. Hugo conhecia todos de vista, mas nunca se aproximara de nenhum.

"Eles começaram sem mim, vê se pode..." Capí sussurrou, aproximando-se dos visitantes. "Isso é que é aluno dedicado."

"Os alunos refletem a dedicação do professor", Viny sorriu orgulhoso, dando um abraço camarada no Capí. *"Véio... Por que tu nunca disse nada?! A gente podia ter te ajudado! Há quanto tempo tu faz isso?"*

Capí pensou um pouco. "... acho que já tem uns seis anos, por aí."

"Seis anos?! Não, véio. A conta não bate. Tu começou a ensinar com dez anos de idade??"

"Nove", Capí corrigiu. "Você pode ter feito dezesseis em janeiro, mas eu ainda tenho quinze, lembra?"

"Claro, caçulinha querido do meu coração..." Viny brincou, bagunçando seu cabelo. "Eu sempre me esqueço que tu não tem 25."

"Você ensina o que aqui, exatamente?" Hugo perguntou, só para confirmar. Aquilo era absurdo demais...

"Como Fausto fez a gentileza de nos contar duas semanas atrás, e a gente fez a gentileza de esquecer", Viny respondeu, "O Capí está ensinando *'aquele bando de pirralhos a escrever'*. Sempre tão gentil o teu pai..."

Capí sorriu, resignado, mas seu semblante não tardou a entristecer, "Eles chegam aqui perdidinhos. A maioria vem da rua, ou de reformatórios, orfanatos de baixa qualidade... Recebem suas cartas e chegam aqui sem saber escrever o próprio nome. Isso quando encontram alguém pra ler a carta pra eles. Porque, se não encontram, nunca chegam."

"Que absurdo."

"Tá cheio de bruxo por aí que nem sabe que é bruxo. Que vive a vida toda sem descobrir."

Hugo olhou mais uma vez para a pequena turma. Não fazia sentido algum. Por que Capí tinha que fazer às escondidas o que a escola deveria estar fazendo oficialmente?

"O Conselho não vê desse modo", Capí respondeu, lendo a pergunta em seus olhos. "Eles copiam à risca o currículo europeu, e na Europa os alunos já chegam alfabetizados. Têm estrutura familiar, apoio estatal etc. etc. etc. Para o nosso querido Conselho, instaurar aulas de alfabetização, além de ser um gasto inútil de verba, seria também admitir derrota. Seria demonstrar para os europeus que o bruxo brasileiro é inferior."

"Mas não é questão de inferioridade!"

"Que bom que você pensa assim, Hugo. Mas eles não pensam. A ideia brilhante dos conselheiros é que, se a escola não alfabetizar os *pobretões ignorantes* que, *por um mero acidente do acaso*, nasceram bruxos, esses alunos *indesejáveis* logo desistem e vão embora. A estratégia é simples."

"E perversa." Viny murmurou, desgostoso.

"Mas funciona. A minha vida toda eu vi o mesmo ritual: eles chegavam, ficavam afastados dos outros, envergonhados, zeravam todas as provas, não faziam dever de casa, pareciam alunos completamente desinteressados... Até que todos, sem exceção, abandonavam os estudos. Só os poucos que venciam a vergonha e revelavam sua dificuldade aos colegas sobreviviam ao processo de *seleção natural* da Dalila."

"Por que você nunca falou sobre isso com a Zô?" Hugo perguntou, revoltado. "Ela saberia como lidar com o Conselh-"

"A Zô não entende, Hugo", Capí abriu um leve sorriso. "Ela pode ser o *máximo* – e muitas vezes ela é, de fato, genial, e é um amor de pessoa; caridosa, simpática... mas ela não vê qual é a dificuldade. Acha que é exagero meu, que é impossível que os *anjinhos* não peçam ajuda para seus *coleguinhas*, entende? Ela não sabe o que é ter vergonha. Não entende. A noção simplesmente não passa pela cabeça dela."

"A Zô é avoada demais", Viny resumiu, repetindo mais uma vez o que sempre dizia.

Dessa vez Capí não discordou. "O entendimento dela não alcança certos patamares mais complexos do sentimento humano."

Hugo baixou a cabeça, concedendo derrota. Gostara da Zô desde o primeiro momento, mas só agora começava a entender a velhinha.

"O Henrique e a Camila já estão na segunda série", Capí disse, olhando para eles com um orgulho de pai nos olhos. "Eles foram alfabetizados ano passado, mas ainda aparecem de vez em quando pra ajudar os novatos."

"E como você faz pra descobrir o pessoal?" Hugo indagou. "Tipo, você disse que eles têm vergonha de aparecer."

"Na primeira semana de aula eu procuro ficar atento. Eles tendem a se isolar."

Com uma certa cara de culpado, Capí completou, "Depois eu vasculho os cadernos deles, quando não estão olhando."

"Que coisa feeeia..." Viny sacudiu a cabeça. "Tsc tsc tsc..."

"Encontrei um dos fujões!" uma voz que Hugo conhecia muito bem soou por detrás deles e Hugo virou-se surpreso. Gislene acabara de entrar pela porta aberta, puxando Rafinha para dentro como se ele fosse de fato um fugitivo da política.

Rafinha estava morrendo de rir, mas a alegria dos dois durou pouco. Desapareceu no instante em que perceberam as novas visitas. Rafinha se encolheu levemente ao ver Hugo, e o sorriso de Gislene se transformou em uma carranca do tamanho da paciência do Capí.

"O que tu tá fazendo aqui?!"

"Eu que pergunto!"

"Não, eu é que pergunto!"

Gislene bufou e pôs um fim àquela discussão infantil, dirigindo-se ao professor com Rafinha pela gola. "O meliante aqui foi localizado na mata lateral, aprendendo a surfar numa vassoura."

Capí riu. "Eu sei que a Caimana é irresistível, Rafa, mas hoje tínhamos um compromisso, lembra?"

"Tu também é aluno, é?" Hugo perguntou, no que Rafinha olhou para seu professor, acuado.

"Não, não", Capí mentiu. "Ele me ajuda com os outros, né cabeção?"

Rafinha confirmou, mal conseguindo disfarçar o alívio.

Claro que ele era aluno. Tava na cara.

Aquilo explicava muita coisa... as notas nulas no começo do ano, a completa falta de interesse em entregar dever de casa... até a festa exagerada que Gislene fizera ao ver a formidáaaaavel nota 6.0 do Rafinha na prova...

Ele tem que ver isso, ela tinha dito.

'Ele,' no caso, o Capí.

Enquanto os outros conversavam, Hugo se aproximou de Gislene, sentindo-se quase ofendido. "Há quanto tempo tu sabia dessas aulas?"

"Desde quando eu preciso te dar satisfação, garoto?"

"Eu é que fico com os Pixies o tempo todo! Tu é só penetra! Como tu descobriu??"

"Ao contrário de você... 'Hugo', eu presto atenção nas dificuldades dos outros."

Hugo se segurou para não rosnar. Ela estava muito esnobe para seu gosto. Irritante até a alma.

Gislene baixou a voz para que Viny não ouvisse. *"Lembra quando tu me contou sobre o ataque dos Anjos na praia? Aquele que tu disse que o Ítalo não reagiu."*

"Tu descobriu naquele dia?!"

"Não. Naquele dia tu me deixou curiosa. Eu descobri pouco depois. Naquele festival horroroso das fogueiras."

Hugo riu, incrédulo. Era coincidência demais ela ter seguido Capí exatamente no mesmo segundo em que ele desistira de fazê-lo.

De qualquer modo, aquilo explicava a ausência dela no pátio aquele dia, quando sua inclinação natural teria sido a de tentar organizar aquele inferno. Aliás, explicava também a ausência *dele*, na praia, auxiliando Kanpai com os feridos.

"Desde então, eu tento vir aqui todos os dias."

"Iiiih!" Capí chiou, metendo-se na conversa dos dois. "Essa aí me deu uma prensa tão grande que eu fiquei até com medo de não aceitar a ajuda dela!"

"Pobre de você se não tivesse aceitado", Gislene acrescentou bem-humorada, e Hugo teria até achado engraçado, se não soubesse o quanto ela estava falando sério. Ele conhecia muito bem a vizinha que tinha.

Por isso morria de medo dela. Do que ela podia descobrir.

"Por que tu não me chamou pra ajudar também, véio?" Viny perguntou ao saírem da sala, já de noite. A turma havia se dispersado e nem Gislene ficara para encher o saco.

"Vocês já tinham muito na cabeça", Capí respondeu pensativo. "Além do que, eu não podia atrapalhar sua revolução", ele brincou, antes de adotar um tom mais sério, "Ia intimidar os alunos, ter você lá. Eles te veneram."

"É..." Viny suspirou, "eu sei que sou demais..."

Capí riu. Mas era um riso mais solto do que o de costume. Ele parecia outra pessoa de tão alegre. E não era só porque eles haviam descoberto seu segredinho. Não... Ele estivera alegre daquele jeito durante toda a duração do castigo, e só agora Hugo entendia por que.

Era a razão mais simples do mundo.

Capí estava feliz porque seu pai tinha finalmente prestado atenção.

Simples assim.

Não só por Fausto ter se preocupado com o bem-estar do filho a ponto de desmanchar o Clube das Luzes com aquele alvoroço todo, mas também porque Fausto, antes mesmo que os Pixies(!), havia descoberto seu segredo.

Você acha que eu não saberia por onde anda meu próprio filho?

Aquelas palavras deviam ter apagado no Capí qualquer traço de mágoa que ele pudesse ter sentido pelas palavras duras do pai naquela noite, ou pelo tapa.

De fato era um milagre Fausto ter demonstrado o mínimo de interesse pelo filho. Mas Hugo duvidava que aquilo tivesse qualquer coisa a ver com carinho. Fausto era amargo demais para sentir carinho por alguém. No máximo, Capí era uma posse valiosa que servia para lhe poupar trabalho na escola, e que, portanto, não podia se machucar.

Talvez Hugo estivesse sendo cruel demais com o zelador. Talvez aquele homem realmente amasse o filho, mas Hugo duvidava muito. A maneira como Fausto olhava para o Capí dizia outra coisa. Era como se o filho fosse um ser indesejado, uma pedra no sapato.

"Que foi, véio?"

Capí tinha saído de área por alguns segundos. Parecia preocupado.

"Uma aluna minha, a Xeila", ele respondeu. "Já é a quinta aula que ela falta."

Hugo congelou.

"Você viu a Xeila por aí, Hugo? Ela é do teu ano."

"É Xeila do quê?" ele disfarçou, mas já sabia de quem o pixie estava falando.

Capí completou, "Xeila Bittencourt."

Ela mesma.

Comprara quinze papelotes com ele nas últimas duas semanas.

"Não... Não conheço não... Deve ser da outra turma."

Capí suspirou, chateado. "Ela é boa aluna, interessada. Não entendo por que não veio mais."

"Talvez tenha se cansado da tua beleza", Viny brincou com um sorriso, afastando Capí daquela preocupação. Por enquanto.

CAPÍTULO 28

'BORA PRA LAPA

Aquilo estava começando a ficar perigoso... Mas que droga! Evitara TANTO vender para quem estivesse próximo dos Pixies! Por que tinha que ter escolhido logo um grupinho com uma garota que estava em contato diário com o Capí, e pior ainda, com a Gislene!

Putz... ele estava ferrado... a Gi ia perceber. Claro que ia... Nenhum detalhe escapava daquela lá.

"Tu tá legal, Adendo?" Viny perguntou, enquanto eles ainda cruzavam o jardim até o Pé de Cachimbo. "Pálido tu não tá, que é impossível, mas-"

"Tô com fome, só isso."

"Opa, fome não é legal. Mas falando em comida", Viny emendou empolgado, pousando a mão no ombro do Capí, "Bora pra Lapa comemorar?"

"Comemorar o quê, cabeção?"

"Tua liberdade, meu Rei! Já é noite de quarta-feira, véio! Tuas duas semanas de castigo expiraram!"

Hugo checou seu novo relógio de bolso. "Tecnicamente, faltam umas sete horas pro castigo terminar."

"Buuuuu..." Viny fez careta e voltou-se para Capí, "Larga de frescura, véio. Bora tirar umas férias desse mundaréu de gente aqui. Nada de cozinhar jantar hoje à noite. Teu pai não vai morrer se comer a mesma comida do almoço."

Capí aceitou sem contestar.

"Eu sei que vocês não ligam muito pra regras e tal", Hugo observou, "Mas... a saída da escola não fica trancada em dias de aula?"

Viny deu risada. "A saída... Essa é a beleza de quem pensa no singular."

"Por quê? Há mais de uma saída?"

"Onze", Capí respondeu.

"Onze?!"

"Que eu saiba."

"E ele sabe muito", Viny acrescentou. "Adendo, vai buscar o Índio. Ele deve estar lá no refeitório com os candangos resolvendo o problema da greve dos faunos. Esse pessoal de Brasília adora escândalo. Eu e o Capí vamos buscar a

Caimana lá na mata da esquerda, se é que ela já não invadiu a mata da direita. A gente se encontra no trailer do Atlas às 10 e meia."

Hugo aceitou a missão, sentindo um misto de alegria e pesar. A ideia de tirar férias da escola por algumas horas parecia ótima, mas preferia que fosse sem o Índio. Aquele lá só ia estragar sua noite.

Adentrando o refeitório, logo avistou o dito-cujo em meio a uma dúzia de brasilienses, tentando apartar uma briga entre os grevistas e Brutus. Pela cara do cozinheiro-chefe, sua intenção era arrancar os chifres dos faunos um-por-um até que fossem convencidos a voltar ao trabalho.

Os pequenos garçons chegavam a pular para trás sempre que Brutus estalava seus cascos dianteiros contra o chão de pedra. Eram ligeirinhos, mas o grandalhão do Brutus metia medo em qualquer um.

"Calma, Brutus…" Índio tentou apaziguar a situação. "O senhor não pode obrigá-los a trabalhar; os faunos estão no direito deles."

"E eu estou no meu direito de defender a minha cozinha! Aqueles pestes estão destruindo *tudo* lá dentro!"

Os pestes a que se referia eram os próprios alunos, que, na falta de garçons, estavam sendo obrigados a se servirem eles mesmos. E maior do que o ódio que Brutus nutria pelos faunos, era o nojo que ele sentia pela raça humana.

"Índio!" Hugo chamou-o.

Para sua surpresa, o pixie atendeu seu chamado de imediato, deixando que os faunos reivindicassem sozinhos o aumento de salário junto ao assistente do Conselho.

"Aqueles danadinhos são ousados", ele comentou, seguindo Hugo pela praia. "Morrem de medo do Brutus, mas nem por isso deixam de lutar por seus direitos. Todo ano é a mesma coisa."

"Os garçons não parecem muito… brasileiros", Hugo observou, fazendo menção ao sotaque um tanto diferente dos pequenos semibodes.

"São todos imigrantes. Uns já filhos de imigrantes, mas ainda não perderam o sotaque. Chegaram da Grécia, da Itália, de umas ilhas do Mediterrâneo… Vieram fugidos da Europa, onde eles eram subjugados pela forte cultura dos centauros. E pra quê? Pra chegarem aqui e arranjarem aquele traste como chefe."

"Sacanagem com os bodezinhos."

"Pois é", Índio concordou desgostoso. "São os únicos europeus de quem o Viny gosta. São sociáveis, amenos, gentis… todos eles. Sem exceção. Ao contrário dos centauros."

"É por isso que o axé do Viny é um fauno?"

"Sério mesmo, eu nunca entendi o Epaminondas. Nunca tinha visto um axé com a cara do dono antes."

Hugo estava impressionado com aquela conversa. Era papo furado, certamente, mas ainda assim, conseguira trocar mais de quatro frases com Índio sem ficar com raiva do mineiro. Uma evolução, sem dúvida.

"Aí estão vocês!" Viny gritou da porta escancarada do trailer. Caimana já estava lá dentro, mas nem sinal do professor de Defesa.

Hugo examinou a fechadura por ambos os lados. "Como vocês conseguiram abrir essa porta?"

Viny sorriu malandro, "Te dou um doce se tu adivinhar."

"O Capí tem a chave."

"Que doce tu prefere?"

Hugo riu, olhando à sua volta. O trailer conseguia ser ainda mais bagunçado que a sala de Defesa, se é que aquilo era fisicamente possível. Todos os objetos que Atlas não colocava em exibição na sala de aula, ele enfiava ali dentro: raridades da literatura mequetrefe e bruxa, engenhocas de séculos passados, com inscrições em latim, cirílico, árabe... tapetes iranianos, enfeites da Índia, quadros da Tasmânia, diários de viagem empilhados até o teto, maletas, fotos de vários lugares do planeta, com autógrafos e dedicatórias de bruxos respeitados, bússolas, astrolábios, mapas... muitos mapas... e uma cúpula de vidro, trancada a cadeado, dentro da qual havia uma esfera verde, de pedra polida.

"Tsc tsc", Capí estalou a língua, e Hugo tirou a mão do vidro.

"O que é?" ele perguntou curioso, mas o pixie não parecia muito inclinado a responder.

"Se está trancado, é por alguma razão."

"Mas você sabe ao menos o que é?"

"Sei", Capí respondeu simplesmente, empurrando um dos armários para revelar um alçapão no chão. Trancando a porta do trailer à distância com a Furiosa, abriu o alçapão e deixou que todos descessem antes dele.

Os cinco entraram em um túnel muito estreito e escuro, cavado na terra. Índio acendeu a varinha para que Capí pudesse ver o complexo mecanismo à sua volta. Era um emaranhado de canos, alavancas, correias e correntes, de dar inveja a Júlio Verne.

Abrindo uma caixa de energia, Capí acionou uma alavanca e luzes se acenderam por toda a extensão do túnel. A passagem se estendia ao perder da vista. Em cima de suas cabeças, um trilho corria por toda a extensão do teto, com complicadas presilhas de ferro atreladas a vários carrinhos, que deviam poder deslizar pelos trilhos.

"Pequeno projetinho do professor", Capí explicou, vendo sua cara de espanto. "Ele é fascinado por mecânica. Se você quiser, algum dia a gente dá uma volta. Hoje não seria prudente. Está em manutenção."

Hugo olhou para aquela extensão toda de túnel e de repente ficou com uma preguiiiiiiça de andar aquilo tudo até a Lapa...

"Se preocupa não, Adendo! A gente não vai a pé."

"Ah, não? Então como–"

"Surfando!", Caimana sorriu, jogando-lhe uma vassoura, que Hugo agarrou no susto. "Às vezes a gente usa a motoca do Atlas, mas não é um método muito democrático."

"Só cabem dois", Viny esclareceu, pulando em sua vassoura e avançando pelo túnel sem esperar pelos outros.

Hugo subiu na própria vassoura com a ajuda das paredes de terra. "Não é um pouco estreito demais?"

"Quanto mais estreito melhor!" Caimana pulou na sua e acelerou atrás de Viny. "Não vale apoiar na parede!!"

Hugo desencostou suas mãos, procurando equilibrar-se.

"Pronto?" Capí perguntou logo atrás dele. "Lembra como faz?"

Hugo confirmou com a cabeça e subiu o pé de trás, levantando a parte posterior da vassoura e deixando que a frente quase tocasse o chão. Assim que o balanço se desfez, a vassoura disparou pelo túnel. Era difícil não tocar na parede, mas Viny tinha razão. Quanto mais estreito o túnel ficava, mais divertido era.

Capí seguia logo atrás, sem tentar ultrapassá-lo, enquanto Caimana já trocara de lugar com Viny umas quatro vezes. Passavam um por cima do outro de alguma maneira bizarramente impossível; os dois morrendo de rir enquanto se empurravam contra a parede.

"É tão comovente como eles se amam..." Capí brincou, mas Índio não parecia tão contente.

"Não sei pra que tanta pressa..." ele resmungou, vindo logo atrás dos quatro, compenetrado e sério como sempre.

Será que aquele lá não sabia se divertir?? Devia estar se remoendo por quebrar uma das regras mais essenciais da escola. Índio parecia ser daqueles que não atravessava fora da faixa nem para salvar uma velhinha do outro lado da rua. Desaprovava quase tudo que Viny fazia. Impossível entender como tinha ido parar nos Pixies.

Se não fosse tão mais velho que Gislene, Hugo diria que os dois haviam sido feitos um para o outro de tão irritantemente corretos.

As cerdas da vassoura de Hugo tocaram o chão, e ele precisou fazer um malabarismo para não se apoiar na parede. Apesar de o percurso parecer perigoso, era quase impossível se estabacar lá dentro, exatamente por causa da estreiteza do túnel. Eles podiam aumentar a velocidade o quanto quisessem. Qualquer coisa, era só recorrer às paredes.

E na velocidade que alcançaram, o trajeto que levaria uns quarenta minutos sem trânsito para um mequetrefe de carro, foi cumprido por eles em menos de dez. Aquilo sim era uma via expressa de verdade.

No *hall* de chegada, um pendurador de vassouras esperava por eles, com espaço para cinco.

"Nós quatro e o Atlas", Viny disse, todo orgulhoso. "É bom ter um professor que pensa nos seus alunos favoritos."

"É, né, cabeção!" Capí brincou. "Não tem nada a ver com o fato de porta-vassouras virem sempre em grupos de cinco."

"Nadinha", Viny sorriu, abrindo o alçapão com cuidado e deixando que Caimana subisse primeiro. Um verdadeiro cavalheiro.

Hugo subiu em seguida, entrando em uma sala escura, iluminada apenas por um abajur de luz fraca no canto mais distante. Todas as janelas estavam lacradas a tijolo e, na penumbra, vislumbrava-se vários caixões enfileirados. A maioria abertos.

O lugar dava arrepios.

"Isso aqui é uma funerária?" Hugo perguntou, e Capí levou o dedo aos lábios. *"Não exatamente."*

Viny foi o último a subir, fechando o alçapão com o mínimo de barulho possível. Respeitosamente, levantou a aba de seu chapéu invisível para cumprimentar um homem que, só agora, Hugo notara lá no fundo, sentado ao lado de um dos caixões. Tinha cara de coveiro. Todo vestido de preto, com um olhar melancólico e semblante fechado.

O homem cumprimentou-o de volta com um aceno de cabeça, e voltou a encarar o nada à sua frente.

Em silêncio, os Pixies desceram o lance de escadas que levava ao primeiro andar, onde encontraram mais caixões enfileirados e uma única saída, hermeticamente fechada aos fundos, por onde eles saíram para a rua.

Hugo sentiu o arzinho fresco da noite com certo alívio. Olhando à sua volta, admirou-se ao perceber que estavam bem ao lado dos Arcos da Lapa. Hugo andara por ali um milhão de vezes e nunca notara que as portas e janelas daquele sobrado eram fechadas a tijolo.

Incrível o que não se nota quando não se está prestando atenção.

Hugo seguiu os Pixies pelas ruas agitadas da Lapa.

Fazia tempo que não via tanto mequetrefe junto, conversando, bebendo, dançando, dando gargalhada. Estranho... Hugo não se sentia mais parte daquele mundo. Tudo relacionado à vida normal agora lhe parecia distante.

Mas não para os Pixies. Eles estavam praticamente em casa. Autênticos Azêmolas. Viny e Caimana já se vestiam condizentes com a noite carioca mesmo dentro da escola. Índio, que não tirava aquelas roupas de enterro dele nem por um decreto, mesmo assim não estava destoando da moda por vezes esquisitona da Lapa. Agora, o Capí... o Capí parecia outra pessoa, completamente. Enquanto Viny e Hugo haviam ido buscar Caimana e Índio pela escola, ele tivera tempo de vestir algo... menos bruxo.

Hugo já vira bruxos tentarem se vestir como mequetrefes modernos antes, sempre desastrosamente. Não tinham a mínima noção! Nem parecia que viviam na mesma época.

Mas Capí, não. Capí, que era o único bruxo que podia se gabar de nunca ter vivido um dia sequer no mundo mequetrefe, estava arrasando, com uma calça de brim preto e uma camiseta verde de manga curta, por cima de outra preta de manga comprida. Bem descolado, bem jovem. Se bem que Capí sempre tivera bom gosto para vestuário. As roupas que usava no dia a dia eram simples, mas sempre bem alinhadas.

Para cortar caminho, os Pixies pegaram uma série de becos escuros que qualquer mequetrefe com um pingo de amor à vida teria evitado, mas que jovens bruxos tiravam de letra. Passaram por uns tipinhos mal-encarados, algumas mulheres se oferecendo, outros tantos meninos cheirando cola... Viny passava como se nem fosse com ele, mas Capí parecia bastante incomodado. Principalmente com as crianças.

"Véio... eles tão se destruindo porque querem."

Sendo obrigado a concordar, Capí deu uma última olhada nos garotos antes de seguir adiante.

"E então?" Viny esfregou as mãos, empolgado. "Bora pro Rei Momo?"

"Que dúvida..." Caimana riu. "Daqui a pouco o Magal vai se encher da gente."

"O que tu acha, véio? Véio? Ai ai ai... Lá vai ele de novo..."

Capí tinha ficado para trás e estava agachado diante de uma menininha, sentada na calçada suja do beco. Não parecia assustada, apenas triste. Seu vestidinho surrado tinha a barra toda suja de lama.

"Ô, bom samaritano!" Viny chamou impaciente.

"Deixa ele, Viny..."

"A gente não pode resolver os problemas do mundo, Cai! Ele sabe disso!"

"Mas a gente *pode sim*! A gente PODE resolver os problemas do mundo. Se os bruxos não escondessem seus poderes dos mequetrefes–"

"A gente seria tudo escravizado por eles", Índio completou, pessimista. "Os ideais do seu pai são lindos, Caimana, mas pouco sensatos. É por isso que os livros dele não vendem."

"Não, não, não. Eles não vendem porque nunca chegam a ser *publicados*, é diferente."

“Não são publicados porque ingenuidade não dá dinheiro. Se os Azêmolas soubessem da gente, como seu pai preconiza, ou nós bruxos seríamos explorados e não teríamos mais vida, ou tomaríamos o controle de tudo, e daí eles não teriam mais vida. Até o Viny concorda com a lei do segredo.”

“Concorda, mas é contra. Ao mesmo tempo”, Caimana rebateu. “É por isso que os signos ficam louquinhos com ele lá no inferno astral.”

“Véio!” Viny chamou mais uma vez, mas Capí nem deu bola. “Adendo, vai lá buscar o Capí, vai.”

Obedecendo, Hugo aproximou-se dos dois. Capí havia acabado de sussurrar alguma coisa que fizera a menininha rir toda dengosa.

Pegando uma bala no bolso, o pixie fechou ambas as mãos à sua frente. A menina sorriu, certa de que sabia onde a bala estava, mas na primeira mão que escolheu, não tinha nada. Bateu na segunda mão e…

Nada.

Capí ergueu a sobrancelha, fingindo surpresa, e a menina procurou a bala pelo chão, bastante confusa. Até que ele esticou o braço e tirou a bala da orelha da menina.

Ha! Um bruxo fazendo mágica azêmola. Só ele mesmo…

A menininha pegou a guloseima, toda alegre, e enquanto tentava abrir o embrulhinho de plástico, Capí tirou do bolso sua varinha e começou a curar silenciosamente as feridas nos bracinhos e perninhas da menina.

Ele podia fazer aquilo??

Pela cara de Índio lá atrás… não.

A menina estava tão entretida com a bala que nem notou o que o pixie estava fazendo. Ousando um pouco mais, Capí tomou o rosto da criança com ternura e tocou sua varinha no ferimento infeccionado que ela tinha na testa, e que sumiu instantaneamente.

Ele sorriu satisfeito, fazendo um carinho nos cabelos emaranhados da menina para disfarçar. “Qual é o seu nome?”

Ela desviou o olhar, encabulada. *“Luana.”*

“Luana…” Capí repetiu, carinhoso. “Era o nome da minha mãe, sabia? Luana… Nome muito bonito.”

Ela ergueu os olhos, sorrindo.

“Cadê a sua família, Luana?”

Entristecendo novamente, a menina preferiu ficar calada e Capí entendeu. “Aqui”, ele disse, tirando as poucas notas de real que tinha no bolso, “pra você comprar uns sanduíches.”

A menina arregalou os olhos e guardou tudo no bolsinho do vestido.

"Capí..." Hugo chamou, finalmente. "O Viny tá chamando."

Capí olhou para os Pixies e assentiu, sério. Despedindo-se de Luana com um beijo na testa, seguiu os Pixies para fora dali.

"Cê tá doido?" Índio sussurrou, possesso. *"Já é proibido fazer magia fora da escola. Na frente de um azêmola então, nem se fala! E se ela tivesse percebido?!"*

"Relaxa, Índio..." Capí respondeu, sereno. "Criança vê magia em tudo. E fazer um agrado não machuca ninguém."

"A gente sabe, Capí... a gente sabe...", Caimana concordou. "Mas você precisa ser mais cuidadoso..."

"Passei a maior parte da minha vida sendo cuidadoso, Cai. Me escondendo lá na Korkovado. Graças a vocês, essa fase passou", ele sorriu, escolhendo uma das mesas ao ar livre para os Pixies se sentarem.

O Rei Momo era um bar normal, daqueles que invadia a calçada com suas mesas e cadeiras e animava a rua inteira com sua roda de samba.

"Aê, Magal!" Viny chamou, todo folgado na cadeira. "O mesmo de sempre!"

"É pra já, garotada!" um homem de meia-idade respondeu todo simpático lá do fundo. Devia ser o dono do bar, pois não vestia o uniforme dos garçons e sim uma roupa um tanto extravagante, com camisa larga de seda vermelha e calça preta apertada. Não era difícil imaginar o porquê do apelido.

Em menos de um minuto, Magal chegou com os sucos de fruta. "E pra você, garotão?"

"Mmmm... mate com limão."

Caimana se encarregou das apresentações:

"Hugo, Magal; Magal, Hugo. Hugo é nosso pestinha favorito. Magal é nosso dono de bar favorito."

"Tu emagreceu, hein, Magal!" Viny observou, entornando seu suco de maracujá em uma tragada só. "Mais uns trinta quilos e tu vai ficar gatinho!"

"Mais um copo desses e tu vai ficar bêbado", Magal brincou, indo embora com a bandeja.

"Ele é azêmola?" Hugo perguntou, admirado.

"Mequetrefe, Adendo. Mequetrefe."

"Nosso mequetrefe favorito", Capí completou, tomando seu suco de uva. "Ih, ó lá, Viny. Teu namoradinho chegando."

"Mosquito!!!" Viny gritou contente, indo dar um abraço apertado no homem que Hugo conhecera em seu primeiro dia como bruxo. E que o empurrara tão gentilmente para dentro do Arco de *nº 11*.

Lázaro, se não lhe falhava a memória.

Estava ainda mais pálido com a luz forte do bar. Mas não vestia branco dessa vez, e sim trajes de cores claras, com um leve toque europeu.

Ao seu lado, um outro homem esquisito, um pouco mais sombrio, vestia roupa de velório e não parecia muito feliz em estar ali. Pela carranca, devia ser amiguinho do Índio.

"Mosquito velho de guerra!" Capí foi cumprimentá-lo também, e Caimana não teve outra opção senão dirigir ao visitante um sorriso resignado.

Índio acenou da mesa e arranjou mais duas cadeiras para que os recém-chegados pudessem sentar-se junto aos Pixies.

"Aê, Magal!" Mosquito chamou. "O mesmo de sempre!"

"Vocês dois ainda vão me levar à falência", Magal resmungou brincalhão, e foi embora sem trazer bandeja alguma.

Mosquito riu da piadinha interna entre eles e só então notou a presença de Hugo.

"Opa! Quem é vivo sempre aparece!"

"Quem é morto também…"

"Não digas asneiras, Tánathos."

O amigo sombrio de Mosquito fez uma careta e voltou a olhar para o nada, entediado.

Mosquito revirou os olhos, "Esse cara me suga a paciência...", e pediu licença para ir sambar com uma linda moça de cabelos pretos.

Enquanto Caimana tentava animar Tánathos, no que parecia ser uma missão impossível, Viny foi dançar também e Hugo ficou tomando seu mate em silêncio, observando Mosquito.

Ele era muito esquisito… mas, de alguma forma, conseguia atrair a mulherada. Já estava dançando com duas ao mesmo tempo! Dançava com uma sensualidade não muito característica ao samba, mas que levava suas parceiras à loucura.

Como volta e meia Mosquito trocava olhares interessantes com Viny, Caimana levantou-se e foi tomar posse de seu namorado antes que o perdesse de vez.

"É nisso que dá ser liberal demais", Índio comentou rancoroso.

Só podia ser inveja.

Caimana e Viny sambavam muito bem para dois bruxos, e em absoluta sintonia um com o outro. Enquanto isso, Mosquito trocava de par como quem troca figurinhas. Não ficava mais do que dois minutos com a mesma pessoa e já ia para a próxima. Parecia linha de montagem.

Um grupinho de nerds observava seu troca-troca como se já conhecessem o ritual. Deviam aparecer por lá todas as noites para aprenderem truques de galanteio com o mestre.

Hugo riu. Aqueles adolescentes espinhentos estavam mais deslocados lá do que dente na boca do Caiçara. Principalmente um de óculos fundo-de-garrafa, que parecia novo no grupo e olhava embasbacado para a desenvoltura do dançarino.

Cansando da brincadeira, Mosquito despediu-se de seu último par e veio ter com Capí. "Aê, sangue-bom, não vai dançar não?"

"Talvez mais tarde, Mosquito", Capí sorriu, mas claramente não estava muito a fim.

Tánathos então(!), parecia ter morrido na mesa de tão sério.

"Oi, *gatão...*" uma mulher de meia-idade veio flertar com Mosquito, que de imediato se levantou para atendê-la. Estava um tantinho bêbada, mas ele não parecia se importar.

"Lázaro Vira-Lobos, a seu dispor", ele se apresentou, beijando-lhe a mão.

"Mmmmm... Vira-Lobos..." a azêmola repetiu, toda encantada, "Lobisomem?"

Ele sorriu galanteador, *"Vampiro."*

"Mas que chique!"

Os dois riram da aparente piada, e ela deixou-se ser levada para a pista de dança, enfeitiçada pelo dançarino misterioso.

Hugo empalideceu. Como não percebera antes??

Discretamente, afastou-se um pouco de Tánathos. Por precaução.

"Demorou pra perceber, hein, adendo!" Índio provocou. "Tá com medinho?"

Hugo respondeu com uma cara feia, mas logo voltou seus olhos para Mosquito lá na pista. Ele fazia carícias no pescoço da mulher, que já tinha praticamente desabado de prazer em seu ombro. Os dois trocavam palavras e riam, e só agora Hugo via os dentes. Não aqueles caninos pontiagudos de filme antigo. Não. A partir dos caninos, todos os outros dentes eram afiados, em maior ou menor grau, o que dava a seu sorriso um toque quase animalesco, que, aparentemente, atraía as mulheres. Elas deviam achar aquela dentição selvagem um charme.

"Se preocupa não, adendo", Índio riu, se divertindo com sua cara. "Esses dois são inofensivos."

"Inofensivos??" Hugo sussurrou, vendo Mosquito grudado no pescoço da moça, deliciando-se lentamente.

"Ele não mata ninguém, não. Só petisca. Petisca a noite toda. É muito mais trabalhoso, mas ninguém morre. Depois, ele faz as feridas desaparecerem com seu próprio sangue. Bem discreto."

"Mas me disseram que não havia esse perigo de encontrar vampiros no Brasil!"

"Perigo não há mesmo", Tánathos respondeu, entediado. "Nós mordemos Azêmolas, estritamente. Fizemos um acordo, décadas atrás, com uma bruxinha a quem muito respeitamos, de que ficaríamos longe das escolas e dos centros comerciais bruxos. E que nos manteríamos escondidos da comunidade o máximo possível, para não causar pânico. A maioria dos bruxos nem sabe que estamos aqui."

"E por que vocês estão aqui mesmo?" Hugo perguntou, já um pouco menos tenso. "Digo, já li que vampiros vivem predominantemente na Europa e em algumas cidades dos Estados Unidos, tipo Nova Orleans, Forks..."

"Me diga, Escarlate", Mosquito chegou, sentando-se ao seu lado e tomando a pergunta para si, "O que um vampiro iria fazer *fora* do Brasil? Pensa bem. O Rio de Janeiro tem a melhor vida noturna do mundo! A noite carioca, cara!! É a coisa mais fantástica que existe! O que diabos a gente faria na Transilvânia?!" Seu corpo todo estremeceu só de pensar. "Ô, lugarzinho sombrio..."

Hugo não deixara de notar que a linguagem pomposa de Mosquito havia sido sumariamente substituída por um linguajar mais... carioca.

"Fala sério. Se alguém quer ser feliz por toda eternidade, tem que ser aqui. Quente, luminoso, musical... Dá uma olhada nessa gente!" Mosquito apontou os mequetrefes que se divertiam na roda de samba, meio bêbados, meio alegres, a uma hora da madrugada. "Dá pra viver em outro lugar?"

"Meu, tu tem razão", Viny disse, chegando para tomar seu segundo copo. Então virou-se para Hugo, "O Mosquito chegou aqui fugindo da Segunda Guerra Mundial."

"Logo da Segunda Guerra? Não seriam bons tempos para um vampiro? Tipo, bastante sangue?"

"Escarlate, Escarlate..." Mosquito suspirou. "Somos vampiros, não monstros. Era insuportável ver tanta gente se matando."

Ótimo. Um vampiro com aversão à morte. Hugo estava se sentindo cada vez mais à vontade.

Mosquito se reclinou para trás na cadeira, espreguiçando-se enquanto admirava as poucas estrelas visíveis no céu nublado. "Só é uma pena que a gente não possa ver a Cidade Maravilhosa de dia. Confesso que às vezes tenho inveja daqueles que brilham. Pelo menos eles podem tomar sol sem derreter, cochilar com a janela aberta... Isso de dormir em caixão é mórbido demais para o meu gosto. Mas, infelizmente, necessário."

"Eu sinto falta do sol..." Tánathos comentou, deprimido.

"Vocês vivem naquele sobrado lá do lado dos Arcos, né?"

"Nós e outros vinte", Mosquito confirmou, sorrindo com aqueles dentes dele. "No local mais badalado da noite carioca."

"Mas, se vocês estão tentando se esconder dos bruxos, não seria mais lógico escolherem um lugar menos... grudado nos Arcos?"

"O melhor esconderijo de um ladrão é ao lado da delegacia. É ou não é?"

Hugo não pôde deixar de concordar. A lógica estava perfeita.

E a noite deles também. Era difícil acreditar que estava se sentindo tão à vontade na companhia de vampiros. Mosquito tornava a noite muito mais agradável, com suas histórias de épocas passadas, suas piadas completamente desprovidas de pudor, suas aulas de dança... Já Tánathos era outra história, mas ninguém ligava muito para sua melancolia, e, de qualquer modo, ele logo se retirou, deixando no bar só quem estava a fim de se divertir.

Até Índio se incluíra nesse grupo. Tinha ido para o canto do bar, paquerar uma loira um pouco mais velha que ele. Enquanto isso, Viny, Caimana e Mosquito dançavam em sanduíche, com Viny no meio e a boca de Mosquito a dois milímetros de seu pescoço, só provocando.

Caimana não estava muito feliz com o triângulo, mas era interessante ver um humano, uma elfa e um vampiro dançando juntos, sem preconceitos.

Hugo riu com a cara forçada de tédio que Caimana fizera só para animar o pessoal da mesa, mas Capí não estava com o pensamento tão presente no bar do Momo. Parecia triste, distante, como se a depressão de Tánathos o tivesse afetado.

"O que ele tem?" Hugo foi perguntar à Caimana na pista, assim que ela desistiu do Viny.

Ela voltou seu olhar para Capí lá na mesa, e seu semblante entristeceu um pouco. "Ele está tendo mais uma de suas crises de impotência."

"Impotência?"

"Percebeu que não pode resolver os problemas do mundo. É sempre assim."

"Mas ele parecia tão alegre quando chegamos!"

"Se fez de alegre por consideração a nós. Mas no fundo, estava pensando naquela menininha o tempo todo. Você acha que ele queria deixar a menina pra trás? Ela vai comprar os sanduíches, ótimo. E depois? – É nisso que ele está pensando. Ele queria poder fazer mais, mas não pode. Foi por isso que o Viny ficou tão irritado quando viu o Capí se aproximando dela. Ele não suporta vê-lo chateado. Hoje era para ser uma noite feliz, de comemoração! Entende?"

Hugo entendia, mas uma dúvida inquietante começara a atrapalhar sua paz de espírito. Uma suspeita que já se instalara em sua mente há muito tempo, mas que só ganhara força poucas horas antes, quando descobrira as aulas de alfabetização. E antes mesmo que a pergunta saísse de seus lábios, uma raiva incipiente já começou a borbulhar em seu sangue. Raiva por antecipação da resposta.

"Foi por causa dele, não foi?" Hugo perguntou, soturno. "Por causa do Capí que vocês me adotaram. A pedido dele?"

Caimana respondeu com um leve sorriso, e aquela pequena confirmação foi o suficiente para que a raiva que Hugo já estava sentindo explodisse em dolorosa revolta.

"Eu sabia!" ele gritou com ódio, e Caimana não entendeu mais nada. "Eu sabia que era bom demais pra ser verdade, vocês me chamarem pra fazer parte dos Pixies simplesmente por terem ido com a minha cara... claro que não!"

"Calma, Hugo!" Caimana disse, espantada. "O que deu em você?"

Mas Hugo já estava cego e surdo de raiva. A decepção era grande demais. "Vocês tinham que adotar o favelado pra ficar de olho nele, né?" Hugo berrou, tentando segurar as lágrimas. "Porque, *coitadinho*, é um desajustado, a gente precisa ajudá-lo a se ajustar! Eu sabia!"

"Não foi bem assim, Hugo..." Caimana tentou acalmá-lo, mas ele não queria mais conversa. Já tinha entendido tudo.

Desgrudando a mão da Caimana de seu ombro, saiu da pista de dança possesso, a caminho da rua. Capí se levantou preocupado.

"Tá tudo bem, Hugo?"

"Eu não preciso da sua caridade!" Hugo cortou rispidamente, esbarrando no pixie de propósito e seguindo seu caminho. "A mim você não compra com um truquezinho de mágica e um sanduíche..."

"Qual é a tua, meu!" Viny foi atrás. "Ele nunca te fez nada de mau!"

"Claaaaro que não..." Hugo ironizou. "Ele é o *santinho* da paróquia!"

"Eu gosto muito de você, garoto, mas ninguém ofende o Capí impunemente, está me ouvindo?"

"Tá tudo bem, Viny... Ele não me ofendeu!"

"Ninguém te ofende, né, Capí? Ninguém! Os professores não te ofendem, os alunos não te ofendem, nem o Abelardo te ofende!"

"Eu não preciso de guarda-costas, Viny!" Capí levantou o tom, tentando impedi-lo de avançar contra Hugo.

Mas aquela atitude protetora só servia para irritá-lo ainda mais. Ele não precisava de proteção, nem muito menos de falsos amigos vigiando-o.

E enquanto os dois Pixies batiam boca na sua frente, Hugo fervia. Claro... agora ele entendia tudo! Estava bom demais para ser verdade. Ele, um pivetinho de 13 anos de idade, ser chamado já na primeira semana de aulas para fazer parte de um grupo de adolescentes bem mais velhos... Como não percebera aquela farsa antes?!

Ele tinha humilhado e escorraçado um professor já no primeiro dia de aula. Era mais do que um sinal de que ele precisava ser controlado! Os Pixies tinham se aproximado dele só para ficar de olho! Para que ele não destruísse a escolinha querida do Capí!

E o Hugo, imbecil..., fazendo tudinho de acordo com o que o santo Capí planejara... com medinho de magoá-lo. Tinha era feito papel de idiota.

Hugo afastou-se dos quatro, marchando furioso pela rua. Índio foi atrás.

Índio... quem diria... o *único* que fora sincero com ele, desde o começo; que sempre tivera coragem de mostrar na sua cara o quanto ele era um penetra naquele grupo.

Hugo nunca imaginara que um dia confiaria mais *nele* do que nos outros três.

"Quer se fazer de coitadin' né? Então se faz de coitadin'!" Índio esbravejou, marchando atrás dele. Sua raiva acentuando o sotaque que tanto tentava esconder. "O que cê achava, pivete? Que a gente tinha te convidado porque cê era especial?! A verdade é muito dura procê??"

"Índio, para!" Capí implorou, consternado, lá atrás.

Magal assistia a tudo abismado. Ele e todos os outros Azêmolas. Provavelmente nunca testemunhara uma briga entre os Pixies antes.

Índio continuava a segui-lo de perto, "Cê não bota a mão no fogo por ninguém, né, seu moleque?"

"Não mesmo!"

"Se acha o injustiçado, né? O injustiçado, só porque ele quis te ajudar! E quanto a ocê? Cê acha que enganava a gente com aquele teu jeitin' de que queria ser amigo da gente?? Ocê se juntô com os Pixies por causa da nossa popularidade! Só por isso. Não por nossos ideais. Se fosse pelos ideais, ocê teria ido direto pro grupinho do Abelardo!"

"Nunca!" Hugo virou-se, ofendido. "Eu nunca teria me juntado àquele mauricinho!"

Índio deu risada. "Cê não se conhece..."

"Ah, vai te catar!" Hugo desistiu, prosseguindo em seu caminho. "Eu não te devo explicação nenhuma!"

"O Capí só quis te ajudar, menino! Se não, cê ia acabar se machucando todo, como o bom esquentadinho que cê é!"

"Bom *bandidinho* que eu sou, foi isso que tu quis dizer, né?!" Hugo corrigiu enfurecido.

"Cê quer a verdade, é? Toda a verdade?" Índio gritou atrás dele, desistindo de segui-lo. "Tá bom! A verdade é q'ocê já teria sido *expulso* daquela escola se não fosse por interferência do Capí! Ele livrou a sua cara no Conselho mais de uma vez!"

Hugo se fingiu de surdo e continuou marchando até o sobrado dos vampiros. Abriu a porta sem se importar em fechá-la e subiu as escadas sem cumprimentar Tánathos. Abriu o alçapão e desceu para o túnel, atravessando-o com a melhor das cinco vassouras. Todo o tempo alimentando conscientemente a revolta dentro de si. Não deixaria que o arrependimento o dominasse – aquela pontinha de arrependimento que já começara a comprimir seu peito. Não... Capí não merecia seu perdão. Ele o manipulara por sete meses. SETE MESES! Manipulara com seus conselhinhos, com seus bons exemplos, com suas palavrinhas doces... tudo manipulação! Pouco importava que tivesse impedido sua expulsão mais de uma vez, como Índio acabara de dizer.

O pior de tudo era que, no afã daquela raiva toda, Hugo tinha deixado escapar a palavra "favelado". Será que algum deles ouvira?

Não... será? Maldito Capí. Malditos todos eles.

Largando a vassoura na bagunça do Atlas, saiu deixando a porta propositalmente escancarada e já começava a atravessar a mata escura em direção ao dormitório quando foi abordado por duas pessoas que, definitivamente, não esperava encontrar ali, àquela hora da madrugada.

"Cara! Nós te procuramos pela escola inteira!" Dênis disse todo contente. Estava acompanhado de um outro aluno, que comprara junto a ele aqueles primeiros papelotes na sala silenciosa. Um branquelo de cabelos negros, encaracolados, cujo nome Hugo não lembrava.

"Tu tem mais daquele pozinho aí?" o branquelo perguntou, um pouco afoito demais, quase enfiando a mão nos bolsos do Hugo de tanta ansiedade.

"Vocês enlouqueceram de vez?? Aqui fora não pode!" Hugo sussurrou tenso, puxando os dois para um canto mais afastado e fitando os olhos vermelhos do branquelo com certo receio. *"Não dava pra esperar até amanhã?!"*

Dênis meneou a cabeça, *"Sabe como é, né."*

Sei...

"Tá certo", Hugo aceitou resignado. "Venham comigo. Mas sem fazer barulho, tá certo?"

Independência ou Moooorte!!!!

"SSHHHHHHH! Cala essa tua boca se não eu corto teu rosto fora!" Hugo ameaçou violento, deixando D. Pedro completamente pasmo para trás.

Aquele lá não ia declarar a independência de novo tão cedo.

Parando em frente à porta de seu quarto, Hugo sacou sua varinha e executou uma sequência de movimentos complicados em frente à entrada, murmurando palavras que não faziam sentido algum.

Os dois acompanharam cada gesto, abismados.

"Se eu não fizesse isso", Hugo blefou, "vocês dois iam cair mortinhos no chão assim que atravessassem a porta. Ninguém pode entrar no meu quarto sem minha permissão, estão me entendendo? Então nem tentem – a não ser que queiram morrer."

A cara de espanto dos dois foi o suficiente para Hugo confirmar a eficácia da mentira. Não voltariam lá para roubar cocaína nem que o desespero fosse grande demais.

"Agora, silêncio..." Hugo sussurrou mais baixo ainda, pisando em ovos para não acordar Eimi, que dormia todo emaranhado em seus lençóis.

Tendo cuidado para que não vissem onde ele guardava a droga, tirou da mochila a caixinha de fósforo e, de lá, dois papelotes.

"A gente quer dez."

"Dez?!"

"A Xeila pediu oito."

Hugo pausou por um instante ao som do nome, e então avisou, "Ó, manda a Xeila tomar mais cuidado, que o Capí tá na cola dela. Tão com a grana aí?"

Apressados, eles caçaram as moedas em seus bolsos e pagaram tudo direitinho, recebendo seus papelotes em troca. *"Agora vê se vaza daqui. E da próxima vez usem o sistema de comunicação que combinamos."*

Os dois assentiram avidamente com a cabeça e saíram.

Hugo deitou-se na cama por alguns instantes, tentando se acalmar de toda a tensão daquela noite.

Tobias. Lembrara o nome do outro.

Já um pouco mais calmo, levantou-se para fechar a porta, que eles haviam deixado escancarada. Depois, na ponta dos pés, foi até a mochila guardar a caixinha e recolher do chão os poucos papelotes que haviam escapulido.

"O que que é isso?"

Hugo congelou ao ouvir a voz de Eimi.

Segurando-se para não xingar Deus e o mundo, voltou a recolher os papelotes do chão sem dar bola ao garoto.

"Deixa eu ficar com um?" Eimi insistiu, e Hugo desistiu da arrumação, impaciente. "Garoto, eu–"

"Ah, vai! Só unzinho! Que que custa?"

"Tu nem sabe o que é, garoto! Larga do meu pé!"

"Ês compraram! Por que eu não posso comprar também? Eu tenho uns cobre guardado cá comigo!" ele disse, empolgado, indo até a calça do uniforme, de onde tirou uma trouxinha de veludo, derrubando na cama cinquenta Coroas Reais.

As pupilas de Hugo chegaram a dilatar com aquele ouro todo, mas, apesar do coração acelerado, ele resistiu bravamente. "Essa grana nem deve ser tua, garoto–"

"É minha sim!" Eimi sorriu mais ainda. Estava empolgadíssimo, o coitado. "Foi o tio que me deu de mesada!"

De mesada?! Aquilo tudo?! Com oito Coroas daquelas, Hugo podia começar a pensar num par de pisantes. Com dez, talvez conseguisse o modelo novo...

"Tá certo, encosto", ele cedeu, jogando um papelote para o mineirinho, que foi abri-lo na cama todo contente. "É pó mágico, é?"

"É..." Hugo respondeu receoso, e aproveitou para inflacionar bem o preço, "Custa duas coroas reais."

"Pode pegar", Eimi respondeu sem dar a menor importância. Estava mais interessado naquele pozinho branco e no que o pó fazia. Colocou uma pitada na língua.

"É pra cheirar, cabeção", Hugo disse, impaciente, e o sorriso de satisfação que o garoto abriu doeu fundo em sua consciência.

Todo contente, Eimi encheu a mão de 'pó mágico' e começou a inspirar a cocaína. Primeiro timidamente, depois com um pouco mais de força.

Hugo desviou o olhar. Não conseguia assistir àquilo.

Era a primeira vez que via um aluno experimentar na sua frente.

Tentando fingir que nada estava acontecendo, Hugo desfez a cama e se deitou virado para a parede. "Ó, não conta pra Gislene não, ouviu?"

"Aham."

"Não conta pra *ninguém*."

"Aham."

"E nunca mais me peça isso de novo", Hugo ainda lembrou de dizer, ouvindo a resposta inocente do garoto com um aperto no coração.

"Podeixar", Eimi disse, cheirando mais um pouco. "É só essa vez."

É. Só dessa vez.

CAPÍTULO 29

O MARTÍRIO DE LILIPUT

O resto daquela noite foi um pesadelo. Depois de passada a dormência inicial causada pela cocaína, o Eimi chapadão não parou de pular na cama a madrugada inteirinha, contando histórias sobre como seus pais tinham feito isso e seu tio tinha feito aquilo, e como toda a sua família era fantástica, e blá-blá-blá... até que a abençoada ressaca desceu sobre o garoto e Eimi deitou-se deprimido na cama e calou o bico.

Na manhã seguinte, Hugo foi praticamente obrigado a vesti-lo e empurrá-lo para fora do dormitório de tão melancólico que o garoto estava. Normal. Iam achar que ele tivera uma péssima noite de sono, só isso.

Resmungando durante todo o caminho até a sala de Alquimia, Eimi finalmente concluiu que nunca mais cheiraria aquele negócio na vida.

"Bom pra você", Hugo disse, impassível. "E lembre-se do nosso trato. Não troque nem UMA palavra com a Gislene sobre isso. Se possível, nem fale com ela hoje."

"Podeixar."

A aula de Alquimia transcorreu sem problemas. Eimi cumpriu sua promessa, como bom menino que era, e Gislene não notou nada, a não ser uma inexplicável sonolência de seu outrora falante companheiro de mesa, sobre a qual comentou com Hugo, que deu de ombros, fingindo indiferença.

Apesar do dinheiro que poderia conseguir com o pequeno Emiliano, Hugo estava decidido a nunca mais vender cocaína para ele. Não aguentaria mais uma noite insuportável daquelas.

Por grande coincidência do destino, a aula de Rudji aquele dia tratou exatamente de substâncias alteradoras de consciência, como a infusão de Peyote, possuidora de propriedades alucinógenas que provocavam visões cômicas ou terríveis, dependendo da pessoa, e que Eimi se negou veementemente a experimentar a pedido do professor. O que foi ótimo, já que Hugo não queria aquele garoto insuportável vomitando em seu colo.

As aulas do mestre alquimista haviam se tornado infinitamente mais interessantes do que as de Defesa Pessoal, por mais que doesse admitir. Desde que Hugo quase acabara com o rosto do Abelardo na briga da praia, Atlas vinha começando a maneirar nas lições que ensinava. Os novatos agora estavam sendo obrigados a seguir o livro didático apropriado para a faixa etária de 13 anos.

Desnecessário dizer que, para Hugo, não existia nada mais irritante do que uma aula sobre como destruir pragas de jardim. Ou sobre como lutar contra bactérias pirotécnicas que se camuflavam em roupas de baixo. Aquilo era ridículo...

Parecia até que o professor estava tentando impedir que Hugo evoluísse na magia! E aquilo, Hugo não podia tolerar. Se Atlas estava dando uma de Capí pra cima dele, Hugo nunca iria perdoá-lo.

Como não perdoaria o Capí.

Já havia avistado o pixie pelos corredores inúmeras vezes aquela semana e fizera questão de ignorá-lo em todas elas. Capí ficava claramente chateado, mas não dizia nada em sua defesa. Viny, por sua vez, estava dando um belo gelo no Hugo. Nem sequer olhava para ele. Quando olhava, fechava a cara.

Hugo não estava nem aí.

Ou pelo menos tentava se convencer de que não estava nem aí.

Passou a aula inteira de Defesa Pessoal sem nem tentar prestar atenção. Ora pensando em como Atlas era um idiota, ora em como já estava começando a sentir falta dos Pixies. A vida sem eles era muito mais sem graça.

"Tá tudo bem aí atrás?" Gislene levantou-se preocupada, após o término da empolgante aula de defesa contra larvas comedoras de tofu.

"Tu é que devia estar feliz", Hugo resmungou, pendurando sua mochila nova nas costas. "Não era isso que tu queria? Um professorzinho certinho e sem graça?"

"Ah, Hugo, não enche", ela cortou-o, e já ia falar mais quando foi chamada por Gueco lá do outro lado da sala.

Bom para Hugo, que saiu sozinho de lá a tempo de avistar Xeila no corredor e arrastá-la o mais depressa possível para uma sala vazia antes que Gislene saísse e visse o estado deplorável da menina.

Com o coração na boca, Hugo trancou a porta com a varinha e empurrou a ruiva contra uma das paredes.

"Tu tá maluca??!" ele perguntou aflito, tentando calar a menina, que não parava de dar gargalhada de sua cara. Estava completamente descontrolada, seus olhos esbugalhados, vermelhos, suas mãos trêmulas tentando se desvencilhar das mãos dele. "Tu anda chapada na frente de todo mundo, caramba!!"

"Ih, relaxa!" ela riu, forçando a mão dele para longe de sua boca. "Eu tô ficando longe do Capí, como tu disse!"

"É bom mesmo! Ó, e tu não conta nada pra Gislene desse nosso assunto, tá certo?"

"Pra Gi também não pode contá não, é?"

"Não, não pode! Tá me ouvindo?"

"Aham..." ela resmungou, querendo a todo custo se livrar dos braços que a mantinham presa contra a parede. Estava totalmente aérea, sem qualquer condição de concordar ou discordar de qualquer coisa.

Cansado, Hugo pensou melhor e jogou um feitiço duplo na garota, calando sua boca ao mesmo tempo em que grudava seus pés no chão.

"Tu vai ficar aqui até passar o efeito, tá certo?"

Como se ela pudesse discordar.

Ainda tenso, Hugo trancou a menina lá dentro. Ela saberia como abrir a porta quando o efeito passasse-

"O mundu tá doido hoje em dia, pois é."

Hugo virou-se no susto, dando de cara com o Gênio africano.

"Que droga, Griô! Deu pra assustar os outros agora, é?!"

"Hihihi!" Griô caçoou de sua cara de espanto, murmurando baixinho: *"Piquenu Obá tem segredos falantes, que logo logo vão encontrá ouvido..."*

Hugo olhou à sua volta, apreensivo. Não tinha ninguém lá além dos dois. Menos mal.

"Vá cuidar da tua vida, Griô", Hugo dispensou-o, mas o Gênio só fez rir daquela prepotência toda; uma risada daquelas tranquilas de preto-velho, seu rosto ganhando barba branca e cachimbo.

Hugo podia até sentir cheiro de incenso no ar.

"Certas regra num pode sê quebrada, piqueno Obá... Certas regra existe pro bem."

"Tu não vem dar lição de moral pra cima de mim não!" Hugo retrucou, inquieto. "O que tu sabe da vida?! Tu conta história. Só isso!"

Griô largou o sorriso e aproximou seu rosto já esfumaçado do dele. *"História como essa eu num gosto di contá"*, ele concluiu antes de sumir por completo em sua própria fumaça e deixar Hugo sozinho no corredor, suando frio.

Ele não contaria para ninguém. Contaria?

O pior é que estava ficando cada vez mais... complicado manter a calma.

Hugo entregou a Caiçara metade do que de fato arrecadara, recebendo em troca mais um carregamento, desta vez com 60 papelotes. Era o milagre da multiplicação da cocaína. Se Hugo não voltasse com todos vendidos...

"Posso ver minha mãe?"

"Tu tá achando que a vida é mole, formiga?!"

"Por favor! Só de longe!" Hugo insistiu. Já fazia quase dois meses que não a via. Precisava saber se ela estava bem...

"Confia em mim não, é?" Caiçara riu da própria pergunta e encerrou o assunto, mandando Caolho e Playboy escoltá-lo até a base do morro de metralhadora em punho.

De volta à Korkovado, Hugo desabou no sofá da sala de jogos, soturno e cabreiro. Seus olhos observavam dois alunos jogarem uma espécie de pingue-pongue com varinhas e cubos de gelo, mas sua mente continuava lá, no Dona Marta, pensando na mãe. Viva ela estava; disso Hugo tinha certeza. Caiçara não arriscaria matá-la e acabar com o negócio extremamente lucrativo que havia iniciado.

Mas será que o bandido estava deixando ela viver tranquila? Ou pior, será que já não tinha contado a ela o segredinho bruxo do filho? Só de sacanagem?

Aquela possibilidade sempre o deixava agitado.

Antes, quando os Pixies estavam por perto, era mais fácil arejar a cabeça, esquecer os problemas. Mas com eles ignorando-o e vice-versa...

Quer dizer, Capí até que tentava fazer contato, mas Hugo passava direto sem nem olhar. Nunca fora tão difícil ignorar alguém. O pixie o havia enfeitiçado de tal maneira que chegava a ser doloroso.

Não, Hugo voltou a repetir para si mesmo. Capí era um manipulador. Toda aquela pose de bom moço dele tinha sido mero teatrinho para enganá-lo.

Nunca mais seria manipulado. Nunca mais.

Hugo entrou, discreto, no auditório do primeiro andar e sentou-se na última fileira, oculto nas sombras. As únicas luzes acesas eram as do palco, iluminando os alunos de teatro.

De vez em quando ele ia lá assisti-los. Matar as saudades. Sem que fosse visto, claro.

Índio nunca participava das aulas (não gostava de fingir ser quem não era), mas Viny e Caimana sempre marcavam presença. E, desta única vez, Capí também estava lá. Não no palco, mas na plateia, limpando o espaço entre os bancos com algum feitiço que Hugo desconhecia.

Enquanto isso, a professora lá na frente discursava sobre a nova pirotecnia que os alunos aprenderiam naquele dia, "Na Grécia antiga... – sim, Viny, na Europa. Não adianta resmungar."

A turma riu, e a professora continuou seu discurso sobre máscaras e como criar uma ilusão delas no rosto através do feitiço *Persona Maksima*, lançado sobre uma espécie de geleia que Viny comprara no SAARA. Com um simples encantamento, o rosto do ator podia ser deformado de tal forma que ele se tornava irreconhecível. Mas era obviamente um rosto falso. Não enganava ninguém. "Alguns raros especialistas neste feitiço conseguem, inclusive, fazer com que cada um na plateia veja um rosto diferente. Talvez algum de vocês consiga algum dia, quem sabe."

Aquele grupo de teatro tinha uma formação inacreditável. Eram quinze ao todo. Dois Pixies, quatro do finado Clube das Luzes, quatro alunos convidados do intercâmbio, dois outros desconhecidos e, por incrível que pudesse parecer, dois Anjos: Abelardo e o garoto que chamavam de Camelot, um nanico com cara de lordezinho inglês, do terceiro ano.

Nem era preciso dizer que toda aula tinha confusão.

Aquela em particular estava surpreendentemente calma. Talvez porque, com as máscaras, eles não precisassem ficar olhando na cara uns dos outros.

Escondido nas sombras, Hugo sentia uma angústia tão forte no peito... uma vontade quase insuportável de chorar... talvez por toda a pressão que vinha sofrendo naqueles dias: o bate-boca na Lapa, a tensão com Xeila, Tobias, Dênis, Eimi, o aviso de Griô, as ameaças do Caiçara, o silêncio dos Pixies... O cerco estava se fechando e Hugo queria desesperadamente ter alguém com quem compartilhar aquele peso. Mas a sacanagem que estava fazendo não merecia os ouvidos caridosos de ninguém.

Ele nunca se sentira tão sozinho.

"Bom, por hoje é só, pessoal", a professora anunciou, e bateu palmas para a turma, que começou a se dispersar.

Hugo ocultou-se ainda mais nas sombras. Viny e Caimana haviam permanecido no palco, jogando conversa fora com o pessoal do Clube das Luzes, mas Abelardo e Camelot já se aproximavam pelo corredor e Hugo definitivamente não queria ser visto por eles. Conversavam sobre como era possível o pessoal do Sul conseguir ser tão íntegro enquanto que o resto dos bruxengos brasileiros eram um bando de praieiros preguiçosos. Abelardo parou de repente na altura da 15ª fileira, onde Capí estava agachado. Com um sorriso cruel, jogou uma moeda no chão ao lado do pixie. De gorjeta.

Capí parou o que estava fazendo, mas não olhou nem para os Anjos nem para a moeda. Apenas fechou os olhos e engoliu a reação. Aquele gesto o machucara profundamente e Abelardo sabia disso. Estava claro no sorriso de prazer que abriu ao ver Capí de joelhos, humilhado à sua frente.

Raspando os sapatos sujos no carpete, o Anjo saiu tranquilamente do auditório, sem qualquer medo de represália. Caimana não vira, nem muito menos o Viny, e ele conhecia Capí o suficiente para saber que ele não contaria a nenhum dos dois.

Ah, mas Hugo tinha visto. Tinha visto e não gostara nem um pouco.

Sentindo um ódio protetor esquentar suas veias, ele pulou da cadeira e foi atrás do Anjo no corredor, completamente descontrolado de raiva. Antes mesmo que Abelardo alcançasse as escadas, Hugo provocou-o com um empurrão que quase derrubou o Anjo escada abaixo. Sem dar tempo para que Abelardo se recuperasse do susto, sacou sua varinha, que já estava brilhando escarlate mesmo à luz do dia. "Quero só ver você humilhar alguém que não se importa em se defender! *OXÉ*!"

O feitiço saiu fraco e Abelardo foi lançado uns quinze degraus para baixo, conseguindo se agarrar no corrimão a tempo de evitar o pior. Chocado, o Anjo ainda assim provocou, "Que foi, patinho feio? Defendendo o empregadinho, é??"

"Jádi!"

Abelardo caiu mais alguns degraus antes que tivesse tido tempo de alcançar sua varinha. Hugo estava prestes a lançar outro *Oxé* quando Camelot tentou atacá-lo por trás e Hugo só precisou transferir o golpe. O lordezinho inglês foi lançado dez degraus para cima, batendo com a cabeça no corrimão e perdendo a consciência.

Quando voltou-se contra Abelardo novamente, o Anjo já estava com a varinha a postos na mão trêmula, mas Hugo não iria deixar que ele a usasse. *"Anhana!"*

A varinha de Abelardo voou para longe, caindo lá embaixo no pátio central. Aflito, o Anjo disparou escada abaixo atrás dela, mas Hugo derrubou-o com um *bàtà* faltando apenas alguns degraus e Abelardo se esborrachou no chão de mármore. Com nariz e lábios sangrando, o Anjo levantou-se o mais rápido que pôde e continuou sua corrida até a varinha.

Hugo não deu trégua, *"SAPIRANGA!"*, e Abelardo gritou com as mãos nos olhos, mas continuou bravamente seu caminho até a varinha, agora com a vista embaçada e olhos lacrimejantes.

Enxergando perfeitamente bem, Hugo chegou antes do Anjo e chutou sua varinha para longe, derrubando Abelardo no chão e arrastando-o até a praia.

"Agora tu vai aprendê a não humilhar mais os outros", ele murmurou em seu ouvido, puxando os cabelos do Anjo para trás e enfiando um punhado de areia em sua boca, bem enfiado.

"Larga dele, Hugo!" alguns alunos pediam.

Enxugando o suor da testa, Hugo se levantou tremendo de satisfação por ver sua vítima humilhada na areia. Só de leve ouvia as admoestações à sua volta, talvez de professores... mas a única coisa que escutava com clareza eram as batidas de seu próprio coração; pulsando violento.

Até que foi atingido pelas costas por algum feitiço quente e caiu no chão vomitando sangue. Ouvia as pessoas gritando como se fosse a quilômetros de distância... Viu Caimana agarrar Gueco enquanto Oz arrancava a varinha das mãos do caboclo... viu Capí indo socorrer Abelardo no chão... *pixie idiota...* e então sentiu duas mãos virando-o na areia. Era Atlas... estava murmurando algum contrafeitiço para que ele parasse de vomitar.

O enjoo foi passando aos poucos, até que Hugo finalmente conseguiu se levantar com a ajuda do professor, sentindo-se bem melhor. Abelardo já havia sido retirado da praia e Gueco também não se encontrava mais lá, mas a multidão de alunos permanecera, e ainda olhava mistificada para Hugo. Alguns espantados, outros achando o máximo que Abelardo finalmente recebera uma lição que não iria esquecer tão cedo.

Hugo não estava nem um pouco preocupado com represálias oficiais. Sabia que Dalila não iria expulsá-lo. Estava morrendo de medo dele e do que ele poderia fazer contra seus filhos.

"O que tu pensas que estás fazendo, Hugo?!" Atlas perguntou, inquieto, mas Hugo não respondeu. Não devia explicações a ninguém. Muito menos àquele lá, que agora vinha de novo lhe dar lição de moral. Atlas já levara uma patada dele na primeira briga; estava pedindo para levar a segunda.

"Me larga!" Hugo gritou, ainda um pouco enjoado, fazendo o professor soltar seu braço. "Eu só me defendi!"

"Não adianta mentir para mim, Hugo... Tu provocaste que eu vi", Atlas sussurrou discretamente, para que ninguém mais ouvisse. *"Tu precisas aprender a te controlar, guri..."*

Controlar... o professor estava era assustado porque seu aluninho aprendia rápido demais, e sem a ajuda das aulas idiotas dele. Queria atrasar seu aprendizado, mas Hugo não deixaria.

Atlas tentou segurar seu braço mais uma vez, e Hugo empurrou-o para trás. "Me larga que eu não sou teu filho!" ele gritou, sem pena. "Se o garoto morreu, a culpa foi *tua!* Não minha! Então não enche meu saco que eu não tenho cara de substituto!"

Deixando o professor destroçado na praia, Hugo partiu em direção ao quinto andar, onde não seria incomodado. Iria se trancar na Sala Silenciosa por algumas horas, até que tudo se acalmasse.

Por via das dúvidas, no caminho checou o placar da árvore central. Continuava 10 a 7 para os Pixies. Nada havia mudado com sua vitória sobre Abelardo.

Pra variar.

Até o placar sabia que ele não era um Pixie de verdade. Desde o começo soubera. Só Hugo fora burro o suficiente para acreditar que fazia parte de um grupo daqueles... até Gislene já tinha avisado! E ele não lhe dera ouvidos...

Hugo não sabia se sentia raiva ou desespero. Se chutava tudo que encontrasse pela frente, ou se escondia num canto para chorar.

A raiva, por enquanto, estava vencendo.

Era menos dolorosa.

"Amigo!" ele ouviu alguém chamar, mas não viu ninguém se aproximando.

"Amigo! Aqui!"

Hugo olhou à sua volta novamente e só então se lembrou de checar as paredes.

Lá estava o insuportável do Liliput, bem no centro de um quadro surrealista com muita areia e umas máscaras gigantes ao fundo.

Aquela realmente não era a melhor hora.

"Vai procurar outro."

"Me ajuda, por favor!" o magrelo insistiu, implorando de joelhos na areia, e Hugo revirou os olhos, impaciente.

"O que você quer?" Como se precisasse perguntar.

Vendo que Hugo aceitara ajudá-lo, Liliput agradeceu, muito alegre e aliviado. "Diga-me, senhor da bondade, ele está por perto?"

Bufando, Hugo deu um passo para trás e examinou os poucos quadros que cercavam a praia das máscaras. Em um, uma boneca de pano penteava os cabelos desinteressadamente; outro retratava quatro balofos jogando cartas. O terceiro, e menos movimentado de todos, exibia uma loja de roupas. O dono devia ter se ausentado, ou estava se escondendo em algum lugar, porque a loja estava vazia, a não ser pelo brutamontes do Gúliver.

Então lá estava ele.

Gúliver era tão grande que sua tentativa de esconder-se por detrás das roupas parecia, no mínimo, patética.

"E então?" Liliput murmurou temeroso. "Ele está por perto?"

Gúliver havia saído de seu esconderijo e preparava-se para mudar de quadro. Nas mãos, um taco da largura de seu grosso braço.

Interessante. Hugo nunca vira uma pintura bater em outra antes. Será que se machucavam de verdade? Ou aquilo era só palhaçada daqueles dois para encherem a paciência dos alunos?

Se era palhaçada, ia acabar agora.

"Então?" Liliput repetiu a pergunta, na expectativa.

Hugo fingiu olhar melhor para os outros quadros e balançou a cabeça, "Ó, eu não tô vendo nada, não."

O magrelo abriu um sorriso do tamanho do taco de Gúliver, respirando aliviado, e agradeceu com toda aquela veemência que fazia dele um sujeitinho tão irritante.

Enquanto Liliput agradecia, Gúliver entrava no deserto surrealista de mansinho, bastão a postos. A satisfação em seu rosto era indescritível. Há séculos ele vinha tentando alcançar o magrelinho, e finalmente chegara sua hora.

Percebendo nos olhos de Hugo um certo grau de malícia, Liliput empalideceu. Mas antes que pudesse esboçar qualquer reação, veio a primeira pancada, e então outra, e outra, e Liliput encolheu-se todo na areia, berrando de dor e gritando desesperadamente por socorro, mas o brutamontes não parava, estraçalhando cada osso inexistente do magrelo. À medida que seu corpo se abria com as porradas, tinta vermelho-escarlate ia formando poças na areia ao seu redor, e escorrendo para fora do quadro, sujando a moldura e o chão do corredor.

Hugo assistiu a tudo paralisado. No começo, não soubera se sentia prazer ou arrependimento, mas agora já não tinha mais dúvidas.

A imagem era forte demais e ele não sabia o que fazer. Tinha descontado no magrelo toda a sua frustração. E, ao contrário de Abelardo, Liliput nunca fizera absolutamente nada contra ele.

Agora o pobre já nem gritava mais, completamente quebrado e exausto na areia. E nem assim Gúliver parava.

"O que tá acontecendo aqui?!" Hugo ouviu a voz consternada do Capí, mas nem por isso se mexeu. Não tinha por que se mexer.

Vendo que negociar com Gúliver era insensato, Capí correu para a sala de Feitiços, onde angariou toda uma força-tarefa para salvar o magrelo. Em poucos segundos, dezenas de índios da reprodução da primeira missa no Brasil invadiram o deserto surrealista e puxaram o brutamontes de lá, amarrando-o deitado na mesa de baralho – para o desprazer dos gorduchos, que foram obrigados a parar o jogo.

Após alguns minutos de espera, uma equipe de enfermagem de um quadro sobre medicina medieval levou o magrelo de lá, deixando só o sangue, ainda úmido, que o pixie limpou com a varinha.

Quando a última gota de tinta vermelha sumiu do quadro, o pixie permaneceu onde estava, de costas para Hugo, e de cabeça baixa, como que pensando no que dizer.

"Capí-"

"O que você pensou que estava fazendo?" Capí perguntou em tom grave.

Não dava nem para negar o crime. Estava mais do que na cara.

O pixie se virou para ele e Hugo desviou o olhar.

"Vem comigo."

"Olha, Capí..." Hugo começou, sendo bastante sincero. "É melhor a gente ter essa conversa mais tarde. Eu realmente não quero brigar com você, e é isso que vai acontecer se a gente conversar hoje."

Hugo precisava se acalmar e sabia disso. Acabara de ser o agente causador de dois massacres em menos de uma hora. Aquilo não era normal.

Capí agachou-se até ficar da sua altura, assumindo a postura protetora de irmão mais velho que ele fazia tão bem. "Você não precisa descontar em todo mundo sempre que está com raiva, Hugo..."

"Eu sei", Hugo baixou a cabeça, "mas se a gente conversar hoje, eu vou descontar em você. E eu não quero te machucar também. Não de novo."

Retirando as mãos do pixie de seus ombros, Hugo afastou-se e foi se esconder em sua floresta particular. O calor tropical reconfortou-o um pouco, mas a visão da nova pilha de bilhetinhos com nomes e pedidos sugou tudo que restava de sua energia e ele sentou-se no chão, exausto.

"Tudo bem concê?"

Hugo estava tão acabado que nem ficou surpreso com a presença do mineirinho. Simplesmente fez um sim meio descompromissado com a cabeça e recostou-a no tronco mais próximo.

Eimi olhou à sua volta, admirado com a vista, e então sentou-se à sua frente, fitando-o com aquele olhar pidão que ele sabia fazer tão bem.

"Que foi?" Hugo perguntou sem muita vontade de saber a resposta.

Com aquele sorrisinho de criança, Eimi pediu serelepe, "Me vende mais um saquinho desse trem?"

Hugo endireitou-se, surpreso. "Mas tu disse que nunca mais ia querer!"

"Ah, vai!" ele sorriu mais ainda, "Só mais um, vai! Eu te pago três coroas!"

Hugo ficou em silêncio, considerando. Era dinheiro demais...

"Eu te pago quatro coroas!"

"Cinco", ele cedeu finalmente, e Eimi pagou tudinho, recebendo o papelote e saindo de lá como se tivesse acabado de comprar um ovo de páscoa.

Hugo enterrou o rosto nas mãos, tentando abafar seu sentimento de culpa. Talvez eles todos estivessem certos. Talvez Hugo realmente precisasse de ajuda.

CAPÍTULO 30

TODO MENINO É UM REI

Hugo dormiu lá na floresta mesmo e acordou com o amanhecer do sol, cheio de bicho na pele. Sem problema. Era só sair para o corredor que todos desapareceriam. Nada criado na Sala Silenciosa passava da porta.

Agachando-se, começou a catar e organizar os bilhetinhos com vontade zero. Excedera-se tanto no dia anterior, que acordara de ressaca; dor de cabeça, cansaço, tudo. E não era só cansaço físico. Era exaustão emocional. Passara a noite inteira pensando na avó.

Quanto maior o poder, maior a queda, Bruxo. Lembre-se disso.

Hugo estava se sentindo o pior dos netos.

Era um fraco. Não conseguia se controlar como Capí. Pelo contrário. Havia sido cruel como nunca imaginara que poderia ser.

Foi pensando nisso que partiu, desanimado, para a aula de Alquimia. Estava sem vontade alguma de subir aquilo tudo e ainda encarar uma prova teórica do Rudji.

Assim que avistou Eimi subindo o último lance de escadas, no entanto, suas energias voltaram como num passe de mágica e ele correu para alcançá-lo antes que Eimi entrasse em sala de aula.

Discreto, segurou o mineirinho pelo ombro, tentando ocultá-lo dos outros alunos. O garoto ria das coisas mais imbecis, como o comprimento da saia de uma pintura que ele já vira um milhão de vezes, ou a fileirinha de formigas subindo pela árvore central. Estava completamente doidão.

“Cara, tu não quer faltar a aula de hoje, não?”

“Faltar aula? Nunca!” Eimi soltou uma risada contida, como se tivesse dito uma piada ultra super hiper engraçada mas quisesse ser discreto, e entrou na sala sem que ele pudesse impedi-lo.

Hugo ainda esperou algum tempo lá fora antes de entrar também, para evitar que desconfiassem dele por alguma razão bizarra.

Esforço inútil. Na terceira risada que Eimi deu ao ler uma das questões da prova, tanto Rudji quanto Gislene olharam diretamente para Hugo, que riu do absurdo daquela acusação gratuita e deu de ombros, "Ele acordou de bom humor hoje, não sei por quê!"

Eimi explodiu na gargalhada e Hugo teve de se segurar para não rir também. Não podia negar que o garoto era engraçado. Até os outros alunos estavam rindo, tentando ocultar seus rostos por detrás das provas.

Mas nem Rudji, nem Gislene pareceram muito convencidos com sua explicação, e olhavam para ele com cara de poucos amigos.

Hugo resolveu, então, contar uma meia verdade:

"Tá certo. Foi minha culpa, professor. Eu joguei um encantamento alegre nele, mas foi sem querer."

"Essa varinha não faz coisas sem querer", Rudji disse sério, e continuou a distribuir as provas pela turma. "Ah, mais uma coisa!" ele voltou-se para Hugo novamente, e Eimi riu da cara do professor por alguma razão insondável.

Ignorando o mineiro, Rudji prosseguiu: "Pela agressão de ontem contra o Abelardo, o Conselho deliberou que o senhor perderá dois pontos em cada uma das provas finais."

"Quê?!"

"*E não adianta* fazer essa cara de revoltadinho, Hugo. Por muito menos, alunos já foram expulsos. Quanto à você, Sr. Barbacena", Eimi se segurou para não rir, forçando um lábio contra o outro e endireitando-se na cadeira, "vai fazer a prova às sete da noite, no meu escritório, quando o efeito do Peyote tiver passado. Tudo bem?"

Infusão de Peyote... ótima desculpa. Hugo estava salvo.

"Se é que isso é Peyote..." Rudji olhou desconfiado para Hugo e sentou-se, sorrindo simpático para o resto da turma. "Vocês têm uma hora, queridos."

"Queridos... queridos..." Hugo repetia irritado pelos corredores depois da prova, "Tu viu só?! Menos dois pontos em cada prova final! Isso é um abuso!" mas Gislene não parecia nem um pouco interessada em falar sobre provas, nem sobre o Abelardo, nem sobre o Atlas, nem muito menos sobre a briga.

"O que tu deu pro Eimi?" ela perguntou séria, e Hugo revirou os olhos.

"Vê se muda de assunto, garota! Tu ouviu o que o professor disse. Infusão de Peyote! Deixa a pessoa meio doidona... vendo coisas engraçadas..."

"Sei", Gislene disse, pouco convencida. "Eu tô de olho em você, Idá... Se tu estiver fazendo alguma besteira-"

"Ah, vai incomodar outro, vai!"

Hugo fingiu irritação para esconder o pavor que estava sentindo, e foi embora decidido a seguir para a sala de Defesa Pessoal por outro caminho, antes que Gislene lesse "cocaína" em seus olhos.

Mas foi só ele entrar por um corredor mais obscuro que deu de cara com outro de seus acusadores: vestido de cacique, Griô contava para cinco alunos a história de uma tal de Moça-Lua e de como ela criara as estrelas do céu com suas lágrimas de luz.

Hugo resolveu sair de fininho antes que ele notasse sua presença. Atravessou a entrada do corredor sem fazer qualquer barulho e já ia seguindo seu caminho quando uma forte curiosidade o fez parar e dar marcha a ré.

Uma curiosidade que ele já nutria desde a noite em que conhecera Griô, lá na feijoada dos Pixies.

Agora era a hora de perguntar. Ele precisava de alguma notícia positiva naquela avalanche de desgraças, e algo lhe dizia que aquilo seria positivo.

Assim que Griô terminou sua historinha indígena e os cinco empecilhos foram embora, Hugo gritou atrás do Gênio antes que ele se esvaísse em fumaça.

O africano fez careta. Hugo era, claramente, uma visita indesejada.

"Desculpa, Griô! Desculpa mesmo! Eu não quis te ofender no outro dia", ele disse, tentando ser o mais simpático possível, e então foi direto ao ponto: "Eu preciso que você me conte uma coisa."

Carrancudo, o Gênio cruzou os braços, "Griô num historifica por encomenda."

"Você me deve essa!" Hugo insistiu, mas Griô manteve-se impassível.

"Griô num deve nada pra ninguém, Piquenu Obá."

"Ah, deve sim! Você me meteu um grilo na cabeça, e agora eu quero saber!"

"Grilo?" o Gênio arregalou os olhos e pareceu relaxar um pouco, "Hmmm... tenho umas história de grilo na cachola. Qué ouví?"

"Não, Griô! Você não entendeu nada..."

"Num quer minhas histórias?!" Griô ergueu as sobrancelhas, ofendido, "Que ultraje!"

"Não, espera!!!"

Apenas o rosto marrento do Gênio saiu para fora da cortina esbranquiçada que já estava levando-o embora, "Eu num historifico pra quem num qué ouvir!"

Seu rosto já ia sumindo novamente quando Hugo gritou depressa:

"Quem foi OBÁ?!"

A fumaça se dissipou, como que sugada por um poderoso aspirador de pó, e o Gênio aproximou seu rosto do dele, altamente interessado.

"Hmmmmm aí já é ooooutra história..." ele sorriu satisfeito, assumindo uma postura de negociador. "Vamu fazê um trato. Vosmecê me conta uma, que eu te conto outra."

"Ah, Griô..." Hugo reclamou, impaciente, "Mas eu tenho mais o que fazer!"

"Tem mais o que fazer com u tempo? Mas u tempo é tão gigante, piqueno Obá... Tão gigante, mas tão gigante, que toooooda a história du mundo num ganha dele numa corrida." Griô cruzou os braços, "É esse u trato, é esse u jogo, se não quiser, que encontre outro."

Hugo bufou, "Tá... que história tu quer ouvir?"

"Nananinanão, piquenu Obá! Num é assim que funciona não!!!" Griô riu, se divertindo com a cara dele. "Milhão di história há pra contar, e ainda milhão pra conhecê. Mas só uma história NOVINHA fará ocê vencê."

"Novinha?! Do tipo... que você não conhece?!"

"Aaaham."

"Mas tu conhece tudo!!"

Griô sorriu malandro. "Se fosse fácil, num tinha graça."

"Tá certo..." Hugo coçou a cabeça, consultando seu arquivo mental. "Tu conhece a história... do bruxo Morfeu?"

"Iiiihhh... tem que fazê mais força, piquenu Obá."

"... da árvore das lágrimas?"

"Aham."

"Hmmm..." ele pensou mais um pouco, mas realmente não conhecia muita história bruxa...

De repente, Hugo riu. Deu gargalhada até, de sua absoluta estupidez, e então, com cara de espertalhão, afirmou categoricamente, "Tu não conhece a história da Branca de Neve."

Griô sorriu triunfante. "Cunheço."

"Putz... Cinderela?"

"Aham..."

"Rapunzel? Bela Adormecida? João e Maria?"

"Sim, sim, sim..."

"Chapeuzinho Vermelho?"

Griô ficou branco.

Literalmente branco. Da cor do Mosquito.

Transtornado, o Gênio entrou em sua própria fumaça como em um armário e começou a puxar de lá dezenas de barbantes com centenas de livretos de papel pendurados. Em poucos segundos, fileiras e mais fileiras de barbante estavam estiradas pelo corredor, e Griô dedilhava por entre os cordéis, aflito, procurando a tal história da Chapeuzinho Vermelho como se sua vida dependesse daquilo. Hugo olhou à sua volta maravilhado. Em questão de segundos, ele transformara o corredor inteiro em uma grande biblioteca de cordel envolta em fumaça.

Enquanto o Gênio procurava desesperado, Hugo observou algumas das capas. Eram todas desenhadas a mão. Histórias de bruxos, fadas, índios, duendes, ciganos, centauros, contos sertanejos, contos vampirescos, contos da carochinha... mas nada de Chapeuzinho Vermelho.

Resignado, os cordéis e as linhas desapareceram no ar e Griô voltou-se, ainda branco, para Hugo, que sorriu malandro. Aquilo ia ser divertido.

"Era uma vez uma menina chamada Chapeuzinho Vermelho", ele começou. "Ela era chamada assim porque sempre se vestia de vermelho, obviamente."

"Num é tão óbviu assim, sinhôzinho", Griô interrompeu. "Ocê si chama Escarlate i num se veste di vermelho."

"Tá certo", Hugo riu daquela grande verdade. "Então. Um dia a mãe da Chapeuzinho emprestou sua vassoura para a filha e pediu que ela fosse voando até a casa da vovozinha, levando uma cesta de doces medicinais e frutas daquelas que mudam de cor."

Não eram só as frutas que mudavam de cor. O próprio Griô, à medida que escutava, ia voltando progressivamente à sua cor negra natural.

"Mas antes que Chapeuzinho saísse", Hugo prosseguiu, "sua mãe avisou que era para ela tomar muito cuidado quando fosse atravessar o bosque, e que não deveria saltar da vassoura para conversar com estranhos."

"Bom conselho. Como era u nome da vovozinha?" Griô perguntou curioso.

"Ah, Griô... sei l..." Hugo parou no meio da frase. E então respondeu, sério, com um nó na garganta. "Abaya."

"Abaya... bunito nome. Sabe u que significa, Piquenu Obá?"

Hugo negou com a cabeça, o pensamento distante.

Griô sorriu, *"Rainha Mãe."*

"Deixa eu terminar a história?" ele perguntou irritado, mas sua irritação era só uma tentativa de afugentar as lágrimas.

Agora que tinha começado, precisava ir até o fim.

"Então Chapeuzinho... toda feliz, foi levar a cestinha de doces e frutas para a vovozinha. Mas o bosque era muito perigoso, e ela foi derrubada pelo Lobo Mau... ...que prendeu a Chapeuzinho numa gruta escura, prometendo que levaria a cestinha para a avó no seu lugar."

Griô arregalou os olhos, espantado. "Mas u lobo é pirigoso! A Chapeuzinho tem que impidi!"

"Ela tenta", Hugo retrucou e Griô sorriu, empolgadíssimo.

"Ela consegue salvá a vovozinha?!!"

"Não. Não consegue", ele respondeu abatido, quase engasgando no próprio ódio. "A Chapeuzinho ainda não era poderosa o suficiente pra isso." Hugo se calou, incapaz de continuar.

O que ele estava fazendo dando dinheiro para aquele canalha...? Caiçara tinha matado sua avó!!

Com a voz embargada, Hugo fez um esforço sobre-humano para continuar, "E então, com muito ódio do Lobo Mau, Chapeuzinho se enterrou nos livros e aprendeu todos os feitiços possíveis: os de morte, os de dor, e voltou para o bosque, pra se vingar do Lobo Mau."

Griô deixou de lado o fingimento e fitou-o, sério. "É isso que planejas?"

Por alguns instantes, Hugo não respondeu nada.

Bem que gostaria de se vingar, mas o Lobo Mau de sua história tinha um fuzil apontado para sua mãe.

"Não é da sua conta, Griô. Agora, por favor, me fala do Obá."

"Tem certeza di que quer sabê?" Griô perguntou, gentil. "Nem tudo que se quer, se precisa. Nem tudo que se precisa, se quer."

"Minha avó sempre rezava pra ele. Eu preciso saber."

"Justo", Griô concordou, dando um largo passo para trás e rodopiando na própria fumaça. Quando voltou, vestia elegante fraque, cartola e luvas. Tinha uma bengala em uma das mãos e um guarda-chuva na outra, apoiado contra o ombro. Sua feição ganhara cavanhaque avolumado, bigodes e óculos com aro de ouro, daqueles sem alça, que prendem no nariz. Com a fanfarra de quem anuncia um Rei, Griô apresentou-se:

"Dom Obá II D'África! Honorável alferes Cândido da Fonseca Galvão, do 24º Corpo de Voluntários da Pátria, 3ª Companhia de Zuavos Baianos, homem livre, filho de escravos, neto de Reis, brasileiro de primeira geração, autoproclamado Príncipe Preto, Rei das Ruas, defensor dos povos africanos, reverenciado por toda a Pequena África do Rio de Janeiro, por escravos, libertos e homens livres de cor, vassalo fiel de Sua Majestade Dom Pedro II!"

Obá aproximou-se do rosto de Hugo e adicionou, "Estive presente em TODAS as audiências concedidas por meu augusto colega Imperador de 1882 a 1884. Em *quatorze* delas fui o *primeiro* a chegar! Concediam-me honras de autoridade à entrada do Palácio Imperial. Meus súditos ajoelhavam-se a meus pés e minha morte saiu na primeira página dos jornais da época! Primeira página!"

Hugo riu da grande importância que ele se dava. O cara até que era divertido. "E o que eu tenho a ver com ele?"

As roupas de Griô começaram a mudar em rápida sucessão, para que vários personagens lhe respondessem a pergunta. Era uma caravana de tipos de época, alguns esnobes, outros intelectuais, todos declarando suas opiniões sobre Obá:

"Pobre coitado, acha que é pessoa de grande importância."

"Incerto se é mesmo príncipe d'África ou louco, o pobre Imperador manda que lhe façam as honrarias, por via das dúvidas!"

"Homem calmo e risonho, um tipo exótico das ruas do Rio. Altivo príncipe sem reino!"
"Tem a ousadia de dirigir-se ao Imperador como 'Augusto colega'!"

"Perambula pela cidade cumprimentando sem ser cumprimentado, distribuindo cortesias e afabilidades de soberano, atravessando de uma calçada a outra a fim de trocar palavras com qualquer pessoa distinta que se lhe depare!"

"Eu admiro a paciência do Imperador, pois o alferes Galvão não é senão um homem meio amalucado..."

Obá surgiu novamente em meio à fumaça, para se defender:

"Conquanto os falsos tratem de doido quem como EU é amigo da majestade e quem é falso a ela, dizem que tem juízo... Que nunca meu punho passou mão na débil pena para escrever contra as monarquias!"

Outros personagens voltaram a tomar o lugar de Dom Obá II, desfilando suas opiniões:

"Nosso grande príncipe! Filho de grandes reis!
Defende nossos direitos! Luta contra a escravidão!"

"Entra com empáfia pelas repartições públicas, onde vai perturbar os trabalhos dos nossos velhos e respeitáveis juízes, com perguntas tolas e impertinentes! Sobe escadas de ministros, faz requerimentos com o seu próprio punho, e com a eloquência que Deus lhe deu."

"Vive na majestade de uma soberania que ninguém se atreve a contestar! Há nele um príncipe de sangue, sangue africano é certo, porém muito bom sangue de príncipe, reconhecido e aclamado pelos de sua raça!"

E então Griô voltou a ser ele mesmo e aproximou-se de Hugo, murmurando, *"Filho de Benvindo."*

Hugo arregalou os olhos, agora altamente interessado. "O Rei que perdeu seus poderes?!"

Griô confirmou. "Triste destino para alguém tão orgulhoso."

"Então a história da minha avó era real?? Benvindo existiu de verdade?"

"Ô, se existiu! E por quatro geração, seus descendente foram privado de Magia." Griô aproximou-se, "Até a quinta geração. Até vosmecê."

O coração de Hugo deu um salto. "Até eu?"

"Feitiçu poderoso, o que tirou os poderes de Benvindo..."

"Como assim, até eu??"

"Tu tem sangue guerreiro, mininu... tu tem sangue d'Obá..." Griô cantarolou, e Hugo quase teve um treco ao ouvir a voz de sua Abaya. Como ele conseguia imitá-la tão bem?

"Benvindo chegô como escravo aqui no Brasil, em Salvador. Era apenas mais um entre os milhares di escravo sem nomi. Dispois, quando foi alforriado, tomô emprestado o nomi do ex-dono e virô Benvindo da Fonseca Galvão, pra se protegê do traidô que jogara o tal feitiçu nele, caso o diabo tentasse procurar por ele di novo. Passô a vida toda caçando diamante na esperança di encontrá o antídotu pra maldição. Um diamante negro, com propriedade di disfazê o feitiçu."

"E o tal diamante existia?"

"Não. Benvindo foi acreditá em palavra di quem num se deve acreditá. Palavra di gênio safadu, que gosta di caçá confusão e di rir da cara dos otro. Benvindo morreu meio amalucado da cabeça, obcecado por recuperá os poder. Já seu filho Obá nem queria sabê di sê bruxo. Queria só sabê di sê Rei."

"Então... eu sou descendente do Benvindo."

"O primeiro bruxo da família desde que Benvindo perdeu os poder, sim."

Hugo sorriu triunfante, "Então eu sou descendente de Rei!"

"Num é o sangue qui faz o Rei, Piquenu Obá", Griô respondeu, desgostoso, mas Hugo não estava nem mais ligando para sua opinião.

Eu sou descendente de Rei... Ele repetia para si mesmo, estufando o peito. *Eu... o formiga... o nadinha do morro... sou descendente de Rei!*

Não! Hugo lembrou-se, mais animado ainda. *Que descendente de Rei que nada!*, "Eu SOU Rei então. Certo? Se Obá morreu..."

"Nananinanão", Griô acabou logo com seu barato. "Dispois da morte de sua Abaya, a senhora sua mãe é Rainha. Tu é príncipe só."

"Mas ela não tem poderes! Ela não é bruxa!"

"Obá também não era, oras. E, no entantu, ele foi Grande. Grande i amado pelo seu povo." Griô sacudiu a cabeça, debochando de sua prepotência, "*Rei...*

rei... vê si pode... Sinhô é *mimado*, issu sim! Pra sinhô sê Rei, precisa conquistá o direito. O *respeito*. Num sair por aí magoando os otro."

Hugo desviou o olhar. "Minha mãe não sabe dessa história, sabe?"

O Gênio negou com um gesto de cabeça.

"E a vovó? Se ela sabia que eu era príncipe, por que ela nunca me contou?"

"Ela sabia o neto qui tinha."

A resposta de Griô o atingiu como uma faca no peito.

Ela sabia o neto que tinha...

Hugo nunca se sentira tão pouco orgulhoso de si mesmo. Das besteiras que andava fazendo.

Griô balançou a cabeça em desaprovação quase inaudível, *"Um Rei qui renega u próprio nome num é Rei."*

"Ah, Griô! Se tu tivesse um nome desses-"

"Idá Aláàfin Abiodun de Oyó! Nomi bunito. Poderoso!"

"Motivo de piada..."

"Gente ignorante faz piada do que num entende. Tu sabe u que significa?"

Hugo ergueu as sobrancelhas, "Tem significado?"

"Claro qui tem!" Griô estufou o peito, todo pomposo: "Espada do Rei de Oyó. Mais ou menos isso."

Hugo calou-se, admirado. Não fazia ideia.

"Tua avó qui escolheu", Griô completou, para que Hugo se sentisse ainda pior. "Mas u príncipe de Oyó fez bem em mudá de nomi. Mesmo qui pela razão errada. E se eu fosse o sinhô, num propagandiava pra ninguém que tu é príncipe. Mesmo di um Reino que num existe mais. E nem que tu é da família Abiodun."

"Ué, por quê?"

"Nomi é um troço perigoso, piquenu Obá. É ferramenta pra quem é sabedor de magia obscura. O seu então... ihhhh!!... Sinhô fez bem em mudá. Alguns ouvido faz bem em num ouvi."

"Os descendentes do traidor?" Hugo perguntou, preocupado. "Daquele que tirou os poderes do Benvindo?"

Griô deu de ombros, fazendo um som meio descompromissado, que não dizia nem que sim, nem que não. No máximo um 'quem sabe'.

"Teu novo nomi é teu escudo, Piquenu Obá. Num é a toa que tu escolheu Escarlate. Vermelho. Cor di Rei. Cor de Xangô. Ele te protege."

"Tá certo então."

"Ó..." Griô aproximou seu rosto do dele, "Vosmecê tem missão nessa vida. Missão importante. Digna di Rei. Mas piquenu Obá ainda tem muito que aprendê. Permita a teu humilde servo lhe dar um conselho?"

Hugo se surpreendeu com a pergunta. Griô nunca precisara de permissão para sair distribuindo conselhos.

Autorização concedida, o Gênio murmurou em tom grave, mas carinhoso: *"Num brinca com Abiku dos otro não..."*

E desapareceu junto com a fumaça, deixando Hugo sozinho no corredor.

CAPÍTULO 31

TAIJIN KYOFUSHO

Abiku?

Hugo tirou o dicionário branco do bolso e recebeu como resposta:

Abiku s.m. 1. *Rel. Iorubá.* Crianças que nascem para ter passagem curta pela Terra.

Damus.

Hugo precisava falar com Atlas. Tinha sido cruel demais com o professor. Mexer com filho morto dos outros era coisa muito séria...

"Viu o que tu fez?" Gislene atacou-o assim que Hugo entrou na sala de Defesa Pessoal. Os alunos estavam todos lá para a aula que devia ter começado vinte minutos antes, e nada do Atlas chegar.

"Onde ele tá?" Hugo perguntou receoso.

"E eu que sei, garoto?! Tu coloca o dedo na ferida do cara, torce, e depois vem me perguntar?! Não duvido nada que a gente tenha perdido outro professor por sua causa. E pode ter sido para algo muito pior do que um simples pedido de demissão!"

Hugo sentiu um calafrio. Não... Atlas não se mataria por uma discussãozinha boba daquelas.

Metade da turma já tinha desistido de esperar pelo professor. A outra metade lançava olhares acusadores contra Hugo. Alheio a tudo, Eimi observava, deprimido, os grandes ponteiros do relógio anual.

"Por que tu faz isso, Idá... Por que tu machuca as pessoas que te querem bem?"

"Pra você é sempre minha culpa, né-"

"Não se defende, garoto! Ninguém aqui tá te atacando, presta atenção! Eu tô é tentando te ajudar! Tô tentando fazer você perceber o quanto tu se destrói!"

Gislene olhou para ele em silêncio, e então prosseguiu, um pouco mais calma, "O professor só quer o seu bem. Assim como o Ítalo. Só isso. Agora, se você segue ou não os conselhos deles, o problema é seu, mas não precisa dar patada! Você não tem o direito de brincar com as emoções dos outros. Não tem."

Gislene recolheu seus cadernos e saiu porta afora.

Decidindo que a aquela aula não iria mesmo a lugar nenhum, o resto da turma foi atrás, alguns fazendo questão de esbarrar nele ao passarem.

Hugo não reagiu. Nem estava prestando muita atenção naquelas demonstrações de desafeto. Sua mente tinha viajado lá para trás, para o dia em que vira o retrato no quarto do Capí: Atlas brincando com o filhinho na frente dos outros professores.

E se o professor tivesse mesmo se matado? Hugo nunca se perdoaria.

Alguém puxou de leve sua manga.

"Me dá mais um daqueles?"

"Cai fora, Eimi."

"Mas é só mais uma ve-"

"Não enche, garoto!"

Hugo saiu, aflito, à procura do professor. Desceu as escadarias até o pátio central – o tempo todo atento para qualquer sinal de que uma tragédia pudesse ter acontecido. Mas tudo parecia normal.

Adentrando o corredor dos signos, sem dar atenção a nenhum deles, Hugo apressou-se pela mata lateral.

A porta do trailer estava escancarada. Aquilo não era bom... Atlas nunca deixava nada destrancado... muito menos aberto daquele jeito.

Esperando o pior, Hugo andou até a porta e espiou para dentro.

Atlas estava lá, no chão.

Mas sentado. Vivo.

Sentindo um alívio indescritível, Hugo parou na soleira da porta para respirar, deixando que seu coração voltasse ao seu ritmo normal.

Atlas estava vivo, sim, mas a situação do professor não era das melhores. Estava claramente abalado, o olhar perdido em algum ponto na pilha de diários à sua frente. Quixote tentava animá-lo com suas macacadas, mas nada surtia efeito.

Hugo fez barulho ao entrar e o sagui avançou, mostrando-lhe os dentes.

Quixote nunca fora agressivo com ele antes.

Saindo do transe, Atlas saudou seu visitante com um leve sorriso, indicando o chão a seu lado. "Senta aqui, Taijin."

"Essa história de Taijin de novo?" Hugo perguntou, o mais carinhosamente possível, olhando com certo receio para o macaquinho, que ainda o encarava.

"Não te preocupes. Quixote não vai morder."

O professor parecia calmo. Abatido, mas calmo.

Com certa hesitação, Hugo aceitou o convite, sentando-se no chão ao lado dele.

"Taijin Kyofusho", Atlas explicou. "É isso que tu tens."

"Eu tenho? É uma doença?"

"Está mais para um complexo. Em português se diz Complexo de Porco-Espinho."

Ótimo. Hugo tinha despencado de Rei para Porco-Espinho em menos de uma hora.

Atlas riu. "Calma, guri. Me deixa explicar. O complexo de Porco-Espinho é bem simples: Ao mesmo tempo que tu desejas ser aceito e amado, tu te afastas de quem gosta de ti. É como uma proteção. Uma couraça. Para que tu não sejas magoado, tu preferes magoar antes, e assim afastar o risco. Estou errado?"

Hugo meneou a cabeça, hesitante.

"Tu não precisas concordar. Ouvir sem gritar já está ótimo."

"Tá certo", Hugo aceitou, com pé atrás. "Diz aí a sua teoria."

"Tu agiste comigo da mesma forma que agiste com os Pixies. Estavas com medo de ser decepcionado por eles, não estavas? Então o que fizeste? Arranjaste um pretexto para afastá-los de ti. Um pretexto sem pé nem cabeça, porque tu sabes muitíssimo bem que o Capí seria incapaz de te fazer mal. A ti ou a qualquer ser que respire."

Hugo baixou a cabeça. No fundo, sabia que Atlas estava certo. Ele fora estúpido com os Pixies. Principalmente com o Capí.

O professor também se calara. Pela dor em seus olhos, tinha voltado a pensar no filho.

"Como foi que ele morreu?" Hugo resolveu perguntar.

Atlas permaneceu em silêncio por alguns segundos, como se estivesse revendo o momento da morte em sua mente.

Quando ficou claro que não iria conseguir contar, Hugo se adiantou. "Não precisa dizer, professor."

Atlas aceitou, agradecido.

"Bom..." Hugo disse, levantando-se. "É melhor eu voltar logo lá pra dentro, antes que anoiteça. Hoje é quinta-feira."

"Isso, vai lá, guri", o professor concordou sem levantar de onde estava.

Hugo preparava-se para sair quando viu algo que o fez parar antes de chegar à porta. A esfera de pedra polida, antes trancada a cadeado na caixa de vidro, agora estava ali, jogada no chão a seus pés.

Ele agachou-se para devolvê-la a seu lugar.

"Eu não tocaria nela se eu fosse tu", Atlas advertiu, e a mão de Hugo parou a poucos centímetros da esfera.

"Por que não?!" Hugo perguntou, na defensiva.

"Guri, guri... eu não estou desconfiando de ti..." Atlas retrucou pacientemente, e Hugo procurou relaxar.

"Posso explicar agora?"

Hugo consentiu, desculpando-se pela grosseria, e o professor fixou o olhar na esfera. "A não ser que tu queiras que eu veja teu segredo mais íntimo... não seria aconselhável tocá-la. Ela é uma ladra de memórias. Uma esfera de Mésmer."

"Quer dizer que, se eu tocar nela agora, eu vejo uma memória sua?"

"Exato, mas só porque fui eu quem tocou nela antes. Ela rouba a tua memória mais íntima e deixa lá disponível para o próximo curioso que resolver tocá-la. Quando este próximo vê a tua memória, ela então é descartada para que a memória do curioso fique no lugar. E assim por diante."

Hugo deu uma última olhada na esfera. Tinha um bom palpite sobre qual memória ela havia sugado do professor. Mas, por maior que fosse sua curiosidade quanto à morte do garoto, não valia o risco do Atlas descobrir sobre seu comércio de cocaína.

Não... ele não tocaria naquela esfera nem que lhe pagassem.

Despedindo-se, Hugo partiu para o dormitório um pouco mais aliviado quanto ao Atlas, mas ainda com a sensação de dever-não-cumprido. O professor tinha razão. Capí não merecia o que Hugo estava fazendo com ele. Nem muito menos o que Hugo estava fazendo com a escola dele.

Antes de seguir para o dormitório, ainda passou na Sala Silenciosa para sua segunda ronda do dia. Lá, mais uma pilha considerável de bilhetinhos o esperava. Um deles com um pedido para vinte papelotes!

Aquela loucura precisava acabar... Ele não poderia continuar vendendo cocaína para sempre. Aquilo era insano. Mas o que podia fazer? Voltar lá na favela e dizer para o Caiçara: 'Ó, Caiça, eu me demito.'? A segunda opção era impensável. Vencer Abelardo com um ataque surpresa era uma coisa; atacar um traficante armado de fuzil e cercado por outros 30 era outra bem diferente.

Uma terceira alternativa seria entrar invisível no Dona Marta e resgatar sua mãe, mas aquela estava definitivamente fora de cogitação. Preferia continuar vendendo cocaína do que viver a experiência de ser escorraçando pela própria mãe por ser filho do Demo.

Se ao menos ele soubesse a versão brasileira daquele feitiço da morte que Viny mencionara na praia...

Uma ideia fez Hugo se levantar no susto. Com o coração na boca, arrancou o dicionário branco do bolso e sussurrou, "*Chayna Kachun*".

Quando abriu, lá estava, simples e claro, como uma inocente receita de bolo:

Chayna Kachun s.m. 1. *Bru.* Feitiço da morte em países da América Latina, com exceção de Brasil e Paraguai; seu uso resulta em prisão perpétua. 2. *Quéchua.* Chayna Kachun, *assim seja.* 3. *Equiv. Aramáico.* Adhadda kedhabhra.

Adhadda kedhabhra s.m. 1. *Bru.* Feitiço da morte no Oriente Médio. 2. *Aramáico.* Adhadda kedhabhra, *deixe que a coisa seja destruída. 3. Equiv. Tupi.* Abá-îuká

Abá-îuká s.m. (*pron.* Avá-iuká) s.m. 1. *Bru.* Feitiço da morte no Brasil, Paraguai e alguns outros países latinos. 2. *Tupi.* Junção do *subs.* Abá, Homem, com o *verb.* Îuká, Matar. 3. *Equiv. Hebráico.* **ארבדכ אדבא**, *eu destruo ao falar.*

Hugo leu e releu a terceira definição sem conseguir acreditar no que estava vendo. Não podia ser tão fácil assim... Impossível um mero dicionariozinho ter uma informação sigilosa daquelas. Talvez fosse brincadeirinha dos Pixies, como quando o dicionário adicionara o novo significado para mequetrefe.

Ou talvez os Pixies realmente não soubessem da total capacidade daquele dicionário. Se soubessem, Capí nunca teria aceitado presenteá-lo com ele. Imagina... o conhecimento todo da magia em suas mãos, naquele livrinho de bolso. As possibilidades que aquilo representava...

Ansioso por testar a veracidade daquela informação, Hugo apontou a varinha para o primeiro bicho que encontrou em sua floresta particular: uma aranha enorme, que subia vagarosamente o tronco de uma árvore logo à sua frente.

"Avá-îuká!" ele gritou, mas a aranha continuou seu caminho sem nem sentir cócegas.

Hugo tentou de novo, e de novo, e nada da aranha morrer. Talvez devesse pronunciar o feitiço com mais vontade. *"AVÁ-ÎUKÁ!!!"*

Nada.

Hugo bufou irritado. Se ele não conseguia matar uma simples aranha...

Não... talvez não fosse isso. Talvez fosse só aquela sala! Talvez magia nenhuma funcionasse lá dentro.

Com o ânimo redobrado, Hugo partiu para o teste.

Apontando novamente a varinha para a aranha, gritou *"Oxé!"* e a desgraçada despencou lá do alto, contorcendo-se de dor no chão.

Tá... de duas uma. Ou Hugo era incompetente, ou o dicionário estava errado.

E ele não admitia a primeira possibilidade.

Com aquele grilo na cabeça, Hugo saiu da Sala Silenciosa. Mas quando preparava-se para seguir ao dormitório, ouviu risadas furtivas na sala ao lado. Uma sala que ele sabia estar abandonada há anos.

Hugo aproximou-se da entrada e quase teve um piripaque.

Eram Dênis, Caíque, Xeila e mais três alunos sentados em volta de uma caldeirinha arrancada da sala de Alquimia, rindo até não poderem mais enquanto misturavam pitadas de cocaína e alguns alucinógenos roubados do depósito de Rudji à infusão de Peyote que tinham acabado de preparar.

Hugo invadiu a sala, horrorizado. "O que vocês pensam que estão fazendo?!"

"Melhorando a sua magnífica invenção!" Dênis respondeu, os olhos esbugalhados, prestando o máximo de atenção ao processo de adicionar um tiquinho mais de Peyote à mistura.

"Cara, isso pode matar vocês!" Hugo arrancou o frasco de sua mão antes que ele derramasse mais. "Vocês tão malucos?? Parem já com isso!"

"Parar?!" um outro perguntou como se fosse piada. "Parar pra quê, se tá tão bom?!" Todos riram alucinados, e não conseguiram mais parar de rir. Hugo achou melhor sair de lá antes que algum professor chegasse e assumisse que ele tinha alguma coisa a ver com aquilo.

Eles que se destruíssem, gente estúpida! Estúpida!

Hugo entrou trêmulo pela porta do dormitório e foi direto para o quarto. Não queria papo com ninguém.

Quanto ainda faltava daquela porcaria para vender até a semana seguinte? Uns quarenta papelotes? Aquela loucura estava indo longe demais... Talvez se ele aumentasse ainda mais o preço, poderia vender *menos* e ainda assim conseguir a quantia necessária para manter Caiçara satisfeito.

Mas será que era possível inflacionar mais ainda? O preço já tinha praticamente quadruplicado em dois meses e a carteira dos alunos não era uma fonte inesgotável de dinheiro... Um dia aquela fonte ia secar. E aí?

E aí Hugo teria de conseguir novos clientes. Só até arranjar uma maneira de acabar com aquilo tudo sem risco para ele ou para sua mãe.

Tá certo. Hugo aumentaria o preço. Assim precisaria vender apenas vinte em vez de sessenta. E os babacas pagariam. Pagariam qualquer preço, até ficarem sem nenhum centavo no bolso. Afinal, era essa a maior especialidade da cocaína: arruinar seus próprios usuários; mentalmente, fisicamente, financeiramente. Uma vez fisgado, não havia escapatória.

Com as mãos ainda trêmulas, Hugo deitou-se no chão do quarto para pegar a caixinha de fósforo, que agora escondera debaixo da cama, entre os talos da estrutura de madeira. Trancaria a porta e contaria mais uma vez a mercadoria para fazer os novos cálculos.

Arrastando os dedos por entre as reentrâncias no canto superior mais distante da base da cama, ele abriu a pequena portinhola de madeira e...

Nada.

CAPÍTULO 32

A BESTA DO APOCALIPSE

Hugo congelou. Não era possível.

Ajeitando-se no chão para tentar ver debaixo da cama, esticou ainda mais o braço, procurou melhor com os dedos e... NADA!

Suando frio, arrastou a mão trêmula por toda a estrutura de madeira da cama. Nem sinal da maldita caixinha de fósforo.

Quem tinha sido o desgraçado?!

Eimi não. Eimi não teria sido capaz.

Atordoado, Hugo atravessou o dormitório feito bêbado, tentando se acalmar enquanto procurava por qualquer sinal de dissimulação nos rostos dos alunos que passavam por ele. Mas todos ali pareciam tão inocentes...

Independência ou Morte!!!

Ele saiu porta afora sem nem prestar atenção na originalíssima saudação de Dom Pedro. Precisava encontrar aquela caixinha. Sua vida, e a vida de sua mãe dependiam daquilo.

Bastante zonzo, abriu caminho por entre as dezenas de alunos que faziam fila para entrar no dormitório, examinando cada rosto em busca do culpado, empurrando e puxando gente a torto e a direito, mas nada de encontrar o filho da mãe. Até que avistou, ao longe, um único menino andando no caminho oposto ao da multidão.

Cabelos pretos, encaracolados, o garoto andava meio apressado, quase tropeçando nos próprios pés. Hugo correu atrás, desvencilhando-se dos últimos alunos e entrando também no Inferno Astral.

O corredor circular já estava escuro, como era comum em fim de tarde, e Hugo precisou se guiar pelo som do único signo que se esgoelava ali dentro no momento: o Capricórnio, que galopava atrás do garoto praticamente vomitando avisos de perigo.

Seguindo a voz da cabra escandalosa, Hugo quase conseguiu alcançar o capricorniano ainda no corredor mesmo, vendo-o sair pelo portão de número 4. O garoto sentou-se, ansioso, no sofá do salão de jogos, sem notar que estava sendo perseguido. Suas mãos tremiam mais que arquibancada depois de gol. Sob a luz alaranjada do anoitecer, Hugo pôde confirmar a identidade do provável ladrãozinho.

Tobias.

Parecia um alucinado de tão nervoso.

Com mãos suadas, Tobias procurou nos bolsos de seu colete e tirou de lá a caixinha que acabara de roubar.

"EI!" Hugo gritou, já apontando a varinha contra o garoto, que, no susto, disparou para o jardim, tropeçando no limiar da porta e retomando a corrida o mais depressa possível. Segurava firme a caixinha de fósforo na mão, como se daquilo dependesse sua própria vida.

Hugo foi atrás sem pensar duas vezes e os dois se embrenharam floresta adentro na semiescuridão de fim de tarde. Apesar da ótima velocidade que Hugo alcançava em corridas, o ladrãozinho conseguia ser ainda mais rápido. Talvez por fazer parte do time de Zênite; talvez por estar completamente cheirado. Provavelmente a segunda.

Hugo apertou o passo, desviando-se das árvores com mais destreza do que seu perseguido. O idiota esbarrava nos troncos, cambaleava, mas seguia em frente quase sem cair.

Daquele jeito era quase impossível acertar um feitiço no garoto. Os jatos batiam nas árvores, no chão, nos arbustos, mas nada de acertarem o ladrãozinho.

Até que Hugo tropeçou.

Tropeçou, caiu e perdeu o garoto de vista.

Idiota! Idiota! Batendo a testa contra a terra repetidas vezes de tanta raiva, Hugo permaneceu lá, estatelado no chão, tentando recuperar o fôlego.

Estava ferrado... sem aquela caixinha, ele estava completamente ferrado. Onde arranjaria dinheiro para pagar o Caiçara?

Não... Não adiantava entrar em pânico agora. Ele precisava pensar. Se acalmar.

O garoto não iria a lugar algum naquele breu. Não saberia voltar para a escola sozinho.

Não que Hugo soubesse, mas não era hora de se preocupar com aquilo. Depois que estivesse com a maldita caixa, cuidaria do fato de estar perdido. Sua varinha não o deixaria na mão, ele tinha certeza.

Com os pensamentos um pouco mais organizados, levantou-se e iluminou de vermelho o caminho à sua frente. Procuraria o garoto sem pressa, sem desespero.

Avançando lentamente pela floresta, Hugo pausava, inquieto, sempre que ouvia um tronco ranger, ou um galho quebrar, ou raízes se arrastando...

São as árvores. Elas nunca estão no mesmo lugar.

Hugo estava farto do misticismo de Capí.

Nunca vira uma árvore se mexer e não seria agora.

Algo estalou logo atrás de si e Hugo pulou no susto. Detestava florestas que faziam barulho.

Se bem que toda floresta fazia barulho.

Uivos estranhos, pios esquisitos...

Até que Hugo ouviu um barulho que fez sua espinha congelar e todos os pelos de seu corpo se arrepiarem.

OOOOORRRRGGHHHHHH!

Ele parou onde estava, completamente aterrorizado.

O urro metálico ecoara por toda a floresta, como o berro assustador de um monstro gigante, fazendo tremer as plantas e a terra à sua volta, e pela primeira vez em sua vida, Hugo quis chorar de medo.

Quis, mas as lágrimas não saíram; sua capacidade lacrimosa afetada pelo absoluto pavor que estava sentindo.

Recobrando o juízo, Hugo apagou a varinha e começou a dar marcha a ré, afastando-se na direção oposta à do urro, um pé atrás do outro, um pé atrás do outro...

OOOOORRRRGHHHHHHHH!!!!!

Hugo saiu correndo. Não sabia mais para onde estava indo, nem tampouco se importava. Ouviu então o terceiro urro, seguido de um berro de dor que, com certeza, pertencia a Tobias.

Nem por isso parou de correr. Correu, correu muito. Por vários minutos, sem olhar para trás, sem enxergar um palmo à sua frente. Era bem provável que estivesse correndo em círculos, não sabia. Até que, como era de se esperar, tropeçou em alguma raiz e se estabacou de cara no chão.

Ficou por lá mesmo, respirando terra, ofegante, até que conseguiu reunir energia suficiente para levantar a cabeça. E então riu.

Riu muito.

Não do absurdo da situação, mas de alívio mesmo.

Tinha achado sua caixinha. Sua preciosa caixinha. Lá estava ela! Jogada na terra, poucos metros à sua frente.

Hugo olhou à sua volta. Nem sinal de Tobias.

Arrastando-se até a caixa de fósforo, guardou-a bem guardadinha no bolso, mas não sem antes checar com os dedos se os papelotes continuavam lá.

Continuavam. Tudo certo.

Ainda de bruços no chão, Hugo voltou a sacar sua varinha, pronto para sair daquele lugar horroroso. Quando ia levantar-se, no entanto, ouviu algo diferente que o fez parar.

Um barulho ritmado, como respiração de cavalo bravo.

Hugo congelou, acompanhando aquela respiração monstruosa sem ter coragem de se virar. Podia sentir a presença poderosa do bicho a poucos metros de suas costas... quieto... esperando para atacar.

Talvez se Hugo ficasse quieto, o mostro não o veria... talvez se...

Antes que pudesse pensar em qualquer saída, Hugo sentiu um bafo muito quente na nuca e toda a floresta à sua volta se acendeu em tons de laranja, como se uma grande fornalha tivesse explodido logo atrás dele.

OOOOORRRRGHHHHHHHH!!!!!

Hugo tapou os ouvidos gritando de dor, e só quando aquele barulho infernal cessou, pôde arrastar-se para mais longe e girar na terra a tempo de ver o monstro empinar, gigante, e pousar com suas patas de chumbo a poucos centímetros de suas pernas, esmigalhando um tronco caído no chão.

Hugo olhou com espanto para o estrago que as patas do animal haviam causado e achou melhor não ficar ali para testemunhar a próxima empinada. Arrastando-se o mais depressa que pôde, tentou levantar-se na primeira oportunidade, mas a mera sugestão de uma patada derrubou Hugo novamente no chão, obrigando-o a rolar na terra para escapar da próxima.

Definitivamente não era um dragão.

Eram patas de cavalo. Pesadas, cortantes.

O animal empinava como uma égua em fúria; o fogo explodia pelo pescoço musculoso do bicho como se a besta fosse um enorme lança-chamas vivo, ou talvez até uma... mula sem cabeça.

Isso. Uma mula sem cabeça.

O bicho urrou mais uma vez e Hugo tapou os ouvidos, vendo o fogo subir ainda mais alto no ar. Não tendo cabeça, a mula não devia conseguir nem vê-lo, nem ouvi-lo, nem muito menos cheirá-lo, mas de alguma forma sentia sua presença. E aquilo a enfurecia absurdamente. Hugo era um verdadeiro intruso em sua floresta.

O monstro avançava com uma cólera assassina, ora urrando e pisoteando o chão, ora inclinando o pescoço para frente e soltando fogo contra o invasor. Hugo não tinha tempo de pensar em mais nada além de se desviar dos ataques, aterrorizado.

O calor das chamas era insuportável.

Suando copiosamente, Hugo arrastou-se para trás depressa e conseguiu escapar de mais uma pisada, virando-se na terra e apontando a varinha contra a barriga do animal, que já empinava novamente.

"AVA-ÎUK-"

"NÃO!" Capí gritou, arrancando a mula praticamente de cima dele com ambas as mãos enfiadas no pescoço em chamas da fera, que empinou para trás e se contorceu toda tentando se desvencilhar do pixie. Mas ele não largava. Não largaria. Apesar do fogo que queimava suas mãos.

Hugo assistiu ao embate, estupefato, sem conseguir mexer um músculo sequer. Ela se debatia furiosa, rodopiava por entre as árvores, lançando fogo aos céus, mas Capí não largava. Parecia um cavaleiro dominando sua fera. Estava cansando o bicho aos poucos, acalmando-o, e Hugo assistiu espantado enquanto a mula se rendia ao toque do pixie. *"Está tudo bem, Formosa... está tudo bem agora... calminha... Isso..."*

Quanto mais Capí falava, mais as chamas no pescoço da fera diminuíam, até que o fogo se extinguiu por completo e a besta dos infernos virou uma simples mula decapitada.

Exausto, o pixie apoiou a cabeça no dorso do animal, usando a própria respiração da mula para se acalmar. Estava encharcado de suor, ferido, trêmulo, mas continuava acariciando o bicho, dizendo-lhe palavras e mais palavras, numa espécie de prece sussurrada que, combinada a seu toque deliberado, quase mediúnico, acalmava a mula.

Era um bicho bonito, isso Hugo tinha de admitir. Parecia mais um cavalo do que uma mula, na verdade, com músculos bem definidos, pelo marrom-acinzentado, e um rabo comprido, também ligeiramente em chamas.

Só o buraco onde deveria estar a cabeça é que chegava a ser um pouco desconcertante de olhar. Agora que ela não mais bafejava fogo, seu pescoço era um vácuo assustador. Como se o bicho fosse oco por dentro. Muito estranho.

Capí só largou a mula quando ela se deitou na terra, soltando fogo pelas ventas invisíveis ao bufar pela última vez antes de, finalmente, relaxar por completo.

"Essa não acorda mais hoje..." Capí sussurrou, indo sentar-se perto do tronco mais próximo para examinar as mãos queimadas.

Hugo aproximou-se, ainda um pouco aturdido, mas Capí estava com cara de poucos amigos.

"Capí... eu-"

"O que você estava pensando, vindo aqui *HOJE???*" Capí perguntou, furioso. "Você podia ter morrido!! Era isso que você queria?!"

Hugo baixou a cabeça. Nunca o vira daquele jeito antes. Estava vermelho de raiva, tremendo até. Completamente alterado.

"Eu não aguento essas coisas, Hugo! Essa irresponsabilidade! Você podia ter morrido! E pra quê?! Por exibicionismo?? Pra demonstrar seus grandes poderes?? Sua coragem??" Capí pausou, como se precisasse da pausa para não explodir. E então apontou para a mula, "Eu podia ter sido obrigado a matá-la!"

Hugo aceitou a bronca calado. Era bom mesmo que Capí acreditasse ter sido apenas exibicionismo por parte dele.

A verdade era muito mais feia.

"E NUNCA MAIS tente usar aquele feitiço, está me ouvindo? Onde quer que você o tenha aprendido."

Hugo consentiu. Então aquele era mesmo o feitiço da morte. Só não funcionara com aranhas, por algum motivo.

Capí procurou se acalmar. Recostou-se no tronco e deixou que água fria corresse de sua varinha para a mão esquerda, cerrando os dentes contra a dor. A pele chegava a soltar fumaça de tão quente.

Hugo desviou o olhar. Doía assistir àquilo.

Foi só então que notou um outro animal no recinto.

O unicórnio branco, que antes estivera oculto atrás das árvores, agora aproximara-se para beber a água que saía da varinha do pixie, antes que ela alcançasse seu destino.

"Ei!" Capí riu, carinhoso. "Não foi pra me atrapalhar que eu te trouxe aqui, Ehwaz..."

O animal, afetuoso, inclinou sua cabeça para que Capí o acariciasse.

"Ficou com ciúmes da mula, é? É... eu sei que ficou... que coisa feia! Mas não dá pra brincar hoje não, meu velho. Você sabe disso. Hoje estamos a trabalho e você, danadinho, está resfriado."

O unicórnio espirrou pó prateado, como que para confirmar o diagnóstico, e Capí fez com que Ehwaz se deitasse para descansar.

"Vocês fazem isso sempre?" Hugo perguntou, admirado. "Vão atrás da mula? Toda quinta e sexta?"

Capí confirmou com a cabeça, trocando a varinha de mão para resfriar a da direita. "Eu saio com o Ehwaz lá pelas sete da noite. A gente faz sempre o mesmo trajeto: clareira do Clube das Luzes, lago da verdade, ruínas da escola velha, riacho dos duendes, damos essa volta toda, até chegarmos aqui, onde ela costuma aparecer mais vezes. Quando de fato encontramos a Mula aqui, é tudo muito mais rápido. Eu amanso a esquentadinha em poucos minutos e todo mundo pode dormir sossegado lá pelas dez da noite. O problema é que ela nem sempre segue o mesmo roteiro de viagem, então às vezes a gente demora a noite toda para encontrá-la. E nem sempre ela está a fim de conversa."

"E eu achando que você tinha queimado sua mão da outra vez por minha causa."

Capí deu uma leve risada ao ver o alívio em seu rosto, mas não disse o que estava pensando. Nem foi necessário. Hugo sabia ler risadas, e a do pixie dizia: *É, cabeção. Aquela não foi tua culpa, mas essas de hoje...*

Hugo fugiu do assunto. "Então você nunca dorme às quintas e sextas?"

Capí meneou a cabeça, meio que confirmando. "A matemática é simples: uma pessoa não dorme para que outras mil possam dormir. Não tem problema. Depois eu descanso no sábado."

"Não, Capí, depois você *não* descansa no sábado", Hugo corrigiu, encarnando um pouco a revolta do Viny. "Por que você não deixa que a escola contrate alguém pra ficar de babá da mula?"

O pixie pareceu quase ofendido com a sugestão. "Eles iriam machucá-la!"

"O Conselho pelo menos já *sugeriu* contratar alguém de fora?"

Capí não respondeu.

"Foi o que eu pensei. Muito conveniente pra eles, né? O Viny tem razão. Eles te exploram e você deixa."

"Um mequetrefe de muita importância, chamado Ulysses Guimarães, certa vez disse que 'o segredo da felicidade é fazer do seu dever, o seu prazer.'" Capí sorriu, atencioso, e então deu uma leve risada, "O Viny vai custar a aprender isso. Por enquanto, o lema dele é o exato inverso desse aí."

"Fazer do seu prazer, o seu dever", Hugo completou, achando graça.

"A verdade é que eu amo o que faço, Hugo. Eu sou completamente apaixonado por esses animais; por essa escola. Não importa que canse. Além do que, se não fosse eu, ninguém mais faria. Todo mundo tem pavor de entrar na floresta. E mais pavor ainda dessa belezinha aí."

"Mas você se esgota!"

Capí meneou a cabeça. "Veja pelo lado bom. Agora estamos aqui, repousando no silêncio sagrado desta magnífica floresta, ao lado de uma mula sem cabeça e de um belo unicórnio branco, com a satisfação de saber que, por nossa causa, outros agora estão dormindo em paz."

"Convenhamos que seria melhor dormir numa cama."

O pixie riu, "Eu posso te levar de volta, se você quiser. Mas te garanto que você nunca dormirá um sono tão profundo quanto na companhia desse rapazinho aqui", ele acariciou Ehwaz, que espirrou mais uma vez e deitou a cabeça no colo do pixie.

Capí deu risada, limpando pó prateado do rosto. "Unicórnios são criaturas tão puras que até seus espirros são revigorantes. Você devia tentar uma vez."

"Nananão", ele recusou, rindo. "Obrigado, mas essa eu vou ter que passar."

"Borá lá, Ehwaz", Capí se levantou, explicando, "Esse aqui ainda precisa tomar o remédio da noite antes de dormir."

"A gente vai deixar a mula lá sozinha??" Hugo perguntou enquanto seguia os dois bem de perto.

"Ih, aquela lá só vai acordar amanhã de noite."

"Por que ela só urra quintas e sextas?"

"Olha, eu não sei. Nunca a encontrei em nenhuma outra noite da semana para examinar, mas a teoria é que quintas e sextas ela deve sofrer algum tipo de alteração fisiológica que provoca os urros. Não sei se é dor que ela sente, ou só tristeza mesmo. Você já prestou atenção no urro dela? É um lamento de cortar o coração. Isso quando ela não está atacando alguém. Daí é raiva mesmo."

"Você tem muito carinho por ela, não é?"

"É um animal fascinante."

"Mas como tu conseguiu? Como tu ganhou a confiança da mula? Ela não é exatamente um animal ultrassociável."

Capí deu risada, concordando. "Eu morria de medo dela."

Hugo olhou intrigado para o pixie. "Mas se você tinha tanto medo, então como se aproximou da mula?"

"Na marra."

"Não entendi."

"Advinha", Capí disse, irônico. "Eu tinha uns 8 anos quando uns garotos mais velhos me amarraram numa árvore quinta-feira à tarde, pra ver o que acontecia. Acharam que ia ser divertido."

Hugo se sentiu mal por ele. "Por que as pessoas são tão cruéis com você?"

"A Dalila nunca puniu ninguém por me maltratar", Capí respondeu, amargo. "Daí eu me tornei o alvo preferencial. Além do que, o ser humano em geral costuma ser cruel quando se vê em posição de superioridade."

Hugo baixou a cabeça, percebendo uma pontinha de crítica nas palavras do pixie. A lembrança de Liliput ensanguentado impedia que Hugo se sentisse revoltado com a reprimenda. O magrelo não dera qualquer motivo para aquela agressão, e Hugo fora adiante simplesmente porque podia. Porque estava em controle da situação.

Um pensamento começou a incomodá-lo mais do que todos os outros. Se fossem outras circunstâncias... se Hugo fosse anos mais velho que os Pixies, será que ele não teria sido um daqueles a amarrá-lo na árvore?

"Não sei até hoje por que a mula não me atacou naquela noite", Capí prosseguiu, alheio às reflexões íntimas de seu protegido. "Talvez um garoto de oito anos amarrado num tronco não representasse muita ameaça a ela. O que eu sei é que, por muitos minutos, ela ficou lá, parada na minha frente. Eu apavorado, vendo aquele bicho a menos de dois metros de distância, soltando fogo. Se eu pudesse ver seus olhos, diria que olhava direto para mim. Mas nunca me atacou."

"Se pudesse ver seus olhos?" Hugo repetiu, surpreso. "Você acha que ela *tem* cabeça e a gente só não vê? Tipo, uma mula sem cabeça, com cabeça?!"

"Ah, certamente. Ela tem cabeça, assim como tem narinas, tanto que solta fogo por elas também."

É. Fazia sentido.

"Mas o fogo principal, o do pescoço, atrapalha sua visão. Quando ela está furiosa, não consegue enxergar nada à sua frente." Capí sorriu, "Como todos nós, aliás. Quando estamos de *cabeça quente*."

Hugo riu do trocadilho. Era a mais absoluta verdade. De fúria ele entendia.

"Não é de se admirar que ela esteja sempre tão triste e zangada", Capí ponderou com carinho. "É um animal solitário. Não há outra mula dessas por aqui. Que eu saiba, não existe outra mula sem cabeça em lugar nenhum do mund-"

"I-NA-CRE-DI-TÁVEL."

Hugo viu o rosto tranquilo de Capí se transformar em pedra de gelo ao som daquela voz. O pixie fez questão de não olhar para a cara de Felícia enquanto ela examinava as mãos queimadas de seu aluno como se fossem a visão mais esplendorosa da face da Terra.

"EU SABIA... EU SABIA!! VOCÊ é o domador da mula!" ela bateu palminhas de entusiasmo e Capí foi obrigado a sorrir. Se não por respeito, ao menos por educação.

"Ítalo, querido", ela disse, pegajosa. "Eu preciso da sua ajuda."

"Diga."

"Nossa... que unicórnio extraordinário, não é mesmo? Se eu o exibisse em minha aula... aahh... os alunos iam amar." Felícia tentou afagar Ehwaz, mas o unicórnio recuou, não lhe dando a mínima confiança, e ela fez cara de vítima, "Eu não sei o que meus queridíssimos alunos têm, mas eles não vão com a minha cara! E eu nunca fiz nada contra eles!"

Contra eles, especificamente, não... mas aluno não é besta.

"Não sei por que eles me odeiam..." ela continuou, chorosa e dissimulada como só ela conseguia ser, ajeitando os cabelos chanel enquanto choramingava. "Deve ser porque eu sou nova, né?"

"Talvez", Capí respondeu, apático.

"Eles preferiam aquela caipira da Ivete... mas crianças são assim mesmo, eu entendo. Preferem sempre simpatia à competên-"

"A senhora disse que precisava da minha ajuda."

"Sim, sim, querido. Eu preciso que você capture a Mula para mim. Quero mostrá-la aos alunos. Eles vão adorar!"

Capí não respondeu de imediato. Talvez para vencer a tentação de pular no pescoço daquela falsa.

"A senhora vai me desculpar, mas eu não posso fazer isso."

"Mas como não?!" ela sorriu ainda mais e se aproximou. "Um jovem com essa força toda... *com essas mãos...*"

Hugo não podia acreditar no descaramento.

Ela estava, despudoradamente, tentando seduzi-lo.

E nem se importava que houvesse testemunhas!

Mas Capí não parecia sentir nada além de desprezo por ela.

"Eu só preciso da mula para umas aulinhas apenas, querido! Vou impressionar os anjinhos e logo devolvo!"

"A senhora não me engana", ele disse sério, acabando com o sorriso da professora.

"Ah, Ítalo-"

"Qualquer processo de captura é violento", Capí explicou. "Eu não aceito machucá-la."

"Ah, vai ficar com essa besteira de ambientalismo?" A máscara caiu.

"Vou."

"Mas você foi meu melhor aluno no seu ano!" Felícia insistiu, fingindo ternura maternal.

Desta vez até Hugo ficou irritado. Dos defeitos que mais o irritavam, a falsidade descarada estava lá no topo da lista.

"Nunca concordei com seus métodos", Capí interrompeu o grande discurso elogioso da professora, e Felícia desistiu da atuação, fazendo uma careta de puro desprezo, "Só porque foi *professor* por algumas míseras aulinhas, ficou todo arrogante, né? Filhinho de faxineiro..."

"Ih! Olha só!" Capí debochou, ríspido. "A fera saiu da jaula, foi?"

"Você ainda me paga, garoto."

"Pagar? Eu não tenho dinheiro não, dona. Eu sou só o filho do faxineiro!"

Desistindo daquela palhaçada, Felícia foi embora possessa, e Capí pôde entrar em casa e preparar a pasta medicinal de Ehwaz sem ser incomodado por maníacas disfarçadas de professoras.

Hugo já não gostara de Felícia desde o primeiro segundo que a conhecera; com aquele cabelinho dela, aquele terninho cheio de frescura, e aquela pose de sabe-tudo. Mas agora a mulher havia, definitivamente, entrado para sua lista negra de professores a serem expulsos.

E, dessa vez, Capí parecia concordar.

"Mulherzinha detestável..." o pixie murmurou, saindo com a pasta em uma vasilha e levando Ehwaz para a floresta novamente. "Vamos lá, meu velho... cheira isso aqui, vai..." ele pediu carinhoso, levando a vasilha até as narinas do unicórnio, que pareceu gostar da sensação. "Libera os canais respiratórios", Capí explicou, deixando que Ehwaz se deitasse para descansar.

Vendo que Hugo ainda o observava, admirado com seu comportamento agressivo diante da professora, Capí se sentiu na obrigação de dizer alguma coisa.

"Se eu capturasse a mula para aquela *ogra*... ela nunca mais a soltaria. Iria usar suas grandes credenciais de pesquisadora para conseguir um alvará e tirá-la daqui numa jaula, para exibi-la como troféu em todo lugar que fosse-"

"Não precisa explicar, Capí", Hugo interrompeu. "Eu entendi!"

Mas o pixie parecia necessitar daquela explicação. "É que eu-"

"Capí, tu não precisa se explicar sempre que for grosso com alguém. É natural! Ainda mais com aquela lá! Ela merecia muito mais do que o seu deboche!"

Capí meneou a cabeça, ainda um pouco inquieto. Ele não estava acostumado a entrar em discussões – aquilo era mais do que evidente. Brigas o incomodavam demais.

"Você não se cansa de tanto conflito?" Capí perguntou de repente, e Hugo entendeu que o pixie já não estava mais falando da professora, e sim dele: Hugo, o brigão. "Não estou dizendo que você esteja errado. Quem sou eu pra te julgar. Mas às vezes é preciso dar um desconto, sabe? Senão a vida fica insuportável!"

Hugo rabiscou a terra com os dedos sem saber bem o que responder.

Sabia que o pixie tinha razão. Aquela guerra constante que Hugo atraía para si todos os dias só servia para deixá-lo exausto. E ele estava cansado de tudo aquilo. Era desgastante.

"Você precisa confiar mais nas pessoas, Hugo."

"É fácil pra você dizer. Você nunca foi abandonado por ninguém."

Capí olhou para os pés, sem dar a resposta que ele merecia. Hugo sabia que qualquer outro teria dito *'E o que você sabe da minha vida, pirralho?!'*, mas não ele.

Capí nunca diria uma coisa daquelas. Talvez por isso mesmo Hugo se sentira na liberdade de dizer o que tinha dito. Por saber que o pixie não reagiria.

Arrependido, Hugo resolveu deixar de lado sua couraça de espinhos. Até porque estava começando a sufocá-lo.

"Foi mal pelo que eu te disse lá na Lapa", ele murmurou. "É que uma vida inteira na favela me fez ter mania de desconfiar de quem dá muita esmola."

Pronto. Hugo tinha dito. Favela.

Capí abriu um sorriso sincero, de quem entendia o grande passo que aquela revelação havia sido para ele. "Qual favela?"

"Santa Marta".

O pixie ergueu a sobrancelha, agradavelmente surpreso, "Somos vizinhos então. Crescemos no mesmo morro!"

"... eh... é, acho que sim..." Hugo concordou, um pouco admirado. Nunca pensara que uma revelação daquelas pudesse causar uma resposta tão... simpática. Sua experiência no assunto costumava tender para o completo oposto: "Favela" era sempre sinônimo de "crime", "bandido", "coisa-ruim", "tiroteio", "pobre"...

Nunca "que legal, vizinho!"

Mas, realmente... agora que Hugo parava para pensar... a menção da palavra favela para um bruxo nunca suscitaria o mesmo tipo de reação que causava em um Azêmola. Óbvio que não. Ao menos não para o pessoal boa-praça do mundo bruxo. E muito menos para o Capí.

É claro que qualquer um dos Pixies teria achado aquilo o máximo. Qualquer um menos Índio, talvez. E Hugo lá, que nem um idiota, o ano inteirinho escondendo aquilo deles.

Capí riu de sua cara de espanto, entendendo o motivo de tanto assombro. "Vou te contar uma história", ele começou. "Você não sabe, mas antes de eu conhecer os outros Pixies, o meu mundo se resumia a esta escola e ao Sub-Saara. Eu nunca havia saído na rua. Nunca sequer tinha visto um mequetrefe na vida."

Hugo olhou incrédulo para o pixie.

"Quando o Viny e a Caimana descobriram, eles entraram em parafuso!" Capí riu. "Daí, resolveram se juntar para abrir meus pobres olhos ignorantes. Eles praticamente me sequestraram daqui. Passaram a me levar toda noite e todo fim de semana lá pra fora. Com eles eu conheci os bares da cidade, a música, a dança, as praias cariocas, a miséria, a favela, os programas idiotas de televisão, o ferro de passar roupa... Com eles eu conheci a *chuva*."

"Como assim, a chuva?!"

"Alguma vez você já viu chover aqui dentro?"

Putz...

"O que estou querendo dizer, Hugo, é que amigos se ajudam. E isso não é caridade. Não é manipulação. É simplesmente a definição do que é ser amigo. Portanto, NÃO. A gente NÃO te chamou para os Pixies por caridade, ou pra ficar de olho em você. A gente te chamou pelo desafio que você representava e ainda representa. A mesmíssima razão pela qual eles me chamaram."

Hugo baixou o rosto, ligeiramente envergonhado, e Capí bagunçou seu cabelo. "Hugo, Hugo… Uma cilada e tanto que a gente foi arrumar, isso sim."

Hugo riu. Estava se sentindo bem mais leve. Feliz até, se aquilo era possível. Soava interessante a ideia de ser um… desafio.

Capí convidou-o a testar o *Travesseiro Ehwaz*, recostando-se no ventre do unicórnio, que não pareceu se incomodar nem um pouco.

Se iam os dois dormir ao relento, que dormissem num belo animal como aquele.

Ehwaz pareceu gostar da companhia extra e Capí, talvez como presente pela generosidade do unicórnio, tirou a Furiosa do bolso e começou a soprar uma melodia doce e relaxante.

"Talvez essa pergunta pareça idiota…" Hugo começou, ajeitando-se para melhor assistir ao flautista, "mas… foi você que fez sua própria varinha?"

"Por que pareceria idiota?"

"Sei lá. Eu tinha a impressão de que todos *compravam* suas varinhas. Quer dizer… que só profissionais muito bem-treinados fariam esse tipo de coisa."

"Na maioria das vezes, é o caso."

"Mas nem sempre?"

"Nem sempre." Capí voltou a tocar.

Hugo se recostou novamente no unicórnio, olhando para o céu de árvores lá em cima. Não lhe escapara o fato de que o pixie não respondera sua pergunta. Talvez a modéstia o impedisse.

"Fecha os olhos e sente a respiração", Capí aconselhou, fazendo o mesmo.

Hugo obedeceu, colocando toda sua atenção na movimentação rítmica de seu travesseiro vivo. A respiração do animal era tão tranquila… macia… meditativa até, mesmo Ehwaz estando doente. E Hugo ficou observando as árvores lá no teto e sua respiração foi entrando no ritmo da respiração do unicórnio… aquele balanço dava sono em qualquer um.

Nunca se sentira tão relaxado na vida. Não pensava mais na cocaína… no Caiçara… na Gislene pegando no seu pé… Tudo no mundo era apenas ele e aquela respiração, para cima… para baixo… para cima… para baixo…

Era uma sensação de serenidade tão grande… Sensação de que tudo, a partir daquele momento, começaria a dar certo.

CAPÍTULO 33

ACHADOS E PERDIDOS

Quando Hugo acordou, Capí já não estava mais lá. A claridade penetrava por entre as árvores e Hugo levou algum tempo até se reacostumar àquele ambiente. Nem acreditava que tinha dormido tão rápido.

Checou o relógio. Ainda faltavam cinquenta minutos para a aula de Ética.

Sentia-se bem mais leve.

Fazendo um carinho de agradecimento em seu travesseiro vivo, Hugo passou a mão por uma grande cicatriz que só agora notara no ventre do animal.

Ehwaz parecia ainda estar dormindo, mas assim que Hugo se levantou, o unicórnio imediatamente pôs-se de pé. Só podia ser bicho do Capí mesmo; se preocupando em não acordar a visita. Um verdadeiro cavalheiro.

Hugo riu, seguindo Ehwaz pela floresta até encontrar o pixie na margem oposta do Lago das Verdades, catando frutas para o café da manhã.

Agachando-se, Hugo lavou o rosto nas águas gélidas do lago, levando um susto ao ver um peixe cinza enorme nadando lá embaixo.

Então existia mesmo vida lá no fundo. Quem diria.

"Medo d'água?" Capí brincou, indo checar seu paciente predileto. "Dormiu bem, meu velho?" perguntou para o unicórnio, dando tapinhas carinhosos no pescoço do bicho.

"Quantos anos ele tem?"

"Ele? Tá bem velhinho já, se comparado à idade dos cavalos normais. Mas ainda vai viver bem mais do que a gente, se tudo correr bem. Pode-se dizer que está entrando na meia-idade. Nem parece, né? Espoleta que nem ele..."

"E a cicatriz?"

Uma sombra desceu sobre o rosto do pixie. "Tem gente que não respeita, sabe? Como a Felícia. É por causa de pessoas como ela que eu tento manter Ehwaz bem longe da escola o máximo que posso."

Capí pausou pensativo. "O sangue de unicórnio tem certas... propriedades milagrosas. Algumas pessoas fazem de tudo para consegui-las, mesmo que tenham que matar os animais mais puros de toda a fauna. Nosso amiguinho aqui foi vítima de um desses boçais. Felizmente, foi resgatado a tempo. Daí trouxeram

Ehwaz pra cá, para ser tratado pela Zô." Capí sorriu, carinhoso, "Ela conhece substâncias que até Gandalf duvida. Já faz uns seis anos que Ehwaz chegou aqui ferido. Com a gente tratando ficou novinho em folha, né não, Ehwaz?"

O unicórnio meneou a cabeça brincalhão, mas Capí ainda estava sério. "Fico com medo que, algum dia, mandem a gente devolver. Eu sei que é um pensamento um pouco egoísta de minha parte, mas é que aqui ele está tão bem! Protegido de maníacos como os de lá."

"E lá é onde?"

"Nosso Ehwaz foi importado direto da Escócia."

"De Hoggles!" Viny surgiu do nada e Capí riu.

"É, Viny... quase isso", e voltou à sua cata de frutas.

"Olá, Belo Adormecido", o loiro virou-se para Hugo, como se nada de ruim houvesse acontecido entre eles, e Hugo sentiu o alívio imediato do perdão pixie. Viny baixou a voz, *"Um passarinho me disse que tu vingou o Capí outro dia. Surra muito bem dada"*, ele deu um tapinha camarada em suas costas, *"Ó, só não conta pro Capí que eu elogiei, hein! Não tô na pilha de levar bronca hoje.* ... Aê, véio! Nada de catar frutinhas pro papai hoje não! Hoje tu toma café da manhã com a gente, que eu tenho uma grande novidade pra contar!"

Viny jogou o jornal em cima da mesa do refeitório, esparramando mingau de abóbora para tudo quanto era lado sem a menor cerimônia.

"Pô, Viny!"

"Cala a boca e olha", ele mandou de brincadeira, e a cara feia de Caimana se desfez assim que ela leu a manchete.

Ao lado da foto bem-humorada de um bruxo simpático de meia-idade com cara de nigeriano, lia-se a grande notícia: "ÁTILA ANTUNES SE CANDIDATA À PRESIDÊNCIA PELO PARTIDO INDEPENDENTE."

"O grande AA tá no jogo!" Viny vibrou, correndo para pegar cinco sucos de laranja da bandeja de um dos faunos que passavam. "Pra comemorar!"

"Ele tem chance?" Hugo perguntou, analisando os olhos bondosos do grandalhão na foto.

"Se o PRDB não lançar candidato, ele ganha."

"Se lançar, fica um pouco mais difícil", Caimana completou, desanimada. "Os votos vão se dividir. Mas eu acho que ele é bem popular entre os jovens."

Na foto, Antunes bagunçava os cabelos do filho mais velho e fazia cócegas na filhinha mais jovem, em um lugar que se assemelhava e muito à esplanada dos Ministérios azêmola.

O homem tinha um brilho no olhar que fazia Hugo quase confiar nele.

Imagina... confiar em político. Só faltava.

"O que ele já fez além de transferir as férias para o verão e tentar obrigar as escolas a ensinarem magia africana, ameríndia etc.?"

"Acha pouco?"

"Ele foi o criador do programa de intercâmbio", Caimana respondeu. "Ele e a mulher. Diziam que um país tão grande deveria se conhecer melhor, ao invés de ficar atento apenas ao que acontecia no hemisfério norte."

De fato, o cara era interessante.

Não duraria nem dois segundos na Presidência.

"Hugo!" Gislene chamou, vindo ter com ele em particular, "Você viu o Eimi por aí?"

"Eu não... por quê?"

"Não encontro ele em lugar nenhum", ela explicou, preocupada. "E me disseram que você também não dormiu no dormitório essa noite, daí eu pensei que tu soubesse."

"Não, não faço ideia, de verdade", Hugo respondeu, sentindo uma leve pontada de preocupação, mas nada que não fosse contornável. Se Eimi sumira, Hugo não tinha nada a ver com aquilo. Nunca mais vendera nada para ele, e nem venderia novamente, porque o garoto só sabia fazer escândalo. Ele que ficasse deprimido por aí em algum canto até esquecer que algum dia provara cocaína.

"Inspiiiiiirem... isso... inspirem beeeem fundo... relaxem a mente..."

Hugo inspirou. Estava se sentindo tão tranquilo desde que acordara junto ao unicórnio naquela manhã, que ainda nem passara na sala silenciosa para pegar os pedidos. Não queria se estressar.

Hugo inspirou mais uma vez, sentindo o cérebro arejar um pouco além da conta. Eimi não estava na sala de Ética... Devia ter aparecido, para o próprio bem dele. Meditação ajudava a curar crises de abstinência. Melhor do que ficar largadão por aí, curtindo a depressão. Inspiiiirem...

OMMMMM...

"Você me parece tenso..." Gardênia surgiu do nada ao lado de Hugo.

Não, ele não estava tenso.

"Mmm... mas eu sinto uma certa preocupação... com um amigo, talvez?"

"Professora", Hugo disse, sem abrir os olhos, "a senhora é Adivinho?"

"Mmm... não..."

"Telepata?"

"Ã-an."

"Leitora de auras?"

"Nnnnão."

"Então por que insiste em tentar adivinhar como eu me sinto?"

Silêncio.

"Inspiiiirem..."

Era a especialidade dela, fugir do assunto.

"Agora... pensem num companheiro... num colega de classe... Isso... Num colega de classe com quem tenham brigado... Talvez ele não tenha te devolvido algo que tomou emprestado... ou talvez tenha pego emprestado sem pedir, e isso te chateou..."

Tá certo... um colega.

"Pensem que ele está machucado com sua indiferença... que precisa de sua ajuda... que está perdido na floresta do teu esquecimento..."

Hugo abriu os olhos no susto.

Perdido na floresta!

Sentindo-se zonzo, saiu da sala para respirar um ar menos poluído de incenso.

"Viu! Eu não disse que ele estava tenso?"

Hugo debruçou-se no parapeito do 42º andar, tentando acalmar as pernas, que estavam bambas de nervoso.

Tobias... Ele tinha se esquecido completamente do Tobias.

Será que o garoto conseguira sair de lá?!

Sem perder tempo, Hugo começou a descer andar por andar, corredor por corredor, procurando por ele em todos os grupinhos de alunos que não estivessem em aula especial naquele horário; o tempo todo repetindo para si mesmo que o idiota com certeza já voltara para a escola... claro que já tinha voltado... não devia ser assim tão difícil de se achar naquela floresta como diziam... ele provavelmente encontrara o caminho de volta, não era tão burro assim...

Mas nada de encontrar Tobias.

Hugo lembrou-se do berro que ouvira ecoar pela floresta, e um pensamento mórbido invadiu sua mente: e se a Mula tivesse matado o garoto?

Não... não. Tobias estava vivo. Claro que estav-

"VOLTA AQUI, MENINO!"

Hugo ouviu Areta chamar, mas quando ia virar-se para responder, foi atropelado por um Eimi completamente enlouquecido, que saiu correndo pelo corredor.

Hugo olhou para a professora, perplexo. "O que aconteceu?!"

"O Eimi!" ela disse, quase chorando de nervoso. "Eu não sei o que deu nele! Eu só estava querendo ajudar, mas ele só faltou jogar a mesa pra cima de mim!"

Atordoado, Hugo pediu licença à professora e foi atrás do mineirinho, alcançando-o logo após a virada e empurrando-o contra a parede.

O garoto estava fora de si, suando, as mãos trêmulas, o olhar esbugalhado de quem tinha cheirado muito. Mas como podia??

"Onde tu arranjou mais pó?" Hugo perguntou, atônito, mas Eimi não estava muito a fim de responder, e Hugo agarrou-o pelo colarinho, "Quem vendeu pra você??"

"Casca fora!" Eimi gritou agressivo, empurrando-o com força desproporcional.

Hugo caiu no chão, surpreso, e antes que pudesse se levantar, levou um chute no estômago que o derrubou de volta, sem ar.

Só conseguiu ouvir os passos nervosos do garoto se distanciando, e ficou lá, quieto no chão, recuperando-se, mais do susto do que de qualquer outra coisa.

Aquilo estava virando um pesadelo...

"Você tá bem?!" Areta chegou, ajudando-o a se levantar, mas Hugo estava atordoado demais para responder.

Onde Eimi tinha conseguido a porcaria da cocaína?!

Estavam revendendo. Só podia ser.

Que ótimo.

"Meu, tu tá tenso demais!" Viny disse, fazendo massagem em suas costas por detrás do sofá. "Tá tudo legal?"

Hugo disse um sim não muito convincente com a cabeça.

Já era quase noite do dia seguinte e Hugo não vira mais nem Eimi, nem muito menos o Tobias. E só de pensar naquilo, dava dor de barriga.

Ele, Viny e Capí estavam curtindo o sábado no varandão de jogos, assistindo ao campeonato de xadrez do terceiro ano. Quer dizer, *Viny* estava assistindo. Hugo não conseguira prestar atenção em nada até então e Capí estava recostado nas almofadas, tentando recuperar o sono da noite anterior. A mula estivera particularmente arredia naquela madrugada de sexta-feira para sábado, e Hugo não sabia ao certo se as queimaduras nas mãos do pixie ainda eram as mesmas que ele ganhara na quinta, ou se aquelas já haviam sido curadas por Kanpai e devidamente substituídas por outras mais recentes. O fato é que estavam queimadas.

De olhos ainda fechados, Capí dirigiu-se a ele, "Eu conheço um lugar que talvez possa te acalmar", e então levantou-se, desistindo de seu descanso e indo chamar Caimana e Índio.

Assim que a noite caiu, os quatro Pixies levaram Hugo até o último andar da escola. Subindo por uma escadinha de madeira ao lado da sala de Alquimia, chegaram a uma saleta que parecia mais uma espécie de sótão, empoeirado e cheio de tralha.

Hugo seguiu o caminho inteiro em silêncio, quase sem notar o cansaço da subida, de tão ocupada que estava sua mente. E se nunca mais encontrassem Tobias?

Capí abriu uma portinhola no teto e um vapor esbranquiçado e espesso invadiu o sótão.

Índio foi o primeiro a subir. Depois Caimana, Viny e Capí, que estendeu sua mão lá de cima para ajudá-lo.

Hugo não sabia onde os Pixies queriam chegar com aquilo. Não podia conceber qualquer coisa que pudesse acalmá-lo naquele momento, mas subiu sem questionar para o próximo andar, uma sala carregada do mesmo vapor branco. Não conseguia ver dois palmos à sua frente, mas aquela atmosfera fechada realmente acalmava. Era como uma sauna, só que de ar fresco. Sem a opressão do calor.

Os Pixies avançaram despreocupados pelo local e Hugo acompanhou-os bem de perto, com medo de se perder naquele nevoeiro todo e nunca mais encontrar os quatro. Subiram alguns lances de escadas de pedra, tudo em meio àquela densa neblina.

Hugo estava se sentindo praticamente no céu.

"Uhu!" Viny gritou lá da frente, já quase ocultado pelas nuvens. "Isso aqui está o máximo hoje!"

Caimana se deitara no chão e Viny logo resolveu imitá-la, encostando o topo de sua cabeça no topo da dela. Índio tinha se ajoelhado mais lá na frente, de cabeça baixa.

"Onde a gente tá?" Hugo perguntou, se rendendo à curiosidade.

"Dê tempo ao tempo", Capí respondeu. "Logo, logo sua visão vai clarear."

Hugo franziu a testa, confuso, e Capí deu risada, guiando-o até um ponto logo mais à frente e apontando para cima. "Fica de olho."

Hugo obedeceu, fixando o olhar no vapor branco que se movia sem parar, como se um grande ventilador soprasse lentamente por toda a sala. Até que o vapor foi rareando, se dissipando, e Hugo começou a distinguir uma forma lá em cima. Uma forma que ele... reconhecia?

"Eu não..." Hugo começou a dizer, ainda um pouco incerto, mas não chegou a terminar a frase. Poucos segundos depois, a fumaça rareou o suficiente para que uma imensa estátua de pedra surgisse à sua frente.

Hugo riu incrédulo, sentindo um arrepio disparar pelo corpo todo. Eles não estavam em uma sala afinal. Nem mais na escola estavam!

E ali, logo ali, na sua frente, de braços abertos só para ele, a enorme estátua do Cristo Redentor. A mesma estátua que Hugo passara sua infância inteira admirando lá de baixo, lá da porta de seu contêiner no Dona Marta, e que sempre sonhara em conhecer de perto.

Agora, lá estava ele. A seus pés.

Não que ele fosse religioso. Não era. Na verdade, nem pensava muito no assunto. Mas sempre achara aquela estátua espetacular, principalmente quando iluminada, como estava naquele momento.

Capí não parecia surpreso com sua absoluta falta de palavras. Sorrindo satisfeito, o pixie também voltou seu olhar para a estátua, fazendo discretamente o sinal da cruz.

Hugo ergueu as sobrancelhas. "Você é católico?!"

"Espírita", Capí corrigiu. "O Índio é católico."

"Mas vocês são bruxos!"

"Ué, que que tem? Ser bruxo não nos impede de acreditar em alguma coisa, Hugo. Na verdade, deveria ajudar. A gente faz milagres todos os dias; transforma água em vinho, multiplica coisas, anda por cima d'água… vê fantasmas…"

"Todos os bruxos têm religião?"

"Não, nem todos. O Viny é ateu, a Caimana é… bom, ela ainda não sabe o que ela é, mas a família toda dela é mística. A Zô é esotérica. A família do Beni é protestante, outros são judeus, muçulmanos, umbandistas… temos de tudo, igualzinho aos mequetrefes. E por que seria diferente?"

Hugo deu de ombros, sem ter uma resposta. Mas que estava impressionado, estava.

"Claro que há aqueles puristas, que acham que bruxaria e religião não deviam se misturar, ainda mais depois de toda a perseguição que sofremos no passado, mas dizer que bruxo não pode ter religião é o mesmo que dizer que um vampiro não pode continuar sendo uma pessoa boa só porque virou vampiro. Não é bem assim. Lá na Europa, há mais puristas do que aqui. Tem a ver um pouco com ressentimento pela Inquisição. Compreensível. Só que os brasileiros praticamente respiram religião."

É. Agora que Hugo parara pra pensar, não parecia tão absurdo assim. Maria mesmo havia dito algo do tipo 'Pelo amorrr de nosso Senhorr Jesus Cristo' na Sala Silenciosa. Hugo se esquecera daquilo.

"Se o Viny é ateu, por que ele gosta de vir aqui?"

"Ele vem pela vista, e pelas nuvens; a Caimana também. O Índio vem mais por causa da estátua mesmo. A família toda dele é extremamente católica."

"E você?"

"Eu? Eu venho para espairecer. Relaxar… meditar. É bom sair um pouco de lá de baixo. Além do que, esse lugar tem boas vibrações. Você não sente?"

Hugo concordou, fechando os olhos para sentir, outra vez, a tranquilidade que experimentara durante sua subida até ali. Era como se tivesse entrado em outro mundo. Não conseguia nem mais pensar no Eimi. Muito menos em Tobias.

Talvez fosse efeito do nevoeiro.

"Quando muitas pessoas se reúnem em um mesmo local, com a mente voltada para o bem", Capí explicou, "isso se traduz em boas vibrações. Não tem nada a ver com religião. Tem a ver com a força do pensamento."

Com os olhos ainda fechados, Hugo sentiu o pixie guiá-lo pelos ombros até o parapeito.

"Não há nenhuma pessoa que venha até aqui e não se sinta melhor. Ou por estar mais próxima de Deus, ou pela alegria de poder vislumbrar uma das vistas mais lindas do mundo."

Hugo abriu os olhos e viu, estupefato, a vista noturna da cidade maravilhosa.

A maior parte das nuvens havia se dissipado ou ido embora, e agora era possível ver tudo. Absolutamente tudo, com a mais perfeita nitidez: As luzes em volta da Lagoa Rodrigo de Freitas, a silhueta do morro Dois Irmãos, a iluminação na orla da Baía de Guanabara, o Pão de Açúcar iluminado lá no fundo, Niterói mais ao longe, as ruas todas pequenininhas, com os carros passando como minivagalumes... e, finalmente, Hugo deteve-se na visão mais bela de todas: o aglomerado de luzes da favela Santa Marta. Logo ali, no mesmo morro, mas muuuuito mais abaixo.

Hugo sempre quisera ver o Dona Marta lá de cima. Era um sonho de consumo seu, que agora se realizava. Todos os barracos pareciam luzes de Natal lá do alto. Nada de pobreza, nada de violência.

Era possível distinguir parte da pracinha de entrada na rua São Clemente, o Tortinho com iluminação nova... Hugo não dava nem uma semana para a nova fiação queimar.

Sua mãe devia estar em casa a uma hora daquelas. Ou talvez na casa da vizinha, vendo novela. Isso se não estivesse sendo importunada pelo Caiçara.

"Algo te aborrecendo?" Caimana apareceu a seu lado, debruçando-se sobre o parapeito.

Hugo permaneceu com os olhos no Dona Marta, mais ou menos no local onde seu contêiner devia estar. "Minha mãe não sabe que eu sou bruxo", ele respondeu, pensativo. "Ela é evangélica. Nunca entenderia."

Hugo não sabia o que tinha dado nele para contar uma coisa daquelas. Talvez fossem as tais vibrações de que Capí falara.

"Ei..." Caimana se aproximou solidária, "Ser bruxo não é pecado. Você nasceu assim, não é sua culpa!"

Hugo sorriu meio sem vontade, só para ser simpático mesmo. Aquele pensamento o importunava ainda mais do que seus negócios com Caiçara. Era incômodo e aterrorizante pensar que aquilo tudo que ele estava fazendo pela mãe não valeria absolutamente nada se ela descobrisse quem ele era de verdade. Bruxaria era ofensa séria... Sacrilégio!

Não era algo tão simples quanto Caimana imaginava.

Hugo deu risada de um pensamento repentino e Caimana sorriu curiosa, "Que foi?"

"Nada não."

Dandara ia adorar saber que seu filho, além de bruxo, estava andando na companhia de um espírita... Ela não entendia nada de Espiritismo. Morria de medo deles.

"Aê, Adendo!" Viny chamou do outro canto e Hugo foi ver o que ele queria.

O loiro estava admirando o Maracanã lá de cima. "Meo, tu sabe que o Rio de Janeiro à noite é a segunda cidade mais linda do mundo?"

Hugo riu, já sabendo que lá vinha piada. "E qual é a primeira?"

"O Rio de Janeiro de dia!"

"Muito bem dito", Caimana concordou, orgulhosa.

"Achava que paulistas não gostavam do Rio."

"Isso é puro preconceito."

"O que você acha disso, ô, pseudocarioca?" Caimana perguntou para Capí, que não parecia tão presente na conversa. Seus olhos vagueavam pela vista, mas sua mente tinha dado um passeio e ainda não voltara.

"Que foi, véio?"

"A escola tá esquisita", Capí comentou, incomodado. "Um clima ruim, sabe? Os professores têm notado uma certa... displicência de alguns alunos... as aulas andam tumultuadas..."

"E aquela tua aluna? A Xeila?"

"Nunca mais apareceu. Quando a Gi foi tirar satisfação, ela só faltou ser agredida. Eu, sinceramente, não sei o que eu fiz de errado."

"Ah, véio. É o fim do ano chegando, normal!"

"Não, não é normal", Capí cortou, sério, e Hugo resolveu fingir que a vista do Maracanã era mais interessante do que aquele papo.

"O fato é que tem alguma coisa errada", o pixie concluiu. "E a gente não estará aqui para ajudar os professores a descobrirem o que é."

"Não?!" Hugo perguntou, surpreso.

"Segunda-feira é a data limite do intercâmbio", Viny explicou. "Quer dizer, é a data limite para a gente ir e voltar pra Korkovado a tempo da festa de aniversário do Capí. E a festa de aniversário do Capí não pode acontecer sem o Capí. Óbvio."

"Dão festa pra ele, é?"

"Tá brincando que tu nunca ouviu falar na festa do Capí!" Viny exclamou, genuinamente surpreso. "A escola toda participa! É a festa do ano! É quando os professores que exploraram o Capí durante o ano inteiro, preparam uma festança pro mascote da escola ficar feliz e satisfeito."

Capí não parecia muito satisfeito.

"Ah, véio, não fica assim não. A escola sobrevive quatro semanas sem você!"

Viny realmente não parecia ligar para a bagunça que tanto incomodava o filho do zelador. Para o loiro, caos era remédio. "As pessoas precisam ser sacudidas do marasmo!" Viny dissera, certa vez.

Mal sabia ele.

"Ok, aqui está nosso plano de batalha", Viny anunciou, chegando no QG dos Pixies segunda-feira de manhã com um caderninho nas mãos. "Capí vai lá pro Sul, seguir as várias dicas interessantes que o Atlas deu. A Cai vai pro Norte, e não esquece de trazer as raízes que o Capí encomendou."

"Pode deixar."

"O Índio vai pra Brasília ver a mamãe querida dele, e eu vou me divertir lá em Salvador. Alguém tem alguma dúvida?"

Hugo levantou a mão. "Por que vocês não vão todos juntos?"

"Separados, conhecemos mais gente e não nos distraímos com nós mesmos", Caimana explicou. "Se vamos todos juntos, nos fechamos no nosso grupinho de sempre e nenhum de nós aprende nada de novo. É isso que sempre acontece em reuniões internacionais. Fica todo mundo fechado no grupinho de sua própria língua e acaba que ninguém aprende nada sobre as outras nacionalidades."

"Faz sentido."

Viny sorriu, animado, "Então, cada um vai pra uma região e tenta aprender o máximo possível sobre a escola, os alunos, os costumes, e todas as passagens secretas que, porventura, existam por lá. Depois volta, e conta para os outros o que descobriu. Assim, quando trocarmos de lugar no ano que vem, não começaremos inteiramente do zero. Combinado?"

Caimana suspirou, toda sorridente... "Um mês inteirinho sem esse mala do Viny... ah, que maravilha..."

"Ela me ama", o loiro respondeu, soltando um beijinho.

"É isso aí, adendo", Índio disse poucas horas depois, despedindo-se na torre do Parque Lage. "Aproveita as férias que cê vai tirar da gente."

"Com certeza."

"Juízo, hein!" Caimana e Viny disseram juntos e Capí veio falar-lhe em particular.

"Vai ficar tudo bem?" ele perguntou em voz baixa, e Hugo sorriu como resposta, sentindo-se o cara mais falso da face da Terra.

Por que não ficaria tudo bem? Eimi estava uma *doçura* de garoto, Tobias *nem* tinha desaparecido, a escola não estava um *caos* e nada daquilo tinha a ver com Hugo.

Os quatro partiram com suas respectivas minicaravanas e Hugo ficou na ponte da torre, assistindo com os nervos à flor da pele. Deveria estar sentindo alívio pela partida dos Pixies. Afinal, eles ficariam um bom tempo longe. Tempo o suficiente, talvez, para Hugo arrumar a porcaria que tinha feito. Se é que aquilo tinha conserto.

Mas não era aquilo que estava fazendo-o explodir de tanta ansiedade. Era a imagem de Capí indo embora com a turma do Sul.

Ainda dava tempo de contar-lhe sobre o sumiço de Tobias.

Ainda dava tempo... Capí nem estava tão longe assim.

Mas e se contasse? Se contasse, diria o quê? Que o garoto se perdera na floresta porque estava fugindo com a cocaína dele??

Certamente era isso que Tobias acabaria contando, caso fosse encontrado.

E o garoto certamente seria encontrado, se Capí o procurasse.

Tobias só não contaria se estivesse morto.

Mortos não falam.

Não, não, não! Hugo bateu a testa contra a parede algumas vezes para ver se tirava aquele pensamento assassino da cabeça. Não, ele não preferia que o garoto estivesse morto.

Covarde. Mil vezes covarde!

Hugo desceu as escadas repetindo aquele mantra um milhão de vezes na cabeça. Covarde. Covarde. Ele deixara escapar a única chance que Tobias tinha de sobreviver. Agora que Capí estava longe, o garoto seria deixado à própria sorte na floresta. Se é que ainda estava vivo.

Hugo precisava acabar com aquela loucura de algum jeito, antes que mais alguém se machucasse. Não sabia ainda como, mas daquele jeito não podia ficar-

"Aê, Hugo", um garoto do sexto ano o abordou. "Me disseram que é você que tá vendendo o tal do pozinho, é verdade?"

"Eu não sei do que você tá falando", Hugo respondeu, saindo pelas portas do refeitório.

"Ah, larga disso, vai!" o garoto insistiu em plena praia. "Quanto custa?"

"Cinco Coroas."

"CINCO?? Tudo isso, cara?!"

"É pegar ou largar."

"Tá certo, cadê?" o cara disse, enfiando a mão no bolso e tirando de lá cinco moedas de ouro enquanto Hugo olhava à sua volta, morrendo de medo que alguém estivesse vendo aquilo. Mas todos pareciam ocupados demais fofocando sobre quem beijara quem no fim de semana.

Hugo pegou um dos papelotes que trazia sempre de reserva consigo e enfiou depressa no bolso do cara. "Agora, vê se some da minha frente. E lembra, se tu contar, tu tá *morto*."

O cara aceitou as condições e saiu para um canto mais reservado.

Certo. Cinco coroas em um único papelote.

Por enquanto sua estratégia estava funcionando. Venderia bem menos, por bem mais. Seria menos cocaína circulando pela escola e o bandido continuaria satisfeito.

Mas aquela solução só acabava com o problema *Caiçara*. Não consertava em nada o problema *Vício*. Mesmo vendendo menos, a demanda continuaria grande. Como Hugo negaria cocaína aos outros que viessem pedindo? Eles aceitariam na boa uma negação? Deixariam por isso mesmo?

Pelo comportamento que Eimi demonstrara aquele dia, Hugo tinha até medo de negar. Vai que alguém ficava maluco e resolvia matá-lo por falta de cocaín-

"Eu sabia... EU SABIA!" uma voz furiosa de menina interrompeu seus pensamentos.

A última voz que ele poderia querer ouvir.

Hugo fechou os olhos, xingando em silêncio todos os santos, orixás e aquele aluno *imbecil* do sexto ano. Virando-se lentamente na areia, já foi preparando o espírito para levar a maior bronca de sua vida, torcendo para que ela não tivesse visto tudo que ele *sabia* que ela tinha visto.

"QUE QUE É?" Gislene lhe deu um empurrão antes que ele pudesse fazer qualquer coisa. Estava chorando de ódio. "O nosso mundo já não tá ferrado o suficiente, tu tá querendo estragar esse aqui também?!"

CAPÍTULO 34

CAPRICHOS DE PANDORA

"Mas tu é insuportável, hein!" Hugo rebateu, recebendo outro empurrão, e mais outro.

"Eu sabia... Eu SABIA!" ela berrava.

"Eu não sei do que tu tá falando!"

Gislene estava tremendo até, e Hugo precisou puxá-la para trás do rochedo antes que alguém notasse. "Que que tu tem, garota?!"

"Eu vi! Não adianta mentir, que eu vi!" a voz de Gislene falhou, e ela teve de recuperar a respiração antes de continuar. "Pô, Idá! Eu nunca me senti tão segura na vida quanto eu me sinto aqui! E você não tem o direito de estragar tudo! Não tem!"

"Que exagero, Gi..." ele tentou amenizar, genuinamente surpreso. Nunca a vira chorar antes. Nunca! Não sabia nem como reagir.

"Exagero??" ela repetiu, sem forças, tentando enxugar as lágrimas que não paravam de cair. Tinha algo mais ali do que simples ódio dele.

"Tu tá legal, Gi?" Hugo perguntou, agora mais preocupado do que com medo dela. Gislene era a dama de ferro do Dona Marta... Sempre fora. Dama de Ferro era até seu apelido na escola pública... "Gi-"

"Cocaína MATA, Idá!" ela gritou. "Mata usuário, mata traficante, mata principalmente quem não tem nada a ver com o assunto! Tua avó, por exemplo!"

Hugo levou um choque, que logo se transformou em raiva. Ela não tinha o direito de culpá-lo por aquilo-

"Não vem com essa de injustiçado não, que tu teve culpa sim! Teve culpa desde o começo, desde antes da gente descobrir que era bruxo, quando tu ficava provocando o Caiçara! O que tu achava? Que tu era invencível??! Que o Caiçara nunca ia te pegar?! Eles são gente ruim, Idá! Se eles não se vingam de você, eles se vingam da sua família! E tua avó não foi a única inocente a morrer pelo tráfico, não. Muita gente morreu naquela invasão do morro. Gente que não tinha nada a ver com o tráfico! Gente honesta, trabalhadora!"

"Gi-"

"Mataram meu PAI!" ela gritou, perdendo as forças, e Hugo segurou-a antes que ela desabasse na areia, abraçando-a forte contra o peito.

"Gi… eu não sabia…"

"O papai tava indo trabalhar quando eles invadiram…" ela soluçou. "O Playboy atirou nele pra começar a guerra. Resolveu que ia ser ele, sem mais nem menos! Só pra provocar o Vip. O que meu pai tinha a ver com aquilo?! Nada! Tava indo trabalhar!"

Hugo apertou-a com mais força, sem conseguir segurar as próprias lágrimas. Ele conhecia o Sr. Guimarães. Um cara decente, alegre… mecânico de uma oficina ali perto.

"Eu não entendia por que ele tinha se esquecido de escrever…" Gislene continuou, arrasada. "Ele escrevia toda semana, lembra? E na semana logo antes das férias, ele não escreveu." Ela deu um risinho meio desesperado de ironia, "E eu, a idiota, achando que ele tava querendo fazer uma festinha surpresa de boas-vindas…"

Hugo ensaiou fazer um carinho em seus cabelos, mas Gislene resolveu que era hora de se afastar e enxugou as lágrimas, resoluta.

Ele fitou-a preocupado, "E agora, tu tá na casa de quem?"

"Da tia Cláudia, lá perto da barraca que era do Seu Antônio."

"E ela sabe que tu é bruxa?"

"Não foge do assunto, Idá!" Gislene reclamou, recobrando a razão. "Você tá trazendo o crime e a morte pra essa escola! Tu quer que isso aqui vire um antro de bandidos?! Tu sabe o que a cocaína faz. Tu SABE! E isso te torna muito mais culpado do que esses pobres coitados que compram de você e que não fazem a mínima ideia do que estão cheirando! Eles acham o quê? Que é um brinquedinho, um pozinho mágico que depois eles vão poder largar quando quiserem, não é? Mas tu sabe que não é verdade. E tu sabe que isso logo vai sair do controle, se é que já não saiu! O que tu tem na cabeça, Idá?!

"Eu não tenho escolha, Gi! Ele tá com a minha mãe!" Hugo disse finalmente. "O Caiçara tá com a minha mãe!"

Gislene se calou, surpreendida. Mas não a ponto de ficar simpática. Olhando-o com a rigidez e a retidão que lhe eram características, disse com firmeza, "A gente sempre tem escolha."

"Ele tá me ameaçando!"

"A gente SEMPRE tem escolha!"

Hugo desviou o olhar, incomodado. Incomodado ou envergonhado, não sabia ao certo. Preferiu olhar a areia.

Gislene não disse mais nada, esperando algum tipo de resposta.

"Eu vou resolver isso, Gi..." Hugo murmurou por fim. "De alguma forma."

Gislene fez Hugo olhá-la nos olhos, e fitou-o por um longo tempo antes de decidir que ele estava sendo sincero. Só então deixou que partisse, sem dizer mais nenhuma palavra.

Tá. Ele ia resolver aquilo... *de alguma forma.*

Aquele *'De alguma forma'* é que era o problema: o como.

Porque foi só Gislene falar, que tudo começou a desandar de vez. Brigas pelos corredores, alunos sendo expulsos de sala por mau comportamento, mais vendas sem sua permissão, alunos lotando a enfermaria, se queixando de dores, tonturas, alucinações, vômito, tremedeira... Até Zô, sempre tão zen, estava um pouco perdida no meio daquela bagunça. Observava tudo com um certo espanto no olhar, mas logo voltava a seu módulo sorridente e começava a achar o caos divertido.

Graças a Merlin os Pixies tinham resolvido se mandar dali.

E Tobias, que não aparecia?

Hugo estava seguindo seu plano de contenção à risca: aumentava o preço da cocaína cada vez mais, a fim de desencorajar a compra. Mas, se no começo a estratégia até funcionara, com vários desistindo de comprar, depois de apenas alguns dias o truque parou de surtir efeito – Ou porque o cliente passara a comprar mais barato de outros que haviam comprado grandes quantidades dele lá no começo do semestre, ou porque decidiram torrar logo todo o dinheiro dos pais com o tal pozinho, voltando a comprar com Hugo sem reclamar do preço.

Se não tinham dinheiro, *arranjavam* dinheiro.

Foi então que objetos começaram a sumir da escola. A pena favorita de Areta, alguns óculos da coleção de Rudji, espadas, pergaminhos antigos valiosíssimos, mochilas, caldeiras... E não foram só coisas inofensivas que passaram a desaparecer.

Ao sair da sala de Ética após o término prematuro da aula (por perturbações na aura do ambiente), Hugo passou por um Rudji quase explodindo de nervoso, acusando alunos de terem invadido e roubado substâncias perigosíssimas do depósito de alquimia. Acusação esta que o Conselho preferiu abafar, para que não manchasse a imagem da escola.

Como se o resto do mundo se importasse.

Dalila chegou ao cúmulo de dizer que o culpado por aquilo tudo era o Papa João Paulo II, que chegaria ao Rio em duas semanas e abençoaria a cidade no topo do Corcovado – como já fizera outras vezes. A conselheira afirmava categoricamente que os distúrbios na escola eram urucubaca daqueles *religiosos metidos a inquisidores*, que estariam tentando limpar o Corcovado de más influências.

Óbvio que ela não acreditava naquela baboseira toda. Era apenas uma desculpa esfarrapada para ocultar sua absoluta falta de capacidade em controlar os alunos.

Mas o grande segredinho do Conselho quanto ao roubo das poções não durou nem uma semana. Poucos dias depois, o depósito inteiro foi pelos ares, espalhando substâncias tóxicas e poções extremamente nocivas pelo corredor do último andar, que então respingaram para os andares logo a baixo, e pela árvore central e as escadas, que foram todas interditadas por tempo indeterminado. Até que a polícia viesse fazer a perícia.

Ótimo. Tudo que Hugo precisava.

Polícia.

Os estudantes foram todos confinados ao dormitório por medo de contaminação. E lá estava Hugo, preso em seu quarto com a maldita cocaína, esperando a polícia chegar. Andava de um lado para o outro, inquieto, sem saber o que fazer.

A Gi não o dedaria. Quanto a isso, Hugo estava tranquilo. Mas e os outros?

Daquele grupo inicial de compradores, muitos ainda guardavam o temor de que o pó estivesse realmente amaldiçoado com o tal detector de dedo-duro assassino, e isso dava a Hugo certa tranquilidade. Graças àquilo, a maioria absoluta dos infelizes que compravam sua cocaína nem sabia a identidade do fornecedor. Pelo menos isso.

O problema estava naqueles que deixavam escapar seu nome sem querer. Por causa desses, de vez em quando completos desconhecidos vinham até ele pedindo pó. Como aquele imbecil do sexto ano. Alguns já haviam chegado ao cúmulo de atacar Hugo nos corredores em busca de mais droga.

E Eimi, que nunca mais dormira no quarto?

Bom, de qualquer maneira, a polícia ia chegar logo.

Em pânico, Hugo pegou a caixinha de fósforo, que agora mantinha trancada no armário, e estava a ponto de lançá-la pela janela quando ouviu gritos e tumulto vindos da porta do dormitório.

Enfiando a caixa no bolso interno do uniforme, foi ver o que diabos estava acontecendo.

Dezenas de alunos se amontoavam em frente ao retrato de D. Pedro I, tentando escapulir para o pátio central. Hugo abriu caminho por entre os curiosos.

"O que tá acontecendo?!"

"Um aluno foi espancado no corredor dos signos!"

Sentindo um calafrio, Hugo empurrou com mais força por entre os alunos e foi um dos últimos a conseguir sair antes que a porta do dormitório se fechasse automaticamente. Dezenas de alunos já se encontravam do lado de fora, acotovelando-se uns aos outros para tentarem ver melhor quem estava na maca, mas era impossível distinguir um rosto em meio a tanta confusão.

O aluno ferido estava sendo levado às pressas pelos professores em direção à escadaria central, mas foram barrados de subir por cinco homens vestindo mantos negros com a insígnia C.U.C.A no peito.

"São da polícia?" Hugo perguntou, apreensivo.

Beni confirmou em tom grave. "Corporação Unificada de Contenção Armada. Guarda regional."

Hugo começou a suar frio.

Além da veste negra, usavam uma espécie de viseira laranja, que devia servir para anular feitiços lançados contra os olhos, e luvas negras com os dedos cortados, que facilitavam a aderência da varinha nas mãos.

"Por que eles estão barrando a maca?"

"Provavelmente porque querem interrogar o garoto antes que ele receba tratamento. Bando de boçais... Só que a Kanpai não vai deixar. Ela pode ser grossa, mas não deixa um aluno desamparado."

Hugo voltou a olhar para a confusão. Kanpai estava em uma obstinada batalha de palavras contra os policiais, dizendo que aquilo era um absurdo, que era uma arbitrariedade, que o garoto precisava ser levado à enfermaria etc. etc. etc.

E Hugo lá, torcendo como nunca para que a doutora conseguisse. Só a palavra *interrogatório* já lhe dava calafrios. Se conseguissem falar com o garoto, quem quer que ele fosse, Hugo estaria ferrado. Tinha certeza.

Dalila chegou, aflita, ao recinto, acompanhada de um homem que Hugo jamais vira antes. Um tanto altivo, ele se vestia no melhor que o dinheiro podia comprar e olhava para todos com certa soberba, mas nem por isso conseguia disfarçar sua preocupação.

Com a segurança dos que têm poder político, deu um beijo rápido na testa da Conselheira e foi resolver o problema com os CUCAs, que imediatamente se afastaram, deixando que a maca passasse.

"Papaizinho chegou..." Beni disse, num tom sarcástico que Hugo inicialmente não entendeu, até que os professores ergueram a maca e ele pôde ver o rosto ensanguentado de Gueco. Seu braço pendia para o lado, ainda segurando a metade que sobrara de sua varinha.

"Me deixa passar!" Hugo ouviu alguém gritar horrorizado próximo à porta do dormitório, e todos na numerosa plateia abriram caminho para que Abelardo pudesse correr para perto do irmão adotivo, onde foi amparado pelo pai, que o abraçou com força.

"Ele vai ficar bom, não vai?!" Abel perguntou, chorando aflito.

O homem olhou com carinho para o outro filho, jogado na maca. "Claro que vai. Nosso Gueco é forte..."

"Nero Lacerda", Beni disse com certa incredulidade, como se aquele carinho todo sempre o surpreendesse. "O cara é uma contradição em pessoa. Corrupto como nunca se viu na história desse país. E, no entanto, tem um coração de pai do tamanho do patrimônio que ele acumulou roubando."

"O Gueco é apaixonado por ele", Hugo comentou, lembrando-se dos poucos dias em que haviam sido amigos.

"Pois é. E o Abelardo também. Tanto que nada que a gente diga nunca vai convencê-lo de que seu pai é um ladrão sacana."

"Ele não parece pai do Abelardo", Hugo observou, olhando para os dois, que permaneciam fortemente abraçados. Nero tinha cabelos curtos, bem pretos e lisos, com um tom de pele que puxava mais para o ocre do que para o branco de Abelardo.

"Padrasto", Beni corrigiu. "O Nero não pode ter filhos. Saiu no jornal alguns anos atrás. Esse é um dos inconvenientes de se ser uma figura pública: todo mundo fica sabendo da sua vida pessoal."

"Ué, então os dois são adotivos?"

"Não necessariamente. O Abelardo continua sendo filho da Dalila. Nero e ela se casaram logo depois do parto."

Ah tá.

Mas Hugo já não estava mais prestando tanta atenção assim à árvore genealógica dos Lacerda. Sua mente fora ocupada por um questionamento muito mais urgente: o que Gueco sabia sobre ele?

Provavelmente nada. Ninguém nunca, por mais doidão que estivesse, ofereceria um pó tão 'revolucionário' para algum dos Anjos. Ou para qualquer outro que estivesse em ligação direta com Dalila e o Conselho.

Não... Gueco não sabia de nada. Disso, Hugo tinha certeza.

Talvez alguém tivesse tentado roubá-lo e ele resistira, ou algo do tipo. Por isso o espancamento.

A não ser que Gueco houvesse *descoberto* alguma coisa. Nesse caso, a surra teria sido um cala-boca no garoto.

Hugo sentiu-se levemente zonzo com a possibilidade, mas procurou se acalmar. A surra tinha sido muito bem dada. Se Gueco realmente soubesse de alguma coisa, não abriria a boca tão cedo. Nem para o irmão-

"ME LARGA! ME LARGAAAA!" alguém berrou como um animal sendo levado ao matadouro, e todos olharam depressa na direção do corredor dos signos, de onde seis CUCAs estavam saindo carregando um aluno que tentava resistir à prisão com gritos e pontapés.

Hugo sentiu o chão se abrir debaixo de seus pés, assistindo, atônito, enquanto Eimi era levado aos trancos e barrancos pelos policiais.

"Já pegamos o meliante, Capitão!"

"ME LAAARGA!!!" Eimi berrou de novo, totalmente descontrolado e sem qualquer noção do perigo, machucando policiais, soltando faísca de sua varinha, completamente enraivecido, com sangue nas mãos, olhos arregalados, vermelhos, parecia um dragão em fúria, "Alguém chama os pais desse garoto!" um dos policiais gritou, resolvendo agarrar os pés de Eimi enquanto os outros erguiam-no pelos braços como se ele fosse um louco. Mesmo assim, o garoto não parou de se debater, e continuou se debatendo até ser levado para fora dali na marra.

"O que deu nele..." Beni se perguntou, abismado, e Hugo não teve o descaramento de dar de ombros. Nem podia. Estava completamente paralisado.

Eimi sim sabia do envolvimento dele.

Mas talvez não fosse um problema tão grande assim. O garoto estava tão louco que qualquer coisa que dissesse seria desconsiderada por um interrogador sério.

E algo lhe dizia que Eimi ainda era leal a ele, apesar do chute que levara na semana anterior.

Tranquilo, então.

Hugo não seria delatado. Não por ele.

O que tu tá pensando, Idá??! Covarde, egoísta!

Ele tinha praticamente destruído a vida do garoto e só conseguia pensar em si próprio! Em como Eimi ia ou não ia denunciá-lo ou quais eram suas chances de ser preso! Ele tinha DESTRUÍDO o garoto!

Meliante – fora a palavra usada pelos CUCAs. Aquele garoto doce e tímido, um meliante. Imagina!

Hugo olhava meio zonzo para a confusão de alunos à sua volta. Aquela bagunça lhe trazia memórias de outro episódio ocorrido naquele mesmo pátio... quando ele protegera um Eimi assustado e choroso contra as chamas das efígies. Hugo se sentira tão inexplicavelmente bem aquele dia, ajudando aquela criança. Aquele inocente... quando Eimi ainda era inocente.

Quando eles dois ainda eram inocentes.

Aquilo tinha que parar.

"Eu não acredito que tu vendeu de novo pro Eimi", Gislene apareceu na multidão, segurando-o com força pelo braço. Mas Hugo desvencilhou-se dela atordoado, e vendo seu rosto aturdido, ela não insistiu. E Hugo pôde sair de lá em meio à confusão geral e subir as escadas até não poder mais, tropeçando nos próprios

pés enquanto seu cérebro acelerado tentava pensar em uma solução para aquele pesadelo que ele tinha provocado. Um pesadelo que podia não ter mais volta.

Os CUCAs haviam partido com o 'meliante', mas iam voltar.

Iam voltar assim que percebessem que Eimi não era o único culpado por tudo o que estava acontecendo na escola. Que haviam mais 'meliantes'. Dezenas. Muitas dezenas.

Sem contar que o problema era ainda pior do que Hugo inicialmente imaginara. Ele estivera com o raciocínio preso no Caiçara o tempo todo... em como Caiçara o mataria se ele parasse de vender. Mas nunca havia parado para pensar em como seus clientes o matariam se ele parasse de vender.

O vício era poderoso. Logo, logo a droga que os outros alunos estavam revendendo iria acabar e eles só teriam Hugo a quem recorrer. E mesmo que Hugo acabasse com Caiçara, mesmo que ele salvasse sua mãe, ele não poderia mais aparecer na escola sem a cocaína. Porque eles o matariam.

Em seu estado de total desespero, Hugo só conseguia pensar em uma única e inescapável solução: contar tudo ao Conselho. E nem essa solução daria certo. Tá, eles ficariam sabendo que tudo fora causado pela cocaína, ficariam sabendo como os Azêmolas lidam ou tentam lidar com ela, provavelmente trancariam todos os alunos viciados em uma sala até que a dependência psicológica passasse... mas isso só funcionaria parcialmente. Como só funcionava parcialmente no mundo azêmola também. E Hugo seria preso e banido da comunidade bruxa para sempre.

Hugo continuou subindo e subindo sem rumo. Mal sentia as pernas ou o cansaço. Subia e subia porque precisava gastar sua adrenalina de alguma forma, se não, seu coração ia explodir.

Ou ele morria tentando salvar a mãe, e ao menos dava a ela a chance de escapar, ou ele morria ali dentro mesmo, assassinado por seus próprios clientes, e daí não salvaria ninguém, ou era banido para sempre. Não conseguia ver muitas escolhas além dessas.

A não ser que...

A não ser que!

Hugo disparou mais rápido ainda escada acima e só parou no último andar, onde ficava o depósito interditado de alquimia, que, incidentalmente, Hugo aprendera a abrir em seu segundo castigo com Rudji.

O chão ainda estava nojento, viscoso, com líquidos verdes, vermelhos e roxos esparramados pelo piso, alguns tendo corroído metade do chão, outros ainda apagando e acendendo chamas, mudando e remudando de cor, fazendo barulhos e soltando odores esquisitos... Hugo precisava agir rápido. Antes que Rudji ou algum outro professor aparecesse.

Pouco importava que as solas de seus sapatos fossem corroídas por aquele ácido todo no chão. ELE abrira a caixa de Pandora. Agora era ELE que teria de fechá-la.

Na ponta dos pés, Hugo atravessou o depósito e foi até a única prateleira que sobrevivera à explosão, alargando magicamente o bolso interno de seu uniforme e jogando para dentro todos os vidrinhos, ampolas, ingredientes que poderiam ser úteis. Substâncias calmantes, antialucinógenas, tudo. Ele ia tentar de tudo.

Roubando um dos livros de alquimia avançada direto da mesa do professor e trancando a porta, Hugo desceu por entre os alunos que subiam e foi se esconder com toda aquela tralha na Sala Silenciosa, de onde pretendia sair somente quando, e SE, encontrasse uma fórmula para acabar com aquela loucura.

CAPÍTULO 35

O ALQUIMISTA

Se ele não podia parar de vender, sob pena de ser morto ou pelo Caiçara, ou por seus clientes, precisaria arranjar uma maneira de tornar a cocaína menos nociva. Ou pelo menos, tornar seus usuários mais comportados. Talvez se adicionasse alguma substância que causasse depressão temporária... O mais importante, no momento, era que a polícia ficasse fora daquilo. E, para que isso acontecesse, era preciso que seus clientes parassem de chamar tanta atenção.

Só que Hugo não era nenhum gênio em alquimia. Ia muito bem nas aulas, mas não era nenhuma Gislene. Nem sabia se o que planejava era sequer possível. Loucura, com certeza era. Mas não conseguia pensar em outra alternativa.

Em sua floresta particular, encontrou o lugar perfeito para a operação: uma caverna, a poucos metros da porta de entrada, oculta por uma parede de árvores. Seu interior era razoavelmente grande, com algumas plantas exóticas e um lago, que refletia luz azulada por toda a caverna.

Escolhendo um canto onde o chão de pedra fosse mais nivelado, preparou o caldeirão e o alambique. Em seguida, dispôs a seu alcance todos os frascos roubados, os funis, os tubos, as esferas de vidro, enfim, todo o equipamento que conseguira transportar, abrindo o livro de alquimia na página do índice e derramando o conteúdo de vários papelotes de cocaína no chão logo à sua frente, formando um montinho branco de tamanho respeitável.

Ok. Antes de qualquer coisa, precisava saber quais eram os efeitos da droga nele mesmo. Só assim poderia comparar o antes e o depois das modificações que faria.

Respirando fundo para aliviar a ansiedade, Hugo enrolou uma folha seca em formato de canudo e inalou uma quantidade razoável de cocaína.

Estava com medo. Apavorado, na verdade, com a possibilidade de vir a gostar daquele veneno.

Recostando-se na parede fria de pedra, fechou os olhos já começando a sentir os primeiros efeitos da droga. Primeiro, o entorpecimento. A calma... depois o prazer inenarrável. Mas aquilo durou pouco. Logo veio a palpitação, a ansiedade... a sensação de euforia quase incontrolável. Hugo se inclinou no chão sentindo náuseas, suando frio. Definitivamente não gostava daquela porcaria. Era forte a desgraçada!

Com as mãos trêmulas e o coração quase tendo um piripaque, Hugo procurou prestar atenção no maldito índice.

Alucinógenos... *Deus me livre*, antidepressivos... cogumelos de Katmandu... *o que diabos era aquilo?*... Hugo cerrou os olhos tentando relaxar as pupilas, que se moviam elétricas pelo papel. Peyote... *nem pensar*, Mandrágora... *não, aquilo também era alucinógeno...*

Bom, precisava tentar suavizar as consequências, mas sem perder os efeitos "agradáveis" da cocaína. O objetivo principal não era fazer com que eles parassem de querer cheirar, até porque Hugo estaria perdido se ninguém mais comprasse. E sua mãe também.

Talvez... talvez alguma substância pacificadora...

Pax barbatus – planta antiagressiva. Misture duas pitadas de Pax barbatus em um caldeirão com duas medidas de água e aloe-vera.

Tá. Duas pitadas daquilo ali, mais a cocaína... mistura-se bem, faz-se o líquido desaparecer com a varinha, derrama-se o pó agora meio acinzentado no chão...

Aquilo ia dar merda.

Ainda tentando se livrar dos efeitos derradeiros do primeiro uso, Hugo inalou o pó alterado.

Os efeitos foram os mesmos, a não ser pela dormência em seus braços e pernas.

'Bora pra próxima.

Arruda com *Borago officinalis...* contra tensão.

Duas folhas, quatro pitadas, água e um feitiço com um nome louco lá.

Pó levemente lilás.

Nada. Nem o coração acalmou. Na verdade, começou a bater mais depressa.

Outra.

Depois da quinta tentativa, Hugo teve de sair de lá. Seu coração quase explodindo dentro do peito. Não... aquilo não dava. Precisava respirar.

Completamente agitado, saiu para o corredor.

A luz lá de fora ofuscou seus olhos, e ele tentou tapá-los por alguns minutos, mas suas pupilas dilatadas não deixaram que eles se acostumassem à luz.

Com os olhos semifechados e tentando ao máximo esconder sua tremedeira dos outros alunos, Hugo desceu as escadas com a nítida sensação de que todos o olhavam.

Paranoia. Total paranoia. Ele nem devia estar tão mal assim.

A vontade que tinha era de correr. Liberar toda aquela energia que estava lhe dando tanto nervoso. Mas não podia. Eles perceberiam... Queria ao menos chutar algo. Transferir aquela ansiedade para algo duro, como uma parede, uma pessoa, qualquer coisa.

Mas se segurou. Andando um pouco mais depressa, saiu pela mata lateral e se embrenhou na floresta.

Não iria longe. Acabara de se lembrar da tal da Florinda, a flor gigante do Capí, que ele usava no tratamento de hipertensão do pai.

Era exatamente o que Hugo precisava no momento: um remédio para hipertensão. Era necessário que ele se acalmasse. Não podia continuar testando aquela porcaria nervoso daquele jeito, senão seu coração ia explodir.

O caminho era simples. Atravessar a clareira do Clube das Luzes e seguir em frente até pouco antes do Lago das Verdades.

Suas intenções eram boas; a floresta não iria enganá-lo.

De fato. Em poucos minutos, lá estava a gigante Ñaro, com suas pétalas roxas de pintas pretas e seu cheiro abominável.

É preciso tratá-la com carinho. Só quando estiver dócil, sua seiva poderá ser usada para fins positivos...

Certo.

Tratá-la com carinho.

Receoso, Hugo acariciou uma das enormes pétalas enquanto sussurrava-lhe palavras doces. E continuou o processo por quase um minuto sem qualquer reação da planta, positiva ou negativa. Até que a Ñaro finalmente estremeceu e abriu-se toda, como um cachorrinho mostrando a barriga.

Hugo pegou uma pedra no chão e fez como Capí fizera, raspando com cuidado o líquido pastoso da pétala e recolhendo-o em uma folha espessa.

Dobrando a folha com cuidado, ele já ia se retirando quando um pensamento lhe surgiu na cabeça. Um pensamento que Hugo preferiria nunca ter tido.

Hipertensão.

Deixando a folha cair na terra, Hugo atacou a árvore mais próxima com toda a raiva que sentia, socando-a e berrando até que suas mãos estivessem cobertas de sangue e sua garganta rouca de ódio. E só quando as outras árvores começaram a reclamar da agressão, com estalos e rangidos, é que Hugo parou, deslizando ao chão exausto.

E então veio o choro.

Hipertensão, caramba... Hipertensão!

Se ele tivesse sido um pouquinho menos imbecil, ou talvez um pouquinho menos egoísta, orgulhoso, e cego, ele teria se lembrado do Capí nas férias e pedido ajuda. Sua avó podia não ter morrido!

E nada daquilo estaria acontecendo.

Hugo olhou para o maldito embrulho que acabara de fazer.

Lá dentro estava a pasta que poderia ter salvado sua Abaya.

E ele lá, com medinho de que sua mãe soubesse que ele era bruxo... com medinho de que os Pixies soubessem que ele era favelado... medo da verdade, *vergonha* da verdade, TUDO havia impedido que Hugo sequer tivesse pensado em pedir ajuda para a escola. Nem passara pela sua cabeça! Eles podiam ter curado sua avó num passe de mágica...

Hugo enterrou o rosto nas mãos.

A morte dela tinha sido sua culpa. Inteiramente sua culpa.

Resistindo ao desejo de cheirar mais um papelote inteiro de cocaína pra ver se a tristeza ia embora, Hugo recolheu o embrulho vegetal e pôs-se a caminho da Sala Silenciosa. Agora realmente decidido a acabar com aquilo tudo de vez.

Ele não tentaria mais apenas fabricar uma cocaína que chamasse menos atenção. Aquilo era covardia. Era doentio.

Hugo acharia uma fórmula para anular o efeito daquela porcaria. ANULAR. Acabar com o vício. Acabar com a vontade. Ninguém mais compraria dele. Ninguém mais morreria por sua culpa. E quando tudo terminasse, se ele ainda estivesse vivo, ELE enfrentaria o Caiçara. Sua mãe ia sair ilesa daquilo, nem que ele precisasse morrer para que ela fugisse.

Resoluto, Hugo entrou na escola pelo corredor dos signos mesmo, chamando atenção de alguns alunos – e de todos os signos – pelo sangue que escorria de seus dedos.

Enxugando as lágrimas na manga do uniforme, Hugo escondeu as mãos nos bolsos e foi direto para a enfermaria. Não estava em seu planejamento original enfrentar Kanpai naquele estado, mas era impossível realizar qualquer operação precisa com os dedos quebrados. A arte da alquimia era, principalmente, uma questão de precisão.

O pior é que nem dor ele estava sentindo. Não sentira nada enquanto socava a árvore; não sentia nada agora. Mas, se continuasse com as mãos quebradas, sentiria, e muito, assim que todo o efeito da droga passasse.

Hugo praticamente invadiu a enfermaria, reclamando tratamento imediato. Kanpai olhou para ele como se aquele tipo de invasão já tivesse virado rotina.

Mas, assim que viu a quantidade de ossos quebrados, seu semblante se alterou para o de uma japonesa impressionada.

Pedindo que Hugo pousasse suas mãos sobre uma das mesas, primeiro fez sumir o sangue com a varinha. Depois murmurou *Îebyr Eegun PO*, e todos os seus sete ossos quebrados voltaram ao lugar. Simples.

Assim que a operação terminou, Hugo pôs-se na direção da porta sem nem dizer obrigado. O enjoo e as náuseas estavam voltando.

Kanpai saiu da enfermaria atrás dele. "Como você conseguiu quebrar sete ossos, rapaz?"

"Uma árvore me bateu", ele respondeu ríspido, continuando em sua marcha. Não queria que aquela pergunta se transformasse na primeira de muitas.

Mas Kanpai foi atrás e segurou-o pelo braço já no corredor, examinando seus olhos contra a luz branca da varinha. "Você está bem, garoto? Um pouco pálido... pupila dilatada..."

"Que insistência, caramba!... eu tô ótimo!" ele respondeu tenso, puxando seu braço e saindo pelo corredor.

"Tem certeza?!" Kanpai ainda gritou, mas Hugo já tinha virado, a tempo de se esconder para vomitar longe dos olhos da médica. Vomitou o que tinha e o que não tinha posto pra dentro, sentindo-se levemente melhor depois disso.

Pausando ali mesmo para se reorientar, limpou o vômito e voltou ao quinto andar e à Sala Silenciosa.

Agora sabia o que tinha de fazer. Precisava encontrar uma fórmula que anulasse por completo os atrativos da cocaína.

Mas como?

Calmantes. Talvez se eles dormissem sempre que tomassem a droga, eles começariam a achá-la sem graça e desistiriam de procurá-lo. Assim, ainda daria para vender alguns, sem danos colaterais, e Hugo poderia pagar Caiçara uma última vez. Até conseguir pensar no que fazer com o bandido.

Certo.

Agrimônia... arruda... *Cinnamomum camphora... Cymbopogon citratus...*

Sua cabeça doía de tanto pensar. Quanto mais avançava no livro, mais os nomes se embaralhavam. Era o efeito da cocaína misturado com seu desespero e sua vontade de acabar logo com aquilo.

Cheirou aquela porcaria alterada mais uma vez, e nada. Nem sinal de sonolência.

Ao livro novamente.

Hugo começava a pensar em círculos, como uma pessoa perdida no deserto. Pensava, pensava, pensava, voltava a pensar na mesma coisa e nada saía.

A pasta de Ñago ajudara no começo, desacelerando seu coração, mas já não estava mais fazendo efeito e, cada vez que ele inalava mais daquele pó, não importava o que estivesse misturado nele, sua pressão subia lá no alto e ele tinha que parar por meia hora antes de recomeçar o processo.

Já havia anoitecido e nada de ele encontrar o que precisava. Se é que ele sabia o que estava procurando.

Nada funcionava! Ou, se funcionava, os resultados eram pífios!

Com o coração quase explodindo, Hugo bebeu mais um gole da solução que fizera com a pasta de Ñago, mas ela não surtiu qualquer efeito, e Hugo tombou no chão de pedra, exausto e completamente alucinado.

Lá fora começara a chover.

Uma chuva torrencial, que Hugo apenas levemente notara.

Estava tremendo. Tremendo muito. Seu peito doía como se tivesse levado um tiro.

Sentia milhares de formigas subirem por seus braços e pernas, mas sabia que eram apenas ilusão... estava passando muito mal. Seu corpo inteiro começara a tremer descontroladamente. Não conseguia respirar.

Tentava, mas o ar nem entrava, nem saía.

E as formigas entrando pela sua boca. Hugo podia vê-las entrando, como em um sonho. Assistia a tudo de algum ponto mais acima. Seu corpo lá embaixo, em convulsão, babando, espumando.

Hugo ouviu uma voz e seus olhos abriram de leve, se é que já não estavam abertos. Com a vista embaçada, sentiu seu corpo ser virado para o lado às pressas.

Teve a impressão de que alguém corria para o caldeirão ainda aceso e jogava um número de substâncias lá dentro.

Seu estúpido! Por que tu foi fazer uma coisa dessas?! a pessoa dizia com lágrimas nos olhos.

Ele não sabia ao certo se assistia a tudo de fora ou de dentro do próprio corpo; tudo estava tão confuso... as formigas tinham fugido.

Gislene ergueu sua cabeça para que ele bebesse do próprio caldeirão uma mistura forte com gosto horrível de remédio, forçando-o a engolir tudo, até a última gota.

Hugo quis vomitar, mas ela não deixou, e em poucos segundos, ele caiu num sono profundo e vazio.

Quando acordou, ainda era noite. Hugo abriu os olhos, mas sua visão embaçada só foi clareando aos poucos, até que Gislene apareceu mais nítida, oferecendo-lhe outra poção e insistindo que a tomasse.

Desta vez a poção cheirava bem. Como um chá leve, de camomila ou algo do tipo. Hugo bebeu sem hesitar, sentindo o enjoo surgir novamente, mas só por alguns instantes.

"Isso vai ajudar com a febre", ela disse em voz baixa, checando sua temperatura com as mãos. "O que tu tava pensando, Idá? Tu queria se matar, é?"

Hugo tentou se levantar, mas sentiu tontura e deitou-se novamente, sua boca bastante seca.

Gislene correu até o lago e encheu um frasco com água para ele beber.

"Como você me achou aqui..." Hugo conseguiu murmurar e Gislene deitou a cabeça dele em seu colo para que ficasse mais confortável.

"Me disseram que tu tinha passado mal no corredor. Eu fiquei preocupada. Daí dei uma prensa na Xeila, que me contou dessa sala. Você ficou maluco, Idá?"

"Esse é o único jeito, Gi... Tu sabe que é. Eu preciso acabar com o vício! ... Ainda tem muita cocaína solta por aí. E eles tão misturando com outras coisas, tão fazendo a maior bagunça. Se eu parar de vender e a droga acabar, eles vão destruir geral! Isso sem contar que os caras vão tentar ir atrás de outras poções e de outros pós, e podem acabar encontrando alguma coisa ainda pior."

"Quem procura, acha." Gislene concordou, pensativa.

"Pois é."

"Então nem adianta acabar só com o efeito da cocaína", ela afirmou, com tamanha segurança que Hugo fitou-a espantado.

"Como assim, não adianta?"

"Ué. Tu sabe muito bem que a cocaína vai perdendo o efeito naturalmente para os viciados. Eles experimentam essa porcaria e depois ficam querendo mais e mais, tentando sentir aquela mesma sensação que sentiram da primeira vez. E nunca mais conseguem. Daí acabam partindo pra drogas mais pesadas ainda, e se ferram de vez."

"Mas não é o caso dos *nossos* viciados. Eles não conhecem as outras drogas Azêmolas."

"Não. Mas tu mesmo disse. Eles vão tentar fabricar outras, mais poderosas que a sua. Tornar a cocaína sem graça só vai incentivar essa busca deles por mais", ela raciocinou, indo olhar os frascos já usados e os que ainda restavam, na tentativa de pensar em alguma solução melhor.

Hugo observava-a intrigado. Se o que ele estivera tentando não funcionava, então o que funcionaria?

"E se a gente tentasse um elixir de saciedade?" Gislene sugeriu, e Hugo franziu a testa.

"Não entendi."

Gi pensou mais um pouco, como que para ter certeza do que estava falando, e então disse resoluta, "Tu nunca viu aquelas revistas no SAARA, que prometem emagrecimento em dez dias e coisas do tipo? Claro que nenhuma daquelas poções funciona de verdade, mas eu sempre pensei: por que eles simplesmente não desenvolvem uma fórmula que diminua a vontade de comer? Eu já andei vendo uns livros por aí e sei que esse tipo de coisa existe. O que estou tentando dizer é: por que a gente não tenta achar uma maneira de acabar com a vontade de cheirar a cocaína? Quer dizer", ela corrigiu, "acabar com a vontade de sentir os *efeitos* da cocaína?"

"Tu tem certeza que isso existe, Gi?" ele perguntou, incerto, e Gislene pôs as mãos na cintura.

"Eu posso ser péssima em Defesa Pessoal e História da Magia Europeia, mas de Alquimia eu entendo."

Hugo riu, ainda fraco, "A mesma Gi de sempre...".

Gislene não riu de volta. Parecia preocupada.

"Eu só não sei como a gente vai testar a eficácia das poções. Tu não pode cheirar nem mais um grãozinho de cocaína, que eu não vou deixar."

Gislene pensou mais um pouco, e então pareceu ter uma ideia brilhante, "Talvez se eu-"

"De jeito nenhum, Gi!" ele se ergueu apressado. "EU fiz a merda; eu vou consertar. Tu não vai colocar esse veneno a dois metros do teu nariz. Não vai! Se alguém vai se ferrar aqui, esse alguém sou eu."

Gislene fitou-o impressionada, mas hesitou um pouco antes de finalmente concordar.

Hugo deitou-se de novo. "Se eu morrer, tu conta tudo pra eles."

"Não fala besteira, Idá... tu não vai morrer", ela disse, mandona, e então sorriu como quem lembra de uma piada, "Vaso ruim não quebra."

Hugo começou a rir, mas o enjoo o fez parar. Gislene o socorreu com mais um gole de chá, e fitou-o por um longo tempo. "Sinceramente, Idá... eu não sabia que tu era capaz disso."

"De quê?"

"De arriscar a vida assim, pelos outros. A gente às vezes se surpreende, irmãozinho."

Ela sorriu, afetuosa, mas Hugo não devolveu o sorriso. Ele não era nenhum herói. Eimi, Tobias...

"Como tá o Gueco?" ele perguntou, genuinamente preocupado desta vez.

"Vai sobreviver", ela disse. "Essas magias aí curam tudo... é impressionante. Se a gente tivesse isso no mundo real..."

"Mundo real, Gi?" Hugo riu. "Tu ainda não acredita nisso aqui, é?"

Gislene escondeu o rosto, encabulada. "Às vezes escapa."

Os dois sorriram, mas foi um sorriso fraco, de vida curta. Não estavam no clima.

"Tu tá pronto?" ela perguntou, recebendo a confirmação imediata de Hugo, que só agora começara a sentir alguma coragem verdadeira. Era a segurança que vinha de saber que estava fazendo a coisa certa.

Gislene foi até a biblioteca buscar um livro mais especializado. Enquanto não encontrassem uma poção específica, tentariam achar maneiras de adaptar as poções de saciedade alimentar para as drogas.

A ideia do calmante não fora inteiramente descartada, de modo que eles continuaram tentando fazer com que a cocaína virasse um sonífero. Aquilo ajudaria na aceitação dos viciados quando Hugo anunciasse que pararia de "fabricar" o pó branco, na Fase 2 da operação. Não impediria que eles buscassem algo mais forte, mas, pelo menos, salvaria Hugo de uma surra.

Enquanto os testes não surtiam efeito, Gislene o proibira de inalar aquilo mais de uma vez por hora. Estipulara também um intervalo de quatro horas para cada duas de teste. Mesmo que demorasse uma eternidade para encontrarem a solução, Gislene não admitiria que ele tivesse outra overdose.

Da próxima vez ele poderia não sobreviver.

Apesar da ansiedade em encontrar logo uma solução para aquilo tudo, Hugo obedeceu os novos limites. Até porque não estava aguentando mais os efeitos daquela porcaria no organismo. Os enjoos, a náusea, a tontura... Não diria nada à Gislene, para não preocupá-la à toa, mas aquilo o estava enlouquecendo aos poucos. Principalmente a parte da paranoia.

Os horários de folga eram uma verdadeira bênção. Impediam-no de parecer um morto-vivo durante as aulas, já que os testes eram realizados apenas à noite, exatamente para não chamarem a atenção indevida dos professores com faltas em demasia. De dia, os dois tentavam ficar acordados em sala de aula.

Enquanto o problema de Gislene era apenas o sono, o de Hugo incluía a falta de concentração. Ele simplesmente não conseguia prestar atenção. Tentava, tentava, quebrava a cabeça, mas não conseguia. Era como se sua cabeça não funcionasse mais direito. Como se estivesse com preguiça de pensar. Gislene ainda lhe dava um estimulador de atenção e, só por isso, Hugo conseguia aprender alguma coisa ainda. Mas dormir que era bom, nada. Nem em sala de aula, nem no dormitório, nem enquanto esperava Gislene preparar as poções.

Insônia braba.

Entre uma aula e outra, os dois saíam pela escola em busca dos viciados. Alguns vinham direto ao Hugo sem que ele precisasse procurá-los, cobrando explicações para os atrasos na entrega do pó. Ele inventava uma desculpa qualquer e então dizia a mensagem que haviam decidido disseminar juntos: que ele descobrira que aquele pó podia ser letal.

Gislene fazia o mesmo, sempre com o cuidado de não mencionar o nome dele. Dizia apenas que o inventor do pó branco havia descoberto que o pó podia matar, e que eles deveriam tentar parar com aquilo.

Alguns até ficavam preocupados com a notícia, dizendo que tentariam então parar. Mas a maioria já estava tão viciada que riam da cara deles, dizendo que era inveja ou algo do tipo.

"Olha só pro meu estado, cara!" Hugo insistia, mostrando como estava magro e abatido. "Tu não viu o que o pó fez com o Eimi?!"

Mas não adiantava. Eles se negavam a acreditar.

E os que acreditavam, em pouco tempo já eram vistos drogados novamente.

Enquanto isso, os testes continuavam.

Às vezes, Gislene entrava sozinha e Hugo só aparecia mesmo na hora do teste. Nesses casos, era sempre muito bizarro entrar na Sala Silenciosa. Com Gislene entrando primeiro, a sala se transformava no Dona Marta! Era como se eles estivessem em casa de novo.

Hugo chegava até a olhar meio temeroso para os cantos, esperando que Caiçara aparecesse a qualquer momento de tão real que era.

Real, mas diferente. Assim como Dênis vira uma cidade medieval no passado, parecia que Gislene tinha mais uma espécie de futuro em mente. A comunidade estava mudada, mais limpa, com casas coloridas, teleférico funcionando... policiais nas ruas, batendo papo com moradores... Uma placa comemorativa na entrada do teleférico dizia "Feliz 2011. Ano 3 da pacificação".

Pacificação... tá legal. Hugo fingia que acreditava.

O fato é que, a partir do momento em que viram o Dona Marta daquele jeito, os dois concordaram que Gislene deveria sempre entrar primeiro.

Era muito bom ver aquilo.

Os moradores andavam sorridentes pelas ruelas, tranquilos, sem qualquer tipo de medo... e, principalmente, sem nunca notarem suas presenças, como se Hugo e Gislene não estivessem lá. Alguns deles Hugo até reconhecia, apesar de estarem catorze anos mais velhos. Pareciam tão reais... Mas só nos animais os dois podiam tocar. Só os animais sentiam suas presenças. Como o cavalo Aluíso percebia a caipira no campo.

Gislene, sempre que entrava, não se aguentava de emoção. As imagens a faziam lembrar do pai. De como ele teria adorado ver aquilo tudo.

Nessas horas, Hugo esperava num canto, até que ela se recuperasse. Brincava com um gato, com um cachorro... ficava pensando se aquilo que estavam vendo não seria mesmo o futuro. Se a Sala Silenciosa não os transportava de verdade no tempo. Para algum lugar importante, ou querido, da pessoa que entrasse primeiro.

Mas, se fosse esse o caso... então por que Hugo via aquela floresta claustrofóbica? Não fazia sentido. Hugo não tinha nada a ver com aquilo. A não ser que aquela floresta fosse se tornar algo importante no futuro.

Bom, não importava. Ele tinha coisas mais urgentes com o que se preocupar.

Os CUCAs tinham sido chamados à escola novamente.

A razão era óbvia: como Eimi não era o único culpado pelo inferno em que a escola se transformara, os roubos, as brigas e os ataques a estudantes não haviam cessado com sua prisão. E agora os CUCAs tinham resolvido manter guarda até que conseguissem prender todos os arruaceiros.

E a vigilância não se limitava aos alunos.

O constante sumiço de frascos e poções do depósito de Rudji rendeu ao mestre alquimista uma bela advertência da polícia: se os ataques continuassem a acontecer, ele se tornaria o principal suspeito de estar intoxicando os estudantes.

Sim, porque a possibilidade já surgira, de que os alunos estariam sendo intoxicados por alguma coisa. Hugo e Gislene precisariam agir rápido se não quisessem que um inocente fosse preso. Aí sim, Hugo teria que abrir o jogo e se entregar. E sua vida estaria acabada. Gislene tinha noção disso. Por isso fazia de tudo para manter o problema em segredo, apesar de saber, como Hugo também sabia, que talvez a melhor opção para acabar com o problema fosse mesmo contar a verdade.

Diante da ameaça dos CUCAs, Rudji retirou tudo que ainda restara no depósito e escondeu em um local secreto, complicando a vida dos dois alquimistas-mirins. Agora eles teriam de usar apenas o que já haviam roubado anteriormente.

Para piorar ainda mais, os CUCAs decidiram fechar o cerco. Começaram a revistar os escritórios dos professores, o alojamento dos garçons... e Hugo ficou até bastante surpreso por não terem encontrado nenhum alucinógeno na sala da Zoroasta, que os recebeu servindo chazinho.

Rumores se espalharam pela escola de que os próximos locais a serem revistados seriam os dormitórios, e Hugo foi correndo buscar a caixinha de fósforo, que ainda escondia lá. Quando estava prestes a sair do quarto, bateram na porta.

Uma batida forte e resoluta, típica de policiais. Hugo enfiou a caixinha no bolso interno do uniforme e se apressou em abrir a porta. Se demorasse muito, os CUCAs desconfiariam. Melhor mostrar disposição em ajudar.

Prontamente, abriu caminho para que o homem magro e desengonçado que dirigia as buscas entrasse. A placa de identificação dizia Investigador Pauxy Cardoso.

O homem olhou à sua volta, curioso. "Então este é o quarto do Eimi..."

"Isso mesmo, oficial."

"Você então deve ser o..." Pauxy tirou um bloquinho de notas e leu, "Hugo."

Hugo tremeu nas bases, mas confirmou sem demonstrar qualquer alteração fisionômica. Eimi tinha contado... o desgraçadinho tinha contado...

"Emiliano não para de falar em você", o inspetor sorriu simpático. "Na verdade, ele não para de falar, e ponto."

Hugo riu, escondendo o alívio. "É... conheço a peça."

Pela descontração do investigador, Eimi devia ter tagarelando sem parar sobre como Hugo era isso e aquilo de bom; sobre como ele era o máximo etc. etc. Absolutamente nada sobre drogas.

"Você nunca via nada de suspeito? Alguma vez Emiliano comentou alguma coisa com você?"

"Não, não. A gente quase nunca mais se viu. No último mês, ele deu pra não aparecer por aqui. Pode perguntar pro pessoal. Nem dormir, dormia. Como ele está?" Hugo arrematou, demonstrando preocupação real.

O inspetor fez uma careta de impaciência, "Esperneando em um quarto especial da delegacia, tendo alguma espécie de crise, sei lá. Cremos que logo ele ficará bem."

"Vocês já sabem a causa? Têm alguma suspeita?"

"Parece que há uma espécie de doença azêmola que tem os mesmos sintomas que nosso Emiliano sofre. Dizem que é temporário."

É... crise de abstinência era temporária mesmo. Mas chata pra caramba.

"Podemos fazer uma busca aqui no seu quarto?"

"Fiquem à vontade", ele respondeu, solícito, abrindo os armários e saindo da sala. "Se vocês me dão licença, eu tenho assuntos urgentes a tratar."

"Claro, pode ir, garoto. Nós não vamos nos demorar por aqui."

Nós. Como se ele sozinho fosse a polícia inteira.

Hugo saiu pelo corredor, procurando nem pensar na caixinha em seu bolso. Vai que o investigador era treinado em telepatia ou coisa do tipo.

"Senhor Hugo!" Pauxy chamou-o de volta, e Hugo congelou, virando-se de fininho na direção do quarto.

"Talvez o senhor não saiba", Pauxy comentou, "mas o garoto te venera!"

Hugo forçou um sorriso, disfarçando seu sentimento de culpa. "É, eu sei. O velho Eimi..."

Despedindo-se mais uma vez, saiu do dormitório se sentindo um verdadeiro lixo.

Deveria estar aliviado, já que o investigador era um banana distraído que nunca descobriria porcaria nenhuma. Nem notara o estado deplorável em que Hugo se encontrava! As olheiras de noites sem dormir, a leve tremedeira nas mãos... Simplesmente não notara!

Hugo saiu para o pátio, mas resolveu dar uma volta antes de subir ao quinto andar, já que cinco CUCAs se encontravam entre ele e a escadaria central. Talvez os subordinados de Pauxy não fossem tão cegos.

Fausto estava na praia, resmungando sobre a ausência do filho-escravo enquanto limpava a porcalhada que os policiais haviam deixado na areia durante a revista pessoal dos alunos.

Desviando do Senhor Mau Humor, Hugo foi passear pela mata lateral enquanto não liberavam as escadarias. Gislene já devia estar lá na Sala Silenciosa, esperando-o, mas ele estava exausto. Fazia tempo que não passeava daquele jeito, sem destino.

Aproximando-se do trailer de Atlas, viu um policial lá dentro, revistando.

O professor o deixara vasculhar à vontade, mas pela sua cara de poucos amigos, não parecia muito satisfeito com a falta de respeito que o CUCA estava demonstrando por seus objetos pessoais.

Para dizer a verdade, a não ser pelo investigador Pauxy, que fora um verdadeiro cavalheiro, os CUCAs haviam se mostrado um tanto rudes em comportamento. Não só com os alunos, como também com os professores e membros da diretoria. Falavam palavrão, tocavam terror nos novatos, insultavam sem razão alguma, riam da cara dos que demonstravam medo, revistavam sem qualquer cuidado, quebrando, amassando... Polícia era igual em qualquer lugar do mundo. E pior ainda no Brasil. Hugo sabia bem.

Desviando-se discretamente do trailer, Hugo continuou seu caminho pelas estátuas e árvores da mata lateral, ponderando se não seria uma boa ideia enterrar a maldita caixa logo, antes que fosse tarde demais. Talvez logo atrás de Demétrios I. Seria um bom lugar. Identificável, para quando tivesse que recuperá-la.

Aproximando-se da estátua, Hugo ia largar a caixinha quando ouviu um movimento de folhas mais adiante.

Olhando assustado na direção do barulho, avistou um corpo de menino se arrastando e gemendo no chão de terra, como se carregar o próprio peso fosse um fardo pesado demais.

Hugo chegou mais perto e sentiu todo o seu sangue fugir do rosto.

Era Tobias.

CAPÍTULO 36

A CAPTURA

Hugo correu para ajudá-lo, sem pensar em qualquer outra coisa. Tobias estava magro e pálido, mas ainda conseguia perceber as coisas ao seu redor, e quando Hugo se ajoelhou no chão e segurou-o no colo, o garoto balbuciou com os olhos vidrados, "Tu viu a mula, cara... tu viu?!"

"Caramba, Tobias!" Hugo não perdeu tempo, "Onde tu tava?! Te procurei por todos os cantos! Nem dormi te procurando!"

"A mula, cara... a mula..."

"Vi... vi sim", ele respondeu, tentando não olhar para as pernas esmagadas do garoto. "Calma, Tobias... calma que eu já vou te tirar daqui."

O garoto não tinha percebido onde estava. Acreditava ainda estar perdido na floresta... Melhor assim. Quando recobrasse a razão, pensaria que Hugo o havia resgatado. Se sentiria em dívida com ele. Talvez nem contasse nada sobre a droga.

Talvez.

Erguendo Tobias com dificuldade, Hugo transportou-o nos ombros o mais depressa que pôde, gritando por ajuda assim que viu alguém passar ao longe. Atlas e o CUCA que o revistava vieram correndo socorrê-lo.

"Minha nossa..." o professor empalideceu, olhando para o garoto, que não parava de balbuciar coisas incompreensíveis.

"Ele tava perdido na floresta", Hugo explicou sem que ninguém tivesse perguntado. "Já fazia umas duas semanas que ninguém via ele."

"Como assim, duas semanas?! Eu dou aula pra esse guri!"

"Professor, tu sabe que tu não é de prestar atenção nessas coisas. Além do que, essa confusão toda desses últimos meses..."

"É..." Atlas concordou, atordoado. "Deve ter sido isso..."

Atlas não fora o único. Ninguém notara a ausência de Tobias. Seus amigos mais chegados estavam todos envolvidos até o pescoço na cocaína, e os professores já tinham preocupações o suficiente com os alunos que *compareciam* às aulas para se preocuparem com os que faltavam.

"Ele teve sorte", o subtenente Henrique declarou, após examinar as pernas do garoto, "Qualquer que tenha sido o animal, ele esmagou sem cortar. Senão, o garoto já teria morrido há muito tempo, por perda de sangue... Qual é seu nome, garoto?"

Atlas se adiantou, "É Tob-"

"Shhhh!" o policial repreendeu-o. Dirigindo-se ao ferido, perguntou novamente. "Você lembra seu nome?"

Com a pergunta sendo dirigida especificamente a ele, Tobias pareceu recobrar um pouco de sua sanidade mental. "Tob-iiias Guerreiro... Neto", ele murmurou trêmulo, e o CUCA sorriu satisfeito. Estava testando o coitado para ver se podia ser interrogado.

Pessoal detestável.

"Estou indo chamar a Kanpa-"

"Um minuto, professor Vital", o subtenente o impediu. "Precisamos saber como este meliantezinho conseguiu sumi-"

"Meliantezinho?!" Atlas e Hugo protestaram ao mesmo tempo. Aquilo era um absurdo! O garoto lá, ferido, e o cara já querendo tachá-lo de criminoso?!

"Chama a Kanpai, professor!" Hugo ordenou revoltado, e Atlas saiu correndo, ignorando as instruções do policial.

"Água, moço... água."

"Nós já vamos buscar. Primeiro me diz que animal fez isso nas tuas pernas."

Tobias olhou choroso para o policial, *"Me leva pra casa, moço..."*

"Como tu foi parar na floresta, garoto?"

O olhar fraco de Tobias encontrou os de Hugo, que olhou de volta quase implorando para que ele não dissesse nada.

Os dois ficaram se encarando por uma eternidade, até que Kanpai apareceu, praticamente empurrando o policial para o lado.

"O que você pensa que está fazendo interrogando meu paciente?!"

"Ele não é seu paciente, sua louca! Ele é uma possível testemunha e eu exijo que me deixe interrog-"

"Ah, vai interrogar o Visconde de Sabugosa, vai! Tá pensando que aqui é a casa da Mãe Joana?!"

"É o que parece!"

"Levem o aluno", Kanpai ordenou para dois enfermeiros, que barraram o policial e ergueram Tobias sem muito esforço, levando-o para dentro do pátio e depois escada acima.

"A senhora não pode fazer isso!" o subtenente gritou atrás dela, sendo seguido de perto por Hugo e Atlas. "Isso é desacato à autoridade!"

"Me prende então!" Kanpai enfrentou-o de frente, esperando que seus enfermeiros entrassem com o ferido e fechando a porta na cara do policial, que esmurrou a parede, pê da vida.

"Subtenente", Hugo chamou, tentando acalmá-lo. Queria o policial bem longe daquela porta. "Deixa a Kanpai tratar do Tobias... Ele nem estava falando coisa com coisa mesmo! Mais tarde o senhor interroga!"

"É... talvez."

"Policial! Policial!" alguém chamou, e os dois se viraram, mas não encontraram ninguém do outro lado.

"Aqui no quadro, policial!"

Hugo sentiu um calafrio. Lá estava Liliput, totalmente retocado, olhando para ele com cara de esperto em meio a uma festa do século XVI. Outras figuras sentavam pelos cantos, bebendo entediadas, mas ele não. O desgraçadinho tinha um sorriso vingativo nos lábios.

"O que você quer?" o CUCA perguntou impaciente, e Liliput só faltou pular para fora do quadro de tanto entusiasmo.

"É esse aí, ó!" o magrelo apontou para Hugo. "É esse aí que tá bagunçando o colégio! Ele não é *pó* que se cheire!"

Hugo olhou para o subtenente e forçou uma risada, "Tu não vai acreditar num quadro idiota, vai?"

"Não sei", Henrique respondeu, incerto.

"O senhor não vê?! Ele tá querendo se vingar de mim porque eu bati nele!"

O CUCA fitou-o incrédulo, "Você bateu num quadro. Sei..."

"Nãããão... Eu deixei que outro personagem, o Gúliver, batesse nele. Não é verdade, professor?!" Hugo disse, abordando Atlas. "Não tem sempre um grandalhão que vive querendo bater no Liliput? Então", ele se virou para o policial, "eu deixei."

Atlas fitou-o, admirado, mas voltou-se para o CUCA, confirmando as palavras do aluno, "Isso é verdade, Sr. Oficial. Esta pintura precisou ser inteiramente restaurada por causa de um espancamento. ... Eu só não sabia que tu tinhas sido o responsável."

Hugo baixou a cabeça, e o policial olhou para os dois, na dúvida se acreditava neles ou no quadro.

"Vê nos bolsos dele! Vê nos bolsos dele!" Liliput saltitou, empolgadíssimo.

"O senhor não vai acreditar numa PINTURA, né?"

"Abre os braços.", o subtenente ordenou.

"Ah, fala sério-"

"Abre os braços, AGORA!"

Acuado, Hugo olhou para o professor, que não pareceu ser contra a revista. Liliput sorriu, triunfante.

Não tinha jeito. A hora era aquela.

Tentando fingir serenidade, Hugo obedeceu, e o subtenente apontou a varinha para ele dizendo *"Sunga nfundu!"*

A caixinha pulou de seu bolso para o chão, junto com uma caneta, alguns pedaços de papel e o dicionário branco.

O subtenente foi direto na caixinha. Enquanto tirava um dos papelotes lá de dentro, Hugo olhou aflito para o professor, mas não conseguiu deduzir o que Atlas estava pensando.

"O que é isso?" o oficial perguntou, abrindo o saquinho e enfiando o dedo na cocaína.

Hugo foi rápido. "É Pirilimpimpim."

"É o que??"

"Pó de Pirilimpimpim! Não conhece?!"

O CUCA olhou para ele desconfiado, mas não completamente incrédulo, e Hugo pôde respirar um pouco mais aliviado. Será possível que o cara nunca ouvira falar em cocaína?! Os alunos, vá lá, mas um *policial*?! Eles realmente viviam em um mundo à parte...

Hugo se acostumara com a companhia dos Pixies. Esquecera-se de que os quatro não eram parâmetro para ninguém. Eles sim, reconheceriam cocaína se a vissem. Mas os outros... os outros tinham coisas mais importante a fazer do que ficar prestando atenção no noticiário mequetrefe.

O subtenente testou a consistência do pó... graças a Deus não cheirou... e finalmente admitiu derrota, "Pra que serve?"

"Duh, pra viajar!" Hugo disse, como se fosse a coisa mais óbvia do mundo. "Eu não acredito que o senhor nunca tenha ouvido falar em *Pirilimpimpim*. É mais antigo que a minha avó!"

O CUCA analisou novamente o pó.

"Aqui ó", Hugo pegou o dicionário no chão e sussurrou *Pirilimpimpim*. "Pode ver."

O policial tomou o dicionário nas mãos e leu em voz baixa, *"Um pó mágico que permite que uma pessoa viaje de um ponto a outro sem necessidade de transportes, portais ou chaminés.* E como faz pra usar isso?"

Hugo sorriu por dentro, tirando o dicionário das mãos dele antes que um novo significado aparecesse com o nome *cocaína*. "É só pegar um punhado e jogar pra cima, pensando no lugar que o senhor quer visitar."

Criterioso, o subtenente derramou todo o conteúdo do papelote na palma de sua mão e jogou ao ar, deixando que o pó branco caísse sobre sua cabeça.

Nada aconteceu. Obviamente. Além de ele ter ficado todo salpicado de branco.

Segurando-se para não rir, Hugo fingiu decepção e tomou a caixinha das mãos do subtenente, testando um papelote em si mesmo, sem qualquer resultado.

"Porra, deve estar fora da validade! A Emília me paga..."

"Tá certo, garoto", o CUCA disse impaciente, deixando que Hugo ficasse com a caixinha. "E você", ele adicionou, tocando Liliput com o dedo, "Se o senhor der uma de espertinho de novo, eu te confisco."

Limpando o pó de seu uniforme, o subtenente Henrique respirou fundo e foi embora.

Hugo enfiou tudo de volta no bolso, dando risada. Não fazia ideia de que podia ser tão cara de pau.

Mas a comemoração de sua esperteza durou pouco. Foi só o tempo de Hugo olhar para a cara séria do professor de Defesa.

"Pensei que tu fosses melhor do que isso, Hugo", Atlas disse, com uma cara de decepção que fez Hugo sentir todo o peso de sua culpa.

"Melhor do que o quê?" Hugo ainda tentou desenganar.

"Não me dá um atestado de burrice porque eu não sou burro!" Atlas disse ríspido, e Hugo percebeu que qualquer intervenção seria inútil. O professor reconhecera a cocaína. E pior, sabia o que era.

"Tu não vai me dedurar, vai?"

O professor negou, sério. "Se tu pensaste, por um instante sequer, que eu faria uma coisa dessas, Taijin, ... tu ainda não me conheces."

Fitando seu aluno uma última vez com profunda mágoa no olhar, Atlas entrou na enfermaria, deixando-o sozinho no corredor.

Hugo olhou com ódio para o magrelo, que tinha se jogado numa poltrona da pintura para assistir de camarote.

"Você me paga..."

Liliput sorriu de raiva, "Eu já paguei." Levantou-se e foi embora do quadro.

Com a mágoa do professor ainda corroendo sua mente, Hugo entrou na Sala Silenciosa e percorreu os caminhos da futura Santa Marta até chegar a uma casa em construção, onde ele e Gislene haviam montado o pequeno laboratório de alquimia.

Foi só pisar no barraco, que Gislene praticamente o expulsou de lá, dizendo que o elixir com as novas modificações ainda não estava pronto e que, mesmo que estivesse, ela não o deixaria cheirar mais um miligrama de cocaína até daqui a dois dias.

"Tu não vai ajudar em nada morrendo", ela disse, empurrando Hugo para fora sem mais delongas. "Vai estudar, que é o melhor que tu faz. Não esquece que, graças a tua briguinha com o Abel, tu tem que tirar ao menos nota oito pra passar raspando de ano."

Dito isso, fechou a porta na cara dele.

Estudar... Só se fosse mais Defesa Pessoal, que era o que ele realmente precisaria contra o Caiçara logo, logo.

Tomando a direção da biblioteca, pausou alguns metros depois de sair da Sala Silenciosa. Ouvia um choro de mulher. Um choro assustado, soluçado, de quem chorava intensamente.

Hugo andou mais alguns passos até a sala de Mistérios da Magia e do Tempo, que costumava ficar vazia às quintas-feiras. Abrindo a porta, sentiu seu coração acelerar ao ver sua doce caipira lá, toda encolhidinha no chão, derramando-se em lágrimas no canto da sala.

Ele foi socorrê-la, preocupado. "O que aconteceu, Maria?"

Ela estava trêmula, a coitada. Olhando tímida para ele, começou a chorar ainda mais. Hugo tentou ampará-la, aflito, mas não sabia exatamente como ajudar.

"Ocê viu?! Ocê viu o pobrezin'???" ela perguntou, soluçando muito. "Ocê viu as perna dele?!"

Ah, o Tobias.

"Vi..." Hugo disse, acariciando seus cabelos. "Mas ele vai ficar bom, não se preocupe."

"Mas deve di tê doído muito, coitado! Ai, Jesus meu... tá tudo acontecendo aqui! As pessoa tão tudo violenta!"

Hugo baixou a cabeça, tentando disfarçar qualquer culpa que pudesse transparecer em seu olhar. E então uma ideia lhe ocorreu. Algo que poderia talvez animá-la um pouco. Ele não aguentava vê-la sofrendo daquela maneira, ainda mais por algo que ele mesmo tinha feito.

"Você é muito religiosa, né?" ele perguntou com carinho, e ela confirmou.

"Tá livre hoje à noite?"

Maria olhou surpresa para ele, mas negou com a cabeça.

"Amanhã então?" Hugo insistiu, e novamente, recebeu um não como resposta. "Ocupada, hein!!" ele brincou, e tentou mais uma vez, "Sábado?"

A caipira sorriu.

"Então está marcado", Hugo confirmou, alegre.

Sábado à noite ele a levaria para ver a estátua do Cristo.

Aquilo certamente iria acalmá-la. Talvez Hugo até conseguisse um beijinho lá em cima. Quem sabe.

Precisava se preparar para a grande noite. Não podia sair para um encontro talvez-romântico parecendo um esqueleto de olheiras.

Já que Gislene o proibira de testar qualquer coisa mesmo, Hugo foi tentar recuperar o sono perdido.

Complicado. Não só porque não conseguia parar de pensar na caipira, como também porque os urros da Mula não deixavam. E nem iriam deixar tão cedo, sem Capí por lá para acalmá-la.

Era já a terceira semana sem ele. E isto significava noites infernais nas quintas e sextas. A mula urrava, e urrava, e urrava sem parar, e ninguém entendia porque ela não estava mais parando lá pelas duas, três horas da manhã no máximo.

No entanto, precisamente naquela noite, como que por encanto divino, a mula se calou lá pela uma da madrugada, e Hugo pôde dormir quase em paz.

Quase, porque seu sono já não era perfeito há muito tempo. Não conseguia mais parar quieto na cama, pensava nos CUCAs, no Caiçara... o corpo quase implorando por mais daquela porcaria branca. Sonhava com formigas, abelhas, escorpiões... todos subindo por cima dele.

Comparada às noites anteriores, no entanto, aquela de quinta para sexta foi uma beleza. Tanto que ele conseguiu até prestar atenção na aula de Ética do dia seguinte.

Quer dizer, pelo menos até a metade da aula de Ética. Porque sua concentração foi para espaço quando, no meio de um "Inspiiiiiiirem..." de Gardênia, ouviu-se o urro metálico da mula, ecoando sinistro pelos corredores. No meio da manhã.

Ooooorrrrghhhh...

Alunos de todas as séries saíram para os corredores com o mesmo questionamento estampado no rosto: o que diabos tinha acontecido? O bicho trocara a noite pelo dia?

Era só o que faltava.

Até os professores pararam para ouvir aquele urro metálico de lamento. Era um lamento ainda mais triste do que o de costume... mais desesperançoso. Todos notaram.

Depois de alguns minutos de comoção silenciosa, os professores de cada andar mandaram que seus alunos retornassem às salas de aula, e procuraram continuar a lição normalmente, como se nada houvesse acontecido.

Oooooorrrghhhh... oooorrrghhhh...

O urro estava tão fraco e tão choroso que Hugo não foi o único a sentir-se, de certa maneira, triste. E quando as aulas especiais do dia terminaram, todos saíram de suas salas entristecidos.

O desânimo abateu o corpo estudantil pelo restante daquela sexta-feira. Era como se o choro da mula tocasse a todos. Até os que antes morriam de medo do tal bicho misterioso, agora pareciam compadecer-se dele.

Será que Formosa tinha adoecido? Talvez fosse saudades do Capí.

O clima de tristeza geral só foi estancado ao anoitecer, quando Hugo notou uma comoção em frente ao dormitório. Os novatos todos tentavam ler uma notificação grudada à porta.

"O que é aquilo?" Hugo perguntou para Gislene, que também parecia ter se dado férias da atividade alquímica-suicida dos dois.

Gi examinou seus olhos antes de responder qualquer coisa. "Descansou bastante?"

"Acho que sim, por quê?"

"Por que hoje todo mundo vai dormir mais tarde."

Desviando-se de algumas cabeças, Hugo tentou olhar novamente para o aviso na porta de entrada e só então conseguiu ler:

AULA EXTRAORDINÁRIA DE SEGREDOS DO MUNDO ANIMAL.

Hoje, às 20 horas, na primeira clareira atrás do Pé de Cachimbo.

Era a clareira do Clube das Luzes. Hugo e Gislene foram na frente, guiando os alunos que nunca haviam entrado na floresta antes.

A maioria ia resmungando da professora, alguns avançando de mansinho, apavorados pelo simples fato de estarem na floresta; outros, olhando para todos os lados, com medo de que fossem atacados pelo misterioso monstro dos urros.

Gislene estava revoltada. "O que essa louca tá pensando?! Marcar aula aqui fora, com esse bicho à solta?!"

"Ah, eu acho irado", Rafinha respondeu, avançando destemido logo atrás deles, até que todos se reuniram na clareira. Eram duas turmas do primeiro ano e mais vários curiosos de outras séries.

Todos fizeram questão de permanecer a uma distância segura da jaula de três metros de altura que havia sido colocada bem no centro da clareira. Estava coberta por um pano cinza.

Na expectativa, até os alunos mais arruaceiros ficaram em silêncio.

Mas foi só Felícia aparecer, triunfante, por de trás das árvores, que Hugo logo sacou o que todo aquele showzinho queria dizer.

Já havia desconfiado antes, mas toda aquela pompa da professora, toda aquela confiança e aquele sorrisinho dela, só confirmaram suas suspeitas.

Capí não ia gostar nada daquilo...

CAPÍTULO 37

O MOTIM

Felícia se aproximou dos curiosos, curtindo o sabor de sua vitória. Todos lá, quietinhos, com suas atenções voltadas inteiramente para ela; ninguém a insultando, ninguém revirando os olhos, ninguém desprezando sua imensa inteligência... E, principalmente, ninguém falando que queria a destrambelhada da Ivete de volta.

Todos no mais absoluto silêncio.

Observando os alunos com a mais irritante soberba, Felícia começou seu showzinho particular. "Como vocês sabem, meus queridos, eu sou Doutora de Trato com a Fauna Mágica, formada pela conceituadíssima Escola Internacional de Bucareste, especializada no controle de feras avantajadas como esta que vocês verão aqui hoje. Como lhes prometi desde o início do semestre, vou lhes apresentar esta noite um dos animais mais extraordinários da Fauna terrestre. Um ser único no mundo, mas sobre o qual todos vivem falando. Até no mundo azêmola!"

"Mundo mequetrefe, professora!" algum novato corajoso corrigiu, e Felícia se esforçou para não perder a pose.

Como alguém ousara interromper seu *magnífico* discurso?

"Vocês riem agora, mas esperem até ver o que eu trouxe especialmente para vocês."

Com um sorriso doentio, Felícia puxou a manta de cima da jaula e todos arregalaram os olhos, admirados.

Hugo foi o único que não se surpreendeu. Pelo contrário. Olhou revoltado para a professora, assim que viu a Mula acuada num canto da jaula, assustada com aquilo tudo. Não tinha chamas, só aquele vazio onde deveria estar a cabeça.

"Olha as pernas dela, Idá..." Gislene murmurou, penalizada.

A mula estava toda machucada. Arranhões, cortes... principalmente nas patas. A pata posterior esquerda, amarrada às grades da jaula, sangrava contra a corrente apertada. Mas ninguém pareceu notar aqueles pequenos detalhes. Não diante de algo tão mais chamativo, que era, obviamente, a falta de uma cabeça.

Felícia sorriu com a resposta positiva dos alunos, que queriam porque queriam chegar mais perto. "A gente pode tocar, professora?"

"Não seria muito prudente, não", Felícia disse, e começou a explicar. "Acreditamos que a Mula sem cabeça tenha chegado aqui na Korkovado por volta de 1966, após ter causado um belo incêndio naquele antro de bandidos vizinho à escola, que os Azêmolas chamam de favela."

Gislene e Hugo se entreolharam.

"Desde então", a professora prosseguiu, "ela vem infernizando a vida dos alunos desta escola toda noite de quinta e sexta-feira. Não é uma beleza de animal?" ela perguntou, com verdadeira cobiça no olhar.

Os alunos concordaram, maravilhados.

"Nossos queridíssimos Anjos ajudaram na captura."

Hugo olhou com ódio mortal para Abelardo, que estava se achando o máximo lá no meio do grupo. A julgar pelo contentamento do Anjo, seu irmãozinho querido já devia ter se recuperado do espancamento.

"Ela é mesmo única no mundo?" Rafinha perguntou curioso, e Felícia respondeu com orgulho exacerbado, "Nunca foi avistada uma igual, em nenhum outro país. Uma verdadeira raridade."

A ganância da professora era de dar inveja ao Diabo, de tão evidente. Felícia queria roubá-la e exibi-la pelo mundo, como Capí dissera. Isso estava mais do que claro. E alguns alunos já começavam a perceber suas verdadeiras intenções. Olhavam cabreiros para a professora. Principalmente Dulcinéia, que parecia inclusive ofendida com o tratamento dispensado à sua prima de quatro patas.

Mas foi Gislene quem se adiantou, indignada. "Professora, é política da escola capturar animais silvestres e feri-los sem motivo?"

Felícia ignorou a pergunta. Alheia ao crescente descontentamento da turma, prosseguiu com suas explicações, "A lenda azêmola diz que a mula era uma jovem que, apaixonando-se por um padre, teria sido castigada por DEUS e condenada a ser uma mula sem cabeça para sempre. O que é uma baboseira religiosa sem tamanho, como tudo que os Azêmolas dizem."

"Os bruxos têm uma lenda pra ela também?" Rafinha perguntou.

"Nossa lenda envolve um feiticeiro apaixonado e rejeitado que, morto de ciúmes pela jovem que amava, teria matado o namorado da moça, transformando-a em mula sem cabeça para que ela nunca mais fosse desejada por ninguém. Só que o feitiço saiu imperfeito, e a jovem passou a se transformar em mula apenas nas noites de quinta e sexta-feira, quando então saía pelas cidades, tocando terror e urrando sua solidão para todo mundo ouvir. Apesar dessa limitação de dias na semana, a maldição acabou alcançando seu objetivo principal: a jovem nunca mais teria um relacionamento duradouro, porquanto acabaria sempre por matar ou espantar seu amante."

"Até que é parecida com a lenda mequetrefe", Rafinha observou, mas Felícia não pareceu muito contente com a comparação.

"De qualquer modo, garoto", ela disse, impaciente, "ambas as lendas são ridículas. Se fossem verdadeiras, a mula seria hoje uma velha caquética, e a única velha caquética que conhecemos por aqui é a Zoroasta."

Felícia pausou, percebendo que seu comentário infeliz não agradara a quase ninguém na plateia.

"De qualquer modo", ela tentou consertar, "capturamos esta aqui na noite de ontem, e hoje de manhã ela permaneceu sendo mula. Portanto, a lenda é uma perfeita baboseira, como eu disse. Além do que, vemos Zoroasta todas as noites no refeitório."

Hugo sorriu. Ela estava se enrolando cada vez mais. Falar mal da Zô era pecado mortal.

Vendo que nem aos Anjos ela estava agradando, Felícia tentou ganhar os alunos de outra forma. "Mas vocês ainda não viram tudo!" ela disse, toda animada, pegando no chão uma pedra do tamanho de um tijolo.

"Eu não acredito que ela vai fazer isso", Hugo murmurou, apreensivo.

Mas Felícia já havia tacado a pedra contra as grades. E com tanta violência, que o barulho que a pedra fez ao atingir a jaula conseguiu se equiparar ao urro estrondoso que a mula deu, explodindo em chamas e empinando, furiosa.

Todos se afastaram no susto, tapando os ouvidos e olhando admirados para o bicho, que agora não parava de se debater contra a jaula, desesperado, querendo de qualquer maneira sair dali. Urrava feito louco, atacando as grades, tentando quebrá-las ou derretê-las, mas efeito nenhum suas chamas causavam no aço.

Apesar de maravilhados com o animal, ninguém mais parecia muito contente. Aquilo era errado! Completamente errado e brutal.

Pensando que estava arrasando como professora, Felícia jogou mais uma pedra contra o animal para atiçar ainda mais sua fúria. Assustada e acuada, a mula lançou suas chamas a quatro metros de altura, espalhando um calor quase insuportável para cima dos alunos. Quanto mais ela se debatia, mais se feria contra as grades, seus cascos de chumbo soltando faísca ao atingir o chão da cela.

"Bicho burro!!" Felícia riu, jogando mais uma pedra e Hugo não se aguentou mais.

"Para com isso, sua covarde!"

"Não tá vendo que ela está machucada?!" Dulcinéia contribuiu e Gislene berrou revoltada: "Isso é tortura! Você tá ferindo um animal indefeso!"

"Eu não estou *ferindo* a mula, senhorita Guimarães. Ela está fazendo isso a si mesma", Felícia retorquiu, voltando-se para o resto da turma, "Como vocês podem ver pelo modo como as chamas tocam a copa das árvores sem queimá-las, o fogo da mula sem cabeça afeta apenas seres humanos e objetos construídos por eles. É um animal preconceituoso por natureza."

Preconceituoso? Ela era louca...

"Esta jaula de aço precisou ser imantada magicamente para aguentar o calor das chamas", ela informou com orgulho, como se fosse grande proeza saber imantar uma jaula. "Portanto, não se preocupem. Vocês estão perfeitamente seguros."

"Como se quebra a maldição?" Rafinha perguntou de repente, e Felícia olhou para ele sem entender muito bem a pergunta.

"A maldição!" Rafinha repetiu. "Pra ela virar mulher de novo!"

Hugo sorriu. Rafinha estava provocando a professora. Deliberadamente.

Felícia revirou os olhos, irritada, "Eu já disse que essa lenda é uma baboseir–"

"Em teoria, professora", Francine interferiu. "Só em teoria!'

"Ah, bom. Em teoria... seria preciso tirar o cabresto da fera e ela voltaria a ser humana."

"Mas que cabresto? Ela nem cabeça tem!"

"É assim que crendices populares funcionam, meu bem. Elas não fazem o mínimo sentido. Muito menos as crendices Azêmolas-"

"Ah, professora. Até que faz algum sentido sim!" Rafinha a interrompeu. "A senhora disse que foi um feiticeiro ciumento que transformou a mula, pra que ninguém mais a namorasse, certo? Então, o cabresto prende a mulher a ele. Mesmo o cara já estando morto. Tirando o cabresto, o feitiço se desfaz. Bem poético."

Felícia ficou olhando para o garoto, sem saber o que dizer.

"O Rafinha é absolutamente brilhante", Gislene comentou com Hugo, orgulhosa de seu aluno. Então dirigiu-se à professora, dando prosseguimento ao massacre, "Mas se a mula nasceu mula mesmo, e não se transforma de volta em mulher *nunca,* então por que ela só urra quintas e sextas? O que ela faz no resto da semana? Brinca de bela adormecida?"

"Ái, garota, não sei!" Felícia disse, impaciente.

"Mas a senhora não é a graaaande especialista?!"

"Ih, o clima vai ferver..." Francine comentou num sussurro, cutucando Hugo para que ele olhasse para trás.

Virando o pescoço para além do grupo de alunos, Hugo sorriu.

Capí tinha voltado. Estava lá atrás, recostado em uma das árvores, só assistindo. Sério.

Felícia ainda não notara sua presença.

Hugo cutucou Gislene, que também olhou para trás e voltou-se sem dizer uma palavra, praticamente em êxtase.

"É verdade isso que o Rafinha disse, professora?", Hugo provocou. "A lenda bruxa também fala do cabresto?"

"SEI LÁ, GAROTO!" Felícia gritou, quase soltando fogo pelas ventas. "Não perco tempo com baboseiras supersticiosas!"

"Ah, 'fessora!" foi Viny quem gritou, lá do canto direito da clareira. "Às vezes temos que dar crédito aos mequetrefes! Eles ao menos são criativos!"

"É, professora!" Capí disse lá de trás, e Felícia congelou só de ouvir sua voz.

"O que vocês estão fazendo aqui??"

"Ué! Eu não sabia que era uma aula clandestina", Capí disse sarcástico, e os dois avançaram por entre os alunos, Viny pela direita, Capí por trás, como dois velociraptors se aproximando da presa.

Felícia recuou para mais perto da jaula, abrindo os braços como se quisesse proteger a mula. "Vocês não vão chegar perto! Estão me ouvindo?! Não vão!"

A professora tentou sacar sua varinha, mas Caimana apareceu por detrás, surrupiando-a dela.

"Me devolve isso, garota!"

Caimana sorriu, malandra, "Ladrão que rouba ladrão..."

"Eu não roubei nada, sua doente mental! Tua mãe não vai gostar nadinha de saber disso! Devolva minha varinha!"

"Ih... tá nervosinha, é?" Viny brincou, juntando-se a Capí, que já estava a três metros da professora e não mostrava sinal algum de que fosse parar.

"Vocês não podem fazer isso! Não podem!" Felícia tentou barrá-los, mas os dois passaram por ela sem maiores dificuldades, aproximando-se da jaula. "Vocês serão expulsos daqui!"

"Expulsos?!" Capí olhou para a professora, com as mãos já na tranca da jaula. "A senhora sabe que o que está fazendo aqui é *crime*, não sabe?"

Felícia se calou.

Inconformada e pê da vida, mas se calou.

Capí abriu o cadeado com a varinha, provocando uma onda de assombro nos alunos.

"Véio... tu vai mesmo fazer isso?" Viny sussurrou, preocupado. "Eu sei que tu é bom com unicórnio, com duendinho e com outros bichinhos fofinhos, mas essa fera aí..."

"Relaxa, Viny", Capí sorriu, entrando na jaula.

A mula ainda relinchava agitada, mas se acalmou assim que sentiu a presença do pixie.

"Oi, princesa..." ele sussurrou com carinho e a mula soltou uma breve bafejada de fogo, como que para cumprimentá-lo.

Com cuidado, Capí tocou o dorso do animal, examinando as feridas uma a uma. Suas mãos foram acariciando o bicho até chegarem na pata posterior, acorrentada à grade. Tocando de leve no sangue, retirou o dedo depressa, como se até o sangue da mula fervesse. E então, com a varinha, foi lentamente curando cada uma das feridas.

O único ruído ambiente era o bafejar cansado da mula. Todos, sem exceção, assistiam admirados. Anjos e Pixies inclusos.

"Véio... Como é que tu conhece um bicho massa desses e não mostra pra gente?"

Capí ergueu a sobrancelha, *"Ela é perigosa! Não se engane!"*

Com um sinal, Capí pediu que os Pixies se afastassem e abriu a jaula, guiando a mula para fora.

Todos prenderam a respiração.

"Impressionante..." Índio exclamou, estupefato. Era a primeira vez que Hugo via o mineiro se surpreender com alguma coisa.

Já fora da jaula, Capí ainda permaneceu alguns momentos debruçado sobre a mula, acalmando-a com sua própria respiração. Como o unicórnio lhe ensinara.

"Vocês não podem fazer isso!" Felícia avançou um passo em direção a eles, no que a mula reagiu arisca, afastando a professora com uma baforada de fogo.

"Calma, Formosa... Ninguém nunca mais vai te machucar..." o pixie sussurrou, lançando um olhar de repúdio na direção da professora, que reagiu apontando-lhe o dedo.

"Está de castigo por fazer baderna e estragar a aula! Vocês todos estão! E você, *filho de faxineiro*, vai pagar caro por isso, seu moleque..."

"Não, professora", Capí retrucou, firme. "A senhora é que vai pagar."

"Que petulância!" Felícia ainda resmungou, claramente assustada com a ameaça do pixie, e então desistiu daquilo tudo e foi embora, pê da vida.

Pelo menos ela tinha discernimento o suficiente para perceber quando uma batalha estava vergonhosamente perdida.

"Como assim, ela é que vai pagar?" Índio perguntou, discreto.

"Eu não vou deixar que mais nenhum louco sádico chegue perto dos meus animais."

Dito isso, Capí foi levar a mula para bem longe dali, sozinho, mas não sem antes pedir que todos que ali estavam, ali permanecessem, a fim de que pudesse trocar algumas palavrinhas com eles quando retornasse.

Nem precisou pedir duas vezes. Ninguém moveu um passo para fora daquela clareira. Queriam ouvir o que o domador de feras tinha a dizer.

Quando Capí voltou, quase uma hora depois, ainda estavam todos lá.

O pixie reuniu as turmas à sua volta, pedindo que o ouvissem com atenção. E quando falou, falou com a autoridade do líder que, há muito tempo, Hugo percebera que ele era.

"Não é a primeira vez que ela maltrata animais nesta escola", ele começou em tom grave. "Vocês já testemunharam esse mesmo procedimento em outras aulas dela neste semestre. Eu testemunhei isso por muitos anos. E não vou admitir que ela volte a ferir animais aqui na Korkovado."

Rafinha ouvia a tudo com pura admiração de aluno no olhar. "E o que você vai fazer, professor?"

"Eu proponho um abaixo-assinado. Uma queixa formal contra a professora, para que o Conselho delibere."

Viny deu risada. "O *Conselho*, véio?!"

"É, Viny. O Conselho. A Zô até tem o poder de contratar, mas o Conselho é o único órgão que pode demitir alguém."

Voltando-se à turma, e especialmente aos Anjos ali presentes, Capí prosseguiu, "Para aqueles que acham a medida drástica demais, devo lembrá-los de que maltratar criaturas, mágicas ou não, é terminantemente ilegal sob o Estatuto de Proteção à Fauna, do Ministério do Ambiente. E que Felícia deveria ser *presa* pelo que fez hoje. Eu só estou propondo que ela seja demitida. Quem não tem respeito pela vida, não pode trabalhar numa escola."

"Onde eu assino?" Dulcinéia se adiantou, e Gislene foi rápida em tirar um papel limpo da mochila.

Já era quase meia-noite quando acertaram o texto final da petição, mas ninguém parecia estar com sono. Todos, sem exceção, assinaram o documento. Primeiro Dulcinéia, depois Gislene, Hugo, os Pixies, os novatos, os jovens do terceiro e do quarto ano, Lepé, e, finalmente, os Anjos que lá estavam: o Gordo, a Gabriela, o nanico Camelot… até que o abaixo-assinado chegou nas mãos de Abelardo, que olhou à sua volta inseguro e, talvez por receio de ir contra todo mundo, assinou também.

Capí releu o texto mais uma vez e ofereceu-o novamente ao Anjo.

"Leva pra sua mãe?"

Abelardo fitou-o, surpreso.

Ele não foi o único.

Olhando incerto para os outros Anjos, Abelardo acabou por aceitar a incumbência do Pixie, arrancando o abaixo-assinado de suas mãos com certa irritação e saindo de lá sem dizer uma só palavra.

"Você ficou maluco?!" Hugo perguntou, quando todos já estavam a caminho da escola. *"Dar o abaixo-assinado pra ele levar??"*

Capí apenas sorriu, mas foi Viny quem respondeu.

"Relaxa, Adendo. Com tanta gente como testemunha, o Abelzinho não vai ser louco de queimar nossa carta, ou alterar qualquer coisa nela."

"Ele não queimaria a carta nem que não houvesse testemunha alguma", Capí retrucou com absoluta convicção. "Por mais que você diga que não, Viny, o Abelardo é uma pessoa correta. Ele também não gostou do que a Felícia fez."

"Ah, claro! Ele só ajudou a desgraçada a capturá-la."

"E fez um bom trabalho, se você quer saber."

"Quê??"

"Todos os ferimentos foram feitos na jaula. Não na captura em si. Abelardo se preocupou em não machucá-la. Teve até certa coragem, vocês têm que admitir."

Viny meneou a cabeça, suspirando sarcástico, "É, Caimana... Viu só?! Teu irmãozinho ainda tem conserto, aparentemente..."

Hugo parou como se tivesse acabado de atingir uma parede invisível, e Gislene veio por trás, já morrendo de rir. "Que foi, metido a inteligente? Tu não sabia não?"

Ah, como a Gi era irritante...

"Não! Eu não sabia, não", ele disse, ríspido. "Também, eu não sou como *certas* pessoas aqui, que ficam pesquisando o histórico familiar de todo mundo que conhecem! Aposto que tu sabe até o signo do Abelardo."

"Áries", ela respondeu, sorrindo sabichona.

"Não, peraí. Áries não pode. Áries é o signo da Caiman-"

"Eles são gêmeos, espertalhão. Tu realmente não tinha sacado?" Gislene riu do absurdo. "Tu ficou o ano *inteirinho* do lado dos Pixies e não percebeu?!"

"Ah, não enche vai", Hugo apressou o passo, irritado.

"Se bem que eles não são idênticos..." Gislene tentou amenizar, mas Hugo não amenizaria em nada aquela falha de análise dele.

Como ele não notara *aquilo*??!!

Era tão óbvio! A maneira como Caimana ficava sempre tão frustrada depois de brigar com ele... As orelhas da Dalila, tudo! Óbvio, óbvio, óbvio! Ela era a CARA da conselheira! Aliás, ela e todas as irmãs dela. Lindas e loiras, todas.

E Heitor... Aquela forte impressão que Hugo tivera, de que o conhecia de algum lugar. Claro. Ele era o Abelardo em pessoa, lavado e passado na frente dele, e Hugo nem percebera. Burro, burro, burro!

CAPÍTULO 38

MADALENA

Gislene voltou ao assunto no dia seguinte, na caverna.

"Interessante, né?"

"O que, Gi?" Hugo resmungou, já com saco cheio de falar naquilo. Sentia-se até envergonhado perto dela. Ele, que sempre se gabara tanto de ler a fisionomia das pessoas, de saber o que estavam pensando e sentindo…

"Interessante, como a Dalila é mãe tanto do criador dos Anjos como da criadora dos Pixies. É sempre tão bom ver uma família que se ama…"

"Tu tá que tá hoje, né?"

"Claro! Não é sempre que eu posso tripudiar em cima de você."

"Não vale. Tu namorou o Gueco. Deve saber tudo da vida dele. Aliás, vocês ainda tão namorando?"

Gislene negou com a cabeça. "O Gueco tem muito ódio dentro dele. Ódio demais dos Pixies, e sem nenhum sentido. Às vezes era insuportável ficar perto. Tu tá pronto?"

Hugo respirou fundo e disse que sim. "Mas hoje eu só vou poder cheirar uma vez."

"Ué, por quê?"

"Hoje eu tenho um encontro."

Gislene sorriu, curiosa. "Amoroso?"

Hugo meneou a cabeça, todo misterioso, "Talvez sim… talvez não… quem sabe."

Mas a verdade é que ele realmente não sabia. Não estava fazendo mistério só para adicionar um charmezinho à conversa. Maria era recatada demais, religiosa demais, tíííííimida que só ela. Ia ser difícil roubar um beijo daqueles lábios de menina do campo.

Sem contar que a caipira devia ser uns três anos mais velha que ele. Talvez mais. Tava boa pro Capí, que, afinal de contas, tinha sido o responsável pela compra da tornozeleira que ele levava no bolso.

Hugo virou o corredor e lá estava ela, esperando-o na praia, à luz do entardecer. Parecia bem abatida, de certo ainda aflita com a violência exacerbada na escola. Mas não era só isso. À medida que Hugo foi se aproximando, começou a ver algo muito pior do que inquietação em sua face.

"O que aconteceu com você?" ele perguntou preocupado, tocando o rosto ferido da caipira.

Ela desviou os olhos, envergonhada, e Hugo precisou se segurar muito para não insistir na pergunta. Quem quer que tivesse sido o desgraçado, ele descobriria mais tarde. Agora não era a hora.

Tomando-a pelas mãos, delicadas e ásperas ao mesmo tempo, Hugo ofereceu-lhe uma vassoura, que ela fitou receosa e se recusou a tocar.

"Prefere ir a pé? Tá certo. Mas já vou avisando: é uma subida grande."

Maria abriu aquele sorrisinho acanhado que só ela sabia fazer, e Hugo a conduziu pela escadaria interminável da escola, até o último andar. Atravessaram juntos a portinhola das nuvens, que desta vez não liberou vapor branco ao abrir. O céu devia estar limpo lá fora. Talvez até estrelado.

Perfeito.

Subindo na frente, Hugo puxou-a pelos braços com cuidado, afastando-se ansioso para ver a reação da Caipira.

Os olhinhos de Maria viraram para a esquerda, para a direita, sem entender muita coisa, até que voltaram-se para o céu, e ela caiu de joelhos em frente à estátua do Cristo, chorando muito, com as mãos juntas em prece fervorosa.

Hugo assistiu, encafifado. Não esperara que ela fosse chorar daquela maneira. Talvez sorrir, ficar alegre. Mas não! A estátua a emocionara de tal modo que ela parecia até triste!

Sem saber bem como reagir, Hugo preferiu olhar a vista, frustrado. Subira até lá para nada. Naquele estado de êxtase religioso, ela não avançaria muito em matéria de timidez. Um beijo então, estava fora de cogitação.

Do parapeito, ele voltou seus olhos para a caipira, que continuava ajoelhada no centro da plataforma, chorando, pedindo perdão, perdão, perdão... só faltava se penitenciar!

Que crime ela tinha cometido de tão grave, meu Deus do céu?

Resolvendo que não podia desistir assim tão cedo, Hugo foi até ela, chamando-a com delicadeza para ver a vista.

Um pouco insegura, a caipira acabou aceitando. Fez o sinal da cruz e seguiu-o chorosa até o parapeito. Assim que seus olhinhos úmidos vislumbraram a vista, no entanto, eles começaram a brilhar novamente.

"Nossa Senhora, virge Maria..."

Hugo sorriu, enxugando a bochecha da jovem com as mãos e trazendo-a para mais perto de si. "Ali é onde eu moro", ele disse, apontando para o amontoado de luzes que subia pelo morro.

"Nossa! Mas parece inté árvre de Natal!"

"Parece mesmo", ele riu, absolutamente encantado com aquele jeitinho dela. "Ali, ó, é o Pão de Açúcar, onde tem o bondinho. Mais ali do outro lado tem a Lagoa, só que não dá pra ver direito porque está de noite. E depois da Lagoa, o morro Dois Irmãos."

"Dois Irmão?"

"É. Se chama assim porque os dois picos juntos parecem duas pessoas, não parecem?"

Maria meneou a cabeça, "Mái' o mêno'."

"Bom, foi isso que me explicaram quando eu perguntei. Dá pra ver esses dois também lá da praia de Ipanema."

Maria olhava para tudo maravilhada, como se nunca tivesse visto nada parecido. Dava até gosto de ficar assistindo. Seus olhinhos arregalados, brilhando de emoção...

Hugo enxugou mais uma lágrima, que escorrera pelo rosto macio da caipira.

"E ali é o quê?" ela perguntou curiosa, apontando para as centenas de pequenas luzes que se mexiam pelas ruas lá embaixo.

"Ali são os carros, oras..." Hugo disse, já num tom mais sussurrado, mais sereno... aproximando seu rosto do dela. Com a mão que enxugara a lágrima, Hugo direcionou o queixo de Maria para mais perto do seu e beijou seus lábios com carinho.

Tensa, ela se retraiu um pouco, mas depois correspondeu. Seu beijo era doce... inseguro, mas doce. E quanto mais ele investia, mais sua boca relaxava.

Hugo acariciou as feridas em seu rosto, ainda com os lábios nos dela, e então desceu delicadamente a mão até sua cintura e ela fugiu assustada.

"Eu te machuquei?" Hugo perguntou preocupado.

"Não... não... me desculpe..." ela disse, meio tensa, meio envergonhada, tocando os lábios quase como se tivesse acabado de cometer um pecado.

"Mas você não fez nada de errado!" ele ainda tentou, mas Maria já tinha se retraído novamente, as mãos trêmulas sobre o parapeito, olhos fixos na paisagem.

Ô, menina problemática...

Ainda sob o efeito do beijo, Hugo tirou a correntinha do bolso e pousou-a sobre uma das mãos da caipira, que olhou admirada para o presentinho.

"É pra mim?!" ela disse, abrindo um sorriso de criança.

Hugo riu, carinhoso, "É sim, por que a surpresa?"

"Faz tanto tempo que eu num ganho um agradinho!" ela disse, examinando a tornozeleira toda feliz. Mas seu semblante logo escureceu, "Eu num mereço isso não…"

"Claro que tu merece! Para com essa de não merecer as coisas, menina!"

Maria baixou a cabeça, encabulada.

Com cuidado, Hugo tomou a correntinha das mãos da caipira e se agachou, prendendo-a delicadamente em volta de seu tornozelo direito.

"Viu? Ficou lindo em você."

"Brigada, viu, Hugo. Ocê é um docinho."

Ele sorriu, sentindo uma ternura imensa por aquela jovem. Nunca sentira nada parecido. Queria vê-la feliz.

Procurando pensar em algo que a alegrasse, que a tirasse daquela agonia espiritual, Hugo logo chegou na solução perfeita e comentou, como quem não quer nada:

"O Papa vem aqui dia 2."

A caipira arregalou os olhos. "Sua Santidade?! Lá do Vaticano?!"

"É! Lá do Vaticano. Ele já veio outra vez, rezou missa aqui na frente do Cristo e tudo."

"Num acredito!"

"Pois acredite!" Hugo sorriu com carinho.

"E qui dia é dia dois?"

"Dia dois é… semana que vem já."

"Virge Maria! Semana que vem?! Eu preciso mi prepará!"

A caipira saiu em disparada pela escadaria, fazendo o sinal da cruz para a estátua mais uma vez e entrando afoita alçapão adentro como se Hugo tivesse dito 'Amanhã', e não '*semana que vem*'.

Tá certo então. Hugo riu de sua própria desgraça. Assim terminava seu graaande encontro amoroso…

É, ele merecia.

No caminho tortuoso de volta à escola, Hugo teve de se segurar para não rir ao topar com um Griô todo vestido de Chapeuzinho Vermelho, contando sua mais nova historinha para um grupo de novatos no 55º andar.

"Griô", Hugo chamou, "tu sabe o que a caipira Maria fez de errado?"

Impaciente com a interrupção, Griô resmungou, "Maria di quê?"

"Maria… sei lá, Griô! Tu sabe de quem eu tô falando."

"Num sei não, e sinhozinho interrompeu minha historificação. Dá licença."

"Eu sou teu príncipe! Tu tem que me contar!"

"Num tenho não. Griô é Gênio independente. Só obedece quem merece."

E voltou a contar sua história. Estava na parte em que Chapeuzinho se preparava para a vingança.

Hugo desistiu do Gênio e continuou a descer as escadas, punindo-se mentalmente por nunca ter perguntado à caipira seu sobrenome.

Era sábado à noite; dia de passeios no SAARA, idas ao teatro, encontros amorosos no Arco Center... mas, por algum motivo, os corredores da escola ainda estavam abarrotados de alunos. E não pareciam nada felizes.

"O que houve?" ele perguntou para o primeiro que viu pela frente.

"Os CUCAs impediram a gente de sair da escola. Resolveram fazer revista surpresa. Tá o batalhão todo aí. Vão revistar sala por sala."

Hugo nem tentou fingir indiferença. Foi correndo até o quinto andar, tomando cuidado para que nenhum CUCA o visse, e já ia virando no corredor da Sala Silenciosa quando Gislene o parou.

"Calma, Idá. Tá tudo certo. Eu já escondi a cocaína."

Hugo respirou aliviado, e só então reparou nos olhos da menina. "Tu não fez o que eu tô pensando, fez?"

"Só uma vez. E já faz algumas horas."

"Tu tá maluca?!"

"A gente não pode perder tempo, Idá! Muito menos com namorico! Eu não tentei te impedir porque tu tava todo alegre falando do encontro, mas a gente não está em condições de ficar se divertindo por aí!"

Hugo se calou diante do argumento. Mas precisava tomar providências.

"Vem", ele disse, guiando-a pelo braço até o primeiro andar. Os olhos de Gislene nem estavam tão dilatados assim, mas era mais seguro escondê-la dos CUCAs. E que esconderijo melhor do que o quartel-general dos Pixies?

Já no corredor do primeiro andar, esbarraram em Abelardo, que virou-se com um olhar acusador, "Tá assustadinho, anão de jardim?"

"Ah, não enche", Hugo cortou, seguindo seu caminho sem olhar para trás, mas tendo que ouvir o Anjo cantarolar sarcástico pelo corredor, *"Corre, neném, que a CUCA vem pegar..."*

"Garoto insuportável."

"E ele tá errado?" Gislene parou, encarando-o nos olhos. "Ou tu tá de inocente nessa?"

"Ah, não enche você também", Hugo disse, entrando pela abertura ilusória da parede do quartel-general sem prestar muita atenção às vozes que vinham lá de dentro.

Quando percebeu, já era tarde demais.

CAPÍTULO 39

DIA DOS REIS BRUXOS

Quatro CUCAs vasculhavam as tralhas do quartel-general enquanto os Pixies assistiam sem poder fazer nada, sendo revistados também de maneira um tanto indelicada. Os policiais que não estavam encarregados dos Pixies, vasculhavam os objetos antigos e as estantes, derrubando livros, quebrando coisas, fazendo uma verdadeira algazarra. E se divertindo com aquilo, ainda por cima.

Hugo e Gislene tentaram dar uma meia-volta discreta antes que alguém os visse, mas foram barrados na porta por um quinto CUCA, que chegara por trás empurrando-os passagem adentro.

"Temos curiosos!" ele anunciou, jogando os dois para o centro da sala.

Hugo tentou não entrar em pânico, olhando para os Pixies à procura de algum tipo de consolação, mas até Capí parecia tenso. E com razão: os Pixies não faziam ideia de tudo que tinha ali dentro. Era tralha de vários séculos jogada lá, algumas que eles nunca nem haviam visto.

Qualquer uma delas poderia vir a incriminá-los.

De canto de olho, Hugo viu um dos oficiais, com a insígnia de tenente Rodrigo, enfiar no bolso o globo de dragão que Capí ganhara de presente. Viny se levantou em protesto, mas foi impedido pelo próprio Capí, que puxou-o para o canto, murmurando, *"Não seria muito sábio."*

"Eles já foram longe demais, véio..." Viny insistiu, inconformado.

"Não importa. É só um globo. Você é mais importante."

Hugo olhou para Gislene, receoso. Pelo modo como Gi cerrara os olhos de raiva, ela também tinha visto o truquezinho do tenente, e se Hugo bem a conhecia, mais uma daquelas e Gislene daria um escândalo.

"Que tu tem no olho, pirralha?" um dos CUCAs a abordou, elevando o queixo de Gislene com a varinha.

"Não é da sua conta", ela disse, pê da vida, arrancando gargalhadas de deboche dos outros policiais.

"Ih, Diego! Vai deixar, é?!"

Diego olhou enfurecido para os outros quatro e voltou-se para Gislene. "Quem tu tá achando que é, garota?"

"Ladra é que eu não sou."

Diego arregalou os olhos, surpreso com tamanho atrevimento. *A Gi era suicida!*

"Tá me chamando de ladrão?!"

"Você, eu não sei, mas *outros* aqui..."

"Tu tá querendo ser presa, garota?! Isso é desacato à autoridade! Responde logo a pergunta! O que tu tem no olho?!"

Gislene bufou, fingindo impaciência, e resolveu obedecer, apontando com raiva para Hugo "Foi esse imbecil aqui que jogou pó de picapica em mim!"

Simples! Por que ela não respondera aquilo logo e pronto?! Precisava daquele enfrentamento todo??!

O tenente Souza riu, dando um tapinha nas costas de Hugo. "Cuidado que ela é fera, hein!"

"E eu não sei?!" Hugo riu, disfarçando a tensão.

"E você, garoto? Qual é teu nome?"

"Hugo. Hugo Escarlate."

"Hugo Escarlate?!" Diego repetiu, dando risada. "Parece que alguém anda mentindo o nome aqui."

"Mas que absurdo..." Caimana murmurou em protesto.

"Tô falando sério, gatinha! Hugo Escarlate?? É um nome tão... literário! Tu não inventô esse nome não?"

Índio riu discreto lá no canto, *"Não me surpreenderia..."*

"Grande amigo que tu é, hein!" Hugo atacou, quase pulando em cima do mineiro. Só não o fez porque o tenente Diego interpelou-o antes.

"E você quem é, Uga-uga?"

"Virgílio", Índio respondeu sério, recebendo uma onda de gargalhadas como resposta.

"Virgílio?! De onde teus pais tiraram esse nome horroro-"

"Virgílio OuroPreto", Índio completou, encarando o policial, que empalideceu no mesmo instante.

Um dos CUCAs deixou cair um conjunto de búzios lá atrás e os outros ficaram no mais profundo silêncio. Hugo podia *sentir* o medo neles.

"Vvvirgílio OuroPpreto?"

"Sim, por quê?" Índio enfrentou. "Algo de errado com o meu sobrenome também?"

"N-não não. Nada de errado não, s-senhor OuroPreto."

Índio continuou encarando o tenente, enquanto os outros CUCAs saíam discretamente da sala. Antes que Rodrigo saísse também, Índio limpou a garganta, fazendo-o parar.

"Não tá esquecendo de nada, Tenente?"

Rodrigo sorriu sem graça, tirando do bolso o globo de Capí e pousando-o cuidadosamente no sofá antes de dar no pé como os outros.

Apesar da retirada completa dos CUCAs, a sala permaneceu no mais absoluto silêncio; todos os Pixies olhando para Índio.

Viny riu, espantado, meio que para quebrar a tensão. "O que foi aquilo?!"

"Me soou como uma carteirada", Hugo sugeriu, encarando Índio com uma acusação no olhar.

"Meu, eu não sabia que tua mãe era assim tão influente... Quer dizer, eu sabia que ela era do governo e tal, mas-"

"Não é de minha mãe que eles têm medo", Índio disse simplesmente, esticando-se para pegar um livro, em uma óbvia tentativa de encerrar o assunto.

Mas Hugo não ia deixar tão barato. "É assim que as coisas funcionam no Brasil, não é mesmo? Quem tem o pai mais poderoso ganha? Isso no mundo mequetrefe tem outro nome."

"Escuta aqui, pivete", Índio apontou-lhe o dedo. "Se algum dia cê me chamar de corrupto de novo, eu-"

"Você vai fazer o quê? Chamar o papaizinho?"

"E qual é a do SEU nome, *Escarlate*?"

"Ah, fala sério, Índio", Caimana foi em defesa do novato. "Aquilo foi pura intimidação dos CUCAs... Eles sabem muito bem que é só checar a lista de alunos pra confirmar os nomes-"

Hugo baixou a cabeça, *"Não é bem assim que funciona."*

"Claro que é! A escola tem uma lista-"

"Ah, tenha dó!" Índio se jogou no sofá, impaciente.

"Caimana, não precisa me defender."

"Claro que preciso, Hugo! Ele está sendo injus-"

"Não, não está!" Hugo confessou, e Gislene fitou-o surpresa.

Não só ela, como todos os Pixies também.

"Eu não posso continuar enganando vocês desse jeito", ele disse, virando-se especialmente para o Capí. "Meu nome não é Escarlate."

Segundos intermináveis se passaram sem que ninguém falasse palavra alguma, até que Índio se manifestou:

"E nem Hugo, suponho."

"Não."

"Tá vendo! Eu falei que ele não era confiável! Eu *falei*!"

"Índio, para com isso", Capí o interrompeu. "Estou certo de que há uma razão perfeitamente plausível para ele ter escondido isso da gente."

Não… Hugo não tinha uma razão assim tão boa, que valesse a pena ter enganado os Pixies por quase um ano inteiro. Antes de Griô aparecer falando no perigo que era seu nome verdadeiro, a única razão havia sido vergonha mesmo.

Um Rei qui renega u próprio nome num é Rei…

Hugo estava farto de mentiras. Os Pixies não mereciam aquilo.

"E qual é o seu formidável nome, afinal? Ou cê vai continuar escondendo?"

"Idá", Hugo disse baixinho. "Idá Aláàfin Abiodun."

Viny não se aguentou e caiu na gargalhada. "Ó, quanto a mim, Adendo, pode saber que está totalmente perdoado."

"Isso não tem graça, Viny!"

"Ah, Cai… fala sério… olha o nome do garoto!"

Hugo riu, pela primeira vez achando graça do próprio nome.

"Tá vendo?", Índio bateu em seu braço com o livro. "Doeu contar? Sua língua derreteu?"

Tá certo… não tinha doído.

Até porque Hugo sabia que eles guardariam bem seu segredo.

Era menos um, na grande lista de segredos que ele carregava nas costas.

No mais, o sobrenome OuroPreto praticamente afugentou os CUCAs durante a primeira metade da semana seguinte, dando certa tranquilidade aos alunos, que puderam começar as preparações para a festa do Dia de Reis Bruxos em paz. Ou, como a maioria dos professores gostava de chamar: o aniversário do filho favorito da escola.

Segundo Viny, era o momento bate-e-assopra do ano, já que Capí ficava o ano inteiro sendo explorado só para depois ganhar um ou dois presentes dos professores e uma festinha de aniversário.

Tão logo chegou quarta-feira, no entanto, e lá estavam os CUCAs de novo. Vasculhando, interrogando… só que, desta vez, com uma delicadeza louvável. Nem de longe pareciam os mesmos canalhas de antes.

Ainda assim, continuavam sendo um tanto incômodos. Principalmente para Hugo, que não podia voltar à sua atividade alquímica enquanto a polícia estivesse por lá. Muito arriscado.

Já os alunos, emocionalmente exaustos de tanta presença policial, receberam folga na quarta-feira para poderem ajudar com os preparativos da festa de quinta.

Brilhante ideia da Zô: enquanto os CUCAs tocavam terror com buscas e interrogatórios intermináveis, os alunos e professores combateriam o baixo-astral indo comprar comida, ensaiando os músicos, iluminando o Pé de Cachimbo e toda a área ao redor do jardim, organizando mesas e cadeiras no gramado, e, claro, colocando proteção mágica em volta do local todo – já que 2 de Outubro cairia numa quinta-feira e ninguém estava a fim de ver a Mula destruir tudo.

Pela quantidade e qualidade dos preparativos, ia ser uma festança, como aparentemente era todo ano, desde que Fausto se mudara para lá, recém-viúvo, e com um bebezinho no colo.

Até alguns professores de fora já começavam a chegar. Professores antigos, que outrora haviam trabalhado na Korkovado, e que tinham Capí como filhinho postiço.

De alguns, o pixie nem se lembrava direito.

Uma vez terminadas as preparações, no entanto, o Conselho não perdeu tempo e mandou todo mundo de volta para as aulas na quinta-feira, em pleno feriado. Para Dalila e Pompeu, os alunos precisavam repor, de qualquer maneira, o diazinho de folga que a Diretora lhes concedera sem a devida autorização do Conselho.

Pelo menos até o meio-dia, as aulas seguiriam normalmente.

Normalmente *vírgula*, porque, para economizar tempo, o Conselho resolvera juntar as duas turmas de Alquimia do primeiro ano em um mesmo horário. Isso numa sala que já não era grande o suficiente nem para uma turma de tamanho normal.

Tempos extraordinários requeriam medidas extraordinárias, dissera Dalila, e se alguém da turma 02 quisesse participar da festa à tarde, era bom que assistissem à aula pela manhã mesmo, com a turma 01.

Como resultado, a sala de Rudji, que antes era até bastante fresca, agora estava um calor infernal. Gueco tinha voltado de sua temporada na enfermaria. Estava sentado no canto, com cara de poucos amigos.

Mas não era só o Anjo que parecia mal. O estresse era evidente nos rostos de todos. Muitos não dormiam direito há dias. A presença dos CUCAs em cada andar era opressora… e não só isso. Desde o espancamento no corredor de signos, e mesmo antes dele, os alunos haviam começado a ter medo uns dos outros. Medo de roubos, de violência, de confrontos. Ninguém parecia estar dando muita bola para as provas finais, que começariam já na semana seguinte.

Para piorar um pouco mais o clima da turma, lá pelo meio da aula, Rudji foi retirado de sala praticamente à força para interrogatório. Os quase sessenta alunos que superlotavam a sala de Alquimia se entreolharam, preocupados.

Aquela história de intoxicação estava tomando vulto, e se Hugo não fizesse nada logo, prenderiam o cara errado.

Não que Hugo quisesse ser preso, obviamente.

A turma permaneceu em silêncio, mesmo na ausência do professor. A maioria olhando fixo para a poção azul que teria sido a lição do dia.

De repente, a porta se abriu e entraram os Pixies.

"E aê, galerinha? Curtindo o feriado?" Viny perguntou bem-humorado, ficando de pé na mesa do Rudji. Alguns riram da ousadia. Nem todos. Mas o clima de enterro logo deu lugar à expectativa.

Capí sentou-se ao lado de Hugo e explicou em voz baixa, "A gente tá passando nas salas, tentando dar uma animada no pessoal. A Gi não veio não?"

Hugo deu de ombros. "Deve ter sacado que a aula não ia dar certo. Aliás, feliz aniversário, cara."

Capí sorriu, aceitando o aperto de mão, e os dois voltaram suas atenções para o palestrante, que já havia arrancado algumas gargalhadas dos alunos no ínterim daquela pequena troca de palavras.

"Como todos sabem", Viny disse para a turma, "hoje é aniversário do nosso pseudocapixaba aqui", Viny indicou Capí, que acenou para todos. "Nosso libriano favorito, príncipe da Korkovado, sortudo que faz aniversário em feriado e ainda ganha presente dos professores, enfim, é o níver do nosso queridíssimo Ítalo Twice! Aeeee!"

A turma aplaudiu entusiasmada. Aplauso puxado por Rafinha, que só faltava pedir autógrafo para seu professor de português.

"Isso, aplaudam mesmo, que é só por causa dele que a gente tem essa festa toda aqui. Devo lembrá-los de que a festa começa em precisamente..." Viny tomou emprestado a ampulheta do Rudji, "4 horas e 23 minutos."

Hugo riu. Ótimo instrumento para ver hora exata: uma ampulheta.

"Tenho duas notícias boas e uma ruim. Estão preparados?"

Todos se calaram na expectativa.

"Tá certo então. Não digam que eu não avisei. Primeira notícia boa: o Conselho acatou o pedido dos alunos e VAI demitir aquela metida a sabichona da Felícia no final deste ano!"

A turma aplaudiu de pé, gritando e assobiando.

"A má notícia é que, como resultado direto disso, todo mundo que assinou aquele papel deve se ferrar na prova final dela. Mas quem se importa com nota mesmo, né? Hehe."

Ninguém comemorou dessa vez, mas Viny não estava nem aí. "Vamos à segunda boa notícia, melhor do que todas as outras: EU serei o professor de vocês pelo restante da aula de hoje! Uhu!"

"E o que você vai ensinar, sabichão?" Gueco perguntou lá do fundo, nem um pouco animado.

Viny sorriu todo misterioso e disse: "MÁGICA."

"Grande novidade."

"Buuuu!" Viny respondeu à moda Zoroasta, e sacou sua varinha. "Vamos lá! Quero ver todo mundo com a varinha na mão!"

Os alunos se entreolharam, inseguros.

"*Iiiii…* acho que eles desaprenderam português, véio. Tu vai ter trabalho ano que vem. Anda! 'Bora!" ele insistiu, e todos começaram a tirar suas varinhas das mochilas, dos cintos, ou de onde quer que eles as guardassem. "Tu também, Adendo."

Hugo sorriu, mas não obedeceu.

"Tudo bem. Não quer brincar, não brinca. Vamos lá. Todo mundo de varinha na mão? Isso. Agora eu quero que a metade direita da sala segure a varinha pela ponta, não pelo cabo."

Alguns segundos de estranhamento se passaram até que os alunos começassem a obedecer as instruções. "A *minha* direita, Pimentinha!" Viny disse, e um garotinho pequenininho com carinha de safadinho deu risada, desvirando a sua. "Ok. Os outros segurem normalmente, pelo cabo. Isso."

Gueco bufou, carrancudo. "Isso não é magia."

"Não é esse tipo de magia. Agora, a metade de cá, por favor, bata duas vezes na mesa com a varinha, no três. 1, 2, 3!"

Quem estava na esquerda obedeceu, fazendo um barulho um tanto estrondoso, de trinta varinhas batendo em madeira.

"Agora, o pessoal da *direita*, bate uma vez só."

Alguns alunos deram risada, achando aquilo tudo um tanto absurdo, mas aquele era o Viny, fazer o quê. E bateram. O som saiu mais grave, visto que eram os cabos das varinhas a bater.

"Não foi divertido?" Viny perguntou, sorridente.

Onde ele queria chegar com aquilo é que era um mistério.

"Agora é a parte difícil. Requer um nível de atenção que eu DUVIDO que vocês tenham."

"Ei!" Rafinha reclamou, de brincadeira.

"Tá certo, tá certo. Quando eu levantar a mão esquerda, o pessoal da minha esquerda bate na mesa. Quando eu levantar a mão direita… ah, vocês entenderam. Prontos?"

Diante da confirmação da turma, Viny começou lentamente. Mão esquerda, mão direita, mão esquerda, esquerda, direita. Esquerda, esquerda, direita, esquerda, esquerda. Parecia animador de festa de criança.

Mas logo o ritmo foi aumentando, tomando forma, e Hugo deu risada, finalmente entendendo. Viny era impagável... Aquilo era uma legítima batucada de samba.

"Conseguiram pegar o ritmo? Fácil, né?"

Até Gueco tinha sorrido, admitindo derrota.

"Véio, joga aí a Furiosa!"

Capí obedeceu solícito, e assim que Viny pendurou a varinha do aniversariante nos lábios, deixando as mãos livres para continuar marcando o ritmo, Hugo não se aguentou de tanto rir.

Em vez do som doce de flauta indígena que normalmente saía da Furiosa, o que se ouviu foi o gemido picotado da cuíca.

Capí comentou com Hugo por cima da batucada, "Isso deve chamar a atenção dos CUCAs!"

"Esse é o objetivo?!" Hugo gritou de volta.

"Sei lá! Pergunta pro Viny! Mas que vai chamar atenção, isso vai!"

E, realmente... após poucos minutos daquela algazarra, a porta da sala se abriu de repente, e com bastante violência.

Mas quem entrou não foram os CUCAs.

"Quer se unir à batucada, 'fessor?" Caimana gritou lá do outro lado da sala, mas Atlas não parecia em clima de festa.

Sem dar um sorriso, foi até Capí e sussurrou-lhe algo no ouvido.

O pixie ficou pálido e levantou-se de imediato, seguindo o professor para fora da sala.

Preocupado, Viny pediu que continuassem o batuque sem ele e desceu da mesa, indo atrás. Caimana e Índio foram logo em seguida, e quando Hugo saiu da sala, Viny já estava voltando pela escada para informá-los.

"Parece que invadiram a casa do Capí", ele disse aflito, passando a acompanhar o passo acelerado dos outros. "Quebraram tudo, sumiram com um monte de coisa."

Hugo sentiu a tontura voltar. Aquele ataque era sua culpa, ele sabia. Os caras estavam tão doidões que nem na presença ostensiva da polícia eles se intimidavam!

Só que daquela vez tinha sido pior. Tinham atingido o Capí, diretamente.

O Pé de Cachimbo já fora interditado pelos policiais, mas os Pixies entraram sem serem barrados. A sala havia sido praticamente destruída. Janelas quebradas, sofá e cadeiras arruinados, armários vazios. Capí estava mais aos fundos, amparando o pai no chão, próximo à escada.

Com sangue escorrendo da sobrancelha, Fausto agarrava-se ao retrato quebrado da esposa como se aquilo fosse sua vida, não deixando que ninguém a tocasse. Estava completamente transtornado.

"Calma, pai… a Kanpai já deve estar chegando", Capí dizia, aflito, mas Fausto não parecia compreendê-lo.

"Eles queriam levar minha Luana, mas eu não deixei… EU NÃO DEIXEI!"

"Eles não queriam levar a mamãe, pai. Só o porta-retratos."

"Os vândalos roubaram nossas economias, Ítalo!" Fausto interrompeu o filho, recobrando um pouco do juízo. "Não há mais respeito nesse mundo! Esses jovens de hoje…

"Não tem importância, pai. É só dinheiro-"

"É MEU DINHEIRO!" Fausto berrou, pondo a mão no coração logo em seguida.

"Pai, se acalma…" Capí implorou. "O senhor sabe que não pode se exaltar."

"Aqui", o inspetor Pauxy disse, atencioso, entregando-lhe uma xícara com o remédio para hipertensão, que Capí deixava sempre preparado.

Fausto aceitou tomar só depois de muito combate, mas tomou, e Pauxy balançou a cabeça, indignado. "Eles sabiam que seu pai não podia se defender. Covardia grande, atacar um deficiente bruxitivo."

"Nem me fale, Inspetor…"

Hugo se virou para não encarar mais aquela cena. Sentia-se tão atordoado quanto o zelador.

Eles podiam ter matado o Fausto…

Aquilo tinha ido longe demais.

Hugo sabia o que precisava ser feito. Não havia alternativa. Não podia continuar esperando pelo tal antídoto, se é que era possível curar aquela selvageria que ele próprio havia começado.

Apesar da nova resolução em sua mente, Hugo permaneceu ali, praticamente paralisado de medo pelo que sabia que tinha de fazer. Enquanto isso, Fausto era levado à enfermaria com a garantia pessoal de Kanpai, de que ele ficaria bem.

Com o pai fora de perigo, Capí pôde começar a organizar os trabalhos de recuperação do que havia sido quebrado. Não por vontade própria, já que o que ele queria mesmo era acompanhá-lo até a enfermaria. Mas o boçal do Fausto saíra de lá dizendo que seria incompetência do filho se a casa não estivesse arrumada quando ele voltasse.

Lindas palavras de amor paterno.

Desta vez, pelo menos, o pixie teve bastante ajuda na limpeza.

A casa se encheu de professores e alunos dispostos a dar uma mãozinha. Em poucos minutos, já haviam reconstituído os poucos quadros da casa, costurado magicamente o estofo rasgado do sofá... O caldeirão não tinha jeito, teria de voltar à loja para reparos mais especializados, mas as janelas foram desestilhaçadas sem maiores delongas com um simples feitiço do professor de Defesa, que – Hugo não pôde deixar de notar – estava evitando encará-lo. Atlas sabia muito bem quem era o verdadeiro culpado por aquele ataque, e Hugo não tinha sequer o direito de se sentir indignado pela acusação silenciosa em seu olhar.

Hugo até tentava ajudar na arrumação, mas estava distraído; seu cérebro trabalhando feito louco, tentando pensar em alguma alternativa que não envolvesse as sequências: Caiçara–Morte ou Confissão–Prisão.

Mas nada surgia.

Vendo que não só Hugo, como também os outros Pixies ainda estavam um tanto tensos com a situação, Capí parou tudo e pediu que todos os não Pixies se retirassem por alguns minutos.

Olhando para os quatro que restaram, Capí sorriu agradecido, e Hugo precisou se esforçar muito para não demonstrar o remorso que estava sentindo.

Aquela troca de olhares entre os cinco felizmente durou pouco, e Capí foi correndo para o quarto buscar alguma coisa.

Voltou carregando uma sacola de presentes.

"Ó, a outra sacola foi roubada. Mas essa aqui eles não viram", Capí disse, sentando-se no sofá. "E nem meu pai, graças a Deus."

Tirando da sacola um embrulho do tamanho de um livro daqueles bem grossos, o pixie virou-se para ele.

"Feliz desaniversário, Hugo. Ou Idá, sei lá."

Relutante, Hugo aceitou o pacote sem entender nada. "Não era a gente que tinha que te dar presentes?"

"Não tente entender a lógica do Capí", Viny sorriu, estirando-se no sofá e recebendo seu próprio pacote.

Hugo olhou para o embrulho, sentindo nojo de si próprio.

Grande Judas que era...

Tinha vontade de berrar ali mesmo, gritar, para todo mundo ouvir, que ele era um canalha. Que ELE era o maior responsável pelo assalto e por todo aquele inferno. Hugo não se aguentava mais de remorso. Queria chorar, bater em alguma coisa, jogar o pacote no chão e confessar tudo logo; mas não podia. Não conseguia.

Enquanto isso, Viny dava gargalhadas com seu presente, mostrando a capa do livro para todos: *"Meu Axé, meu amigo – história das tentativas fracassadas de personificar sua alegria interior.* Ha! Genial... Véio, tu devia se fazer um favor e parar de presentear riquinhos ingratos que nunca te dão presente."

"Não vai abrir o seu, Hugo?" Capí perguntou, empolgado, e Hugo sentiu o enjoo subir pela garganta. Ia passar mal se não saísse dali.

"Tu tá legal, Adendo?"

Um anúncio na rádio da escola desviou a atenção de todos, que foram até a janela ouvir melhor.

Era a voz do Capitão Freitas, anunciando que, devido ao mais recente ataque às imediações do colégio, iriam interditar a Korkovado até que os culpados por todos os crimes recentes fossem detidos. Qualquer um que fosse pego com substâncias ou objetos suspeitos, seria imediatamente levado em custódia, incluindo todos os baderneiros de plantão, criminosos em potencial etc. etc. etc.

"Eles vão fechar a escola..."

"Não, claro que não, véio. Não se preocupa que a tua Zô não vai deixar."

Alguém bateu na porta e Índio foi atender. O mesmo capitão que tagarelava na rádio estava do outro lado, com postura de policial durão.

"Senhor Vinícius Y-Piranga?"

Viny se levantou, inseguro.

"O senhor está preso."

CAPÍTULO 40

CRIME E CASTIGO

"QUÊ?!"

"Eu?! Vocês tão tirando com a minha cara, né?"

Enquanto o subtenente Henrique o algemava magicamente, Capitão Freitas informou, "Recebemos uma denúncia bastante grave, Sr. Y-Piranga, de que o senhor estaria envolvido em atos de vandalismo pela escola desde a primeira série. Incluindo festas não autorizadas e pichação de paredes."

Viny riu, "Ah! Agora entendi tudo..."

"Minha mãe não pode fazer isso!" Caimana protestou furiosa.

"A senhora Lacerda é uma mulher muito honrada, Srta. Ipanema."

"A *senhora* minha mãe é uma vaca, isso sim."

"Capitão", Capí chamou, com um pouco mais de delicadeza do que Caimana. "O senhor tem certeza de que isso é necessário?"

"Estamos dentro da lei, Sr. Xavier."

Capí olhou para Índio em busca de confirmação, e Virgílio teve de concordar com o Capitão. Estavam dentro da lei. Eles podiam detê-lo sem provas por até uma semana. Com prorrogação para um mês, se novos fatos chegassem ao conhecimento da polícia. E novos fatos certamente chegariam. Viny, afinal, não era nenhum santo.

Hugo assistia a tudo sem dizer uma palavra. Nem que quisesse, poderia. Estava sem ar, suando frio, sentindo a corda no pescoço.

Assim que os CUCAs saíram para o gramado levando Viny, professores e alunos que esperavam do lado de fora imediatamente se acercaram dos policiais; alguns procurando argumentar racionalmente com eles; outros tentando barrar-lhes a passagem. Não iam de jeito nenhum deixar que tirassem o pixie da escola.

A bagunça se espalhou rapidamente. Como torcedores depois de uma grande derrota, alunos revoltados começaram a xingar e empurrar policiais, tentando libertar Viny à força, a tal ponto, que o subtenente precisou sacar sua varinha e apontá-la contra os estudantes enquanto o capitão chamava por reforços.

A multidão em volta deles começava a gritar "Pixies! Pixies! Pixies!", e quanto mais o tumulto aumentava, mais Hugo sentia seu corpo todo arrepiar de nervoso. Alguém ia se machucar feio ali... e a culpa seria toda dele.

Aquele era o fim da linha. Dali não passaria, nem que ele precisasse dar um tiro na própria cabeça.

Aproveitando o caos, Hugo saiu de fininho e correu pelo pátio central, subindo as escadarias até o quinto andar e adentrando sua floresta particular. Foi até a caverna à procura das poções em que os dois estavam trabalhando, mas não encontrou nada. Obviamente. Tinha se esquecido de que Gislene as escondera.

Desistindo dessa parte do plano, voltou ao corredor e subiu direto pelas escadarias, sem parar. Precisava fazer depressa o que ele sabia ser necessário, antes que a coragem lhe escapasse. Ele era assim. Experimentava pequenos e raros momentos de bravura verdadeira e desinteressada. Se não agisse naquele pequeno espaço de tempo, voltaria à estaca zero.

Acelerando cada vez mais, Hugo só diminuía o passo na presença de outras pessoas, mas logo voltava a correr escadaria acima, em direção à única saída do colégio que não estava cercada de gente ou interditada pelos CUCAs: a saída do Cristo.

Chegaria ao Dona Marta por cima; por onde Caiçara definitivamente não esperava. O fato de ser quinta-feira deveria ajudar. Não era comum ele aparecer por lá em dia de semana.

Seu coração batia forte de tanto medo, sem contar a tontura e o nervoso que ameaçavam derrubá-lo, mas ele seguiu firme, repassando todo o plano em sua mente: antes de confessar tudo aos CUCAs, tentaria salvar a mãe. Sem enfrentamentos, se possível.

Caso conseguisse, ele a levaria a um local seguro, longe da favela e, principalmente, longe da comunidade bruxa. Ela não podia descobrir o que ele era. De jeito nenhum. Feito isso, voltaria à escola e se entregaria à polícia. Viny seria solto e eles teriam informações suficientes para tentarem começar um tratamento com os viciados.

Esse era o plano ideal. Hugo ficaria *satisfeito* se desse certo.

Plano B: caso houvesse confronto com Caiçara e Hugo não sobrevivesse, Gislene se encarregaria de contar a verdade aos CUCAs, como já havia prometido. Viny seria solto e eles começariam o tratamento dos viciados. Final feliz para eles pelo menos. Hugo estaria morto, sua mãe também, e Gislene provavelmente seria presa como cúmplice da venda de cocaína.

O peso de seu remorso abafava qualquer possibilidade de Hugo desejar alguma coisa para si. Não merecia. Só queria resolver logo aquele pandemônio todo; proteger as pessoas que amava, em ambos os mundos.

Pedir ajuda aos Pixies estava fora de cogitação. Hugo não queria mais ninguém se machucando por sua causa. A imagem do Capí com o pai naquela sala completamente destroçada não saía de sua cabeça.

E aquele presente... Ele não merecia presente nenhum!

Enxugando as lágrimas, Hugo subiu pelo alçapão e saiu em plena luz do dia, sentindo o sol da tarde bater forte em suas costas. Alguns turistas olharam estranhando, mas Hugo nem ligou, fechando o alçapão – que desapareceu como se não existisse – e descendo o primeiro de muitos lances de escada.

Já ia descendo mais um, quando ouviu um choro soluçado vindo da escadaria que acabara de descer.

Um choro que ele já ouvira antes.

Lembrando-se de que dia era, ele fechou os olhos, se xingando de tudo quanto era nome, e então virou-se na direção dos soluços, vendo a caipira toda encolhidinha num canto da escada, abraçando as pernas.

"O que tu ainda tá fazendo aqui, menina...?" Hugo foi ampará-la, mas ela não parava de soluçar. "A missa deve ter sido de manhã!"

"Por que ele num veio, Hugo...?"

"Ele quem?"

"Sua Santidadi! Por que ele num veio conversar com o Senhor???"

Hugo fitou-a penalizado, entendendo o que devia ter acontecido. "Ele já tá muito velhinho, Maria... talvez por isso ele tenha desistido! Seria difícil pra ele subir essa escadaria toda."

"Mas num pode! Eu subi aqui ontem di noite só pra num perdê di vê a Sua Santidadi di perto-"

"Você tá aqui desde ontem?!"

Maria caiu no choro novamente, um choro doloroso de decepção. "Eu quiria qui Ele mi perdoasse!"

Vários turistas passavam, olhando. Alguns de cara feia, já presumindo que ele fizera alguma coisa contra a menina. Mas Hugo não iria se irritar agora.

"Maria... você não precisa do Papa pra pedir perdão! Qualquer padre comum pode te perdoar!"

Mas a caipira negava veementemente com a cabeça. "O meu pecado é grandi por demais, mininu! Eu priciso da Sua Santidadi!"

"Maria, olha pra mim", Hugo disse, carinhoso, tomando seu rosto nas mãos. "Agora eu não posso te ajudar. Preciso fazer uma coisa urgente. Mas eu quero que você desça lá para a escola e procure o Capí. Tu conhece o Capí, não conhece?"

Maria meneou a cabeça, insegura.

Estava transtornada, a coitada. Claro que ela conhecia o Capí.

"Faz isso, está me ouvindo?"

Soluçando, ela concordou.

"O Capí pode não saber nada sobre o Papa, mas talvez ele saiba uma ou duas coisas sobre perdão. Agora vai."

Hugo ajudou-a a se levantar e acompanhou a caipira com os olhos até que ela desaparecesse de sua vista.

Só então pôde respirar fundo e continuar seu caminho. O estado da menina o preocupava, mas agora ele não tinha cabeça para aquilo. Capí saberia como acalmá-la, e isso já era bom o suficiente por ora.

Hugo precisava se apressar. Em poucas horas, estaria escuro. Perdera tempo precioso consolando-a. Sem falar na coragem que se fora.

Mas agora não voltaria atrás. Desceu apressado a extensa escadaria de acesso ao Cristo Redentor até chegar à estrada tortuosa que levava os carros até lá embaixo.

Alternando entre estrada e mata para cortar caminho, foi descendo em direção ao mirante Dona Marta o mais depressa que podia. Em uma hora, no entanto, os primeiros raios avermelhados do pôr do sol já começaram a penetrar pelas brechas das árvores e Hugo foi forçado a apertar ainda mais o passo. Se não chegasse antes do anoitecer, certamente se perderia no mato.

Hugo estava tão focado que nem sentia o ataque constante dos mosquitos. Precisava ficar atento. Não era incomum que traficantes do Caiçara usassem aquele caminho.

Quando finalmente alcançou o mirante, o sol já se escondia por detrás da Pedra da Gávea. Dali de cima era possível ver a favela descendo pelas encostas íngremes do morro, logo abaixo de seus pés. Alguns moradores já acendiam suas luzes.

Hugo se escondeu atrás do parapeito, sentindo a tensão à flor da pele. Ali, o risco de esbarrar em algum traficante era muito maior. E todos eles, sem exceção, o conheciam.

Se ao menos ele tivesse alguns frasquinhos de Chá de Sumiço... mas os ingredientes necessários haviam explodido junto com o depósito de alquimia, e mesmo que não houvessem, ele jamais pensaria em aparecer na frente de sua mãe invisível. Cruz credo.

Nervoso, Hugo ainda ficou lá por mais alguns instantes, tentando planejar na mente o caminho que tomaria até o contêiner. Conhecia a rota do tráfico, os pontos de mais fácil acesso, os locais onde haveria falcões vigiando...

Finalmente tomando coragem, ele começou a descida. Todo cuidado era pouco, tanto para não escorregar na rocha, quanto para não ser visto. Seu coração chegava a doer no peito de tão forte que batia.

Passando sorrateiro pelo posto de vigília mais alto do morro, desceu ainda alguns lances de escada até, finalmente, chegar ao nível de sua casa e correr para o contêiner.

Olhando à sua volta, bateu na porta apressado.

Vai, mãe... abre logo...

Bateu mais uma vez e ouviu o barulho de chaves do outro lado.

Dandara apareceu por detrás da porta, abrindo um grande sorriso de alegria ao vê-lo. "Idá!"

"Arruma as tuas coisas rápido que tu precisa sair da favela", Hugo interrompeu, já indo em direção à única maletinha que eles tinham.

Dandara fitou-o preocupada. "Mas por que, meu filho??"

"Não tenho tempo pra explicar. Calça logo alguma coisa e vambora."

Jogando a maleta sobre a cama, Hugo começou a estufar na mala os poucos vestidos que a mãe tinha. Dandara obedeceu sem questionar, indo buscar seu par de sapatos.

Faísca assistia a tudo lá do canto, empoleirada na velha máquina de costura. Estava grande, a danadinha. Suas penas lindas, de um vermelho vivo.

Recolhendo tudo que faltava, Hugo entregou a maleta para a mãe e foi checar se a barra estava limpa lá fora. Sacando a varinha, espiou pelos buracos de bala na parede. Tudo parecia ok.

"Que que é isso, Idá?" Dandara estranhou a varinha, que já começava a brilhar vermelha na semiescuridão do contêiner.

"Nada não, mãe. Vambora", ele sussurrou, mais aflito com a pergunta da mãe do que com qualquer outra coisa.

Com a varinha à sua frente, abriu a porta e deu o primeiro passo para fora, levando uma coronhada violenta na lateral da cabeça, que o jogou contra a porta de latão.

Hugo ainda tentou reagir, apontando a varinha para qualquer lugar, mas tudo tinha ficado escuro, e até que ele recobrasse a visão, já haviam puxado a varinha de sua mão e chutado duas vezes seu estômago.

Prostrado no chão, Hugo tentava recuperar o ar enquanto ouvia os gritos da mãe, implorando por misericórdia.

"Aê, formiga, tava de pinote com a minha grana, é?!"

"Eu não... eu não consegui vender nada, Caiça... eu juro..." Hugo disse, quase chorando de nervoso. "Larga ela, por favor."

Caiçara tinha sua mãe pelos cabelos, pressionada contra o chão. Os outros só assistiam. Deviam ser uns sete ou oito.

"Tá pensando que tu vai aonde com a minha florzinha?"

"Por favor... Caiça... solta ela."

"Tá doidão, formiga?!" Caolho exclamou, usando o fuzil como apoio de mão. "A gente vai te quebrá todo e ela vai assisti! Tá querendo moleza?"

"Não! Por favor, Valdisnei!", Dandara implorou, desesperada. *"Num mata meu filho não! Deixa ele ir embora! Ele não vai mais te dar trabalho não... ele é um bom menino!"*

"Bom menino?! Ha!!" Caiçara caçoou. "Aê, florzinha, tu não tá sabendo o que o teu filhinho querido é não?!"

Diante do semblante de incompreensão de Dandara, Caiçara arregalou os olhos, fingindo surpresa, "Num sabe?! Não acrediiiito! Tu não contô pra tua mãe o que tu estuda na escola, formiga?! Ahhh, que feio!"

"Não, Caiça, por favor, não..."

"BRUXARIA! Ele é filho do DEMO, é isso que ele é! Ó só, tá vendo isso aqui?!" Caiçara apontou a varinha escarlate contra Hugo, que recuou instintivamente. "Aqui ó, o instrumento do Demo! Teu filho é um BRUXO! Um enviado dos INFERNO!"

"Não, mãe... não é verdade..." Hugo murmurou, chorando apavorado. A cara de espanto de sua mãe era dolorosa demais de ver.

"Tu sabe que é verdade, florzinha. Tu sabe!"

"Não acredita nele não, mãe..."

"Se num fosse verdade, tu acha que ele ia tá nesse desespero todo?!"

"Aê, Caiça!" alguém interrompeu. "Essa aqui tava seguindo o formiga!"

Hugo olhou espantado na direção da voz e viu Playboy segurando a caipira pelos cabelos. Ela chorava e se debatia nos braços do homem, mas seu esforço era inútil.

"*Namoradinha*, formiga?!"

Hugo negou veementemente com a cabeça, mas já era tarde. Seu olhar já dissera tudo.

"*Gatinha*, aê!" Caiçara brincou, indo mexer com ela. Hugo tentou se levantar para impedi-lo, mas foi atingido por mais dois chutes e uma coronhada nas costas que o derrubou atordoado no chão.

Ainda assim insistiu, e só não levou um tiro porque Faísca praticamente pulou em cima do traficante, suas asas enormes embaralhando-lhe a visão. Hugo aproveitou a comoção para tentar reagir, mas foi agarrado por mais dois, enquanto um terceiro dava pauladas na ave.

"Foge, bicho burro!" ele ainda conseguiu gritar antes de ser derrubado no chão outra vez, e a fênix alçou voo em direção ao Corcovado.

Caolho metralhou o ar, tentando acertá-la, mas Faísca era mais rápida que um falcão e logo ficou fora de alcance. "Isso, bicho fujão! Dá pinote!" o bandido gritou, puto da vida, lançando a metralhadora contra o chão.

"Esquece esse pássaro idiota! 'Bora lá pro pico!"

Com a ordem de Caiçara, Hugo foi conduzido morro acima sob espancamento contínuo. Os moradores que encontravam pelo caminho ou eram empurrados para fora da escada, ou fugiam por conta própria.

Ninguém queria ficar para assistir.

Hugo aproveitava aqueles segundos de atraso para respirar e tentar recobrar um pouco da consciência, mas logo era arrastado escada acima novamente, à base de pontapés, empurrões, coronhadas e xingamentos.

Só conseguia ouvir com clareza o som da própria respiração e das porradas que levava no rosto. Já os berros da mãe e de Maria lhe soavam abafados, apesar de as duas estarem a poucos metros de distância, sendo forçadas a acompanhar a comitiva de execução.

Surraram Hugo sem parar até chegarem no local onde costumavam torturar e desovar suas vítimas.

Mesmo local onde Idá fora deixado inconsciente em seu último quase-aniversário, milênios atrás.

Completamente zonzo, ele foi arrastado pela terra batida e pendurado de cabeça para baixo numa árvore, onde começou a levar paulada, nas costas, no peito, nas pernas, no estômago… Com o corpo todo dolorido, Hugo cerrou os olhos, tentando ao menos proteger o rosto com as mãos amarradas. Podia sentir as gotas de sangue escorrerem por seu corpo, pingando em seu rosto e manchando o chão de vermelho. Logo, logo ia acabar. Logo, logo.

Caiçara era o que batia com mais gosto, deliciando-se a cada vez que sentia um osso quebrar. Ria feito um enlouquecido, batendo com a empunhadura de sua AR-15. "Tô te fazendo um favô, mulhé!", ele gritou para Dandara, que chorava desesperada lá atrás. "Sai, demônio! Sai desse corpo que não te pertence!"

Hugo sabia que ia morrer. Já vira muitos morrerem daquele jeito, ali mesmo. Ele só precisava aguentar mais um pouco.

Mas estava difícil. Sentia que sua cabeça ia explodir de tanta dor. Se não morresse das pauladas, morreria sufocado pelo próprio sangue, que lhe embaçava a vista e impedia que ele respirasse direito.

Hugo cerrou os dentes, sentindo mais uma costela quebrar. Para se distrair da dor, tentou focar toda sua atenção nas mulheres de sua vida. Maria estava ainda mais agitada que sua mãe, se é que aquilo era possível. Três traficantes tentavam mantê-la quieta, sem sucesso; ela se debatia contra eles como um animal enfurecido, vermelha de tanto chorar.

Estava alterada demais... quase explodindo de tanto ódio, suas veias dilatadas no pescoço, seu rosto vermelho, quase roxo, até que, de repente, sua cabeça explodiu em chamas, jogando os três bandidos contra o chão.

Hugo gritou horrorizado, pensando que sua Maria tivesse morrido em alguma explosão acidental de granada, mas não. Ela ainda estava lá, se contorcendo no chão; as chamas sendo expelidas de seu pescoço como se a moça fosse uma tocha humana.

Todos assistiam espantados, apontando seus fuzis contra a caipira, que, à medida que se contorcia, se transformava em algo completamente horrendo.

"Virgem mãe santíssima..."

"Mãe! Sai daqui!" Hugo berrou com toda força que ainda lhe restava. "Mãe, acorda!"

Mas Dandara estava em choque, assistindo espantada à transformação da jovem, até que todos ouviram aquele grito horroroso de dor, aquele urro metálico, vindo da boca inexistente de uma mula sem cabeça.

Hugo arregalou os olhos: O cabresto estava lá! Ele podia vê-lo! Amarrado perfeitamente a uma cabeça invisível de cavalo.

A mula urrava e empinava furiosa, soltando fogo pelo pescoço, pelas narinas, pela cauda... seus cascos faiscando contra o chão. Os bandidos assistiam horrorizados àquela visão do inferno, sem conseguirem mover um músculo sequer.

Até que a mula atacou.

Feito um touro na arena, avançou em cima dos traficantes mais próximos, que se afastaram apavorados, alguns se machucando seriamente.

Caiçara apontou sua AR-15 contra a mula.

"Não!" Hugo gritou, desviando o cano na hora exata do tiro.

"Tu tá maluco, muleque?!"

Espantada com o estrondo, a mula saiu correndo morro abaixo, por entre os barracos e vielas.

Ela ia queimar a favela toda...

"Viu o que tu fez, vacilão!", Caiçara gritou, indo atrás do bicho com a AR-15 em punho.

Já quase perdendo os sentidos, Hugo assistia a tudo como se fosse um pesadelo em câmera lenta... o fogo se alastrando pelos primeiros barracos... Playboy mandando mais dois atrás do chefe e voltando a agarrar sua mãe...

Enquanto os seis bandidos restantes se entreolhavam espantados, sem saberem o que fazer, Caolho aproximou-se de Hugo para terminar logo o serviço.

"Ó", ele disse, brincando com o revólver próximo a seu rosto, "Eu não sei que raio de amiga é essa tua, mas tu também não vai vivê pra contá a história."

Hugo fechou os olhos, sentindo o cano frio da arma tocar sua testa, mas ao invés de ouvir o clique do gatilho, o que ouviu foi um pio alongado e estridente. E então sentiu-se cair no chão.

Atordoado, pulou em cima de Caolho antes que ele atirasse em Faísca, conseguindo desviar o tiro para uma árvore próxima. Mesmo com a dor angustiante que estava sentindo, Hugo se atracou contra o bandido no chão de terra, ainda com as mãos e pés amarrados, até que, de repente, viu o corpo inteiro do traficante enrijecer feito pedra.

Hugo olhou perplexo para a estátua humana em seus braços, e então começou a ouvir tiros e xingamentos à sua volta. Virou-se, pensando que talvez a mula tivesse retornado ao pico, mas não. Mal podendo acreditar em seus próprios olhos, viu os Pixies avançarem contra os traficantes de varinha em punho. Todos menos Viny.

Em poucos segundos a clareira virou uma zona de guerra. Jatos coloridos de um lado, balas zunindo do outro. Hugo não sabia se ficava aliviado com a presença dos Pixies ou com medo por eles. Os tiros passavam rentes demais... Por enquanto, Capí, Caimana e Índio desviavam e atacavam contando com o absoluto espanto dos traficantes a prejudicar-lhes a mira, mas logo viriam mais bandidos, atraídos pelo som do tiroteio.

Atlas estava lá também, duelando com dois ao mesmo tempo enquanto protegia Dandara, que desviava apavorada sempre que ouvia algum estrondo mais próximo, agarrando-se aos ombros do professor enquanto Capí protegia o próprio Atlas contra mais três traficantes que vinham atacá-lo. Talvez os bandidos estivessem pensando que o adulto fosse o líder da tropa. O mais habilidoso.

O que não era absolutamente verdade.

Professor e aluno formavam uma dupla e tanto, mas Capí, lutando, parecia fazer arte. Puramente intuitivo. Girava, pulava, e os feitiços saíam sem que ele precisasse fazer qualquer esforço. O professor desviava e parava as balas em pleno ar, mas Capí praticamente desmontava os fuzis nas mãos dos bandidos.

Hugo tentou se erguer do chão, mas estava quebrado demais. As mãos, os joelhos, o peito, tudo doía muito.

Percebendo sua dificuldade, Caimana apressou-se em socorrê-lo, jogando um dos bandidos para longe com um feitiço que Hugo desconhecia e aproximando-se de seu corpo torturado. Com um gesto simples de varinha, soltou as amarras de suas mãos e pés, prosseguindo então para a remenda imediata dos ossos, que doíam ainda mais ao serem forçados de volta a seus devidos lugares.

Enquanto ela trabalhava em seu tórax, Hugo mantinha os olhos fixos em Capí. Os fuzis não tinham a menor chance contra ele... Era uma sucessão de movimentos que Hugo nem conseguia acompanhar.

Notando a perplexidade em seus olhos, Caimana riu da cara de seu paciente, protegendo-o de mais um tiro. "É isso que dá ficar preso na escola durante as férias, tendo só o professor de Defesa como companhia."

Hugo tentou rir, mas seu peito doía muito e a tensão era grande. Capí estava se arriscando demais. Alguma hora eles iam acabar acertando o tiro.

Caiçara voltara ao pico, atraído pelo som do tiroteio. Espantado com a profusão de jatos coloridos, o bandido apontou a arma contra o elo mais fraco dos três.

"Índio!!" Hugo gritou, e o mineiro conseguiu desviar da linha de tiro a tempo, soltando um *Sapiranga Maksima* no rosto de Caiçara, que gritou de dor e começou a coçar os olhos lacrimejantes, tentando enxergar enquanto atirava a esmo contra tudo e contra todos.

Eles precisavam sair dali.

Capí e Índio se agacharam contra mais uma rajada cega de Caiçara e tentaram se afastar da zona de tiro. O bandido era um dos únicos loucos ainda no pico; todos os outros tendo fugido, ou sido transformados em pedra, ou em lesmas, ou no que quer que fosse.

"Capí!" Hugo chamou, e o pixie foi ao seu encontro. "A mula, Capí. A mula tá solta por aí."

"Quê??"

"Ela veio comigo!", Hugo agarrou-se no braço do pixie para se levantar. "É a Maria, Capí. O tempo todo era a Maria."

Capí fitou-o surpreso, "A tua caipira?!"

Hugo confirmou com a cabeça, e os dois se abaixaram quando mais uma rajada rasgou o ar bem próximo a eles. Cansado daquilo, Capí jogou um *Oxé* pra cima de Caiçara, que caiu de costas quase inconsciente.

Caimana foi ao auxílio do professor, que ainda duelava contra dois traficantes, protegendo Dandara dos tiros.

"Capí, espera!" Hugo chamou o pixie, que já ia saindo atrás da mula. "Eu vi o cabresto! Eu posso libertá-la!"

Capí parou onde estava, olhando-o num misto de espanto, insegurança e apego. Era fácil adivinhar o que se passava na cabeça dele. Seus olhos diziam tudo: se Hugo a libertasse, seria como se estivesse matando o animal que ele lutara a vida inteira para proteger. Tinha construído toda uma relação com a mula, de afetividade e confiança, que seria completamente anulada caso a maldição fosse desfeita.

Um bicho lindo daqueles...

"Vai ser um alívio pra ela, Capí... você sabe disso."

O pixie ainda permaneceu em silêncio por mais alguns segundos, até que acabou concordando. "Vamos."

Hugo tentou segui-lo, mas sentiu o tornozelo, e Capí apressou-se em curar mais aquela fratura.

Em um instante, seu tornozelo havia parado de doer e os dois puderam correr escada abaixo, seguindo o rastro de destruição da mula. Seus cascos haviam aberto verdadeiros rombos nas escadarias de pedra, sem falar nos barracos que pegavam fogo pelo caminho.

Felizmente, ninguém se ferira. Toda aquela área superior da favela havia sido evacuada ao primeiro sinal de tiroteio lá em cima.

Capí descia já apagando o que podia dos incêndios, para que não se espalhassem com tanta rapidez pelos barracos. Pelo menos a mula não ultrapassara o patamar do Tortinho. O rastro de fogo cessava a poucos metros da quadra esportiva.

Hugo e Capí entraram no campinho de futebol e entreolharam-se preocupados. Os rastros terminavam ali, mas nada de mula.

Olhando à sua volta, procuraram qualquer luz alaranjada à distância, qualquer som de crepitar de fogo, ou pegadas que tivessem ignorado, e... nada.

Hugo parou para respirar, curvando-se com a mão no estômago, e Ítalo foi até ele, tocando-lhe o ombro para dar apoio moral. Com a outra mão, o pixie tirou de um dos bolsos a varinha escarlate, que provavelmente recuperara de um dos traficantes caídos.

Surpreso, Hugo tomou-a nas mãos. Pensara que nunca mais a veria de novo...

Capí sorriu ao ver a satisfação em seu rosto, mas um tiro vindo de trás derrubou o pixie no chão, com a mão no braço esquerdo.

Hugo virou-se depressa, apontando a varinha contra Caiçara.

"Qualé, formiga! Tá com raivinha, é?! Quero vê tu fazê magia sem os teus comparsa!" Caiçara riu. Tinha os olhos ainda vermelhos, pálpebras semifechadas contra a ardência. Talvez por isso errara o tiro.

Fervendo de ódio, Hugo voltou seu olhar rapidamente para o pixie caído. Sangue escorria por entre seus dedos, mas Capí estava bem; tinha sido de raspão. Mais alguns milímetros e teria perdido o braço.

Caiçara caçoou de seu ódio, "Vai fazê o que, formiga? Me matá?"

"Pode crê..." Hugo murmurou com um olhar assassino, concentrando toda sua ira na varinha, que começou a brilhar quase incandescente de tão vermelha.

Uma pontinha de nervosismo surgiu no rosto do bandido, que deu um passo para trás, levemente tenso – mas não tão tenso quanto deveria estar.

Tá duvidando, é, seu filho da mãe?

Hugo concentrou-se no feitiço de morte; seu ódio impulsionando-o a fazer aquilo que ele sabia não ter volta. Sua mente fervia com as lembranças de sua Abaya, de Saori, de todas as vidas que Hugo fora obrigado a destruir por causa dele... de todas as vezes que ele o chamara de formiga e o humilhara na favela... do olhar chocado de sua mãe ao ficar sabendo a verdade... Hugo estava tentadíssimo a jogar um Ava-îuka bem na fuça do desgraçado. Mas algo o segurava. Talvez a presença do Capí.

Hugo olhou novamente para o pixie, que retornou o olhar, tenso. Na expectativa.

"Hugo... não..." Capí suplicou, mas Hugo já estava decidido. Não tinha volta.

"Perdeu, mané!" Caiçara gritou, levantando o fuzil.

Tarde demais. Hugo já havia girado no eixo e desarmando o desgraçado com um *Anhanã!*, que jogou o fuzil de Caiçara para longe.

Decisão de última hora.

Capí sorriu aliviado, e Hugo ajudou-o a se levantar da pequena poça de sangue que já acumulara no chão.

Assustado, Caiçara ainda tentou sacar o revólver, mas foi surpreendido pela mula, que chegou do mato, atropelando-o feito um touro enfurecido. O bandido não teve nem tempo de gritar por socorro. Antes que Ítalo pudesse fazer qualquer coisa, Caiçara já tinha sido sumariamente pisoteado pelos cascos de chumbo do animal.

Os dois correram até a mula, Capí tentando tirá-la de cima do bandido.

Enquanto ela lutava contra a força do pixie, Hugo procurava puxar o traficante lá de baixo, mas já era tarde. Caiçara tinha virado mingau de bandido no chão, completamente sem vida.

"Calma, menina... calma..." Ítalo dizia, e apesar de enfraquecido pela perda absurda de sangue, o pixie foi, aos poucos, conseguindo amansar a fera, que ainda bafejava agitada contra a carcaça do bandido. "Eu não vejo cabresto nenhum!" ele gritou, tentando vencer o som estrondoso das chamas.

Hugo aproximou-se. Ainda conseguia vê-lo: era prateado, com rédeas de couro que se estendiam pelo dorso do animal.

"Deve ser porque só eu vi a transformação!", Hugo sugeriu, acercando-se da mula, que finalmente se acalmara nas mãos do pixie.

"Calma, Formosa... calma que eu estou aqui..." Capí murmurava com os olhos marejados, afagando-a com o carinho de quem se despede.

"É pro bem dela, Capí."

"Eu sei… eu sei", ele concordou, abrindo caminho para que Hugo se aproximasse. Estava claramente se sentindo o pior dos traidores; como o dono que entrega seu cachorro velho ao veterinário para ser sacrificado.

Hugo se concentrou. O cabresto estava logo ali, a seu alcance. Era só tirá-lo. O fogo já estava baixo o suficiente, talvez nem se queimasse.

Acariciando o animal de leve, foi aproximando a mão das rédeas. Precisava tomar cuidado, porque, se sua teoria estivesse correta, eram duas entidades completamente distintas ali:

Uma era Maria, caipira calma e recatada, que queria se livrar da maldição, e que não se recordava do que acontecia enquanto era mula.

Outra era o animal, que tinha toda uma existência separada, e que não queria morrer.

Se aquilo fosse verdade, a mula faria de tudo para impedi-lo de tirar aquele cabresto.

Respirando fundo, Hugo segurou as rédeas com segurança e a mula começou a empinar desesperada, esperneando para tudo quanto era lado. Capí foi derrubado ao chão, conseguindo desviar do coice seguinte por alguns centímetros apenas.

Percebendo o que acontecera, a mula virou-se, preocupada, na direção do pixie e Hugo aproveitou a deixa para montar no bicho, rédeas firmes nas mãos. A fera empinou em pânico, soltando labaredas a três, quatro metros de altura, mas Hugo manteve-se firme lá em cima enquanto ela urrava feito louca, tentando derrubá-lo.

As chamas faziam arder seus olhos e ele cavalgava feito cego, com as mãos praticamente no fogo. Cerrando os lábios contra a dor, Hugo tentou ignorar o calor insuportável, mantendo sua concentração apenas nas rédeas, que já começavam a escorregar de suas mãos suadas, até que a mula girou enfurecida e ele foi lançado para fora, voando no ar e despencando morro abaixo, numa ladeira de rocha e grama. Hugo ainda tentou se segurar no mato que crescia ao longo da encosta, mas só foi parar de rolar mesmo quando alcançou a laje de um dos barracos mais abaixo, batendo de costas no chão e perdendo totalmente o ar.

Por alguns segundos intermináveis ele ficou lá, esparramado na laje, tentando puxar o ar que não vinha, até finalmente conseguir. Atordoado, tentou se levantar, suas mãos trêmulas servindo de apoio para um corpo que se recusava a sair do chão de tanto nervoso. Desistindo, desabou no chão, completamente exausto… e só então viu o cabresto prateado, pendurado num dos arbustos logo acima de sua cabeça.

Hugo respirou aliviado, sentindo o pulmão reclamar do esforço, e viu Capí chegando pelo outro lado, já sem camisa, evidenciando o rasgo que a bala de fuzil lhe abrira na carne.

"Tu precisa fechar isso logo", Hugo disse, preocupado, enquanto Capí ajudava-o a se levantar.

"Você deu um baita susto na gente, garoto."

"E a mula?"

"A Maria, você quer dizer?" Capí corrigiu, confirmando o que Hugo queria saber. "Vai ficar bem. Ela está um pouco abalada, meio perdida ainda, mas vai ficar bem. A Caimana tá cuidando dos ferimentos dela."

"Ferimentos?"

"Cortes na boca, feitos pelo cabresto, e alguns arranhões pelo corpo. Logo vão sumir." Ítalo olhou-o com carinho, "Por que você não contou pra gente, Hugo? Por que não disse que estava sendo ameaçado? Você podia ter morrido!"

Hugo baixou a cabeça, percebendo que o pixie já entendera tudo.

"O Atlas nos contou, a caminho daqui. Sobre a cocaína.", Capí explicou, agora bem mais sério. "Quando você vai aprender a confiar na gente, Hugo? Se você tivesse nos contado desde o início, a gente podia ter pensado em alguma saída, sei lá! Talvez você nem precisasse ter começado essa loucura de vender cocaína na escola! Vender *cocaína*, Hugo?!"

Um silêncio caiu sobre os dois. Seu remorso pesava bem mais diante da indignação justa do Capí – que, Hugo sabia, já o perdoara.

O pixie não tinha nada que perdoá-lo.

"Que tivesse nos contado *hoje*, então. Antes de fazer essa loucura sozinho!" Capí arrematou. "Se não fosse a Fênix ter ido buscar ajuda-"

"Eu conheço o poder de um fuzil!", Hugo retrucou, sério. "E conheço o pesadelo que isso aqui vira durante um tiroteio! Eu não queria que vocês se machucassem. Nem muito menos que soubessem o que eu estava fazendo. Eu quase destruí a escola! Por minha causa, seu pai quase morreu!"

O brilho nos olhos do pixie diminuiu um pouco com a lembrança. Mesmo assim ele retrucou, "Mas você não teve muita escolha. Com esse miniexército cercando sua mãe-"

"Não adianta aliviar minha culpa, Capí!" Hugo o interrompeu, decidindo ser sincero com o pixie. Ele não merecia menos que isso. "O que eu fiz não tem justificativa. Eu sou muito pior do que você pensa. Teve uma hora lá que eu cheguei a gostar! Eu tava adorando ganhar dinheiro!"

Diante da confissão, Ítalo manteve-se em silêncio por alguns instantes, observando a vista iluminada da cidade.

"Hugo..." ele disse por fim. "Todo mundo de vez em quando cede a uma tentação. O que diferencia as pessoas é o que elas fazem quando percebem que estão fazendo mal a outras. ... O que você tentou fazer hoje, Hugo, foi heroico. *Burro* e talvez um pouco suicida", Capí sorriu malandro, "mas heroico."

"Eu fui um covarde."

"Noutros dias, talvez. Hoje você foi corajoso. Altruísta. Enfrentou o medo acumulado de um semestre inteiro para salvar sua mãe, com risco quase certo de morte."

Hugo pulou para posição de alerta. "Minha mãe! Eu tenho que ver como ela está!"

"Calma, cabeção. Tua mãe tá lá em cima com o Atlas, recebendo os devidos *esclarecimentos*. Ela está bem, não se machucou. Os dois chegaram a tempo de vê-lo cavalgar a mula, o que, aliás, foi fantástico."

Capí sorriu, dando um tapinha em seu ombro, mas Hugo fitou-o, sem saber o que dizer ou o que pensar do que o pixie acabara de dizer. Dandara vira seu filho cair barranco abaixo e nem sequer fora ver como ele estava...

"Não pensa besteira, Hugo. Tua mãe te ama. Ela só está um pouco chocada, só isso-"

"Não... ela me odeia", Hugo murmurou, sem conseguir conter as lágrimas. *"Ela me odeia porque eu sou um bruxo."*

Capí tomou-o pelos ombros. "Hugo, me escuta. Mãe que é mãe nunca odeia o filho. Não importa o que ele faça de errado, ou quem ele seja."

Hugo discordou com a cabeça. O que Capí podia saber sobre amor de mãe? Não sabia... nunca convivera com uma pra saber.

"Vem, cabeção", Capí chamou. "Vamos voltar lá pra cima."

Eles subiram pela escadaria, sendo observados por moradores curiosos, que não faziam ideia do que tinha acabado de acontecer lá em cima, mas que mantinham os olhos grudados no ferimento do pixie.

"Devem estar achando que eu sou bandido", Capí deu risada, mas Hugo continuou subindo em clima de enterro.

Tinha perdido a mãe. Sabia disso.

O que Hugo mais temera durante o semestre inteiro havia acontecido, e da pior maneira imaginável.

Sai, demônio! Sai desse corpo que não te pertence...

Nada mais do que o merecido. Merecidíssimo. Durante o semestre inteiro, ele se valera das ameaças contra a mãe para justificar o dinheiro que estava ganhando.

Quando os dois finalmente chegaram ao Tortinho, Hugo preferiu olhar para a carcaça quebrada do Caiçara do que enfrentar o julgamento nos olhos de Dandara.

"De que adiantou eu me segurar?" Hugo ironizou, observando o rosto irreconhecível do bandido. "Se eu tivesse usado o Ava-îuká, ele teria morrido mais depressa."

"E você teria se tornado um assassino", Capí retrucou. "Quem é do bem nunca ataca pra matar, a menos que não haja outra alternativa."

Hugo aceitou o conselho, inseguro quanto a apenas um detalhe: "E eu sou do bem?"

"Isso você é que precisa descobrir."

Capí fez uma pausa para que Hugo refletisse, e então arrematou simpático, "Mas que hoje você deu um grande passo nessa direção, isso deu."

Hugo permaneceu sério. Sabia que ainda não fizera tudo o que precisava ser feito.

"Eu vou me entregar", ele disse por fim. "Vou me entregar pros CUCAs."

CAPÍTULO 41

FILHO DO DEMO

Capí fitou-o, surpreso.

"É o único jeito disso terminar bem", Hugo explicou. "Enquanto não descobrirem uma fórmula que acabe com o vício que eu criei, eles vão sempre querer mais. Mesmo que não seja cocaína. Pode ser qualquer coisa. E pra descobrirem essa fórmula, precisam saber o que causou a dependência."

Hugo pausou observando Maria, que estava sentada do outro lado do campinho, trêmula e envolta no uniforme ensanguentado do Capí. "O Viny está preso por algo que ele não fez. Rudji pode ser detido a qualquer momento. Eu contando a verdade, eles se livram."

Capí concordou, orgulhoso por vê-lo tomar aquela decisão mas, ao mesmo tempo, preocupado. "Você sabe que eles vão te expulsar, né?"

"E me prender, sei", Hugo confirmou, sentindo náuseas só de pensar naquilo.

Atlas veio bagunçar seu cabelo, amistoso. "Só não cai quem nunca monta, guri valente. Deixa eu ver a tua mão."

Hugo estendeu-lhe as mãos queimadas, enquanto Capí foi substituir o professor ao lado de Dandara, que ainda chorava desconsolada.

Hugo desviou o olhar, inconformado, enquanto Atlas ia fazendo sumir todas as marquinhas de queimadura, com a facilidade de quem sopra poeira.

"Você devia ir ajudar o Capí. Ele tá bem mais ferido que eu."

"Olha, eu bem que tentei, mas não funcionou."

"Como assim, não funcionou?"

O professor meneou a cabeça, incerto. "Talvez magia não funcione contra ferimentos de natureza mequetrefe, como tiro de raspão, por exemplo. Me deixa ver o teu rosto, guri."

Atlas começou a remendar os cortes e hematomas que Caimana não tivera tempo de curar durante o tiroteio. Em poucos instantes, Hugo estava novinho em folha. Até os dentes quebrados Atlas consertara.

Índio veio bater em suas costas. "Retiro o que eu disse, Adendo."

Hugo franziu a testa, "Sobre o quê?"

"Sobre ocê não botar a mão no fogo por ninguém."

"Engraçadinho..."

Índio abriu um sorriso malandro, indo cortejar a caipira.

Atlas deu risada. "Eu não sabia que ele tinha senso de humor."

"Eu, muito menos", Hugo retrucou, e teria rido também se Atlas não tivesse ficado sério de repente, olhando para além de seus ombros.

"Como dizem aqui no Rio: acho que estou sobrando", o professor disse, saindo de fininho e chamando Índio e Caimana para acompanhá-lo até o pico.

Queria deixar Hugo a sós com sua mãe.

Capí e Maria também resolveram se retirar, e Hugo acompanhou-os com os olhos enquanto iam embora para o pico, sem coragem de encarar Dandara.

Até que todos seus amigos se foram e ele não teve alternativa a não ser virar-se para a mãe. Dandara estava parada à sua frente, ainda um pouco em choque. Olhou-o dos pés à cabeça, como se fosse um estranho.

Hugo ia morrer de nervosismo se aquela tortura não acabasse logo. Nunca rezara tanto em silêncio, para qualquer santo que pudesse ajudá-lo naquele momento.

Insegura, Dandara tocou seu braço, como se quisesse comprovar que era mesmo ele. Suas mãos trêmulas correram por seu uniforme e foram subindo, até chegarem no colarinho, que ela ajeitou com cuidado, como só uma mãe diligente ajeitaria.

Ele sorriu, já chorando, e Dandara se derramou em lágrimas, abraçando o filho com força. "Ô filhote..."

Hugo mergulhou a cabeça no abraço da mãe, exausto.

"Eu fiquei com tanto medo quando te vi cair lá embaixo, menino... com tanto medo que eu nem tive coragem de... Achei que tivesse te perdido, seu peste!"

"Me desculpa, mãe... me desculpa..."

"Desculpá o que, criança? Te desculpá pelo que tu é?! Os teus amigos me disseram que não foi tua escolha. Que você *nasceu* assim!"

Hugo olhou bem nos olhos da mãe, estranhando aquela liberalidade toda.

"Você acha que eu ia me impressionar com as palavras daquele bandido, Idá?! Ou com qualquer pastor que levantasse a palavra contra você?! Tu não é o filho do Demo, que eu sei muito bem quem teu pai é, e ele pode ser um branquelo covarde, mas não é o demônio. E eu não senti as dor do parto pra depois vir alguém dizer que tu não é meu filho. Tu nasceu bem aqui de mim, que eu me lembro."

Hugo riu, chorando aliviado.

Era bom demais ouvir aquilo.

Mas tinha algo de muito estranho naquele discurso de sua mãe. Ela não ia nem impedi-lo de fazer magia?! Hugo podia não ter culpa de ter nascido bruxo, mas se aperfeiçoar na magia era uma escolha dele, não uma fatalidade do destino!

Vendo a confusão nos olhos do filho, Dandara tomou seu rosto nas mãos. "Escuta bem o que eu vou te dizer, Idá. E tua avó diria a mesma coisa. Se Deus te deu esse dom, é porque tu tem uma missão maior nessa Terra. Eu só posso sentir orgulho de você, meu filho."

Ele baixou a cabeça, envergonhado. Ele não era *O Escolhido*... muito pelo contrário. Mas se sua mãe queria vê-lo assim, quem era ele para contrariá-la?

Hugo abraçou a mãe com mais força ainda, receoso de que aquilo fosse tudo um sonho bom.

Mas, na verdade, agora que ele pensava melhor, ela nunca fora um grande exemplo de evangélica. Para certas coisas, era extremamente conservadora. Nos ensinamentos, na assídua presença às pregações do pastor... no modo como se vestia... na condenação do defeito alheio. Principalmente os dele. Mas, no que se referia a assuntos do coração, ela sempre fora uma pecadora exemplar. Se atropelava toda. Era assim com seus namorados; era assim com seu filho.

Dandara sempre acabaria perdoando-o. Agora ele entendia.

Pena que entendera tarde demais. Muito sofrimento à toa.

"Seus amigos parecem gente boa", Dandara comentou enquanto subiam para o pico, seus braços de mãe ainda enlaçando a cria. "Como chama esse teu professor mesmo?"

"Atlas."

"Atlas? Isso lá é nome de gente?"

Hugo riu. "Melhor que Idá, né, mãe."

"Hmm", Dandara retrucou, brincalhona. "Aposto que Atlas tem dos montes. Idá só tem o meu."

Sua mãe era impagável. Hugo nem se cabia de tanto alívio. Ela não fazia ideia. Nem a prisão inevitável o deixara tão nervoso. Na verdade, agora que tinha tomado sua decisão, estava até tranquilo quanto a ser preso.

Num é o sangue qui faz o Rei, Piquenu Obá...

Era a coisa certa a fazer. Sua mãe ficaria orgulhosa.

"Lembra do Obá, mãe? Aquele que a Abaya sempre falava?"

"Ô se lembro..."

"Sabia que ele era filho de bruxo?"

"Verdade?" Dandara perguntou, mas sua expressão não era de curiosidade. Estava preocupada. Distante. Pensando em outra coisa.

"Que foi, mãe?"

"Onde a gente vai ficá, Idá? Eu não posso voltá lá pro conteini. Mesmo com o Caiça morto, ainda é perigoso-"

"A senhora vai ficar na minha casa, Sra. Escarlate", Caimana disse, ajudando Dandara a subir os últimos degraus até o pico.

Hugo se animou, "Na casa vazia da vila?! A que era da tua avó?"

"Essa mesma."

"Mas de jeeeito nenhum!" Dandara exclamou, orgulhosa feito só ela. "Eu não quero dar trabalho pra ninguém!"

"Imagina, Sra. Escarlate, vai ser o maior prazer! Meu pai vai ficar louquinho com uma mequetrefe em casa pra ele pesquisar."

"Mequetrefe?"

Hugo riu, "Depois eu te explico, mãe."

"Depois a gente explica tudo."

Os três chegaram ao pico.

Interessante. Era a primeira vez que ele pisava naquele terreno por vontade própria.

Atlas estava lá, em frente a uma fileira de bem-comportados traficantes, preparando-se para aplicar-lhes o feitiço do esquecimento. Eram doze ao todo. Doze bandidos absolutamente aterrorizados, presos por algum feitiço que não conseguiam compreender ou enxergar. Playboy e Caolho fechavam a fileira, ainda com certa marra no olhar.

Enquanto isso, Índio e Capí se ocupavam em transformar todo o armamento jogado no chão em lindos ramalhetes de flores, só de sacanagem. Os traficantes gastariam horrores para repor tudo aquilo.

Atlas estava se divertindo, andando de um lado para o outro, fazendo graça da cara de cada um deles.

Foi só tirar a varinha do bolso que os bandidos quase caíram para trás.

"Que foi, gurizada?" Atlas disse, sarcástico. "Estão arrepiando o golpe agora?! Mas pouco tempo atrás vocês pareciam todos tããão valentes, espancando um gurizinho indefeso! O que foi? Perderam os culhões? Ou nunca tiveram? Se fosse por mim, vocês todos estariam em situação bem pior. Mas, como não sou eu quem decide, e sim o Capí aqui..."

Atlas fechou os olhos em concentração, apontou a varinha para o grupo, e pronunciou o encantamento *"Gbabe Akangatu!"*

Imediatamente, um branco desceu sobre os rostos dos traficantes, que olharam à sua volta perdidos, sem entenderem porque estavam ali ou quem eram aqueles jovens espalhados pelo pico.

Depois de libertá-los discretamente com a varinha, Atlas começou a bater palmas para eles, indo abraçá-los um por um, como se tivessem realizado um grande feito. "Gurizada, vocês estão de parabéns... estão mesmo!" ele disse sorridente, abraçando, por último, Caolho e Playboy, que o abraçou de volta sem entender bulhufas. "O que vocês fizeram hoje pelos guris desta comunidade foi absolutamente heroico. Incendiar a boca de fumo e abandonar o tráfico de drogas como vocês fizeram?! Isso merece muitos aplausos! Os senhores deveriam ser condecorados por bravura! Deveriam virar líderes comunitários, sabiam? Aliás, que tal?"

Os traficantes se entreolharam; uns horrorizados com o que haviam 'feito', outros atônitos, alguns apenas perplexos, e Atlas sinalizou para que Hugo e os outros se afastassem. "Mas da próxima vez, ó, tentem não queimar metade da favela. Tá certo?"

"Genial. Absolutamente genial", Hugo riu, jogando-se na cama enquanto os Pixies ajudavam Dandara com a mudança improvisada. "Você viu a cara deles, mãe?"

Atlas meneou a cabeça, modesto. "Infelizmente, a ideia não foi minha. Eu copiei de um filme de alienígenas. Os mequetrefes pensam em cada coisa..."

"Quer dizer que o senhor apagou a memória deles?" Dandara quis confirmar, abismada.

"Só um pouquinho, Dona Dandara. Só algumas horinhas. Tempo suficiente para esquecerem da presença do teu guri aqui hoje e dessa história toda de bruxaria e mula sem cabeça."

"E como faz?" Hugo perguntou curioso. "Como faz pra controlar quantas horas eles esquecem?"

"Bom", Atlas respondeu, cuidadoso. "O controle é mental mesmo. Tu tens que pensar na duração e... tchum. É magia avançada. Nem pense, o senhor, em usar."

"Não, não, claro que não..." Hugo respondeu, pensativo. "Mas daria pra fazer os alunos se esquecerem, especificamente, da cocaína?"

"Fazer com que se esqueçam apenas de um determinado evento? Não. É por *tempo* que funciona, guri."

Hugo bufou. Teria sido uma solução tão perfeita...

Capí balançou a cabeça, acariciando a fênix em seu colo. "Não existem soluções fáceis para problemas complicados, Hugo. A não ser que sejam soluções cruéis. E essas também, cedo ou tarde, reclamam seu preço."

Capí pegou a Furiosa. Trancando os dentes contra a dor que viria, fez com que a ponta de sua varinha ardesse incandescente e queimou o ferimento do braço até estancar o sangue.

Hugo fez uma careta solidária de dor. "A fênix não conseguiu curar isso aí?"

Capí negou com a cabeça, enxugando o suor da testa. Suas mãos permaneciam com as cicatrizes da antiga queimadura, e Hugo meio que também se sentia culpado por aquilo. Talvez magia não funcionasse contra queimaduras profundas causadas por mulas-sem-cabeça.

Hugo olhou para Faísca, que assistia a tudo com os olhinhos penalizados de quem vê um amigo sofrer.

"Você disse lá embaixo que, se não fosse pela Faísca, eu estaria morto. Eu não entendi. Quer dizer, entender eu até entendi. Mas como?"

"As Fênix são bichos extraordinários. Não me pergunte como, mas elas sempre sabem onde devem ir. Sabem e entendem tudo. São sábias, as danadinhas." Capí fez uma carícia de leve nas penas vermelhas da ave, que agradeceu virando a cabecinha de lado. "A gente tinha achado estranho você sumir daquele jeito, tão de repente, depois que levaram o Viny. Mas se não fosse a fênix ter aparecido por lá, a gente nunca teria descoberto onde você estava."

"É isso que eu não entendo. Como vocês conectaram o aparecimento de uma fênix a mim?"

"O Atlas sabia que você tinha uma fênix em casa. Parece que ele viu a Faísca quando veio aqui te visitar no meio do ano. Ela ainda era um filhotinho."

"Mmmm..."

Capí olhou para a porta entreaberta do contêiner, e seu semblante entristeceu um pouco. Maria estava lá, sentada no limiar da porta, já vestida com uma das roupas de Dandara.

"Ela não sabe quem eu sou...", ele disse, e Hugo procurou reconfortá-lo com uma mão no ombro. Sua tristeza era compreensível. Durante anos ele cuidara dela.

Capí suspirou, resignado. "A vida é assim mesmo, tá tudo certo. Vai lá falar com a sua menina, vai", ele sugeriu, e Hugo foi sentar-se junto a ela.

"Então quer dizer que você se apaixonou por um padre."

Maria olhou surpresa para ele, mas então confirmou, envergonhada. "Eu gostava por dimais dele... u padinho lia história pros minino e eu ficava espiando assim da janela, sabe, escondida. Pecado grandi, desejá padre. Por isso Deus me castigô."

"Se eu fosse o Capí, diria que Deus não pune ninguém por amar."

Maria meneou a cabeça, considerando o que ele havia dito. Mas Hugo reconhecia que seria difícil tirar da cabeça dela uma ideia enraizada por tanto tempo.

"Esse teu amigu… ele mi conhece, não conhece?"

"Ele te protegia, quando você se transformava."

Ao ouvir aquelas palavras, Maria começou a chorar copiosamente, como que lembrando, de repente, de algo doloroso demais. "Eu esmaguei as perna daquele outro mininu, num esmaguei?"

"Ele vai ficar bem…" Hugo tentou reconfortá-la. "Você viu como eles me curaram de tudo. Com o Tobias não vai ser diferente. Talvez demore um pouco mais, mas logo logo ele fica bom."

Ela não pareceu convencida. Olhava para tudo ainda um pouco trêmula, se sentindo a pior das pecadoras. Então disse, meio tímida, "O sinhô Índio mi contô que Sua Santidadi vai dá missa no Domingu, num tal di Aterro.

"Aterro do Flamengo?"

"Isso", ela confirmou. "Daí eu vô podê pidí perdão."

"Mas você nem é mais mula!" Hugo insistiu, acariciando os cabelos despenteados da caipira. "E nem foi Deus que te castigou. Eu ouvi dizer que foi algum bruxo que também gostava de você e que tava com ciúmes do padre. Então tu nem precisa pedir perdão pro Papa."

Maria afastou-se ligeiramente para o lado, e Hugo recolheu a mão, "Que foi?"

"Eu quero entrá pro convento. Mi integá a Deus Pai Todu Poderoso."

"Ah, qualé! Tu quer virar *freira*, é isso?!" ele perguntou, decepcionado. "E como é que eu fico?!"

"Eu tenho mais di cem ano, mininu!"

"Eu não me importo!" Hugo retrucou, escondendo a surpresa. E então deu a volta por cima, "Eu sempre gostei de mulheres mais velhas."

Maria riu, toda tímida, e criou coragem para tomar as mãos dele nas dela. Olhando-o firme nos olhos, ela disse, carinhosa, "Eu priciso disso. Ocê mi intendi, num intendi?"

Hugo desviou o olhar, indignado. Agora sabia o que Capí estava sentindo, guardadas as devidas proporções.

Garota ingrata.

"Você sabe que não foi Deus quem te castigou, não sabe?

"O Sinhô castiga pelas mãos dos outro."

Ô, mulher teimosa!

Hugo bufou impaciente, mas não soube mais o que dizer. Tinha esgotado todos os argumentos.

"O sinhozinho Índio prometeu mi levá num convento hoje mesmo."

Filho da mãe.

Hugo olhou com ódio para o mineiro, que no momento ajudava Dandara a carregar uns equipamentos de cozinha. Todos ali tentavam usar o mínimo de magia possível, para ir introduzindo a 'Sra. Escarlate' sem muitos choques ao mundo deles.

Ela olhava abismada para tudo mesmo assim, como se três pessoas carregando um fogão com as mãos fosse um feito extraordinário de magia.

Atlas morria de rir com o jeitinho espantado dela.

Ver o professor de bem com ele novamente era um alívio. Tinha sido doloroso demais ser rechaçado.

Agora estava tudo certo.

Só faltava Hugo se entregar.

Decidindo que chegara a hora, ele se despediu da mãe – obviamente sem contar a ela o que estava prestes a fazer – e pediu o auxílio de Capí para que fosse com ele.

O pixie aquiesceu, solícito, e esperou que Hugo se despedisse de Maria para guiá-lo a um canto mais afastado do Dona Marta, longe dos olhos de Dandara, principalmente. Ela enlouqueceria se visse o filho desaparecer no ar.

"Você vai encontrar alguém da sua idade", Capí disse com carinho, vendo a chateação nos olhos de Hugo após se despedir da caipira. "Vai ser pro bem dela, não foi isso que você mesmo me disse?"

Não adiantava dizer nada. Hugo estava inconformado. Uma moça linda daquelas... virar *freira*. O carola do Índio devia estar super feliz.

"Sua caipira não viveria em paz longe de um convento, você sabe disso", o pixie completou, e Hugo teve de concordar. Do jeito que ela era...

Capí segurou seu braço com firmeza. "Pronto?"

Hugo respirou fundo, procurando preparar-se para o impreparável. "Você sabe mesmo girar?"

Capí sorriu. "Como você acha que chegamos aqui tão depressa?" e antes que Hugo pudesse dizer qualquer coisa, o mundo girou tão rápido que, quando ele apareceu dentro do trailer do Atlas, precisou ser puxado para perto do pixie antes que caísse tonto no chão.

Completamente enjoado, inclinou-se na mesa bagunçada do professor para se recuperar, ainda envolto em fumaça azul. Capí achou graça. "É assim mesmo da primeira vez. Logo você se acostuma."

Hugo olhou à sua volta. Era difícil acreditar que os dois haviam chegado tão depressa na escola. "Achava que o giro fosse magia avançada."

"É complicadinho, e não se aprende na escola. Ao menos não aqui no Brasil. Acham que brasileiro não tem responsabilidade o suficiente pra isso. Mas todo mundo acaba aprendendo antes de se formar. Uma hora ou outra. Lá na Europa parece que eles usam um método diferente lá deles. Talvez seja até mais fácil, mas eu prefiro o nosso. É mais... azul", Capí brincou. "Vamos?"

Hugo respirou fundo, tentando aliviar a tensão que sentia, mas era difícil; em poucos minutos estaria em custódia policial.

Os dois saíram do trailer e adentraram a noite estrelada da Korkovado. Já devia ser quase dez da noite, mas a maioria dos alunos ainda aproveitava o feriado, se empanturrando com as guloseimas da quase-festa do Capí. Era possível ouvir uma banda de alunos tocando ao fundo, talvez no refeitório.

"Pauxy ainda deve estar lá em casa", Capí presumiu, tomando o caminho da mata lateral em direção ao Pé de Cachimbo. Hugo o seguia, sentindo o nervosismo crescer a cada passo.

"Não se preocupe, amiguinho", Capí assegurou-lhe. "A gente vai te ajudar nessa. Você tá fazendo a coisa certa."

Hugo concordou, calado, e, talvez por um mecanismo de autodefesa do cérebro, tentou desviar a conversa para outro assunto. "Se vocês conseguem girar, por que nunca giraram pra fora da escola? Ou pra sala do Rudji, por exemplo? Em vez de usarem as escadas."

Capí sorriu. "Primeiro porque a gente se tornaria um monte de balofos se desistíssemos de andar para sempre. Depois, porque é impossível. É proibido girar na escola."

"Mas a gente não acabou de girar pra cá?"

"Eu tenho permissão especial, por morar aqui. O Atlas também. Daí os outros Pixies só precisam se agarrar na gente, como você fez. Mas, mesmo aqui dentro, há certos locais para onde eu não posso girar. É fácil erguer barreiras contra esse tipo de coisa. As escolas todas são protegidas. A maioria das casas também. Os bancos, obviamente, as cadeias... Já as florestas têm barreiras naturais que impedem o giro. Tanto a da Korkovado quanto as outras. A floresta Amazônica, por exemplo. Quem se perde por lá, tá ferrado."

"E quando é que vocês vão me ensinar?"

"Quando você *crescer* e criar *juízo*", Capí brincou, bagunçando seus cabelos.

Quando você sair da cadeia, isso sim... Hugo pensou, retomando seu módulo fatalista.

Será que ele teria direito a cela especial, por ser menor de idade? Ou a alguma redução de pena, por ter se entregado?

De qualquer maneira, era improvável que o deixassem voltar à escola depois de solto. E sua varinha seria, certamente, confiscada e partida ao meio.

Assim que avistaram o Inspetor Pauxy ao longe, Hugo pôs sua mão no bolso, tocando a varinha escarlate, talvez pela última vez.

Capí pousou as mãos em seus ombros, reconfortando-o em sua decisão e dando forças para que continuasse.

"Professor! Professor!" Rafinha chamou Capí aos gritos, e eles pararam há poucos metros do Pé de Cachimbo.

O garoto estava pálido, trêmulo até, e Capí precisou segurá-lo pelos braços para que ele conseguisse se acalmar um pouco em meio a suas lágrimas de desespero.

Atropelando as palavras, Rafinha tentou contar o que o afligia:

"O pessoal tava te procurando pra cantar parabéns e... e daí a gente foi te procurar pela escola toda. E como ninguém te encontrava, a gente – a gente não, eu fui lá na... lá na..."

"Lá na...?"

"Lá na sala da nossa aula de escrever, lá no depósito, pra te procurar."

"E?"

"A Gislene..."

Hugo entrou em pânico. "A Gislene o quê?"

"A Gislene tá morrendo lá em cima, eu não sei o que fazer!"

Hugo e Capí se entreolharam e dispararam pelo jardim, subindo a escadaria invisível de três em três degraus até chegarem na porta entreaberta do depósito.

"Ela tá escondida lá no outro canto!" Rafinha indicou, tomando a dianteira e correndo para além da grande pilha de mesas que subia até o teto.

Gislene estava estirada no chão ao lado do caldeirão de testes, tremendo e espumando pela boca, seus olhos brancos, revirados em direção ao topo da cabeça.

"Não, não, não, não, não..." Hugo murmurou aflito, mergulhando atrás dos frascos que ela mesma usara nele algumas semanas antes.

"Rafa! Vira a Gi pro lado!" Capí ordenou, indo ajudar Hugo na confecção do remédio.

Rafinha obedeceu em pânico, sem entender o que estava acontecendo. "Ela deixou um bilhete!" ele gritou enquanto segurava Gislene, tentando alcançar um papelzinho embrulhado em volta de um frasco de cor azul cintilante. Assim que alcançou, desembrulhou-o e leu em voz alta: *"Caso eu não sobreviva a este último teste, dê este frasco à Kanpai. A fórmula está quase perfeita. Com a adição de raspas de Turmalina deve funcionar. Dê para os alunos perturbados da escola."*

"Não diz mais nada?!" Capí perguntou, angustiado.

"Diz a composição da fórmula."

"Leva correndo pro Rudji adicionar Turmalina e vai buscar a Kanpai o mais depressa possível!"

"Tá certo", Rafinha obedeceu de imediato, disparando porta afora.

Hugo olhou, admirado, para o pixie. "Tu confia tanto assim na competência da Gi?"

"Com a minha vida", Capí respondeu sem titubear, adicionando os últimos ingredientes à mistura e derramando tudo num frasco mais limpo para ela beber.

Aproximando-se de Gislene, tomou-a nos braços com carinho paternal, fazendo com que ela bebesse a poção até a última gota.

Hugo assistia, não se cabendo de tanto nervoso. Se a Gi morresse...

... Por que ela não parava de tremer?! Ele não tinha demorado tanto para parar... tinha?

Capí abraçou-a com força enquanto ela tremia, e, em seus braços, ela foi se acalmando aos poucos, à medida que o remédio ia fazendo efeito. Até que relaxou por completo, desmaiando nos braços do pixie.

"Vocês dois são loucos ou o quê?" Capí perguntou, num misto de preocupação e revolta.

Hugo não soube bem como responder.

Naquele mesmo instante, Kanpai entrou pela porta trazendo consigo três enfermeiros, que examinaram os olhos da menina e levaram-na para fora do depósito, em direção à enfermaria. Capí e Hugo foram atrás, seguindo-os de perto pelos jardins.

"Eles não podem girar com ela para o primeiro andar?" Hugo perguntou, aflito. "Não seria mais rápido?"

"Perigoso", Capí respondeu. "No estado em que ela está, qualquer tentativa do tipo seria loucura. Metade dela poderia acabar ficando aqui."

Hugo ergueu as sobrancelhas, mas preferiu não perguntar mais nada. O momento não era propício para dúvidas escolares.

A comitiva subiu apressada pela árvore central a caminho do primeiro andar. A plaquinha na árvore continuava lá, mas Hugo nem ligava mais para o maldito placar, que tinha estacionado há algum tempo em Pixies 12, Anjos 10. Havia coisas mais importantes no mundo do que uma disputa entre gangues. Ainda mais quando o placar não o considerava pixie o suficiente para marcar seus pontos contra Abelardo.

Kanpai recuou alguns passos para acompanhar os dois. "O que diabos ela teve, Ítalo?"

"Overdose."

"Isso eu já sei! Mas overdose de que, filho de Deus?!"

Capí olhou para Hugo antes de responder, "Ela testou nela mesma uns antídotos para acabar com essa doença que se espalhou pela escola."

"Doença? Então é uma doença mesmo?"

"Creio que seja um caso de histeria coletiva, doutora. Aconteceu uma vez na Índia, ninguém nunca soube exatamente o porquê."

Hugo fitou-o surpreso. O que ele estava fazendo?!

"É provável que a Gi tenha encontrado, de fato, o antídoto. De alquimia ela entende, doutora. Já levamos uma amostra pro Rudji. Ele deve chegar a qualquer momento."

"Pauxy", Kanpai chamou o investigador, que os seguia de perto, "Recolha os perturbados pela escola o mais depressa possível e entregue-os aos cuidados de meu irmão assim que ele chegar, por favor. Os que vocês prenderam também. Diga a ele que administre o antídoto imediatamente."

Pauxy obedeceu, levando consigo todos os CUCAs que os acompanhavam, enquanto os ajudantes da japonesa entravam com Gislene na enfermaria, seguidos de perto por Hugo e Capí.

"Não, não, senhores", Kanpai barrou-os na entrada. "Vocês ficam de fora. E depois eu quero saber tudo sobre esse teu braço, mocinho", ela concluiu, fechando a porta na cara dos dois.

Capí circulou, tenso, pelo corredor. Hugo não sabia se por causa da Gislene, ou pelas mentiras cabeludas que havia acabado de contar.

"Você ficou maluco?" Hugo sussurrou, levando-o para um canto mais seguro. *"Eu ia me entregar!"*

"Eu não fiquei o ano inteiro te protegendo pra você acabar na cadeia", Capí respondeu, sério. "Ia destruir a tua vida! Você já se arrependeu. Já ia assumir a responsabilidade. Pra mim, isso é o suficiente."

"Mas você tinha concordado!"

"Isso era *antes* da Gi descobrir a cura, quando a sua confissão ajudaria nas pesquisas. Agora não tem mais porque você se entregar."

Hugo fitou-o, admirado. Aquela não era um atitude que ele teria esperado do Capí. "Mas era o *certo* a fazer, não era?" Hugo insistiu.

"Minha noção de certo e errado difere um pouco do senso comum. Você não é uma pessoa ruim, Hugo. Mas é influenciável. A prisão, longe de te melhorar, ia acabar incentivando o pior em você. Aqui, pelo menos, você tá com a gente."

"O eterno vigia, né?" Hugo sorriu, agradecido, e o pixie retornou o sorriso. "Desculpa pelo teu aniversário."

"Eu já estou acostumado. Não seria meu aniversário se não tivesse alguma confusão", ele brincou, mas sua mente estava lá dentro, na enfermaria.

Os dois sentaram-se ao lado da porta e assim ficaram, em espera angustiante, até que Kanpai finalmente deixou-os entrar.

Gislene estava deitada no último leito. Parecia ter recobrado um pouco da vitalidade, mas ainda não voltara a si.

"Ela vai ficar bem?" Capí perguntou, tomando a mão de Gislene nas suas.

Kanpai fez um sinal afirmativo com a cabeça e saiu, deixando-os a sós com a paciente.

Hugo olhou-a com carinho. Garota teimosa... maluca...

Capí observava Gislene com a ternura de quem vela por uma filha. "A Gi pode ser brigona e chata às vezes, mas ela sempre foi uma amiga leal a você, pode ter certeza."

Hugo meneou a cabeça, incerto. "Como você sabe?"

"Eu passei o ano inteiro ensinando ao lado dela, e nenhuma vez ela sequer mencionou seu nome verdadeiro ou onde você morava. E você deve conhecer muito bem o tamanho do compromisso que ela tem com a verdade."

"É. Se bem que eu também achava que você tinha um compromisso com a verdade, e no entanto..."

"Pois é", Capí sorriu. "Às vezes a gente se surpreende."

Hugo concordou em silêncio, mas um outro pensamento tomou conta de sua mente. "Agora eu tô com uma dúvida. Quanto à minha mãe."

"Diga."

"Aquela balela toda sobre a magia ser um Dom de Deus, foi você que botou na cabeça dela, não foi?"

Capí meneou a cabeça, com um sorriso velado nos lábios. "Eu posso ter sugerido algo nesse sentido, sim."

"Eu sabia!" Hugo deu risada, "Genial."

"Mas não pense você que eu não acredito nisso, Hugo. A magia é um dom *sim*, e com ela vem muita responsabilidade. A questão é: o que você faz com o que lhe é dado?"

Capí demorou-se na pergunta, esperando que Hugo pensasse a respeito enquanto acariciava os cabelos de Gislene. "Isso não vale só para a magia. Vale para a inteligência, para o dinheiro, para a força... Todos esses elementos podem ser usados tanto para o bem, quando para o mal. Só depende de você, decidir o uso que vai dar ao poder que você tem."

Hugo aceitou o conselho, introspectivo. Doía demais ouvir aquelas palavras; talvez por serem tão claramente críticas a ele. Capí não tinha medo de magoá-lo com a verdade. Não quando achava que ela poderia ajudá-lo.

Observando Gislene desacordada na cama, Hugo fez uma promessa a si mesmo, de que iria melhorar. De que iria aprender a se controlar. Pelo bem dele mesmo, pelo bem de sua mãe e ém consideração àquele anjo da guarda de plantão, que se empenhara tanto em protegê-lo, a ponto de mentir para a polícia.

"Como a gente vai esconder dos CUCAs aquela batalha toda no Dona Marta? A minha varinha é indetectável. Mas e as suas?"

"Não deve haver problema. Na presença de um professor, é permitido o uso de magia fora da escola. E vocês estavam na presença de *dois*", Capí sorriu. "Se bem que eu já não sou professor de Segredos do Mundo Animal há algum tempo."

"Professor de português não conta?" Gislene perguntou um pouco fraca, e os dois se debruçaram na cama, contentes em vê-la acordada.

"Sua louca suicida."

Gislene sorriu, "Eu também te adoro, Ítalo."

Os dois riram, mas Hugo não estava assim tão despreocupado quanto eles, e logo Gislene também se lembrou de por que estava ali.

"Deu certo?" ela perguntou, preocupada. "O elixir deu certo?"

"Só o tempo vai dizer, Gi", Capí respondeu. "Mas acho que sim. A fórmula me pareceu sólida o suficiente." Ele abriu um sorriso reconfortante e virou-se para Hugo, checando a hora no relógio de bolso. "Já são duas da madrugada, Hugo. Eu estou acostumado a ficar acordado até mais tarde, mas você precisa descansar. Esse dia foi puxado demais."

Gislene olhou-o, apreensiva. "O que aconteceu?"

"Acabou, Gi. O Caiçara tá morto", Hugo respondeu, deixando transparecer o cansaço.

"Deixa que eu conto pra ela, Hugo. Pode ir."

"Tem certeza? Você não-"

"Eu estou bem. Vai lá."

Finalmente aceitando a incumbência de ir descansar, Hugo despediu-se do pixie com um abraço de profundo agradecimento.

Virando-se para Gislene, a quem também devia a vida, deu-lhe um beijo de boa-noite na testa e se retirou em silêncio, decidido a nunca mais fazê-los sofrer daquele jeito. Eles não mereciam.

Aprenderia a se controlar. Não devia ser tão difícil assim.

Hugo nem conseguia acreditar que tudo acabara bem. Que não estava morto, que sua mãe ainda o amava, que não seria preso, que Gislene descobrira algum tipo de cura…

Tomando o caminho da escadaria central, Hugo congelou ao avistar Abelardo, esperando-o com as costas no corrimão e um sorriso arrepiante de triunfo no rosto.

"Sempre deixando que os outros se ferrem por você, né não, FORMIGA?"

CAPÍTULO 42

13 X 10

"Então é isso, Seu Heitor. Daí depois eu fui sê passadeira, costureira e feirante pra ganhá a vida e sustentá esse pestinha aqui."

Heitor Ipanema ouvia tudo com um brilho de criança no olhar, como se Dandara estivesse contando uma saga medieval. "Extraordinário, senhorita Escarlate. Extraordinário."

Já havia se passado uma semana desde a batalha no Dona Marta. O braço de Capí estava praticamente curado, apesar da cicatriz; Viny voltara da cadeia cheio de história para contar; Gislene passava bem, totalmente recuperada e preparando-se para as provas de fim de ano; e Dandara já estava quase completamente aclimatizada ao ambiente doméstico da Vila Ipanema.

Sentia-se ainda mais à vontade lá do que na favela. E não era para menos. Tinha virado o xodó da casa. O centro absoluto das atenções! Não só de Heitor, como também de todas as lindas irmãs de Caimana. Resumindo: sua mãe estava encantada. Com o clima Zen da família, com a casinha que haviam preparado para ela... com tudo.

Quanto ao antídoto, tudo corria mais ou menos bem. Para Kanpai, a nova poção parecia acalmar os doentes da tal histeria coletiva. Para Hugo e Gislene, o elixir estava enfraquecendo o desejo da maioria dos viciados por mais cocaína. Ainda assim, todos eles precisariam de uma dose cavalar de esforço próprio para se livrarem por completo do vício. Era difícil voltar a ser normal depois de ter experimentado aquela autossegurança toda.

Hugo se reunira com os viciados na quinta-feira seguinte à batalha para dar-lhes a má notícia: ele "perdera" a fórmula do pó branco. Xeila foi a que mais sentiu o impacto da revelação, afundando numa depressão profunda, que não seria nada fácil de superar. Já Dênis, Caíque e os outros daquele primeiro grupo pareceram receber a notícia com menos drama. Ficaram bastante desanimados, sim. Mas superariam.

Nenhum deles delatou Hugo. Nem muito menos mencionaram a existência do pó para os CUCAs. Tinham medo do que poderia acontecer a eles caso abrissem o bico, visto que ainda pareciam acreditar na tal substância detectora de mentiras que Hugo inventara.

Ótimo.

Sem contar que todos estavam mais do que aliviados com a mentirinha do Capí e preferiam que as coisas permanecessem em segredo mesmo. Afinal, eles tinham sido os responsáveis pelo vandalismo, pelos roubos, pelas brigas... A desculpa da histeria coletiva livrava a todos.

Eimi ainda estava sob custódia da polícia, mas logo seria transferido para uma unidade de tratamento. O garoto desenvolvera uma resistência ao antídoto e teria de passar as férias tentando se livrar do desejo incontrolável de cheirar mais.

Hugo não planejava visitá-lo tão cedo. Além do risco de ser involuntariamente delatado pelo garoto, Eimi ainda estava proibido de receber visitas, devido a seu comportamento agressivo. Caíra totalmente nas garras da cocaína, o coitado. Ele não era o único estudante ainda preso ao vício, mas em nenhum outro as crises eram tão fortes quanto nele. Talvez porque nenhum outro experimentara uma perda de timidez tão nítida e prazerosa quanto a dele. Seria muito difícil para Eimi aceitar a ideia de voltar a ser aquele menininho acanhado e medroso que sempre fora. Mas ele teria de escolher entre aquilo ou sua saúde. Não poderia ter ambos.

Uma notícia positiva, pelo menos: por ter se mostrado um bom aluno antes da histeria coletiva começar, Eimi seria dispensado das provas finais, passando de ano automaticamente. Os outros afetados ganhariam um bônus nas notas de fim de ano. Assim não haveria repetência em massa na Korkovado e o Conselho não teria de se explicar para os órgãos responsáveis.

O clima de alívio foi geral. Tanto para o Conselho, que se livrara de um problemão de Relações Púbicas, quanto para os alunos, que já começavam a se sentir mais seguros.

Tobias ainda não voltara à escola, mas a notícia corria de que ele passava bem e tinha recuperado parcialmente o movimento das pernas, através de uma combinação de poções e feitiços restauradores de ossatura. Ele também não contaria nada sobre Hugo. Se bobear, talvez até estivesse se sentindo culpado por tudo que havia acontecido. Afinal, Tobias é que tentara roubá-lo. O errado ali era ele, não Hugo. Não passava pela cabeça de nenhum dos usuários que Hugo sabia dos efeitos nocivos do pó que “fabricava”. Ainda achavam que ele vendera tudo na inocência, e Hugo fazia questão de reforçar essa ideia.

Na Vila Ipanema, os Pixies comemoravam o desfecho relativamente satisfatório do problema. Apesar de todo o desgaste e dos vários alunos ainda em depressão, ninguém morrera naquela batalha insana no pico do Dona Marta, e aquilo já era razão suficiente para comemorar.

Caimana preparava sucos de clorofila na cozinha enquanto Viny tentava atrapalhá-la, ainda um tanto mordido por não ter participado da ação na favela. Inconformadíssimo.

Capí, por sua vez, continuava preocupado com Eimi, mas no fundo acreditava na competência dos terapeutas e na força de vontade do menino. Observava Dandara com carinho, enquanto ela se aprumava em frente ao espelho da sala, toda prosa, com Heitor na sua cola, tentando anotar cada expressão idiomática que saía da boca de sua nova vizinha favorita.

Índio parecia feliz por ninguém ter morrido no combate, mas não estava nem um pouco satisfeito com a falta de prisões, especialmente a de Hugo. E fazia questão de deixar isso bem claro para ele.

Nada fora do normal. Hugo já se acostumara com seu mau-humor.

Para sua felicidade, Índio não estava mais na sala. Tinha ido esperar pelo professor de Defesa no portão da Vila. Atlas havia combinado de encontrá-los lá para o brinde.

Logo chegariam também as deusas loiras – direto da escola de desenvolvimento místico. Trariam torta de cereja e alguns tipos de cogumelo selvagem para que experimentassem.

Tudo parecia na mais perfeita ordem.

Só que não estava.

Eles não faziam ideia do turbilhão que estava a cabeça de Hugo. Sentado no sofá de canto, ele assistia à alegria geral sem realmente participar dela. Não contara a nenhum deles sobre seu encontro com Abelardo. Aquele maldito encontro, que nunca deveria ter acontecido. E agora, ao invés de aliviado, Hugo estava em pânico. Só não demonstrava.

Sentia um tranco no coração toda vez que seu pensamento retornava àquela noite. Tinha praticamente vendido a alma ao Diabo em troca de sua liberdade. Agora estava livre. Livre de todas as acusações, mas a que preço?

Aquela comemoração toda na casa de Caimana lhe parecia um contrassenso doloroso. Mas só para ele. Os Pixies agora bebiam o suco de clorofila, Viny fazendo careta; Atlas e Dandara riam de alguma coisa aparentemente muito engraçada... e Hugo lá, angustiado, amargando um segredo.

Acariciava as penas macias da Faísca, tentando disfarçar o nervosismo. Mas não demorou muito até que Capí viesse a seu encontro, perguntando se estava tudo bem.

"Algo a ver com sua caipira?" ele perguntou, sentando-se a seu lado.

Eles cinco tinham voltado do convento há poucas horas, onde haviam se despedido propriamente da postulante Maria. A caipira ainda estava em êxtase religioso por ter beijado a mão do Papa no fim de semana anterior. Mal tivera cabeça para cumprimentá-los, e Hugo ficara levemente chateado com sua falta de atenção, mas definitivamente não era por isso que estava nervoso.

Ele negou com a cabeça, deixando que a fênix voasse para o colo do pixie. Por mais que gostasse de Maria, ela ter virado freira ou não pouco lhe importava naquele momento.

Hugo manteve a cabeça baixa, desta vez sem tentar disfarçar a angústia que sentia.

"Se algum dia eu te decepcionar de novo", ele murmurou para o pixie, inseguro, não sabendo bem como continuar. Não podia pedir perdão antecipado por algo que Capí sequer sabia que ele tinha feito. Era moralmente errado.

Hugo parou, hesitante. Mas precisava continuar. Nem que fosse apenas para acalmar sua consciência torturada. *"Se algum dia eu te decepcionar de novo"*, ele repetiu, *"você promete que não vai desistir de mim?"*

Capí fitou-o por alguns segundos, sério, mas então sorriu. "Te liga, cabeção. Você acha que eu desisto fácil assim?"

Hugo ensaiou um sorriso, mas por dentro continuava emocionalmente destroçado. Por mais que acreditasse na tolerância do pixie, não achava que o que tinha feito merecia perdão.

Sempre deixando que os outros se ferrem por você, né não, FORMIGA?

Com aquela palavrinha, Abelardo dissera tudo: FOR-MI-GA.

Hugo virou-se para o Anjo, já com ódio. Um ódio misturado com o mais absoluto pavor.

Ele sabia.

Abelardo sabia. Tinha visto tudo, o desgraçado. Seguira Hugo até a favela, exatamente como Maria havia feito.

"Que bela namorada que tu arranjou, hein?" Abelardo riu, desgrudando-se do corrimão. "*Esquentadinha*, como você."

Hugo ouvia calado, tentando controlar a raiva.

O canalha assistira ao espancamento sem fazer nada. Absolutamente nada! E agora estava lá, de varinha em punho e pose de mocinho, pronto para entregar o *bandido-mirim* aos CUCAs e se tornar o grande herói da noite.

"Francamente, pirralho..." Abelardo disse, largando o tom de provocação. "Quantas pessoas quase morreram por sua causa esse ano? Tu não se toca não?! Gueco, Eimi, Gislene, Ítalo... Tu sabe por que o sequelado do Eimi quase matou o meu irmão? Não? Não sabe? Porque o Gueco estava desconfiando de você. E com RAZÃO, né, seu favelado de merda."

Hugo sacou a varinha numa explosão de ódio e derrubou Abelardo no chão antes que o Anjo pudesse reagir. Mas, desta vez, Abelardo estava esperto. Rolou para o lado, escapando do ataque seguinte e ergueu-se depressa. Varinha devidamente apontada contra seu adversário.

"Tinha que ser um bandidinho mesmo... eu sempre soube. Desde o primeiro dia, quando tu expulsou o professor", Abelardo prosseguiu, agora um pouco mais tenso. "Coitado do Saraiva. O *mínimo* que se deve a um professor é respeito. Só um bundão como você mesmo pra brincar com o sentimento dos outros daquele jeito... Mas agora tu se superou, Formiga. Se meter com traficante?!"

"Tu cala essa tua boca se tu não quer morrer."

"Tá me ameaçando, Formiga?! E aquele papo todo de bem e mal? Tu não ia se entregar? Amarelou, foi?! Ao contrário de você, eu não sou um *covarde*. Eu tenho princípios. Eu não saio por aí destruindo a vida dos outros. Nem muito menos atacando inocentes."

"Aquilo que tu faz com o Capí é o que, então? Brincadeirinha de criança?" Hugo retrucou, irritado. "Tu só humilha o Capí porque sabe que ele não vai revidar! Quem é o covarde aqui?"

Abelardo riu do absurdo. "Tu tá realmente defendendo o zeladorzinho? Foi você que ferrou com ele, não eu! Não fui EU que obriguei o garoto a mentir pra polícia. Agora ele está ferrado. Talvez nem tanto quanto você, mas vai ser uma bela *expulsão*."

"Seu filho da mãe..."

"Ué, por quê?! Eu só estou seguindo a lei. E a lei diz que lugar de bandido é na cadeia e lugar de mentiroso é fora dessa escola."

De repente, Abelardo sorriu, cruel, como se tivesse acabado de se lembrar de alguma coisa. "Pensando bem, proteger criminoso também dá cadeia, não dá? Talvez eu até consiga que o filho de Fiasco te acompanhe durante alguns aninhos, que tal? Eu vou fazer questão-"

"Ah, mas não vai mesmo..." Hugo murmurou, enfurecido.

"O que tu vai fazer, formiga? Me matar? Aqui na escola?"

Hugo ergueu a sobrancelha. "Quem sabe. Eu sou mais rápido que você. Isso a gente já descobriu."

"E tu vai fazer o que com o corpo? Sim, porque os CUCAs estão logo ali no auditório." Abelardo pausou, provocador, "Talvez eu devesse chamá-los, né?"

"Tu nem pense niss-"

"INSPETOR!" Abelardo gritou. "INSPETOR PAUX-"

"GBABE AKANGATU!"

Abelardo parou de gritar.

Parecia perdido. Seu olhar confuso ia do auditório para a enfermaria, da enfermaria para a varinha em sua mão, sem entender nada.

Antes que o Anjo pudesse notar sua presença, Hugo escondeu-se na própria escadaria, alguns degraus abaixo, a tempo de ver o Inspetor Pauxy sair correndo do auditório em resposta ao chamado.

"Algum problema, Abel?"

Abelardo olhou para o investigador como se não o conhecesse.

"Abel? Tudo bem com você?"

Levemente pálido, o Anjo titubeou em pânico, olhando à sua volta como se a resposta estivesse na ponta da língua, porém, inacessível.

"Vem, garoto", Pauxy chamou-o com carinho. "Vem comigo. Deve ser estresse, não se preocupe."

Hugo afastou-se, tenso. Tinha ido longe demais. Sabia que tinha.

Nem Pauxy, o Anjo reconhecera! E todos sabiam que Pauxy conhecia bem a família Lacerda.

E se Abelardo tivesse esquecido tudo? E se não se lembrasse nem do próprio nome? Ou da família, ou do que aprendera durante a vida toda?

Com inúmeras possibilidades em mente, uma pior que a outra, Hugo desceu direto para o dormitório e trancou-se no quarto sem nem pensar em dormir. Não conseguiria, depois do que havia feito.

Uma coisa, ao menos, era certa. Abelardo não o denunciaria.

Não mais.

grupo novo século

Compartilhando propósitos e conectando pessoas

Visite nosso site e fique por dentro dos nossos lançamentos:

www.novoseculo.com.br

ns

facebook/novoseculoeditora

@novoseculoeditora

@NovoSeculo

novo século editora

gruponovoseculo
.com.br

Fonte: Adobe Garamond Pro